Romain Rolland · Johann Christof · Band 3

Romain Rolland
Johann Christof

Band 3
Johann Christof am Ziel

Deutscher Taschenbuch Verlag

Vollständige Ausgabe. Aus dem Französischen übersetzt von Erna Grautoff unter Mitwirkung von Otto Grautoff. Mit Anmerkungen von Gisela Bruchner und einem Nachwort von Wolfram Göbel (Band 3). Titel der Originalausgabe ‚Jean-Christophe'.

November 1977
Deutscher Taschenbuch Verlag GmbH & Co. KG,
München
Lizenzausgabe mit freundlicher Genehmigung des
Verlages Rütten & Loening, Berlin
Umschlaggestaltung: Celestino Piatti unter Verwendung
eines Holzschnitts von Frans Masereel
zu ‚Jean-Christophe', 1925
Gestaltung der Kassette: Celestino Piatti unter
Verwendung einer Federzeichnung von Frans Masereel
Gesamtherstellung: C. H. Beck'sche Buchdruckerei,
Nördlingen
Printed in Germany · ISBN 3-423-02032-6

INHALT

JOHANN CHRISTOF AM ZIEL

Achtes Buch · Die Freundinnen 7

Neuntes Buch · Der feurige Busch
   Erster Teil 213
   Zweiter Teil 307

Zehntes Buch · Der neue Tag
   Vorwort zum letzten Buch 435
   Erster Teil 439
   Zweiter Teil 481
   Dritter Teil 553
   Vierter Teil 592

ANHANG

Nachwort 641
Anmerkungen 659
Zeittafel 674
Literaturhinweise 677

Achtes Buch

DIE FREUNDINNEN

Trotz des Erfolgs, der sich nun auch über Frankreichs Grenzen hinaus bemerkbar machte, verbesserte sich die Lebenslage Christofs und Oliviers nur langsam. Immer wieder gerieten sie in Schwierigkeiten und mußten den Gürtel enger schnallen. Hatte man Geld, so hielt man sich schadlos, indem man doppelte Portionen aß. Aber auf die Dauer wirkte diese Lebensweise doch entkräftend.

Augenblicklich war bei ihnen Schmalhans Küchenmeister. Christof hatte die halbe Nacht damit zugebracht, eine abgeschmackte Transkriptionsarbeit für Hecht fertigzustellen. Erst beim Morgengrauen hatte er sich niedergelegt und schlief nun wie ein Murmeltier, um das Versäumte nachzuholen. Olivier war ganz früh ausgegangen: er hatte am anderen Ende von Paris eine Stunde zu geben. Gegen acht Uhr klingelte der Concierge, der die Post heraufbrachte. Gewöhnlich hielt er sich nicht weiter auf, sondern schob die Briefe unter der Tür durch. Heute aber klopfte er zu wiederholten Malen. Verschlafen und knurrend öffnete Christof. Er hörte kaum zu, als ihm der Concierge lächelnd und weitschweifig etwas von einem Zeitungsartikel erzählte, nahm die Briefe, sah sie gar nicht an, gab der Tür einen Stoß, ohne sie zu schließen, legte sich wieder hin und schlief nur um so besser weiter.

Nach einer Stunde fuhr er aufs neue in die Höhe; jetzt hatten ihn Schritte in seinem Zimmer aufgeweckt. Verblüfft sah er am Fußende seines Bettes eine fremde Gestalt, die ihn feierlich grüßte. Ein Journalist hatte die Tür offen gefunden und war ohne Umstände hereingekommen. Christof sprang wütend aus dem Bett.

„Was haben Sie hier herumzuschnüffeln?"

Er hatte sein Kopfkissen gepackt, um es dem Eindringling an den Kopf zu werfen; der schickte sich sofort zum

Rückzug an. Dann aber verständigten sie sich. Ein Berichterstatter der *Nation* wünschte Herrn Krafft über den Artikel, der im *Grand Journal* erschienen war, zu interviewen.

„Was für ein Artikel?"

Ob er ihn denn nicht gelesen habe, fragte der Berichterstatter und erbot sich, ihm Kenntnis davon zu geben.

Christof legte sich wieder ins Bett. Wenn er nicht so verschlafen gewesen wäre, hätte er den Mann vor die Tür gesetzt; aber es war ihm bequemer, ihn reden zu lassen. Er wühlte sich in die Kissen, schloß die Augen und tat, als ob er schliefe. Vielleicht hätte er seine Rolle auch gut zu Ende geführt; aber der andere ließ nicht locker und las mit lauter Stimme den Anfang des Aufsatzes. Nach den ersten Zeilen horchte Christof auf. Es wurde darin von Herrn Krafft als von dem größten musikalischen Genie der Zeit gesprochen. Da vergaß Christof seine Rolle, ein Ausruf des Erstaunens entfuhr ihm, er richtete sich im Bett auf und rief:

„Sind die verrückt? Was fällt denen ein?"

Der Berichterstatter benutzte die Unterbrechung, um eine Reihe Fragen an Christof zu richten, auf die dieser antwortete, ohne nachzudenken. Er hatte das Blatt genommen und betrachtete verblüfft sein Bild, das die ganze erste Seite füllte. Aber zum Lesen fand er keine Zeit, denn ein zweiter Journalist war inzwischen ins Zimmer getreten. Nun wurde Christof ernstlich böse. Er schrie die beiden an, sie sollten den Platz räumen; doch sie wollten noch schnell die Zimmereinrichtung, die Photographien an den Wänden und das Aussehen des Originals vermerken. Aber Christof, lachend und wütend zugleich, schob sie an den Schultern vor sich her, beförderte sie im Hemd, wie er war, vor die Tür und riegelte hinter ihnen zu.

Aber die Vorsehung hatte beschlossen, daß er an diesem Tage nicht mehr zur Ruhe kommen sollte. Er war noch nicht mit dem Anziehen fertig, als man von neuem an die Tür pochte, diesmal in einer verabredeten Weise, die nur einige vertraute Freunde kannten. Christof öffnete und sah sich einem dritten Unbekannten gegenüber, den er kurzerhand hinauswerfen wollte. Der erhob jedoch Einspruch dagegen und stellte sich als Verfasser des Artikels vor. Wie soll man jemanden hinauswerfen, der einen ein Genie nennt? Christof mußte verdrießlich die Ergüsse seines Bewunderers über sich ergehen lassen. Er war erstaunt über diese Berühmtheit, die so urplötzlich über ihn kam, und fragte sich, ob er vielleicht, ohne es zu wissen, am Abend vorher ein Meisterwerk habe aufführen lassen. Aber er hatte keine Zeit, sich darüber klarzuwerden; denn der Berichterstatter war gekommen, um ihn so, wie er ging und stand, in Güte oder mit Gewalt, in die Zeitungsredaktion zu schleppen, wo ihn der Direktor, der große Arsène Gamache, selber sehen wollte. Das Auto wartete unten. Christof versuchte Widerstand zu leisten; aber in seiner Unerfahrenheit war er, trotz inneren Widerstrebens, Freundschaftsbeteuerungen zuletzt doch zugänglich und ließ sich überreden.

Zehn Minuten später stand er vor dem Gewaltigen, vor dem alles zitterte. Es war ein robuster, fideler Kerl von etwa fünfzig Jahren, klein und vierschrötig, mit dickem, rundem Kopf, bürstenartig geschorenem grauem Haar und rotem Gesicht und mit einer gebieterischen Redeweise von schwerfälliger und hochtrabender Betonung mit Anwandlungen von holperiger Zungenfertigkeit. Er hatte sich den Parisern durch sein ungeheures Selbstbewußtsein aufgedrängt. Durch und durch Geschäftsmann, der die Menschen zu nehmen verstand, egoistisch, naiv und durchtrieben, temperamentvoll und von sich eingenommen, wußte er seine Interessen mit denen Frankreichs, sogar mit denen der ganzen Menschheit zu verschmelzen. Sein Vorteil erschien ihm gleichbedeutend und eng verbunden mit der Ertragsfähigkeit seiner Zeitung und der Salus publica. Er war tief davon überzeugt, daß ein Vorwurf gegen ihn auch gegen Frankreich gerichtet sei. Mit leichtem Gewissen hätte er den Staat aus den Fugen gehoben, wenn es darauf angekommen wäre, einen persönlichen Gegner zu vernichten.

Doch er konnte auch großmütig sein. Idealist, wie man es etwa nach einem guten Essen ist, machte es ihm von Zeit zu Zeit Freude, wie Gottvater irgendeinen armen Teufel aus dem Staube zu heben, um damit die Größe seiner Macht zu beweisen, die aus nichts etwas schuf, die Minister machte und die, wenn er es gewollt hätte, Könige gemacht oder gestürzt hätte. Er glaubte sich zu allem berufen. Er machte auch Genies, wenn es ihm paßte.

An diesem Tage hatte er gerade Christof zu „machen".

Olivier hatte, ohne es zu ahnen, das Rad ins Rollen gebracht.

Er, der für sich selbst nicht einen Schritt unternahm, dem Reklame entsetzlich war und der die Journalisten wie die Pest floh, fühlte sich zu einem ganz anderen Verhalten verpflichtet, wenn es sich um seinen Freund handelte. Darin glich er jenen verliebten Müttern, die, obgleich anständige kleine Bürgersfrauen und einwandfreie Gattinnen, sich selbst verkaufen, um irgendeine Vergünstigung für ihren Taugenichts von Sohn zu erlangen.

Da er für Zeitschriften schrieb und mit vielen Kritikern und Kunstfreunden in Verbindung war, ließ Olivier keine Gelegenheit vorübergehen, von Christof zu sprechen; und seit einiger Zeit merkte er zu seinem Erstaunen, daß man ihm zuhörte. Es fiel ihm auf, daß er eine gewisse Neugierde erregte, daß durch die literarischen und gesellschaftlichen Kreise ein geheimnisvolles Raunen ging. Wo war der Ursprung zu suchen? Waren es etwa ein paar Zeitungsnotizen gewesen, die kürzlich nach einigen Aufführungen von Christofs Werken in England und Deutschland erschienen waren? Ein bestimmter Grund war nicht zu erkennen. Es handelte sich um eine jener Erscheinungen, die den Spürnasen von Paris wohlbekannt waren, die besser als das Meteorologische Observatorium von Saint-Jacques einen Tag vorher wissen, woher der Wind wehen und was er morgen mit sich führen wird. In dieser nervösen großen Stadt, durch die elektrische Schauer laufen, gibt es unsichtbare Ströme von Ruhm, eine latente Berühmtheit, die der anderen vorauseilt, jenes unbestimmte Gerede der Salons, jenes Nescio quid majus nascitur Iliade, das sich in einem bestimmten Augenblick in einem Reklameartikel Luft macht, in dem mächtigen Trompetenstoß, der auch den verhärtetsten Ohren den Namen des neuen Götzen einpaukt. Es kommt übrigens vor, daß diese Fanfare die ersten und besten Freunde des Mannes, den sie feiert, in die Flucht jagt. Sie sind jedoch daran schuld.

So war auch Olivier an dem Aufsatz im *Grand Journal* beteiligt. Er hatte das Interesse, das sich für Christof bemerkbar machte, ausgenützt und sich bemüht, es durch geschickte Auskünfte warm zu erhalten. Indessen hatte er sich gehütet, Christof in unmittelbare Beziehung zu den Journalisten zu bringen; er fürchtete irgendeinen dummen Streich. Aber auf die Bitte des *Grand Journal* hin war er so kühn gewesen, zwischen dem nichtsahnenden Christof und einem Reporter eine Begegnung in einem Café herbeizuführen. Alle Vorsichtsmaßregeln stachelten die Neugierde nur noch mehr auf und ließen Christof um so interessanter erscheinen. Olivier hatte bis dahin noch nichts mit Reklame zu tun gehabt; er berechnete nicht, daß er eine gewaltige Maschine in Bewegung setzte, die, einmal losgelassen, nicht mehr zu lenken noch zurückzuhalten war.

Als er auf dem Wege zu seiner Stunde den Aufsatz im *Grand Journal* las, war er fassungslos. Diesen Keulenschlag hatte er nicht erwartet. Er hatte damit gerechnet, daß die Zeitung erst alle Auskünfte einholen würde, bevor sie etwas schriebe, daß sie warten würde, bis sie mit dem Stoff etwas vertrauter wäre. Das war doch zu einfältig. Wenn eine Zeitung sich die Mühe nimmt, einen neuen Stern zu entdecken, so tut sie das selbstverständlich zum eigenen Vorteil und weil sie der Konkurrenz die Ehre der Entdeckung nicht gönnt. Da heißt es denn sich beeilen, selbst auf die Gefahr hin, daß man von dem, was man lobt, nichts versteht. Aber es kommt selten vor, daß sich der Autor darüber beschwert: wenn man ihn bewundert, fühlt er sich immer genugsam verstanden.

Das *Grand Journal* fing damit an, ungeheuerliche Geschichten von Christofs Elend zu erzählen; er wurde als ein Opfer der deutschen Gewaltherrschaft hingestellt, als ein Apostel der Freiheit, als einer, der gezwungenermaßen aus dem kaiserlichen Deutschland hatte fliehen müssen, um in Frankreich, der Heimstätte aller freien Seelen, seine Zuflucht zu finden (ein schöner Vorwand für chauvinistische Phrasen!). Darauf folgte eine geradezu betäubende Lobeshymne auf sein Talent, von dem man nichts kannte als einige nichtssagende Melodien, die aus der Zeit von Christofs ersten Anfängen in Deutschland stammten und die er selbst am liebsten vernichtet hätte, weil er sich ihrer schämte. Aber wenn der Verfasser des Artikels von Christofs Werken auch keines kannte, so war er doch über seine Pläne um so besser unterrichtet – über die, die er ihm unterschob. Zwei oder drei Worte, die er von Christof oder Olivier aufgefangen hatte oder nur von irgendeinem Goujart, der sich für wohlunterrichtet ausgab, hatten ihm genügt, um von Johann Christof das Bild eines „republikanischen Genies und großen Musikers der Demokratie" zu entwerfen. Dies war zugleich ein Anlaß, gegen die zeitgenössischen französischen Musiker zu Felde zu ziehen, vor allem gegen die eigenartigsten und freiesten, die sich um alles andere eher als um die Demokratie kümmerten. Nur ein oder zwei Komponisten ließ er als Ausnahme gelten, weil deren politische Überzeugungen ihm vortrefflich erschienen. Nur schade, daß ihre Musik weniger vortrefflich war; doch das war ja Nebensache. Übrigens hatte solches Lob, und selbst das Christof gespendete, weniger Bedeutung als die Kritik der andern. Wenn man in Paris einen Aufsatz liest, der von jemandem ein Loblied singt, fragt man sich am besten immer:

Von wem wird Schlechtes geredet?

Olivier errötete vor Scham, je weiter er in der Zeitung las, und sagte sich:

Da habe ich ja etwas Schönes angerichtet!

Es wurde ihm schwer, seine Stunde zu geben, und sobald er frei war, lief er nach Hause. Wie groß aber war seine Bestürzung, als er erfuhr, daß Christof bereits mit Journalisten weggegangen sei! Er erwartete ihn zum Mittagessen. Christof kam nicht zurück. Von Stunde zu Stunde wurde Olivier besorgter. Er dachte:

Was wird er alles für Dummheiten reden!

Gegen drei Uhr kam Christof ganz aufgekratzt heim. Er hatte mit Arsène Gamache zu Mittag gegessen und war von dem Champagner, den er getrunken, ein wenig benebelt. Er begriff nicht die Besorgnisse Oliviers, der ihn ängstlich fragte, was er gesagt und getan habe.

„Was ich getan habe? Ich habe famos zu Mittag gegessen. Seit langem habe ich nicht so gut gegessen."

Er erzählte ihm die Speisenfolge.

„Und Weine... Alle möglichen Sorten habe ich mir zu Gemüte geführt."

Olivier wollte wissen, wer noch an dem Gelage teilgenommen hatte.

„Wer noch da war? Ich weiß nicht. Gamache war da, ein famoser Kerl, echt wie Gold; Clodomir, der Verfasser des Aufsatzes, ein reizender Junge; dann drei oder vier sehr lustige Journalisten, die ich nicht kenne, alle nett und liebenswürdig zu mir."

Olivier machte kein sehr überzeugtes Gesicht. Christof wunderte sich, wie wenig begeistert er war.

„Hast du den Artikel nicht gelesen?"

„Gewiß. Und du? Hast du ihn denn ordentlich gelesen?"

„Ja gewiß, das heißt – ich habe einen Blick draufgeworfen. Viel Zeit hatte ich nicht."

„Nun, dann lies ihn noch einmal genauer."

Christof las. Bei den ersten Zeilen lachte er laut auf.

„Nein, dieser Esel!" rief er.

Er bog sich vor Lachen.

„Ach", fuhr er fort, „die Kritiker taugen alle nichts. Sie haben keine Ahnung."

Als er aber weiterlas, fing er an sich zu ärgern. Das war wirklich zu dumm, das mußte ihn ja lächerlich machen! Daß man einen „republikanischen Musiker" aus ihm machen wollte, war ganz sinnlos... Nun, schließlich mochte dieses Wortgedresche noch hingehen! Aber daß man seine „republikanische Kunst" der „Kirchenkunst" früherer Meister gegenüberstellte (seine Kunst, die sich von der Seele jener großen Männer nährte), das war zuviel...

„Verdammte Idioten! Sie werden mich noch zum Narren stempeln!"

Und dann, wie kam man dazu, zugunsten seiner Person talentvolle französische Musiker herunterzureißen, die er mehr oder weniger schätzte (eher weniger als mehr), die aber etwas von ihrem Handwerk verstanden und diesem Ehre machten? Was jedoch das schlimmste war – man unterschob ihm eine abscheuliche Gesinnung gegenüber seinem Vaterland! – Nein, das konnte man sich nicht gefallen lassen...

„Ich werde ihnen sofort schreiben", sagte Christof.

Olivier wehrte ab.

„Nein, nicht jetzt, du bist zu aufgeregt! Morgen, wenn dein Kopf frei ist."

Christof wurde halsstarrig. Wenn er etwas zu sagen hatte, konnte er nicht warten. Er versprach Olivier nur, ihm den Brief zu zeigen. Das war auch sehr nötig. Nachdem der Brief gehörig verbessert worden war – er hatte sich hauptsächlich bemüht, die Ansichten richtigzustellen, die man ihm über Deutschland zuschrieb –, lief Christof hinunter, ihn zur Post zu bringen. Als er zurückkam, sagte er:

„So ist die Sache nur halb so schlimm: der Brief wird morgen erscheinen."

Olivier schüttelte mit zweifelnder Miene den Kopf. Dann fragte er, noch immer besorgt:

„Christof, hast du auch bei Tisch nichts Unvorsichtiges gesagt?" Dabei sah er ihm prüfend in die Augen.

„Aber nein", meinte Christof lachend.

„Sicher nicht?"

„Nein, du Hasenfuß."

Olivier war etwas beruhigt. Christof jedoch war es nun nicht mehr. Es fiel ihm ein, daß er alles mögliche durcheinandergeredet hatte. Er hatte sich gleich behaglich gefühlt. Nicht einen Augenblick war es ihm in den Sinn gekommen, den Leuten zu mißtrauen: sie schienen ihm so herzlich, so wohlgesinnt! Und das waren sie ja auch. Man ist immer denen wohlgesinnt, denen man Gutes getan hat. Und Christof bezeigte eine so offene Freude, daß sie sich den anderen mitteilte. Seine gewinnende Zwanglosigkeit, seine gemütlichen Späße, seine ungeheure Eßlust und die Schnelligkeit, mit der die Getränke in seiner Kehle verschwanden, ohne ihn weiter zu erregen, waren ganz dazu angetan, Arsène Gamache zu gefallen; denn auch er war eß- und trinkfest, derbbäurisch und vollblütig und voller Verachtung für alle kränklichen Menschen, die sich weder zu essen noch zu trinken getrauten, wie die magenschwachen Pariser. Er schloß sein Urteil über einen Menschen bei Tische ab. Christof schätzte er. Sofort schlug er ihm vor, seinen *Gargantua* als Oper in der Opéra aufführen zu lassen. (*Fausts Verdammnis* oder die neun Symphonien galten damals den französischen Spießbürgern als Gipfel der Kunst.) Christof, den diese tolle Idee zu hellem Gelächter brachte, konnte ihn nur mit Mühe und Not davon abhalten, seine Anweisungen sogleich an die Direktion der Opéra oder an das Ministerium der schönen Künste zu telephonieren (wollte man Gamache glauben, so waren alle diese Leute zu jedem Dienst für ihn bereit). Und da ihm der Vorschlag die sonderbare Komödie ins Gedächtnis zurückrief, die man früher einmal mit seiner symphonischen Dichtung *David* gespielt hatte, ließ er sich hinreißen, die Geschichte jener Aufführung zu erzählen, die der Abgeordnete Roussin in die Hand genommen hatte, um seine Geliebte gut in die Öffentlichkeit einzuführen. Gamache, der Roussin nicht leiden konnte, war begeistert; und Christof, der durch den reichlichen Weingenuß und das Wohlwollen der Zuhörerschaft angeregt war, kam von einer Geschichte in die andere, die alle mehr oder weniger indiskret waren und von denen die Zuhörer sich nichts entgehen ließen. Nur Christof hatte sie schon wieder vergessen, als er vom Tisch aufstand; und erst jetzt, bei Oliviers Frage, kehrten sie ihm ins Gedächtnis zurück. Er fühlte, wie ihm ein kleiner Schauer das Rückgrat entlanglief. Denn er gab sich keinerlei Täuschung hin; er hatte genügend Erfahrungen gesammelt, um zu ahnen, was nun geschehen würde. Jetzt, nachdem seine Weinstimmung verflogen war, sah er es so klar vor sich, als wäre es schon geschehen: seine Schwätzereien entstellt und im Lokalteil schmähsüchtiger Zeitungen veröffentlicht, seine Künstlereinfälle zu Kriegswaffen umgewandelt. Was seinen Berichtigungsbrief anging, so wußte er so gut wie Olivier, wessen er sich zu gewärtigen hatte: Journalisten etwas erwidern heißt unnütz Tinte verschwenden; ein Journalist hat immer das letzte Wort.

Alles geschah Punkt für Punkt, wie Christof es vorhergesehen hatte. Die Klatschereien erschienen, und der Berichtigungsbrief erschien nicht. Gamache begnügte sich damit, ihm sagen zu lassen, daß ihn seine edle Gesinnung und seine Bedenken ehrten; aber er bewahrte das Geheimnis dieser Bedenken eifersüchtig für sich; und die Christof fälschlich zugeschriebenen Gesinnungen verbreiteten sich, riefen bissige Kritiken in den Pariser Zeitungen hervor und wirkten dann ebenso in Deutschland, wo man empört darüber war, daß ein deutscher Künstler sich so ungebührlich über sein Vaterland äußerte.

Christof glaubte sehr klug zu handeln, als er gelegentlich bei dem Interview einer anderen Zeitung lebhaft seine Liebe für das *Deutsche Reich** beteuerte, in dem man, so sagte er, mindestens ebenso frei sei wie in der Französischen Republik. – Er sprach dies dem Vertreter einer konservativen Zeitung gegenüber aus, der ihm sofort antirepublikanische Äußerungen unterschob.

„Es wird immer besser!" sagte Christof. „Was hat meine Musik mit Politik zu tun?"

„Das ist bei uns so Sitte", meinte Olivier. „Sieh dir doch die Schlachten an, die man sich auf Beethovens Rücken liefert. Die einen machen aus ihm einen Jakobiner, die anderen einen Pfaffen; diese einen Père Duchesne, jene einen Fürstendiener."

„Ach, und wie würde er ihnen allen einen Tritt in den Hintern geben!"

„Nun, dann mach es doch ebenso!"

Dazu hatte Christof große Lust. Doch er stellte sich zu freundschaftlich mit denen, die ihm liebenswürdig entgegenkamen. Olivier war immer voller Sorge, wenn er ihn allein ließ; denn es kam stets jemand, um ihn zu interviewen. Und Christof konnte noch so sehr versprechen, sich in acht zu nehmen, immer wieder war er zu mitteilsam und zu vertrauensselig. Er sagte alles, was ihm durch den Kopf ging. Da kamen Journalistinnen, die sich als seine Freundinnen ausgaben und ihn dazu brachten, von seinen zärtlichen Abenteuern zu erzählen. Andere bedienten sich seines Namens, um über den oder jenen Schlechtes zu reden. Wenn Olivier heimkehrte, fand er Christof ganz begossen vor.

„Wieder eine Dummheit?" fragte er.

„Es hört nicht auf!" sagte Christof niedergeschmettert.

„Du bist unverbesserlich!"

„Man müßte mich hinter Schloß und Riegel setzen... Aber diesmal ist es das letzte Mal gewesen, das schwöre ich dir."

„Ja, ja, bis zum nächsten Mal..."

„Nein, diesmal ist Schluß."

Am nächsten Tag sagte Christof triumphierend zu Olivier:

„Es ist noch einer gekommen. Ich habe ihn vor die Tür gesetzt."

„Man muß nicht übertreiben", meinte Olivier, „nimm dich in acht; du weißt: bissige Hunde! Sie fallen dich an, wenn du dich verteidigst... es ist ihnen so leicht, sich zu rächen! Sie ziehen ihren Vorteil aus dem kleinsten Wort, das man sagt."

Christof strich sich mit der Hand über die Stirn.

„Ach, guter Gott!"

„Was gibt es denn noch?"

„Mir fällt ein, daß ich ihm in der Tür gesagt habe..."

„Was denn?"

„Das Wort des Kaisers."

„Des Kaisers?"

„Ja, und wenn es nicht von ihm ist, so doch von einem aus seiner Umgebung."

„Unglücklicher, du wirst es auf der ersten Seite der Zeitung zu lesen bekommen!"

Christof zitterte. Aber was er am nächsten Morgen fand, war eine Beschreibung seiner Wohnung, in der der Berichterstatter nicht gewesen war, und die Wiedergabe einer Unterhaltung, die nicht stattgefunden hatte.

Je mehr Gerüchte sich über ihn verbreiteten, um so schlimmer wurden sie. In den ausländischen Zeitungen schmückte man sie mit immer größeren Widersinnigkeiten aus. Französische Zeitungen hatten zum Beispiel ausgestreut, daß Christof in seinem Elend Musikstücke für Gitarre hatte bearbeiten müssen. Aus einer englischen Zeitung erfuhr er nun gar, daß er auf den Höfen Gitarre gespielt habe.

Er las durchaus nicht nur Lobeserhebungen. Im Gegenteil! Es genügte, daß Christof vom *Grand Journal* begünstigt wurde, damit die anderen Zeitungen über ihn herfielen; es war unter ihrer Würde, zuzugeben, daß ein Kollege ein Genie entdeckt haben sollte, das sie übersehen hatten. Sie machten sich über Christofs Schicksal lustig.

Goujart, der tief gekränkt war, daß man ihm einen solchen Bissen weggeschnappt hatte, schrieb einen Aufsatz, um, wie er sagte, die Dinge richtigzustellen. Er sprach sehr vertraut von seinem alten Freunde Christof, dessen erste Schritte in Paris er geleitet habe: ganz gewiß sei er ein talentierter Musiker, aber (er könne das ja gut sagen, da sie Freunde seien) er sei doch ungenügend ausgebildet, ohne persönliche Eigenart und außerordentlich dünkelhaft; es hieße ihm den denkbar schlechtesten Dienst erweisen, wenn man seinem Hochmut in dieser lächerlichen Weise schmeicheln wolle, während er doch eines umsichtigen Mentors bedürfe, der gebildet, urteilsfähig, wohlwollend und streng zugleich wäre. (Also ganz das Porträt von Goujart selbst.) Die Musiker lachten gezwungen. Sie trugen eine bissige Verachtung für einen Künstler zur Schau, der den Beistand der Zeitungen genoß. Scheinbar flößte ihnen das Servum pecus tiefen Ekel ein, und sie wiesen die Geschenke eines Artaxerxes zurück, die dieser ihnen gar nicht anbot. Die einen beschimpften Christof, die anderen erdrückten ihn förmlich durch die Wucht ihres Mitgefühls. Manche fielen über Olivier her (das waren seine Kollegen). Sie grollten ihm wegen seiner Unbestechlichkeit und der Art, mit der er sie unbeachtet ließ, was er – das muß gesagt sein – mehr aus Einsamkeitsbedürfnis als aus Nichtachtung gegen sie tat. Aber was die Leute am wenigsten verzeihen, ist gerade, daß man ohne sie fertig wird. Einige gingen beinahe so weit, anzudeuten, daß er wohl ein sehr persönliches Interesse an den Aufsätzen im *Grand Journal* hätte. Andere hielten es für nötig, Christof gegen ihn in Schutz zu nehmen. Mit leidender Miene wiesen sie auf die Gewissenlosigkeit Oliviers hin, der einen zarten, träumerischen, dem Leben gegenüber ungenügend gewappneten Künstler – Christof! – in das Getriebe des Jahrmarkts hinausstieß, in dem er notwendigerweise untergehen mußte. Man untergrübe, sagten sie, die Zukunft dieses Menschen, dessen guter Wille und angestrengt fleißiges Arbeiten bei allem

Mangel an starker Begabung doch ein besseres Schicksal verdienten; mit solch üblem Weihrauch aber benebele man ihn völlig. Es sei ein Jammer! Konnte man ihn denn nicht ganz unbeachtet geduldig arbeiten lassen?

Olivier hätte ihnen zwar leicht antworten können:

Wenn man arbeitet, muß man auch essen. Wer soll ihm denn Brot geben?

Aber das hätte sie nicht weiter gestört. Sie hätten mit großartiger Überlegenheit geantwortet:

Das macht nichts. Leiden muß sein.

Natürlich konnten nur Leute aus der Gesellschaft solche stoischen Theorien aufstellen. So antwortete jener Millionär einem harmlosen Menschen, der ihn um Hilfe für einen im Elend lebenden Künstler anging:

„Aber, bester Herr, Mozart ist im Elend zugrunde gegangen!"

Man würde es sehr geschmacklos gefunden haben, wenn Olivier gesagt hätte, daß Mozart nichts sehnlicher gewünscht habe, als zu leben, und daß Christof dazu fest entschlossen sei.

Dieses Weibergewäsch wurde Christof lästig. Er fragte sich, ob das immer so weitergehen würde. Aber nach vierzehn Tagen hörte es auf. Die Zeitungen sprachen nicht mehr von ihm. Doch nun war er bekannt. Wenn sein Name genannt wurde, sagte man nicht etwa:

„Das ist der Komponist des *David* oder des *Gargantua*", sondern:

„Ach ja, das ist der Mann, von dem das *Grand Journal* ..."

Das war die Berühmtheit.

Olivier merkte es an den vielen Briefen, die Christof empfing und die indirekt auch er selbst bekam: Anerbieten von Librettoschreibern, Vorschläge von Konzertagenten, Zusicherungen ganz neuer Freunde, die oft noch vor kurzem Feinde gewesen waren, und Einladungen von Frauen. Auch für Zeitungsrundfragen wollte man seine Meinung wissen; über die Entvölkerung Frankreichs, über die idealistische Kunst, über das Frauenkorsett, über Nacktdarstellungen auf der Bühne. Man fragte ihn, ob er nicht fände, daß Deutschland im Niedergang begriffen sei, daß es mit der musikalischen Kunst zu Ende gehe und so weiter und so weiter. Die Freunde machten sich über all dies lustig. Aber trotzdem geschah es, daß Christof, dieser Wilde, die Diner-Einladungen schließlich annahm! Olivier traute seinen Augen nicht.

„Du?" sagte er.

„Ich, jawohl", antwortete Christof spöttelnd. „Du glaubtest wohl, daß nur du ausgehen könntest, um dir schöne Damen anzusehen? Jetzt ist die Reihe an mir, mein Kleiner! Ich will auch meinen Spaß haben!"

„Deinen Spaß haben? Armer Junge!"

Tatsache war, daß Christof seit langer Zeit derart abgeschlossen gelebt hatte, daß ihn plötzlich ein leidenschaftliches Bedürfnis packte, etwas herauszukommen. Dann aber machte es ihm auch eine kindliche Freude, den neuen Ruhm zu kosten. Im übrigen langweilte er sich auf diesen Gesellschaften ungeheuer und fand die Leute idiotisch. Aber wenn er heimgekehrt war, erzählte er Olivier in boshafter Weise das Gegenteil. Er nahm eine Einladung an, besuchte die Leute dann aber nie wieder und machte lächerliche, empörend ungenierte Ausreden, um wiederholten Aufforderungen auszuweichen. Olivier schlug die Hände über dem Kopf zusammen. Christof aber lachte. Er besuchte die Salons nicht, um seine Berühmtheit zu fördern, sondern um wieder mehr Fühlung mit dem Leben zu bekommen, um Blicke, Stimmen, Bewegungen in sich aufzunehmen, jenen ganzen Reichtum an Formen, Tönen und Farben, mit denen der Künstler notwendigerweise von Zeit zu Zeit seine Palette bereichern muß. Ein Musiker nährt sich nicht nur von Musik. Die Betonung eines Wortes, der Rhythmus einer

Geste, die Harmonie in einem Lächeln geben ihm mehr musikalische Anregungen als manche Symphonie eines Kollegen. Allerdings muß man sagen, daß in den Salons diese Musik der Gesichter und der Seelen ebenso eintönig und fade ist wie die Musik der Musiker. Jeder hat seine Pose, und er erstarrt darin. Das Lächeln einer hübschen Frau bleibt sich in seiner einstudierten Anmut ebenso ewig gleich wie eine Pariser Melodie. Die Männer sind noch nichtssagender als die Frauen. Unter dem entkräftenden Einfluß der Gesellschaft erschlaffen alle Energien, und die Eigenart der Charaktere vermindert und verwischt sich erschreckend rasch. Christof war erstaunt, wie viele er unter den Künstlern traf, die bereits erstorben waren oder im Sterben lagen. Da war zum Beispiel ein junger Musiker voller Kraft und Talent, den der Erfolg derart abgestumpft hatte, daß er nichts anderes mehr tat, als sich von dem Weihrauch, den man ihm streute, benebeln zu lassen, zu genießen und zu schlafen. Was in zwanzig Jahren aus ihm werden würde, sah man am anderen Ende des Salons in der Gestalt jenes pomadisierten, reichen, berühmten alten Meisters, Mitgliedes sämtlicher Akademien, der auf dem Gipfel seiner Laufbahn angekommen war und der, wie man hätte meinen sollen, nichts mehr zu fürchten und auf nichts mehr Rücksicht zu nehmen hatte, der aber aus Angst vor der öffentlichen Meinung vor allen auf dem Bauch lag, vor einflußreichen Personen und vor der Presse, der nicht mehr zu sagen wagte, was er dachte, und übrigens auch gar nichts mehr dachte, der kein wirkliches Leben mehr führte: ein eitler Esel, behängt mit seinen eigenen Reliquien.

Man konnte sicher sein, daß hinter jedem dieser Künstler oder Geisteshelden, die einmal groß gewesen waren oder es doch hätten sein können, eine Frau stand, die sie zugrunde richtete. Sie waren alle gefährlich, die dummen wie die klugen, die liebenden wie die selbstsüchtigen; die besten waren die schlimmsten: denn sie erstickten um so gewisser den Künstler unter dem Druck ihrer unvernünftigen Zärtlichkeit, taten in bester Absicht alles, sich das Talent dienstbar zu machen, es zu verflachen, zurechtzustutzen und zurechtzuputzen und es so zu parfümieren, daß es in ihre Gefühlswelt paßte, in ihre kleine Welt der Eitelkeit und des Mittelmaßes.

Obgleich Christof diese Welt nur flüchtig streifte, sah er genug davon, um die Gefahr zu ahnen. Mehr als eine Frau suchte ihn für ihren Salon und ihren Dienst zu kapern; und Christof war schon manchmal nahe daran gewesen, in die Schlinge eines verheißenden Lächelns zu gehen. Ohne seinen derben, gesunden Menschenverstand und ohne das warnende Beispiel der Verwandlungen, die diese modernen Circen in ihrer Umgebung schon zuwege gebracht hatten, wäre er wohl nicht entschlüpft. Aber es lag ihm nicht das mindeste daran, in eine der Herden dieser schönen Schweinehüterinnen eingereiht zu werden. Die Gefahr wäre für ihn größer gewesen, wenn nicht alle hinter ihm her gewesen wären. Doch jetzt, da alle ganz davon durchdrungen waren, daß sich ein Genie in ihrer Mitte befand, gaben sie sich in gewohnter Weise die größte Mühe, es zu ersticken. Diese Menschen haben immer nur den einen Gedanken: wenn sie eine Blume sehen – sie in einen Topf zu pflanzen; einen Vogel – in den Käfig zu sperren; einen freien Mann – zu einem Lakaien zu machen.

Christof hatte nur für kurze Zeit das Gleichgewicht verloren. Nun ergriff er die Zügel um so fester und schickte alle zum Teufel.

Das Schicksal ist voller Ironie. Die Unvorsichtigen läßt es durch die Maschen seines Netzes hindurchgleiten; aber die, die sich in acht nehmen, die Vorsichtigen, die Wachsamen, läßt es ganz sicher nicht entschlüpfen. So wurde denn auch nicht Christof im Netz Paris gefangen, sondern Olivier.

Der Erfolg seines Freundes war ihm zugute gekommen. Christofs Ruhm hatte seine Strahlen auch auf ihn geworfen.

Da er als Entdecker Christofs galt, kannte man ihn jetzt besser als durch alles, was er seit zehn Jahren geschrieben. So hatte er teil an den Einladungen, die Christof zugingen, und er begleitete ihn in der Absicht, heimlich über ihn zu wachen. Wahrscheinlich nahm ihn diese Aufgabe so in Anspruch, daß er an sich selbst nicht denken konnte. Die Liebe ging vorüber und nahm ihn gefangen.

Sie war ein reizendes, blondes, mageres kleines Mädchen mit feinen, lockigen Haaren, die ihr wie kleine Wellen um die durchsichtige schmale Stirn flossen. Sie hatte feine Brauen über den etwas schweren Lidern, Augen von einem Blau wie die Blüten des Immergrüns, eine schmale Nase mit beweglichen Nüstern, leicht eingefallene Schläfen, ein eigensinniges Kinn, einen geistvollen, sinnlichen Mund, um dessen etwas hochgezogene Winkel das Lächeln eines unschuldigen kleinen Fauns spielte, wie es auf Bildern des Parmeggianino zu finden ist. Sie hatte einen langen, schlanken Hals, ihr Körper war von eleganter Magerkeit. In ihrem jungen Gesicht war ein halb glücklicher, halb schmerzlicher Zug, das beunruhigende und holde Rätsel des erwachenden Frühlings – *Frühlingserwachen**. Sie hieß Jacqueline Langeais.

Jacqueline war noch nicht zwanzig Jahre alt. Sie stammte aus einer katholischen reichen, vornehmen und freigeistigen Familie. Ihr Vater war ein intelligenter, erfinderischer und lebensgewandter Ingenieur, der allem Neuen zugänglich war und sein Vermögen der Arbeit, seinen politischen Beziehungen und seiner Heirat verdankte – einer Liebes- und Geldheirat (für diese Art Leute die einzig wahre Liebesheirat) mit einer sehr hübschen echten Pariserin aus der Finanzwelt. Das Geld war geblieben, die Liebe war verflogen. Immerhin waren noch ein paar Funken übrig: denn die Neigung war auf beiden Seiten sehr lebhaft gewesen. Sie legten aber keinen Wert auf übertriebene Treue; jedes von ihnen ging seinen Angelegenheiten und seinen Vergnügungen nach; so stand man kameradschaftlich und gut miteinander und lebte skrupellos, aber besonnen den persönlichen Interessen.

Ihre Tochter war ein Band zwischen ihnen und zugleich der Gegenstand einer heimlichen Eifersucht. Sie liebten sie beide auf gleiche Weise. Jeder erkannte in ihr die eigenen Lieblingsfehler wieder, die aber durch die kindliche Anmut verklärt waren, und heimlich suchte jeder sie dem anderen abspenstig zu machen. Die Kleine merkte das natürlich bald mit der harmlosen Durchtriebenheit jener kleinen Wesen, die nur allzugern glauben, die ganze Welt drehe sich bloß um sie, und sie wußte es sich zunutze zu machen. Sie brachte es zuwege, daß sich die Eltern beständig in Zärtlichkeiten überboten. Sie war sicher, daß jede ihrer Launen von dem einen Teil unterstützt würde, wenn der andere ihr nicht nachgab; und der andere war so gekränkt, wenn er zurückgesetzt wurde, daß er gleich darauf noch mehr bot, als der erste gewährt hatte. Auf diese Weise war das Kind unglaublich verwöhnt worden; und es war ein Glück, daß in seiner Natur nichts Schlechtes lag – außer Selbstsucht, die fast allen Kindern eigen ist, die jedoch bei allzu verhätschelten und allzu reichen Kindern aus völligem Mangel an Widerstand krankhafte Formen annimmt.

Bei aller Anbetung für das Kind hätten sich Herr und Frau Langeais wohl gehütet, ihm irgend etwas von ihrer persönlichen Bequemlichkeit zu opfern. Sie ließen es fast den ganzen Tag allein. An Zeit zum Träumen fehlte es Jacqueline nicht. Durch unvorsichtige Reden, die man in ihrer Gegenwart führte, frühreif und aufgeweckt geworden (denn man tat sich keinerlei Zwang an), erzählte sie schon mit sechs Jahren ihren Puppen kleine Liebesgeschichten, in denen der Mann, die Frau und der Liebhaber eine Rolle spielten. Selbstverständlich dachte sie sich nichts Böses dabei. Von dem Tage an, als sich hinter den Worten ein Schimmer von Gefühl für sie offenbarte, bekamen die

Puppen nichts mehr zu hören, und sie behielt ihre Geschichten für sich. Sie hatte einen Schatz von unschuldiger Sinnlichkeit, die in der Ferne, da drüben, jenseits des Horizonts, wie unsichtbare Glocken widerhallte. Man wußte nicht, was es war. Manchmal trug der Wind Wellen davon herüber; man wußte nicht, woher sie kamen. Man wurde davon eingehüllt, man fühlte sich erröten, der Atem stockte einem vor Angst und vor Lust. Man begriff nichts davon. Und dann verschwand es, wie es gekommen war. Nichts war mehr vernehmbar, kaum ein Summen, ein unmerkbares Schwingen, das in der blauen Luft verschwamm. Nur eines war sicher, daß es von fern hinter den Bergen herkam und daß man so schnell wie möglich dahin gelangen mußte: dort war das Glück. Ach, wenn man nur hinkäme!

Solange man noch nicht dort war, machte man sich die sonderbarsten Gedanken über das, was man finden würde; und es schien dem kleinen Mädchen die schwerste Aufgabe, hinter dies Geheimnis zu kommen. Mit einer Altersgenossin, Simone Adam, unterhielt sie sich oft über solche ernsten Fragen. Eine half der anderen mit ihrer Wissenschaft und der Erfahrung ihrer zwölf Jahre, mit aufgefangenen Unterhaltungen und heimlich Angelesenem. So mühten sich die beiden kleinen Mädchen, stellten sich gewissermaßen auf die Zehenspitzen und hielten sich an den Steinen fest, um über die alte Mauer zu schauen, hinter der sich ihnen die Zukunft verbarg. Aber sosehr sie sich auch anstrengten und glauben mochten, etwas durch die Ritzen zu sehen: sie sahen gar nichts. Sie waren ein Gemisch aus Reinheit, poetisch verklärter Freude an frivolen Dingen und Pariser Spottlust. Sie sprachen Ungeheuerlichkeiten aus, ohne es zu ahnen, und bauten sich aus den einfachsten Dingen ganze Welten auf. Jacqueline, die überall herumschnüffelte, ohne daß es ihr jemand verbot, steckte ihr Näschen in alle Bücher ihres Vaters. Glücklicherweise war sie vor schlimmen Erfahrungen durch ihre eigene Unschuld und ihren sehr reinen Mädcheninstinkt geschützt: ein etwas roher Auftritt oder ein grobes Wort genügte, um sie abzuschrecken. Sofort ließ sie das Buch liegen und entschlüpfte der schlimmen Gesellschaft gleich einer aufgeschreckten Katze, die geschickt über Pfützen hinwegsetzt, ohne sich zu beschmutzen.

Romane lockten sie im allgemeinen nicht: sie waren ihr zu deutlich und zu trocken. Doch etwas ließ ihr Herz in Mitgefühl und Hoffnung höher schlagen: Gedichte, natürlich nur solcher Poeten, die von Liebe sprachen. Diese waren der Empfindungsweise des kleinen Mädchens näher. Sie sahen die Dinge nicht so, wie sie waren, sie erträumten sie durch das Prisma von Wunsch und Sehnsucht. Fast schien es, als schauten sie gleich ihr durch die Fugen der alten Mauer. Aber sie wußten soviel mehr, sie wußten alles, worauf es ankam, und sie hüllten es in unendlich zarte und geheimnisvolle Worte, die man mit äußerster Vorsicht ergründen mußte, damit man fand ... fand ... Ach, man fand gar nichts, aber man war immer ganz nahe daran ...

Die beiden Neugierigen ermüdeten niemals. Halblaut und mit einem leisen Schauer sagten sie sich stets von neuem Alfred de Mussets oder Sully-Prudhommes Verse auf, in denen sie Abgründe von Verderbtheit vermuteten. Sie schrieben sie ab; sie befragten sich gegenseitig über den verborgenen Sinn von Stellen, die oft gar nichts verbargen. Unschuldig und keck, halb im Scherz, halb im Ernst, sprachen diese braven dreizehnjährigen kleinen Frauen, die nichts von Liebe wußten, über Liebe und Liebeslust; sie kritzelten in der Schulstunde unter dem väterlichen Blick des Lehrers – eines sehr sanften und höflichen alten Herrn – auf ihr Löschblatt Verse wie die folgenden, die er eines Tages entdeckte und über die er ganz entsetzt war:

Laß, oh, laß mich dich umschlingen,
Aus deinen Küssen Liebestollheit trinken
Tropfen um Tropfen und lange Zeit ...

Sie besuchten die Vorlesungen eines in den reichen Gesellschaftskreisen bevorzugten Instituts, dessen Lehrer Universitätsdozenten waren. Das war der rechte Boden für ihre sehnsüchtigen Gefühle. Fast alle diese kleinen Mädchen waren in ihre Lehrer verliebt, die nur jung und nicht allzu abstoßend zu sein brauchten, um in ihren Herzen Stürme zu entfesseln. Sie arbeiteten auf das allerbeste, um sich bei ihrem Sultan in ein gutes Licht zu setzen. Wenn ein Aufsatz von ihm schlecht zensiert worden war, gab es Tränen. Wenn er lobte, errötete und erblaßte man, schmachtete man ihn dankbar an und war kokett. Wenn er einen gar beiseite rief, um einen Rat zu erteilen oder ein freundliches Wort zu sagen, war man ganz und gar im Paradies. Man brauchte wirklich kein Genie zu sein, um ihnen zu gefallen. Als einmal in der Turnstunde der Lehrer Jacqueline an das Trapez hob, überfiel sie ein kleines Fieber. Oh, dieser leidenschaftliche Wetteifer, diese geheimen Regungen der Eifersucht! Mit wie demütigen und schmeichelnden Blicken suchte man den hohen Gebieter einer frechen Nebenbuhlerin abzujagen! Wenn er in der Stunde nur den Mund zum Reden aufmachte, flogen die Federn und Bleistifte schon über das Papier, um ja mitzukommen. Auf das Verständnis kam es dabei nicht besonders an, die Hauptsache war, daß man keine Silbe verlor. Sie schrieben und schrieben, ohne daß ihr neugieriger Blick aufhörte, heimlich das Gesicht und die Bewegungen ihres Gottes bis ins kleinste zu studieren, und ganz leise fragten sich Jacqueline und Simone:

„Glaubst du, daß ihm eine Krawatte mit blauen Punkten gut stehen würde?"

Dann formten sie sich ihr Ideal aus bunten Bildern, aus überschwenglichen und banalen Gedichtbüchern, aus poetischen Modekupfern. Das war die Zeit der Schwärmereien für Schauspieler und Virtuosen, für lebende und tote Künstler wie Mounet-Sully, Samain, Debussy. Sie tauschten Blicke mit unbekannten jungen Leuten im Konzert, in einem Salon, auf der Straße; und in Gedanken entstanden daraus sofort kleine Leidenschaften – sie hatten dauernd das Bedürfnis, sich für irgend etwas zu begeistern, von einer Liebe erfüllt zu sein, irgendeinen Vorwand zum Lieben zu haben. Jacqueline und Simone vertrauten einander alles an: ein deutlicher Beweis, daß sie nicht sehr tief empfanden; es war sogar das beste Mittel, niemals ein tieferes Gefühl aufkommen zu lassen. Andererseits versetzten sie sich dadurch in eine Art chronischen Krankheitszustand, den sie liebevoll pflegten, obwohl sie selbst die ersten waren, die sich darüber lustig machten. Sie erhitzten sich gegenseitig. Simone, die romantischer und besonnener war, malte sich mehr die abenteuerlichen Dinge aus. Die wahrhaftigere und leidenschaftlichere Jacqueline hätte sie lieber in die Wirklichkeit umgesetzt. Zwanzigmal war sie nahe daran, die größten Dummheiten zu begehen... Aber sie beging sie nicht. Wie es in diesem Alter gewöhnlich ist: es gibt Stunden, in denen diese verliebten kleinen Narren (wie wir alle einmal waren) ganz nahe daran sind, entweder dem Selbstmord oder der Verführung des ersten besten zu verfallen. Nur daß sie, Gott sei Dank, meistens nicht soweit kommen. Jacqueline entwarf zehn leidenschaftliche Briefe an Leute, die sie kaum kannte; aber sie schickte keinen ab, außer einem einzigen begeisterten Schreiben, unter das sie nicht einmal ihren Namen setzte, an einen häßlichen, gewöhnlichen, egoistischen Kritiker mit vertrocknetem Herzen und beschränktem Geist. Sie hatte sich in ihn verliebt, weil sie in drei Zeilen von ihm einen Schatz von Empfindungen entdeckt zu haben glaubte. Auch für einen großen Schauspieler war sie entflammt. Er wohnte in ihrer Nähe; jedesmal, wenn sie an der Haustür vorbeikam, sagte sie zu sich:

Wenn ich hineingingе!

Und einmal war sie kühn genug, bis zu seiner Wohnung hinaufzusteigen. Aber dort ergriff sie die Flucht. Wovon hätte sie mit ihm reden sollen? Sie hatte ihm nichts, aber auch gar nichts zu sagen. Sie liebte ihn nicht, und sie wußte das ganz gut. Zur Hälfte bestanden ihre Tollheiten in freiwilligem Selbstbetrug. Und zur anderen Hälfte war es das ewige und wonnevolle und törichte Bedürfnis zu lieben. Da Jacqueline von Haus aus sehr intelligent war, wußte sie das wohl. Doch das schützte sie nicht vor Tollheiten. Ein Narr, der sich kennt, ist zweifach ein Narr.

Sie ging sehr viel in Gesellschaften. Sie war von jungen Leuten umgeben, die von ihrer Anmut gefesselt waren, und mehr als einer liebte sie. Sie hingegen liebte keinen einzigen und flirtete mit allen. Was sie damit anrichten konnte, kümmerte sie wenig. Ein hübsches Mädchen macht sich aus der Liebe ein grausames Spiel. Es scheint ihm ganz natürlich, daß man es liebt, und es glaubt sich dem Liebenden gegenüber zu nichts verpflichtet. Daß einer sie lieben darf, das allein scheint ihr schon Glück genug für ihn zu sein. Zur Entschuldigung sei gesagt, daß sie nicht ahnt, was Liebe ist, wenn sie auch den ganzen Tag an nichts anderes denkt. Man sollte meinen, daß ein junges Mädchen der Gesellschaft, das in der Treibhausluft der Großstadt aufgewachsen ist, frühreifer wäre als ein Kind vom Land; aber das Gegenteil ist der Fall. Durch Bücher und Gespräche ist sie mit der Liebe so weit vertraut geworden, daß diese sich in ihrem unausgefüllten Leben oft bis zur fixen Idee steigert; es ist sogar zuweilen, als habe sie das Buch schon gelesen und wisse jedes Wort daraus auswendig. Nur fühlt sie nichts dabei. In der Liebe wie in der Kunst soll man nicht lesen, was andere sagen, sondern soll sagen, was man fühlt. Und wer voreilig etwas redet, ehe er etwas zu sagen hat, läuft Gefahr, niemals etwas Rechtes zu sagen.

So lebte Jacqueline, wie die meisten jungen Mädchen, in einem Wust fremder Empfindungen, die sie zwar in einem Zustand beständigen Fiebers erhielten, in dem sie mit heißen Händen, trockener Kehle und brennenden Augen umherging, die sie aber hinderten, die Dinge richtig zu sehen. Sie glaubte sie zu kennen. An gutem Willen fehlte es ihr nicht. Sie las und sie hörte zu. Aus Unterhaltungen und Büchern hatte sie manche Brocken gelernt. Sie versuchte sogar, in sich selbst zu lesen. Sie war besser als ihre Umgebung; denn sie war aufrichtiger.

Eine Frau übte einen wohltätigen Einfluß auf sie aus – nur zu kurze Zeit. Es war eine unverheiratete Schwester ihres Vaters, zwischen vierzig und fünfzig Jahren. Marthe Langeais hatte ein regelmäßiges, aber vergrämtes, nicht schönes Gesicht und ging immer schwarz gekleidet; in ihren Bewegungen lag eine steife Vornehmheit; sie sprach wenig und hatte eine sehr tiefe Stimme. Man hätte sie übersehen können, wäre nicht der klare Blick ihrer klugen grauen Augen gewesen und das gütige Lächeln ihres traurigen Mundes.

Man sah sie bei den Langeais nur an bestimmten Tagen, wenn sie allein waren. Langeais hatte für sie eine mit Langerweile gemischte Verehrung. Frau Langeais verhehlte ihrem Mann durchaus nicht, daß ihr diese Besuche wenig Freude machten. Trotzdem legte man sich aus konventionellem Pflichtgefühl den Zwang auf, sie regelmäßig einmal wöchentlich zu Tisch einzuladen. Und man ließ sie auch nicht allzusehr fühlen, daß man damit nur eine Pflicht erfüllte. Langeais sprach von sich selbst, weil ihm das immer vom Herzen kam. Frau Langeais dachte an alle möglichen Dinge, während sie gewohnheitsmäßig lächelte und aufs Geratewohl antwortete. So ging alles gut und voller Höflichkeit vonstatten. Es kam sogar vor, daß man von Herzlichkeit überströmte, wenn die feinfühlige Tante früher fortging, als man erwartet hatte. Und an manchen Tagen, wenn Frau Langeais besonders liebe Erinnerungen durch den Kopf gingen, wurde ihr reizendes Lächeln geradezu strahlend. Tante Marthe fühlte das alles; ihrem Blick entging nur wenig; und im Hause ihres Bruders sah sie vieles, was sie abstieß oder betrübte. Aber sie ließ sich nichts merken: was hätte es auch genützt? Sie liebte ihren Bruder, sie war stolz auf seine Klugheit und seine Erfolge wie die übrige Familie, der kein Opfer zu schwer gewesen war, um damit den Erfolg des ältesten Sohnes zu erkaufen. Sie wenigstens hatte sich ihr Urteil nicht trüben lassen. Ebenso klug wie er, aber moralisch gefestigter, mannhafter (wie viele Frauen in Frankreich den Männern so überlegen sind), durchschaute sie ihn und sagte offen ihre Ansicht, wenn er sie danach fragte. Aber er hatte sie schon lange nicht mehr danach gefragt. Er fand es klüger, nichts zu wissen oder (denn er wußte ebensogut Bescheid wie sie) nichts wissen zu wollen. Sie zog sich aus Stolz in sich zurück. Niemand kümmerte sich um ihr Innenleben. Es war für die anderen auch bequemer, es nicht zu kennen. Sie lebte allein, ging wenig aus und hatte nur wenige, nicht sehr vertraute Freunde. Es wäre leicht für sie gewesen, die Beziehungen ihres Bruders und ihre eigenen Talente vorteilhaft auszunützen; sie tat es nicht. Sie hatte für eine der großen Pariser Zeitschriften zwei oder drei Aufsätze geschrieben, historische und literarische Porträts, deren nüchterner, treffender, guter Stil aufgefallen war. Dabei hatte sie es bewenden lassen. Sie hätte anregende Freundschaften mit manchen hervorragenden Menschen anknüpfen können, die Interesse für sie gezeigt hatten und die sie selbst vielleicht gern kennengelernt hätte. Sie hatte deren Entgegenkommen nicht erwidert. Es kam vor, daß sie ein Billett zu einer Theatervorstellung hatte; man spielte irgend etwas Schönes, was sie liebte, und sie ging trotzdem nicht hin; oder sie hätte eine Reise machen können, die ihr sicher Freude gemacht hätte, und blieb zu Hause; ihre Natur war ein sonderbares Gemisch von Stoizismus und Neurasthenie. Diese konnte ihre gesunde Denkart nicht im entferntesten ankränkeln. Ihr Körper wurde zwar davon berührt, nicht aber ihr Geist. Ein alter Kummer, von dem nur sie allein wußte, hatte ihr Herz gezeichnet. Und noch tiefer, unerkannter, ihr selbst unbekannt, waren die Spuren des Schicksals, das innere Weh, das bereits an ihr zu nagen begann. – Doch die

Langeais kannten nichts von ihr als ihren klaren Blick, der ihnen manchmal peinlich war.

Jacqueline beachtete die Tante kaum, solange sie sorglos und glücklich dahinlebte, und das war zunächst ihr gewöhnlicher Zustand. Doch als sie in das Alter kam, in dem Körper und Seele beunruhigend durchwühlt werden, in dem das ganze Wesen allem Widerwillen, allen Ängsten und Schrecken und hoffnungsloser Traurigkeit ausgeliefert ist, in dieser Zeit des sinnlosen und unerträglichen Taumels, der glücklicherweise nicht lange anhält, in der man aber sterben zu müssen meint, hatte das Kind, das sich dem Ertrinken nahe fühlte und doch nicht um Hilfe zu rufen wagte, einzig und allein die Tante Marthe, die ihm die Hand reichte. Ach, wie fern waren die andern! Wie fremd waren ihr Vater und Mutter! Ihre zärtliche Selbstsucht erfüllte sie viel zu sehr, als daß sie sich mit den kleinen Kümmernissen einer vierzehnjährigen Puppe hätten befassen können! Die Tante aber ahnte sie und fühlte mit ihr. Sie sagte nichts. Sie lächelte nur still; über den Tisch hinüber tauschte sie einen gütevollen Blick mit Jacqueline. Jacqueline fühlte, daß die Tante sie verstand, und sie flüchtete sich zu ihr. Marthe legte ihre Hand auf Jacquelines Kopf und streichelte sie, ohne zu reden.

Das junge Mädchen vertraute sich ihr an. Wenn ihr Herz übervoll war, besuchte sie ihre große Freundin; sie wußte, sie würde, wann immer sie käme, dieselben gütigen Augen finden, aus deren Ruhe ein wenig auf sie überströmte. Sie sprach mit der Tante fast nie von ihren eingebildeten kleinen Leidenschaften: sie hätte sich geschämt; sie fühlte, daß sie nicht echt waren. Aber sie redete von ihren unbestimmten und tiefen Ängsten, die ehrlich waren, grundehrlich.

„Tante", seufzte sie manchmal, „ich möchte so gern glücklich sein!"

„Armes Kind", sagte Marthe lächelnd.

Jacqueline legte ihren Kopf an die Knie der Tante und küßte die Hände, die sie liebkosten.

„Werde ich glücklich sein? Tante, sag, werde ich glücklich sein?"

„Das weiß ich nicht, mein Liebling, das hängt ein wenig von dir ab... man kann immer glücklich sein, wenn man will."

Jacqueline war ungläubig.

„Bist du denn glücklich?"

Marthe lächelte wehmütig.

„Ja."

„Nein, wirklich, du bist glücklich?"

„Glaubst du's nicht?"

„Doch. Aber..."

Jacqueline stockte.

„Was denn?"

„Ja, ich möchte wohl glücklich werden, aber anders als du."

„Armes Kleinchen! Das hoffe ich auch", sagte Marthe.

„Nein", fuhr Jacqueline fort, indem sie sehr bestimmt den Kopf schüttelte, „ich, siehst du, ich könnte es einfach so nicht ertragen."

„Ich hätte auch nicht geglaubt, daß ich es könnte. Das Leben zwingt einen, sehr vieles zu können."

„Ach, aber ich will nicht dazu gezwungen werden", wehrte Jacqueline ängstlich ab. „Ich will auf meine Art glücklich werden."

„Du kämst sicher in Verlegenheit, wenn man dich fragen wollte, was für eine Art das ist."

„Ich weiß sehr genau, was ich will!"

Sie wollte sehr vieles; doch wenn sie sagen sollte, was, fand sie nichts anderes als das eine, das wie ein Refrain immer wiederkehrte:

„Vor allem möchte ich, daß man mich liebt!"

Marthe schwieg und nähte. Nach einer kleinen Weile sagte sie:

„Und was hättest du davon, wenn du nicht liebtest?"

Jacqueline geriet in Verwirrung.

„Aber Tante!" rief sie. „Natürlich spreche ich nur von dem, was ich liebe! Das übrige zählt nicht."

„Und wenn du nichts liebtest?"

„Was für ein Gedanke! Man liebt doch immer, immer!"

Marthe schüttelte mit zweifelnder Miene den Kopf.

„Man liebt nicht", sagte sie, „man möchte lieben. Liebe ist das größte Gnadengeschenk Gottes. Bitte ihn, daß er es dir zuteil werden läßt."

„Und wenn man mich nicht liebt?"

„Selbst wenn man dich nicht liebt, auch dann wirst du noch sehr glücklich sein."

Jacqueline machte ein langes Gesicht und setzte eine Schmollmiene auf.

„Das mag ich nicht", sagte sie. „Das würde mir keinesfalls Vergnügen machen."

Marthe lachte liebevoll, schaute Jacqueline an, seufzte und nahm ihre Arbeit wieder auf.

„Armes Kind!" sagte sie noch einmal.

„Aber warum sagst du immer ‚armes Kind'?" fragte Jacqueline besorgt. „Ich will kein armes Kind sein, ich möchte sehr, sehr glücklich sein!"

„Gerade deshalb sagte ich ‚armes Kind'!"

Jacqueline schmollte ein wenig, aber es dauerte nicht lange. Marthes gutes Lächeln entwaffnete sie. Während sie noch tat, als sei sie böse, umarmte sie sie. Im Grunde fühlt man sich in diesem Alter durch trübe Prophezeiungen für eine spätere, viel spätere Zeit schon im voraus heimlich geschmeichelt. In der Ferne erscheint einem das Unglück verklärt, und man fürchtet nichts so sehr wie die Mittelmäßigkeit des Lebens.

Jacqueline merkte nicht, daß das Gesicht der Tante fahler und fahler wurde. Wohl fiel ihr auf, daß Marthe immer weniger ausging; aber das schrieb sie ihrem Hang zur Abgeschlossenheit zu, über den sie sich oft lustig machte. Ein- oder zweimal hatte sie bei ihrem Kommen den Arzt getroffen, der gerade fortging. Sie hatte die Tante gefragt:

„Bist du krank?"

Und Marthe hatte geantwortet:

„Es ist nichts."

Aber nun stellte sie sogar ihre wöchentlichen Tischbesuche bei den Langeais ein. Tief gekränkt, machte Jacqueline ihr bittere Vorwürfe.

„Mein Liebling", sagte Marthe sanft, „ich fühle mich ein wenig angegriffen."

Doch davon wollte Jacqueline nichts hören. Das alles seien schwache Vorwände.

„Schöne Anstrengung, zwei Stunden in der Woche zu uns zu kommen! Du hast mich nicht lieb. Du liebst nur deine Kaminecke."

Doch als sie zu Hause ganz stolz erzählte, sie habe Tante Marthe Vorwürfe gemacht, verwies Langeais sie streng:

„Laß deine Tante in Frieden! Weißt du denn nicht, daß die arme Frau sehr krank ist?"

Jacqueline wurde bleich; und mit zitternder Stimme fragte sie, was der Tante fehle. Man wollte es ihr nicht sagen. Schließlich bekam sie heraus, daß Marthe an Darmkrebs zugrunde gehen müsse und daß sie nur noch wenige Monate zu leben habe.

Jacqueline verlebte qualvolle Tage. Sie beruhigte sich wieder ein wenig, wenn sie die Tante sah. Glücklicherweise litt Marthe nicht allzusehr. Sie bewahrte ihr ruhiges Lächeln, das in ihrem durchsichtigen Gesicht wie der Widerschein einer inneren Lampe leuchtete. Jacqueline sagte sich:

Nein, es ist nicht möglich, sie irren sich. Sie wäre nicht so ruhig ...

Sie nahm ihre kleinen Beichten wieder auf, für die Marthe noch mehr Anteilnahme als früher zeigte. Nur manchmal verließ sie mitten in der Unterhaltung das Zimmer, ohne daß irgend etwas verriet, daß sie Schmerzen habe; und sie kam erst wieder zum Vorschein, wenn der Anfall vorüber war und ihre Züge sich wieder aufgeheitert hatten. Sie liebte es nicht, wenn man auf ihren Zustand anspielte, sie suchte ihn zu verbergen; vielleicht war es ihr ein Bedürfnis, selber nicht allzuviel daran zu denken: die Krankheit, von der sie sich verzehrt fühlte, flößte ihr Entsetzen ein, sie wandte ihre

Gedanken davon ab; ihr ganzes Bestreben war, sich den Frieden der letzten Monate nicht zu zerstören. Die Auflösung kam schneller, als man gedacht hatte. Bald empfing sie niemanden mehr außer Jacqueline; dann mußten auch Jacquelines Besuche abgekürzt werden. Dann kam der Tag der Trennung. Marthe lag in ihrem Bett, das sie nun schon seit Wochen nicht mehr verlassen hatte; sie nahm mit sehr sanften und tröstenden Worten Abschied von ihrer kleinen Freundin. Und dann schloß sie sich ein, um zu sterben.

Jacqueline durchlebte Monate der Verzweiflung. Marthes Tod fiel in die schlimmsten Stunden jener seelischen Bedrängnis, in denen Marthe ihr als einzige beigestanden hatte. Sie war in einem Zustand unaussprechlicher Verlassenheit. Sie hätte, um einen Halt zu haben, eines starken Glaubens bedurft. Eigentlich hätte ihr dieser Halt nicht fehlen dürfen: man hatte sie stets angehalten, ihre religiösen Pflichten zu erfüllen, wie auch ihre Mutter es tat. Aber das war es gerade: ihre Mutter erfüllte die religiösen Pflichten, aber Tante Marthe hatte es nicht getan. Wie hätte Jacqueline da nicht Vergleiche ziehen sollen! Kinderaugen entdecken sehr viele Lügen, die Erwachsenen schon gar nicht mehr auffallen; sie merken sich sehr viele Schwächen und Widersprüche. Jacqueline beobachtete, daß ihre Mutter und die, die sich für gläubig hielten, ebensoviel Angst vor dem Tode hatten wie die Ungläubigen. Nein, da war kein genügender Halt... Und zu alledem kamen noch persönliche Erfahrungen, Auflehnung und Widerspruch, ein ungeschickter Beichtvater, der sie verletzt hatte... So ging sie wohl weiter zur Kirche, aber ohne Glauben, so wie man Besuche macht, weil man wohlerzogen ist. Religion und Geselligkeit hatten ihr nichts mehr zu sagen. Ihre einzige Zuflucht war die Erinnerung an die Tote, in die sie sich ganz und gar versenkte. Sie machte sich viele Vorwürfe, daß sie die, die sie heute vergeblich zurückrief, in ihrer jugendlichen Selbstsucht früher oft vernachlässigt hatte. Das Bild der Toten verklärte sich ihr, und das edle Beispiel, das Marthe ihr von einem verinnerlichten und zurückgezogenen Leben gegeben hatte, trug dazu bei, ihr gegen das Gesellschaftsleben ohne Ernst und ohne Aufrichtigkeit Ekel einzuflößen. Sie sah darin nur noch Heuchelei; und all jene liebenswürdigen Zugeständnisse, die ihr zu anderer Zeit Spaß gemacht hätten, empörten sie. Sie lebte in einem Zustand seelischer Überempfindlichkeit, in dem sie unter allem litt; ihre Seele war wie bloßgelegt. Gewisse Dinge offenbarten sich ihr, die ihr bis dahin völlig entgangen waren. Besonders eines verletzte sie im tiefsten Herzen.

Sie war eines Nachmittags im Salon ihrer Mutter. Frau Langeais hatte Besuch – einen geckenhaften, anmaßenden Modemaler, der häufig ins Haus kam, aber nicht zum vertrauteren Kreise gehörte. Jacqueline glaubte zu fühlen, daß ihre Gegenwart den beiden unangenehm sei. Darum blieb sie erst recht. Frau Langeais, deren Kopf durch eine kleine Migräne benommen war oder durch eine jener Migränepillen, die die Damen von heute wie Bonbons schlucken und die ihr Hirnchen völlig erschöpfen, ließ sich beim Reden etwas gehen. Unbesonnenerweise sagte sie im Laufe der Unterhaltung zu dem Besucher:

„Mein Liebling."

Sie merkte es sofort. Er nahm ebensowenig Anstoß daran wie sie, und sie führten die Unterhaltung ganz förmlich weiter. Jacqueline, die gerade den Tee reichte, ließ in ihrer Bestürzung beinahe eine Tasse fallen. Sie hatte die Empfindung, daß man hinter ihrem Rücken ein Lächeln des Einverständnisses tauschte. Sie wandte sich schnell um und erhaschte schuldbewußte Blicke, die sich sofort verschleierten. – Ihre Entdeckung versetzte ihr einen furchtbaren Stoß. Dieses junge, frei erzogene Mädchen, das oft von derartigen Abenteuern hatte sprechen hören, das selbst lächelnd davon gesprochen hatte, empfand einen unerträglichen Schmerz, als sie merkte, daß ihre Mutter ... Ihre Mutter, nein, das war nicht dasselbe! Mit gewohnter Übertreibung geriet sie aus einem Extrem ins andere. Bis jetzt hatte sie niemals Argwohn empfunden; nun beargwöhnte sie alles. Sie fing an, sich diese und jene Einzelheiten im früheren Verhalten ihrer Mutter zu deuten. Und Frau Langeais' Leichtsinn bot ohne Zweifel nur allzu viele Anhaltspunkte für solche Verdächtigungen. Doch Jacqueline bauschte sie auf. Sie hätte sich gern ihrem Vater wieder mehr angeschlossen, der ihr immer nähergestanden hatte und dessen kluger Geist eine große Anziehungskraft auf sie ausübte. Sie hätte ihn jetzt doppelt liebhaben, ihn bedauern mögen. Doch Langeais schien ein Bedauern nicht im geringsten nötig zu haben; und der überreizte Sinn des jungen Mädchens wurde von dem Verdacht betroffen, der für sie noch schrecklicher als der erste war, daß ihr Vater durchaus unterrichtet sei, daß er es aber bequemer finde, nichts zu wissen, und daß ihm alles übrige gleichgültig sei, wenn er selbst nur nach seinem Geschmack leben könne.

So war Jacqueline in trostloser Verzweiflung. Sie wagte nicht, ihre Eltern zu verachten. Sie liebte sie. Aber sie konnte nicht mehr mit ihnen leben. Ihre Freundschaft mit Simone Adam brachte ihr keinerlei Hilfe. Mit Strenge beurteilte sie die Schwächen ihrer früheren Schulkameradin. Auch sich selber schonte sie nicht; sie litt unter allem, was sie in sich als häßlich und minderwertig erkannte. Verzweifelt rettete sie sich in die ungetrübte Erinnerung an Marthe. Doch selbst diese Erinnerung verwischte sich. Sie fühlte, wie der Strom der Zeit sie immer mehr überflutete und jede Spur davon wegwusch. Dann würde alles zu Ende sein; sie würde wie die anderen werden, würde im Sumpf ertrinken... Oh, um jeden Preis hinaus aus dieser Welt! Hilfe! Hilfe!

Gerade in diesen Tagen fiebernder Verlassenheit, leidenschaftlichen Weltschmerzes und geheimnisvoller Erwartung, in denen sie die Hände einem unbekannten Retter entgegenstreckte, begegnete sie Olivier.

Frau Langeais hatte nicht versäumt, Christof einzuladen, der in diesem Winter Mode war. Christof war gekommen und hatte sich, wie gewöhnlich, nicht in Unkosten gestürzt. Nichtsdestoweniger fand ihn Frau Langeais bezaubernd – er konnte sich alles erlauben, solange er Mode war, man fand ihn immer reizend; das war die Sache von ein paar Monaten. – Jacqueline zeigte sich weniger begeistert; die Tatsache allein, daß Christof von gewissen Leuten gelobt wurde, genügte, sie mißtrauisch zu machen. Im übrigen verletzten sie Christofs ungestümes Wesen, seine laute Sprechweise, seine Lustigkeit. In der Verfassung, in der sie sich befand, war ihr solche Lebensfreude zuwider; sie suchte einen wehmütigen Dämmerzustand der Seele und bildete sich ein, daß sie sich darin am wohlsten fühle. Christof war für sie wie zu grelles Tageslicht. Doch als sie sich mit ihm unterhielt, redete er ihr von Olivier: ihm war es ein Bedürfnis, seinen Freund mit allem, was ihn erfreute, in Beziehung zu bringen. Es wäre ihm selbstsüchtig erschienen, nicht einen Teil jeder neuen Zuneigung, die ihm galt, auf Olivier zu übertragen. Er sprach so gut von ihm, daß Jacqueline durch die Vorstellung, daß eine fremde Seele mit ihrem eigenen Denken so übereinstimme, ergriffen wurde und auch Olivier einladen ließ. Olivier sagte nicht sogleich zu; dadurch hatten Christof und Jacqueline die Möglichkeit, nach Gefallen ein erträumtes Bild von ihm zu entwerfen, dem er wohl oder übel gleichen mußte, als er sich endlich zum Kommen bequemte.

Er kam, sprach aber fast gar nichts. Er brauchte auch nicht zu sprechen. Seine klugen Augen, sein Lächeln, sein feines Wesen, die Ruhe, die ihn umgab und von ihm ausstrahlte, mußten Jacqueline bezwingen. Christof brachte Olivier durch den Gegensatz zur Geltung. Jacqueline ließ sich aus Furcht vor dem in ihr aufkeimenden Gefühl nichts merken; sie unterhielt sich weiter mit Christof, aber über Olivier. Christof, der glücklich war, wenn er von seinem Freunde reden konnte, merkte nicht, welche Freude Jacqueline an diesem Unterhaltungsstoff fand. Er sprach auch von sich selbst, und sie hörte freundlich zu, obgleich sie das nicht im geringsten interessierte; ganz unbemerkt lenkte sie dann das Gespräch wieder auf kleine Ereignisse seines Lebens, bei denen Olivier eine Rolle spielte.

Das freundliche Entgegenkommen Jacquelines war für einen jungen Menschen, der sich nicht im geringsten in acht nehmen konnte, gefährlich. Ohne daß er es ahnte, verliebte sich Christof in sie; es machte ihm Freude, immer wieder zu kommen; er kleidete sich sorgfältig; und ein ihm wohlbekanntes Gefühl mischte von neuem seine zärtliche und frohe Sehnsucht in all seine Gedanken. Auch Olivier hatte sich in Jacqueline verliebt, und zwar gleich in den ersten Tagen; er fühlte sich zurückgesetzt und litt schweigend darunter. Christof verschlimmerte diesen Zustand noch, indem er ihm auf dem Heimweg freudig von seinen Unterhaltungen mit Jacqueline erzählte. Der Gedanke, daß er Jacqueline gefallen könnte, kam Olivier gar nicht. Wenn er auch durch den Umgang mit Christof optimistischer geworden war, so mangelte es ihm doch an Selbstvertrauen; er konnte sich nicht vorstellen, daß man ihn jemals lieben würde; er sah sich selbst mit zu kritischen Augen. Wer war es überhaupt wert, wegen seiner guten Eigenschaften geliebt zu werden? Dankte man es nicht immer der zauberhaften und verzeihenden Liebe?

Eines Abends, als er bei Langeais eingeladen war, fühlte er, daß es ihn zu unglücklich machen würde, sich immer wieder mit Jacquelines Gleichgültigkeit abfinden zu müssen; er schützte Müdigkeit vor und bat Christof, allein hinzugehen. Christof schöpfte nicht den geringsten Verdacht und ging fröhlich fort. In kindlichem Egoismus empfand er nur Freude, Jacqueline für sich allein zu haben. Aber er sollte sich nicht lange freuen. Sobald Jacqueline hörte, daß Olivier nicht käme, fing sie an zu schmollen, war reizbar, gelangweilt und aus dem Gleichgewicht gebracht; sie gab sich nicht mehr die geringste Mühe, zu gefallen, hörte Christof nicht zu und gab zerstreute Antworten; und mit Beschämung sah Christof, wie sie verzweifelt ein Gähnen unterdrückte. Am liebsten hätte sie geweint. Plötzlich verschwand sie aus der Gesellschaft und kam nicht wieder.

Christof ging niedergeschlagen heim. Auf dem ganzen Weg suchte er sich diesen plötzlichen Umschwung zu erklären, und ein Schimmer der Wahrheit begann langsam in ihm zu dämmern. Zu Hause fand er Olivier, der ihn erwartete und mit geheuchelter Gleichgültigkeit über den Abend befragte. Christof erzählte ihm von seinem Mißgeschick. Je länger er sprach, um so mehr erhellte sich Oliviers Gesicht.

„Und deine Müdigkeit?" fragte Christof. „Warum hast du dich nicht schlafen gelegt?"

„Oh, es geht mir besser", meinte Olivier. „Ich bin gar nicht mehr müde."

„Ja, mir scheint auch, es war sehr gut für dich, daß du nicht hingegangen bist", sagte Christof bedeutungsvoll.

Er sah ihn zärtlich und spöttisch an, dann ging er in sein Zimmer; und als er allein war, begann er zu lachen, erst ganz leise, bis er schließlich so lachte, daß ihm die Tränen kamen.

Das schlimme Mädchen! dachte er. Sie hat ihr Spiel mit mir getrieben! Und auch er hat mich hinters Licht geführt. Wie gut sie sich verstellt haben!

Von nun an schlug er sich jeden selbstsüchtigen Gedanken in bezug auf Jacqueline aus dem Kopf; und wie eine brave Henne eifersüchtig über ihre Eier wacht, so wachte er jetzt über den Roman der beiden Verliebten. Er ließ sich nicht merken, daß er ihr Geheimnis kannte, verriet sich gegen keinen von beiden und war ihnen behilflich, ohne daß sie es ahnten.

Er hielt es ernsthaft für seine Pflicht, Jacquelines Charakter zu ergründen, um zu sehen, ob Olivier mit ihr glücklich werden könne; und da er ungeschickt war, ärgerte er Jacqueline durch seine geschmacklosen Fragen nach ihren

Neigungen, ihren sittlichen Anschauungen und anderem mehr.

Ist das ein Tropf! Was fällt ihm ein? dachte Jacqueline wütend und ließ ihn stehen.

Und Olivier strahlte vor Glück, weil er sah, daß Jacqueline sich nicht mehr um Christof kümmerte. Und Christof strahlte, weil er sah, daß Olivier glücklich war; er zeigte seine Freude sogar viel auffälliger als Olivier. Da er aber den Grund dafür nicht verriet, fand Jacqueline ihn unausstehlich; denn sie ahnte nicht, daß Christof in ihrer Liebe klarer sah als sie selber. Sie konnte nicht begreifen, warum Olivier sich einen derartig gewöhnlichen und lästigen Freund zugelegt hatte. Der gute Christof durchschaute sie, und er fand ein boshaftes Vergnügen daran, sie in Wut zu bringen. Bald zog er sich ganz zurück, schützte Arbeit vor, sagte die Einladungen bei Langeais ab und überließ Jacqueline und Olivier sich selbst.

Doch der Gedanke an die Zukunft machte ihn ein wenig besorgt. Für die Heirat, die sich da anbahnen wollte, schob er sich selbst eine große Verantwortung zu, die ihn sehr bedrückte; denn er beurteilte Jacqueline ziemlich richtig und fürchtete vielerlei: zunächst ihren Reichtum, die Erziehung, die sie genossen hatte, ihre Umgebung und vor allem ihre Schwäche. Er mußte an seine alte Freundin Colette denken. Allerdings war er sich klar darüber, daß Jacqueline aufrichtiger, wahrhaftiger und leidenschaftlicher war; der brennende Wunsch nach einem tätigen Leben, ein beinahe heldisches Verlangen wohnte in diesem kleinen Geschöpf.

Aber der Wunsch allein tut es nicht, dachte Christof, und ein Scherzwort des alten Diderot kam ihm dabei in den Sinn; man muß auch entsprechend gebaut sein.

Er wollte Olivier vor der Gefahr warnen. Doch wenn er sah, wie Olivier mit freudetrunkenen Augen von Jacqueline zurückkehrte, brachte er es nicht übers Herz, zu reden. Er dachte: Die armen Kinder sind glücklich. Ich will ihr Glück nicht stören.

Nach und nach ließ ihn seine Liebe zu Olivier auch wieder des Freundes Vertrauen zu Jacqueline teilen. Er wurde wieder sorgloser, und schließlich glaubte er, daß Jacqueline wirklich so wäre, wie Olivier sie sah und wie sie selbst sich sehen wollte. Sie hatte so guten Willen! Sie liebte Olivier um alles dessen willen, was ihn von ihr selbst und ihrer Welt unterschied: sie liebte ihn seiner Armut, seiner strengen sittlichen Grundsätze wegen und weil er sich in der Gesellschaft ungeschickt benahm. Sie liebte ihn so rein und ausschließlich, daß sie am liebsten arm wie er gewesen wäre; ja, in manchen Augenblicken hätte sie geradezu häßlich sein mögen, nur um ganz sicher zu sein, um ihrer selbst willen geliebt zu werden, um der Liebe willen, von der ihr Herz erfüllt war und nach der sie dürstete... Ach, an manchen Tagen, wenn er da war, fühlte sie, wie sie bleich wurde und wie ihre Hände zitterten. Sie gab sich Mühe, ihre Erregung zu verbergen, sie tat, als ob andere Dinge sie sehr beschäftigten, als ob sie Olivier kaum beachte, und führte spöttische Reden. Plötzlich aber unterbrach sie sich; sie lief hinaus und rettete sich in ihr Zimmer; dort saß sie bei verschlossener Tür und heruntergelassenen Vorhängen, die Knie aneinandergedrückt, die Ellenbogen an den Leib gepreßt und die Arme über der Brust gekreuzt, um ihr Herzklopfen zu unterdrücken; so verharrte sie, zusammengekauert, ohne eine Bewegung, ohne einen Atemzug, und wagte nicht, sich von der Stelle zu rühren, aus Furcht, daß bei der geringsten Bewegung ihr Glück entweichen könne. Sie schloß schweigend auf ihrem Leib die Liebe in die Arme.

Jetzt setzte sich Christof leidenschaftlich für Oliviers Erfolg ein. Wie eine Mutter war er um ihn besorgt, kümmerte sich um seine Kleidung, hielt es sogar für gut, ihm Ratschläge zu erteilen über die Art, sich anzuziehen, ja, er band ihm sogar die Krawatte (aber wie!). Olivier ließ geduldig alles über sich ergehen, und auf der Treppe, wenn Christof nicht mehr dabei war, band er seine Krawatte neu. Er lächelte über ihn, war aber von seiner großen Fürsorglichkeit gerührt. Die Liebe machte ihn schüchtern und unsicher, und er holte sich gern bei Christof Rat und erzählte ihm ausführlich von seinen Besuchen. Christof bewegte das alles ebenso wie Olivier selbst, und manchmal lag er des Nachts stundenlang wach, um auf Mittel zu sinnen, wie man der Liebe seines Freundes die Wege ebnen könne.

In dem Park der Langeaisschen Villa, die in einer hübschen Gegend am Waldrand von Isle-Adam lag, fand zwischen Olivier und Jacqueline die Unterredung statt, die über ihr Leben entschied.

Christof hatte seinen Freund hinausbegleitet; aber da er in dem Hause ein Harmonium entdeckt hatte, setzte er sich zum Spielen hin und ließ die beiden Verliebten ruhig im Garten spazierengehen. – Eigentlich wünschten sie sich das gar nicht. Sie fürchteten sich vor dem Alleinsein. Jacqueline war schweigsam und ein wenig feindselig. Schon bei seinem letzten Besuch hatte Olivier eine Veränderung in ihrem Wesen bemerkt, eine plötzliche Kälte, eigentümliche Blicke, die hart, fast feindlich waren. Er war unter diesen Blicken erstarrt. Er wagte nicht, sich mit ihr auszusprechen: er fürchtete viel zu sehr, von ihr, die er liebte, eine grausame Antwort zu erhalten. Es bangte ihm daher, als er Christof gehen sah. Es war ihm, als ob allein dessen Gegenwart ihn vor dem Schlage bewahren könne, der ihm drohte.

Jacqueline liebte Olivier nicht weniger. Sie liebte ihn weit mehr. Aber gerade das stimmte sie feindselig. Diese Liebe, mit der sie einstmals gespielt, die sie so oft herbeigesehnt hatte, war nun wirklich und leibhaftig da. Gleich einem Abgrund öffnete es sich vor ihren Schritten, und sie warf sich erschrocken zurück. Sie begriff nichts mehr; sie fragte sich:

Warum? Warum nur? Was soll das bedeuten?

Dann schaute sie Olivier mit einem jener Blicke an, die ihm weh taten, und dachte:

Wer ist dieser Mann?
Sie wußte es nicht
Warum liebe ich ihn?
Sie wußte es nicht.
Liebe ich ihn wirklich?

Sie wußte es nicht... Sie wußte es nicht; doch sie wußte, daß sie in jedem Fall gefangen war. Die Liebe hielt sie fest; sie war im Begriff, darin zu versinken, ganz und gar zu versinken, mit ihrem Willen, ihrer Freiheit, ihrer Selbstsucht, ihren Zukunftsträumen. Das alles sollte von diesem Moloch verschlungen werden? Und voller Zorn lehnte sie sich dagegen auf; für Augenblicke empfand sie beinahe eine Art Haß gegen Olivier.

Sie kamen bis zum äußersten Ende des Parkes, in den Gemüsegarten, den dichtbelaubte alte Bäume von den Rasenplätzen trennten. Mit kleinen Schritten gingen sie über die Wege, die von Johannisbeersträuchern voll weißer und roter Trauben eingefaßt waren und von Erdbeerrabatten, deren Duft die Luft erfüllte. Es war Juni, aber Gewitter hatten etwas Kühlung gebracht. Der Himmel war grau, das Licht fast erloschen; die niedrighängenden Wolkenballen trieben schwerfällig mit dem Wind. Von diesem starken Wind in der Ferne verspürte die Erde nichts. Kein Blatt rührte sich. Eine tiefe Wehmut umhüllte alles, umhüllte auch ihre Herzen. Und aus der Tiefe des Gartens, aus den halbgeöffneten Fenstern der unsichtbaren Villa drangen die Töne des Harmoniums zu ihnen, die Fuge in es-Moll von Johann Sebastian Bach. Ganz bleich und ohne ein Wort zu reden, setzten sie sich Seite an Seite auf den Rand eines steinernen Brunnens, und Olivier sah, wie Tränen über Jacquelines Wangen flossen.

„Sie weinen?" murmelte er mit bebenden Lippen.

Und auch ihm kamen die Tränen.

Er nahm ihre Hand. Sie neigte ihren blonden Kopf auf seine Schulter. Sie suchte nicht mehr zu kämpfen: sie war besiegt; und das war für sie eine solche Erleichterung! – Sie weinten leise und lauschten der Musik. So saßen sie unter dem bewegten Baldachin der schweren Wolken, die in stillem Flug die Wipfel der Bäume zu streifen schienen. Sie dachten an alles, was sie gelitten hatten, und – wer weiß? – vielleicht auch an das, was sie später noch leiden würden. Es gibt Minuten, in denen die Musik die ganze Schwermut an die Oberfläche treibt, die um das Schicksal eines Menschen gewoben ist...

Nach einer kleinen Weile trocknete Jacqueline ihre Augen und schaute Olivier an. Und plötzlich umschlangen sie sich. O unaussprechliches Glück! Heiliges Glück! So süß und tief, daß es fast schmerzlich ist!

„Sah deine Schwester dir ähnlich?" fragte Jacqueline.

Olivier schrak zusammen. Er sagte:

„Warum sprichst du von ihr? Hast du sie denn gekannt?"

Sie antwortete:

„Christof hat mir von ihr erzählt... Du hast viel durchgemacht?"

Olivier nickte, er konnte vor Ergriffenheit nicht antworten.

„Ich habe auch viel durchgemacht", sagte sie.

Sie sprach von der verstorbenen Freundin, der lieben Marthe; sie erzählte beklommen, wie sie geweint, sich fast zu Tode geweint habe.

„Du wirst mir helfen?" sagte sie mit flehender Stimme. „Wirst du mir helfen, zu leben, gut zu sein, ihr ein wenig ähnlich zu werden? Wirst du die arme Marthe auch ein bißchen liebhaben, ja?"

„Wir werden sie alle beide lieben, wie diese beiden einander lieben."

„Ich wünschte, sie wären da!"

„Sie sind da."

Sie saßen dicht aneinandergepreßt; sie fühlten ihre Herzen schlagen. Ein feiner Regen fiel sachte nieder. Jacqueline fröstelte.

„Wir wollen hineingehen", sagte sie.

Unter den Bäumen war es fast Nacht. Olivier küßte Jacquelines feuchtes Haar. Sie hob den Kopf zu ihm auf, und er fühlte auf seinen Lippen zum ersten Male ihren liebenden Mund, ihre fiebernden, ein wenig aufgesprungenen Klein-Mädchen-Lippen. Sie waren nahe daran, die Besinnung zu verlieren.

Dicht beim Hause blieben sie noch einmal stehen.

„Wie allein wir früher waren!" sagte er.

Er hatte Christof schon vergessen.

Endlich erinnerten sie sich wieder an ihn. Die Musik hatte aufgehört. Sie gingen ins Haus. Auch Christof, die Arme auf das Harmonium und den Kopf in die Hände gestützt, sann träumerisch der Vergangenheit nach. Als er die Tür gehen hörte, erwachte er aus seiner Träumerei und zeigte ihnen sein liebevolles, von einem ernsten, zärtlichen Lächeln erhelltes Gesicht. Er las in ihren Augen, was sich zugetragen hatte, drückte beiden die Hand und sagte:

„Setzt euch dorthin, ich will euch etwas vorspielen."

Sie setzten sich, und er spielte auf dem Klavier alles, was sein Herz bewegte, all seine Liebe, die er für sie empfand. Als er geendet hatte, blieben alle drei schweigend sitzen. Dann stand Christof auf und schaute sie an. Er sah so gütig aus und soviel älter und stärker als sie! Zum erstenmal kam es Jacqueline zum Bewußtsein, wie er eigentlich war. Er schloß sie beide in die Arme und sagte zu Jacqueline:

„Sie werden ihn sehr liebhaben, nicht wahr? Ihr werdet euch recht von Herzen lieben?"

Tiefe Dankbarkeit durchströmte sie. Gleich darauf aber brach er das Gespräch ab, lachte, trat ans Fenster und sprang in den Garten.

In den folgenden Tagen riet er Olivier, bei Jacquelines Eltern um ihre Hand anzuhalten. Olivier wagte es nicht, aus Angst vor einer abschlägigen Antwort. Auch drängte ihn Christof, sich eine Stellung zu suchen; denn wenn die Langeais ihre Einwilligung gäben, könne er Jacquelines Vermögen doch nicht annehmen, wenn er nicht selbst in der Lage wäre, sein Brot zu verdienen. Olivier dachte darin ebenso, wenn er Christofs ungerechtes und ein wenig komisches Mißtrauen in bezug auf reiche Heiraten auch nicht teilte. In Christofs Kopf hatte sich nun einmal die Vorstellung festgesetzt, daß der Reichtum die Seele töte. Er hätte am liebsten das Scherzwort wiederholt, das ein witziger Habenichts einmal einer reichen Dame zurief, die sich über das Jenseits Gedanken machte.

„Wie, gnädige Frau, Sie haben Millionen und wollen über das Geschäft hinaus noch eine unsterbliche Seele haben?"

„Nimm dich vor den Frauen in acht", sagte er – halb scherzend, halb im Ernst – zu Olivier, „mißtraue jeder Frau, aber zwanzigmal mehr noch einer reichen Frau. Die Frau liebt vielleicht die Kunst, aber den Künstler erstickt sie. Die reiche Frau vergiftet sie und ihn. Reichtum ist eine Krankheit. Und die Frau übersteht sie noch schwerer als der Mann. Jeder Reiche ist ein widernatürliches Geschöpf... Du lachst? Du machst dich über mich lustig? Weiß ein Reicher denn, was das Leben ist? Bleibt er denn in engem Zusammenhang mit der rauhen Wirklichkeit? Fühlt er etwa den wilden Hauch des Elends auf seinem Gesicht, atmet er den Geruch des Brotes, das er selbst verdienen, der Erde, die er selbst durchackern muß? Kann er Wesen und Dinge verstehen, sie überhaupt nur richtig sehen? – Früher, als ich ein kleiner Junge war, ist es ein- oder zweimal vorgekommen, daß ich im Wagen des Großherzogs zu einer Spazierfahrt mitgenommen wurde. Der Wagen fuhr mitten durch Wiesen, auf denen ich jeden Grashalm kannte, durch Wälder, die ich allein durchstreift hatte und die ich über alles liebte. Und siehst du, ich sah von alledem nichts mehr. Die ganze vertraute Landschaft war für mich ebenso steif und gezwungen wie die Dummköpfe, die mich darin spazierenfuhren. Zwischen die Wiesen und mein Herz hatte sich nicht nur der Vorhang dieser versteiften Seelen geschoben; die vier Bretter unter meinen Füßen, dieses herumfahrende Podium über der Erde, genügten schon. Soll ich fühlen, daß die Erde meine Mutter ist, so müssen meine Füße in ihrem Schoße wurzeln, wie bei dem Neugeborenen, das zum Lichte drängt. Der Reichtum zerschneidet das Band, das den Menschen mit der Erde und alle Erdenkinder untereinander verbindet. Und wie wolltest du da noch ein Künstler sein? Der Künstler ist die Stimme der Erde. Ein reicher Mann kann kein großer Künstler sein. Er müßte, um es dennoch zu sein, unter so ungünstigen Voraussetzungen tausendmal mehr Talent haben. Und selbst wenn er das hätte, wäre er immer eine Treibhauspflanze. Der große Goethe kann sich noch so sehr anstrengen, seine Seele hat verkümmerte Glieder; die notwendigsten Organe fehlen ihr: denn der Reichtum hat sie getötet. Du, der du nicht die Kraft eines Goethe in dir hast, würdest vom Reichtum aufgezehrt werden, vor allem von der reichen Frau, die Goethe wenigstens vermieden hat. Allein kann der Mensch noch gegen die Geißel ankämpfen. Er birgt in sich eine angeborene Roheit, einen natürlichen Vorrat an segensreichen wilden Trieben, die ihn an die Erde fesseln. Die Frau aber ist widerstandslos gegen das Gift und überträgt es auf andere. Ihr ist wohl in der parfümierten Sticklift des Reichtums. Eine Frau, die im Reichtum ein gesundes Herz bewahrt, ist ein ebensolches Wunder wie ein Millionär, der ein Genie ist... Und außerdem mag ich keine Abnormitäten. Wer mehr hat, als er zum Leben braucht, ist anomal – ein menschlicher Krebsschaden, der an den anderen Menschen zehrt."

Olivier lachte.

„Was willst du eigentlich?" sagte er. „Ich kann doch meine Liebe zu Jacqueline nicht aufgeben, nur weil sie reich ist, und ebensowenig sie zur Armut zwingen, weil sie mich liebt."

„Na also, wenn du sie nicht retten kannst, so rette wenigstens dich selbst. Und damit wirst du auch ihr noch am ehesten helfen. Bleibe echt. Arbeite!"

Es war gar nicht nötig, daß Christof seine Besorgnisse Olivier anvertraute. Dessen Seele war noch viel empfindsamer. Christofs Angriffe auf das Geld nahm er nicht ernst: er war selber reich gewesen; Reichtum war ihm durchaus nicht unangenehm, und er fand, daß er zu Jacquelines hübschem Gesicht gut paßte. Aber es war ihm unerträglich, daß man seine Liebe des Eigennutzes verdächtigen könnte. Er hegte den Wunsch, zur Universität zurückzukehren. Im Augenblick konnte er nichts weiter als eine mittelmäßige Stelle an einem Provinzgymnasium erhoffen. Das war ein trauriges Hochzeitsgeschenk für Jacqueline. Schüchtern redete er mit ihr davon. Jacqueline wurde es zunächst etwas schwer, seine Gründe gelten zu lassen; sie schrieb sie einem übertriebenen Stolz zu, den Christof ihm in den Kopf gesetzt habe und den sie lächerlich fand. War es, wenn man liebte, nicht ganz natürlich, mit immer gleichbleibender Gesinnung Reichtum oder Armut von dem, den man liebte, entgegenzunehmen? Und war es nicht kleinlich, dem anderen eine Wohltat nicht schuldig bleiben zu wollen, die zu erweisen ihm soviel Freude machte? Nichtsdestoweniger erklärte sich Jacqueline mit Oliviers Plan einverstanden: gerade weil etwas Asketisches und wenig Verlockendes darin lag, war er ihr recht. So bot sich ihr doch endlich Gelegenheit, das Verlangen nach seelischer Größe zu stillen. In dem Zustand stolzer Auflehnung gegen ihre Umgebung, der durch ihre Trauer hervorgerufen und durch ihre Liebe gesteigert worden war, hatte sie schließlich alles in ihrer Natur unterdrückt, was im Widerspruch zu jener geheimnisvollen Glut stand. In voller Aufrichtigkeit spannte sie ihr ganzes Wesen wie einen Bogen in Richtung auf ein unendlich reines, strenges und glückstrahlendes Lebensideal ein... Die Hindernisse, die Enge ihrer künftigen Lage, all das bedeutete für sie Freude. Wie schön und gut würde alles werden!

Frau Langeais war zu sehr mit sich selbst beschäftigt, um sich viel um das zu kümmern, was rings um sie her vorging. Seit einiger Zeit dachte sie nur noch an ihre Gesundheit; sie brachte ihre Tage damit hin, sich um eingebildete Krankheiten zu sorgen und einen Arzt nach dem anderen zu konsultieren. Jeder erschien ihr, wenn die Reihe an ihm war, als der Erretter; das dauerte vierzehn Tage. Dann kam die Reihe an einen anderen. Monatelang blieb sie von Hause fern und hielt sich in höchst kostspieligen Sanatorien auf, wo sie in frommer Ergebenheit die lächerlichsten Vorschriften erfüllte. Ihre Tochter und ihren Mann hatte sie vergessen.

Herr Langeais, der weniger gleichgültig war, merkte allmählich, daß sich etwas anzuspinnen begann. Seine väterliche Eifersucht hieß ihn wachsam sein. Er empfand für Jacqueline jene rätselhafte Zuneigung, die viele Väter für ihre Töchter haben, die sie sich aber nur selten eingestehen, jenes geheimnisvolle, lusterfüllte, gewissermaßen geheiligte Verlangen, in den Geschöpfen des eigenen Blutes, die man wie das eigene Ich empfindet und die doch Frauen sind, noch einmal zu leben. In diesen verborgenen Winkeln des Herzens gibt es viele Schatten und Lichter, über die man am besten mit gesundem Empfinden hinwegsieht. Bisher hatte es ihm Spaß gemacht, zu sehen, wie seine Tochter die jungen Leutchen in sich verliebt machte; so gerade hatte er sie gern: kokett, romantisch und doch lebensklug (wie er selbst es war). Doch als er sah, daß das Abenteuer ernsthafter zu werden drohte, wurde er besorgt. Er machte sich zunächst in Gegenwart von Jacqueline über Olivier lustig, dann kritisierte er ihn mit einer gewissen Schärfe. Jacqueline lachte anfangs darüber und sagte:

„Sprich nicht soviel Schlechtes von ihm, Papa; das würde dir später peinlich sein, wenn ich ihn einmal heiraten wollte."

Herr Langeais schrie Zeter und Mordio und nannte sie ganz und gar verrückt. Das war das beste Mittel, sie wirklich verrückt zu machen. Er erklärte, sie werde Olivier niemals heiraten. Sie erklärte, sie werde ihn heiraten. So kam es zur Klarheit zwischen ihnen. Er merkte, daß er bei ihr nichts mehr zählte. Sein väterlicher Egoismus empörte sich dagegen. Er schwor, daß weder Olivier noch Christof jemals wieder den Fuß in sein Haus setzen dürften. Jacqueline geriet außer sich; und eines schönen Morgens, als Olivier seine Tür aufmachte, kam das junge Mädchen wie ein Wirbelwind in sein Zimmer gestürzt, bleich und zu allem entschlossen, und rief:

„Entführe mich! Meine Eltern wollen nicht, aber ich will. Kompromittiere mich einfach!"

Olivier, bestürzt, aber gerührt, versuchte nicht einmal eine ruhige Aussprache. Glücklicherweise war Christof da. Er, der für gewöhnlich der Unbedachtere war, brachte sie zur Vernunft. Er machte ihnen klar, wie sehr sie unter dem Skandal, den sie heraufbeschwören wollten, leiden würden. Jacqueline biß sich in ihrer Aufregung auf die Lippen und sagte:

„Nun gut, dann nehmen wir uns nachher das Leben."

Das erschreckte Olivier nicht im geringsten, sondern machte ihn eher entschlossen. Christof hatte nicht geringe Mühe, die beiden tollen Menschen etwas zur Geduld zu bringen. Sie sollten doch, meinte er, bevor sie zu so verzweifelten Mitteln griffen, erst einmal andere versuchen. Jacqueline sollte nach Hause zurückkehren. Er selbst würde Herrn Langeais aufsuchen und für ihre Sache eintreten.

Ein sonderbarer Anwalt! Bei den ersten Worten hätte ihn Herr Langeais beinahe vor die Tür gesetzt; dann aber fand er die Geschichte so lächerlich, daß sie ihn fast belustigte. Doch nach und nach machten der Ernst des Sprechers und sein anständiges, überzeugendes Wesen Eindruck auf ihn, wenn er auch nicht nachgeben wollte und weiter ironische Bemerkungen gegen ihn losließ. Christof tat, als hörte er sie nicht; aber bei einigen verletzenderen Spitzen hielt er inne, erboste er sich schweigend. Dann ergriff er von neuem das Wort. Im gegebenen Moment ließ er die Faust auf den Tisch fallen und sagte, auf die Platte hämmernd:

„Sie können mir glauben, daß mir dieser Besuch nicht das geringste Vergnügen macht; ich muß mir Gewalt antun, gewisse Worte, die Sie gebraucht haben, nicht energisch zurückzuweisen; aber ich halte es für meine Pflicht, mit Ihnen zu reden, und so tue ich es. Schalten Sie mich bitte aus, wie ich mich selbst ausschalte, und wägen Sie meine Worte!"

Herr Langeais horchte auf; und als er von dem Selbstmordplan reden hörte, zuckte er die Achseln und bemühte sich zu lächeln; in Wirklichkeit aber war er bewegt. Er war viel zu gescheit, um solche Drohungen als Scherz aufzufassen; er wußte, daß man die Geistesverwirrung verliebter junger Mädchen in Rechnung stellen muß. Eine seiner Geliebten, ein sonst immer heiteres und sanftes Mädchen, die er für unfähig gehalten hatte, mit ihren großen Worten Ernst zu machen, hatte sich vor seinen Augen eine Kugel in den Kopf gejagt. Sie war nicht sofort tot; er sah den Auftritt immer noch vor sich... Nein, bei diesen Närrinnen war man vor nichts sicher. Das Herz krampfte sich ihm zusammen...

„Sie will ihn? Nun, meinetwegen, um so schlimmer für das alberne Ding!"

Gewiß hätte er versuchen können, diplomatisch vorzugehen: scheinbar einzuwilligen, um Zeit zu gewinnen und so Jacqueline langsam von Olivier abzubringen. Dazu hätte er sich aber mehr Mühe geben müssen, was er nicht konnte oder nicht wollte. Und dann war er schwach; auch machte die Tatsache allein, daß er Jacqueline gegenüber aufs energischste nein gesagt hatte, ihn jetzt geneigt, ja zu sagen. Was weiß man schließlich vom Leben! Vielleicht hatte die Kleine recht. Die Hauptsache war doch, daß man sich liebte. Herr Langeais wußte sehr gut, daß Olivier ein strebsamer junger Mensch war, der vielleicht Talent hatte... Er gab seine Einwilligung.

Am Vorabend der Hochzeit durchwachten die beiden Freunde gemeinsam einen Teil der Nacht. Sie wollten von diesen letzten Stunden einer ihnen teuren Vergangenheit nichts verlieren. – Aber das war schon Vergangenheit. Es war wie in jenen trüben Abschiedsstunden auf einem Bahnsteig, wenn sich die Abfahrt des Zuges verzögert: Man zwingt sich zum Bleiben, zum Ansehen, zum Reden. Aber das Herz ist nicht mehr dabei; der Freund ist schon abgereist... Christof versuchte zu plaudern. Mitten in einem Satz hielt er inne, als er die zerstreuten Augen Oliviers sah, und sagte lächelnd:
„Wie weit du schon fort bist!"
Olivier entschuldigte sich verlegen. Es bedrückte ihn, daß er sich in diesen letzten vertrauten Augenblicken ablenken ließ. Aber Christof drückte ihm die Hand und sagte:
„Laß nur, tu dir keinen Zwang an. Ich bin glücklich. Träume, mein Junge!"
Sie blieben, an das Fenster gelehnt, nebeneinander stehen und schauten in den nächtlichen Garten. Nach einer Weile sagte Christof zu Olivier:
„Du läufst mir davon? Du meinst, du kannst mir entfliehen? Du denkst an deine Jacqueline. Aber ich werde dich bald einholen. Ich denke auch an sie."
„Mein guter Junge", sagte Olivier, „und ich habe an dich gedacht und mir sogar..."
Er brach ab.
Christof vollendete lächelnd den Satz:
„... sogar große Mühe damit gegeben!"

Christof hatte sich für das Fest sehr fein, fast elegant gemacht. Eine kirchliche Feier fand nicht statt: beide hatten es nicht gewollt, Olivier aus Gleichgültigkeit, Jacqueline aus Widerspruchsgeist. Christof hatte fürs Standesamt ein symphonisches Stück komponiert; aber im letzten Augenblick zog er es zurück, nachdem er sich klargemacht hatte, was eine Ziviltrauung ist: er fand diese Art Feierlichkeit lächerlich. Um sie ernst zu nehmen, darf man weder gläubig noch freidenkend sein. Wenn sich ein guter Katholik die Mühe macht, ein Freigeist zu werden, tut er es wahrhaftig nicht, um einem Standesbeamten priesterliche Würden zuzugestehen. Zwischen Gott und dem freien Gewissen ist für eine Staatsreligion kein Platz. Der Staat nimmt zu Protokoll, er vereint nicht.

Oliviers und Jacquelines Trauung war nicht dazu angetan, Christof seinen Entschluß bedauern zu lassen. Olivier hörte mit abgewandtem Blick und ein wenig ironischer Miene dem Standesbeamten zu, der das junge Paar, die reiche Familie und die ordengeschmückten Zeugen plump umschmeichelte. Jacqueline hörte überhaupt nicht zu; und einmal streckte sie heimlich der sie scharf beobachtenden Simone Adam die Zunge heraus; sie hatte mit ihr gewettet, daß „es ihr überhaupt nichts ausmachen würde", zu heiraten, und sie war im Begriff zu gewinnen: sie dachte kaum daran, daß sie es war, die sich verheiratete. Dieser Gedanke machte ihr Spaß. Die anderen gaben sich Haltung für die Galerie. Und die Galerie prüfte genau. Herr Langeais spreizte sich wie ein Pfau; war auch die Liebe zu seiner Tochter noch so aufrichtig, die Hauptsache war ihm doch, sich die Anwesenden zu merken und nachzuzählen, ob er bei den Einladungen auch niemanden vergessen habe. Nur Christof war bewegt; er allein war Eltern, Brautpaar und Standesbeamter in einer Person; er wandte kein Auge von Olivier, der ihn gar nicht beachtete.

Am Abend reiste das junge Paar nach Italien. Christof und Herr Langeais begleiteten sie zum Bahnhof. Sie waren offensichtlich glücklich, ohne Abschiedsschmerz und machten keinerlei Hehl aus ihrer Ungeduld, schnell fortzukommen. Olivier sah wie ein junges Bürschchen aus und Jacqueline wie ein Backfisch... Welche sanfte Schwermut liegt über solcher Abreise! Der Vater ist ein wenig traurig, daß ein Fremder seine Kleine fortführt – wohin? – In jedem Fall für immer weit fort von ihm. Die Jungen aber tragen nur das Gefühl einer berauschenden Befreiung in sich. Das Leben liegt schrankenlos vor ihnen; nichts hemmt sie mehr; es ist ihnen, als seien sie auf dem Gipfel angelangt: jetzt kann man sterben, man hat alles, man fürchtet nichts... Bald merkt man, daß man nur eine kleine Rast gemacht hat. Der Weg geht weiter und führt um den Berg herum; und gar wenig Menschen gelangen bis zum zweiten Ruheplatz...

Der Zug trug sie in die Nacht hinaus. Christof und Herr Langeais gingen zusammen zurück. Christof sagte schalkhaft:

„Nun wären wir also Witwer!"

Herr Langeais lachte. Sie sagten sich auf Wiedersehen und trennten sich. Es war ihnen traurig zumute. Aber eine Süßigkeit mischte sich in diese Trauer. Als Christof in seinem Zimmer allein war, dachte er:

Mein besseres Ich ist glücklich.

In Oliviers Zimmer war nichts verändert. Es war zwischen den Freunden ausgemacht worden, daß bis zu Oliviers Rückkehr und dem Einzug in die neue Wohnung seine Möbel und Andenken bei Christof bleiben sollten. Es war, als sei er noch anwesend. Christof betrachtete Antoinettes Bild, stellte es vor sich auf den Tisch und flüsterte ihm zu:

„Bist du zufrieden, Liebe?"

Er schrieb oft – ein wenig zu oft – an Olivier. Von ihm bekam er wenige, zerstreute Briefe, die nach und nach immer abwesender klangen und ihn enttäuschten. Er sagte sich, daß es so sein müsse; und um die Zukunft ihrer Freundschaft sorgte er sich nicht.

Die Einsamkeit bedrückte ihn nicht. Im Gegenteil, er hätte, wenn es nach ihm gegangen wäre, noch mehr allein sein können. Die Rolle, die das *Grand Journal* als sein Beschützer spielte, begann ihm lästig zu werden. Arsène Gamache redete sich gern ein, er habe ein Eigentumsrecht auf die Berühmtheiten, die zu entdecken er sich die Mühe gemacht hatte: es schien ihm selbstverständlich, daß sich solche Berühmtheiten mit seiner eigenen zusammenschlössen, so wie einst Louis XIV. Molière, Le Brun und Lully um seinen Thron versammelt hatte. Christof fand, daß der Komponist des *Sanges an Ägir* nicht majestätischer und der Kunst hinderlicher sei als sein Schutzherr vom *Grand Journal*. Denn der Journalist, der von Kunst nicht mehr verstand als der Kaiser, hatte mindestens ebenso beschränkte Ansichten darüber wie dieser. Wenn er etwas nicht leiden konnte, sprach er ihm die Daseinsberechtigung ab und erklärte das Werk im öffentlichen Interesse für schlecht und schädlich. Es war wirklich eine sonderbare und gefährliche Sache um diese Geschäftsleute, die, selbst ungeschliffen und kulturlos, sich nicht nur die Herrschaft über die Politik und das Geld anmaßten, sondern auch über den Geist – die ihm eine Hundehütte mit Halsband und das Futter boten oder, wenn er das zurückwies, die tausend Idioten auf ihn hetzen konnten, die ihre gehorsame Meute bildeten! Christof war nicht der Mann, sich schulmeistern zu lassen. Er fand es höchst albern, daß ein Esel ihm sagen wollte, was er in der Musik zu tun und zu lassen habe; und er gab zu verstehen, daß man in der Musik etwas besser geschult sein müsse als in der Politik. Er lehnte ohne schönrednerische Floskeln auch das Anerbieten ab, ein albernes Textbuch in Musik zu setzen, dessen Verfasser einer der ersten Mitarbeiter der Zeitung war und das der Chef empfohlen hatte. Das versetzte seinen Beziehungen zu Gamache den ersten Stoß.

Christof war darüber nicht böse. Kaum war er aus dem Dunkel herausgetreten, so sehnte er sich schon danach, wieder darin zu versinken. Er sah sich *jenem grellen Tageslicht ausgesetzt, in dem man sich unter den anderen verliert.*

Allzu viele Leute kümmerten sich um ihn. Er mußte an Goethes Worte denken:
Wenn irgendein guter Kopf die Aufmerksamkeit des Publikums durch ein verdienstliches Werk auf sich gezogen hat, so tut man das möglichste, um zu verhindern, daß er jemals dergleichen wieder hervorbringt... Man zerrt das konzentrierte Talent in die Zerstreuung, weil man denkt, man könne von seiner Persönlichkeit etwas abzupfen und sich zueignen.
Er verschloß seine Tür vor der Außenwelt und kam in seinen eigenen vier Wänden wieder öfter mit ein paar alten Freunden zusammen. Er besuchte auch wieder die Arnauds, die er ein wenig vernachlässigt hatte. Frau Arnaud, die einen Teil des Tages für sich allein war, hatte Zeit, den Kümmernissen anderer nachzusinnen. Sie dachte an die Leere, die Oliviers Weggang in Christof hervorgerufen haben mußte; und sie überwand ihre Schüchternheit und lud ihn zu Tisch ein. Wenn sie sich getraut hätte, würde sie sich sogar angeboten haben, von Zeit zu Zeit nach seinem Haushalt zu sehen; aber dazu fehlte ihr der Mut. Und sicher war es besser so: denn Christof liebte es ganz und gar nicht, wenn man sich um ihn kümmerte. Aber er nahm die Einladung zum Essen an und gewöhnte sich daran, abends regelmäßig zu den Arnauds zu gehen.
Er fand den kleinen Haushalt noch immer harmonisch und in dieselbe Atmosphäre verschlafener Zärtlichkeit gehüllt, die noch farbloser anmutete als früher. Arnaud machte eine Zeit seelischer Niedergeschlagenheit durch, die sein aufreibender Lehrberuf mit sich brachte – dieses ermüdende Arbeitsleben, das jeden Tag in derselben Weise abläuft, gleicht einem Rad, das sich auf der Stelle dreht, ohne jemals anzuhalten, ohne jemals vorwärts zu kommen. Trotz aller Geduld machte der gute Mann eine Zeit tiefster Entmutigung durch; allerhand Ungerechtigkeiten gingen ihm zu Herzen; er sah bei allem Pflichteifer keinen Erfolg. Frau Arnaud tröstete ihn mit guten Worten; sie schien noch

immer so ausgeglichen wie einst, aber sie sah schlechter aus. Christof beglückwünschte Arnaud in ihrer Gegenwart, daß er eine so vernünftige Frau habe.

„Ja", sagte Arnaud, „sie ist ein gutes Kind; sie läßt sich durch nichts aus der Ruhe bringen. Ein Glück für sie; und auch für mich! Wenn sie unter diesem Leben gelitten hätte, wäre ich wohl zugrunde gegangen."

Frau Arnaud errötete und schwieg. Dann sprach sie mit ihrer sanften Stimme von etwas anderem. – Christofs Besuche wirkten wie immer wohltuend; sie verbreiteten Licht. Und auch ihm tat es wohl, sich an der Güte dieser prächtigen Herzen zu wärmen.

Eine andere Freundin trat in sein Leben. Oder vielmehr er zog sie heran: denn trotz ihres Wunsches, ihn kennenzulernen, hätte sie sich doch nicht überwunden, ihn aufzusuchen. Sie war etwas über fünfundzwanzig Jahre, eine Musikerin, die den Ersten Preis für Klavierspiel am Konservatorium bekommen hatte. Sie hieß Cécile Fleury. Sie war ziemlich klein und untersetzt, hatte dichte Augenbrauen, schöne große Augen mit feuchtem Blick, eine kleine, dicke, etwas gerötete Stumpfnase, dicke, gute und zärtliche Lippen, ein energisches, festes, volles Kinn, eine niedrige, aber breite Stirn. Die Haare waren im Nacken zu einem dicken Knoten gedreht. Sie hatte starke Arme und große Pianistenhände mit spannfähigem Daumen und breiten Fingerspitzen. Von ihrer ganzen Erscheinung ging der Eindruck etwas schwerfälliger Lebenskraft und derber Gesundheit aus. Sie lebte mit ihrer Mutter zusammen, die sie herzlich liebte, einer guten Frau, die sich nicht im mindesten für Musik interessierte, die aber, weil sie immerfort davon reden hörte, darüber mitsprach und alles wußte, was sich in Musikopolis begab. Cécile führte ein bescheidenes Leben, gab den ganzen Tag über Stunden und manchmal Konzerte, von denen aber niemand Notiz nahm. Sie kehrte dann spätabends zu Fuß oder mit dem Omnibus heim und war, wenn auch erschöpft, doch stets bei guter Laune; sie spielte wacker ihre Tonleitern und ihre Bögen, plauderte viel, lachte gern und sang oft und ohne Grund.

Das Leben hatte sie nicht verwöhnt. Sie wußte ein wenig Bequemlichkeit, die man sich durch eigene Mühe erwirbt, zu schätzen; sie kannte den Wert der Freude an einer kleinen Abwechslung, an einer unmerklichen kleinen Verbesserung in der Lebenslage oder in ihrem Talent. Ja, wenn sie in einem Monat nur fünf Francs mehr als im vorigen verdiente oder wenn sie eine Passage von Chopin endlich gut herausbrachte, an der sie seit Wochen mühevoll geübt hatte, so war sie zufrieden. Ihre Arbeit, die sie nicht übertrieb, entsprach völlig ihren Anlagen und verursachte ihr dasselbe Wohlbehagen wie eine vernunftgemäße körperliche Bewegung. Spielen, Singen, Unterrichten verschafften ihr das angenehme Gefühl befriedigter, normaler und regelmäßiger Tätigkeit und zugleich die Mittel zu einem leidlich bequemen Leben und einem ruhigen Erfolg. Sie hatte einen guten Appetit, aß gut, schlief gut und war niemals krank.

In ihrer geraden, vernünftigen, bescheidenen, vollkommen ausgeglichenen Sinnesart machte sie sich um nichts Sorge: denn sie lebte ganz in der Gegenwart, ohne sich um Vergangenes und Zukünftiges zu kümmern. Und da sie gesund war und ihr Leben sie vor Schicksalsschlägen bewahrte, war sie fast immer zufrieden. Es machte ihr ebensoviel Freude, Klavier zu üben wie ihre Wirtschaft zu besorgen oder von häuslichen Angelegenheiten zu reden oder gar nichts zu tun. Sie verstand zu leben, nicht in den Tag hinein (sie war sparsam und umsichtig), aber von Minute zu Minute. Keinerlei Idealismus machte ihr zu schaffen; der einzige, den sie hatte, falls man davon sprechen kann, war bürgerlich und still über ihr ganzes Tun, über alle ihre Gedanken verteilt; er bestand darin, das, was immer sie tat, gleich gern zu tun. Sonntags ging sie zur Kirche; aber religiöse Gefühle nahmen fast gar keinen Platz in ihrem Leben ein. Sie bewunderte Feuerseelen wie Christof, die einen

Glauben oder ein Genie haben; aber sie beneidete sie nicht. Was hätte sie auch mit deren steter Unruhe und deren Genie anfangen sollen?

Wie konnte sie dennoch die Musik solcher Menschen nachempfinden? Sie hätte es selber kaum erklären können. Aber sie wußte jedenfalls, daß sie sie nachempfand. Sie war den anderen Virtuosen durch ihr robustes körperliches und seelisches Gleichgewicht überlegen. Und in dieser Lebensfülle ohne persönliche Leidenschaften fanden fremde Leidenschaften reichen Boden. Sie selbst wurde davon nicht beunruhigt. Die fruchtbaren Leidenschaften, die den Künstler verzehrt hatten, brachte sie in ganzer Kraft zum Ausdruck, ohne von ihrem Gift angesteckt zu werden; sie empfand nur die Kraft und die nachfolgende gesunde Ermattung. Wenn es vorbei war, war sie erschöpft und in Schweiß gebadet; sie lächelte still und war zufrieden.

Christof, der sie eines Abends hörte, war verblüfft von ihrem Spiel. Er ging nach dem Konzert zu ihr und schüttelte ihr die Hand. Sie war ihm dankbar dafür: das Konzert war wenig besucht, und sie war empfänglich für Schmeicheleien. Sie war nicht schmiegsam genug, sich in eine musikalische Clique einzureihen, und nicht gerissen genug, einen Troß Bewunderer hinter sich herzuziehen; sie trat nicht in einer besonderen Pose auf, versuchte auch nicht, durch irgendwelche technischen Kunststücke oder ausgeklügelte Wiedergaben anerkannter Werke aufzufallen. Sie maßte sich auch nicht das Monopol auf irgendeinen großen Meister an, auf Johann Sebastian Bach oder Beethoven, da sie deren Geist in keiner Weise theoretisch auslegte, sondern sich damit begnügte, recht und schlecht das zu spielen, was sie fühlte. So machte niemand Aufhebens von ihr, und die Kritiker kümmerten sich nicht um sie: denn niemand hatte ihnen gesagt, daß sie gut spielte; und von selbst merkten sie es nicht.

Christof kam oft mit Cécile zusammen. Dieses starke und ruhige Mädchen zog ihn wie ein Rätsel an. Sie war voller Kraft und doch träge. Er war so empört, daß sie nicht bekannter war, daß er ihr vorgeschlagen hatte, seine Freunde vom *Grand Journal* zu veranlassen, über sie zu schreiben. Aber obgleich es ihr recht war, wenn man sie lobte, hatte sie ihn doch gebeten, nichts zu unternehmen. Sie wollte nicht kämpfen, sich nicht große Mühe machen, keine Eifersüchteleien hervorrufen; sie wollte ihren Frieden haben. Man sprach nicht von ihr – um so besser! Neid lag ihr fern, und sie begeisterte sich als erste für die Technik anderer Virtuosen. Weder Ehrgeiz noch große Wünsche beherrschten sie. Dazu war sie viel zu trägen Sinnes. Wenn sie nicht mit einer bestimmten vor ihr liegenden Sache beschäftigt war, tat sie nichts, einfach nichts. Sie träumte nicht einmal; selbst nicht nachts in ihrem Bett. Sie schlief oder lag gedankenlos da. Sie war nicht in jener krankhaften Weise von dem Gedanken ans Heiraten besessen, die das Leben der Mädchen vergiftet, die vor dem Sitzenbleiben zittern. Wenn man sie fragte, ob sie nicht gern einen guten Mann hätte, sagte sie:

„Auch noch! Warum nicht gleich fünfzigtausend Francs Zinsen? Man muß das schätzen, was man hat. Wenn einem etwas geboten wird, um so besser! Wenn nicht, geht es auch so. Wenn man keinen Kuchen hat, kann man gutes Brot darum doch gut finden, besonders wenn man lange Zeit hartes gegessen hat."

Und die Mutter fügte hinzu:

„Und wie viele Leute haben selbst das nicht alle Tage!"

Cécile hatte ihre Gründe, den Männern nicht recht zu trauen. Ihr vor einigen Jahren verstorbener Vater war ein schwacher, fauler Mensch gewesen. Er hatte seiner Frau und den Seinen viel Leid zugefügt. Sie hatte auch einen Bruder, der auf Abwege geraten war; man wußte nicht genau, was er trieb; von Zeit zu Zeit tauchte er auf, um Geld zu verlangen. Man fürchtete ihn, schämte sich seiner, ängstigte sich vor dem, was man eines Tages über ihn hören könnte; und doch hatte man ihn lieb. Christof begegnete ihm einmal. Er war bei Cécile: es klingelte; die Mutter ging öffnen. Nebenan begann eine Unterhaltung, bei der laute Worte fielen. Cécile, die verwirrt schien, ging ins Nebenzimmer und ließ Christof allein. Der Streit dauerte fort, und die fremde Stimme nahm einen drohenden Ton an; Christof glaubte, er müsse vermitteln: er machte die Tür auf. Es blieb ihm kaum Zeit, eines jungen und etwas verwachsenen Menschen ansichtig zu werden, der ihm den Rücken zukehrte. Cécile lief Christof entgegen und beschwor ihn, sich wieder zu entfernen. Sie ging mit ihm hinaus. Schweigend setzten sie sich nieder. Im Nebenzimmer schrie der Besucher noch ein paar Minuten lang, dann ging er davon und schlug die Türen hinter sich zu. Cécile seufzte auf und sagte zu Christof:

„Ja... das ist mein Bruder."

Christof begriff.

„Ach", sagte er, „ich verstehe... Ich habe auch so einen..."

Cécile griff in herzlichem Mitleid nach seiner Hand.

„Sie auch?"

„Ja", meinte er, „das sind so die Familienfreuden."

Cécile lachte; und sie sprachen von anderen Dingen. Nein, die Familienfreuden hatten nichts Verlockendes für sie; und der Gedanke an eine Heirat reizte sie nicht: die Männer taugten nicht viel. Sie wußte, daß ihr unabhängiges Leben sehr viel Gutes hatte: ihre Mutter hatte lange genug nach dieser Freiheit geseufzt. Sie selbst verspürte keine Lust, sie aufzugeben. Das einzige Luftschloß, das sie gern baute, war, eines Tages – später, Gott weiß, wann! – keine Stunden mehr zu geben und auf dem Lande zu leben. Aber sie gab sich nicht einmal Mühe, sich die Einzelheiten dieses Lebens auszumalen: sie fand es langweilig, über etwas so Unbestimmtes nachzudenken; da war es besser, zu schlafen oder sein Tagewerk zu tun...

Solange sie das Luftschloß noch nicht hatte, mietete sie während des Sommers am Stadtrand von Paris ein Häuschen, das sie allein mit ihrer Mutter bewohnte. Man kam mit dem Zuge in zwanzig Minuten hin. Die Wohnung lag ziemlich weitab vom Bahnhof, einsam auf einem unbestimmbaren Gelände, das man „Felder" nannte. Cécile kam oft spät in der Nacht nach Hause. Aber sie hatte keine Furcht; sie glaubte an keine Gefahr. Sie besaß wohl einen Revolver, aber sie vergaß ihn zu Hause immer. Im übrigen hätte sie kaum verstanden, ihn zu gebrauchen.

Wenn Christof sie besuchte, veranlaßte er sie zum Spielen. Ihr tiefes Erfassen der Musikstücke machte ihm Freude, vor allem dann, wenn er ihr durch ein Wort den rechten Weg gezeigt hatte, wie dem Gefühl Ausdruck zu geben sei. Er entdeckte, daß sie eine wundervolle Stimme hatte, von der sie gar nichts wußte. Er hielt sie dazu an, sie auszubilden; er ließ sie alte deutsche *Lieder** oder seine eigenen Kompositionen singen. Sie fand Gefallen daran und machte Fortschritte, die ihn ebensosehr wie sie überraschten. Sie war erstaunlich begabt. Wie durch ein Wunder war der musikalische Funke in die Seele dieses Kindes einer Pariser Kleinbürgerfamilie gefallen, die jeder künstlerischen Empfindung bar war. Philomele (so nannte er sie) plauderte manchmal über musikalische Dinge mit Christof, aber immer praktisch, niemals gefühlsmäßig; sie schien sich nur für die Technik des Klavierspiels und des Gesangs zu interessieren. Wenn sie zusammen waren und keine Musik trieben, redeten sie meistens von den spießbürgerlichsten Dingen: vom Haushalt, von der Küche, vom täglichen Leben. Und Christof, der diese Unterhaltungen mit einer Hausfrau nicht eine Minute ausgehalten hätte, fand sie mit Philomele ganz natürlich.

So verbrachten sie ganze Abende allein miteinander und hatten sich in einer ruhigen, fast kühlen Zuneigung aufrichtig lieb. Eines Abends, als er zum Essen gekommen war und sich länger als gewöhnlich verplaudert hatte, brach ein heftiges Gewitter los. Als er gehen wollte, um den letzten Zug zu erreichen, tobten Regen und Wind. Da sagte sie zu ihm:

„Aber Sie werden doch nicht fortgehen wollen! Sie fahren einfach morgen früh."

Er richtete sich in dem kleinen Wohnzimmer auf einem schnell zurechtgemachten Lager ein. Eine dünne Zwischenwand trennte ihn von Céciles Schlafstube; die Türen schlossen nicht. Er hörte von seinem Bett aus das Krachen des anderen Betts und den ruhigen Atem des jungen Weibes. Nach fünf Minuten war sie eingeschlafen; und ihm ging es genauso, ohne daß der Schatten eines beunruhigenden Gedankens sie auch nur gestreift hätte.

Um die gleiche Zeit fand er noch andere neue Freunde, die sich durch seine Werke zu ihm hingezogen fühlten.

Die meisten lebten abgeschlossen in ihren Häusern oder fern von Paris und wären ihm sonst nie begegnet. Der Erfolg, selbst der oberflächliche, hat etwas Gutes: er macht den Künstler Tausenden braven Leuten bekannt, die ihm fernstehen und die er ohne die dummen Zeitungsartikel niemals kennengelernt hätte. Zu einigen von ihnen trat Christof in nähere Beziehung. Es waren alleinstehende junge Leute, die ein schwieriges Dasein führten, mit ihrem ganzen Sein ein unbestimmbares Ideal erstrebten und nun gierig die verwandte Seele Christofs in sich einsogen. Es waren unbedeutende Provinzler, die ihm, nachdem sie seine *Lieder** gelesen, gleich dem alten Schulz schrieben, weil sie sich eines Sinnes mit ihm fühlten. Arme Künstler waren es – unter anderen auch ein Komponist –, die nichts erreicht hatten, weder einen Erfolg noch einen eigenen Ausdruck, und die glücklich waren, daß sich ihr Denken durch Christof verwirklichte. Und die liebsten von allen waren ihm vielleicht die, die ihm ohne Unterschrift schrieben und dadurch unbefangener dem hilfreichen älteren Bruder in rührendem Vertrauen kindlich ihr Herz ausschütteten. Der Gedanke tat ihm weh, daß er diese lieben Menschen, die er so gern in sein Herz geschlossen hätte, niemals kennenlernen würde. Und er küßte manchen dieser unbekannten Briefe, wie die, die sie geschrieben, seine *Lieder** geküßt hatten; jeder von ihnen dachte:

Teure Blätter, wie wohl habt ihr mir getan!

So schloß sich um Christof nach dem rhythmischen Gesetz des Weltalls ein Kreis verwandter Seelen, der sich um das Genie schart, sich von ihm nährt und es stärkt, der nach und nach anwächst und schließlich eine große Kollektivseele bildet, deren Feuerkern er ist, gleich einem Sternenkreis, einem seelischen Planeten, der im Weltenraum kreist und seinen brüderlichen Chor mit der Harmonie der Sphären vereint.

Je mehr geheimnisvolle Bande zwischen Christof und seinen unsichtbaren Freunden wirkten, um so gründlicher gestalteten sich seine künstlerischen Gedanken um; sie wurden umfassender und menschlicher. Er wollte nichts mehr wissen von einer Musik, die einem Selbstgespräch glich, einer Rede, die nur an und für sich etwas gilt, und noch weniger von einem gelehrten Gebilde, das einzig und allein für Fachleute bestimmt ist. Er wollte, daß sie eine Gemeinschaft schaffe unter den Menschen. Nur eine lebendige Kunst teilt sich den anderen mit. Johann Sebastian Bach war in den schlimmsten Stunden seiner Vereinsamung mit den anderen Menschen durch seinen religiösen Glauben verbunden, den er in seiner Kunst zum Ausdruck brachte. Händel und Mozart schrieben gezwungenermaßen für ein Publikum und nicht für sich allein. Selbst Beethoven mußte mit der Menge rechnen. Das ist heilsam. Es ist gut, wenn die Menschheit dem Genie von Zeit zu Zeit zuruft:

„Was bringst du mir mit deiner Kunst? Wenn du nichts für mich hast, so geh!"

Bei solchem Zwang gewinnt vor allem das Genie. Allerdings gibt es auch große Musiker, die nur sich selbst ausdrücken. Aber die größten von allen sind die, deren Herz für alle schlägt. Wer den lebendigen Gott von Angesicht zu Angesicht sehen will, soll ihn nicht am leeren Firmament seiner Gedankenwelt suchen, sondern in der Menschenliebe.

Die damaligen Künstler waren weit entfernt von dieser Liebe. Sie schrieben nur für eine eitle, anarchisch gesinnte Auslese, die keine Wurzeln mehr im sozialen Leben hatte und ihre Ehre dareinsetzte, die Leidenschaften der übrigen Menschheit nicht mehr zu teilen oder ihr Spiel damit zu treiben. Ein schöner Ruhm, sich aller Lebenswerte zu berauben, nur um den anderen nicht ähnlich zu sein! Sie mögen sich begraben lassen! Wir anderen wollen uns den Lebenden zugesellen, wollen an den Brüsten der Erde trinken, wollen teilhaben am Heiligsten unserer stammverwandten Geschlechter, an ihrer Liebe zur Familie und zum Heimatboden. In den freiheitlichsten Jahrhunderten, in dem Volk, das den glühendsten Schönheitskult trieb, verherrlichte der junge Fürst der italienischen Renaissance, Raffael, die Mütterlichkeit in seinen Madonnen aus Trastevere. Wer bringt uns heute eine *Madonna della Sedia* in der Musik? Wer schafft uns eine Musik für alle Stunden unseres Lebens? In Frankreich gibt es nichts, nichts dergleichen. Wenn ihr eurem Volke Lieder geben wollt, seht ihr euch gezwungen, die Musik der alten deutschen Meister zu stehlen. Von A bis Z ist in eurer Kunst alles neu zu schaffen oder umzuschaffen.

Christof stand mit Olivier, der jetzt in einer Provinzstadt lebte, in Briefwechsel. Er suchte durch Briefe die fruchtbare Zusammenarbeit von früher zwischen ihnen aufrechtzuerhalten. Er hätte gern schöne dichterische Texte von ihm gehabt, die sich dem Gedankenkreis und dem Tun des Alltags anpaßten, gleich jenen, die den Stoff der alten deutschen *Lieder** vergangener Tage bilden. Er suchte nach kurzen Stücken aus der Heiligen Schrift, aus den Dichtungen der Hindus, nach religiösen oder lehrhaften kleinen Oden, kleinen Bildern aus der Natur, Regungen der Liebe oder des Familiengefühls, nach Morgen-, Abend- und Nachtgesängen für schlichte und gesunde Herzen. Vier oder sechs Zeilen für ein *Lied**, das genügt: die einfachsten Ausdrücke, keinen gelehrten Aufputz und keine überfeinerten Harmonien. Was habe ich mit euern Ästhetenmätzchen zu schaffen? Liebt mein Leben, helft mir, es zu lieben! Schreibt mir die *Horen Frankreichs,* meine großen und kleinen Horen. Gemeinsam wollen wir den klarsten Melodiensatz suchen. Fliehen wir wie die Pest die Künstlersprache einer Kaste, deren sich heute so viele Künstler und vor allem so viele Musiker bedienen. Es gilt, den Mut zu haben, als Mensch und nicht als „Künstler" zu reden. Seht an, was unsere Väter schufen! Aus der Rückkehr zur musikalischen Sprache aller entstand am Ende des achtzehnten Jahrhunderts die Kunst der deutschen Klassiker. Die melodischen Tonsätze von Gluck, von den Schöpfern der Symphonie, von den Meistern des *Liedes** jener Zeit sind manchmal gewöhnlich und spießbürgerlich im Vergleich zu den überfeinerten oder gelehrten Sachen Johann Sebastian Bachs oder Rameaus. Doch dieser Erdgeruch ist es gerade, der den großen Klassikern die Kraft und die ungeheure Volkstümlichkeit gegeben hat. Sie sind von den einfachsten musikalischen Formen ausgegangen: vom *Lied*,* vom *Singspiel*.* Diese kleinen Blumen des Alltags haben die Kindheit eines Mozart oder eines Weber mit ihrem Duft erfüllt. – Macht es ebenso, schreibt Lieder für jedermann! Darauf könnt ihr dann Symphonien aufbauen! Was nützt es, Zwischenstufen zu überspringen? Man beginnt den Bau einer Pyramide nicht mit der Spitze. Eure heutigen Symphonien sind Köpfe ohne Leib! O ihr Schöngeister, werdet Fleisch! Uns tun Generationen geduldiger Musiker not, die sich freudig und fromm mit ihrem Volk verbrüdern. In einem Tage wird die Kunst der Musik nicht erbaut.

Es genügte Christof nicht, solche Prinzipien für die Musik aufzustellen; er regte Olivier an, sie auch auf die Literatur anzuwenden.

„Die heutigen Schriftsteller", schrieb er, „bemühen sich, das menschlich Seltsame zu beschreiben oder solche Fälle, die nur in anomalen Kreisen vorkommen, die außerhalb der großen Gesellschaft tätiger und gesunder Menschen stehen. Da sie sich selbst vor die Tür des Lebens gestellt haben, laß sie und geh dorthin, wo Menschen sind. Dem Alltagsmenschen zeige das Alltagsleben: es ist tiefer und weiter als das Meer. Der Geringste unter uns trägt die Unendlichkeit in sich. Die Unendlichkeit ist in jedem Menschen, der einfach genug ist, Mensch zu sein, im Liebenden, im Freund, in der Frau, die mit ihren Schmerzen die Strahlenglorie der Menschwerdung bezahlt; sie lebt in allen, die sich in der Verborgenheit aufopfern und von denen nie jemand etwas wissen wird; sie ist die Flut des Lebens, die von einem zum anderen, vom anderen zum einen strömt... Schreibe das schlichte Leben eines dieser schlichten Menschen, schreibe das ruhige Heldenepos der Tage und der Nächte, die einander folgen, alle ähnlich und verschieden, alle Söhne ein und derselben Mutter vom ersten Tage der Welt an. Schreibe es schlicht. Mühe Dich nicht um gesuchte Feinheiten, in denen sich die Kraft der heutigen Künstler erschöpft. Du redest zu allen: bediene Dich der Sprache aller. Es gibt weder edle noch gewöhnliche Worte; es gibt nur Menschen, die genau das sagen, was sie zu sagen haben, und solche, die es nicht tun. Sei mit Deinem ganzen Wesen in allem, was Du tust: denke, was Du denkst, und fühle, was Du fühlst. Der Rhythmus Deines Herzens soll Deine Schriften mitreißen! Der Stil ist die Seele!"

Olivier gab Christof recht, aber er antwortete mit einiger Ironie:

„Solch ein Werk wäre schön, aber es würde niemals bis zu denen gelangen, die es zu lesen verständen. Die Kritik würde es unterwegs ersticken."

„Daran erkenne ich meinen französischen Kleinbürger!" erwiderte Christof. „Ihm ist es um das zu tun, was die Kritik von seinem Buche denken wird oder nicht denken wird... Die Kritiker, mein Lieber, sind nur dazu da, den Sieg oder die Niederlage zu buchen. Sei nur Sieger! Ich bin recht gut ohne sie ausgekommen, lerne Du es auch!"

Aber Olivier hatte gelernt, noch ohne ganz andere Dinge auszukommen! Er kam ohne die Kunst aus, ohne Christof und ohne die übrige Welt. Er dachte im Augenblick an nichts anderes mehr als an Jacqueline, und Jacqueline dachte an nichts anderes als an ihn.

Ihr Liebesegoismus hatte rings um sie Leere geschaffen. Ohne Vorbedacht verbrannte er alle künftigen Hilfsmittel.

O Liebesrausch der ersten Wochen, wenn die miteinander verschmolzenen Wesen nichts anderes ersehnen, als einer im anderen aufzugehen... Alle Fibern ihrer Körper und ihrer Seelen berühren sich, genießen sich, suchen einander zu durchdringen. Sie sind in sich ein Universum ohne Gesetze, ein liebendes Chaos, in dem die umeinander kreisenden Kräfte noch nicht wissen, was sie voneinander scheidet, und sich gierig zu verzehren trachten. Alles entzückt sie im anderen: der andere ist man selbst. Was soll ihnen die Welt? Wie dem antiken Androgyn, den ein Traum reiner Wonne umfängt, sind ihre Augen für die Welt geschlossen, die Welt ist ganz in ihnen.

O Tage, o Nächte, die ein einziges Traumgewebe bilden, Stunden, die dahinfließen gleich schönen weißen Wolken und von denen nichts in das Bewußtsein emportaucht als im geblendeten Auge eine leuchtende Spur, ein lauer Hauch, der in Frühlingssehnen einhüllt, goldene Wärme der Leiber, sonnige Liebeslaube, keusche Schamlosigkeit, Umarmungen, Tollheiten, Seufzer, glückliches Lachen, glückliche Tränen, was bleibt von euch, ihr Staubkörner des Glücks? Kaum daß sich das Herz eurer erinnern kann; denn als ihr wart, existierte die Zeit nicht.

Alle Tage ähnlich... Süße Morgendämmerung... Aus dem Abgrund des Schlafes tauchen die beiden verschlungenen Leiber zugleich empor; die lächelnden Häupter, deren Atem sich mischt, öffnen gemeinsam die Augen, schauen sich an und küssen sich... Junge Frische der Morgen-

stunden, jungfräuliche Luft, in der sich das Fieber der glühenden Leiber kühlt... Wonnevolle Benommenheit der endlosen Tage, in denen die Wonne der Nächte summt... Sommernachmittage, Träumereien in Feldern, auf samtenen Wiesen, unter dem Rascheln der hohen weißen Pappeln... Schöne Abende, wenn man verträumt, mit verschlungenen Armen, mit verschlungenen Händen unter dem leuchtenden Himmel heimkehrt zum Liebeslager. Die Zweige der Büsche schauern im Wind. Im lichten See des Himmels schwimmt gleich weißem Flaum der silberne Mond. Ein Stern fällt nieder und stirbt – ein Schauer durchrinnt das Herz –, geräuschlos verlosch eine Welt. Ab und zu huschen eilig und stumm Schatten auf dem Wege vorüber. Die Glocken der Stadt läuten zum Fest des morgigen Tages. Sie verweilen ein wenig, sie drängt sich an ihn, sie verharren schweigend... Ach, bliebe das Leben so stehen, reglos wie diese Sekunde! – Sie seufzt und sagt:
„Warum liebe ich dich so sehr?"

Nach einigen Reisewochen in Italien hatten sie sich in einer Stadt im Westen Frankreichs niedergelassen, in der Olivier eine Anstellung als Oberlehrer gefunden hatte. Sie sahen fast niemanden. Sie nahmen an nichts teil. Als sie gezwungenermaßen einige Besuche machen mußten, trat ihre Gleichgültigkeit so unverhohlen zutage, daß sich die einen dadurch verletzt fühlten, die anderen darüber lächelten. Alle Worte glitten an ihnen ab, ohne sie zu erreichen. Sie traten mit der unverschämten Wichtigkeit jungverheirateter Leute auf, die immer zu sagen scheinen:

Ihr anderen, ihr wißt überhaupt nichts...

Auf Jacquelines hübschem, verträumtem, ein wenig schmollendem Gesichtchen, in Oliviers glücklichen, zerstreut dreinschauenden Augen konnte man lesen:

Wenn ihr wüßtet, wie ihr uns langweilt! – Wann werden wir wieder allein sein?

Selbst wenn sie mitten unter anderen waren, taten sie

so zwanglos, als wären sie allein. Man fing ihre Blicke auf, die über die Unterhaltung hinweg zueinander sprachen. Sie brauchten sich nicht einmal anzuschauen, um sich zu sehen; sie lächelten: denn sie wußten, daß sie zur gleichen Zeit an dasselbe dachten. Wenn sie nach irgendeinem gesellschaftlichen Zwang wieder allein waren, stießen sie Rufe des Entzückens aus und trieben tausend dumme Kindereien. Sie benahmen sich, als wären sie acht Jahre alt. Sie schwätzten dummes Zeug. Sie gaben sich drollige Vornamen. Sie nannte ihn: Olive, Olivet, Olifant, Fanny, Mami, Mime, Minaud, Quinaud, Kaunitz, Cosima, Cobourg, Panot, Nacot, Ponette, Naquet und Canot. Sie gebärdete sich wie ein kleines Mädchen. Und doch wollte sie alle Lieben in sich vereinigen, ihm alles zugleich sein: Mutter, Schwester, Frau, Liebende und Geliebte.

Sie gab sich nicht damit zufrieden, teilzuhaben an seiner Freude, sie nahm, wie sie sich vorgenommen hatte, auch an seiner Arbeit teil: auch das war ein Spiel. In der ersten Zeit setzte sie den freudigen Eifer einer Frau ein, für die Arbeit etwas Neues ist: es war, als machten ihr gerade die undankbarsten Aufgaben am meisten Spaß, Abschriften in Bibliotheken, Übersetzungen abgeschmackter Bücher: alles das gehörte zu ihrem Lebensplan, zu ihrem unendlich reinen und höchst ernsthaften Lebensplan, der ganz und gar nur hohen Gedanken und gemeinsamer Arbeit gewidmet sein sollte. Und das ging ausgezeichnet, solange die Liebe in ihnen leuchtete; denn sie dachte nur an ihn und nicht an das, was sie tat. Das sonderbarste war, daß alles, was sie auf diese Art machte, gut war. Ihr Geist erging sich ohne jede Anstrengung in abstrakten Abhandlungen, denen sie zu einer anderen Zeit ihres Lebens nur mit Mühe hätte folgen können; ihr Wesen war durch die Liebe gleichsam über die Erde emporgehoben; sie merkte nichts davon: wie eine Schlafwandlerin, die über die Dächer geht, folgte sie ruhig, ohne etwas zu sehen, ihrem ernsten und lächelnden Traumbild...

Und dann fing sie an, die Dächer zu sehen; das erschreckte sie durchaus nicht; doch sie stellte sich die Frage, was sie denn da oben wolle, und sie kehrte heim. Die Arbeit langweilte sie. Sie redete sich ein, daß ihre Liebe dadurch gestört werde. Sicherlich, weil ihre Liebe schon weniger stark war. Aber man merkte davon nichts. Sie konnten einander keinen Augenblick entbehren. Sie vermauerten sich vor der Welt, sie verrammelten ihre Tür, sie nahmen keine Einladungen mehr an. Sie waren eifersüchtig auf die Zuneigung anderer Menschen, sogar auf ihre Beschäftigungen, auf alles, was sie von ihrer Liebe ablenkte. Der Briefwechsel mit Christof wurde unregelmäßig. Jacqueline konnte ihn nicht leiden: er war für sie ein Nebenbuhler, er stellte einen ganzen Abschnitt in Oliviers Vergangenheit dar, an dem sie keinen Anteil hatte. Und je mehr Raum er in Oliviers Leben eingenommen hatte, um so mehr versuchte sie instinktiv, ihn ihm streitig zu machen. Ohne bestimmte Berechnung trennte sie Olivier heimlich von seinem Freunde; sie machte sich über Christofs Wesen, sein Gesicht, seine Schreibweise, seine Künstlerpläne lustig. Sie tat es ohne Bosheit, ohne listige Absicht: die gute Natur besorgte das für sie. Olivier machten ihre Bemerkungen Spaß; er fand nichts Schlimmes dabei; er glaubte Christof noch immer wie früher zu lieben; aber er liebte nur noch seine Persönlichkeit: das bedeutet in der Freundschaft nicht viel. Er merkte nicht, daß er allmählich aufhörte, ihn zu verstehen, daß er an seiner Gedankenwelt, an dem heldischen Idealismus, durch den sie sich verbunden gefühlt hatten, keinen Anteil mehr nahm... Die Liebe ist für ein junges Herz eine allzu berauschende Süßigkeit; welch anderer Glaube könnte neben ihr standhalten? Im Körper der Geliebten, in ihrer Seele, die man von dem geheiligten Leibe pflückt, liegen alle Wissenschaft und aller Glaube beschlossen. Mit welchem Mitleidslächeln betrachtet man das, was andere über alles lieben, was man selber früher über alles liebte! Von dem mächtigen Leben und seiner herben Kraftentfaltung sieht man nichts mehr als die

Blüte einer Stunde, die man unsterblich glaubt... Olivier war von der Liebe besessen. Anfangs fand sein Glück noch die Kraft, sich in anmutigen Gedichten auszusprechen. Dann erschien ihm auch das müßig: es war Zeit, die man der Liebe stahl! Und Jacqueline wetteiferte mit ihm darin, ihm jeden anderen Daseinsgrund zu zerstören, den Baum des Lebens abzutöten, ohne dessen Halt der Efeu der Liebe stirbt. So richteten sie sich beide im Glück zugrunde.

Ach, man gewöhnt sich so schnell an das Glück! Wenn selbstsüchtiges Glück der einzige Lebenszweck ist, wird das Leben schnell zwecklos. Es wird zur Gewohnheit, zu einem Gift, das man nicht mehr entbehren kann. Und wie nötig ist es, sich seiner zu enthalten! Das Glück ist ein Augenblick im Weltenrhythmus, einer der Pole, zwischen denen die Waage des Lebens hin und her schwankt: wollte man die Waage anhalten, so müßte man sie zerbrechen...

Sie lernten ihn kennen, *diesen Überdruß am Wohlbefinden, der die Gefühlsfähigkeit überspannt.* Die holden Stunden schlichen langsamer dahin, wurden matt und welk, gleich Blumen ohne Wasser. Noch war der Himmel immer blau; aber die frische Morgenluft wehte nicht mehr. Alles war leblos; die Natur schwieg. Sie waren allein, wie sie es sich gewünscht hatten. – Und ihr Herz wurde beklommen.

Ein undeutbares Gefühl von Leere, eine unbestimmte Langeweile, die nicht ohne Reiz war, bemächtigte sich ihrer. Sie konnten es sich nicht deuten; dunkel wurden sie davon beunruhigt. Sie waren krankhaft reizbar. Ihre Nerven, gewohnt, der Stille zu lauschen, schauerten wie Blätter beim geringsten unvorhergesehenen Hauch des Lebens. Jacqueline kamen manchmal die Tränen, ohne daß sie Grund zum Weinen hatte; und wenn sie es auch gern geglaubt hätte, die Liebe war nicht mehr die einzige Ursache. Nachdem sie die sehnsuchtsvollen und durchquälten Jahre, die ihrer Heirat vorausgegangen waren, überwunden sah, wurde sie durch das plötzliche Aufhören ihrer Sehnsucht nach dem erreichten und auch schon überschrittenen Ziel, durch die plötzliche Nichtigkeit jeder neuen Anspannung – und vielleicht auch jeder vergangenen – in eine Verwirrung gestürzt, die sie sich nicht zu erklären vermochte und die sie entsetzte. Sie wollte sie sich nicht eingestehen; sie schrieb sie einer nervösen Abspannung zu, sie gab sich Mühe, darüber zu lachen; aber ihr Lachen war nicht weniger gereizt als ihre Tränen. Tapfer versuchte sie es von neuem mit der Arbeit. Aber schon bei dem ersten Versuch begriff sie nicht einmal mehr, wie sie fähig gewesen war, sich für derartig dumme Aufgaben zu erwärmen: widerwillig schob sie sie beiseite. Sie nahm einen Anlauf, um wieder gesellschaftliche Beziehungen anzuknüpfen: es gelang ihr ebensowenig; unabänderlich stand fest, daß sie sich den Leuten und dem minderwertigen Gerede, zu dem das Leben verpflichtet, entfremdet hatte: sie fand beides widersinnig. Und sie flüchtete in ihre gemeinsame Abgeschlossenheit zurück und suchte in diesen unglücklichen Versuchen den Beweis zu finden, daß es wirklich nichts Besseres als die Liebe gebe. Und für einige Zeit schien sie wirklich liebeerfüllter zu sein als je. Aber das kam daher, weil sie es sein wollte.

Der weniger leidenschaftliche und an Zärtlichkeiten reichere Olivier war vor solchen Angstzuständen eher geschützt; nur ab und zu empfand er einen unbestimmten Schauer. Im übrigen wurde seine Liebe bis zu einem gewissen Grade durch den Zwang seiner täglichen Beschäftigung bewahrt, durch seinen Beruf, den er nicht schätzte. Aber da er sehr feinfühlig war und da alle Regungen des geliebten Herzens auch sein Herz erfüllten, übertrug sich Jacquelines geheime Unruhe auf ihn.

An einem schönen Nachmittag wanderten sie zusammen über Land. Sie hatten sich schon im voraus auf den Spaziergang gefreut. Alles rings um sie her atmete Fröhlichkeit. Aber gleich bei den ersten Schritten senkte sich ein Gefühl matter, dumpfer Traurigkeit auf sie nieder; sie fühlten sich

erstarren, fanden keine Möglichkeit, miteinander zu reden. Trotzdem zwangen sie sich dazu; aber jedes Wort, das sie sagten, machte die Leere nur fühlbarer. Sie machten ihren Spaziergang bis zum Ende wie Automaten, ohne etwas zu sehen oder zu fühlen. Mit schwerem Herzen kehrten sie heim. Der Abend dämmerte; die Wohnung war leer, dunkel und kalt. Sie zündeten nicht sogleich Licht an, um sich selber nicht zu sehen. Jacqueline ging in ihr Zimmer; anstatt Hut und Mantel abzunehmen, setzte sie sich stumm ans Fenster. Olivier setzte sich ins Nebenzimmer und stützte die Arme auf den Tisch. Die Tür zwischen den beiden Zimmern war offen; sie waren einander so nahe, daß sie ihr Atmen hätten hören können. Und in dem stillen Halbdunkel weinten sie beide bitterlich. Sie preßten die Hand gegen den Mund, damit man es nicht hörte. Schließlich sagte Olivier beklommen:
„Jacqueline..."
Jacqueline schluckte die Tränen hinunter und sagte:
„Was?"
„Kommst du nicht?"
„Ich komme."
Sie kleidete sich aus, ging ihre Augen kühlen. Er zündete die Lampe an. Nach einigen Minuten kam sie ins Zimmer. Sie sahen sich nicht an; sie wußten, daß sie geweint hatten. Und sie konnten sich nicht trösten; denn sie wußten, warum.

Es kam ein Augenblick, wo sie ihren Kummer nicht mehr verbergen konnten. Und da sie sich die wahre Ursache nicht eingestehen wollten, suchten sie nach einer anderen, die zu finden ihnen nicht schwerfiel. Sie gaben der Langenweile des Provinzlebens die Schuld. Das brachte ihnen Erleichterung. Herr Langeais, den seine Tochter verständigt hatte, war nicht allzusehr überrascht, daß sie anfing, des Heldentums müde zu werden. Er machte sich seine guten politischen Beziehungen zunutze und erreichte die Berufung seines Schwiegersohns nach Paris.

Als die gute Botschaft eintraf, hüpfte Jacqueline vor Freude und fand ihr ganzes früheres Glück wieder. Jetzt schien ihnen das öde Stückchen Erde, das sie verlassen sollten, wieder vertraut; sie hatten dort so viele Liebeserinnerungen gesät! Die letzten Tage brachten sie damit hin, deren Spuren nachzugehen. Eine sanfte Wehmut umschwebte diesen Pilgergang. Diese stille Gegend hatte sie glücklich gesehen. Eine innere Stimme flüsterte ihnen zu:

„Du weißt, was du verläßt. Weißt du, was du finden wirst?"

Am Abend vor der Abreise weinte Jacqueline. Olivier fragte sie, warum. Sie wollte nicht reden. Sie nahmen ein Stück Papier und schrieben sich, wie sie es gewöhnlich taten, wenn ihnen der Klang der Worte Furcht einflößte:

„Mein lieber kleiner Olivier..."
„Meine liebe kleine Jacqueline..."
„Es tut mir leid zu gehen."
„Von wo zu gehen?"
„Von da, wo wir uns geliebt haben."
„Und wohin zu gehen?"
„Wo wir nicht mehr so jung sein werden."
„Wo wir beisammen sein werden."
„Aber nie wieder so in Liebe."
„Immer mehr."
„Wer weiß?"
„Ich weiß es!"
„Und ich will es."

Dann machten sie zwei kleine Kreise unten auf das Papier, was einen Kuß bedeuten sollte. Und dann trocknete sie sich die Tränen ab, lachte und putzte ihn wie einen Günstling Heinrichs III. heraus: sie setzte ihm ihre Mütze auf und hüllte ihn in ihren weißen Umhang mit dem hochgeschlagenen Kragen, so daß er wie in einer Halskrause steckte.

In Paris fanden sie die Menschen wieder, die sie verlassen hatten. Sie fanden sie nicht mehr so wieder, wie sie sie verlassen hatten. Christof kam auf die Nachricht von Oliviers Ankunft freudestrahlend herbeigelaufen. Olivier empfand die gleiche Wiedersehensfreude wie er. Aber gleich bei den ersten Blicken empfanden sie eine unerwartete Verlegenheit. Beide versuchten dagegen anzukämpfen. Vergeblich. Olivier war sehr herzlich, aber irgend etwas hatte sich in ihm verändert. Und Christof fühlte es. Ein Freund, der sich verheiratet, kann tun, was er will: er ist nicht mehr der alte Freund. Der Seele des Mannes ist jetzt beständig die Seele der Frau zugesellt. Christof witterte sie überall in Olivier: in einem unmerklichen Schimmer seines Blickes, in einem leichten Zucken seiner Lippen, das er bisher nicht an ihm gekannt hatte, in jeder neuen Biegung seiner Stimme und seines Gedankengangs. Olivier war sich dessen nicht bewußt; aber er wunderte sich, wie verschieden der jetzige Christof von dem früheren war. Er ging allerdings nicht so weit, zu glauben, Christof habe sich verändert; er gab wohl zu, daß sich diese Umwandlung in ihm selbst vollzogen habe; aber das schien ihm eine normale, seinem Alter entsprechende Entwicklung zu sein; und er war erstaunt, bei Christof nicht denselben Fortschritt zu finden. Er warf ihm vor, in den Gedanken erstarrt zu sein, die ihnen einst wohl teuer gewesen waren, die ihm aber heute kindisch und altmodisch erschienen. Das kam daher, weil diese Gedanken nicht dem Wesen jener fremden Seele entsprachen, die sich, ohne daß er es ahnte, in ihm eingenistet hatte. Dieses Gefühl verdeutlichte sich, wenn Jacqueline der Unterhaltung beiwohnte: dann senkte sich zwischen Oliviers und Christofs Augen ein Schleier von Ironie. Allerdings versuchten sie, sich ihre Empfindungen zu verbergen. Christof kam weiter ins Haus. Jacqueline schoß unschuldigerweise einige boshafte und widerhakige Pfeile auf ihn ab. Er ließ es sich gefallen. Aber wenn er heimkehrte, war er niedergeschlagen.

Die ersten Monate in Paris wurden zu einer recht glücklichen Zeit für Jacqueline und deshalb auch für Olivier. Zunächst war sie mit ihrer Einrichtung beschäftigt. Sie hatten in einer alten Straße in Passy eine freundliche kleine Wohnung gefunden, die auf ein Viereck von Gärten ging. Die Auswahl der Möbel und Tapeten bot für ein paar Wochen eine hübsche Beschäftigung. Jacqueline verwandte darauf eine Unsumme von übertriebener, ja fast leidenschaftlicher Energie: es war, als hinge ihre ewige Seligkeit von der Farbabstufung eines Vorhangs oder dem Profil irgendeiner alten Truhe ab. Dann nahm sie den Verkehr mit ihrem Vater, ihrer Mutter, ihren Freunden und Freundinnen wieder auf; da sie diese während ihres Liebesjahres völlig vergessen hatte, wurde das eine wahre Neuentdeckung für sie; um so mehr, als ihre Seele in dem Maße, wie sie sich mit der Oliviers verschmolzen, auch ein wenig von Olivier in sich aufgenommen hatte und sie daher ihre alten Freunde mit ganz neuen Augen ansah. Sie schienen ihr sehr zum Vorteil verändert. Olivier verlor dabei zunächst nicht allzuviel. Sie gaben sich gegenseitig Wert. Die sittliche Sammlung, das poetische Helldunkel in ihrem Gefährten ließen Jacqueline mehr Vergnügen an diesen Weltmenschen finden, die nichts anderes wollten als das Leben genießen, als glänzen und gefallen. Und die verführerischen, aber gefährlichen Fehler dieser Welt, die sie um so besser kannte, als sie ihr angehörte, machten ihr die Zuverlässigkeit ihres Freundes besonders wertvoll. Sie hatte viel Freude an diesen Vergleichen und übertrieb sie gern, um sich damit die Richtigkeit ihrer Wahl zu beweisen. – Sie übertrieb das so sehr, daß ihr in manchen Augenblicken nicht mehr recht klar war, warum sie gerade diese Wahl getroffen hatte. Glücklicherweise dauerten solche Überlegungen nicht lange; und da sie Gewissensbisse darüber empfand, war sie sogar niemals so zärtlich mit Olivier wie gerade nach solchen Momenten. Aber gerade darum begann sie damit bald wieder von neuem. Durch die Gewohnheit hatte sie jedoch auch daran bald keine Freude mehr, und die Vergleiche forderten einander immer ernsthafter heraus: anstatt sich zu ergänzen, bekämpften sich die beiden gegensätzlichen Welten. Sie fragte sich, warum Olivier nicht die guten Eigenschaften oder, besser gesagt, etwas von den Fehlern besaß, die sie jetzt an ihren Pariser Freunden so angenehm empfand. Sie sagte ihm das nicht; aber Olivier fühlte den unnachsichtig beobachtenden Blick seiner Gefährtin: er war davon beunruhigt und gequält.

Trotzdem hatte er nicht die Macht über Jacqueline verloren, die ihm die Liebe gab; und die junge Ehe hätte noch ziemlich lange in ihrer zärtlichen und tätigen Gemeinsamkeit fortbestehen können, wenn nicht besondere Umstände die äußeren Lebensbedingungen verändert und dadurch ihr leicht zu störendes Gleichgewicht erschüttert hätten.

Quivi trovammo Pluto il gran nemico.

Eine Schwester von Frau Langeais starb. Sie war die Witwe eines reichen Industriellen und hatte keine Kinder. Ihr ganzes Hab und Gut ging an Langeais über. Jacquelines Vermögen wurde dadurch mehr als verdoppelt. Als die Erbschaft angetreten war, mußte Olivier an Christofs Worte über das Geld denken, und er sagte:

„Wir lebten so gut ohne das; vielleicht bringt es uns nur Kummer."

Jacqueline machte sich über ihn lustig.

„Du Schaf", sagte sie, „als ob das jemals Kummer machen könnte! Im übrigen werden wir nichts an unserem Leben ändern."

Scheinbar blieb sich ihr Leben auch wirklich gleich. Es blieb sich so sehr gleich, daß man nach einiger Zeit Jacqueline klagen hörte, sie sei nicht reich genug: ein deutlicher Beweis dafür, daß irgend etwas verändert war. Und obgleich sich ihre Einkünfte verdreifacht hatten, wurde tatsächlich alles ausgegeben, ohne daß sie wußten, wofür. Sie mußten sich fragen, wie sie nur vorher ausgekommen waren.

Das Geld schmolz dahin, aufgezehrt von tausend neuen Ausgaben, die sofort gewohnt und unentbehrlich schienen. Jacqueline ließ bei den großen Schneidern arbeiten; die alte Hausschneiderin, die auf Tagesarbeit kam und die sie seit ihrer Kindheit kannte, hatte sie verabschiedet. Wo war die Zeit der spottbilligen kleinen Samthüte, die man mit einem Nichts aufputzte und die trotzdem niedlich waren, der Kleider, deren Eleganz zwar nicht einwandfrei war, die jedoch ein Abglanz ihrer Anmut und ein Stück von ihr selbst gewesen waren? Der zarte persönliche Reiz, der von allem ausging, was sie umgab, verwischte sich immer mehr. Ihr anmutiges Wesen war verflogen. Sie wurde alltäglich.

Man wechselte die Wohnung. Die alte, die man mit soviel Mühe und Vergnügen eingerichtet hatte, erschien jetzt eng und häßlich. Statt der bescheidenen, kleinen Zimmer, die den Stempel des Persönlichen trugen und vor deren Fenstern ein trauter Baum seine schlanke Silhouette wiegte, nahm man eine bequeme, gut eingeteilte große Wohnung, aus der man sich nichts machte, die man nicht lieben konnte, in der man vor Langerweile starb. An die Stelle der alten Familienstücke traten Möbel und Tapeten, die fremd anmuteten. Nirgends war mehr Platz für die Erinnerung. Die ersten Jahre des gemeinsamen Lebens wurden aus dem Gedächtnis gefegt... Es ist ein großes Unglück, wenn zwei einander verbundene Menschen das Band zerschneiden, das sie mit ihrem vergangenen Liebesleben verknüpft. Das Bild dieser Vergangenheit ist eine Schutzwehr gegen die Verzagtheiten und Feindseligkeiten, die den ersten Zärtlichkeiten unvermeidlich folgen... Dadurch, daß Jacqueline nicht mehr zu rechnen brauchte, war sie in Paris und auf Reisen (denn jetzt, da sie reich waren, reisten sie oft) einer Klasse reicher und unnützer Leute nähergetreten, die ihr durch ihren Umgang Verachtung für die übrigen Menschen einflößten, nämlich für die arbeitenden. Mit ihrer vorzüglichen Anpassungsfähigkeit glich sie sich sofort diesen unfruchtbaren und verdorbenen Seelen an. Keine Möglichkeit, dagegen anzukommen! Sofort wurde sie aufsässig und heftig und verwahrte sich und nannte den Gedanken, daß man bei häuslichen Pflichten und in der Aurea mediocritas glücklich sein könne – oder gar müsse –, eine „gemeine Spießbürgerlichkeit". Die Stunden der Vergangenheit, da sie sich in Liebe großherzig hingegeben hatte, waren ihr bis zur Verständnislosigkeit verlorengegangen.

Olivier war nicht stark genug, um zu kämpfen. Auch er war verändert. Er hatte sein Lehramt niedergelegt und hatte keinerlei verbindliche Arbeit mehr. Er schriftstellerte nur, und das schadete dem Gleichgewicht seines Lebens. Bisher hatte er darunter gelitten, nicht ganz der Kunst leben zu können. Jetzt, da er ganz der Kunst lebte, fühlte er sich im Unendlichen verloren. Die Kunst, die nicht als Gegengewicht einen Beruf hat, als Halt nicht ein starkes Tatenleben, die Kunst, die nicht den Stachel einer Alltagsarbeit in ihrem Fleisch fühlt, die Kunst, die nicht nötig hat, nach Brot zu gehen, büßt das Beste ihrer Kraft und ihrer Wahrhaftigkeit ein. Sie ist eine Luxusblume. Sie ist nicht mehr (was sie bei den größten Künstlern ist) die heilige Frucht des menschlichen Leidens. – Olivier überkam ein Gefühl träger Gleichgültigkeit, ein *Wozu?*. Nichts drängte ihn mehr. Er ließ seine Feder ruhen, er schlenderte umher, er konnte sich nicht mehr zurechtfinden. Er hatte die Fühlung mit denen seines Berufs verloren, die geduldig und mühevoll ihr Lebensfeld durchackerten. Er war in eine andere Welt geraten, in der er sich nicht wohl fühlte, die ihm aber dennoch nicht mißfiel. Da er schwach, liebenswürdig und wißbegierig war, beobachtete er voller Wohlwollen jene Welt, der zwar nicht die Anmut, wohl aber die innere Festigkeit fehlte, und merkte nicht, wie diese Schwäche nach und nach auf ihn überging; seine Weltanschauung stand nicht mehr fest wie früher.

Die Wandlung vollzog sich ohne Frage bei ihm weniger schnell als bei Jacqueline. Die Frau hat den zweifelhaften Vorzug, daß sie sich plötzlich von Grund auf verändern kann. Dieses Sterben und diese plötzliche Erneuerung ihres Wesens können die, die sie lieben, in Schrecken versetzen. Und doch ist es für ein lebensvolles Geschöpf, das nicht vom Willen gezügelt wird, etwas Natürliches, morgen das nicht mehr zu sein, was es heute war. Es ist ein fließendes Wasser. Wer es liebt, muß ihm folgen oder der Strom sein, der es in seinem Lauf mitreißt. In beiden Fällen heißt es wechseln. Aber es ist ein gefährliches Unterfangen; und man kennt die Liebe eigentlich erst, wenn man sie dieser Prüfung unterworfen hat. Der Zusammenklang der Seelen ist in den ersten Jahren eines gemeinsamen Lebens so zart, daß ihn die leiseste Schwingung in dem einen oder anderen der beiden Wesen völlig zerstören kann. Wieviel mehr noch ein plötzlicher Wechsel im Vermögen oder in der Umgebung! Man muß sehr stark – oder sehr stumpf – sein, um da Widerstand zu leisten.

Jacqueline und Olivier waren weder stumpf noch stark. Sie sahen sich beide in einem anderen Licht; und das Antlitz des Freundes wurde ihnen fremd. In den Stunden, in denen sie diese traurige Entdeckung machten, verbargen sie sich aus Mitleid mit ihrer Liebe voreinander: denn sie liebten sich noch immer. Olivier hatte als Zuflucht seine Arbeit, die ihm durch ihre Regelmäßigkeit Ruhe verschaffte. Jacqueline hatte nichts. Sie tat nichts. Sie blieb endlos lange im Bett oder saß stundenlang bei ihrer Toilette, halb angezogen, reglos, in sich versunken. Und eine dumpfe Traurigkeit sammelte sich gleich einem eisigen Nebel tropfenweise in ihr an. Sie war unfähig, sich von der fixen Idee der Liebe frei zu machen... Die Liebe! Das Göttlichste, was der Mensch besitzt, wenn sie ihm Hingabe seines Selbst bedeutet. Das Törichtste und Enttäuschendste, wenn sie nichts ist als die Jagd nach dem Glück... Jacqueline war unfähig, sich einen anderen Lebenszweck zu denken. Manchmal hatte sie voll guten Willens versucht, Anteil an anderen zu nehmen, an ihrem Elend: es gelang ihr nicht. Die Leiden der anderen verursachten ihr einen unüberwindlichen Ekel; sie waren unerträglich für ihre Nerven. Zwei- oder dreimal hatte sie, um ihr Gewissen zu beruhigen, etwas getan, was einer Wohltat ähnlich sah: der Erfolg war mäßig gewesen.

„Siehst du", sagte sie zu Christof, „wenn man Gutes tun will, richtet man Böses an, man soll es lieber lassen. Ich habe kein Talent dazu."

Christof sah sie an: und er dachte an eine seiner flüchtigen Bekanntschaften, eine selbstsüchtige, sittenlose Grisette, die jeder wahren Zuneigung unfähig war, die aber, sobald sie jemanden leiden sah, eine wahre Mutterliebe für den empfand, der ihr noch am Abend vorher gleichgültig gewesen war, oder für einen Unbekannten. Die widerwärtigsten Handreichungen stießen sie nicht ab: gerade die, welche am meisten Überwindung kosteten, bereiteten ihr eine eigenartige Befriedigung. Sie gab sich darüber keine Rechenschaft: es war, als ob darin die ganze Kraft einer dunklen, unausgesprochenen Sehnsucht zur Entfaltung käme; ihre sonst verkümmerte Seele lebte in solchen seltenen Augenblicken auf. Wenn sie ein Elend nur etwas lindern konnte, empfand sie Wohlbehagen, und ihre Freude wirkte dann fast störend. – Die Güte dieser sonst so selbstsüchtigen Frau und die Selbstsucht der eigentlich gütigen Jacqueline waren weder Laster noch Tugend, sondern für jede von ihnen nur notwendige Maßnahmen ihrer seelischen Gesundheit. Nur fühlte sich die eine von ihnen wohler dabei.

Jacqueline wurde von der bloßen Vorstellung des Leidens zu Boden gedrückt. Sie hätte den Tod einem körperlichen Leiden vorgezogen. Sie hätte lieber den Tod hingenommen als den Verlust einer der Quellen ihrer Freude: ihrer Schönheit oder ihrer Jugend. Es wäre ihr wie die schrecklichste aller Ungerechtigkeiten erschienen, wenn ihr nicht das volle Glück zuteil geworden wäre, auf das sie Anspruch zu haben glaubte, oder wenn sie andere glücklicher gesehen hätte als sich selbst (denn sie glaubte an das

Glück in einer unanfechtbaren, sinnlosen, aber heiligen Überzeugung). Das Glück war für sie nicht nur Glaube, es war Jugend. Unglücklich zu sein erschien ihr wie ein Gebrechen. Ihr ganzes Leben stellte sich nach und nach auf dieses Prinzip ein. Ihre wahre Natur hatte die idealistischen Schleier zerrissen, mit denen sie sich als junges Mädchen in furchtsamer Schamhaftigkeit umhüllt hatte. In der Auflehnung gegen diesen überwundenen Idealismus betrachtete sie jetzt die Dinge klar und nüchtern. Sie hatten für sie nur insofern Wert, als sie mit der Meinung der Welt und einem bequemen Leben zusammenstimmten. Ihre seelische Verfassung glich jetzt der ihrer Mutter: sie ging zur Kirche und erfüllte ihre religiösen Pflichten mit seelenloser Gewissenhaftigkeit. Sie quälte sich nicht mehr mit der Frage, ob hier im Grunde die Wahrheit sei: sie hatte greifbarere Sorgen und dachte mit ironischem Mitleid an die schwärmerische Auflehnung ihrer Kinderjahre. – Doch ihr heutiger Wirklichkeitssinn war nicht fester gegründet als ihr alter Idealismus. Sie tat sich Zwang an. Sie war weder Engel noch Teufel. Sie war eine arme Frau, die sich langweilte.

Sie langweilte sich, langweilte sich; sie langweilte sich um so mehr, als sie zu ihrer Entschuldigung nicht sagen konnte, daß sie nicht geliebt werde oder daß sie Olivier nicht leiden könne. Ihr Leben schien ihr verrammelt, vermauert, ohne Zukunft; sie sehnte sich nach einem neuen, ewig sich erneuernden Glück; und das war geradezu kindisch, da es sich in keiner Weise durch ihr höchst mittelmäßiges Talent zum Glück rechtfertigte. Es ging ihr wie so vielen anderen Frauen, so vielen müßigen Ehepaaren, die allen Grund haben, glücklich zu sein, und die nicht aufhören, sich zu quälen. Überall begegnet man solchen Menschen; sie sind reich, haben schöne Kinder, sind gesund, intelligent und für alles Schöne empfänglich, haben alle Möglichkeiten, sich zu betätigen und Gutes zu tun, ihr Leben und das anderer Menschen zu bereichern. Und doch bringen sie ihre Zeit mit Seufzen hin, weil sie sich nicht lieben, weil sie andere lieben oder weil sie andere nicht lieben – weil sie sich ewig nur mit sich selbst beschäftigen, mit ihren seelischen oder sexuellen Beziehungen, ihren vorgeblichen Rechten auf Glück, ihren sich widersprechenden Selbstsüchteleien; sie erörtern, besprechen, bereden ewig dasselbe, spielen sich die Komödie der großen Liebe oder des tiefsten Unglücks vor und glauben schließlich selber daran ... Wenn ihnen nur einer sagen wollte:

Ihr seid keineswegs interessant. Es ist schamlos zu jammern, wenn man so viele Möglichkeiten hat, glücklich zu sein!

Wenn ihnen nur einer ihr Geld, ihre Gesundheit, alle die wundervollen Gaben, deren sie nicht wert sind, entreißen wollte! Wenn nur einer diese zur Freiheit unfähigen Sklaven, die ihre Freiheit närrisch macht, wieder unter das Joch des Elends und der Mühe beugen wollte! Wenn sie ihr Brot hart verdienen müßten, würden sie es in Zufriedenheit essen. Und wenn sie in das furchtbare Antlitz des Leides sähen, würden sie nicht mehr wagen, eine empörende Komödie damit zu spielen.

Doch letzten Endes leiden sie wirklich. Sie sind Kranke. Wie sollte man sie nicht bedauern? – Die arme Jacqueline hatte ebensowenig Schuld, daß sie sich von Olivier loslöste, wie Olivier, daß er sie nicht zu halten vermochte. Sie war, wozu die Natur sie gemacht hatte. Sie wußte nicht, daß die Ehe eine Herausforderung an die Natur ist und daß man, wenn man ihr den Handschuh hingeworfen hat, von ihr erwarten muß, daß sie ihn aufnimmt, und daß man sich selbst anschicken muß, den einmal heraufbeschworenen Kampf tapfer auszutragen. Sie merkte, daß sie sich geirrt hatte. Sie war deswegen gegen sich selbst aufgebracht, und diese Enttäuschung verwandelte sich in Feindseligkeit gegen alles, was sie geliebt hatte, gegen den Glauben Oliviers, der auch der ihre gewesen war. Eine gescheite Frau hat – mehr als ein Mann – intuitiv das richtige Verständnis für Ewigkeitswerte; aber es fällt ihr schwerer, daran festzuhalten.

Der Mann, der solche Gedanken begriffen hat, nährt sie mit seinem Leben. Die Frau hingegen nährt ihr Leben mit ihnen; sie nimmt sie in sich auf, aber sie schafft sie nicht neu. Ihrem Herzen und ihrem Geist muß man dauernd neue Nahrung zuführen: sie genügen sich nicht selbst. Fehlt es ihr an Glauben und an Liebe, so muß sie zerstören – es sei denn, daß sie jene Gnade des Himmels, die höchste Tugend besitzt: die Ruhe des Gemüts.

Jacqueline hatte einst leidenschaftlich an eine auf gemeinsamen Glauben gegründete Ehe geglaubt, an das Glück, gemeinsam zu kämpfen, zu leiden und aufzubauen. Aber dieser Glaube hatte nur so lange standgehalten, wie die Sonne der Liebe ihn vergoldete; je mehr die Sonne sank, um so mehr war ihr dieser Glaube wie kahle, düstere Berge erschienen, die sich vor dem verlassenen Himmel aufrichteten; und sie fühlte nicht die Kraft in sich, den Weg fortzusetzen: wozu sollte es ihr nützen, den Gipfel zu erreichen? Was war auf der anderen Seite? Welch ungeheurer Betrug! – Jacqueline konnte nicht begreifen, daß Olivier sich immer weiter von solchen Hirngespinsten, die das Leben aufzehren, täuschen lassen konnte; und sie redete sich ein, daß er weder sehr klug noch sehr lebenstüchtig sei. Sie erstickte in seiner Atmosphäre, in der sie nicht atmen konnte; und ihr Selbsterhaltungstrieb drängte sie in einer Art Notwehr dazu, anzugreifen. Sie machte sich daran, die feindlichen Ansichten dessen, den sie noch immer liebte, gänzlich zu zerstören. Sie kämpfte zu diesem Zweck mit allen ihren Waffen der Ironie und der Sinnlichkeit; sie umwand ihn mit den Schlingpflanzen ihrer Begierden und ihrer kleinlichen Nöte; sie wollte ihn zu einem Spiegelbild ihrer selbst machen – ihrer selbst, die nicht einmal wußte, was sie wollte noch was sie war! Sie fühlte sich gedemütigt, weil Olivier keinen Erfolg hatte, und es machte ihr wenig aus, ob das gerechter- oder ungerechterweise so war: denn sie hatte sich zu der Überzeugung gebracht, daß es letztlich nur der Erfolg ist, der den Begabten vom Schiffbrüchigen unterscheidet. Olivier fühlte diese Zweifel auf sich lasten, und seine besten Kräfte gingen dabei verloren. Er kämpfte zwar, so gut er konnte, wie so viele andere gekämpft haben und kämpfen werden; aber für die meisten wird dieser ungleiche Wettstreit vergeblich sein, weil sich dabei die egoistischen Instinkte der Frau dem geistigen Egoismus des Mannes entgegenstellen, der Schwäche des Mannes, seinen Enttäuschungen und seinem gesunden Menschenverstand, hinter dem er seine verbrauchten Lebenskräfte und seine eigene Feigheit verbirgt. – Wenigstens waren Jacqueline und Olivier den meisten Kämpfern überlegen. Denn er hätte niemals sein Ideal verraten wie jene Tausende von Männern, die sich, um ihrer Faulheit, ihrer Eitelkeit und ihrer Eigenliebe frönen zu können, so weit verlieren, ihre ewige Seele zu verleugnen. Und wenn er es getan hätte, hätte ihn Jacqueline verachtet. Doch in ihrer Blindheit tat sie alles, um diese Kraft in Olivier, die doch ebensosehr die ihre war, ihrer beider Schutzwehr, zu zerstören; und sie untergrub mit instinktiver Planmäßigkeit die freundschaftlichen Gefühle, auf die sich diese Kraft stützte.

Seit der Erbschaft hatte sich Christof in der Gesellschaft des jungen Ehepaars nicht mehr wohl gefühlt. Das snobistische Gehabe und die etwas banale Nüchternheit, die Jacqueline in ihrer Unterhaltung mit ihm böswillig übertrieb, war ihm schließlich zuviel geworden. Er begehrte manchmal auf und sprach harte Worte, die üble Aufnahme fanden. Das hätte jedoch niemals zu einem Bruch zwischen den beiden Freunden geführt, dazu standen sie sich zu nahe. Olivier hätte um nichts auf der Welt Christof verlieren mögen. Aber er konnte ihn Jacqueline nicht aufzwingen; und schwach, wie er in seiner Liebe zu ihr war, konnte er ihr nicht weh tun. Christof sah, was in ihm vorging. Er machte ihm daher die Wahl leicht, indem er sich von selbst zurückzog. Er sah ein, daß er durch sein Bleiben Olivier keinen Dienst erwies; daß er ihm eher schadete. So erfand er Vorwände, sich von ihm zurückzuziehen. Und Oliviers

Schwäche nahm diese Vorwände hin, obwohl er Christofs Opfer ahnte und von Gewissensbissen gepeinigt wurde.

Christof zürnte ihm darob nicht. Er dachte, man habe nicht unrecht, die Frau die Hälfte des Mannes zu nennen. Denn ein verheirateter Mann ist nur ein halber Mann.

Er suchte sein Leben ohne Olivier neu zu gestalten. Aber wenn er sich auch noch so sehr bemühte und sich einzureden suchte, daß die Trennung nur vorübergehend sei, so durchlebte er doch trotz seines Optimismus trübe Stunden. Er war das Alleinsein nicht mehr gewohnt. Allerdings war er während Oliviers Aufenthalt in der Provinz auch allein gewesen; aber damals konnte er sich noch Illusionen hingeben; er sagte sich, der Freund sei fern, aber er würde wiederkommen. Jetzt, da der Freund wieder da war, schien er ferner zu sein denn je. Die Freundschaft, die während mehrerer Jahre sein Leben ausgefüllt hatte, fehlte ihm nun auf einmal: ihm war, als habe er seinen besten Ansporn zur Betätigung verloren. Seitdem er Olivier liebte, war es ihm zur Gewohnheit geworden, ihn zu allem, was er tat, in Beziehung zu bringen. Die Arbeit genügte nicht, die Leere auszufüllen: denn Christof hatte sich daran gewöhnt, bei der Arbeit immer das Bild des Freundes vor Augen zu haben. Jetzt, da der Freund keinen Anteil mehr an ihm nahm, war es ihm, als habe er das Gleichgewicht verloren: er suchte, um es wiederherzustellen, eine andere Zuneigung.

Wohl hatte er die von Frau Arnaud und von Philomele. Aber diese stillen Freundinnen konnten ihm in dieser Zeit nicht genügen.

Die beiden Frauen schienen Christofs Kummer zu ahnen und fühlten im geheimen mit ihm. Christof war ganz überrascht, als er eines Abends Frau Arnaud bei sich eintreten sah. Bis dahin hatte sie niemals gewagt, ihn zu besuchen. Sie schien erregt. Christof achtete nicht darauf; er schob diese Stimmung auf ihre Schüchternheit. Sie setzte sich, sprach aber nicht. Christof suchte es ihr behaglich zu machen, indem er den Hausherrn spielte. Man sprach von Olivier, an den man überall im Zimmer erinnert wurde. Christof redete heiter von ihm, ohne etwas von dem Vorgefallenen zu verraten. Doch Frau Arnaud konnte nicht umhin, ihn ein wenig mitleidig anzuschauen und zu sagen:

„Sie sehen sich wohl fast gar nicht mehr?"

Er dachte, daß sie gekommen sei, um ihn zu trösten; und das machte ihn ärgerlich; denn er liebte es durchaus nicht, daß sich jemand in seine Angelegenheiten mischte. Er antwortete:

„Sooft es uns gefällt!"

Sie errötete und sagte:

„Oh, ich wollte nicht indiskret sein!"

Er bedauerte seine Barschheit und griff nach ihrer Hand.

„Verzeihen Sie", sagte er, „ich habe immer Angst, daß man ihn angreift. Der arme Kerl! Er leidet ja ebenso darunter wie ich... Nein, wir sehen uns nicht mehr."

„Und er schreibt Ihnen auch nicht?"

„Nein", erwiderte Christof etwas beschämt.

„Wie traurig das Leben doch ist!" sagte Frau Arnaud nach einer kleinen Weile.

Christof hob den Kopf.

„Nein, das Leben ist nicht traurig", meinte er, „es hat nur traurige Stunden."

Frau Arnaud fuhr mit verhaltener Bitterkeit fort:

„Man hat sich geliebt, man liebt sich nicht mehr. Wozu dann das alles?"

Christof antwortete:

„Man hat sich geliebt."

Sie sagte noch:

„Sie haben sich für ihn aufgeopfert. Wenn wenigstens das Opfer dem zugute käme, den man liebt! Aber er wird darum nicht glücklicher!"

„Ich habe mich nicht aufgeopfert", sagte Christof voller

Zorn. „Und wenn ich mich aufopfere, so tue ich es zu meinem Vergnügen. Darüber braucht man nicht viel Worte zu machen. Man tut, was man tun muß. Unterließe man es, so würde man sicher unglücklich! Es gibt nichts Dümmeres als dieses Gerede vom Opfer! Was für Pastorenseelen müssen das gewesen sein, die in ihrer Herzensarmut die Opferfreudigkeit mit der Vorstellung einer protestantischen, mürrischen und verstockten Trübseligkeit vermengt haben! Es ist gerade, als sei ein Opfer nur dann etwas wert, wenn es recht lästig ist... Zum Teufel! Wenn euch ein Opfer Schmerz bereitet und keine Freude, so bringt es nicht; ihr seid dessen nicht würdig! Man tut es doch nicht umsonst, man tut es für sich selbst. Wenn ihr nicht das Glück empfindet, das darin liegt, sich hinzugeben, so schert euch zum Teufel! Ihr verdient nicht zu leben!"

Frau Arnaud hörte Christof zu und wagte nicht, ihn anzusehen. Unvermittelt stand sie auf und sagte:

„Leben Sie wohl."

Da er meinte, daß sie gekommen sei, um ihm irgend etwas anzuvertrauen, sagte er:

„Oh, verzeihen Sie. Ich bin ein Egoist, ich spreche nur von mir. Bleiben Sie doch noch, ja?"

Doch sie sagte:

„Nein, ich kann nicht... Danke."

Sie ging.

Es verstrich einige Zeit, ehe sie sich wiedersahen. Sie gab ihm keinerlei Lebenszeichen mehr; und er ging weder zu ihr noch zu Philomele. Er hatte sie beide herzlich gern; aber er fürchtete sich davor, mit ihnen von Dingen zu reden, die ihn traurig stimmten. Dann aber behagte ihm auch im Augenblick ihr stilles, eingeengtes Dasein nicht, ihre überdünne Atmosphäre. Er brauchte neue Gesichter, er mußte durch eine neue Spannung, durch eine neue Liebe wieder zu sich zurückfinden.

Um seinen Gedanken zu entfliehen, ging Christof häufig ins Theater, das er seit langem vernachlässigt hatte. Überdies schien es ihm eine anregende Schule für den Musiker zu sein, der den Ausdruck der Leidenschaften beobachten und festhalten will.

Die französischen Stücke fanden allerdings auch jetzt nicht mehr Anklang bei ihm als zu Anfang seines Pariser Aufenthalts. Ganz abgesehen von ihren ewig gleichen Themen, die sich nichtssagend und roh um die Psycho-Physiologie der Liebe drehten und denen er wenig Geschmack abgewinnen konnte, fand er die Theatersprache der Franzosen zu verbogen, vor allem im Versdrama. Weder ihre Prosa noch ihre Verse entsprachen der lebendigen Sprache und der Eigenart des Volkes. Die Prosa war eine gekünstelte Sprache, im besten Fall die eines Salonerzählers, im schlimmsten die eines gewöhnlichen Feuilletonschreibers. Die Verse gaben Goethes launigem Einfall recht:

... Wer aber nichts zu sagen hat, der kann doch Verse und Reime machen.

Es war eine weitschweifige und gewundene Prosa. Die gesuchten Bilder, mit denen sie vollgepfropft war, machten auf jeden aufrichtigen Menschen einen verlogenen Eindruck. Christof fand, daß solche Dramen nicht höher standen als die italienischen Opern mit ihrem süßlichen Ariengesäusel und ihren theatralischen Stimmübungen. Die Schauspieler interessierten ihn weit mehr als die Stücke. Auch die Dichter gaben sich Mühe, sich nach ihnen zu richten. *Man konnte sich nicht einbilden, ein Stück mit irgendwelchem Erfolg aufgeführt zu sehen, falls man nicht vorsichtigerweise seine Charaktere nach den Lastern der Komödianten gestaltet hatte.* Seit der Zeit, als Diderot diese Zeilen schrieb, hatte sich die Sachlage kaum geändert. Die Mimen waren die Vorbilder für die Kunst geworden. Sobald einer zu Erfolg gekommen war, besaß er sein Theater, seine gefälligen Dichter-Schneider und seine nach Maß gearbeiteten Stücke.

Unter den großen Modellpuppen der literarischen Mode

war eine, die Christofs Interesse wachrief: Françoise Oudon. Seit ein oder zwei Jahren hatte sich Paris in sie vernarrt. Auch sie hatte ihre Rollenlieferanten; aber sie spielte auch noch andere Stücke als nur die für sie zurechtgemachten; ihr ziemlich gemischtes Repertoire reichte von Ibsen bis Sardou, von Gabriele d'Annunzio bis zu Dumas dem Jüngeren, von Bernard Shaw bis zu den neuesten französischen Stückeschreibern. Manchmal wagte sie sich sogar auf die königlichen Wege des klassischen Hexameters oder in den Strudel der Bilder Shakespeares. Aber darin fühlte sie sich nicht so behaglich. Was sie auch spielte, sie spielte sich selbst, einzig und allein nur sich. Hierin lag ihre Schwäche und ihre Stärke. Solange sich die öffentliche Aufmerksamkeit nicht mit ihrer Person beschäftigt hatte, war ihr Spiel ohne jeden Erfolg geblieben. Von dem Tage an, als man sich um sie persönlich kümmerte, galt alles, was sie spielte, als herrlich. Und wirklich, es lohnte sich der Mühe, daß man bei ihrem Spiel die oft so kläglichen Werke übersah, die sie vergessen machte, indem sie sie durch ihr eigenes Leben verklärte. Das Rätsel dieses Frauenkörpers, dem eine unbekannte Seele Gestalt verlieh, war für Christof ergreifender als die Stücke, die sie spielte.

Sie hatte ein schönes Profil, rein und tragisch. Nichts von den scharf betonten Linien eines römischen Gesichts war darin. Es hatte im Gegenteil zarte, pariserische Linien in der Art des Jean Goujon – die ebensogut einem jungen Burschen wie einer Frau gehören konnten: eine kurze, aber wohlgebildete Nase, einen schönen, schmallippigen Mund mit einem etwas bitteren Zug, durchgeistigte Wangen von jugendlicher Magerkeit, auf denen etwas Rührendes, der Widerschein eines inneren Leides, lag, ein eigensinniges Kinn, einen blassen Teint. Es war eines jener Gesichter, die gewohnt sind, sich zu beherrschen, und die dennoch durchsichtig sind, weil sie unter der Haut ganz von der Seele durchbebt sind. Ihre Haare und Brauen waren sehr fein, ihre Augen schimmerten von grau zu bernsteingelb und konnten alle möglichen grünlichen und goldenen Reflexe annehmen: wahre Katzenaugen. Und durch eine scheinbare Benommenheit, eine Art Halbschlaf, in dem die Augen lauernd und immer mißtrauisch offenblieben, um plötzlich nervös aufzublitzen und eine geheime Grausamkeit zu enthüllen, hatte sie überhaupt etwas von einer Katze. Sie erschien größer, als sie eigentlich war, und wirkte mager, ohne es zu sein; sie hatte schöne Schultern, wohlgeformte Arme, lange, geschmeidige Hände. In ihrer Art, sich anzuziehen und das Haar zu tragen, bewies sie einen durchaus einwandfreien, schlichten Geschmack, ohne die geringste bohemehafte Nachlässigkeit oder den übertriebenen Aufwand gewisser Künstlerinnen – auch darin ganz Katze und mit aristokratischen Instinkten begabt, obgleich sie aus der Gosse stammte. Und hinter alledem schlummerte eine unbezähmbare Wildheit.

Sie mochte gegen dreißig Jahre alt sein. Christof hatte bei Gamache mit brutaler Bewunderung von ihr reden hören als von einem sehr freien, gescheiten und kühnen Mädchen mit eiserner Energie und glühendem Ehrgeiz, das aber herb, eigensinnig, unstet und heftig sei. Man sagte, sie habe viel durchgemacht, bevor sie zu der jetzigen Berühmtheit gelangt sei. Jetzt wolle sie sich schadlos halten.

Eines Tages, als Christof nach Meudon fuhr, um Philomele zu sehen, saß die Schauspielerin in dem Abteil, in das er einstieg. Sie schien in einem erregten und leidenden Zustand zu sein; und Christofs Erscheinen war ihr unangenehm. Sie drehte ihm den Rücken zu und sah unentwegt durch das gegenüberliegende Fenster. Christof aber, der von der Veränderung in ihren Zügen betroffen war, wandte in einem kindlichen, aber belästigenden Mitleid kein Auge von ihr. Sie ärgerte sich darüber und warf ihm einen wütenden Blick zu, den er nicht verstand. Auf der nächsten Station stieg sie aus und setzte sich in einen anderen Wagen. Da erst merkte er – etwas spät –, daß er sie vertrieben hatte; und er war tief gekränkt darüber.

Einige Tage darauf saß er auf einer Station derselben Strecke auf der einzigen Bank des Bahnsteigs, um den Zug nach Paris zu erwarten. Da erschien sie und setzte sich neben ihn. Er wollte aufstehen. Sie sagte:

„Bleiben Sie."

Sie waren allein. Er entschuldigte sich, daß er sie dieser Tage veranlaßt habe, das Abteil zu wechseln. Er sagte, wenn er geahnt hätte, daß er sie störe, wäre er ausgestiegen. Sie antwortete mit ironischem Lächeln:

„Ja, Sie waren wirklich unausstehlich mit Ihrem beharrlichen Anstarren."

„Verzeihen Sie", sagte er, „ich konnte nicht anders... Sie sahen aus, als fühlten Sie sich nicht wohl."

„Nun, und wenn schon?" sagte sie.

„Ich kann dagegen nicht an. Wenn Sie jemanden am Ertrinken sehen, werden Sie ihm doch auch die Hand reichen?"

„Ich? Gott bewahre", sagte sie. „Ich würde ihm den Kopf unters Wasser drücken, damit es schneller vorbei ist."

Sie sagte das mit einem Gemisch von Bitterkeit und Humor; und als er sie bestürzt anschaute, lachte sie.

Der Zug lief ein. Alle Wagen außer dem letzten waren besetzt. Sie stieg ein. Der Schaffner drängte. Christof, dem nichts daran lag, den Auftritt von neulich noch einmal zu erleben, wollte ein anderes Abteil suchen. Sie sagte zu ihm:

„Steigen Sie ein."

Er tat es. Sie sagte:

„Heute ist mir's gleich."

Sie plauderten. Christof suchte ihr mit großem Ernst zu beweisen, daß man an den anderen nicht gleichgültig vorübergehen dürfe und daß man sich gegenseitig unendlich viel Gutes tun könne, wenn man einander hülfe, einander tröstete...

„Trost", sagte sie, „das zieht bei mir nicht..."

Und als Christof bei seiner Meinung beharrte, sagte sie mit ihrem ungezogenen Lächeln:

„O ja, die Rolle des Trösters ist für den, der sie spielt, sehr vorteilhaft."

Es dauerte einen Augenblick, bis er begriff. Als er dann merkte, daß sie ihn im Verdacht hatte, seinen eigenen Vorteil zu suchen, während er doch nur an sie dachte, stand er empört auf, riß die Wagentür auf und wollte aussteigen, obgleich der Zug im Fahren war. Sie hielt ihn nur mit Mühe zurück. Wütend setzte er sich wieder hin und schloß die Wagentür, gerade in dem Augenblick, als der Zug durch einen Tunnel fuhr.

„Sehen Sie", meinte sie, „Sie hätten ums Leben kommen können."

„Darauf pfeife ich!" sagte er.

Er wollte eigentlich nicht mehr mit ihr sprechen.

„Die Welt ist zu dumm", sagte er. „Man läßt einander leiden, man leidet selber; und wenn man jemandem helfen möchte, wird man noch verdächtigt. Das ist widerlich. Solche Art Leute sind gar keine Menschen."

Sie suchte ihn lachend zu beruhigen. Sie legte ihre behandschuhte Hand auf die seine; sie sprach ihm gut zu und nannte ihn bei seinem Namen.

„Wie, Sie kennen mich?" fragte er.

„Als ob sich in Paris nicht alle Welt kennt! Sie sind ja auch vom Bau. Aber es war unrecht von mir, so zu Ihnen zu sprechen. Sie sind wirklich ein guter Junge, das sehe ich. Na, nun beruhigen Sie sich aber. Topp! Schließen wir Frieden!"

Sie gaben sich die Hand und plauderten freundschaftlich. Sie sagte:

„Sehen Sie, es ist nicht meine Schuld. Ich habe so viele Erfahrungen mit den Leuten gemacht, daß ich mißtrauisch geworden bin."

„Mich haben sie auch oft genug enttäuscht", sagte Christof, „aber ich gebe ihnen doch immer wieder Kredit."

„Ich merke schon, Sie können eine Menge schlucken."

Er lachte.

„Ja, ich habe in meinem Leben auch viel schlucken müssen; aber es stört mich nicht. Ich habe einen guten Magen. Ich schlucke sogar harte Bissen, zum Beispiel das Elend, und wenn's nötig wird, auch die Elenden, die über mich herfallen. Dabei fühle ich mich außerordentlich wohl."

„Sie sind gut dran", sagte sie, „Sie sind eben ein Mann."

„Und Sie, Sie sind eine Frau."

„Das ist schon was Rechtes."

„Das ist etwas sehr Schönes", sagte er, „und es kann so gut sein!"

Sie lachte.

„Es *kann*!" sagte sie. „Aber was macht die Welt damit?"

„Man muß sich zur Wehr setzen."

„Dann ist es bald mit dem Gutsein vorbei."

„Wenn man nicht viel davon hat, allerdings."

„Das ist schon möglich. Man darf aber auch nicht allzuviel zu leiden haben. Es gibt ein Zuviel, das die Seele ausdörrt."

Er wollte sie schon wieder bemitleiden. Dann erinnerte er sich, wie sie das vorhin aufgenommen hatte ...

„Wollen Sie noch einmal von der vorteilhaften Rolle des Trösters reden?"

„Nein", sagte sie, „ich werde es nicht mehr sagen. Ich fühle, Sie sind gut, Sie sind aufrichtig. Ich danke Ihnen. Nur sagen Sie mir nichts. Sie können nicht wissen ... Haben Sie Dank."

Sie kamen in Paris an. Sie trennten sich, ohne sich ihre Adresse zu geben, ohne sich zu einem Besuch aufzufordern.

Ein oder zwei Monate später klingelte sie an Christofs Tür.

„Ich komme zu Ihnen. Ich habe das Bedürfnis, ein wenig mit Ihnen zu plaudern. Ich habe seit unserer Begegnung manchmal an Sie gedacht."

Sie setzte sich.

„Nur einen Augenblick, ich werde Sie nicht lange aufhalten."

Er begann mit ihr zu reden. Sie sagte:

„Warten Sie eine Minute, ja?"

Sie schwiegen. Dann sagte sie lächelnd:

„Ich konnte nicht mehr. Jetzt ist mir schon besser."

Er wollte fragen.

„Nein", sagte sie, „nicht so!"

Sie schaute sich im Zimmer um, sah sich verschiedene Dinge an und machte Bemerkungen darüber, gewahrte auch Luises Photographie.

„Das ist die Mutter?" fragte sie.

„Ja."

Sie nahm das Bild und betrachtete es mit Teilnahme.

„Die gute alte Frau!" sagte sie. „Sie haben's gut!"

„Ach, sie ist tot."

„Das tut nichts, Sie haben sie doch wenigstens gehabt."

„Nun, und Sie?"

Aber sie runzelte die Stirn und lenkte ab. Sie wollte nicht, daß er sie viel über sie fragte.

„Nein, sprechen wir von Ihnen. Erzählen Sie mir etwas... etwas aus Ihrem Leben!"

„Wie kann Sie das interessieren?"

„Los, erzählen Sie nur..."

Er wollte nicht reden; aber er konnte nicht umhin, ihre Fragen zu beantworten, denn sie verstand es sehr gut, ihn auszufragen. Und so kam es, daß er gerade Dinge verriet, die ihm Kummer bereitet hatten: die Geschichte seiner Freundschaft mit Olivier, der sich von ihm getrennt hatte. Sie hörte ihm mit teilnehmendem, aber spöttischem Lächeln zu. Plötzlich fragte sie:

„Wieviel Uhr ist es? Ach, mein Gott! Es sind zwei *Stunden*, daß ich hier bin! – Entschuldigen Sie... Ach, wie mich das aufgefrischt hat!"

Sie fügte hinzu:

„Ich möchte wiederkommen dürfen... nicht oft... nur

manchmal... Das würde mir guttun. Aber ich möchte Sie nicht langweilen und Ihnen die Zeit stehlen... Nur dann und wann eine Minute..."

„Ich werde zu Ihnen kommen", sagte Christof.

„Nein, nein, nicht zu mir. Ich komme zu Ihnen, das ist mir lieber."

Aber lange Zeit kam sie nicht wieder.

Eines Abends erfuhr er durch Zufall, daß sie ernstlich krank sei und seit Wochen nicht mehr spiele. Trotz des Verbots ging er zu ihr. Niemand wurde vorgelassen; als man aber seinen Namen erfuhr, rief man ihn auf der Treppe zurück. Sie lag im Bett, doch es ging ihr besser. Sie hatte eine Lungenentzündung gehabt und sah recht verändert aus. Aber sie hatte noch immer den spöttischen Ausdruck und den durchdringenden Blick, der sich nicht ergab. Immerhin zeigte sie eine wirkliche Freude über Christofs Besuch. Sie hieß ihn sich neben das Bett setzen. Sie sprach mit launiger Ungezwungenheit von sich selbst und erzählte, daß sie beinahe gestorben sei. Er zeigte sich bewegt. Da machte sie sich über ihn lustig. Er warf ihr vor, daß sie ihn nichts habe wissen lassen.

„Sie etwas wissen lassen? Damit Sie hergelaufen wären? Nicht um die Welt!"

„Ich wette, daß Sie nicht einmal an mich gedacht haben."

„Und Sie haben gewonnen", sagte sie mit ihrem spöttischen, ein wenig traurigen Lächeln. „Während ich krank war, habe ich nicht eine Minute an Sie gedacht. Nur ausgerechnet heute. Na, machen Sie sich nichts daraus. Wenn ich krank bin, denke ich an niemanden; ich will dann nichts weiter von den Leuten, als daß sie mich in Frieden lassen. Ich drehe die Nase zur Wand und warte ab; ich will allein sein, will allein krepieren wie eine Ratte."

„Es ist aber doch hart, allein zu leiden."

„Ich bin daran gewöhnt. Jahrelang war ich unglücklich. Kein Mensch ist mir jemals zu Hilfe gekommen. Jetzt bin ich daran gewöhnt... Es ist auch besser so. Helfen kann einem ja doch niemand. Man macht nur Lärm im Zimmer, ist mit lästigen Betulichkeiten, mit geheucheltem Jammer um einen herum... Nein, da sterbe ich schon lieber allein."

„Sie sind recht resigniert!"

„Resigniert? Ich weiß nicht einmal, was das Wort bedeutet. Nein, ich beiße die Zähne zusammen und hasse das Übel, das mir weh tut."

Er fragte sie, ob man sie denn nicht besuche, ob sich niemand um sie kümmere. Sie erwiderte, daß ihre Kollegen vom Theater ganz nette Menschen seien – Schafsköpfe, aber dienstbeflissen und teilnehmend (in einer oberflächlichen Weise).

„Aber ich sage Ihnen, ich bin es ja, die sie nicht sehen will. Ich bin ein unverträglicher Mensch."

„Ich würde mich damit begnügen", sagte er.

Sie sah ihn mitleidig an.

„Sie auch! Sie reden auch wie die anderen?"

Er sagte:

„Verzeihen Sie, verzeihen Sie... Du lieber Gott! So werde ich also auch zum Pariser! Ich schäme mich... Ich schwöre Ihnen, ich habe mir nichts dabei gedacht, als ich das sagte..."

Er vergrub sein Gesicht in die Bettdecke. Sie lachte ungezwungen und gab ihm einen Klaps auf den Kopf.

„Nun, diese Erklärung ist wenigstens nicht pariserisch! Es war gerade noch Zeit! Daran erkenne ich Sie wieder. Also, kommen Sie mit Ihrem Gesicht wieder zum Vorschein. Weinen Sie mir meine Decke nicht naß."

„Ist es vergeben?"

„Vergeben und vergessen. Aber fangen Sie nicht wieder an!"

Sie plauderte noch ein wenig weiter mit ihm, fragte ihn nach seinem Tun, wurde dann aber müde und verstimmt und schickte ihn fort.

Sie hatten ausgemacht, daß er in der folgenden Woche wiederkommen solle. Aber als er sich gerade auf den Weg machen wollte, bekam er ein Telegramm von ihr des Inhalts, er möge nicht kommen, sie habe einen ihrer schlechten Tage. – Am übernächsten Tag bat sie ihn wieder, zu kommen. Er kam. Ihre Genesung machte Fortschritte; sie saß halb ausgestreckt am Fenster. Es war Vorfrühling, der Himmel sonnig, die Bäume voll junger Knospen. Sie war zugänglicher und sanfter gegen ihn als je zuvor. Sie erklärte ihm, daß sie neulich niemanden hätte sehen können. Sie hätte ihn sonst wie die anderen Menschen verabscheut.

„Und heute?"

„Heute fühle ich mich ganz jung und ganz frisch, und ich bin allem gut, was ich rings um mich als jung und frisch empfinde – so wie Sie."

„Ich bin gar nicht mehr ganz jung und ganz frisch."

„Sie werden es bis zu Ihrem Tode sein."

Sie sprachen von dem, was er inzwischen gemacht hatte, dann vom Theater, an dem sie ihre Tätigkeit bald wieder beginnen wollte; bei dieser Gelegenheit sagte sie ihm, was sie vom Theater dachte: daß es ihr zuwider sei, sie aber doch nicht davon loskommen könne.

Sie wollte nicht, daß er öfter komme; sie versprach, ihre Besuche bei ihm wieder aufzunehmen. Nur fürchtete sie, ihn zu stören. Er sagte ihr, welches die beste Zeit sei, ihn bei seiner Arbeit nicht zu stören. Sie verabredeten ein Erkennungszeichen. Sie sollte auf eine bestimmte Art an die Tür klopfen: dann würde er öffnen oder nicht, ganz so, wie er Lust hätte ...

Zunächst machte sie keinen Gebrauch von der Erlaubnis. Einmal aber, als sie gerade auf dem Wege zu einer Abendgesellschaft war, wo sie vortragen sollte, hatte sie im letzten Augenblick keine Lust dazu. Sie telephonierte, daß sie nicht kommen könne, und fuhr zu Christof. Sie hatte die Absicht, ihm nur im Vorbeigehen guten Abend zu sagen. Doch gerade an diesem Abend ergab es sich, daß sie ihm ihr Herz ausschüttete und ihm ihr Leben von Kindheit an erzählte.

Traurige Kindheit! Einen Zufallsvater, den sie nicht gekannt hatte. Eine Mutter, die in der Vorstadt einer nordfranzösischen Stadt ein verrufenes Gasthaus unterhielt; die Fuhrleute tranken dort ihren Schoppen, schliefen mit der Wirtin und mißhandelten sie. Einer von ihnen heiratete sie, weil sie ein paar Sous hatte; er schlug sie und betrank sich. Françoise hatte eine ältere Schwester, die in dem Gasthaus Magddienste verrichtete; sie rieb sich dabei auf. Der Wirt hatte sie unter den Augen der Mutter zu seiner Geliebten gemacht; sie wurde schwindsüchtig, sie starb. Françoise wuchs unter Schlägereien und Gemeinheiten auf. Sie war ein bleiches, verbittertes, verschlossenes Kind mit einer glühenden und wilden kleinen Seele. Sie sah ihre Mutter und ihre Schwester weinen, leiden, sich in ihr Schicksal ergeben, sich erniedrigen und sterben; sie war von dem verbissenen Willen besessen, sich nicht zu ergeben, aus dieser niederträchtigen Umgebung herauszukommen. Sie war ein aufrührerisches Geschöpf; bei gewissen Ungerechtigkeiten bekam sie Nervenanfälle; wenn man sie schlug, kratzte und biß sie. Einmal versuchte sie, sich zu erhängen; es gelang ihr nicht; kaum hatte sie begonnen, da wollte sie nicht mehr; sie hatte Angst, daß sie es nur zu gut fertigbrächte; schon halb erstickt, löste sie schleunigst den Strick mit ihren verkrampften Fingern: ein rasendes Lebensverlangen bäumte sich in ihr auf. Und da sie sich durch den Tod nicht entfliehen konnte (Christof lächelte traurig; er erinnerte sich ähnlicher Seelenzustände), schwor sie sich, zu siegen, frei und reich zu werden und alle zu zertreten, die sie jetzt unterdrückten. Das hatte sie sich eines Abends in ihrem Verschlag zugeschworen, während aus dem Zimmer nebenan die Flüche des Mannes, das Geschrei der Mutter, die er schlug, und das Weinen der vergewaltigten Schwester zu ihr drangen. Wie elend war ihr zumute gewesen! Und doch hatte jener Schwur ihr gutgetan. Sie hatte die Zähne zusammengebissen und gedacht:

Ich werde euch alle zu Boden zwingen!

In dieser düsteren Kindheit war ein einziger Lichtblick: Eines Tages hatte einer der Bengel, mit denen sie sich in der Gosse herumtrieb, der Sohn des Pförtners vom Theater, sie, obgleich es verboten war, zu einer Probe ins Theater mitgenommen. Sie schlüpften im Dunkeln ganz hinten in den Zuschauerraum. Das Mysterium der Bühne, die aus dem Dunkel erstrahlte, die großartigen und unverständlichen Dinge, die man sprach, die königliche Miene der Schauspielerin, die tatsächlich gerade eine Königin in einem romantischen Schauerdrama spielte: das alles machte auf sie den tiefsten Eindruck. Sie war starr vor Erregung; und dabei schlug ihr das Herz wie toll... Das war es, das war es, was sie eines Tages sein mußte! Oh, wenn sie so werden könnte...! – Als die Probe vorbei war, wollte sie um jeden Preis die Abendvorstellung sehen. Sie ließ ihren Spielgefährten vorausgehen und tat, als ob sie ihm folgte; dann machte sie kehrt und versteckte sich im Theater. Sie kauerte sich unter eine Bank, blieb so, ohne sich zu regen, drei Stunden lang und erstickte fast im Staub; als die Vorstellung beginnen sollte, als das Publikum kam und sie ihr Versteck verlassen mußte, wurde sie zu ihrem größten Schmerz erwischt, unter allgemeinem Hohngelächter schmählich an die Luft gesetzt und nach Hause gebracht, wo man sie noch gehörig züchtigte. In dieser Nacht wäre sie gestorben, wenn sie jetzt nicht gewußt hätte, was sie später tun wollte, um diese Schurken zu beherrschen und sich an ihnen zu rächen.

Ihr Plan stand fest. Sie verdingte sich als Dienstmädchen im *Hôtel et Café du Théâtre*, wo die Schauspieler abstiegen. Sie konnte kaum lesen und schreiben, sie hatte nichts gelesen und besaß nichts, was sie hätte lesen können. Aber sie wollte lernen und machte sich mit verzweifeltem Eifer daran. Sie stibitzte Bücher aus dem Zimmer der Gäste und las sie nachts beim Mondschein oder beim Morgengrauen, um die Kerze zu sparen. Bei der Unordnung der Schauspieler wurden ihre Diebstähle nicht bemerkt, oder die Besitzer begnügten sich damit, zu fluchen. Im übrigen brachte sie die Bücher zurück, wenn sie sie gelesen hatte – aber sie brachte sie nicht unbeschädigt zurück. Seiten, die ihr gefielen, riß sie heraus. Brachte sie dann die Bücher wieder, so schob sie sie sorgfältig unter das Bett oder unter ein Möbelstück, so daß man glauben sollte, sie wären nicht aus dem Zimmer gekommen. Sie horchte an den Türen, um die Schauspieler beim Rollenstudium zu belauschen. Und wenn sie beim Fegen im Flur allein war, ahmte sie halblaut ihren Tonfall nach und machte große Gebärden dazu. Als man sie einmal so überraschte, machte man sich lustig über sie und zankte sie aus. Voller Wut schwieg sie still. – Diese Art von Erziehung hätte noch lange dauern können, wenn sie nicht die Unvorsichtigkeit begangen hätte, einmal aus dem Zimmer eines Schauspielers eine Rolle zu stehlen. Der Schauspieler tobte. Niemand außer dem Dienstmädchen war im Zimmer gewesen; deshalb beschuldigte er sie. Sie leugnete frech; er drohte ihr, sie durchsuchen zu lassen; sie warf sich ihm zu Füßen und gestand ihm alles, auch die anderen Diebstähle und die herausgerissenen Blätter: das ganze Sündenregister. Er fluchte fürchterlich; aber er war nicht so schlimm, wie er tat. Er fragte, warum sie das alles gemacht habe. Als sie sagte, daß sie Schauspielerin werden wolle, lachte er furchtbar. Er fragte sie näher aus; sie rezitierte ihm ganze Seiten, die sie auswendig gelernt hatte. Darüber war er verblüfft und sagte:

„Höre, willst du, daß ich dir Stunden gebe?"

Da war sie in allen Himmeln gewesen und hatte ihm die Hände geküßt.

„Ach", sagte sie zu Christof, „wie unendlich hätte ich ihn geliebt!"

Aber er ergänzte seinen Vorschlag sofort:

„Du weißt, natürlich, mein Kind, für nichts ist nichts..."

Sie war noch unberührt. Allen Angriffen, mit denen man sie verfolgt hatte, war sie immer mit leidenschaftlicher Schamhaftigkeit ausgewichen. Von Kindheit an hatte sie sich aus Ekel vor den traurigen Auftritten, die sie zu Hause umgaben, diese trotzige Keuschheit bewahrt, diesen Widerwillen vor schmutziger Berührung, vor niedriger Sinnlichkeit ohne Liebe. Das alles hatte sie noch... Ach, die Unglückliche! – Sie mußte bitter dafür büßen... Welch ein Hohn des Schicksals!

„Und Sie haben eingewilligt?" fragte Christof.

„Ach", sagte sie, „ich hätte mich ins Feuer gestürzt, um einen Ausweg zu finden. Er drohte, mich als Diebin festnehmen zu lassen. Ich hatte keine Wahl. – Auf diese Weise bin ich in die Kunst eingeweiht worden... und ins Leben."

„Der Elende!" sagte Christof.

„Ja, ich habe ihn gehaßt. Aber dann habe ich so viele von dieser Sorte gesehen, daß er mir noch nicht als einer der Schlimmsten erscheint. Der wenigstens hat Wort gehalten: er hat mich von seinem Schauspielerhandwerk gelehrt, was er wußte (nicht gerade viel!). Er hat mich bei der Bühne untergebracht. Da war ich zunächst Mädchen für alles. Ich spielte die lumpigsten Rollen. Dann, als eines Abends die Soubrette plötzlich erkrankte, wagte man, mir ihre Rolle anzuvertrauen. Von da an spielte ich weiter. Man fand mich unmöglich, lächerlich, barock. Ich war damals häßlich. Das bin ich geblieben bis zu dem Tage, wo man mich plötzlich für das Weib im höchsten und idealsten Sinne, kurz, für *das* Weib erklärte... Die Schafsköpfe! – Was mein Spiel betraf, so fand man es fehlerhaft und übertrieben. Das Publikum mochte mich nicht. Die Kollegen machten sich über mich lustig. Man behielt mich nur, weil ich trotz allem zu gebrauchen und weil ich billig war. Ich kostete nicht nur wenig, sondern ich zahlte auch teures Lehrgeld. Jeden Fortschritt, jeden Aufstieg habe ich Schritt für Schritt mit meinem Körper bezahlt. Die Kollegen, der Direktor, der Impresario, die Freunde des Impresarios..."

Sie schwieg, bleich, mit zusammengepreßten Lippen, mit trockenen Augen, aber man fühlte, daß ihre Seele blutige

Tränen weinte. Wie unter einem Blitzstrahl lebte die ganze Schmach ihrer Vergangenheit wieder in ihr auf und der verzehrende Siegeswille, der ihr Halt gegeben hatte und der bei jeder neuen Erniedrigung, die sie erdulden mußte, nur immer leidenschaftlicher an ihr gezehrt hatte. Sie hätte sich am liebsten den Tod gewünscht, aber es wäre zu furchtbar gewesen, inmitten aller dieser Demütigungen zugrunde zu gehen. Sich vorher das Leben nehmen, gut! Oder nach errungenem Sieg. Aber nicht, wenn man sich erniedrigt hat, ohne ans Ziel gelangt zu sein...

Sie schwieg. Christof wanderte grimmig im Zimmer auf und ab. Er hätte jene Leute morden mögen, die dieser Frau Leid zugefügt, sie in den Schmutz gezogen hatten. Er sah sie mit tiefem Mitleid an; und vor ihr stehenbleibend, nahm er ihren Kopf zwischen seine Hände, strich ihr liebevoll über die Schläfen und sagte:

„Armes kleines Wesen!"

Sie machte eine Bewegung, ihn abzuwehren. Er sagte:

„Haben Sie keine Angst vor mir; ich habe Sie wirklich lieb."

Da rannen Tränen über Françoises bleiche Wangen. Er kniete neben ihr nieder und küßte

la lunga man d'ogni bellezza piena,

die schönen, schmalen Hände, auf die zwei Tränen gefallen waren.

Dann setzte er sich wieder hin. Sie hatte die Fassung zurückgewonnen und nahm in Ruhe ihren Bericht wieder auf.

Ein Autor hatte sie endlich zur Höhe geführt. Er hatte in diesem sonderbaren Geschöpf einen Dämon entdeckt, ein Genie, ja – was ihm noch mehr bedeutete – „einen Theatertypus, ein neues Weib, die Repräsentantin einer ganzen Zeit". Natürlich hatte er sie zu seiner Geliebten gemacht wie so viele andere vor ihr. Und sie hatte sich ihm wie so vielen anderen hingegeben, ohne Liebe, ja sogar mit dem entgegengesetzten Empfinden. Aber er hatte ihren Ruhm begründet, und sie hatte den seinen begründet.

„Jetzt aber", sagte Christof, „können die anderen Ihnen nichts mehr anhaben. Sie machen mit ihnen, was Sie wollen."

„Glauben Sie das wirklich?" fragte sie bitter.

Und sie erzählte ihm – was wiederum wie ein Hohn des Schicksals aussah – von einer Leidenschaft, die sie für einen elenden Wicht empfand, den sie im Grunde verachtete: für einen Literaten, der sie ausgebeutet hatte, der ihr die schmerzlichsten Geheimnisse entlockt hatte, um sie literarisch zu verwerten, und der sie dann verließ.

„Ich verachte ihn wie den Kot an meinen Schuhen", sagte sie, „und ich bebe vor Wut, wenn ich daran denke, daß ich ihn liebe, daß ein Wink von ihm genügen würde, damit ich zu ihm liefe und mich vor diesem Elenden demütige. Aber was kann ich machen? Mein Herz liebt niemals, was mein Geist verlangt; und abwechselnd muß ich eines dem anderen opfern, eines vor dem anderen demütigen. Ich habe ein Herz. Ich habe einen Körper. Und beide schreien, schreien und wollen ihren Anteil am Glück. Und ich habe nicht die Kraft, sie zu zügeln, ich glaube an nichts, ich bin frei ... Frei? Sklave meines Herzens und meines Leibes bin ich, die mir oft, fast immer entgegenarbeiten. Sie reißen mich fort, und ich schäme mich dessen. Aber was kann ich machen?"

Sie schwieg einen Augenblick und stocherte mechanisch mit der Feuerzange in der Asche herum.

„Ich habe immer gelesen, daß Schauspieler nichts empfinden", sagte sie. „Und die ich kenne, sind wirklich fast alle große Kinder, voller Selbstgefälligkeit, die sich höchstens um kleine Eitelkeitsfragen Sorgen machen. Ich weiß nicht: sind sie keine echten Schauspieler, oder bin ich es nicht? Ich glaube beinahe, ich bin es nicht. In jedem Fall muß ich für die anderen büßen."

Sie sprach nicht weiter. Es war drei Uhr nachts. Sie stand auf und wollte gehen. Christof schlug ihr vor, mit der

Heimkehr bis zum Morgen zu warten, und bot ihr an, sich auf seinem Bett auszustrecken. Sie zog es vor, im Lehnstuhl neben dem erloschenen Kamin sitzenzubleiben und in der Stille des Hauses ruhig weiterzuplaudern.

„Sie werden morgen müde sein."

„Daran bin ich gewöhnt. Aber wie ist's mit Ihnen? Was haben Sie morgen vor?"

„Ich bin frei; nur eine Stunde gegen elf Uhr ... Und außerdem bin ich aus festem Holz."

„Ein Grund mehr, fest zu schlafen."

„Ja, ich schlafe wie ein Sack, kein Kummer hält da stand. Manchmal bin ich wütend, daß ich so gut schlafe. Wie viele Stunden verliert man damit! Ich bin froh, mich wenigstens einmal am Schlaf zu rächen, ihm eine Nacht zu stehlen."

So plauderten sie weiter, halblaut, mit langen Pausen. Und Christof schlummerte darüber ein. Françoise lächelte, sie schob ihm ein Kissen unter den Kopf, damit dieser nicht zur Seite fiel ... Sie setzte sich ans Fenster und schaute traumverloren in den dunklen Garten, in dem es bald zu tagen begann. Gegen sieben Uhr weckte sie Christof sanft und sagte ihm Lebewohl.

Im Laufe des Monats kam sie öfters zu einer Zeit, als Christof ausgegangen war: sie fand die Tür verschlossen. Christof gab ihr daher einen Wohnungsschlüssel, damit sie, wann sie wolle, hineingehen könne. Mehr als einmal kam sie auch wirklich, während Christof nicht da war. Dann hinterließ sie auf dem Tisch ein Veilchensträußchen oder ein paar Worte auf einem Zettel, irgendein Gekritzel, eine kleine Zeichnung, eine Karikatur – als ein Zeichen, daß sie dagewesen war.

Und eines Abends kam sie nach der Theatervorstellung zu Christof, um wieder einmal freundschaftlich mit ihm zu plaudern. Sie fand ihn bei der Arbeit. Sie unterhielten sich. Aber gleich bei den ersten Worten fühlten sie, daß sie beide nicht in derselben wohltuenden Verfassung waren wie das letzte Mal. Sie wollte gehen; aber es war zu spät. Christof wollte sie nicht daran hindern. Es war ihr eigenster Wille, der es nicht mehr zuließ. Sie blieben zusammen; sie fühlten das Begehren, das aufstieg. Und sie gaben sich einander hin.

Nach dieser Nacht verschwand sie für Wochen. Er aber, in dem diese Nacht die seit Monaten schlafende Sinnenglut von neuem entfacht hatte, konnte sie nicht entbehren. Sie hatte ihm verboten, sie zu besuchen. So ging er ins Theater. Er saß verborgen auf einem der hintersten Plätze; und er wurde von Liebe und Erregung durchglüht. Er erschauerte bis ins Mark. Die tragische Glut, die sie in ihre Rollen goß, griff verzehrend auf ihn über. Schließlich schrieb er ihr:

Liebste Freundin!

Zürnen Sie mir denn? Vergeben Sie mir, wenn ich Ihr Mißfallen erregt habe.

Nach Empfang dieses demütigen Wortes kam sie zu ihm gelaufen und warf sich in seine Arme.

„Es wäre besser gewesen, wenn wir einfach gute Freunde geblieben wären. Aber da es unmöglich war, hat es keinen Sinn, gegen das Unabwendbare anzukämpfen; mag kommen, was will!"

Sie teilten ihr Leben. Jeder behielt seine Wohnung und seine Freiheit. Françoise hätte sich an ein regelmäßiges Zusammenwohnen mit Christof nicht gewöhnen können. Es hätte auch gar nicht zu ihrer ganzen Lebensweise gepaßt. Sie kam zu Christof, verbrachte einen Teil der Tage und der Nächte mit ihm; aber täglich kehrte sie nach Hause zurück und blieb auch oft über Nacht dort.

Während der Ferienmonate, in denen das Theater geschlossen war, mieteten sie zusammen eine Wohnung in der Umgebung von Paris, in der Nähe von Gif. Dort verlebten sie glückliche Tage, trotz einiger getrübter Stunden. Tage des Vertrauens und der Arbeit. Sie hatten ein schönes, hochgelegenes, helles Zimmer mit weitem, freiem Ausblick über die Felder. Nachts sahen sie von ihrem Bett aus durch die Scheiben sonderbare dunkle Wolken über den matterleuchteten Himmel ziehen. Einer in des anderen Arm, hörten sie halb im Schlaf die freudetrunkenen Grillen zirpen, die Gewitterregen niederrauschen. Der Atem der herbstlichen Erde – Geißblatt, Klematis, Glyzinen, frisch gemachtes Heu – durchduftete das Haus und ihre Körper. Schweigen der Nacht. Schlaf zu zweit. Stille. Weit in der Ferne Hundegebell. Hahnenschrei. Der Morgen graut. Ein feines Frühgeläut klingt vom fernen Kirchturm in die graue, kalte Morgendämmerung; die Körper erschauern in ihrem lauen Nest und drängen sich liebevoll aneinander. Vogelstimmen erwachen in dem Weinspalier an der Hauswand. Christof öffnet die Augen, hält den Atem an und betrachtet gerührt das geliebte, müde, liebesblasse Gesicht der schlafenden Freundin neben sich...

Ihre Liebe war keine selbstsüchtige Leidenschaft. Sie war eine tiefe Freundschaft, in der die Körper auch ihr Teil begehrten. Sie fielen sich nicht zur Last. Jeder arbeitete für sich. Françoise liebte Christofs Talent, seine Güte, die Reinheit seines Charakters. In manchen Dingen fühlte sie sich älter als er und hatte eine mütterliche Freude daran. Daß sie nichts von dem, was er spielte, verstand, tat ihr leid: ihr war die Musik verschlossen, außer in den seltenen Augenblicken, in denen eine wilde Erregung sie ergriff, die ihren Grund weniger in der Musik als in der Leidenschaftlichkeit hatte, die dann nicht nur sie, sondern alles, was sie umgab, durchdrang: Landschaft, Menschen, Farben und Töne. Doch auch durch diese geheimnisvolle Sprache hindurch, die sie nicht verstand, fühlte sie Christofs Genie. Es war, als sähe sie einen großen Schauspieler in einer ihr fremden Sprache spielen. Ihr eigenes Talent wurde davon neu belebt. Und Christof verdankte es der Liebe, daß er neue Gedanken formen, seine leidenschaftlichen Empfindungen gestalten konnte in dem Gedanken an diese Frau und unter dem Eindruck ihrer geliebten Gestalt. So sah er alles schöner, als es in ihm selber lebte. Unerschöpflicher Reichtum strömte ihm zu aus der Vertrautheit mit einer solchen Seele, die weiblich schwach und gut und grausam und von genialen Gedanken durchzuckt war. Sie gab ihm viele Aufschlüsse über das Leben und die Menschen – über die Frauen, die er noch recht schlecht kannte und die sie mit Scharfblick beurteilte. Vor allem lernte er durch sie das Theater besser verstehen; durch sie drang er in den Geist dieser wundervollen Kunst ein, dieser vollkommensten, kargsten und reichsten aller Künste. Sie offenbarte ihm dieses Zauberinstrument menschlicher Träume, sie überzeugte ihn, daß er nicht nur für sich allein schreiben dürfe, wie es seine Neigung war (die Neigung allzu vieler Künstler, die sich nach Beethovens Beispiel weigern, „für eine verdammte Geige zu schreiben, wenn der Geist zu ihnen spricht"). Ein großer Dramatiker schämt sich nicht, für eine bestimmte Bühne zu schreiben und seine Ideen den Schauspielern anzupassen, die er zur Verfügung hat; er fürchtet nicht, sich damit etwas zu vergeben; sondern er weiß, daß ein großer Saal andere Ausdrucksmittel erfordert als ein kleiner Saal und daß man Fanfarenstöße für Trompete nicht für eine Flöte schreibt. Wie das Fresko erschöpft das Theater die Kunst am reinsten – die lebendige Kunst.

Die Gedanken, die Françoise in dieser Weise zum Ausdruck brachte, stimmten gut mit denen Christofs überein, der in diesem Augenblick seiner Laufbahn eine Gesamtkunst erstrebte, die ihn mit den anderen Menschen verbinden sollte. Françoises Erfahrung offenbarte ihm den geheimnisvollen Zusammenhang zwischen Publikum und Schauspielern. Wenn Françoise auch durchaus realistisch war und sich keinen Illusionen hingab, so war sie doch von der gegenseitigen Suggestivkraft überzeugt, jenen Wellen der Sympathie, die den Schauspieler mit der Menge verbinden, jenes gewaltige Schweigen von Tausenden von Seelen, aus dem die Stimme des einen Mittlers aufklingt. Natürlich empfand sie das nur wie ein höchst seltenes Aufleuchten, das sich niemals bei demselben Stück und in derselben Umgebung wiederholte. Während der übrigen Zeit handelte es sich um das seelenlose Handwerk, den ausgeklügelten und kalten Mechanismus. Aber das Wesentliche ist die Ausnahme – der Blitzstrahl, bei dem man kurz in den Abgrund blickt, die Gesamtseele von Millionen Wesen, deren Kraft sich für eine Sekunde der Ewigkeit in uns ausdrückt.

Diese Gesamtseele sollte der große Künstler zum Ausdruck bringen. Sein Ideal sollte der lebendige Objektivismus sein, indem sich der Sänger seiner selbst entkleidet, um den allmenschlichen Leidenschaften, die gleich einem Sturm durch die Welt brausen, Gestalt zu verleihen. Françoise empfand um so mehr das Bedürfnis nach einer solchen Kunst, als sie selber solcher Selbstverleugnung nicht fähig war und immer nur sich selber spielte. – Die wuchernde Blüte des individuellen Lyrismus hat seit anderthalb Jahrhunderten etwas Krankhaftes. Die seelische Größe besteht darin, viel zu fühlen und viel zu beherrschen, zurückhaltend in Worten und keusch in Gedanken zu sein, nicht zur Schau zu stellen, sondern durch einen Blick zu sprechen, durch ein tiefes Wort ohne kindische Übertreibungen, ohne weibischen Gefühlsüberschwang für die zu sprechen, die Andeutungen verstehen: für die Menschen. Die moderne Musik, die so unendlich viel von sich selbst redet und jede Gelegenheit zu ihren schwatzhaften Vertraulichkeiten ergreift, beweist Mangel an Schamgefühl und Geschmack. Sie gleicht jenen Kranken, die nur an ihre Krankheiten denken und nicht müde werden, in widerlichen und lächerlichen Einzelheiten zu anderen darüber zu sprechen. Françoise, die nicht musikalisch war, neigte dazu, schon darin ein Zeichen des Niedergangs der Musik zu sehen, daß sie sich gleich einem fressenden Polypen auf Kosten der Dichtkunst entwickelte. Christof widersprach; aber nach reiflicher Überlegung fragte er sich, ob nicht doch etwas Wahres daran sei. Die ersten Melodien, die man zu Goethes Gedichten schrieb, waren zurückhaltend und dem Texte kongenial; bald aber verschmilzt Schubert seinen romantischen Gefühlsüberschwang mit ihnen; und Schumann erfüllt sie mit der Liebessehnsucht kleiner Mädchen; bis zu Hugo Wolf artete die Bewegung immer mehr zu einer unterstrichenen Deklamation aus, einem schamlosen Zergliedern, einem Bestreben, auch nicht den kleinsten Winkel der Seele mehr unbeleuchtet zu lassen. Jeder Schleier wird von den Geheimnissen des Herzens gerissen. Was einst in weiser Mäßigung ausgesprochen wurde, heulen heute unzüchtige Mänaden, die sich nackt zur Schau stellen.

Christof schämte sich ein wenig dieser Kunst, von der auch er sich angesteckt fühlte; und wenn er auch nicht auf Vergangenes zurückgreifen wollte (ein widersinniges und unnatürliches Begehren), so tauchte er doch immer wieder in die Seele jener Meister unter, die ihre Gedanken mit vornehmer Zurückhaltung zum Ausdruck gebracht und Sinn für eine große Gesamtkunst besessen hatten; er nahm Händel wieder vor, der, den tränenreichen Pietismus seiner Zeit und seines Volkes verachtend, seine gewaltigen Anthems und seine Oratorien schrieb: Heldengesänge, Gesänge der Völker für die Völker. Die Schwierigkeit war, Anregungen zu finden, die, wie die Bibel zur Zeit Händels, in den heutigen Völkern Europas ein gemeinsames Empfinden auslösen konnten. Das Europa von heute hatte kein gemeinsames Buch mehr: nicht ein Gedicht, nicht ein Gebet, nicht eine Glaubenstat, die Allgemeingut gewesen wäre. Eine Schmach, die alle Schriftsteller, alle Künstler, alle Denker der Jetztzeit niederschmettern müßte! Nicht einer, der für alle geschrieben oder gedacht hat. Beethoven allein hat ein paar Seiten eines trostreichen und brüderlichen neuen Evangeliums hinterlassen; aber nur Musiker können es lesen, und die Mehrzahl der Menschen wird es niemals vernehmen. Wohl hat Wagner versucht, auf dem Hügel von Bayreuth eine religiöse Kunst erstehen zu lassen, die alle Menschen eint. Aber seine große Seele war zu wenig schlicht und zu sehr von den Mängeln der im Niedergang begriffenen Musik und Denkart seiner Zeit gezeichnet: so haben sich auf dem heiligen Berg nicht die galiläischen Fischer, sondern die Pharisäer eingefunden.

Christof fühlte wohl, was es zu tun galt, aber ihm fehlte ein Dichter, er mußte an sich selbst Genüge finden, sich auf die Musik allein beschränken. Und die Musik ist, was immer man dagegen sagen mag, keine Sprache für die Allgemeinheit: der Bogen der Worte ist nötig, will man den Pfeil der Töne in aller Herzen dringen lassen.

Christof plante eine Symphonienfolge, die ihre Anregung aus dem täglichen Leben schöpfen sollte. Unter anderem faßte er den Gedanken zu einer „Sinfonia domestica" in seinem Stil, der ein anderer als der von Richard Strauss war. Ihm war es nicht darum zu tun, in einem kinematographischen Gemälde das Familienleben zu veranschaulichen und sich dabei hergebrachter Mittel zu bedienen, mit denen der Komponist nach seinem Belieben verschiedene Personen durch musikalische Themen darstellt. Dergleichen erschien ihm wie das gelehrte und kindische Spiel eines großen Kontrapunktisten. Er suchte weder Personen noch Taten zu beschreiben, sondern Empfindungen zum Ausdruck zu bringen, die jedem bekannt wären und in denen jeder ein Echo seiner eigenen Seele finden könnte. Der erste Teil brachte das ernste und kindliche Glück eines jungen Liebespaares zum Ausdruck, ihre zarte Sinnlichkeit, ihr Vertrauen in die Zukunft, ihre Freude und ihre Hoffnungen. Der zweite Teil war eine Elegie auf den Tod eines Kindes. Christof hatte dabei jeden Versuch eines wirklichkeitsgetreuen Schmerzausdrucks voller Abscheu gemieden; bestimmte Einzelgestalten verschwanden; da war nur ein großes Leid – das deine, das meine, das jedes Menschen, wenn er einem Unglück gegenübersteht, das das Los aller ist oder sein kann. Die durch Trauer zu Boden gedrückte Seele erhob sich nach und nach in schmerzvollem Aufschwung, um ihr Leid als Opfer darzubringen. Tapfer nahm sie ihren Weg in dem Teil wieder auf, der sich an den zweiten anschloß, einer eigenwilligen Fuge, deren kühner Aufbau, deren beharrlicher Rhythmus sich schließlich des ganzen Wesens bemächtigte und aus Kämpfen und Tränen zu einem machtvollen Marsch überleitete, der erfüllt war von unbesiegbarem Glauben. Das letzte Stück schilderte den Lebensabend. Darin tauchten die Anfangsthemen mit ihrem rührenden Vertrauen und ihrer vom Alter unberührten Zartheit wieder auf, nur gereifter und leiderfahrener; sie tauchten, von Licht gekrönt, aus dem Schatten des Schmerzes auf und drängten wie ein reicher Blütenflor zum Himmel empor, ein Hymnus heiliger Liebe zum Leben und zu Gott.

Christof suchte auch in den Büchern der Vergangenheit schlichte und menschlich große Gegenstände, die zu aller Herzen sprechen konnten. Er wählte zwei davon: *Joseph* und *Niobe*. Dabei aber stieß Christof auf die schwierige Frage nach der Verbindung zwischen Dichtung und Musik. Seine Unterhaltungen mit Françoise führten ihn wieder zu den früher einmal mit Corinne flüchtig durchgesprochenen Plänen für eine Form des Musikdramas, die sich zwischen rezitativer Oper und gesprochenem Drama bewegt – die Kunst des freien Wortes vereint mit der freien Musik –, zu einer Kunst, die kaum ein Künstler der Jetztzeit in Erwägung zieht und die von der schablonenmäßig arbeitenden, von Wagnerischen Überlieferungen umnebelten Kritik verleugnet wird, wie sie jedes wirklich neue Werk verleugnet; denn es handelt sich dabei nicht darum, in Beethovens, Webers, Schumanns, Bizets Fußtapfen zu treten, obgleich diese das Melodrama in genialer Weise gemeistert haben; es handelt sich nicht darum, irgendeine Sprechstimme mit irgendeiner Musik zusammenzuleimen und um jeden Preis mit Tremolos plumpe Effekte bei einem plumpen Publikum zu erzielen; es handelt sich darum, eine neue Kunstart zu schaffen, in der sich die Gesangsstimmen stimmverwandten Instrumenten vermählen und in ihre harmonischen Verse das Echo von Träumereien und Klagen der Musik in zarter Weise mischen. Selbstverständlich würde sich eine solche Kunstform nur für gewisse Dinge eignen, nur den poetischen Duft gewisser intimer und gesammelter Seelenzustände wiedergeben können. Nur eine im höchsten Sinne zurückhaltende und aristokratische Kunst könnte das fertigbringen. Natürlich ist also wenig Aussicht vorhanden, daß sie sich in einer Zeit entfalten wird, die den Ansprüchen ihrer Künstler zum Trotz durch und durch von Parvenü-Gewöhnlichkeit erfüllt ist.

Vielleicht war Christof ebensowenig wie die anderen für eine solche Kunst geschaffen. Selbst seine besten Gaben, seine plebejische Kraft, waren dabei ein Hindernis. Er konnte sich diese Kunst nur vorstellen und mit Françoises Hilfe einige flüchtige Entwürfe zustande bringen.

So übertrug er einige Seiten aus der Bibel fast wörtlich in Musik – den unsterblichen Auftritt, in dem sich Joseph seinen Brüdern zu erkennen gibt, bei dem er nach allen Prüfungen nicht mehr Herr seiner Bewegung und Zärtlichkeit werden kann und ganz leise jene Worte murmelt, die dem alten Tolstoi Tränen entlockt haben:

Ich bin Joseph. Lebet mein Vater noch?... Tretet doch her zu mir... Ich bin Joseph, euer Bruder, den ihr in Ägypten verkauft habt.

Diese schöne und freie Verbindung konnte nicht immer bestehenbleiben. Sie durchlebten zusammen Augenblicke größter Lebensfülle; aber sie waren allzu verschieden. Und da einer wie der andere gleich heftig war, kam es oft zu Reibereien zwischen ihnen. Solche Reibereien nahmen niemals einen gewöhnlichen Charakter an; denn Christof schätzte Françoise zu hoch, und Françoise, die manchmal grausam sein konnte, war gütig zu denen, die gut zu ihr waren; ihnen hätte sie um nichts in der Welt weh tun mögen. Beide hatten zudem einen guten Vorrat an heiterem Humor. Sie machte sich über sich selbst lustig. Doch quälte sie sich darum nicht weniger; denn die alte Leidenschaft hielt sie noch immer im Bann; sie hörte nicht auf, an den Lumpen zu denken, den sie liebte; und dieser erniedrigende Zustand war ihr unerträglich; zumal, da Christof ihn ahnte.

Christof sah, wie sie ganze Tage lang schweigsam und zusammengekrampft in ihre Schwermut versunken dasaß, und wunderte sich, daß sie nicht glücklich war. Sie war ans Ziel gelangt: sie war eine große Künstlerin, war bewundert, umschmeichelt...

„Ja", sagte sie, „wäre ich eine jener sauberen Komödiantinnen, die Krämerseelen haben und in Theater machen, als machten sie Geschäfte! Die sind zufrieden, wenn sie es ‚zu etwas gebracht haben', wenn sie eine bürgerliche reiche Heirat gemacht und – das Nonplusultra – das Kreuz der Ehrenlegion ergattert haben. Ich, ich wollte mehr. Erscheint einem der Erfolg nicht noch leerer als der Mißerfolg, wenn man kein Idiot ist? Du solltest das gut wissen!"

„Ich weiß es!" sagte Christof. „Du lieber Gott! Als ich noch ein Kind war, habe ich mir den Ruhm auch anders vorgestellt. Mit welcher Glut sehnte ich ihn herbei, und wie strahlend erschien er mir! Wie etwas Heiliges war er mir... Nun, wenn auch! Im Erfolg liegt etwas Göttliches: das Gute, das man dadurch tun kann."

„Welches Gute? Man hat gesiegt. Aber was nützt das? Nichts ändert sich dadurch. Theater, Konzerte, alles ist immer dasselbe. Es folgt nur eine neue Mode der anderen. Sie verstehen einen nicht oder höchstens oberflächlich; und schon denken sie an etwas anderes... Verstehst denn du etwa die anderen Künstler? In jedem Falle wirst du von ihnen nicht verstanden. Wie fern stehen dir selbst die, die du am meisten liebst! Denke an deinen Tolstoi..."

Christof hatte ihm geschrieben; er war begeistert von seinen Büchern, er weinte, wenn er sie las. Er wollte eine seiner Volkserzählungen vertonen und hatte ihn um die Erlaubnis gebeten und ihm seine *Lieder** geschickt. Tolstoi hatte ihm nicht geantwortet, ebenso wie Goethe Schubert und Berlioz nicht geantwortet hatte, die ihm ihre Meisterwerke schickten. Tolstoi hatte sich Christofs Musik vorspielen lassen, und sie hatte ihn geärgert. Er hatte nicht das geringste Verständnis für sie. Er hielt Beethoven für dekadent und Shakespeare für einen Gaukler. Dafür ließ er sich von geschniegelten Musikerchen einnehmen, von Spinettmelodien, die einen zopfigen Serenissimus entzückt hätten; und er hielt die *Bekenntnisse einer Kammerjungfer* für „ein christliches Buch...".

„Die Großen brauchen uns nicht", sagte Christof, „an die anderen muß man denken."

„An wen? An das Bürgerpack, an diese Schemen, die dir das Leben versperren? Für diese Leute soll man spielen, schreiben? Für sie sein Leben hingeben? Wie bitter!"

„Bah", sagte Christof, „ich sehe sie wie du; und doch bekümmert mich das nicht. Sie sind nicht so schlimm."

„Du guter deutscher Optimist!"

„Es sind Menschen wie ich, warum sollten sie mich nicht verstehen? – Und falls sie mich nicht verstehen, sollte ich deswegen verzweifeln? Unter diesen Tausenden werden sich immer ein oder zwei finden, die auf meiner Seite sind; das ist mir genug, eine Dachluke genügt, um die frische Luft von draußen einzuatmen... Denke doch an die kindlich gläubigen Zuschauer, an die jungen Menschen, an die alten treuherzigen Seelen, die deine tragische Schönheit über ihren jämmerlichen Alltag emporträgt. Denke an die Zeit, als du selbst ein Kind warst! Ist es nicht schön, auch nur einen einzigen glücklich zu machen, nur einem so wohlzutun, wie irgendein anderer einst dir tat?"

„Glaubst du wirklich, daß es so einen gibt? Mir ist sogar das zweifelhaft geworden... Und dann, wie lieben uns denn selbst die Besten? Wie sehen sie uns? Können sie denn überhaupt sehen? Sie demütigen einen mit ihrer Bewunderung; es macht ihnen genausoviel Spaß, die erste beste Schmierenkomödiantin spielen zu sehen; sie stellen einen auf dieselbe Stufe mit den Idioten, die man verachtet. Alles, was Erfolg hat, gilt für sie gleich."

„Und doch bleiben nur die wahrhaft Großen für die Nachwelt die Größten."

„Das kommt durch die Entfernung. Die Berge wachsen, je weiter man von ihnen zurücktritt. Man kann dann besser ihre Höhe ermessen; aber man ist ihnen auch ferner... Und wer sagt uns übrigens, daß sie die Größten sind? Kennst du die anderen, die den Blicken entschwunden sind?"

„Zum Teufel", sagte Christof, „und selbst wenn niemand empfände, was ich denke und was ich bin – ich, ich denke es, und ich bin es. Ich habe meine Musik, ich liebe sie, ich glaube an sie; sie ist wahrhaftiger als alles."

„Du bist frei in deiner Kunst, du kannst schaffen, was du willst. Was aber kann ich schaffen? Ich muß spielen, was man mir aufzwingt, und es bis zur Übelkeit wiederkäuen. Wir sind ja in Frankreich noch nicht ganz und gar solche Lasttiere wie die amerikanischen Schauspieler, die zehntausendmal *Rip* oder *Robert Macaire* spielen, die fünfundzwanzig Jahre ihres Lebens den Mühlstein einer albernen Rolle drehen. Aber wir sind auf dem Wege dazu. Unsere Theater sind so armselig! Das Publikum verträgt das Genie nur in winzig kleinen Dosen, gewürzt mit Manierismus und mit Modeliteratur... Ein ‚Genie nach der Mode'! Ist das nicht zum Lachen? Welche Kraftverschwendung! Denke bloß daran, was sie aus einem Mounet gemacht haben. Was hat man ihm in seinem Leben zu spielen gegeben? Zwei oder drei Rollen, um die es der Mühe lohnt zu leben: den Ödipus, den Polyeukt. Alles andere waren

Nichtigkeiten! Und dabei zu denken, wieviel Schönes und Großes er hätte leisten können! – Außerhalb Frankreichs ist es nicht besser. Was haben sie aus einer Duse gemacht? Womit hat sie ihr Leben hingebracht? Mit welchen überflüssigen Rollen?"

„Eure wahre Rolle besteht darin, der Welt die starken Kunstwerke aufzuzwingen", sagte Christof.

„Man reibt sich umsonst auf, und es lohnt nicht der Mühe. Sobald eines jener starken Werke mit der Bühne in Berührung kommt, verliert es seine große dichterische Kraft, wird verlogen. Der Atem des Publikums macht es welk. Dieses Publikum in der stickigen Atmosphäre der Städte, in seinen stinkenden Häusern weiß nichts mehr von der freien Luft, von der Natur, von gesunder Dichtung: es braucht eine Dichtung, die geschminkt ist wie unsere Gesichter. – Ach, und dann... und dann, wenn man im übrigen nun selbst zum Ziele käme... Nein, das füllt noch kein Leben aus, mein Leben füllt das nicht aus..."

„Du denkst immer noch an ihn?"

„An wen?"

„Du weißt es ganz gut. An diesen Kerl."

„Ja!"

„Und selbst wenn du ihn hättest, diesen Mann, und wenn er dich liebte, du würdest noch nicht glücklich sein, gestehe dir das doch ein, du würdest immer noch Mittel und Wege finden, dich zu quälen."

„Das ist wahr... Ach, woran liegt das nur? – Ich habe zuviel kämpfen müssen, ich habe mich zu sehr aufgerieben, ich kann keine Ruhe mehr finden. Es ist eine Unrast in mir, ein Fieber..."

„Das muß in dir gewesen sein, selbst vor alldem, was du durchgemacht hast."

„Wohl möglich. Ja, als ich noch ein kleines Mädchen war, hat das schon an mir gezehrt."

„Was möchtest du denn?"

„Weiß ich es? Mehr, als ich haben kann."

„Ich kenne das", sagte Christof, „ich war als junger Bursche ebenso."

„Ja, aber du bist ein Mann geworden. Ich werde ewig unfertig bleiben; ich bin ein unvollkommenes Geschöpf."

„Niemand ist vollkommen. Glück heißt: seine Grenzen kennen und sie lieben."

„Das kann ich nicht mehr. Ich habe sie schon überschritten. Das Leben hat mich vergewaltigt, verbraucht, verstümmelt. Und doch ist es mir, als hätte ich trotzdem eine normale Frau werden können, gesund und schön, ohne dabei der großen Herde zu gleichen."

„Das kannst du auch jetzt noch. Ich sehe dich richtig vor mir!"

„Sag mir, wie du mich siehst."

Er schilderte sie unter Verhältnissen, in denen sie sich natürlich und harmonisch entwickelt haben würde, in denen sie, liebend und geliebt, glücklich gewesen wäre. Und das zu hören tat ihr wohl. Dann aber sagte sie:

„Nein, jetzt ist das unmöglich."

„Nun", meinte er, „dann muß man sich eben sagen wie der gute alte Händel, als er blind wurde:

What e - ver is   is right."

Und er sang es ihr am Klavier vor. Sie küßte ihn, ihren lieben, närrischen Optimisten. Er tat ihr wohl. Sie aber schadete ihm, so fürchtete sie wenigstens. Sie hatte Anfälle von Verzweiflung, die sie ihm nicht verbergen konnte. Die Liebe machte sie schwach. Nachts, wenn sie im Bett lagen und sie ihre Ängste schweigend hinunterwürgte, ahnte er es und beschwor die Freundin, die so nah und doch so fern war, die Last, die sie bedrückte, mit ihm zu teilen; dann konnte sie nicht widerstehen, sie weinte in seinen Armen und schüttete ihm ihr Herz aus; er brachte Stunden damit zu, sie gütig zu trösten, ohne je ärgerlich zu werden. Aber mit der Zeit begann diese dauernde Unruhe doch, ihn niederzudrücken. Françoise zitterte davor, daß ihr Fieber ihn schließlich anstecken könnte. Sie liebte ihn zu sehr, um den Gedanken ertragen zu können, daß er ihretwegen leide. Man bot ihr ein Engagement nach Amerika an; sie nahm es an, um sich zum Fortgehen zu zwingen. Sie verließ ihn beschämt. Und auch er war es. Warum konnte man einander nicht glücklich machen?

„Mein armer Junge", sagte sie zärtlich mit traurigem Lächeln, „sind wir nicht schrecklich ungeschickt? Wir werden niemals wieder so schöne Glücksmöglichkeiten finden, niemals eine ähnliche Freundschaft. Aber es hilft nichts, es hilft alles nichts. Wir sind zu dumm!"

Sie schauten sich mit Armesündermienen bekümmert an. Sie lachten, um nicht zu weinen, küßten sich und gingen mit Tränen in den Augen auseinander. Niemals hatten sie sich so geliebt wie jetzt, da sie sich verließen.

Und als sie abgereist war, kehrte er zur Kunst zurück, zu seiner alten Gefährtin... O Frieden des Sternenfirmaments!

Kurze Zeit darauf bekam Christof einen Brief von Jacqueline. Es war das dritte Mal, daß sie ihm schrieb; und der Ton war sehr verschieden von dem, den er von ihr gewohnt war. Sie sprach ihm ihr Bedauern aus, ihn so lange nicht gesehen zu haben, und lud ihn liebenswürdig ein, doch einmal wiederzukommen, wenn er nicht zwei Freunde, die ihn herzlich liebten, betrüben wolle. Christof war sehr erfreut, wunderte sich aber nicht allzusehr. Er hatte sich immer gedacht, daß Jacquelines ungerechte Einstellung zu ihm nicht ewig dauern könne. Er wiederholte sich gern ein Scherzwort des alten Großvaters:

Früher oder später kommt den Frauen die Erleuchtung; man muß nur die Geduld haben, darauf zu warten.

So kehrte er denn wieder bei Olivier ein und wurde freudig empfangen. Jacqueline zeigte sich voller Zuvorkommenheit; sie vermied ihren ironischen Ton, nahm sich in acht, um nichts zu sagen, was Christof verletzen konnte, zeigte Anteilnahme an seinem Tun und redete in kluger Weise von ernsten Dingen. Sie erschien Christof ganz verändert. Doch sie war es nur, um ihm zu gefallen. Jacqueline hatte von Christofs Beziehungen zu der gerade berühmten Schauspielerin reden hören, denn das hatte Stoff für den Pariser Klatsch abgegeben; und Christof war ihr in einem ganz neuen Licht erschienen. Er reizte ihre Neugierde. Als sie ihn wiedersah, fand sie ihn bedeutend netter. Sogar seine Fehler erschienen ihr nicht ohne Reiz. Sie entdeckte, daß Christof genial sei und daß es der Mühe wert sein könnte, sich von ihm lieben zu lassen.

Das Verhältnis in der jungen Ehe hatte sich nicht gebessert; es war sogar schlechter geworden. Jacqueline starb bald vor Langerweile... Wie einsam ist die Frau! Nur das Kind erfüllt sie ganz; und auch das Kind genügt nicht, sie auf die Dauer zu fesseln: denn wenn sie wahrhaft Frau ist und nicht nur Weibchen, wenn ihre Seele reich ist und sie vom Leben etwas verlangt, ist sie für unendlich viele Dinge geschaffen, die sie nicht allein vollbringen kann; man muß ihr zu Hilfe kommen! – Der Mann ist weit weniger einsam, auch wenn er noch so sehr allein ist: das Selbstgespräch genügt ihm, um seine Einsamkeit zu beleben; und ist er einsam zu zweit, so kommt er auch darüber besser hinweg, denn er merkt es weniger. Er führt immer Selbstgespräche. Er ahnt nicht, daß der Ton dieser Stimme, die unermüdlich weiter in der Einsamkeit spricht, die Stille fürchterlicher und die Leere entsetzlicher macht für das Wesen neben ihm, dem jedes Wort tot ist, das nicht durch die Liebe belebt wird. Er merkt es nicht mehr; er hat nicht gleich der Frau sein ganzes Leben als Einsatz auf die Liebe gestellt: sein Leben ist anderwärts verankert... Was aber soll das Leben der Frau und ihre unendliche Sehnsucht erfüllen, diese zahllosen glühenden Kräfte, die seit den vierzig Jahrhunderten der Menschheitsdauer nutzlos als Sühnopfer vor den beiden einzigen Götzen verbrennen: der vergänglichen Liebe und der Mutterschaft, diesem erhabenen Blendwerk, das Tausenden von Frauen vorenthalten bleibt und das Leben der übrigen niemals länger als ein paar Jahre ausfüllt?

Jacqueline war verzweifelt. Sie durchlebte Augenblicke eines Entsetzens, das sie wie Schwertspitzen durchdrang. Sie dachte:

Wozu lebe ich, wozu bin ich geboren?

Und ihr Herz krampfte sich in Angst zusammen.

Mein Gott, ich werde sterben, mein Gott, ich werde sterben!

Dieser Gedanke plagte sie, er verfolgte sie des Nachts. Sie träumte, daß sie sage:

Wir zählen jetzt achtzehnhundertneunundachtzig.

Nein, antwortete man ihr, neunzehnhundertneun.

Sie war unglücklich, daß sie zwanzig Jahre älter sei, als sie geglaubt hatte.

Alles wird vorübergehen, und ich habe nicht gelebt! Was habe ich mit diesen zwanzig Jahren angefangen? Was habe ich aus meinem Leben gemacht?

Sie träumte, sie sei vier kleine Mädchen zugleich. Alle vier lagen im selben Zimmer in getrennten Betten. Alle vier hatten die gleiche Gestalt und das gleiche Gesicht. Aber die eine war acht Jahre, die andere fünfzehn, die dritte zwanzig und die letzte dreißig Jahre alt. Es herrschte eine Epidemie. Drei waren schon gestorben. Die vierte sah sich im Spiegel und wurde von Entsetzen ergriffen: sie sah sich mit spitzer Nase, verzerrten Zügen... Auch sie würde sterben – und alles würde zu Ende sein...

Was habe ich aus meinem Leben gemacht?

In Tränen gebadet, erwachte sie. Und der Alpdruck wich nicht mit dem anbrechenden Tage. Der Alpdruck war Wirklichkeit. Was hatte sie aus ihrem Leben gemacht? Wer hatte es ihr geraubt? – Sie begann Olivier zu hassen, den schuldlos Mitschuldigen (Schuldlos! Was ändert das, wenn das Leid dasselbe bleibt!), den Mitschuldigen an der blinden Gewalt, die sie zermalmte. Gleich darauf hatte sie Gewissensbisse, denn sie war gut; aber sie litt zu sehr. Und sie konnte nicht verhindern, daß sie diesem Menschen, der an sie gefesselt war, der ihr Leben erstickte – mochte er auch selber unglücklich sein –, noch mehr Leid zufügte, um sich zu rächen. Dann war sie noch niedergedrückter und verabscheute sich selbst; und sie fühlte, wenn sie nicht einen Ausweg fand, würde sie noch mehr Unheil anrichten. Tastend suchte sie ringsumher nach diesem Ausweg. Wie ein Ertrinkender klammerte sie sich an alles. Sie suchte sich für irgend etwas, für irgendein Werk, irgendein Wesen einzusetzen, das ihr eigen, ihr Werk, ihr Wesen sei. Sie wollte wieder eine geistige Arbeit aufnehmen, sie lernte fremde Sprachen, begann einen Aufsatz, eine Novelle, fing an zu malen, zu komponieren... Vergeblich: gleich der erste Versuch entmutigte sie. Alles war zu schwer. Und dann: Bücher, Kunstwerke! Was soll mir das? Ich weiß nicht, ob ich sie mag, ich weiß nicht, ob es die wirklich gibt... – An manchen Tagen plauderte sie voller Lebhaftigkeit, lachte mit Olivier, schien sich für das zu erwärmen, was sie miteinander redeten und was er tat, und suchte sich zu betäuben... Vergeblich: plötzlich fiel die Erregung von ihr ab, ihr Herz erstarrte; tränenlos, nach Luft ringend, entsetzt, flüchtete sie. – Bei Olivier hatte sie teilweise erreicht, was sie wollte. Er war skeptisch, war ein Gesellschaftsmensch geworden. Sie wußte ihm keinen Dank dafür. Sie fand, daß er ebenso schwach sei wie sie. Fast jeden Abend gingen sie aus; sie schleppte ihre quälende Langeweile, die niemand hinter der Ironie ihres stets bereiten Lächelns vermutet hätte, durch die Pariser Salons. Sie suchte einen Menschen, der sie liebte und sie vom Abgrund zurückriß... Umsonst, umsonst, umsonst. Auf ihren Verzweiflungsschrei antwortete nur die Stille.

Sie mochte Christof durchaus nicht; sie konnte seine derbe Art, seine verletzende Offenheit und vor allem seinen Gleichmut nicht ausstehen. Sie mochte ihn nicht; aber sie hatte das Empfinden, daß er wenigstens stark sei – ein Felsen, der dem Tode Trotz bot. Und sie wollte sich an diesen Felsen klammern, an diesen Schimmer, der die Wellen meisterte, oder ihn mit sich in die Tiefe ziehen...

Und dann war es auch noch nicht genug, ihren Mann von seinen Freunden getrennt zu haben: sie mußte sie ihm rauben. Die anständigsten Frauen haben manchmal den Trieb, zu versuchen, wie weit ihre Macht reicht, und noch darüber hinauszugehen. In diesem Mißbrauch ihrer Macht will ihnen die Schwäche ihre Kraft beweisen. Und wenn die Frau selbstsüchtig und eitel ist, macht es ihr eine boshafte Freude, ihrem Mann die Freundschaft seiner Freunde zu stehlen. Die Aufgabe ist leicht genug: ein paar kokette Blicke genügen. Es gibt kaum einen Mann, ob anständig oder nicht, der nicht schwach genug wäre, auf den Köder anzubeißen. Und so redlich er als Freund auch sein mag, in Gedanken wird er den Freund fast immer betrügen, mag er auch die Tat meiden. Wenn jener das merkt, ist es mit der Freundschaft aus: sie sehen sich nicht mehr mit denselben Augen. – Die Frau, die das gefährliche Spiel treibt, bleibt meistens dabei, sie verlangt nicht mehr: sie behält sie beide, entzweit, in ihrer Gewalt.

Christof merkte Jacquelines freundliches Wesen, und er wunderte sich nicht darüber. Wenn er für jemanden eine Zuneigung empfand, so neigte er in aller Harmlosigkeit dazu, es ganz natürlich zu finden, daß man auch ihn ohne jeden Hintergedanken gern habe. Er ging fröhlich auf das Entgegenkommen der jungen Frau ein; er fand sie reizend; er war von Herzen vergnügt mit ihr; und sie machte einen so guten Eindruck auf ihn, daß er beinahe glaubte, Olivier sei doch recht ungeschickt, wenn es ihm nicht gelänge, glücklich zu sein.

Er begleitete die beiden für einige Tage auf einer Autofahrt. Und er war ihr Gast in einem Landhaus, das die Langeais in Burgund besaßen, einem alten Familiensitz, den man um der Erinnerung willen behielt, wohin man aber nur selten kam. Einsam lag es zwischen Weinbergen und Wäldern; die Räume waren vernachlässigt, die Fenster schlossen schlecht; Schimmelgeruch umwehte einen, der Duft von reifen Früchten, kühlem Schatten und dem sonnendurchglühten Harz der Bäume. Als Christof so eine Reihe von Tagen in Jacquelines nächster Nähe verbrachte, ergriff ihn nach und nach ein süßes, einschmeichelndes Gefühl, das ihn aber nicht weiter beunruhigte; er empfand eine unschuldige, wenn auch durchaus nicht rein seelische Freude, sie zu sehen, sie zu hören, diesen anmutigen Körper zu streifen und den Hauch ihres Mundes einzuatmen. Olivier wurde ein wenig besorgt, schwieg jedoch. Er hegte keinerlei Verdacht; aber eine unbestimmte Unruhe hatte sich seiner bemächtigt, die sich einzugestehen er sich geschämt hätte; sich zur Strafe ließ er die beiden oft allein. Jacqueline verstand ihn und war gerührt; sie hatte Lust, ihm zu sagen:

Geh, sei nicht traurig, du Guter. Dich habe ich noch immer am liebsten.

Aber sie sagte es nicht; und sie ließen sich alle drei auf gut Glück treiben. Christof war ahnungslos; Jacqueline wußte nicht recht, was sie wollte, und überließ es dem Zufall, ob er es ihr offenbaren werde; nur Olivier ahnte und fühlte voraus; aber aus Scham, Stolz und Liebe wollte er nicht darüber nachdenken. Wenn der Wille schweigt, spricht der Instinkt; wenn die Seele den Körper nicht erfüllt, geht er seine eigenen Wege.

Eines Abends nach dem Essen, die Nacht erschien ihnen besonders schön – eine mondlose, sternhelle Nacht –, wollten sie noch einen Gang durch den Garten machen. Olivier und Christof gingen einstweilen hinaus; Jacqueline war in ihr Zimmer hinaufgegangen, um sich einen Schal zu holen. Als sie nicht wiederkam, schalt Christof über die ewige Langsamkeit der Frauen und ging wieder hinein, um Jacqueline zu holen. (Seit einiger Zeit spielte er, ohne es selbst zu merken, den Ehemann.) Er hörte sie kommen. In dem Zimmer, in dem er sich befand, waren die Fensterläden geschlossen, und man sah nichts.

„Nur zu! Kommen Sie doch endlich, Frau Niemalsfertig!" rief Christof fröhlich. „Die Spiegel werden noch ganz abgenutzt, wenn Sie immerfort hineinschauen."

Sie antwortete nicht. Sie war stehengeblieben. Christof hatte den Eindruck, daß sie im Zimmer sei, aber sie rührte sich nicht.

„Wo sind Sie?" fragte er.

Sie antwortete nicht. Auch Christof schwieg: er tastete sich im Finstern vorwärts; und eine Unruhe ergriff ihn. Mit klopfendem Herzen blieb er stehen. Ganz nahe vernahm er den leichten Atem Jacquelines. Er machte noch einen Schritt und blieb wieder stehen. Sie stand dicht vor ihm, er wußte es, aber er vermochte nicht weiterzugehen. Ein paar Sekunden der Stille. Plötzlich griffen zwei Hände nach den seinen und zogen ihn an sich. Ein Mund lag auf seinem Mund. Er umschlang sie. Wortlos, regungslos. – Ihre Lippen trennten sich, rissen sich voneinander los. Jacqueline lief aus dem Zimmer. Christof folgte ihr bebend. Die Knie zitterten ihm. Er blieb einen Augenblick an die Wand gelehnt stehen und wartete, daß das Klopfen seines Blutes sich beruhigte. Schließlich kam er ihnen nach. Jacqueline plauderte ruhig mit Olivier. Sie gingen ein paar Schritte vor ihm her. Er folgte ihnen, völlig niedergeschmettert. Olivier blieb stehen und wartete auf ihn. Nun blieb auch Christof stehen. Olivier rief ihm freundschaftlich zu. Christof antwortete nicht. Olivier, der an die Grillen seines Freundes gewöhnt war und wußte, daß er sich manchmal hinter launenhaftem Schweigen dreifach verriegelte, drängte nicht weiter und setzte seinen Weg mit Jacqueline fort. Und Christof folgte ihnen mechanisch in einer Entfernung von zehn Schritt wie ein Hund. Wenn sie stillstanden, stand auch er still; wenn sie weitergingen, ging auch er weiter. So gingen sie um den Garten herum und kehrten ins Haus zurück. Christof ging in sein Zimmer hinauf und schloß sich ein. Er zündete kein Licht an. Er legte sich nicht nieder. Er dachte nicht. Im Laufe der Nacht übermannte ihn der Schlaf, während er noch dasaß und Kopf und Arme auf den Tisch gestützt hatte. Nach einer Stunde wachte er auf. Er zündete eine Kerze an, raffte fiebernd seine Papiere und seine paar Sachen zusammen und packte seinen Handkoffer. Danach warf er sich aufs Bett und schlief bis zum Morgengrauen. Dann ging er mit seinem Gepäck hinunter und reiste ab. Man wartete den ganzen Morgen auf ihn. Man suchte ihn den ganzen Tag. Jacqueline, die unter scheinbarem Gleichmut einen bebenden Zorn verbarg, meinte mit beleidigendem Spott, daß sie wohl ihr Silber nachzählen müsse. Erst am folgenden Abend bekam Olivier einen Brief von Christof.

Mein lieber Junge!

Sei mir nicht böse, daß ich wie ein Verrückter abgereist bin. Ich bin nun einmal verrückt, das weißt Du ja. Was ist da zu machen? Ich bin, wie ich bin. Hab Dank für Deine herzliche Gastfreundschaft. Das hat wohlgetan. Aber weißt Du, ich bin nun mal nicht für ein Leben mit anderen geschaffen. Ich weiß nicht einmal, ob ich überhaupt für das Leben geschaffen bin. Ich sollte besser in meinem Winkel bleiben und die Leute liebhaben – von ferne: das ist klüger. Wenn ich sie aus zu großer Nähe sehe, werde ich zum Menschenfeind. Und das will ich nicht sein. Ich will die Menschen lieben. Ich will Euch alle lieben. Oh, wie gern möchte ich Euch allen Gutes erweisen! Wenn ich doch etwas dazu tun könnte, daß Ihr, daß Du glücklich wärst! Mit welcher Freude würde ich dafür alles Glück, das für mich bestimmt wäre, hingeben! Aber es ist mir versagt. Man kann anderen nur den Weg weisen. Man kann ihren Weg nicht für sie gehen. Jeder muß sich selbst befreien. Mach Dich frei! Macht Euch frei! Ich liebe Dich sehr.

Christof

Meine Empfehlung an Frau Jeannin.

„Frau Jeannin" las den Brief mit aufeinandergepreßten Lippen und mit einem Lächeln der Verachtung; sie sagte trocken:

„Nun, so folge doch seinem Rat. Mach dich frei."

Aber als Olivier die Hand ausstreckte, um den Brief wieder an sich zu nehmen, zerknüllte Jacqueline das Papier und warf es auf den Boden. Zwei große Tränen fielen aus ihren Augen nieder. Olivier ergriff ihre Hand.

„Was hast du?" fragte er bewegt.

„Laß mich!" schrie sie voller Zorn.

Sie ging hinaus. Auf der Türschwelle rief sie:

„Ihr Egoisten!"

Christof hatte es schließlich dahin gebracht, sich seine Gönner vom *Grand Journal* zu Feinden zu machen. Das war leicht vorauszusehen. Der Himmel hatte Christof die von Goethe gefeierte Tugend mitgegeben: den *„Widerwillen gegen das Danken"*.

Widerwille gegen das Danken, schrieb Goethe ironisch, *ist sehr selten und kömmt nur bei vorzüglichen Menschen vor: solchen, die mit großen Anlagen und dem Vorgefühl derselben in einem niederen Stande oder in einer hilflosen Lage geboren, sich von Jugend auf, Schritt vor Schritt, durchdrängen und von allen Orten her Hilfe und Beistand annehmen müssen, die ihnen dann manchmal durch Plumpheit der Wohltäter vergällt und widerwärtig werden...*

Christof kam es nicht in den Sinn, daß er sich wegen eines ihm erwiesenen Dienstes erniedrigen oder etwa – was für ihn dasselbe war – seiner Freiheit entsagen müsse. Er selbst verlieh seine Wohltaten nicht zu soundso viel Prozent, er verschenkte sie. Seine Wohltäter dachten etwas anders darüber. Sie waren in ihren sehr ausgeprägten Moralbegriffen, die sie von den Pflichten ihrer Schuldner hatten, dadurch verletzt, daß Christof sich weigerte, für ein von der Zeitung veranstaltetes Reklamefest die Musik zu einem albernen Hymnus zu schreiben. Sie gaben ihm das Unpassende seines Betragens zu verstehen. Christof schickte sie zum Teufel. Er brachte sie vollends zur Entrüstung, als er kurz darauf in einer rückhaltlosen öffentlichen Erklärung gegen Behauptungen auftrat, die ihm die Zeitung zugeschrieben hatte.

Darauf begann ein Feldzug gegen ihn. Man scheute vor keiner Waffe zurück. Man zog aus dem Arsenal von Niederträchtigkeiten wieder einmal die alte Kriegsmaschine heraus, die der Ohnmacht von jeher gegen alle schöpferischen Menschen gedient hat, die zwar noch niemanden getötet, aber ihren Eindruck auf die Dummen niemals verfehlt hat: man beschuldigte ihn des Plagiats. Man griff aus seinem Werk und aus den Arbeiten obskurer Kollegen Stellen heraus, die höchst geschickt ausgewählt und zurechtgemacht waren, und man wies nach, daß er seine Eingebungen von anderen gestohlen habe. Man beschuldigte ihn, er habe junge Künstler am Emporkommen hindern wollen. Hätte er es wenigstens nur mit jenen berufsmäßigen Kläffern zu tun gehabt, mit jenen Knirpsen von Kritikern, die auf die Schultern des großen Mannes klettern und dann schreien:
„Ich bin größer als du!"

Aber keineswegs, die Begabten fallen sich gegenseitig an: jeder tut, was er kann, um sich bei seinen Kollegen unausstehlich zu machen; und doch ist, wie jemand richtig sagte, die Welt so groß, daß jeder in Frieden arbeiten könnte; und jeder hat schon in seinem eigenen Talent einen Feind, der ihm genug zu schaffen macht.

Es fanden sich in Deutschland Künstler, die seinen Feinden aus Eifersucht Waffen gegen ihn lieferten, sie im Notfalle sogar erst besonders schmiedeten. Auch in Frankreich fanden sich solche. Die Nationalisten der musikalischen Presse – unter denen mehrere Ausländer waren – warfen ihm seine Abstammung wie eine Beleidigung an den Kopf. Christofs Ruhm war sehr gewachsen; und da noch hinzukam, daß er in Mode war, begriff man, daß er durch seine Übertreibungen selbst Leute ohne Voreingenommenheit reizte – wieviel mehr also noch die anderen. Christof hatte jetzt unter dem Konzertpublikum, unter den Leuten der Gesellschaft und den Mitarbeitern der jungen Zeitschriften begeisterte Anhänger, die über alles, was er tat, außer sich gerieten und nur zu gern erklärten, daß es vor ihm keine Musik gegeben habe. Einige deuteten seine Werke aus und fanden philosophische Absichten darin, worüber er höchst erstaunt war. Andere sahen in ihnen eine musikalische Revolution, einen Sturmlauf gegen die Überlieferungen, die Christof achtete. Ein Widerspruch von ihm wäre zwecklos gewesen. Man hätte ihm bewiesen, daß er selber nicht wüßte, was er geschrieben habe. Indem sie ihn bewunderten, bewunderten sie sich selbst. So fand denn der Feldzug gegen Christof auch unter denjenigen seiner Berufsgenossen lebhafte Zustimmung, die sich über das „Getue" ärgerten, an dem er selber völlig unschuldig war. Sie bedurften keinerlei Gründe, um seine Musik abzulehnen. Die meisten empfanden ihm gegenüber die natürliche Gereiztheit derer, die keine Ideen haben und sie ohne viel Mühe nach erlernten Formeln ausdrücken, gegen den, der voller Ideen steckt, sich ihrer aber gemäß dem scheinbaren Durcheinander seiner schöpferischen Phantasie mit einigem Ungeschick bedient. Wie oft wurde ihm der Vorwurf gemacht, er verstehe sein Handwerk nicht, und zwar von elenden Musikschriftstellern, für die „Stil" nichts anderes bedeutete als ein Zusammenstellen bewährter Schulrezepte, nach denen man den Gedanken nur in hausbackene Formen zu gießen brauchte. Christofs beste Freunde waren die, die sich gar keine Mühe gaben, ihn zu verstehen, und die allein ihn verstanden; denn sie liebten ihn ganz einfach, weil er ihnen wohltat. Aber das waren arme Schlucker, die keine Stimme im Rat hatten. Der einzige, der kraftvoll in Christofs Namen hätte antworten können, Olivier, stand ihm fern und schien ihn vergessen zu haben. So war Christof seinen Widersachern und Anbetern ausgeliefert, die untereinander wetteiferten, wie sie ihm am meisten schaden könnten. Angeekelt ließ er alles über sich ergehen. Wenn er die Urteile las, die irgendeiner jener anmaßenden, die Kunst beherrschenden Kritiker von der Höhe einer großen Zeitung herab mit der ganzen Unverschämtheit, die Unwissenheit und eine gesicherte Stellung verleihen, von sich gab, zuckte er die Achseln und sagte:

„Richte du mich. Ich, ich richte dich. In hundert Jahren sprechen wir uns wieder!"

Inzwischen aber nahmen die Verleumdungen ihren Lauf. Und das Publikum nahm wie gewöhnlich mit aufgesperrtem Schnabel die albernsten und schmählichsten Beschimpfungen entgegen.

Als wäre seine Lage noch nicht schwierig genug, suchte sich Christof ausgerechnet diesen Augenblick aus, um sich mit seinem Verleger zu überwerfen. Er hatte sich eigentlich über Hecht nicht zu beklagen; dieser brachte seine neuen Werke pünktlich heraus und war in Geschäften anständig. Allerdings hinderte ihn seine Anständigkeit nicht, mit Christof Verträge abzuschließen, die für diesen ungünstig waren. Aber diese Verträge hielt er wenigstens inne. Er hielt sie nur zu genau inne. Eines Tages sah Christof zu seiner Überraschung, daß ein Septett von ihm als Quartett zurechtgemacht war und eine Reihe von zweihändigen Klavierstücken ungeschickt in vierhändige übertragen waren, ohne daß man ihn gefragt hatte. Er lief zu Hecht, hielt ihm die Corpora delicti unter die Nase und fragte:

„Kennen Sie das?"

„Allerdings", sagte Hecht.

„Und Sie haben es gewagt ... Sie haben gewagt, ohne meine Erlaubnis an meinen Werken herumzupfuschen?"

„Was für eine Erlaubnis?" fragte Hecht in aller Ruhe. „Ihre Werke gehören doch mir!"

„Mir aber auch, sollte ich meinen."

„Nein", entgegnete Hecht gelassen.

Christof fuhr auf.

„Meine Werke gehören mir nicht?"

„Sie gehören Ihnen nicht mehr, Sie haben sie mir verkauft."

„Sie machen sich über mich lustig! Ich habe Ihnen das Papier verkauft. Machen Sie es zu Geld, wenn Sie Lust haben. Aber was darauf geschrieben steht, das ist mein Blut, das gehört mir."

„Sie haben mir alles verkauft. Für das Werk hier habe ich Ihnen als äußersten Betrag die Summe von dreihundert Francs bewilligt, auf der Basis eines Anteils von dreißig Centimes an jedem Exemplar der Erstausgabe. Dafür haben Sie mir ohne irgendwelche Einschränkungen alle Rechte an Ihrem Werk übertragen."

„Auch das Recht, es zu verunstalten?"

Hecht zuckte die Achseln, klingelte und sagte zu einem Angestellten:

„Bringen Sie mir die Akten von Herrn Krafft."

Er las Christof bedächtig den Wortlaut des Vertrages vor, den Christof ungelesen unterschrieben hatte und aus dem hervorging – wie es für gewöhnlich in den Verträgen der Fall war, die die Musikverleger in damaligen Zeiten abzuschließen pflegten –, daß Herr Hecht in alle Rechte und Befugnisse des Komponisten eingesetzt wurde und das ausschließliche Recht hatte, genanntes Werk herauszugeben, zu veröffentlichen, zu stechen, zu drucken, zu übertragen, es zu verleihen oder mit Gewinn zu verkaufen, es in jeder ihm passend erscheinenden Form in Konzerten, Varietés, Tanzgesellschaften, Theatern und so weiter aufführen zu lassen, es für jedes beliebige Instrument einzurichten sowie auch seinen Titel zu verändern ... und so weiter.

„Sie sehen", sagte er, „ich bin noch sehr maßvoll."

„Augenscheinlich habe ich Ihnen noch zu danken", sagte Christof. „Sie hätten aus meinem Septett schließlich auch einen Varietéschlager machen können."

Fassungslos schwieg er und barg den Kopf in den Händen.

„Ich habe meine Seele verkauft", sagte er immer wieder.

„Seien Sie versichert", meinte Hecht ironisch, „daß ich keinen schlechten Gebrauch davon machen werde."

„Und zu denken", rief Christof, „daß Ihre Republik solchen Schacher gutheißt! Ihr behauptet, der Mensch ist frei, und ihr versteigert seine Gedanken."

„Sie haben Ihr Geld bekommen", sagte Hecht.

„Ja, dreißig Silberlinge", schrie Christof. „Nehmen Sie sie wieder!"

Er kramte in seinen Taschen, um Hecht die dreihundert Francs zurückzugeben; aber er hatte sie nicht. Hecht lächelte leicht, ein wenig verächtlich. Dieses Lächeln brachte Christof in Wut.

„Ich will meine Werke wiederhaben", rief er, „ich kaufe sie zurück!"

„Dazu haben Sie kein Recht", sagte Hecht. „Aber da mir nicht das geringste daran liegt, jemanden mit Gewalt zurückzuhalten, so willige ich ein, sie Ihnen wiederzugeben – wenn Sie imstande sind, mir die bisher aufgelaufenen Unkosten zu ersetzen."

„Das werde ich", meinte Christof, „und sollte ich mich selber verkaufen müssen."

Er ging ohne weitere Erörterung auf die Bedingungen ein, die Hecht ihm vierzehn Tage später unterbreitete. In seiner unglaublichen Torheit kaufte er die Auflagen seiner Werke zu einem fünffach höheren Preis zurück, als der war, den sie ihm eingetragen hatten; und das war an sich auch durchaus nicht zuviel; denn sie waren aufs genaueste nach dem wirklichen Verdienst berechnet, den sie Hecht eintrugen. Christof war außerstande zu zahlen; und damit hatte Hecht gerechnet. Es war ihm nicht darum zu tun,

Christof in die Enge zu treiben; denn er achtete ihn als Künstler und Menschen mehr als irgendeinen anderen der jungen Musiker. Aber er wollte ihm eine Lektion erteilen. Es paßte ihm nicht, daß sich jemand gegen sein gutes Recht auflehnte. Er hatte jene Bedingungen nicht geschaffen; sie waren die zu jener Zeit üblichen, und deshalb fand er sie gerecht. Im übrigen war er aufrichtig überzeugt, daß sie ebenso zum Besten des Komponisten wie des Verlegers gemacht waren, der besser als der Autor die Mittel kennt, ein Werk zu verbreiten, und der sich nicht wie dieser mit gefühlsmäßigen Skrupeln aufhält, die – so ehrenwert sie sein mögen – seinem wahren Vorteil entgegen sind. Er war gewillt, Christof zum Erfolg zu führen; aber auf seine Art und Weise und unter der Bedingung, daß Christof ihm mit Haut und Haaren ausgeliefert sei. Er wollte ihn fühlen lassen, daß man sich nicht so leicht seiner Dienste entledigen könne. So schlossen sie denn einen bedingten Handel ab: Wenn es Christof binnen einer Frist von sechs Monaten nicht gelingen würde, die Schuld abzutragen, so sollten die Werke volles Eigentum von Hecht bleiben. Es war leicht, vorauszusehen, daß Christof nicht ein Viertel der verlangten Summe zusammenbringen konnte.

Doch Christof hatte es sich nun einmal in den Kopf gesetzt; er gab seine Wohnung auf, obgleich sie voller Erinnerungen für ihn war, um eine billigere zu nehmen; er verkaufte verschiedene Gegenstände, von denen zu seiner Überraschung keiner einen besonderen Wert hatte; er nahm seine Zuflucht wieder zu Moochs Gefälligkeit, der, krank und durch Rheumatismus ans Haus gefesselt, unglücklicherweise selber sehr in der Klemme war; er suchte einen anderen Verleger und stieß überall auf dieselben Bedingungen wie bei Hecht, wonach dem Verlag der Löwenanteil zufiel, oder gar auf Ablehnung.

Das war zu der Zeit, in der die Angriffe der Musikzeitschriften gegen ihn am heftigsten waren. Eins der wichtigsten Pariser Blätter war ganz besonders erbost auf ihn;

irgendeiner der Redakteure, der nicht einmal mit seinem Namen zeichnete, hatte ihn zur Zielscheibe genommen: es verging keine Woche, in der nicht unter den Lokalnachrichten irgendeine niederträchtige Bemerkung stand, die ihn lächerlich machen sollte. Der Musikkritiker ergänzte die Arbeit seines anonymen Kollegen: der geringste Vorwand war ihm gut genug, um seiner Gehässigkeit die Zügel schießen zu lassen. Das waren aber nur die ersten Vorpostengefechte; er versprach, daß er bei Gelegenheit darauf zurückkomme und dann eine Aburteilung nach allen Regeln der Kunst vornehmen werde. Sie beeilten sich indessen nicht damit; denn sie wußten, daß keine ausgesprochene Anschuldigung dem Publikum so nachdrücklichen Eindruck macht wie eine Folge von hartnäckig wiederholten Einflüsterungen. Sie spielten mit Christof wie die Katze mit der Maus. Christof, dem man die Artikel zuschickte, hatte nur Verachtung dafür; aber er litt dennoch darunter. Er schwieg indessen; und statt zu antworten (was er übrigens, selbst wenn er es gewollt, kaum gekonnt hätte), verbohrte er sich eigensinnig in den nutzlosen und ungleichen Kampf gegen seinen Verleger. Er verlor dabei Zeit, Kraft und Geld und seine einzigen Waffen, da er ja mutwillig die Reklame loszuwerden strebte, die Hecht für seine Musik machte.

Plötzlich wurde alles anders. Der in der Zeitung angekündigte Artikel erschien nicht. Die Einflüsterungen hörten auf, der Feldzug brach kurzerhand ab. Ja, es kam noch besser: zwei oder drei Wochen später veröffentlichte der Kritiker der Zeitung ein paar leicht hingeworfene lobende Zeilen, die anscheinend bezeugen sollten, daß der Friede geschlossen sei. Ein großer Leipziger Musikverleger schrieb an Christof und bot ihm die Veröffentlichung seiner Werke an; und der Vertrag wurde unter vorteilhaften Bedingungen abgeschlossen. In einem schmeichelhaften Brief, der das Siegel der österreichischen Botschaft trug, sprach man den Wunsch aus, gewisse Werke von Christof auf den Programmen der großen Empfangsabende der Botschaft zu sehen. Christofs Schützling, Philomele, wurde gebeten, sich an einem dieser Abende hören zu lassen; und daraufhin forderte man sie sogleich in allen aristokratischen Salons der deutschen und der italienischen Kolonie in Paris auf. Christof selber, der nicht umhinkonnte, bei einem dieser Konzerte zu erscheinen, wurde von dem Botschafter aufs liebenswürdigste empfangen. Ein paar Worte der Unterhaltung zeigten ihm indessen, daß sein Gastgeber, der wenig genug von Musik verstand, nichts von seinen Werken kannte. Woher kam also dieses plötzliche Interesse? Eine unsichtbare Hand schien über ihm zu schweben, die Hindernisse hinwegzuschieben, ihm den Weg zu ebnen. Christof erkundigte sich. Der Botschafter machte eine Andeutung, daß zwei Freunde, der Graf und die Gräfin Berény, ihm sehr zugetan seien. Christof kannte sie nicht einmal dem Namen nach. Und auf dem Abendempfang, zu dem er in der Botschaft war, fand sich keine Gelegenheit, ihn vorzustellen. Er drängte sich auch gar nicht danach, sie kennenzulernen. Er durchlebte gerade eine Zeit des Widerwillens gegen Menschen, in der er ebensowenig auf Freunde wie auf Feinde zählte: Freunde und Feinde waren gleichermaßen unbeständig; ein Hauch konnte sie umwandeln; man mußte sie entbehren lernen und sich wie jener alte Mann aus dem siebzehnten Jahrhundert sagen:

Gott hat mir Freunde gegeben, er hat sie mir genommen. Sie haben mich verlassen. Ich lasse sie und mache mir nichts daraus.

Seitdem er Oliviers Haus den Rücken gekehrt, hatte ihm Olivier kein Lebenszeichen mehr gegeben. Alles schien aus zu sein zwischen ihnen. Christof legte keinen Wert darauf, neue Freundschaften zu schließen. Er dachte sich den Grafen und die Gräfin Berény in der Art so vieler Snobs, die sich seine Freunde nannten; und er tat nichts dazu, ihnen zu begegnen. Er hätte sie eher geflohen.

Am liebsten hätte er ganz Paris geflohen. Er hatte das

Bedürfnis, sich für ein paar Wochen in eine freundliche Einsamkeit zu flüchten. Hätte er doch einen Tag, nur einen einzigen Tag in seiner Heimat neue Kräfte schöpfen können! Nach und nach wurde dieser Gedanke zu einem krankhaften Wunsch. Er wollte seinen Strom wiedersehen, seinen Himmel, die Erde seiner Toten. Er mußte sie wiedersehen. Er konnte es nicht, ohne seine Freiheit in Gefahr zu bringen: er stand seit seiner Flucht aus Deutschland immer noch unter dem Haftbefehl. Aber er fühlte sich zu allen Tollheiten bereit, wenn er dafür heimkehren konnte, und wäre es auch nur für einen einzigen Tag.

Zum Glück sprach er mit einem seiner neuen Gönner davon. Als ein junger Attaché der deutschen Botschaft, den er an jenem Abend, als man seine Werke aufführte, kennengelernt hatte, ihm sagte, daß sein Land auf einen Musiker wie ihn stolz sei, antwortete Christof bitter:

„Es ist so stolz auf mich, daß es mich vor seiner Tür sterben lassen wird, ohne mir zu öffnen."

Der junge Diplomat ließ sich die Sachlage erklären; und einige Tage später suchte er Christof auf und sagte:

„Man nimmt an hoher Stelle Interesse an Ihnen. Eine erlauchte Persönlichkeit, die allein die Macht besitzt, den über Sie verhängten Urteilsspruch aufzuheben, ist von Ihrer Lage unterrichtet worden und hat geruht, Teilnahme dafür zu zeigen. Ich begreife nicht recht, wie Ihre Musik ihm gefallen konnte; denn (unter uns gesagt) er hat keinen besonders guten Geschmack; aber er ist klug und großherzig. Wenn es auch nicht möglich ist, den Haftbefehl gegen Sie sofort aufzuheben, so will man doch ein Auge zudrükken, wenn Sie achtundvierzig Stunden in Ihrer Vaterstadt zubringen wollen, um die Ihren wiederzusehen. Hier ist ein Paß. Sie müssen ihn bei der Ankunft und bei der Abfahrt beglaubigen lassen. Seien Sie vorsichtig, damit Sie nicht unnütz die Aufmerksamkeit auf sich lenken."

Christof sah die Heimaterde noch einmal wieder. Er verbrachte die beiden Tage, die ihm gewährt waren, nur im Zwiegespräch mit ihr und denen, die darin gebettet lagen. Er sah das Grab seiner Mutter. Das Unkraut wucherte darauf; aber es waren vor kurzem Blumen hingelegt worden. Seite an Seite ruhten Vater und Großvater. Er setzte sich zu ihren Füßen nieder. Das Grab war an die Friedhofsmauer angelehnt. Ein Kastanienbaum, der auf der anderen Seite im Hohlweg wuchs, beschattete es. Über die niedrige Mauer hinweg sah man die goldene Saat, die unter dem lauen Wind sanft wogte. Die Sonne thronte über der schlummernden Erde. Man vernahm den Ruf der Wachteln in den Feldern und über den Gräbern das sanfte Rauschen der Zypressen. Christof war allein und träumte. Sein Herz war ruhevoll. Er saß, die Hände um die Knie geschlungen, den Rücken an die Mauer gelehnt, und schaute in den Himmel. Seine Augen schlossen sich für eine Sekunde. Wie einfach doch alles war! Er fühlte sich zu Hause, unter den Seinen. Es war, als säße er Hand in Hand mit ihnen. Die Stunden verstrichen. Gegen Abend knirschten Schritte im Sand der Wege. Der Friedhofswächter ging vorüber und sah Christof sitzen. Christof fragte ihn, wer die Blumen gebracht habe. Der Mann antwortete, die Pächterin aus Buir käme ein- oder zweimal im Jahre vorüber.

„Lorchen?" fragte Christof.

Sie plauderten.

„Sie sind wohl der Sohn?" fragte der Mann.

„Sie hatte drei", antwortete Christof.

„Ich meine den Hamburger; die andern sind auf Abwege geraten."

Christof saß reglos, den Kopf ein wenig zurückgelehnt, und schwieg. Die Sonne ging unter.

„Ich schließe jetzt", sagte der Wächter.

Christof stand auf und machte langsam mit ihm die Runde auf dem Friedhof. Der Wächter spielte den Führer.

Christof blieb ab und zu stehen, um die Inschriften zu lesen. Wie viele seiner Bekannten fand er da vereint! Der alte Euler; sein Schwiegersohn; und weiter: Kindheitsgefährten, kleine Mädchen, mit denen er gespielt hatte – und dort ein Name, der ihm das Herz bewegte: Ada... Friede ihnen allen...

Die Flammen der untergehenden Sonne röteten den stillen Horizont. Christof trat hinaus. Er wanderte noch lange in den Feldern umher. Die Sterne leuchteten auf...

Am nächsten Tag kam er wieder und verbrachte den Nachmittag am selben Platze. Aber die schöne, schweigsame Ruhe von gestern hatte sich belebt. Sein Herz sang einen unbekümmerten, glücklichen Hymnus: Er saß auf der Grabeinfriedung und schrieb den Sang, den er vernahm, auf seinen Knien mit Bleistift in ein Notizheft. So verging der Tag. Ihm war, als arbeitete er in seinem einstigen Zimmerchen und die Mutter wäre da – hinter der dünnen Wand. Als er fertig war und gehen mußte – er war schon einige Schritte vom Grabe entfernt –, besann er sich anders, kehrte um und vergrub das Heft unter dem Efeu. Ein paar Regentropfen begannen zu fallen. Christof dachte:

Es wird schnell verwischt sein. Um so besser! – Für dich allein, für keinen andern.

Er sah auch den Strom wieder, die vertrauten Straßen, in denen so vieles verändert war. Vor den Toren der Stadt, auf den alten Festungswällen, verdrängte jetzt ein kleines Akaziengehölz, das er einst hatte pflanzen sehen, die alten Bäume. Als er bei der Gartenmauer der von Kerich vorüberkam, erkannte er den Stein, auf den er als Lausejunge geklettert war, um in den Park zu blicken. Und er wunderte sich, wie klein die Straße, die Mauer, der Garten geworden waren. Vor dem Gittertor am Eingang blieb er einen Augenblick stehen. Als er seinen Weg wieder aufgenommen hatte, fuhr ein Wagen vorüber. Mechanisch blickte er auf: und seine Augen begegneten denen einer frischen, üppigen, fröhlich dreinschauenden jungen Dame, die ihn neugierig musterte. Ein Ausruf des Erstaunens entfuhr ihr. Auf einen Wink von ihr hielt der Wagen.

„Herr Krafft!" rief sie.

Christof blieb stehen.

Lachend sagte sie:

„Minna..."

Er eilte auf sie zu, fast ebenso befangen wie am Tage ihrer ersten Begegnung. Sie war in Gesellschaft eines großen, dicken, kahlköpfigen Herrn mit sieghaft hochgekämmtem Schnurrbart, den sie mit „*Herr Reichsgerichtsrat* von Brombach*" vorstellte – es war ihr Mann. Sie wollte, daß Christof mit ihnen ins Haus komme. Er suchte sich zu entschuldigen. Aber Minna ereiferte sich:

Nein, nein, er müsse kommen, er müsse mit ihnen essen.

Sie sprach sehr laut und sehr schnell; ohne gefragt zu sein, erzählte sie gleich von ihrem Leben. Christof war durch ihren Wortschwall und ihr lautes Wesen wie betäubt; er hörte nur die Hälfte und betrachtete sie. Sie war also seine kleine Minna! Sie war blühend, robust, überall gut ausgepolstert, hatte eine hübsche Haut und rosige Farben, aber verschwommene Züge und eine kräftige, etwas breite Nase. Ihre Bewegungen, ihr Wesen, ihre Liebenswürdigkeit waren sich gleichgeblieben; nur die Maße hatten sich verändert.

Unterdessen hörte sie nicht auf zu reden; sie erzählte Christof Geschichten aus ihrem vergangenen Leben, intime Geschichten, zum Beispiel, wie sie sich in ihren Mann verliebt habe und ihr Mann sich in sie. Christof fühlte sich peinlich berührt. Sie hatte einen kritiklosen Optimismus, der sie (wenigstens andern gegenüber) alles, was sie betraf, vollkommen und allen andern überlegen finden ließ: ihre Vaterstadt, ihr Haus, ihre Familie, ihren Mann und sich selbst. Sie sagte von ihrem Mann, und noch dazu vor ihm, daß er „der großartigste Mensch sei, den sie jemals gesehen hätte", „ein wahrer Übermensch". Der „Übermensch" tätschelte lachend Minnas Wangen und versicherte Christof, daß sie „eine höchst bedeutende Frau" sei. Der

Herr *Reichsgerichtsrat** schien über Christofs Lage unterrichtet zu sein; und da er nicht wußte, ob er ihn höflich oder unhöflich behandeln sollte – einerseits wegen seiner Verurteilung und andererseits wegen der hohen Gönnerschaft, die ihn schützte –, entschloß er sich, abwechselnd höflich und unhöflich zu sein. Minna aber redete unaufhörlich. Als sie Christof genügend von sich erzählt hatte, begann sie von ihm zu sprechen; sie marterte ihn mit ebenso intimen Fragen, wie es die Antworten auf angenommene Fragen gewesen waren, die er gar nicht an sie gestellt hatte. Sie war entzückt, Christof wiederzusehen. Von seiner Musik kannte sie nichts; aber sie wußte, daß er bekannt war, und es schmeichelte ihr, daß er sie einmal geliebt hatte (und daß sie ihn abgewiesen hatte). Sie erinnerte ihn scherzend daran, ohne viel Zartgefühl. Dann bat sie ihn um ein Autogramm für ihr Album. Sie fragte ihn ausführlich über Paris aus. Für diese Stadt bezeigte sie ebensoviel Neugier wie Verachtung. Sie behauptete, sie gut zu kennen, da sie ja die Folies-Bergères, die Opéra, Montmartre und Saint-Cloud gesehen hatte. Nach ihrer Meinung waren die Pariserinnen alle Kokotten, schlechte Mütter, die möglichst wenig Kinder hatten, sich nicht um sie kümmerten und sie zu Hause ließen, während sie ins Theater oder in Vergnügungslokale gingen. Widerspruch duldete sie nicht. Im Verlauf des Abends wollte sie, daß Christof etwas auf dem Klavier vorspiele. Sie fand es entzückend. Aber im Grunde bewunderte sie ebensosehr das Spiel ihres Mannes.

Christof hatte die Freude, Minnas Mutter, Frau von Kerich, wiederzusehen. Er hatte sich eine stille Zärtlichkeit für sie bewahrt, weil sie gütig zu ihm gewesen war. Von ihrer Güte hatte sie nichts verloren; und sie war natürlicher als Minna. Aber sie behandelte Christof bei aller Herzlichkeit immer noch mit jener kleinen Ironie, die ihn früher geärgert hatte. Sie war auf demselben Punkte stehengeblieben, auf dem er sie verlassen hatte. Sie liebte noch dieselben Dinge, und es schien ihr nicht zulässig, daß man etwas besser oder anders machen könne; sie stellte den Christof von einst dem heutigen gegenüber. Und sie gab dem früheren den Vorzug.

In ihrer Umgebung hatte sich niemand geistig verändert außer Christof. Die Reglosigkeit der kleinen Stadt, ihr enger Horizont waren ihm peinlich. Seine Gastgeber verbrachten einen Teil des Abends damit, ihn mit Klatschereien über Leute zu unterhalten, die er nicht kannte. Sie erspähten begierig alle Lächerlichkeiten ihrer Nachbarn und erklärten alles für lächerlich, was sich von ihnen unterschied. Diese boshafte Neugier, die sich beständig an Nichtigkeiten hielt, verursachte Christof schließlich ein unerträgliches Mißbehagen. Er machte den Versuch, von seinem Leben im Ausland zu erzählen; aber er merkte sofort die Unmöglichkeit, sie irgend etwas von jener französischen Kultur empfinden zu lassen, unter der er gelitten hatte und die ihm in diesem Augenblick teuer wurde, wo er sie in seinem eigenen Lande selbst vertrat – den freien lateinischen Geist, dessen oberstes Gesetz der Verstand ist: soviel wie möglich zu verstehen, selbst auf die Gefahr hin, es mit den Sittengesetzen leichtzunehmen. Bei seinen Gastgebern, und vor allem bei Minna, fand er nur jenen Geist des Hochmuts wieder, an dem er sich früher gestoßen, den er aber vergessen hatte – eines Hochmuts, der sowohl der Schwäche wie der Tugend entstammt –, jene mitleidlose Ehrbarkeit, die auf ihre Tugendhaftigkeit stolz ist und die ihr unbekannte Anfechtungen verachtet, einen Kultus mit der Wohlanständigkeit treibt und eine empörte Geringschätzung für überlegene Menschen empfindet, die vom Herdenweg abweichen. Minna glaubte mit überzeugter, ruhiger Sicherheit, in allem und jedem recht zu haben. In ihrer Art, über andere zu urteilen, wußte sie nicht, abzustufen. Sie bemühte sich nicht im geringsten, andere zu verstehen; sie war nur mit sich selbst beschäftigt. Sie suchte ihrem Egoismus einen unbestimmten metaphysischen Anstrich zu geben. Es war stets von ihrem „Ich" die Rede, von der

Entwicklung ihres „Ich". Vielleicht war sie eine brave, zur Liebe fähige Frau, aber sie liebte sich selbst gar zu sehr. Vor allem nahm sie sich zu ernst. Sie schien ihr „Ich" förmlich anzubeten. Man hatte das Gefühl, daß sie ganz und für immer aufhören würde, den Mann, den sie am meisten liebte, zu lieben, falls er es einen Augenblick an der schuldigen Achtung vor ihrem „Ich" fehlen ließe (auch wenn er es nachher tausendmal bedauert hätte). Zum Teufel mit dem „Ich"! Denk doch ein wenig an das „Du"!

Aber Christof beurteilte sie nicht so streng. Er, der für gewöhnlich so reizbar war, hörte ihr mit mehr als engelhafter Geduld zu. Er wehrte sich dagegen, sie abzuurteilen. Wie mit einem Glorienschein umgab er sie mit der frommen Erinnerung an seine Kindheit. Eigensinnig suchte er in ihr das Bild der kleinen Minna. Und es war nicht ganz unmöglich, es in manchen ihrer Bewegungen wiederzufinden; im Klang ihrer Stimme war eine gewisse Färbung, die süße Erinnerungen weckte. Er versenkte sich ganz darein, schwieg, hörte gar nicht auf die Worte, die sie sprach, wenn er auch zuzuhören schien, und hörte nicht auf, ihr eine rührende Verehrung zu zeigen. Aber es wurde ihm schwer, seine Gedanken zu sammeln: sie machte zuviel Lärm und hinderte ihn dadurch, *seine* Minna zu vernehmen. Schließlich erhob er sich, ein wenig müde geworden.

Arme kleine Minna! Man möchte mir weismachen, daß du das bist, diese hübsche, rundliche Person, die so laut schreit und mich langweilt. Aber ich weiß es besser. Komm, Minna! Was haben wir mit diesen Leuten zu schaffen?

Er ging und ließ sie in dem Glauben, daß er am nächsten Tage wiederkommen werde. Hätte er gesagt, daß er noch am selben Abend abreiste, so hätten sie ihn sicher bis zum Abgang seines Zuges nicht mehr losgelassen. Bei den ersten Schritten, die er in die Nacht hinaus tat, war ihm wieder so wohl wie vor seiner Begegnung mit dem Wagen. Der ganze lästige Abend war wie mit einem Schwamm aus seinem Gedächtnis ausgelöscht: nichts blieb davon zurück. Die

Stimme des Rheins übertönte alles. Er ging zum Ufer, wo das Haus stand, in dem er geboren war. Er erkannte es unschwer wieder. Die Fensterläden waren geschlossen, alles schlief. Christof stand mitten auf dem Wege still. Ihm war, als brauchte er nur an die Türe zu klopfen und bekannte Schemen würden ihm öffnen. Er ging über die Wiesen, die das Haus rings umgaben, in der Richtung zum Strom hinab, wo er einstmals abends mit Gottfried zu plaudern pflegte. Er setzte sich nieder, und die vergangenen Tage lebten wieder auf. Da war auch das liebe kleine Mädchen wieder auferstanden, das den Traum der ersten Liebe mit ihm geträumt hatte. Sie durchlebten noch einmal ihre junge Zärtlichkeit, die süßen Tränen und die unendlichen Hoffnungen. Und er gestand sich mit treuherzigem Lächeln:

Das Leben hat mich nichts gelehrt. Ich mag noch so viele Erfahrungen machen – ich habe immer dieselben Illusionen.

Wie gut ist es, zu lieben und unerschütterlich zu glauben! Alles, was die Liebe berührt, ist vor dem Tode gefeit.

Du, Minna, die du bei mir bist – bei mir, nicht bei dem *anderen* –, du, Minna, die niemals altern wird!

Der Mond kam verschleiert aus den Wolken hervor und ließ auf dem Wellenkamm des Stromes silberne Schuppen aufleuchten. Christof hatte den Eindruck, als wäre der Strom einst nicht so nahe der Anhöhe vorübergeflossen, auf der er saß. Er ging näher heran. Ja, damals war hinter jenem Birnbaum eine Landzunge gewesen, ein kleiner Rasenabhang, auf dem er so manches Mal gespielt hatte. Der Strom hatte ihn weggespült; immer näher kam er und leckte schon nach den Wurzeln des Birnbaums. Christof fühlte sich beklommen.

Er ging zum Bahnhof zurück. In dieser Richtung begann ein neues Stadtviertel heranzuwachsen: armselige Häuser, Bauplätze, große Fabrikschornsteine. Christof erinnerte sich an das Akaziengehölz, das er am Nachmittag gesehen hatte, und dachte:

Auch dort nagt der Strom...

Die alte Stadt, die im Dunkeln schlief, wurde ihm mit allem, was sie umschloß, mit den Lebenden und den Toten, noch teurer; denn er fühlte sie bedroht...

Hostis habet muros...

Schnell, retten wir die Unsern! Der Tod umlauert alles, was wir lieben. Beeilen wir uns, das Antlitz, das vorübergleitet, in unvergängliche Bronze zu graben. Entreißen wir den Schatz des Vaterlandes den Flammen, bevor das Feuer den Palast des Priamus zerstört...

Christof stieg in den Zug, der davoneilte wie einer, der vor der Überschwemmung flieht. Aber gleich jenen Männern, die aus den Trümmern ihrer Stadt die Götterbilder retteten, trug Christof den Liebesfunken, der aus seiner Heimaterde gesprüht war, und die geheiligte Seele der Vergangenheit mit sich fort.

Jacqueline und Olivier waren sich für einige Zeit wieder nähergekommen. Jacqueline hatte ihren Vater verloren. Dieser Tod hatte sie tief bewegt. Dem wahren Unglück gegenüber hatte sie die elende Nichtigkeit anderer Schmerzen empfunden; und die Herzlichkeit, die ihr Olivier entgegenbrachte, hatte ihre Zuneigung für ihn neu belebt. Sie fühlte sich einige Jahre zurückversetzt, in die Trauertage nach Tante Marthes Tod, denen die Tage folgten, die der Liebe geweiht waren. Sie sagte sich, daß sie undankbar gegen das Leben gewesen sei und daß man ihm Dank dafür wissen müsse, daß es das wenige, das es gegeben habe, nicht wieder zurücknehme. Dieses wenige, dessen Wert ihr von neuem zum Bewußtsein gekommen war, hielt sie jetzt eifersüchtig fest. Eine vorübergehende Abwesenheit von Paris, die der Arzt ihr verschrieben hatte, um sie von ihrer Trauer abzulenken, eine Reise, die sie mit Olivier machte, eine Art Pilgerfahrt zu den Orten, wo sie sich im ersten Jahr ihrer Ehe geliebt hatten, stimmte sie vollends weich.

Voll Wehmut fanden sie hinter einer Wegbiegung die teure Gestalt der Liebe wieder, die sie verloren geglaubt hatten; sie sahen sie vorüberschreiten und wußten, daß sie von neuem entschwinden würde – auf wie lange? Für immer vielleicht? – Und sie hielten sie mit verzweifelter Leidenschaft umfangen...

Bleibe, bleibe bei uns!

Aber sie wußten wohl, daß sie sie nicht halten konnten...

Als Jacqueline nach Paris zurückkehrte, fühlte sie in sich ein neues kleines Leben sich regen wie ein Flämmchen, das die Liebe entfacht hatte. Die Liebe aber war schon vorüber. Die Last, die sie beschwerte, band sie nicht enger an Olivier. Sie empfand nicht die Freude, die sie erwartet hatte. Unruhig forschte sie in ihrem Herzen. Wenn sie sich früher gequält hatte, hatte sie oft gedacht, daß die Ankunft eines Kindchens ihr Rettung bringen würde. Nun kam das Kindchen, aber die Rettung blieb aus. Voller Angst fühlte sie diese Menschenpflanze, die ihre Wurzeln in ihr Fleisch senkte, wachsen, ihr Blut trinken. Tage verbrachte sie in sich versunken, mit verlorenem Blick lauschend, und sie fühlte ihr ganzes Sein von dem unbekannten Wesen aufgesogen, das Besitz von ihr ergriffen hatte. Es war wie ein unbestimmtes sanftes Summen in ihr, einschläfernd und beängstigend. Plötzlich schreckte sie aus dieser Benommenheit auf – in Schweiß gebadet, fröstelnd, in jäher Auflehnung. Sie sträubte sich gegen das Netz, in dem die Natur sie gefangen hatte. Sie wollte leben, wollte frei sein; ihr war, als hätte die Natur sie überlistet. Dann schämte sie sich solcher Gedanken, fand sie widernatürlich und fragte sich, ob sie denn schlechter oder anders geartet sei als andere Frauen. Und allmählich wurde sie wieder ruhiger; gleich einem Baum, der im Safte steht, träumte sie der lebendigen Frucht entgegen, die in ihrem Schoße reifte. Was würde es wohl werden? –

Als sie seinen ersten Schrei ins Licht vernahm, als sie den erbarmungswürdigen, rührenden kleinen Körper sah, schmolz ihr ganzes Herz in Liebe. In einem Augenblick der Erleuchtung wurde ihr die stolze Freude der Mutterschaft zuteil, die höchste, die es auf Erden gibt: aus Leiden ein Geschöpf des eigenen Blutes geschaffen zu haben, einen Menschen. Und die große Liebeswoge, die das Weltall bewegt, erfaßte sie ganz und gar, riß sie mit sich, hob sie zu allen Himmeln empor... O Gott, das Weib, das da gebärend schafft, ist deinesgleichen; doch du kennst keine Freude, die der ihren gleicht: denn du hast nicht gelitten...

Dann sank die Woge wieder zurück, und die Seele stieß von neuem auf Sand.

Olivier neigte sich, vor Erregung bebend, über das Kind; und indem er Jacqueline zulächelte, suchte er zu verstehen, welches Band geheimnisvollen Lebens es zwischen ihnen beiden und jenem elenden, noch kaum menschlichen Geschöpfchen gab. Voll Zärtlichkeit, doch nicht ganz ohne Widerwillen berührten seine Lippen den gelben, runzligen kleinen Kopf. Jacqueline sah ihn an: eifersüchtig drängte sie ihn fort. Sie umfaßte das Kind, drückte es an ihre Brust und bedeckte es mit Küssen. Das Kind schrie; sie gab es zurück; und sie weinte, das Gesicht zur Wand gekehrt. Olivier trat zu ihr, küßte sie, trank ihre Tränen. Auch sie küßte ihn und zwang sich zu einem Lächeln. Dann bat sie, man möchte sie ruhen lassen, das Kind neben sich... Ach, was soll man tun, wenn die Liebe erstorben ist? Dem Mann, der mehr als die Hälfte seines Selbst dem geistigen Leben schenkt, geht ein starkes Empfinden niemals verloren; er bewahrt stets die Spur in seinem Sinn, den Gedanken daran. Kann er nicht mehr lieben, so kann er doch nicht vergessen, daß er geliebt hat. Was aber fängt die Frau an, die ohne Bedenken mit ihrem ganzen Sein geliebt hat und die ohne Bedenken vollständig zu lieben aufhört? Lieben wollen? Sich Täuschungen hingeben? Wenn sie nun zum Wollen zu schwach, zum Selbstbetrug zu aufrichtig ist? –

Jacqueline betrachtete, in ihre Kissen gestützt, das Kind mit zärtlichem Mitleid. Was war es? Was es auch immer war: es war nicht ganz und gar sie selbst, es war auch „der andere". Und „den andern" liebte sie nicht mehr. Armes Kleines! Liebes Kleines! Sie zürnte diesem Geschöpf, das sie an eine tote Vergangenheit binden wollte; sie neigte sich darüber und küßte es, küßte es ...

Das große Unglück der Frauen von heute ist, daß sie zu frei sind und doch nicht frei genug. Wären sie noch freier, würden sie nach Banden suchen, würden Reiz und Sicherheit darin finden. Wären sie weniger frei, würden sie sich mit den Banden abfinden, die sie doch nicht zerreißen könnten; und sie würden weniger leiden. Das schlimmste aber ist, Bande zu spüren, die nicht binden, und Pflichten zu haben, denen man sich entziehen kann.

Hätte Jacqueline geglaubt, daß sie zeit ihres Lebens auf ihr kleines Haus angewiesen sein würde, wäre es ihr weniger unbequem und eng erschienen. Sie hätte sich dann bemüht, es behaglich zu gestalten; und schließlich wäre sie mit ihren Gefühlen dahin gekommen, von wo sie ausgegangen war: sie hätte es geliebt. Aber sie wußte, daß sie heraus konnte, und so meinte sie, darin ersticken zu müssen. Sie konnte sich empören, und so glaubte sie schließlich, sie müsse es tun.

Die Moralisten von heute sind sonderbare Heilige. Ihr ganzes Wesen ist verkümmert auf Kosten ihrer Beobachtungsgabe. Sie wollen das Leben nur noch betrachten; kaum suchen sie mehr, es zu verstehen, nicht im geringsten, es zu beherrschen. Wenn sie das in der menschlichen Natur Vorhandene erkannt und gebucht haben, scheint ihnen ihre Aufgabe erfüllt, sie sagen:

„So ist es."

Sie versuchen nicht, etwas daran zu ändern. Es scheint, als wäre in ihren Augen schon die bloße Tatsache des Daseins ein sittliches Verdienst. Alle Schwächen bestehen durch eine Art göttlichen Urteilsspruchs zu Recht. Die Welt demokratisiert sich. Einst war nur der König unverantwortlich. Heute sind es alle Menschen und vor allem das Gesindel. Welche prächtigen Berater! Mit unendlicher Mühe und peinlicher Gewissenhaftigkeit befleißigen sie sich, den Schwachen zu zeigen, wie schwach sie sind und daß es von der Natur von aller Ewigkeit her so beschlossen war. Was bleibt den Schwachen übrig, als die Hände in den Schoß zu legen? Es ist noch ein Glück, wenn sie sich nicht bewundern deswegen! Die Frau hört so lange, daß sie ein krankes Kind ist, bis sie ihren Stolz dareinsetzt, eins zu sein. Man pflegt und hätschelt ihre Niederträchtigkeiten, man tut alles, damit sie wachsen und gedeihen. Würde sich jemand das Vergnügen machen, den Kindern freundlich zu erzählen, daß die Entwicklungsjahre ein Alter sind, in dem die Seele noch nicht ihr Gleichgewicht gefunden hat und daher des Verbrechens, des Selbstmordes, ja der schlimmsten körperlichen und seelischen Verkommenheit fähig ist, und würde er dergleichen auch noch entschuldigen – sofort wären die Verbrechen da. Selbst einem erwachsenen Mann braucht man nur immer wieder zu sagen, er sei nicht frei, damit er es nicht mehr ist und sich seinen tierischen Instinkten überläßt. Sagt der Frau, daß sie verantwortlich, daß sie Herrin ihres Leibes und ihres Willens ist – und sie wird es sein. Aber feige, wie ihr seid, hütet ihr euch wohl, das auszusprechen; denn es liegt in eurem Interesse, daß sie es nicht weiß!

Die trübselige Umgebung, in der Jacqueline lebte, führte sie vollends auf Abwege. Seitdem sie sich innerlich von Olivier losgelöst hatte, war sie wieder in jene Welt zurückgekehrt, die sie als junges Mädchen verachtet hatte. Sie und ihre verheirateten Freundinnen hatten einen kleinen Kreis von reichen jungen Männern und Frauen um sich geschart, die alle elegant, müßiggängerisch, geistig beweglich und verweichlicht waren. Unter ihnen herrschte völlige Freiheit des Denkens und des Redens, die nur durch Geist etwas gemildert und gleichzeitig gewürzt wurde. Am liebsten hätten sie den Wahlspruch der Rabelaisschen Abtei gewählt:

Tuo waz dû wilt.

Aber sie prahlten ein wenig: denn sie wollten nicht viel; es waren die Schwächlinge von Thelem. Selbstgefällig predigten sie die Freiheit der Instinkte; aber ihre eigenen Instinkte waren recht zahm, und ihre Ausschweifungen blieben vornehmlich geistiger Art. Für sie war es ein wollüstiger Genuß, in dem abgestandenen großen Teich der Zivilisation unterzutauchen, in diesem lauen Schmutzbad, in dem sich die menschlichen Energien auflösen, die derben Lebenskräfte, die ganze schlichte Urkraft mit ihrer überströmenden Fülle an Glauben, Willen, Pflichten und Leidenschaften. In dieser klebrigen Gedankenwelt badete sich Jacquelines anmutiger Körper. Olivier vermochte nicht, sie daran zu hindern. Auch er war von der Zeitkrankheit angesteckt: er schrieb sich nicht das Recht zu, die Freiheit derer, die er liebte, zu beschränken; er wollte nichts erzwingen, was er mit Liebe nicht erreichen konnte. Und Jacqueline dankte es ihm in keiner Weise, weil sie in ihrer Freiheit nur ihr gutes Recht sah.

Das schlimmste war, daß sie in diese Welt der Amphibien ein unversehrtes Herz mitbrachte, dem alles Zweideutige zuwider war. Wenn sie von etwas überzeugt war, gab sie sich ihm hin. Noch in ihrer Selbstsucht brach ihre glühende und großherzige kleine Seele alle Brücken hinter sich ab; aus ihrem Leben in Oliviers Gemeinschaft hatte sie sich eine sittliche Unbeugsamkeit bewahrt, die sie noch in der Unsittlichkeit zu behaupten bereit war.

Ihre neuen Freunde waren viel zu vorsichtig, um sich vor anderen so zu zeigen, wie sie waren. Wenn sie theoretisch die vollkommenste Freiheit in bezug auf sittliche und gesellschaftliche Vorurteile zur Schau trugen, wußten sie es in der Praxis doch so einzurichten, daß sie mit niemandem, der ihnen vorteilhaft schien, zu brechen brauchten; sie benutzten die Sittlichkeit und die Gesellschaft und verrieten sie heimlich wie schlechte Dienstboten, die ihre Herrschaft bestehlen. Sie bestahlen sich sogar untereinander, aus Gewohnheit sowohl wie aus Langerweile. Mehr als einer dieser Ehemänner wußte, daß seine Frau Liebhaber hatte. Den Frauen war es nicht unbekannt, daß sich ihre Männer Geliebte hielten. Sie fanden sich damit ab. Zum Skandal kommt es erst, wenn man Lärm schlägt. Diese guten Ehen beruhten auf einem stillschweigenden Übereinkommen zwischen Verbündeten – zwischen Mitschuldigen. Die freimütigere Jacqueline aber spielte mit offenen Karten. Vor allem aufrichtig sein. Und nochmals und immer wieder aufrichtig sein. Die Aufrichtigkeit gehörte ebenfalls zu den Tugenden, die der Zeitgeschmack übermäßig rühmte. Hierbei aber zeigte es sich, daß für den Gesunden alles heilsam ist, dem verderbten Herzen aber alles zum Schaden gereicht. Wie häßlich ist manchmal Offenheit! Mittelmäßige Menschen begehen eine Sünde, wenn sie tief in ihrem Innern lesen wollen. Sie lesen dort ihre eigene Mittelmäßigkeit; und die Eitelkeit kommt dabei noch auf ihre Rechnung.

Jacqueline verbrachte ihre Zeit damit, sich im Spiegel zu studieren; und sie sah darin Dinge, die sie besser niemals gesehen hätte; denn nachdem sie sie gesehen hatte, fand sie nicht mehr die Kraft, die Augen davon abzuwenden. Und anstatt sie zu bekämpfen, sah sie zu, wie sie wuchsen; sie wuchsen ins Riesenhafte und nahmen schließlich ihre Augen und ihre Gedanken ganz und gar in Anspruch.

Das Kind gab ihrem Leben keinen genügenden Inhalt. Sie konnte es nicht nähren; der Kleine nahm mit ihr ab. Man mußte eine Amme nehmen. Zuerst war das ein großer Jammer – bald aber eine Erleichterung. Der Kleine gedieh jetzt prächtig; er entwickelte sich kräftig als ein braver kleiner Kerl, machte keinerlei Umstände, verbrachte seine Zeit mit Schlafen und schrie kaum des Nachts. Die Amme – eine derbe Frau aus Nevers, die nicht zum ersten Male nährte und jedesmal für ihren Säugling von tierhaft eifersüchtiger, alles verdrängender Liebe besessen war – schien die eigentliche Mutter zu sein. Wenn Jacqueline eine Ansicht aussprach, machte es die andere erst recht nach ihrem Kopf; und wenn Jacqueline sich in Erörterungen darüber einzulassen versuchte, merkte sie schließlich selber, daß sie nichts davon verstand. Sie hatte sich seit der Geburt des Kindes noch nicht ganz erholt; eine beginnende Venenentzündung hatte sie geschwächt. Wochenlang zur Reglosigkeit verdammt, zergrübelte sie sich; fieberhaft kreisten ihre Gedanken immer wieder um die ewig gleiche, aus einem Wahn geborene Klage: Sie habe nicht gelebt, sie habe nicht gelebt; und jetzt sei ihr Leben zu Ende... Denn ihre Phantasie war wie vergiftet: sie glaubte sich für immer siech; und ein dumpfer, bitterer, uneingestandener Groll stieg in ihr auf gegen die unschuldige Ursache ihres Leidens, gegen das Kind. Solches Empfinden ist weniger selten, als man meint. Aber man verhüllt es mit einem Schleier, und die es fühlen, schämen sich meistens, es sich selber im geheimsten Herzen einzugestehen. Auch Jacqueline verurteilte sich; Selbstsucht und Mutterliebe kämpften in ihr. Wenn sie das Kind sah, wie es selig schlief, war sie gerührt; gleich darauf aber dachte sie voller Bitterkeit:

Es hat mich getötet.

Und sie konnte eine gereizte Auflehnung gegen den gleichmäßigen Schlaf dieses Geschöpfes, dessen Glück sie mit ihrem Leiden erkauft hatte, nicht unterdrücken. Selbst nach ihrer Heilung und als das Kind größer wurde, blieb dieses Gefühl der Feindseligkeit dunkel bestehen. Da sie sich dessen schämte, übertrug sie es auf Olivier. Sie hielt sich weiter für krank; und die beständige Pflege ihrer Gesundheit, ihre Besorgnisse, die die Ärzte noch dadurch unterstützten, daß sie ihrem Nichtstun Vorschub leisteten, führten vollends alle ihre Gedanken immer wieder auf sich selbst zurück; und doch war dieses Nichtstun (die Trennung von ihrem Kind, die erzwungene Untätigkeit, die vollständige Abgeschlossenheit, Wochen der Leere, in denen sie im Bett ausgestreckt liegen und sich wie eine Gans stopfen lassen mußte) die eigentliche Ursache ihrer Krankheit. Sonderbare Heilmethoden, die man heutzutage für die Neurasthenie findet, indem man eine Krankheit des Ich durch eine andere vertreiben will, nämlich durch die krankhafte Überschätzung des Ich! Warum zapft ihr nicht der Selbstsucht ein wenig Blut ab oder leitet durch ein wirksames seelisches Mittel das Blut, falls nicht zuviel vorhanden ist, aus dem Kopf ins Herz?

Jacqueline ging körperlich gestärkt aus ihrer Krankheit hervor, war voller und verjüngt – aber seelisch kränker als jemals. Die monatelange Abgeschlossenheit hatte die letzten Bande, die sie in Gedanken noch an Olivier knüpften, zerrissen. Solange sie mit ihm zusammen war, stand sie noch unter dem Einfluß seiner idealistischen Natur, die trotz ihrer Schwächen ihrer Überzeugung treu blieb. Sie hatte sich vergeblich gegen die Sklaverei gewehrt, in der sie durch einen stärkeren Geist als den ihren gehalten wurde, gegen den Blick, der sie durchdrang und sie zwang, sich manchmal trotz allem Widerstreben selber schuldig zu sprechen. Sobald aber der Zufall sie von diesem Manne getrennt hatte, sobald sie seine alles durchschauende Liebe nicht mehr auf sich lasten fühlte – sobald sie frei war –, wich das freundschaftliche Vertrauen, das zwischen ihnen bestanden hatte, einem Groll darüber, daß sie sich so verschwendet hatte, einer Art Haß, daß sie so lange das Joch einer Zuneigung getragen hatte, die sie nicht mehr empfand. – Wer ahnt den unversöhnlichen Groll, der im Herzen eines Wesens schlummert, das man liebt und von dem man sich geliebt glaubt? Von einem Tag auf den andern ist alles verwandelt. Am Abend noch liebte sie, schien zu lieben, glaubte es selber. Nun liebt sie nicht mehr. Der, den sie geliebt hat, ist aus ihren Gedanken gestrichen. Er merkt plötzlich, daß er ihr nichts mehr bedeutet; und er begreift es nicht: er hat nichts von dem gesehen, was da schon lange in ihr arbeitete. Er hat nichts geahnt von der geheimnisvollen Feindseligkeit, die sich gegen ihn ansammelte; er will die Gründe dieser Rache- und Haßgefühle nicht wahrnehmen. Vielfältige und dunkle Ursachen, die oft weit zurückliegen – manche unter den Schleiern des Alkovens begraben – andere aus verletztem Stolz geboren. Geheimnisse des Herzens – das sich durchschaut und verurteilt sieht – noch andere... von denen sie am Ende selbst nichts weiß. Vielleicht ist es eine verborgene Beleidigung, die er ihr unbewußt zugefügt hat und die sie niemals verzeihen wird. Niemals wird es gelingen, etwas davon zu erfahren, und sie selbst ist sich ihrer nicht mehr klar bewußt; aber die Beleidigung ist ihr ins Fleisch eingebrannt: ihr Fleisch wird sie niemals vergessen.

Gegen diese furchtbare Strömung zurückebbender Liebe anzukämpfen hätte Olivier ein anderer Mann sein müssen – naturnäher, schlichter und zugleich geschmeidiger; einer, der sich nicht mit gefühlvollen Skrupeln herumschlägt, reich an Instinkt und notfalls zu Taten fähig, die seine Vernunft mißbilligt hätte. Er war im voraus besiegt, entmutigt: er war zu hellsichtig, um nicht seit langem in Jacqueline eine erbliche Belastung erkannt zu haben, die stärker war als ihr Wille – die Seele der Mutter; er sah sie gleich einem Stein auf den Boden ihres Geschlechts sinken; und da er schwach und ungeschickt war, beschleunigten alle Versuche, die er machte, nur den Fall. Er zwang sich zur Ruhe. Sie dagegen versuchte in unbewußter Berechnung, ihn daraus aufzustören, ihn dazu zu bringen, heftige, brutale, grobe Worte zu gebrauchen, damit er ihr Gründe gebe, ihn zu verachten. Ließ er seinem Zorn die Zügel schießen, so verachtete sie ihn. Schämte er sich dann und machte eine demütige Miene, so verachtete sie ihn noch mehr. Und gab er dem Zorn nicht Raum, wollte er ihm nicht Raum geben – dann haßte sie ihn. Und am schlimmsten war das Schweigen, hinter das sie sich tagelang, einer in des anderen Gegenwart, vermauerten; dieses atemraubende, aufpeitschende Schweigen, durch das die sanftesten Wesen schließlich zur Wut gebracht werden, in dem sie für Augenblicke den Wunsch empfinden, Böses zu tun, zu schreien und den anderen zum Schreien zu bringen. Schweigen, finsteres Schweigen, in dem sich die Liebe vollends zersetzt, in dem die Wesen gleich den Weltkörpern, jedes seiner Bahn folgend, in der Nacht versinken... Sie waren schließlich dahin gekommen, daß alles, was sie taten, selbst das, was sie taten, um sich einander zu nähern, ein Grund zur Entfremdung war. Ihr Leben war unerträglich geworden. Ein Zufall beschleunigte die Ereignisse.

Seit einem Jahre kam Cécile Fleury öfters zu Jeannins. Olivier hatte sie bei Christof kennengelernt; dann hatte Jacqueline sie eingeladen; und Cécile besuchte sie weiter, selbst nachdem Christof sich ihnen entfremdet hatte. Jacqueline war sehr freundlich zu ihr gewesen; obgleich sie wenig musikalisch war und Cécile etwas gewöhnlich fand, empfand sie doch, wie reizvoll ihr Gesang war und wie wohltuend ihr Einfluß. Olivier musizierte gern mit ihr.

Nach und nach war sie eine Freundin des Hauses geworden. Sie flößte Vertrauen ein; wenn sie mit ihren ehrlichen Augen, ihrem gesunden Aussehen, ihrem warmen, ein wenig breiten Lachen, dessen Klang wohltat, in Jeannins Wohnzimmer trat, war es, als ob ein Sonnenstrahl den Nebel durchbräche. Olivier und Jacqueline fühlten sich dann erleichtert. Und wenn sie fortging, hätten sie ihr am liebsten zugerufen:

Nein, bleibe, bleibe noch, mir ist so kalt!

Während Jacquelines Abwesenheit hatte Olivier Cécile öfter gesehen; und er hatte ihr seinen Kummer nicht ganz verbergen können. Er tat es mit der unüberlegten Hingabe einer schwachen, zarten Seele, die am Ersticken ist, die der Aussprache bedarf und die sich anvertraut. Cécile war gerührt; sie schenkte ihm den Balsam ihrer mütterlichen Trostworte. Alle beide taten ihr leid; sie redete Olivier zu, sich nicht völlig zu Boden drücken zu lassen. Aber ob ihr nun diese Beichten peinlicher als ihm waren oder ob sie einen anderen Grund hatte – sie fand Vorwände, um weniger häufig zu kommen. Wahrscheinlich meinte sie, daß sie Jacqueline gegenüber nicht anständig handele, da sie kein Recht habe, ihre Geheimnisse zu kennen. Wenigstens deutete sich Olivier ihr Fernbleiben so, und er billigte es; denn er machte sich Vorwürfe darüber, daß er geredet hatte. Aber die Trennung ließ ihn fühlen, was Cécile ihm geworden war. Er hatte sich daran gewöhnt, seine Gedanken mit ihr zu teilen; sie allein befreite ihn von seinem drückenden Leid. Er verstand zu gut, in seinen Empfindungen zu lesen, um im Zweifel darüber zu sein, mit welchem Namen er diese Regungen zu nennen habe. Er hätte mit Cécile nicht darüber gesprochen. Aber er widerstand nicht dem Bedürfnis, für sich selbst niederzuschreiben, was er fühlte. Seit kurzem war er zu der gefährlichen Angewohnheit zurückgekehrt, sich auf dem Papier mit seinen eigenen Gedanken zu unterhalten. In den Jahren seiner Liebe hatte er sich davon befreit; jetzt aber, da er sich wieder allein fand, hatte ihn der ererbte Hang von neuem gepackt: seinem Kummer war das eine Erleichterung, und für ihn als Künstler war es eine Notwendigkeit, sich zu analysieren. So schrieb er über sich, schrieb von seinen Kümmernissen, als spräche er sie Cécile gegenüber aus – nur freier, da sie es ja niemals lesen würde.

Der Zufall wollte, daß diese Blätter Jacqueline zu Gesicht kamen. Es geschah an einem Tage, an dem sie sich Olivier wieder näher fühlte als seit Jahren. Beim Aufräumen ihres Schrankes hatte sie die alten Liebesbriefe von ihm wieder durchgelesen, und sie war bis zu Tränen davon gerührt worden. Sie saß vor dem Schrank und brachte es nicht fertig, weiter aufzuräumen; sie hatte ihre ganze Vergangenheit noch einmal durchlebt; die schlimmsten Gewissensbisse überkamen sie, daß sie sie zerstört hatte. Sie dachte an Oliviers Kummer. Niemals hatte sie den Gedanken daran kaltblütig ins Auge fassen können. Sie konnte ihn wohl vergessen; aber die Vorstellung, daß er durch ihre Schuld litt, konnte sie nicht ertragen. Das zerriß ihr das Herz. Am liebsten hätte sie sich ihm in die Arme geworfen und zu ihm gesagt:

Ach, Olivier, Olivier, was haben wir gemacht? Wir sind wahnsinnig, wir sind wahnsinnig! Wir wollen uns nicht mehr weh tun!

Wäre er doch in diesem Augenblick nach Hause gekommen!

Und gerade in diesem Augenblick fand sie jene Aufzeichnungen... Alles war zu Ende. – Meinte sie, daß Olivier sie in Wahrheit betrogen habe? Vielleicht. Was aber bedeutete das? Für sie lag der Betrug nicht in der Tat, sondern im Willen dazu. Sie hätte dem, den sie liebte, eher eine Geliebte verziehen, als daß er heimlich einer anderen sein Herz schenkte. Und darin hatte sie recht.

„Was hat er denn Schlimmes getan!" werden manche sagen... (Die Armseligen, die unter dem Verrat einer Liebe nur leiden, wenn er sich in die Tat umsetzt! Bleibt das Herz treu, so haben die Sünden des Leibes wenig zu bedeuten. Hat aber das Herz Verrat geübt, ist alles übrige nichts mehr wert.)

Jacqueline dachte nicht einen Augenblick daran, Olivier zurückzuerobern. Zu spät! Sie liebte ihn nicht mehr genug. Oder vielleicht liebte sie ihn zu sehr. Nein, Eifersucht empfand sie nicht. Ihr ganzes Vertrauen brach zusammen, alles, was an Glaube und Hoffnung heimlich in ihr lebendig geblieben war. Sie gestand sich nicht ein, daß sie selbst es dazu hatte kommen lassen, daß sie ihn zurückgestoßen, ihn in diese Liebe hineingedrängt hatte, daß diese Liebe unschuldig war und daß man schließlich nicht Herr über Lieben und Nichtlieben ist. Es kam ihr nicht in den Sinn, dieses rein gefühlsmäßige Hingezogensein ihrem Flirt mit Christof zu vergleichen: sie liebte Christof nicht, also zählte er nicht! In leidenschaftlicher Übertreibung meinte sie, Olivier belüge sie und sie bedeute ihm nichts mehr. Der letzte Halt entglitt ihr in dem Augenblick, wo sie die Hand danach ausstreckte... Alles war zu Ende.

Olivier erfuhr niemals, was sie an diesem Tage durchgemacht hatte. Doch als er sie wiedersah, hatte auch er den Eindruck, daß alles zu Ende sei.

Von diesem Augenblick an redeten sie nur noch miteinander, wenn sie mit anderen zusammen waren. Sie belauerten sich gegenseitig wie zwei umstellte Tiere, die auf ihrer Hut sind und die sich ängstigen. Jeremias Gotthelf beschreibt einmal mit grausamem Humor das unheilvolle Verhältnis zwischen einem Mann und einer Frau, die sich nicht mehr lieben: wie sie sich gegenseitig beobachten, indem sie dem Gesundheitszustand des anderen nachspüren, jeden Schein einer Krankheit belauern und sich, wenn sie auch nicht gerade darauf sinnen, den Tod des anderen zu beschleunigen oder gar herbeizuwünschen, doch der Hoffnung auf einen unvorhergesehenen Zufall hingeben; jeder für sich aber hegt den Gedanken, der Widerstandsfähigere von beiden zu sein. In manchen Augenblicken redeten sich Jacqueline und Olivier ein, der andere hege solche Gedanken. Und doch waren beide völlig frei davon; aber es war schon schlimm genug, solche Gedanken dem anderen zuzuschreiben, wie Jacqueline es tat, wenn sie sich des Nachts in Augenblicken fiebernder Schlaflosigkeit einredete, der andere sei der Stärkere, er verbrauche sie nach und nach und würde bald den Sieg über sie davontragen... Ungeheuerliches Wahnbild einer irregeleiteten Phantasie, eines betörten Herzens! – Und bei alledem liebten sie sich schließlich noch immer im tiefsten Grunde und mit dem besten Teil ihres Wesens!

Olivier erlag unter der Last; er versuchte nicht mehr, zu kämpfen; und da er sich abseits hielt, glitt ihm das Steuer von Jacquelines Seele aus den Händen. Sich selbst überlassen und führerlos, wurde sie von einem Freiheitstaumel erfaßt; sie brauchte einen Herrn, gegen den sie sich auflehnen konnte: wenn sie keinen hatte, mußte sie sich einen schaffen. So wurde sie die Beute einer Wahnvorstellung. Trotz allem, was sie innerlich durchlebt hatte, war sie bisher nie auf den

Gedanken gekommen, Olivier zu verlassen. Von jetzt an glaubte sie sich jeder Fessel ledig. Sie wollte lieben, bevor es zu spät sei (denn so jung sie noch war, hielt sie sich schon für alt). Sie liebte, und sie kannte jene eingeredeten und verzehrenden Leidenschaften, die sich an den ersten besten heften, der einem begegnet – an eine vorüberstreifende, nur flüchtig gesehene Gestalt, an einen guten Ruf, manchmal einfach an einen Namen –, und die, was sie einmal erfaßt haben, nicht mehr loslassen wollen und dem Herzen einreden, daß es den Gegenstand seiner Liebe nicht mehr entbehren könne. Sie kannte diese Leidenschaften, die das Herz vollständig verheeren und alles daraus verbannen, was es früher erfüllte: seine anderen Zuneigungen, seine sittlichen Grundsätze, seine Erinnerungen, seinen Stolz auf sich selber und seine Achtung vor andern. Und wenn die Wahnvorstellungen aus Mangel an Nahrung auch hinsterben, nachdem sie alles zerstört haben, kommt es vor, daß aus den Trümmern ein neues Wesen emporsteigt, oft ohne Güte, ohne Mitleid, ohne Jugend, ohne Illusionen, nur noch darauf bedacht, das Leben zu untergraben, wie das Unkraut alte Denkmäler untergräbt.

Wie gewöhnlich klammerte sich die fixe Idee diesmal an ein Wesen, das ganz dazu geschaffen war, das Herz zu enttäuschen. Die arme Jacqueline verliebte sich in einen Weiberhelden, einen Pariser Schriftsteller, der weder hübsch noch jung war: ein plumper, rotbackiger, verlebter Mensch mit schlechten Zähnen und von erschreckender Herzensarmut, dessen Hauptverdienst darin bestand, in Mode zu sein und zahllose Frauen unglücklich gemacht zu haben. Jacqueline konnte sich nicht einmal damit entschuldigen, daß ihr sein Egoismus unbekannt gewesen sei: denn er prahlte in seiner Kunst damit. Er wußte sehr genau, was er tat: Egoismus, der unter dem Deckmantel der Kunst verfochten wird, ist wie der Spiegel eines Vogelstellers, das Licht, das die Schwachen anlockt. Aus Jacquelines Kreisen hatte sich mehr als eine fangen lassen: erst ganz kürzlich

hatte er eine ihr befreundete jungverheiratete Frau ohne
große Mühe verführt und dann verlassen. Sie starben nicht
daran, wenngleich sie ihre Enttäuschung zum Vergnügen
der anderen nur ungeschickt verbargen. Selbst die am grausamsten Getroffene behielt ihren Vorteil und ihre gesellschaftlichen Pflichten viel zu sehr im Auge, als daß sie ihre
Ausschweifungen nicht in den Grenzen des gesunden Menschenverstandes gehalten hätte. Alle diese Frauen erregten
kein öffentliches Ärgernis. Mochten sie nun ihren Mann
oder ihre Freundinnen betrügen, mochten sie betrogen werden und darunter leiden – es geschah in der Stille. Sie
waren die Heldinnen der gesellschaftlichen Meinung.

Jacqueline aber war ein Tollkopf: sie war nicht nur
fähig, zu tun, was sie sagte, sondern auch, zu sagen, was sie
tat. Sie beging ihre Streiche ohne jede Berechnung und mit
einem völligen Gleichmut. Sie hatte die gute, aber gefährliche Eigenschaft, sich selbst gegenüber stets offen zu sein
und vor den Folgen ihrer Handlungen nicht zurückzuschrecken. Sie war mehr wert als die anderen ihres Gesellschaftskreises; darum trieb sie es schlimmer. Als sie liebte,
als sie den Entschluß zum Ehebruch gefaßt hatte, stürzte sie
sich mit verzweifeltem Freimut Hals über Kopf in das
Abenteuer.

Frau Arnaud war allein zu Hause und strickte mit der
fieberhaften Gleichmäßigkeit, die Penelope auf ihre berühmte Arbeit verwandt haben mochte. Gleich Penelope
wartete sie auf ihren Mann. Herr Arnaud verbrachte den
ganzen Tag außer dem Hause. Vor- und nachmittags hatte
er Schule. Meistens kam er zum Mittagessen heim, obwohl
er hinkte und das Gymnasium am anderen Ende von Paris
lag. Er zwang sich zu diesem langen Weg weniger aus
Sehnsucht oder Sparsamkeit als aus Gewohnheit. An manchen Tagen aber hatte er Nachhilfestunden zu geben oder
arbeitete, da er nun schon einmal in dem Stadtviertel war,

in einer dort gelegenen Bibliothek. Lucile Arnaud hielt sich allein in der öden Wohnung auf. Außer der Aufwartefrau, die von acht bis zehn Uhr für die grobe Arbeit kam, und den Lieferanten, die morgens Bestellungen entgegennahmen und ausführten, läutete niemand an der Tür. Im Hause kannte sie niemanden mehr. Christof war ausgezogen, und in den Fliedergarten hatten sich neue Mieter eingenistet. Céline Chabran hatte André Elsberger geheiratet. Elie Elsberger war mit seiner Familie nach Spanien gezogen, wo er mit der Ausbeutung einer Mine beauftragt worden war. Der alte Weil hatte seine Frau verloren und bewohnte seine Pariser Wohnung fast nie mehr. Nur Christof und seine Freundin Cécile hatten ihre Beziehungen zu Lucile Arnaud aufrechterhalten; aber sie wohnten weit entfernt, und da sie den ganzen Tag über angestrengt arbeiteten, blieben sie oft wochenlang fern. So war sie ganz auf sich angewiesen.

Sie langweilte sich jedoch durchaus nicht. Die geringsten täglichen Pflichten genügten, sie innerlich zu beschäftigen: die Pflege einer winzigen Pflanze, deren zartes Blattwerk sie jeden Morgen mit mütterlicher Sorgfalt reinigte; ihre stille graue Katze, die mit der Zeit ein wenig von ihrem Wesen angenommen hatte, wie dies bei Haustieren vorkommt, die man wirklich gern hat: sie verbrachte den Tag bei ihr am Kamin oder auf dem Tisch neben der Lampe und betrachtete Luciles emsige Finger oder schlug auch manchmal ihre seltsamen Augen zu ihr auf, die sie einen Moment lang beobachteten und dann wieder in Gleichgültigkeit erloschen. Selbst die Möbel leisteten Lucile Gesellschaft. Jedes Stück hatte für sie ein vertrautes Antlitz. Sie fand ein kindliches Vergnügen daran, sie zu putzen, sanft den Staub von allen Seiten abzuwischen und sie mit tausend Rücksichten in ihren gewohnten Winkel zurückzustellen. Sie unterhielt sich leise mit ihnen. Dem einzigen schönen alten Stück, das sie besaß, einem feinen Zylinderschreibtisch im Louis-XVI.-Stil, lächelte sie zu, und täglich betrachtete sie ihn mit der gleichen Freude. Nicht minder beschäftigt war sie, wenn sie ihre Wäsche durchsah: dann stand sie stundenlang auf einem Stuhl, Kopf und Arme in dem großen Bauernschrank vergraben, untersuchte und ordnete, während die Katze ihr stundenlang neugierig zusah.

Ganz glücklich aber war sie, wenn alle Arbeit getan war, wenn sie allein Mittag gegessen hatte, Gott weiß, wie (sie hatte niemals großen Hunger), wenn die notwendigsten Gänge besorgt waren und sie nach vollendetem Tagewerk gegen vier Uhr heimkehrte und sich mit ihrer Arbeit und ihrem Kätzchen ans Fenster oder ans Feuer setzen konnte. Manchmal fand sie einen Vorwand, gar nicht auszugehen; sie war glücklich, wenn sie sich zu Hause einschließen konnte, vor allem im Winter, wenn es schneite. Kälte, Wind, Schmutz und Regen waren ihr entsetzlich, denn auch sie war ein sehr sauberes, zartes und verwöhntes Kätzchen. Lieber aß sie gar nichts, ehe sie ausging, um einzuholen, wenn die Lieferanten sie einmal zufällig vergessen hatten. In solchem Falle knabberte sie ein Stückchen Schokolade oder etwas Obst vom Büfett. Sie hütete sich allerdings, es Arnaud zu erzählen. Das waren ihre „Seitensprünge". So saß sie an manchen dämmerigen und manchmal auch an schönen, sonnigen Tagen, wenn draußen der blaue Himmel leuchtete und der Straßenlärm summte, in ihrer stillen, schattigen Wohnung. Dann war es, als würde ihre Seele von einem Zauberspiegel aufgesogen; sie saß an ihrem Lieblingsplatz, den Schemel unter den Füßen, das Strickzeug in den Händen, reglos, in sich versunken, während ihre Finger eilig hin und her gingen. Neben ihr lag eins ihrer Lieblingsbücher, meist einer jener bescheidenen Bände in rotem Umschlag, die Übersetzung irgendeines englischen Romans. Sie las sehr wenig, kaum ein Kapitel täglich; und das Buch auf ihren Knien blieb lange Zeit auf derselben Seite geöffnet liegen oder wurde überhaupt nicht aufgeschlagen: sie kannte es schon; sie träumte daraus. So zogen sich die langen Romane von Dickens oder Thackeray durch Wochen hin, und ihre Träume machten Jahre daraus. Sie umhüllten sie mit ihrer Zärtlichkeit. Die Leute von heute, die schnell und schlecht lesen, kennen nicht mehr die wunderbare Kraft, die aus Büchern quillt, wenn man sie langsam schlürft. Für Frau Arnaud stand es außer Frage, daß das Leben dieser Romangeschöpfe ebenso wirklich sei wie das ihre; es waren Wesen darunter, für die sie sich hätte aufopfern mögen: die sanftmütige, eifersüchtige Lady Castlewood, diese schweigende Liebende mit dem mütterlichen und jungfräulichen Herzen, war ihr wie eine Schwester; der kleine Dombey war ihr süßes kleines Kind; sie war Dora, die kindliche Frau, die sterben muß; sie streckte ihre Arme allen diesen Kinderseelen entgegen, die mit mutigen und reinen Augen durch die Welt gehen; und um sie her bewegte sich ein Zug liebenswürdiger armer Schlucker und harmloser Originale, die ihren lächerlichen und rührenden Hirngespinsten nachjagten – allen voran der liebevolle Genius des guten Dickens, der zu seinen Träumen in einem Atemzug lachte und weinte. Wenn sie in solchen Augenblicken aus dem Fenster schaute, erkannte sie unter den Vorübergehenden diese oder jene geliebte oder gefürchtete Gestalt aus dieser erträumten Welt wieder. Hinter den Mauern der Häuser ahnte sie die gleichen Schicksale. Wenn sie nicht ausgehen mochte, so war der Grund dafür ihre Furcht vor dieser Welt voller Geheimnisse. Sie bemerkte rings um sich her verborgene Dramen oder Komödien, die sich abspielten. Und nicht immer war es Einbildung. In ihrer Einsamkeit hatte sie sich jenes geheimnisvolle Ahnungsvermögen angeeignet, das aus den Blicken der Vorübergehenden so manches Geheimnis des vergangenen und zukünftigen Lebens der Menschen abliest, von denen diese oft selber nichts wissen. Diese tatsächlichen Gesichte verschmolz sie mit romantischen Erinnerungen und formte sie um. In diesem unermeßlichen Universum fühlte sie sich dem Ertrinken nahe. Sie mußte zu sich selbst zurückkehren, um wieder festen Boden zu fassen.

Aber hatte sie nötig, von anderen zu lesen oder sie zu sehen? Sie brauchte nur in sich selbst hineinzublicken. Wie war dieses äußerlich so blasse, verlöschte Dasein innerlich so hell! Welch überströmend reiches Leben! Wie viele Erinnerungen, wie viele Schätze ruhten da, von deren Existenz niemand etwas ahnte! Hatten sie jemals irgendwelche Realität? – Zweifellos waren sie Wirklichkeit, weil sie für sie bestanden... O arme Leben, die des Traumes Zauberstab verklärt!
Frau Arnaud ließ den Lauf der Jahre bis in ihre frühe Kindheit zurück im Geiste an sich vorüberziehen; jedes der zarten Blümchen ihrer zerstörten Hoffnungen blühte in der Stille wieder auf... Die erste Kinderliebe zu einem jungen Mädchen, dessen Anmut sie vom ersten Augenblick an gefangengenommen hatte; sie liebte es, wie man aus Liebe lieben kann, wenn man unendlich rein ist; sie verging vor Erregung, wenn sie sich von ihr berührt fühlte; sie hätte ihr die Füße küssen mögen, ihre Geliebte sein, sie heiraten mögen; die Freundin hatte sich verheiratet, war nicht glücklich gewesen, hatte ein Kind gehabt, das starb, war selber gestorben... Eine andere Liebe hegte sie, als sie ungefähr zwölf Jahre alt war, für ein gleichaltriges Mädelchen, das sie tyrannisierte, ein lachlustiges, herrschsüchtiges blondes Teufelchen, dem es Spaß machte, sie zum Weinen zu bringen und sie hinterher mit Küssen zu bedecken; sie schmiedeten tausend romantische Zukunftspläne miteinander; diese Freundin war plötzlich Karmeliterin geworden, ohne daß man wußte, warum; es hieß, sie sei glücklich... Dann packte sie eine große Leidenschaft für einen viel älteren Mann. Von dieser Leidenschaft hatte niemand etwas gewußt, nicht einmal der, dem sie galt. Sie hatte glühende Hingebung, Schätze von Zärtlichkeit dabei verschwendet... Dann kam eine andere Leidenschaft: diesmal wurde sie geliebt. Aber aus eigentümlicher Schüchternheit, aus Mangel an Selbstvertrauen hatte sie nicht zu glauben gewagt, daß man sie liebte, hatte nicht merken lassen, daß sie

liebte. Und das Glück war vorübergegangen, ohne daß sie es ergriffen hatte... Dann... Doch was nützt es, anderen zu erzählen, was nur für den einen Menschen selber Sinn hat? An so viele winzig kleine Tatsachen dachte sie, die eine tiefe Bedeutung gewonnen hatten: irgendeine Aufmerksamkeit eines Freundes, ein liebes Wort von Olivier, das er ganz achtlos ausgesprochen hatte, die wohltuenden Besuche Christofs und die Zauberwelt, die seine Musik erschloß; der Blick eines Unbekannten, ja sogar mancher unbeabsichtigte Treubruch, den diese prächtige, anständige und reine Frau in Gedanken begangen hatte, der sie beunruhigte und über den sie errötete, den sie leise von sich wies und der ihr dennoch – es war ja so unschuldig – ein wenig Sonnenschein ins Herz strahlte... Sie liebte ihren Mann herzlich, obgleich er nicht ganz so war, wie sie ihn sich erträumt hatte. Aber er war gut; und eines Tages hatte er zu ihr gesagt: „Mein liebes Weib, du weißt nicht, was du alles für mich bist. Du bist mein ganzes Leben."

Ihr Herz war weich geworden; an jenem Tage hatte sie sich ganz und für immer mit ihm vereint gefühlt. Jedes Jahr hatte sie enger miteinander verknüpft. Sie hatten gemeinsam schöne Träume geträumt, Träume von Arbeit, von Reisen, von Kindern. Was war aus ihnen geworden? – Ach! – Frau Arnaud träumte sie immer noch. An ein Kindchen hatte sie so oft innig gedacht, daß sie es kannte, als wäre es wirklich da. Jahrelang hatte sie an diesem Gedanken gearbeitet und ihn unaufhörlich mit allem Schönsten, was sie sah, mit allem, was ihr am teuersten war, verschönt... Schweigen!

Das war alles. Das waren Welten. Wie viele Tragödien, die selbst die Vertrautesten nicht ahnen, spielen sich im Grunde des scheinbar ruhigsten, mittelmäßigsten Lebens ab! Und das Erschütterndste liegt vielleicht darin, daß in diesen von Hoffnungen beseelten Leben *nichts geschieht*, daß sie verzweifelt nach dem schreien, was ihr Recht ist, ihr ihnen von der Natur verheißenes und dennoch verweigertes Recht – daß sie sich in leidenschaftlicher Angst verzehren und nichts davon nach außen verraten!

Frau Arnaud war glücklicherweise nicht nur mit sich selbst beschäftigt. Ihr eigenes Leben füllte nur einen Teil ihrer Träumereien aus. Sie lebte auch das Leben ihrer jetzigen oder früheren Bekannten; sie versetzte sich an ihre Stelle; sie dachte an Christof, an seine Freundin Cécile. Daran dachte sie heute. Die beiden Frauen hatten Zuneigung zueinander gefaßt. Dabei bedurfte sonderbarerweise die robuste Cécile der Stütze der zarten Frau Arnaud. Im Grunde war dieses heitere, große und gesunde Mädchen weniger stark, als es den Anschein hatte. Sie machte eine Krisis durch. Die ruhigsten Herzen sind vor Überraschungen nicht sicher. Ein sehr zärtliches Empfinden hatte sich in sie eingeschlichen; sie wollte es sich zunächst nicht eingestehen; aber es war gewachsen, bis sie es sehen mußte: sie liebte Olivier. Das sanfte und warmherzige Wesen des jungen Mannes, die ein wenig weibliche Anmut seiner Persönlichkeit, alles, was schwach und widerstandslos an ihm war, hatte sie sofort angezogen (eine mütterliche Natur liebt den, der ihrer bedarf). Was sie mit der Zeit von seinen Ehekümmernissen erfuhr, hatte ihr für Olivier ein gefährliches Mitleid eingeflößt. Sicher hätten diese Gründe nicht genügt. Wer kann sagen, warum ein Wesen sich in ein anderes verliebt? Oft ist weder das eine noch das andere schuld daran, sondern die Stunde, die ein achtloses Herz unversehens der ersten besten Zuneigung ausliefert, der es auf seinem Wege begegnet. – Sobald Cécile nicht mehr daran zweifeln konnte, mühte sie sich tapfer, den Angelhaken einer Liebe aus ihrem Herzen zu reißen, die sie als sündhaft und sinnlos verurteilte. Sie bereitete sich lange Zeit viel Leid und heilte sich nicht. Niemand ahnte, was in ihr vorging: sie achtete sorgsam darauf, glücklich zu erscheinen. Frau Arnaud allein wußte, was sie das kostete. Cécile kam manchmal und legte ihren Kopf mit dem kräftigen Nacken an Frau Arnauds schmale Brust. Sie weinte ein wenig, ohne zu reden, küßte sie und ging dann lachend weg. Sie empfand eine schwärmerische Liebe für diese zerbrechliche Freundin, in der sie eine seelische Stärke und eine Glaubenskraft spürte, die der ihren überlegen war. Sie vertraute sich ihr nicht an. Aber Frau Arnaud verstand, ohne daß die andere es auszusprechen brauchte. Die Welt erschien ihr wie ein einziges, wehmütiges Mißverständnis. Es zu lösen ist unmöglich. Man kann es nur lieben, Mitleid haben und träumen.

Und wenn der Schwarm der Träume allzusehr in ihr summte, wenn ihr der Kopf schwindelte, setzte sie sich ans Klavier und ließ die Hände aufs Geratewohl in den tiefen Registern über die Tasten gleiten, um den Zauberspiegel des Lebens in das gedämpfte Licht der Töne zu hüllen...

Aber die tapfere kleine Frau vergaß nicht die Stunde der täglichen Pflichten; und wenn Arnaud heimkehrte, fand er die Lampe angezündet, das Abendbrot bereit und das bläßliche und lächelnde Gesicht seiner Frau, die auf ihn wartete. Und er ahnte nicht das geringste von jener Welt, in der sie gelebt hatte.

Das Schwierige war gewesen, die beiden Leben gemeinsam aufrechtzuerhalten, ohne daß sie einander schadeten: das tägliche Leben und das andere, das hohe Leben des Geistes mit den weiten Horizonten. Das war nicht immer leicht. Glücklicherweise lebte auch Arnaud ein zum Teil erträumtes Leben in Büchern und Kunstwerken, deren ewiges Feuer die zitternde Flamme seiner Seele nährte. In den letzten Jahren aber hatten die kleinen Verdrießlichkeiten seines Berufes, Ungerechtigkeiten, Zurücksetzungen, Ärger mit seinen Kollegen oder seinen Schülern, ihn mehr und mehr für sich beansprucht. Er war verstimmt; er begann von Politik zu reden, über die Regierung und die Juden loszuziehen, er machte Dreyfus für seine beruflichen Enttäuschungen verantwortlich. Seine trübe Laune übertrug sich auch etwas auf Frau Arnaud. Sie näherte sich den Vierzig. Sie war in einem Alter, in dem die Lebenskraft Störungen erleidet, und hatte um ihr seelisches Gleichgewicht zu kämpfen. Ihre Gedankengänge waren manchmal jäh abgebrochen. So verloren beide für einige Zeit jeden Daseinszweck; denn sie fanden nichts mehr, ihre Traumgespinste daran zu befestigen. Jeder Traum bedarf einer wenn auch noch so schwachen Stütze durch die Wirklichkeit. Den beiden fehlte jede Stütze. Sie fanden keinen Halt mehr aneinander. Anstatt ihr zu helfen, klammerte er sich an sie an. Und sie machte sich klar, daß sie nicht genügte, ihn zu stützen: da vermochte sie sich selber nicht mehr zu stützen. Nur ein Wunder konnte sie retten; sie rief es herbei. Es kam aus den Tiefen der Seele. Frau Arnaud fühlte in ihrem einsamen Herzen das erhabene und zugleich unsinnige Bedürfnis erstehen, allem zum Trotz etwas zu schaffen, ungeachtet aller Schwierigkeiten ihr Netz über den Raum hinzuweben, aus bloßer Freude am Weben, sich dem Winde anzuvertrauen, dem Odem Gottes, der sie dahin tragen sollte, wohin sie gelangen mußte. Und der Odem Gottes führte sie wieder zum Leben zurück, er fand unsichtbare Stützen für sie. So begannen Mann und Frau von neuem, geduldig das zauberhafte und eitle Gewebe ihrer Träume zu spinnen, aus dem Reinsten ihres Herzens und ihres Blutes gemacht.

Frau Arnaud war allein zu Hause... Es war gegen Abend.

Die Türglocke ertönte. Frau Arnaud, die dadurch ungewohnt früh aus ihrer Träumerei geweckt wurde, schrak auf. Sie legte ihre Arbeit sorgfältig zusammen und ging öffnen. Es war Christof. Er war sehr bewegt. Herzlich ergriff sie seine Hände.

„Was ist Ihnen, mein Freund?" fragte sie ihn.

„Ach", sagte er, „Olivier ist zurückgekehrt."

„Zurückgekehrt?"

„Heute morgen ist er gekommen. ‚Christof, hilf mir!' hat er zu mir gesagt. Ich habe ihn umarmt. Da weinte er und sagte: ‚Ich habe nur noch dich. Sie ist fort.'"

Frau Arnaud schlug ganz betroffen die Hände zusammen und sagte: „Die Unglückliche!"

„Sie ist fort", wiederholte Christof, „mit ihrem Liebhaber durchgegangen."

„Und ihr Kind?" fragte Frau Arnaud.

„Mann, Kind, alles hat sie verlassen."

„Die Unglückliche!" sagte Frau Arnaud noch einmal.

„Er liebte sie, er liebte nur sie allein", sagte Christof. „Er wird sich von diesem Schlag nicht erholen. Er sagte immer wieder: ‚Christof, sie hat mich verraten... Meine beste Freundin hat mich verraten.' – Es ist vergeblich, ihm zu sagen: Wenn sie dich verraten hat, war sie nicht deine Freundin. Sie ist deine Feindin. Vergiß sie oder töte sie!"

„O Christof, was reden Sie da? Das ist ja entsetzlich!"

„Ja, ich weiß, das erscheint euch allen wie eine vorgeschichtliche Barbarei: töten! Man muß nur hören, wie sich diese feine Pariser Gesellschaft gegen die grobsinnlichen Instinkte verwahrt, die den Mann dahin bringen, das Weib, das ihn verrät, zu töten. Man muß nur hören, wie sie nachsichtige Vernunft predigen! Die guten Apostel! Wie schön, wenn man diesen Haufen zusammengelaufener Hunde sich gegen die Rückkehr zur Tierheit empören sieht. Zuerst treten sie das Leben mit Füßen und nehmen ihm jeden Wert, und dann umgeben sie es mit einem religiösen Kultus... Wie! Dieses Leben ohne Herz, ohne Ehre, dieses Ding, das nichts weiter ist als ein Pulsschlag in einem Stück Fleisch, das scheint ihnen der Ehrfurcht wert! Dies Schlachtfleisch behandelt man ihnen nie zart genug, ein Verbrechen soll es sein, daran zu rühren. Tötet die Seele, wenn ihr wollt, aber der Körper ist heilig..."

„Die Seelenmörder sind die schlimmsten, aber das Verbrechen entschuldigt nicht das Verbrechen; das wissen Sie auch sehr gut."

„Ich weiß es, liebe Freundin. Sie haben recht. Ich glaube auch nicht, was ich sage; das heißt: wer weiß? Ich würde es vielleicht doch tun."

„Nein, Sie verleumden sich, Sie sind gut."

„Wenn die Leidenschaft über mich kommt, bin ich grausam wie die anderen. Sie sehen ja, wie ich mich eben habe hinreißen lassen! – Aber wenn man den Freund, den man liebt, weinen sieht, wie sollte man da nicht die hassen, die ihn zum Weinen bringt? Und kann man gegen eine Elende streng genug sein, die ihr Kind verläßt, um einem Liebhaber nachzulaufen?"

„Reden Sie nicht so, Christof; was wissen Sie davon!"

„Wie, Sie verteidigen sie?"

„Sie tut mir leid."

„Mir tun die leid, die leiden. Die Leid bereiten, beklage ich nicht."

„Nun, glauben Sie etwa, daß sie nicht auch gelitten hat? Glauben Sie, daß sie leichten Herzens ihr Kind verlassen und ihr Leben zerstört hat? Denn auch ihr Leben ist zerstört. Ich kenne sie ganz wenig, Christof, ich habe sie nur zweimal gesehen, und da nur sehr flüchtig. Sie hat mir kein freundschaftliches Wort gesagt, sie hatte keine Sympathie für mich. Und doch kenne ich sie besser als Sie. Ich bin sicher, sie ist nicht schlecht. Arme Kleine! Ich ahne, was in ihr vorgegangen sein muß..."

„Sie, liebe Freundin, deren Leben so einwandfrei, so vernünftig ist?"

„Ich, Christof. Ja, davon verstehen Sie nichts. Sie sind gut, aber Sie sind ein Mann, trotz aller Güte ein harter Mensch wie alle Männer – ein Mann, der sich allem streng verschließt, was nicht wie er selber ist. Ihr ahnt nichts von denen, die neben euch leben. Ihr liebt sie auf eure Art, aber ihr bemüht euch nicht, sie zu verstehen. Ihr seid so leicht mit euch selbst zufrieden. Ihr seid überzeugt, daß ihr uns kennt... Ach! Wenn ihr wüßtet, wie unsagbar wir oft leiden, wenn wir sehen, nicht, daß ihr uns nicht liebt, aber wie ihr uns liebt! Und was wir gerade für die bedeuten, die uns am meisten lieben! In manchen Augenblicken, Christof, krallen wir uns die Nägel in die Hand, um euch nicht zuzuschreien: Oh, liebt uns nicht, liebt uns nicht! Alles eher, als daß ihr uns so liebt! – Kennen Sie dieses Dichterwort: ‚Sogar in ihrem Hause, mitten unter ihren Kindern, von erheuchelten Ehrerweisungen umgeben, erduldet die Frau eine Verachtung, die tausendfach drückender ist als die schlimmsten Entbehrungen'? Denken Sie daran, Christof..."

„Was Sie mir da sagen, bringt mich ganz aus der Fassung. Ich verstehe Sie nicht recht. Aber wenn ich richtig vermute... dann haben Sie selber..."

„Ich habe diese Qualen kennengelernt."

„Ist das möglich? Nun, immerhin! Sie werden mir nicht einreden wollen, daß Sie jemals wie diese Frau gehandelt hätten."

„Ich habe kein Kind, Christof. Ich weiß nicht, was ich an ihrer Stelle getan hätte."

„Nein, das kann nicht sein, zu Ihnen habe ich Vertrauen, ich schätze Sie zu hoch; ich schwöre darauf, daß das nicht sein könnte."

„Schwören Sie nicht! Ich war sehr nahe daran, wie sie zu handeln... Es wird mir nicht leicht, die gute Meinung, die Sie von mir haben, zu zerstören. Aber Sie müssen uns ein wenig verstehen lernen, wenn Sie nicht ungerecht sein wollen. – Ja, ich war nur um eine Handbreit von der gleichen Tollheit entfernt. Und wenn ich sie nicht begangen habe, danke ich es ein wenig Ihnen. Es war vor zwei Jahren. Ich machte eine Zeit des Trübsinns durch, die mich zermürbte. Ich sagte mir, daß ich zu nichts gut sei, daß niemandem etwas an mir liege, daß niemand meiner bedürfe, daß sogar mein Mann ohne mich fertig werden könnte, daß ich nutzlos gelebt hätte. Ich war im Begriff, auf und davon zu gehen, Gott weiß, was zu tun! Da bin ich zu Ihnen hinaufgekommen... Erinnern Sie sich noch daran? Sie haben nicht begriffen, warum ich kam. Ich kam, um Ihnen Lebewohl zu sagen... Und dann, ich weiß nicht, was sich zugetragen hat, ich weiß nicht, was Sie zu mir gesagt haben, ich erinnere mich nicht mehr genau daran... Aber ich weiß, daß gewisse Worte von Ihnen (Sie haben natürlich nichts davon geahnt) für mich eine Erleuchtung waren... In jenem Augenblick genügte der geringste Anlaß, mich ins Verderben zu stürzen oder mich zu retten... Als ich von Ihnen ging, bin ich nach Hause zurückgekehrt, habe mich eingeschlossen, habe den ganzen Tag geweint... Und dann war es gut: die Krisis war überstanden."

„Und heute bedauern Sie es?" fragte Christof.

„Heute?" sagte sie. „Ach, wenn ich jene Tollheit begangen hätte, läge ich schon lange auf dem Grund der Seine: ich hätte die Schande nicht ertragen können, ebensowenig wie das Leid, das ich meinem armen Manne damit zugefügt hätte."

„Also sind Sie glücklich?"

„Ja, so glücklich, wie man in diesem Leben sein kann. Es ist etwas so Seltenes, wenn zwei Menschen sich verstehen, sich achten, wenn sie wissen, daß sie einer des anderen sicher sind, nicht durch den bloßen Glauben an ihre Liebe, der oft Täuschung ist, sondern durch die Erfahrung gemeinsam verbrachter Jahre, grauer, düsterer Jahre, selbst mit – ja gerade mit den Erinnerungen an solche überstandenen Gefahren. Je älter man wird, desto besser wird es."

Sie schwieg, und plötzlich errötete sie.

„Mein Gott, wie konnte ich das erzählen! – Was habe ich getan? – Vergessen Sie es, Christof, ich bitte Sie! Niemand darf es wissen."

„Fürchten Sie nichts", sagte Christof und drückte ihr die Hand. „Es wird mir heilig sein."

Frau Arnaud war untröstlich, daß sie über das alles gesprochen hatte, und wandte sich einen Augenblick ab; dann sagte sie:

„Ich hätte Ihnen das nicht erzählen sollen... Aber sehen Sie, ich wollte Ihnen zeigen, daß selbst in den glücklichsten

Ehen und selbst bei den Frauen – die Sie, Christof, achten – Stunden nicht allein der Verwirrung, wie Sie es nennen, vorkommen, sondern Stunden wirklichen, unerträglichen Leidens, die zu Tollheiten führen und ein ganzes Leben, wenn nicht gar zwei, zerstören können. Man darf nicht zu streng sein. Man verursacht einander viel Leid, selbst wenn man sich herzlich liebt."

„So sollte man also lieber allein leben, jeder für sich?"

„Das ist noch schlimmer für uns Frauen. Das Leben der alleinstehenden Frau, die kämpfen muß wie der Mann (und oft gegen den Mann), ist etwas Entsetzliches in einer Gesellschaft, die für solche Ideen nicht geschaffen ist und ihnen meistens feindlich gegenübersteht..."

Sie schwieg, beugte sich leicht nach vorn und starrte in das Kaminfeuer; dann sprach sie leise weiter mit ihrer etwas verschleierten Stimme, die manchmal stockte, innehielt und dann wieder fortfuhr:

„Und doch ist es nicht unser Fehler. Wenn eine Frau in dieser Weise lebt, tut sie es nicht aus Laune, sondern weil sie dazu gezwungen wird; sie muß ihr Brot verdienen und lernen, ohne den Mann fertig zu werden, weil er nichts von ihr wissen will, wenn sie arm ist. Sie ist zur Einsamkeit verdammt, ohne davon irgendeinen Vorteil zu haben; denn sie kann in unserer Gesellschaft nicht wie der Mann ihre Freiheit genießen, und sei es auch in der unschuldigsten Weise, ohne einen Skandal hervorzurufen: alles ist ihr untersagt. – Ich habe eine kleine Freundin, eine Lehrerin an einem Provinzgymnasium. Säße sie in einem luftlosen Gefängnisloch, es könnte nicht einsamer und erstickender für sie sein. Das Bürgertum verschließt seine Türen vor diesen Frauen, die sich arbeitend durchs Leben kämpfen; es zeigt ihnen mißtrauische Verachtung; die Bosheit belauert jeden ihrer Schritte. Ihre Kollegen vom Knabengymnasium halten sich fern, sei es aus Angst vor dem Stadtklatsch, sei es aus heimlicher Feindschaft oder aus Schüchternheit, aus der Gewohnheit ans Café, an zweideutige Unterhaltungen; sei es aus Abspannung nach der Tagesarbeit oder aus übersättigter Abneigung gegen die intellektuelle Frau. Untereinander können sich diese Frauen auch nicht mehr vertragen, besonders wenn sie gezwungen waren, im Seminar zusammen zu hausen. Die Vorsteherin ist oft am wenigsten fähig, die liebebedürftigen jungen Seelen zu verstehen, die von den ersten Jahren dieses trockenen Berufes und dieser unmenschlichen Einsamkeit entmutigt sind. Sie läßt sie heimlich dulden, ohne den Versuch zu machen, ihnen zu helfen. Sie hält sie für hochmütig. Niemand nimmt sich ihrer an. Ihr Mangel an Vermögen und Beziehungen hindert sie zu heiraten. Die vielen Arbeitsstunden hindern sie, sich ein geistiges Leben zu schaffen, das sie festigt und tröstet. Wenn ein solches Dasein nicht von einem ganz besonders religiösen oder moralischen Empfinden gestützt wird (ich möchte sogar sagen, von einem anomalen, krankhaften Empfinden: denn es ist nicht natürlich, sich ganz und gar aufzuopfern), so ist dieses Leben ein lebendiges Begrabensein. – Und finden die Frauen, die keine geistige Arbeit haben, vielleicht in der Wohltätigkeit mehr Befriedigung? Wie viele bittere Enttäuschungen bereitet sie denen, deren Seele zu aufrichtig ist, um in der öffentlichen oder gesellschaftlichen Wohltätigkeit Genüge zu finden, an den philanthropischen Schwätzereien, an dem widerlichen Gemisch von Leichtfertigkeit, Wohltun und Bürokratie, indem man plaudernd zwischen zwei Flirts mit dem Elend spielt! Welcher fast unerträgliche Anblick bietet sich der Frau, die die unglaubliche Kühnheit besitzt, sich mitten in dieses Elend allein hineinzuwagen, das sie nur vom Hörensagen kennt? Eine Hölle! Was kann sie tun, um dem abzuhelfen? Sie ertrinkt in diesem Meer von Unglück. Sie kämpft dennoch, sie müht sich, ein paar der Elenden zu retten, sie reibt sich für sie auf, sie geht mit ihnen unter. Und ist es ihr wirklich gelungen, ein oder zwei zu retten, so ist sie noch besonders glücklich zu nennen! Wer aber wird sie selber retten? Wer wird sich auch nur darum bemühen, ihr zu helfen? Denn auch sie trägt Leid, nicht nur das der anderen, sondern auch das ihre; je mehr Glaubensstärke sie verausgabt, um so weniger hat sie für sich selbst; jedes Elend klammert sich verzweifelt an sie an; und sie selbst hat nichts, woran sie sich halten könnte. Niemand reicht ihr die Hand. Und manchmal wirft man noch mit Steinen nach ihr... Sie, Christof, haben auch diese wunderbare Frau gekannt, die sich dem niedrigsten und verdienstvollsten Wohlfahrtswerk widmete: sie nahm in ihrem Hause die Straßendirnen auf, die eben entbunden hatten, die unglücklichen Mädchen, von denen die öffentliche Fürsorge nichts wissen wollte oder die Angst vor der Fürsorge hatten. Sie bemühte sich, sie körperlich und seelisch zu heilen, behielt sie und ihre Kinder bei sich und suchte das Muttergefühl in ihnen zu wecken, ihnen neu ein Heim zu verschaffen, ein Leben mit anständiger Arbeit. Ihre ganze Kraft reichte kaum aus für diese traurige Aufgabe voll Undank und Bitterkeit! (Man rettet so wenige, so wenige wollen gerettet sein! Und all die kleinen Kinder, die da sterben! Diese unschuldigen, die schon bei der Geburt zum Tode verurteilt sind...) Was meinen Sie, Christof, wie man diese Frau, die den ganzen Schmerz anderer auf sich genommen hatte, wie man diese Unschuldige, die freiwillig das Verbrechen des menschlichen Egoismus sühnte, beurteilte? Die öffentliche Böswilligkeit beschuldigte sie, mit ihrem Liebeswerk, ja sogar mit ihren Schützlingen Geld zu verdienen. Entmutigt mußte sie den Stadtteil verlassen und wegziehen... – Gar nicht grausam genug können Sie sich den Kampf ausmalen, den die unabhängigen Frauen gegen die heutige Gesellschaftsordnung zu führen haben, gegen diese konservative und herzlose Gesellschaft, die im Sterben liegt und das bißchen Energie, das ihr bleibt, dazu verwendet, die anderen am Leben zu hindern."

„Meine arme Freundin, das ist nicht nur das Los der Frau; wir alle kennen diese Kämpfe. Ich kenne auch die **Rettung daraus.**"

„Und die wäre?"

„Die Kunst."

„Die ist gut für Sie, nicht für uns. Und selbst unter den Männern, wie wenige haben etwas von ihr!"

„Sehen Sie unsere Freundin Cécile. Die ist glücklich."

„Was wissen Sie davon? Ach, wie rasch sind Sie mit Ihrem Urteil fertig! Weil sie tapfer ist, weil sie sich nicht bei dem aufhält, was sie traurig macht, weil sie es vor anderen verbirgt, sagen Sie, sie sei glücklich! Ja, sie ist glücklich, weil sie gesund ist und kämpfen kann. Aber Sie kennen ihre Kämpfe nicht. Glauben Sie, sie sei für das an Enttäuschungen reiche Leben der Kunst geschaffen? Die Kunst! Wenn man bedenkt, daß es arme Frauen gibt, die sich danach sehnen, durch Schreiben, Spielen oder Singen berühmt zu werden, als gelangten sie dadurch auf den Gipfel des Glücks! Sie müssen wirklich sonst nichts mehr haben, keinerlei Zuneigung, an die sie sich halten können! Die Kunst! Was haben wir mit der Kunst zu schaffen, wenn wir neben ihr alles übrige nicht haben? Nur eines in der Welt kann uns alles übrige vergessen machen: ein liebes Kindchen."

„Und Sie sehen, wenn man es hat, genügt selbst das nicht einmal."

„Ja, nicht immer... Die Frauen sind nicht sehr glücklich. Es ist schwer, eine Frau zu sein, weit schwerer als ein Mann. Das macht ihr euch nicht klar genug. Ihr könnt in einer geistigen Leidenschaft, in einer Tätigkeit ganz und gar aufgehen. Ihr verstümmelt euch dadurch selbst, aber ihr seid nur um so glücklicher. Eine gesunde Frau kann das nicht, ohne zu leiden. Es ist unmenschlich, einen Teil seines Selbst zu ersticken. Wenn wir auf die eine Art glücklich sind, so sehnen wir uns nach der anderen: wir haben mehrere Seelen. Ihr habt nur eine einzige, eine stärkere, die oft brutal, ja sogar ungeheuerlich ist. Ich bewundere euch. Aber seid nicht allzu selbstsüchtig. Ihr seid es ohnehin mehr, als ihr ahnt. Und ihr tut uns weh genug, ohne es zu ahnen."

„Was tun? Es ist nicht unsere Schuld."

„Nein, es ist nicht eure Schuld, mein guter Christof. Es ist weder eure noch unsere Schuld. Sehen Sie, schließlich ist das alles wohl so, weil das Leben durchaus keine so einfache Sache ist. Es heißt, man brauchte nur natürlich zu leben. Was aber ist natürlich?"

„Das ist wahr, nichts ist natürlich in unserem Leben. Das Zölibat ist nicht natürlich. Die Ehe ist es ebensowenig. Und das freie Zusammenleben liefert die Schwachen der Raubgier der Starken aus. Selbst unsere ganze Gesellschaft ist nicht natürlich; wir haben sie gemacht. Man sagt, der Mensch sei ein Herdentier. Was für eine Torheit! Er hat es wohl werden müssen, um zu leben. Aus Nützlichkeitsgründen, zu seiner Verteidigung, zu seinem Vergnügen, um seiner Größe willen hat er sich gesellig gemacht. Die Notwendigkeit hat ihn dazu geführt, gewisse Verträge einzugehen. Aber die Natur sträubt sich dagegen und rächt sich für diesen Zwang. Die Natur ist nicht um unsertwillen geschaffen. Wir suchen sie zu beschneiden. Es ist ein Kampf, und es ist nicht erstaunlich, daß wir oft die Geschlagenen sind. Dem kann man nur entgehen, wenn man stark ist."

„Wenn man gut ist."

„O Gott, gut sein, den Panzer der Selbstsucht abtun, atmen, das Leben lieben, das Licht, seine bescheidene Aufgabe und den kleinen Erdenfleck, in den man seine Wurzeln senkt. Sich bemühen, daß man an Tiefe und Höhe gewinnt, was man nicht an Weite haben kann, gleich einem Baum, dem es an Raum gebricht und der zur Sonne emporstrebt."

„Ja, und vor allem: einer den anderen lieben. Wenn doch der Mann noch mehr empfinden wollte, daß er der Bruder der Frau und nicht nur ihre Beute ist oder sie die seine! Wenn sie doch alle beide ihren Hochmut ablegen könnten und jeder etwas weniger an sich und mehr an den anderen denken wollte! Wir sind schwach; helfen wir deshalb einander. Sagen wir nicht zu dem Gefallenen: Ich kenne dich nicht mehr. Sondern: Mut, mein Freund! Wir werden uns schon wieder herausfinden!"

Sie saßen vor dem Kamin, das Kätzchen zwischen ihnen, und schauten alle drei schweigend ins Feuer, reglos und in ihre Gedanken vertieft. Die allmählich verlöschende Flamme streifte mit ihrem flackernden Schein zärtlich Frau Arnauds feines Gesicht, das von einer für sie ungewöhnlichen inneren Erregung rosig überhaucht war. Sie wunderte sich selber, daß sie sich so rückhaltlos ausgesprochen hatte. Noch niemals hatte sie soviel darüber geredet. Nie mehr würde sie soviel darüber reden.
Sie legte ihre Hand auf die Christofs und sagte:
„Was machen Sie mit dem Kind?"
Dieser Gedanke hatte sie von Anfang an beherrscht. Sie hatte geredet, geredet, war eine ganz andere Frau, war wie berauscht gewesen, aber nur an dies eine allein hatte sie gedacht. Schon bei Christofs ersten Worten hatte sie sich in ihrem Herzen einen Roman zurechtgemacht. Sie dachte an das von seiner Mutter verlassene Kind, an das Glück, es aufzuziehen, die kleine Seele mit ihren Träumen und ihrer Liebe zu umhegen. Und sie hatte sich gesagt: Nein, das ist schlecht, ich darf mich nicht über das freuen, was für andere ein Unglück ist. – Aber sie konnte nicht dagegen an. Sie redete, redete, und ihr stilles Herz schwelgte in Hoffnungen.
Christof sagte:
„Ja, natürlich, darüber haben wir schon viel nachgedacht. Der arme Kleine! Weder Olivier noch ich sind fähig, ihn aufzuziehen. Er braucht die Pflege einer Frau. Ich dachte, eine Freundin würde uns gewiß gern helfen..."
Frau Arnaud atmete kaum.
Christof sagte:
„Ich wollte mit Ihnen darüber sprechen. Da kam gerade Cécile. Als sie von der Sache erfuhr, als sie das Kind sah,

war sie so bewegt, zeigte soviel Freude und sagte zu mir: ‚Christof...'"

Frau Arnauds Herzschlag stockte; sie hörte nichts mehr; alles verschwamm vor ihren Augen. Sie hätte schreien mögen:

Nein, nein, geben Sie es mir...

Christof redete. Sie hörte nicht, was er sagte. Aber sie überwand sich, sie dachte an das, was Cécile ihr anvertraut hatte. Sie dachte:

Sie hat es nötiger als ich. Ich habe ja meinen lieben Arnaud... und dann so viele andere Dinge... Und dann, ich bin älter...

Und sie lächelte und sagte:

„Das ist gut."

Aber die Flamme des Kamins war erloschen; und auch die Rosenfarbe ihres Gesichts. Und auf dem lieben, müden Antlitz lag nur noch der gewohnte Ausdruck sich bescheidender Güte.

Meine Freundin hat mich verraten.

Dieser Gedanke drückte Olivier ganz und gar zu Boden. Vergeblich packte ihn Christof aus Liebe hart an.

„Was willst du?" sagte er. „Daß einen ein Freund verrät, ist ein Unglück, das alle Tage vorkommt, wie Krankheit oder Armut oder der Kampf mit der Dummheit. Man muß dagegen gewappnet sein. Wenn man dergleichen nicht überwinden kann, ist man nur ein armseliger Mensch."

„Ach, mehr bin ich ja auch nicht. Ich bin nicht stolz darauf... Ja, ein armseliger Mensch, der der Zärtlichkeit bedarf und der stirbt, wenn er sie nicht mehr hat."

„Dein Leben ist noch nicht am Ende: es gibt noch andere, die du lieben kannst."

„Ich glaube an niemanden mehr. Es gibt keine Freunde."

„Olivier!"

„Verzeih. An dir zweifle ich nicht. Obgleich ich in manchen Augenblicken an allem zweifle – auch an mir... Aber du, du bist stark, du brauchst niemand, du kommst ohne mich aus."

„Sie kommt noch besser ohne dich aus."

„Du bist grausam, Christof!"

„Mein lieber Junge, ich bin hart gegen dich; aber ich bin es, damit du dich endlich auflehnst. Zum Teufel! Es ist schändlich, daß du die quälst, die dich lieben, und dein Leben hinopferst für jemand, der auf dich pfeift."

„Was liegt mir an denen, die mich lieben? Ich liebe nur sie."

„Arbeite! Das, was dich früher interessierte..."

„... das interessiert mich nicht mehr. Ich bin müde. Mir ist, als sei ich ausgeschieden aus dem Leben. Alles scheint mir fern, so fern... Ich sehe, aber ich verstehe nicht mehr... Wenn man bedenkt, daß es Männer gibt, die nicht müde werden, jeden Tag ihr Uhrwerk wieder aufzuziehen: ihren sinnlosen Beruf, ihre Zeitungsdebatten, ihre armselige Vergnügungsjagd, Männer, die sich für oder gegen ein Ministerium, ein Buch, eine Komödiantin ereifern... Ach, wie alt fühle ich mich! Ich verspüre weder Haß noch Groll, gegen wen es auch sei: alles ist mir gleich. Ich fühle, es steckt nichts dahinter... Schreiben? Wozu schreiben? Wer versteht einen denn? Ich habe nur für ein einziges Wesen geschrieben; alles, was ich war, war ich für sie... Ich habe nichts mehr. Ich bin müde, Christof, müde. Ich möchte schlafen."

„Nun, so schlafe, mein Junge, ich werde über dir wachen."

Das aber konnte Olivier am wenigsten. Ach, wenn jeder, der leidet, monatelang schlafen könnte, bis seine Pein von seinem erneuerten Wesen abfällt, bis er ein anderer ist! Niemand aber kann ihm diese Gabe schenken; und er würde sie gar nicht wollen. Es würde ihn am meisten schmerzen, von seinem Leiden befreit zu sein. Olivier war wie ein Fieberkranker, der sich vom Fieber nährt. Ein richtiges Fieber, dessen Anfälle zu denselben Stunden wiederkehren, vor allem abends, von dem Augenblick an, da die Sonne sinkt. Und die übrige Zeit war er wie gebrochen, von der Liebe vergiftet, von der Erinnerung zerfressen, immer nur mit denselben Gedanken beschäftigt gleich einem Wahnsinnigen, der einen Bissen immer wieder kaut, ohne ihn hinunterschlucken zu können, weil alle Kräfte des Gehirns ausgesogen sind von ein und derselben Zwangsvorstellung.

Ihm war es nicht wie Christof gegeben, sein Unglück zu bannen, indem der in gutem Glauben alle Schuld auf die abwälzte, die es verursacht hatte. Er sah klarer und gerechter, kannte sehr wohl seinen Teil der Schuld und wußte, daß nicht nur er darunter litt: auch Jacqueline war ein Opfer – sie war sein Opfer. Sie hatte sich ihm anvertraut: was hatte er aus ihr gemacht!? Warum hatte er sie an sich gefesselt, wenn er nicht die Kraft besaß, sie glücklich zu machen? Sie war im Recht, wenn sie die Bande zerbrach, die sie unerträglich drückten.

Es ist nicht ihre Schuld – dachte er –, es ist meine. Ich habe sie nicht richtig geliebt. Und doch liebe ich sie so sehr. Aber ich habe nicht zu lieben verstanden, wenn ich nicht fähig war, mir ihre Liebe zu erhalten.

So machte er sich Vorwürfe; und vielleicht hatte er recht. Aber es nützt nicht viel, über Vergangenes den Stab zu brechen: man würde wieder genauso handeln, könnte man das Vergangene nochmals durchleben; und man erschwert sich damit nur das Leben. Ein starker Mensch vergißt das Weh, das man ihm zugefügt hat – und leider auch das, das er andern zufügte, sobald er sich klarmacht, daß nichts mehr daran zu ändern ist. Aber man ist nicht aus Vernunft stark, sondern aus Leidenschaft. Die Liebe und die Leidenschaft sind zwei recht entfernte Verwandte. Sie gehen selten zusammen. Olivier liebte; er war nur gegen sich selber stark. Die Widerstandslosigkeit, der er verfallen war, machte ihn allen möglichen Krankheiten zugänglich. Influenza, Bronchitis, Lungenentzündung suchten ihn heim. Einen großen Teil des Sommers war er krank. Christof und Frau Arnaud pflegten ihn aufopfernd, und es gelang ihnen, der Krankheiten Herr zu werden. Doch gegen die seelische Krankheit waren sie machtlos; nach und nach empfanden sie die niederdrückende Abspannung, die ihnen diese fortgesetzte Trübsal verursachte, und fühlten das Bedürfnis, ihr zu entfliehen.

Das Unglück läßt uns in eine sonderbare Einsamkeit fallen. Die Menschen haben einen instinktiven Abscheu davor. Man könnte meinen, sie hätten Furcht, daß es ansteckt: zum mindesten ist es langweilig; man rettet sich vor ihm. Wie wenige Menschen verzeihen einem, daß man leidet! Es ist immer wieder die alte Geschichte von den Freunden Hiobs. Eliphas von Theman beschuldigt Hiob der Ungeduld. Bildad von Suah behauptet, Hiobs Unglück sei die Folge seiner Sünden. Zophar von Naema hält das Unglück für die Folge seines Hochmuts. *Aber Elihu, der Sohn Baracheels von Bus, des Geschlechts Rams, ward zornig über Hiob, daß er seine Seele gerechter hielt denn Gott.* – Wenige Menschen kennen wahre Trauer. Viele sind berufen, wenige sind auserwählt. Olivier gehörte zu diesen. „Es war ihm", wie ein Menschenfeind einmal gesagt hat, „anscheinend angenehm, mißhandelt zu werden. Man erreicht bei solchen Unglücksmenschen nichts! Man macht sich nur unbeliebt."

Olivier konnte über das, was er durchmachte, zu niemandem reden, selbst nicht zu seinen vertrautesten Freunden. Er merkte, daß es ihnen lästig war. Selbst sein treuer Christof wurde diesem hartnäckigen Gram gegenüber ungeduldig. Er wußte, daß er zu ungeschickt war, um helfen zu können. Eigentlich aber war es so, daß es diesem hochherzigen Menschen, der für sich selber die Probe des Leidens bestanden hatte, nicht gelang, das Leid seines Freundes nachzuempfinden. Das ist die Schwäche der menschlichen Natur! Sei einer noch so gut, mitleidig und gescheit, und hätte er tausend Todesqualen durchgemacht, er wird es nicht mitempfinden, wenn sein Freund Zahnschmerzen hat. Zieht sich die Krankheit hin, ist er versucht anzunehmen, daß der Kranke in seinen Klagen übertreibt. Wieviel mehr ist das der Fall, wenn das Übel unsichtbar ist, auf dem Grund der Seele versteckt! Wer nicht selber davon betroffen ist, findet es aufreizend, daß sich der andere so mit einem Gefühl quält, das ihn nichts angeht. Und schließlich sagt man sich, um sein Gewissen zu beruhigen:

Was kann ich tun? Alle Vernunftgründe führen zu nichts!

Alle Vernunftgründe – ja, das ist wahr. Denn wohltun kann man nur, wenn man den, der leidet, liebt, wenn man ihn blind liebt, ohne zu versuchen, ihn umzustimmen, ohne zu versuchen, ihm zu helfen, nur indem man ihn liebt und ihn bedauert. Die Liebe ist der einzige Balsam für die Wunden der Liebe. Aber die Liebe ist nicht unerschöpflich, selbst nicht bei denen, die am stärksten lieben; auch sie haben nur einen begrenzten Vorrat. Wenn die Freunde einmal alles gesagt oder geschrieben haben, was sie an herzlichen Worten finden konnten, wenn sie nach ihrer eigenen Ansicht ihre Pflicht getan haben, ziehen sie sich vorsichtig zurück und schaffen um den Kranken wie um einen Sünder eine Leere. Und da sie sich heimlich ein wenig schämen, daß sie ihm so wenig helfen, helfen sie ihm immer weniger; sie suchen sich in Vergessenheit zu bringen und selbst zu vergessen. Wenn aber das lästige Unglück hartnäckig bestehenbleibt, wenn sein aufdringliches Echo bis in ihre Zurückgezogenheit dringt, fällen sie schließlich ein hartes Urteil über diesen mutlosen Menschen, der die Prüfung so schlecht besteht. Man kann überzeugt sein, daß in ihrem aufrichtigen Mitleid ein verächtlicher Unterton mitschwingt, wenn er zugrunde geht.

„Der arme Teufel! Ich hatte eine bessere Meinung von ihm!"

Welch unsagbare Wohltat kann in diesem allgemeinen Egoismus ein schlichtes Wort der Zärtlichkeit bedeuten, eine zarte Aufmerksamkeit, ein Blick voll Mitleid und Liebe! Dann fühlt man den Wert der Güte. Und wie armselig ist alles übrige neben ihr! – Sie brachte auch Olivier Frau Arnaud nahe, näher selbst als seinem Christof. Indessen zwang sich Christof zu einer anerkennenswerten Geduld: er ließ ihn aus Freundschaft nicht merken, wie er über ihn dachte. Olivier aber, dessen klarer Blick durch das Leid noch geschärft war, merkte den Kampf, der sich in seinem Freunde abspielte, merkte, wie sehr diesem seine Traurigkeit zur Last fiel. Das war genug, damit er sich von Christof mehr und mehr entfernte und Lust verspürte, ihm zuzuschreien:

Mach, daß du fortkommst!

So trennt das Unglück oft die Herzen, die einander lieben. Wie der Getreideschwinger, der das Korn ausliest, wirft es auf die eine Seite, was leben, auf die andere, was sterben will. Furchtbares Gesetz des Lebens, das stärker als die Liebe ist! Die Mutter, die ihren Sohn sterben sieht, der Freund, der seinen Freund ertrinken sieht – wenn sie sie nicht retten können, suchen sie sich selbst zu retten, sie sterben nicht mit ihnen. Und doch lieben sie sie tausendmal mehr als das eigene Leben ...

Christof mußte trotz seiner großen Liebe Olivier manchmal fliehen. Er war zu kräftig, er war zu gesund, er erstickte in dieser luftlosen Pein. Wie sehr schämte er sich dessen! Es machte ihn rasend, daß er für seinen Freund so wenig tun konnte; und da es ihm ein Bedürfnis war, sich deswegen an jemandem zu rächen, grollte er Jacqueline. Trotz Frau Arnauds verständnisvollen Worten beurteilte er sie weiter hart, wie es einer jungen, heftigen und ganzen Seele entspricht, die noch nicht genug vom Leben gelernt hat und daher unbarmherzig gegen seine Schwächen ist.

Er besuchte Cécile und das Kind, das man ihr anvertraut hatte. Cécile war durch ihre Adoptivmutterschaft

geradezu verklärt; sie erschien ganz jung, glücklich, feiner und weicher. Daß Jacqueline gegangen war, hatte in ihr keinerlei uneingestandene Glückshoffnungen aufkommen lassen. Sie wußte, daß die Erinnerung an Jacqueline Olivier noch mehr von ihr entfernte als Jacquelines Gegenwart. Im übrigen war der giftige Hauch vorübergezogen, der ihr Bewußtsein getrübt hatte: sie hatte die Krisis überwunden, wohl zum Teil dadurch, daß sie Jacquelines Verirrung miterlebt hatte; sie hatte ihre gewohnte Ruhe wiedergewonnen und verstand nicht mehr recht, wie sie sie einmal hatte verlieren können. Der beste Teil ihres Liebesbedürfnisses fand in der Liebe zu dem Kind Genüge. Mit der wunderbaren Einbildungs- und Ahnungskraft der Frau fand sie in dem kleinen Wesen den wieder, den sie liebte; so hatte sie ihn ganz für sich, schwach und abhängig: er gehörte ihr, und sie durfte ihn lieben, leidenschaftlich lieben, mit einer Liebe, die ebenso rein war wie das Herz dieses unschuldigen Kindchens und seine klaren blauen Augen, die wie Lichttröpfchen schimmerten... Wohl mischte sich in ihre Zärtlichkeit ein wehmütiges Gefühl. Oh, es war nicht dasselbe wie ein Kind von eigenem Fleisch und Blut!
– Aber es war gut so.

Christof sah Cécile jetzt mit anderen Augen an. Er dachte an ein ironisches Wort von Françoise Oudon:

„Wie kommt es, daß du und Philomele, die ihr dafür geschaffen wäret, Mann und Frau zu sein, euch doch nicht liebt?"

Aber Françoise hatte den Grund dafür besser als Christof erkannt: Wenn man ein Christof ist, liebt man selten den, der einem wohltun kann; viel eher liebt man den, der einem weh zu tun versteht. Die Gegensätze ziehen sich an; die Natur geht auf Selbstzerstörung aus, sie zieht ein starkes Leben, das in sich verbrennt, einem vorsichtigen, das sich aufspart, vor. Und ist man ein Christof, so hat man damit recht; denn das Gesetz solcher Naturen ist nicht, so lange wie möglich, sondern so intensiv wie möglich zu leben.

Christof jedoch, weniger scharfsichtig als Françoise, sagte sich, daß die Liebe eine blinde und unmenschliche Kraft sei. Sie bringt die zusammen, die einander nicht ertragen können. Sie reißt die auseinander, die von gleicher Art sind. Was sie aufbaut, ist wenig im Vergleich zu dem, was sie zerstört. Ist die Liebe glücklich, schwächt sie den Willen; ist sie unglücklich, bricht sie das Herz. Schafft sie jemals etwas Gutes?

Und da er so die Liebe schalt, sah er ihr ironisches und zärtliches Lächeln, das ihm zu sagen schien:

Du Undankbarer!

Christof hatte es nicht umgehen können, noch einen der Abendempfänge der österreichischen Botschaft zu besuchen. Philomele sang *Lieder** von Schubert, von Hugo Wolf und von Christof. Sie war glücklich über ihren Erfolg und den ihres Freundes, der jetzt von einer auserlesenen Gesellschaft gefeiert wurde. Sogar beim großen Publikum setzte sich Christofs Name durch; die Lévy-Cœur hatten nicht das Recht, zu tun, als kennten sie ihn nicht. Seine Werke wurden in Konzerten gespielt; ein Stück war von der Opéra-Comique angenommen worden. Sympathien, deren Ursprung er nicht kannte, halfen ihm. Der geheimnisvolle Freund, der öfter für ihn eingetreten war, unterstützte auch weiter seine Bestrebungen. Mehr als einmal hatte Christof diese fürsorgliche Hand empfunden, die ihm auf seinem Wege half; jemand wachte über ihn, verbarg sich jedoch ängstlich. Christof hatte versucht, ihn zu entdecken; aber es war, als wenn der Freund unwillig darüber sei, daß Christof sich nicht früher bemüht hatte, ihn kennenzulernen. Und so blieb er jetzt unauffindbar. Übrigens war Christof von anderen Dingen erfüllt: er dachte an Olivier, er dachte an Françoise; gerade an jenem Morgen hatte er in einer Zeitung gelesen, daß sie in San Franzisko ernstlich erkrankt sei; er stellte sie sich vor, wie sie, allein in einer fremden

Stadt, in einem Hotelzimmer lag, niemanden sehen, an keinen ihrer Freunde schreiben wollte, wie sie die Zähne zusammenbiß und einsam den Tod erwartete.

Von solchen Gedanken beherrscht, mied er die Gesellschaft; er hatte sich in einen abseits gelegenen kleinen Salon zurückgezogen. An die Wand gelehnt, in einer halbdunklen Ecke, hinter einem Vorhang von Blattgrün und Blumen, lauschte er der schönen, elegischen, warmen Stimme Philomeles, die den *Lindenbaum* von Schubert sang; und diese reine Musik weckte schwermütige Erinnerungen in ihm. Ihm gegenüber warf ein großer Wandspiegel die Lichter und das Leben aus dem anstoßenden Salon zurück. Er sah nichts davon: sein Blick war nach innen gekehrt, seine Augen waren von Tränen umflort... Plötzlich begann er, ganz ohne äußere Veranlassung zu zittern, gleich dem alten Baum in Schuberts Lied, durch den ein Schauer geht. Einige Sekunden blieb er so, reglos, sehr bleich. Dann zerriß der Schleier vor seinen Augen, und vor sich im Spiegel sah er „die Freundin", die ihn anschaute... Die Freundin? Wer war sie? Er wußte nichts weiter, als daß sie die Freundin war und daß er sie kannte; und seine Augen in ihre versenkt, lehnte er an der Wand und zitterte noch immer. Sie lächelte. Er sah weder die Zeichnung ihres Gesichts und ihres Körpers noch die Farbe ihrer Augen, noch ob sie groß oder klein oder wie sie gekleidet war. Er sah nur eins: die göttliche Güte ihres mitfühlenden Lächelns.

Und dieses Lächeln rief in Christof jäh eine entschwundene Erinnerung aus seiner frühesten Kindheit wach... Er war sechs oder sieben Jahre alt, saß in der Schule und fühlte sich unglücklich, denn ältere und stärkere Kameraden hatten ihn gerade gedemütigt und geschlagen; alle machten sich über ihn lustig, und der Lehrer hatte ihn ungerecht bestraft; er saß, während die anderen spielten, verlassen in einem Winkel zusammengekauert und weinte leise vor sich hin. Da war ein kleines, schwermütig aussehendes Mädchen, das nicht mit den anderen spielte, zu ihm gekommen

(er sah sie in diesem Augenblick wieder vor sich, obgleich er seither niemals an sie gedacht hatte: sie war klein, hatte einen großen Kopf, fast weißblonde Haare und Wimpern, ganz blaßblaue Augen, breite, bleiche Wangen, dicke Lippen, ein etwas aufgedunsenes Gesicht und kleine, rote Hände), sie war, den Daumen im Mund, stehengeblieben und hatte zugeschaut, wie er weinte; dann hatte sie ihre kleine Patsche auf Christofs Kopf gelegt und zaghaft, hastig, mit dem gleichen mitfühlenden Lächeln zu ihm gesagt:
„Weine nicht, weine nicht!"
Da hatte sich Christof nicht mehr halten können, er war in Schluchzen ausgebrochen und hatte seine Nase in die Schürze des kleinen Mädchens gedrückt, das immer wieder mit zitternder und zärtlicher Stimme sagte:
„Weine nicht..."
Einige Wochen darauf war sie gestorben; als jener Auftritt sich abspielte, mußte sie schon vom Tode gezeichnet sein... Warum dachte er gerade in diesem Augenblick an sie? Es bestanden keinerlei Beziehungen zwischen jener vergessenen kleinen Toten, dem bescheidenen Mädchen aus dem Volke in einer fernen deutschen Stadt, und der adligen jungen Dame, die ihn jetzt anschaute. Aber in allen lebt nur eine Seele; und wenn auch die Millionen von Geschöpfen unter sich verschieden zu sein scheinen wie die Welten, die im Himmelsraum kreisen, so leuchtet doch derselbe Strahl der Liebe gleichzeitig in den durch Jahrhunderte voneinander getrennten Herzen. Christof hatte jetzt den Lichtschein wiedergefunden, den er einst über die blassen Lippen der kleinen Trösterin hatte huschen sehen...
Das dauerte nur einen Augenblick. Eine Menge Menschen verstellte die Tür, so daß Christof nicht in den anderen Salon sehen konnte. Er zog sich aus dem Bereich des Spiegels ins Dunkel zurück, aus Furcht, seine Verwirrung könne bemerkt werden. Doch als er ruhiger geworden war, wollte er sie wiedersehen. Er bangte, sie könne fortgegangen sein. Er trat in den Salon; und sogleich fand er sie

unter der Menge wieder, obgleich nicht mehr als dieselbe, die ihm im Spiegel erschienen war. Jetzt sah er sie von der Seite; sie saß in einem Kreis eleganter Damen; einen Ellenbogen auf der Sessellehne, den Körper ein wenig vorgeneigt, den Kopf in die Hand gestützt, hörte sie mit klugem und zerstreutem Lächeln dem Geplauder zu; sie hatte den Gesichtsausdruck des jungen Johannes auf Raffaels *La Disputa del Sacramento.*

Nun hob sie die Augen, sah ihn und war nicht erstaunt. Und er sah, daß ihr Lächeln ihm galt. Er grüßte sie bewegt und ging auf sie zu.

„Sie erkennen mich nicht?" sagte sie.

In diesem Augenblick erkannte er sie.

„Grazia...", sagte er.

Im selben Augenblick kam die Frau des Botschafters vorüber; sie gab ihrer Freude Ausdruck, daß es endlich zu der lange gesuchten Begegnung gekommen sei, und stellte Christof der „Gräfin Berény" vor. Christof aber war so bewegt, daß er nichts hörte; er achtete nicht auf den fremden Namen. Für ihn war sie immer noch seine kleine Grazia.

Grazia war zweiundzwanzig Jahre alt. Seit Jahresfrist war sie verheiratet mit einem jungen österreichischen Gesandtschaftsattaché aus adliger Familie, verschwägert mit einem Ministerpräsidenten des Kaisers. Sie hatte sich in diesen eleganten, vor der Zeit aufgebrauchten Lebemann und Snob aufrichtig verliebt und liebte ihn noch, so richtig sie ihn auch beurteilte. Ihr alter Vater war gestorben. Ihr Gatte war an die Botschaft nach Paris berufen worden. Durch die Beziehungen des Grafen Berény und durch ihre Anmut und ihre Klugheit war das scheue Mädchen, das ein Nichts einschüchtern konnte, eine der gefeiertsten jungen Frauen der Pariser Gesellschaft geworden, ohne daß sie sich darum bemüht hätte und ohne sich dadurch befangen zu fühlen. Es liegt eine große Kraft darin, jung und hübsch zu sein, zu gefallen und zu wissen, daß man gefällt. Und eine nicht minder große Kraft liegt darin, ein ruhiges, sehr gesundes und sehr heiteres Herz zu haben, das sein Glück in der harmonischen Übereinstimmung seiner Wünsche mit seinem Schicksal findet. Die schöne Blüte vom Baum des Lebens hatte sich entfaltet; doch sie hatte nichts von der ruhevollen Musik ihrer lateinischen Seele verloren, die im Licht und im herrlichen Frieden der italienischen Erde gereift war. Ganz von selbst hatte sie in der Pariser Gesellschaft einen gewissen Einfluß gewonnen; sie wunderte sich nicht darüber und nutzte ihn taktvoll für künstlerische oder wohltätige Werke, die sich unter ihren Schutz stellten. Die offizielle Schutzherrschaft überließ sie anderen: denn wußte sie auch ihre Stellung zu wahren, so hatte sie sich doch aus ihrer etwas ungeselligen Kindheit in dem einsamen, mitten in Feldern liegenden Landhaus ein heimliches Unabhängigkeitsbedürfnis bewahrt; die Gesellschaft ermüdete sie, obwohl sie ihr oft angenehm war; aber sie verstand es doch, ihre Langeweile unter dem liebenswürdigen Lächeln eines höflichen und guten Herzens zu verbergen.

Sie hatte ihren großen Freund Christof nicht vergessen. Das Kind, das in der Stille von einer unschuldigen Liebe verzehrt worden war, lebte allerdings nicht mehr. Die jetzige Grazia war eine sehr vernünftige und keineswegs romantische Frau. Für den Überschwang ihrer kindlichen Zärtlichkeit hatte sie eine leise Ironie. Doch die Erinnerung daran rührte sie auch wieder. Das Andenken an Christof war mit den reinsten Stunden ihres Lebens verknüpft. Es bereitete ihr Vergnügen, seinen Namen zu hören; jeder seiner Erfolge machte ihr Freude, als hätte sie einen Anteil daran: denn sie hatte sie vorausgeahnt. Seit ihrer Ankunft in Paris hatte sie versucht, ihn wiederzusehen. Sie hatte ihn eingeladen und hatte auf der Einladungskarte ihren Mädchennamen hinzugefügt. Christof hatte nicht darauf geachtet und die Einladung in den Papierkorb geworfen, ohne zu antworten. Sie war darüber nicht gekränkt gewesen und hatte, ohne daß er es wußte, seine Arbeiten und ein wenig sogar sein Leben weiter verfolgt. Sie war es, deren wohltuende Hand ihm bei den kürzlich von den Zeitungen gegen ihn geführten Angriffen zu Hilfe gekommen war. Die in jeder Hinsicht auf Reinlichkeit bedachte Grazia hatte keinerlei Beziehungen zur Zeitungswelt; handelte es sich aber darum, einem Freund einen Dienst zu erweisen, so war sie fähig, die Leute, die sie am wenigsten mochte, mit listigem Geschick zu betören. Sie lud den Direktor der Zeitung ein, die die Kläffermeute anführte; und im Nu hatte sie ihm den Kopf verdreht; sie verstand es, seiner Eitelkeit zu schmeicheln; sie bezauberte ihn so sehr, flößte ihm so großen Respekt ein, daß es nur einiger flüchtig hingeworfener Worte verächtlichen Erstaunens über die Angriffe auf Christof bedurfte, um die Angriffe mit einem Schlage zum Verstummen zu bringen. Der Schriftleiter strich den beleidigenden Aufsatz, der am nächsten Morgen erscheinen sollte; und als sich der Berichterstatter nach den Gründen für diese Streichung erkundigte, wusch er ihm den Kopf. Ja er tat noch mehr: er gab einem seiner Mädchen für alles den Auftrag, in dem zusammenfassenden Bericht der letzten vierzehn Tage einen begeisterten Abschnitt über Christof zu bringen; er fiel so begeistert und so dumm aus, wie man es sich nur wünschen konnte. Grazia war es auch, die auf den Gedanken kam, Werke ihres Freundes in der Botschaft aufführen zu lassen, und die Cécile dazu verhalf, sich in größerem Kreise bekannt zu machen, da sie wußte, daß Cécile von Christof gefördert wurde. Schließlich begann sie ganz allmählich, mit unauffälliger Geschicklichkeit über ihre Beziehungen zu der deutschen diplomatischen Gesellschaft an machthabender Stelle das Interesse für den aus Deutschland verbannten Christof zu wecken. Und nach und nach bahnte sie einen Meinungsumschwung an, um vom Kaiser einen Erlaß zu erlangen, der einem Künstler, der ihm Ehre machte, die Pforten seines Landes wieder öffnen sollte. War es auch für den Augenblick verfrüht, diesen Gnadenakt zu erwarten, so brachte sie es doch wenigstens dahin, daß man in bezug auf die Reise von wenigen Tagen, die er in seine Vaterstadt unternahm, ein Auge zudrückte.

Und Christof, der die Hand der unsichtbaren Freundin über sich gefühlt hatte, ohne erfahren zu können, wer sie sei, erkannte sie nun in dem Antlitz des jungen Johannes, das ihm im Spiegel zulächelte.

Sie plauderten von der Vergangenheit. Was sie redeten, wußte Christof kaum. Die, die man liebt, sieht und hört man nicht. Und liebt man sie recht, so denkt man nicht einmal daran, daß man sie liebt. Christof dachte an nichts; sie war da: das war ihm genug. Alles übrige war für ihn nicht mehr vorhanden...

Grazia hielt im Reden inne. Ein sehr großer, recht gut aussehender junger Mann, elegant, mit glattrasiertem Gesicht, kahlem Kopf und gelangweilter, hochmütiger Miene, betrachtete Christof durch sein Monokel und verbeugte sich auch bereits mit herablassender Höflichkeit.

„Mein Mann", sagte sie.

Im Salon erhob sich wieder das Stimmengewirr. Das innere Licht erlosch. Christof schwieg erstarrt und zog sich, nachdem er den Gruß erwidert hatte, sofort zurück.

Welche lächerlichen und unersättlichen Ansprüche, welche kindlichen Gesetze beherrschen die Künstlerseelen und ihr von Leidenschaften bewegtes Leben! Kaum hatte er diese Freundin wiedergefunden, die er einst, als sie ihn liebte, vernachlässigt und an die er seit Jahren nicht mehr gedacht hatte, da war es ihm, als gehörte sie ihm, als wäre sie sein eigen und als sei sie ihm gestohlen worden, da ein anderer sie genommen hatte: sie selbst hatte nicht das Recht, sich einem anderen zu schenken. Christof machte sich nicht klar, was in ihm vorging. Aber sein schöpferischer Dämon machte es sich statt seiner klar und gebar in diesen

Tagen einige seiner schönsten *Lieder** voll schmerzlicher Liebe.

Geraume Zeit sah er Grazia nicht wieder. Oliviers Leid und Gesundheit beschäftigten ihn vollauf. Eines Tages fand er schließlich die Adresse wieder, die sie ihm gegeben hatte, und er entschloß sich, sie aufzusuchen.

Als er die Treppe hinaufstieg, hörte er Hämmer von Arbeitern, die nagelten. Das Vorzimmer war in Unordnung, von Kisten und Koffern verstellt. Der Diener antwortete, die Gräfin sei nicht zu sprechen. Doch als Christof enttäuscht seine Karte abgegeben hatte und schon im Fortgehen war, lief ihm der Diener nach und ließ ihn unter Entschuldigungen eintreten. Christof wurde in einen kleinen Salon geführt, in dem die Teppiche aufgenommen und zusammengerollt waren. Grazia kam mit ihrem strahlenden Lächeln auf ihn zu und streckte ihm in einer Aufwallung von Freude die Hand entgegen. Aller törichte Groll versank. Er ergriff diese Hand in derselben Aufwallung von Glück und küßte sie.

„Ach", sagte sie, „ich bin so glücklich, daß Sie gekommen sind! Ich fürchtete so sehr, daß ich abreisen würde, ohne Sie wiedergesehen zu haben."

„Abreisen? Sie reisen fort?"

Wieder sank das Dunkel auf ihn.

„Sie sehen ja", sagte sie und wies auf die Unordnung im Zimmer, „Ende der Woche werden wir Paris verlassen haben."

„Für wie lange?"

Sie machte eine Geste.

„Wer kann das wissen?"

Er machte Anstrengung, zu sprechen. Seine Kehle war zugeschnürt.

„Wohin gehen Sie?"

„Nach den Vereinigten Staaten. Mein Mann ist dort zum Ersten Botschaftssekretär ernannt worden."

„Und so... so... ist alles aus?" Seine Lippen zitterten.

„Lieber Freund!" sagte sie, von seinem Ton bewegt. „Nein, es ist nicht aus."

„Ich habe Sie also nur wiedergefunden, um Sie zu verlieren!"

Er hatte Tränen in den Augen.

„Lieber Freund", sagte sie noch einmal.

Er deckte die Hand über die Augen und wandte sich ab, um seine Bewegung zu verbergen.

„Seien Sie nicht traurig", sagte sie und legte ihre Hand auf die seine.

In diesem Augenblick dachte er wieder an das kleine deutsche Mädchen. Sie schwiegen.

„Warum sind Sie so spät gekommen?" fragte sie dann endlich. „Ich habe versucht, Ihnen zu begegnen. Sie sind niemals darauf eingegangen."

„Ich wußte doch nicht, ich wußte doch nicht...", stammelte er. „Sagen Sie, waren Sie es, die mir so oft zu Hilfe kam, ohne daß ich es erraten konnte...? Ihnen danke ich, daß ich nach Deutschland zurückkehren konnte? Sie waren mein guter Engel, der über mir wachte?"

Sie antwortete:

„Ich war glücklich, etwas für Sie tun zu können. Ich schulde Ihnen so viel!"

„Was denn?" sagte er. „Ich habe doch nichts für Sie getan."

„Sie wissen nicht, was Sie mir gewesen sind!" sagte sie.

Sie sprach von der Zeit, in der sie ihn als kleines Mädchen bei ihrem Onkel Stevens getroffen hatte, wo ihr durch ihn und durch seine Musik alles, was es Schönes in der Welt gibt, offenbart worden war. Und allmählich wurde sie in ihrer milden Art lebhafter und erzählte ihm in deutlichen und doch verschleierten kurzen Andeutungen von ihren Kindergefühlen, von dem Anteil, den sie an seinem Kummer genommen hatte, von dem Konzert, in dem er ausgepfiffen worden war und in dem sie geweint hatte, von dem Brief, den sie ihm geschrieben und auf den er nie geantwortet, da er ihn nicht bekommen hatte. Und während Christof ihr zuhörte, erfüllte er guten Glaubens die Vergangenheit mit seinem jetzigen Gefühl, mit der ganzen Zärtlichkeit, die ihn für das sanfte Gesicht erfüllte, das ihm zugewandt war.

Sie plauderten harmlos, mit einer herzlichen Freude. Und Christof ergriff, während er sprach, Grazias Hand. Plötzlich aber hielten beide inne; denn Grazia wurde klar, daß Christof sie liebte. Und auch Christof wurde es klar...

Einst hatte Grazia Christof geliebt, ohne daß er sich darum gekümmert hätte. Jetzt liebte Christof Grazia, und Grazia empfand nichts mehr für ihn als eine friedliche Freundschaft: sie liebte einen anderen. Wie so oft im Leben, hätte es genügt, daß eine der beiden Lebensuhren ein wenig schneller gelaufen wäre, und ihrer beider ganzes Leben wäre anders geworden...

Grazia zog ihre Hand zurück, die Christof nicht mehr festhielt. Für einen Augenblick waren sie bestürzt und stumm.

Dann sagte Grazia:

„Leben Sie wohl."

Christof wiederholte seine Klage:

„Und so ist es also aus?"

„Es ist ohne Frage besser, daß es so gekommen ist."

„Werden wir uns vor Ihrer Abreise nicht noch einmal sehen?"

„Nein", sagte sie.

„Wann werden wir uns wiedersehen?"

Sie machte eine wehmütig zweifelnde Bewegung.

„Warum haben wir uns dann wiedergesehen? Warum?" meinte Christof.

Aber auf den Vorwurf aus ihren Augen antwortete er sogleich:

„Nein, Verzeihung, ich bin ungerecht."

„Ich werde immer an Sie denken", sagte sie.

„Ach", meinte er, „ich kann nicht einmal an Sie denken. Ich weiß nichts von Ihrem Leben."

Ruhig beschrieb sie ihm mit wenigen Worten ihr gewohntes Leben und wie ihre Tage dahingingen. Mit ihrem schönen, herzlichen Lächeln sprach sie von sich und ihrem Mann.

„Oh", meinte er eifersüchtig, „Sie lieben ihn?"

„Ja", sagte sie.

Er stand auf.

„Leben Sie wohl."

Auch sie stand auf. Da erst merkte er, daß sie in Hoffnung war. Und in seinem Herzen empfand er einen unaussprechlichen Eindruck von Widerwillen und Zärtlichkeit, von Eifersucht und leidenschaftlichem Mitleid. Sie begleitete ihn bis zum Ausgang des kleinen Salons. An der Tür wandte er sich um, beugte sich über die Hand der Freundin und küßte sie lange. Sie rührte sich nicht und hielt die Augen halb geschlossen. Schließlich richtete er sich auf und ging schnell hinaus, ohne sie noch einmal anzuschauen.

E chi allora m'avesse domandato
di cosa alcuna, la mia risponsione
sarebbe stata solamente AMORE,
con viso vestito d'umiltà.

Allerheiligentag. Draußen graues Licht und kalter Wind. Christof war bei Cécile. Cécile saß neben der Wiege des Kindes, über das sich Frau Arnaud neigte, die im Vorbeigehen heraufgekommen war. Christof träumte. Er fühlte, daß er das Glück versäumt hatte, aber es kam ihm nicht in den Sinn, darüber zu klagen: er wußte, daß das Glück existierte... Sonne, ich brauche dich nicht zu sehen, um dich zu lieben! Während der langen Wintertage, in denen ich im Dunkel erschauere, ist mein Herz von dir erfüllt; meine Liebe wärmt mich: ich weiß, du bist da...

Auch Cécile träumte. Sie betrachtete das Kind unentwegt, und schließlich war ihr, als sei es ihr eigenes. Oh, gesegnete Macht des Traumes, schöpferische Phantasie des Lebens! Das Leben... Was ist das Leben? Es ist nicht so, wie die kalte Vernunft und unsere Augen es sehen. Das Leben ist so, wie wir es träumen. Das Maß des Lebens ist die Liebe.

Christof betrachtete Cécile, deren ländlich derbes Gesicht mit den großen Augen vom Glanz der Mutterliebe überstrahlt war – eine bessere Mutter als die wirkliche. Und er betrachtete Frau Arnauds müdes, sanftes Gesicht. Er las in ihren Zügen wie in einem herzbewegenden Buch die verborgenen Leiden und Freuden dieses Lebens einer Gattin, das oft, ohne daß man etwas davon ahnt, ebenso reich an Schmerzen und Wonnen ist wie die Liebe Julias oder Isoldes, doch reicher an frommer Größe...

Socia rei humanae atque divinae...

Und er dachte, daß ebensowenig wie der Glaube oder der Mangel an Glauben es die Kinder sind oder der Mangel an Kindern, was das Glück oder das Unglück der Frauen ausmacht, die sich verheiraten oder sich nicht verheiraten. Das Glück ist der Duft der Seele, die Harmonie, die im Grunde des Herzens schwingt. Und die schönste Musik der Seele ist die Güte.

Olivier trat ein. Seine Bewegungen waren ruhig; eine neue, stille Heiterkeit verklärte ihn. Er lächelte dem Kinde zu, drückte Cécile und Frau Arnaud die Hand und begann ruhig zu plaudern. Sie beobachteten ihn mit einem Erstaunen voll freundschaftlicher Zuneigung. Er war nicht mehr derselbe. In der Einsamkeit, in die er sich mit seinem Kummer zurückgezogen hatte gleich der Raupe, die sich einspinnt, war es ihm nach vieler Mühe gelungen, sein Leid wie eine leere Hülle abzustreifen. Später wollen wir erzählen, wie er glaubte, einen schönen Daseinszweck gefunden zu haben, dem er sein Leben weihen wollte, das nur noch einen Sinn für ihn hatte, wenn er es zum Opfer bringen konnte; und wie es immer ist: gerade an dem Tage, da sein Herz auf das Leben verzichten wollte, war es neu in ihm entfacht. Seine Freunde schauten ihn an. Sie wußten nicht, was sich zugetragen hatte, und wagten nicht, ihn danach zu fragen; aber sie fühlten, daß er sich befreit hatte und daß weder Trauer noch Bitterkeit in ihm zurückgeblieben war, um was und gegen wen es auch sei.

Christof stand auf, ging zum Klavier und sagte zu Olivier:

„Soll ich dir ein Lied von Brahms singen?"

„Von Brahms?" fragte Olivier. „Du spielst jetzt deinen alten Feind?"

„Es ist Allerheiligen", sagte Christof, „der Tag der Vergebung für alle."

Und halblaut, um das Kind nicht aufzuwecken, sang er ein paar Sätze aus einem volkstümlichen alten schwäbischen Lied*:

> *Für die Zeit, wo du g'liebt mi hast,*
> *da dank i dir schön,*
> *und i wünsch, daß dir's anderswo*
> *besser mag gehn...**

„Christof!" sagte Olivier.

Christof drückte ihn an seine Brust.

„Nur Mut, mein Junge", sagte er zu ihm, „wir haben das gute Teil erwählt."

Sie saßen alle vier bei dem schlafenden Kind. Sie redeten nicht. Und hätte man sie gefragt, was ihre Gedanken bewegte, *sie hätten, das Antlitz von Demut überschattet, nur geantwortet:*

Liebe.

Neuntes Buch

DER FEURIGE BUSCH

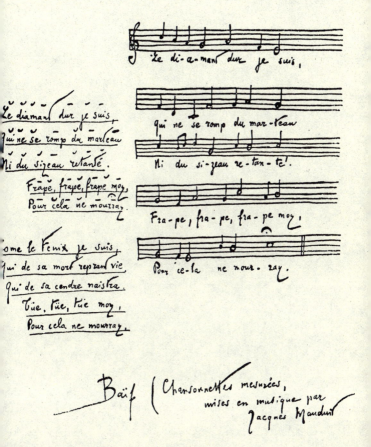

Le diamant dur je suis
Qui ne se romp du marteau
Ni du sizeau retanté.
Frape, frape, frape moy,
Pour cela ne mourray.

Come le Fenix je suis,
Qui de sa mort reprand vie
Qui de sa cendre naistra.
Tüe, tüe, tüe moy,
Pour cela ne mourray.

Baïf (Chansonnettes mesurées, mises en musique par Jacques Mauduit

ERSTER TEIL

Stille im Herzen. Die Winde haben sich gelegt. Die Luft ist reglos ...

Christof war ruhig; in ihm war Frieden. Er empfand etwas wie Stolz, ihn erobert zu haben. Und insgeheim war er darüber betrübt. Er wunderte sich über die Stille. Seine Leidenschaften waren eingeschlafen; er war aufrichtig überzeugt, daß sie nicht wieder erwachen würden.

Seine große, etwas brutale Kraft dämmerte gegenstandslos, tatenlos dahin. In seinem Innern verbarg sich eine uneingestandene Leere, ein ständiges *Wozu*; vielleicht auch das Bewußtsein von einem Glück, das er zu ergreifen versäumt hatte. Er hatte nicht mehr genug zu kämpfen, weder mit sich noch mit anderen. Er brauchte sich nicht mehr so sehr anzustrengen, selbst beim Arbeiten nicht. Er stand am Ziel einer Wegstrecke; er genoß die Früchte seiner früheren Mühen; allzu leicht schöpfte er aus dem musikalischen Bronnen, den er erschlossen hatte; und während das natürlich rückständige Publikum seine früheren Werke entdeckte und bewunderte, begann er sich von ihnen zu lösen, ohne daß er noch wußte, ob es vorwärtsgehe. Er empfand beim Schaffen ein Glück voller Gleichmaß. Die Kunst war zu diesem Zeitpunkt seines Lebens nur noch ein schönes Instrument für ihn, das er virtuos handhabte. Er fühlte mit Beschämung, daß er dilettantisch wurde.

Ibsen sagt:

Um sich in der Kunst zu behaupten, ist noch anderes nötig als ein natürliches Talent: Leidenschaften, Schmerzen, die das Leben erfüllen und ihm einen Sinn geben. Sonst schafft man nicht, sondern schreibt Bücher.

Christof schrieb Bücher. Er war das nicht gewohnt. Seine Bücher waren schön. Er hätte sie sich weniger schön, dafür aber lebendiger gewünscht. Dieser ruhende Athlet, der nicht wußte, was er mit seinen Muskeln anfangen sollte, sah, gähnend wie ein Raubtier, das sich langweilt, Jahre um Jahre ruhiger Arbeit vor sich. Und da er sich aus seinem alten germanischen Optimismus heraus gern einredete, daß alles so am besten sei, wie es ist, meinte er, das sei unzweifelhaft das Ziel, dem niemand ausweichen könne; er gab sich der Hoffnung hin, allen Qualen entronnen und Herr seiner selbst geworden zu sein. Das wollte nicht viel heißen ... Schließlich beherrscht man das, was man hat; man ist, was man sein kann ... Er glaubte im Hafen zu sein.

Die beiden Freunde wohnten nicht zusammen. Als Jacqueline fortgegangen war, hatte Christof gemeint, Olivier werde wieder zu ihm ziehen. Aber Olivier konnte das nicht. Obgleich er das Bedürfnis hatte, sich Christof anzuschließen, fühlte er, wie unmöglich es ihm wäre, zu der früheren Lebensweise zurückzukehren. Nach den mit Jacqueline verbrachten Jahren wäre es ihm unerträglich, ja ruchlos erschienen, die Vertraulichkeiten des täglichen Lebens mit einem anderen zu teilen – mochte dieser andere ihn auch tausendmal mehr lieben und hätte er selbst ihn mehr geliebt als Jacqueline. – Das läßt sich nicht erklären.

Christof begriff das nur schwer. Er kam immer wieder darauf zurück, wunderte sich, war gekränkt, war empört. – Dann aber sprach sein Instinkt, der seinem Verstand überlegen war. Plötzlich redete er nicht mehr darüber und gab zu, daß Olivier recht habe.

Aber sie sahen sich täglich, und niemals waren sie inniger miteinander verbunden gewesen. Vielleicht tauschten sie in ihren Unterhaltungen nicht die geheimsten Gedanken aus. Sie hatten nicht das Bedürfnis danach. Der Austausch ergab sich von selbst, auch ohne Worte, dank der Liebe, die sie im Herzen trugen.

Sie redeten wenig: der eine war in seine Kunst vertieft, der andere in seine Erinnerungen. Oliviers Leid besänftigte sich; aber er tat nichts dazu, er fühlte sich fast wohl darin: lange Zeit hindurch war es ihm sein einziger Lebensinhalt. Er liebte sein Kind; aber sein Kind – ein schreiendes Baby – konnte keinen großen Platz in seinem Leben einnehmen. Manche Männer sind mehr Liebhaber als Väter. Man braucht darüber nicht ungehalten zu sein. Die Natur ist nicht gleichartig; und es wäre widersinnig, allen Menschen dieselben Herzensgesetze aufzwingen zu wollen. Niemand hat das Recht, seine Pflichten dem Herzen zum Opfer zu bringen. Wenigstens muß man dem Herzen aber das Recht zugestehen, bei aller Pflichterfüllung nicht glücklich zu sein. Olivier liebte in seinem Kind vielleicht am meisten die, deren Schoß es geformt hatte.

Bisher hatte er wenig auf die Leiden anderer Rücksicht genommen. Er war ein Intellektueller, der allzusehr in sich verschlossen lebte. Das war nicht Egoismus, das war die krankhafte Gewohnheit zu träumen. Jacqueline hatte die Leere um ihn her noch erweitert; ihre Liebe hatte zwischen Olivier und den anderen Menschen einen Bannkreis gezogen, der bestehenblieb, als die Liebe nicht mehr war. Und dann war er dem Temperament nach ein kleiner Aristokrat. Von Kindheit an hatte er sich trotz seines liebebedürftigen Herzens aus einem Feingefühl des Körpers und der Seele von der Menge ferngehalten. Die Atmosphäre und die Gedanken dieser Leute widerten ihn an.

Das alles aber ward anders infolge einer alltäglichen Tatsache, deren Zeuge er geworden war.

Er hatte eine sehr bescheidene Wohnung in dem oberen Montrouge gemietet, nicht weit von Christof und Cécile. Das Stadtviertel war volkstümlich und das Haus von kleinen Rentnern, Angestellten und ein paar haushälterisch lebenden Arbeitern bewohnt. Zu jeder anderen Zeit hätte er unter der Umgebung, in der er sich als Fremder fühlte, gelitten; gegenwärtig aber lag ihm wenig daran: hier oder dort, er fühlte sich überall fremd. Er wußte kaum, wen er zum Nachbarn hatte, und wollte es auch gar nicht wissen. Wenn er von der Arbeit zurückkehrte (er hatte eine Stelle in einem Verlagshaus angenommen), schloß er sich mit seinen Erinnerungen ein und ging nur aus, um sein Kind und Christof zu besuchen. Seine Wohnung war ihm kein Heim: es war die Dunkelkammer, in der sich die Bilder der Vergangenheit entwickelten; je schwärzer und kahler sie war, um so deutlicher tauchten die inneren Bilder auf. Kaum bemerkte er die Gesichter, denen er auf der Treppe begegnete. Ihm selbst unbewußt, prägten sich ihm dennoch einige ein. Es beruht auf der geistigen Anlage mancher Menschen, daß sie die Dinge erst ganz deutlich sehen, wenn sie schon vorüber sind. Dann aber entschwindet ihnen nichts mehr, die kleinsten Einzelheiten haften wie eingemeißelt. So war Olivier. In ihm lebten die Lebendigen schattenhaft. Durch eine heftige Erregung traten sie an die Oberfläche seines Bewußtseins; und er war erstaunt, sie wiederzuerkennen, ohne sie gekannt zu haben; manchmal streckte er die Hände nach ihnen aus, um sie zu fassen... Zu spät.

Eines Tages sah er, als er ausging, vor der Haustür einen Haufen Menschen, die um die schwadronierende Concierge herumstanden. Er war so wenig neugierig, daß er weitergegangen wäre, ohne nach dem Grunde zu fragen; aber die Concierge, die ihre Zuhörerschaft gern vermehrt gesehen hätte, hielt ihn an und fragte ihn, ob er nicht wisse, was den armen Roussels zugestoßen sei. Olivier wußte nicht einmal, wer „die armen Roussels" waren, und er hörte mit höflicher Gleichgültigkeit zu. Als er erfuhr, daß sich soeben eine Arbeiterfamilie, Vater, Mutter und fünf Kinder, in seinem Hause vor lauter Elend das Leben genommen hatte, blieb er stehen wie die anderen, starrte die Hausmauer an und hörte der Schwätzerin zu, die nicht müde wurde, ihre Geschichte immer wieder zu erzählen. Je mehr sie sprach, desto mehr Erinnerungen tauchten in ihm auf, und er wußte, daß er diese Leute gesehen hatte; er stellte einige Fragen... Ja, er erinnerte sich ihrer wieder: der Mann (er hatte seinen pfeifenden Atem auf der Treppe gehört) war Bäckergeselle; seine Haut war fahl, sein Blut von der Ofenhitze getrunken, die Backen eingefallen und schlecht rasiert. Er hatte zu Anfang des Winters eine Lungenentzündung gehabt, und die war noch nicht genügend ausgeheilt, als er seine Arbeit wiederaufgenommen hatte. Dann hatte er einen Rückfall gehabt. Drei Wochen war er kraftlos und ohne Arbeit gewesen. Seine Frau, die aus einer Schwangerschaft in die andere geriet und vor Rheumatismus ganz steif war, arbeitete sich in einigen Aufwartestellen ab und versäumte viel Zeit mit Laufereien, um ein paar kärgliche städtische Unterstützungen zu erlangen, die ihr nur höchst spärlich zuflossen. Zwischendurch wurden die Kinder geboren, immer wieder eins: elf Jahre, sieben Jahre, drei Jahre – zwei andere, die unterwegs verlorengegangen waren, nicht gerechnet – und zum Abschluß ein Paar Zwillinge, die diesen Augenblick für ihr Erscheinen gewählt hatten: sie waren im vergangenen Monat geboren.

Am Tage der Geburt, so erzählte eine Nachbarin, hätte die älteste der fünf, die kleine elfjährige Justine – das arme Wurm! –, schluchzend gefragt, wie sie es nur anstellen solle, alle beide auf einmal zu tragen.

Olivier sah sofort das Bild des kleinen Mädchens wieder vor sich – die mächtige Stirn, das glanzlose, glatt zurückgestrichene Haar, die grauen, unruhigen, vorstehenden Augen. Wenn man sie traf, trug sie immer etwas, eine Einkaufstasche oder das kleinste Schwesterchen, oder sie hielt wohl auch den siebenjährigen Bruder an der Hand, einen Jungen mit feinem, kränklichem Gesichtchen, der ein Auge verloren hatte. Wenn sie sich auf der Treppe streiften, sagte Olivier in seiner zerstreuten Höflichkeit:

„Verzeihung, Fräulein."

Sie sagte nichts, sie ging steif vorbei und wich kaum aus; aber diese scheinbare Höflichkeit bereitete ihr ein heimliches Vergnügen. Am vergangenen Tage hatte er sie abends gegen sechs Uhr beim Hinuntergehen zum letzten Male getroffen. Sie trug einen Eimer Holzkohle hinauf. Ihm war das nicht aufgefallen, höchstens, daß die Last recht schwer zu sein schien. Aber dergleichen ist den Kindern des Volkes selbstverständlich. Olivier hatte wie gewöhnlich gegrüßt, ohne hinzusehen. Einige Stufen tiefer hob er mechanisch den Kopf und sah, wie sich das verkrampfte kleine Gesichtchen über den Treppenabsatz beugte und ihm nachschaute. Sie hatte sich sofort abgewandt und war weiter die Treppe hinaufgestiegen. Wußte sie, wohin dieser Weg führte? – Olivier zweifelte nicht daran, und er war besessen von dem Gedanken an dieses Kind, das in seinem allzu schweren Eimer den Tod trug wie eine Befreiung – für diese unglücklichen Kleinen heißt nicht mehr sein soviel wie nicht mehr leiden! Er vermochte nicht, seinen Weg fortzusetzen. Er ging in sein Zimmer zurück. Dort aber fühlte er diese Toten neben sich ... Nur wenige Wände trennten ihn davon ... Zu denken, daß er Seite an Seite mit diesen angsterfüllten Menschen gelebt hatte!

Er ging zu Christof. Sein Herz war beklommen; er gestand sich, daß es widernatürlich sei, sich in so eitle Liebesschmerzen zu verlieren, wie er es getan hatte, wenn so viele Wesen tausendmal grausamere Leiden durchmachten und man sie retten könnte. Seine Ergriffenheit war tief und übertrug sich schnell. Christof, leicht zu beeindrucken, war auch erschüttert. Als er Oliviers Erzählung hörte, zerriß er die Seite, die er gerade geschrieben hatte, und schalt sich einen Egoisten, der sich mit kindlichen Spielen abgebe. Gleich darauf aber suchte er die zerrissenen Stücke wieder zusammen. Seine Musik galt ihm zuviel, und sein Instinkt sagte ihm, daß ein Kunstwerk weniger nicht einen Glücklichen mehr bedeute. Derartige Tragödien des Elends waren ihm nichts Neues; von Kindheit an war er gewohnt, am Rande solcher Abgründe zu schreiten und nicht hinabzustürzen. Er dachte sogar streng über den Selbstmord, besonders in diesem Augenblick seines Lebens, in dem er sich in der Fülle seiner Kraft fühlte und nicht fassen wollte, daß man um irgendeines Leides willen dem Kampf entsagen könne. Was ist natürlicher als Leid und Kampf? Sie sind das Rückgrat des Universums.

Auch Olivier hatte ähnliche Prüfungen erduldet; niemals aber hatte er vermocht, sich oder andere dadurch innerlich zu bereichern. Das Elend, in dem sich das Leben seiner teuren Antoinette aufgerieben hatte, flößte ihm Entsetzen ein. Als er sich nach seiner Heirat mit Jacqueline durch den Reichtum und die Liebe hatte verweichlichen lassen, hatte er schleunigst die Erinnerung an die trüben Jahre von sich geschoben, in denen seine Schwester und er sich abarbeiten mußten, um täglich ihr Lebensrecht an den folgenden Tag neu zu erringen, ohne daß sie wußten, ob es ihnen gelingen würde. Jetzt, da er sich nicht mehr hinter seinem jugendlichen Egoismus verschanzen konnte, tauchten jene Bilder wieder auf. Anstatt den Anblick des Leides zu fliehen, machte er sich auf die Suche danach. Er brauchte nicht weit zu gehen, um es zu finden. In seiner Geistesverfassung mußte es ihm überall begegnen. Es erfüllte die Welt. Die Welt, dieses Krankenhaus... O Todesschmerzen! Schmerzen des verwundeten, zuckenden Fleisches, das lebend verwest. Schweigende Qualen der Herzen, die der Kummer verzehrt. Ungeliebte Kinder, arme, hoffnungslose Mädchen, verführte oder verratene Frauen, in ihren Freundschaften, ihrer Liebe und ihrer Überzeugung enttäuschte Männer, jammervolle Schar der Unglücklichen, die das Leben zertritt und vergißt... Am schrecklichsten waren nicht Elend und Krankheit; am schrecklichsten war die Grausamkeit der Menschen gegeneinander. Kaum hatte Olivier die Falltür gehoben, die die menschliche Hölle verschloß, so stieg ihm das Geschrei all der Unterdrückten entgegen, der ausgebeuteten Proletarier, der verfolgten Völker: des niedergemetzelten Armeniens, des zerstückelten Polens, des gemarterten Rußlands, des europäischer Beutegier ausgelieferten Afrikas – all der Elenden des Menschengeschlechts. Er glaubte ersticken zu müssen; er hörte es fortwährend, es war ihm unmöglich, es nicht zu hören; er konnte sich nicht vorstellen, daß es Leute gäbe, die an anderes dachten. Unaufhörlich sprach er darüber zu Christof, der dadurch gestört wurde und sagte:

„Schweig doch, laß mich arbeiten!"

Und als er Mühe hatte, sein Gleichgewicht wiederzufinden, wurde er böse und fluchte:

„Zum Teufel! Mein Tag ist verloren! Das hast du ja gut gemacht!"

Olivier entschuldigte sich.

„Mein Junge", sagte Christof, „man muß nicht immer in den Abgrund schauen, sonst kann man nicht mehr leben."

„Man muß denen die Hand reichen, die im Abgrund sind."

„Allerdings, aber wie? Sollen wir uns auch hineinstürzen? Denn das willst du. Du hast einen Hang, im Leben nur das Traurige zu sehen. Gott segne dich! Sicherlich kommt dieser Pessimismus aus gütigem Herzen, aber er ist niederdrückend. Willst du Glück verbreiten, so sei erst selber glücklich."

„Glücklich! Wie kann man es übers Herz bringen, glücklich zu sein, wenn man soviel Leid sieht? Glück kann nur im Lindern des Leides bestehen."

„Ausgezeichnet! Aber ich kann den Unglücklichen nicht dadurch helfen, daß ich mich aufs Geratewohl herumschlage. Ein schlechter Kämpfer mehr will nicht viel bedeuten. Durch meine Kunst aber kann ich trösten, kann Kraft und Freude verbreiten. Weißt du, wie viele Elende durch die Schönheit eines Gedankens, durch ein beflügeltes Lied in ihrem Leid schon aufgerichtet worden sind? Schuster, bleib bei deinen Leisten! Ihr in Frankreich seid alle gutherzige Faselhänse; ihr seid immer die ersten, die gegen alle Ungerechtigkeiten auftreten, ob in Spanien oder in Rußland, ohne daß ihr recht wißt, worum es sich eigentlich handelt. Ich liebe euch deswegen. Aber meint ihr, daß ihr dadurch die Dinge vorwärtsbringt? Ihr geratet nur in Händel, aber das Ergebnis ist gleich Null – wenn es nicht zufälligerweise noch schlimmer abläuft... Und dann: Eure Kunst war niemals krankhafter als in solchen Zeiten, in denen eure Künstler sich anmaßten, im allgemeinen Weltgetriebe mitzutun. Sonderbar, wie viele dilettantische und gewitzte Meisterchen sich als Apostel gebärden! Sie täten besser daran, ihrem Volk einen weniger gepanschten Wein einzuschenken. – Meine erste Pflicht ist, das, was ich mache, gut zu machen und euch eine gesunde Musik zu fabrizieren, die euch das Blut reinigt und euch mit Sonne erfüllt."

Will man bei anderen Sonne verbreiten, so muß man sie in sich haben. Daran fehlte es Olivier. Er war wie die Besten von heute nicht stark genug, Kraft aus sich ganz allein auszustrahlen. Er hätte dies nur mit anderen zusammen vermocht. Doch mit wem sollte er sich zusammentun? Da er freigeistig und dabei frommen Herzens war, wurde er von allen politischen und religiösen Parteien zurückgewiesen. Sie wetteiferten alle untereinander an Unduldsamkeit und Engherzigkeit. Sobald sie zur Macht gelangt waren, mißbrauchten sie sie. Olivier fühlte sich nur zu den Schwachen und Unterdrückten hingezogen. Mit Christof war er wenigstens darin einer Meinung, daß es nötig sei, bevor man die fernen Ungerechtigkeiten bekämpfte, zunächst an die Beseitigung der nahen zu gehen, die einen umgeben und für die man mehr oder weniger verantwortlich ist. Zu viele Leute begnügen sich damit, gegen das von andern begangene Böse Verwahrung einzulegen; aber sie denken nicht an das, was sie selber verursachen.

Olivier beschäftigte sich zunächst mit der Armenfürsorge. Seine Freundin, Frau Arnaud, nahm an einem Wohltätigkeitswerk teil. Olivier beteiligte sich gleichfalls daran. In der ersten Zeit aber erlebte er mehr als eine Enttäuschung:

die Armen, um die er sich zu kümmern hatte, waren nicht alle der Teilnahme wert; oder sie erwiderten seine Teilnahme schlecht, mißtrauten ihm und blieben verschlossen. Überhaupt fällt es einem Intellektuellen schwer, in der ganz schlichten Barmherzigkeit Genüge zu finden: sie tränkt nur einen so kleinen Bezirk im Lande des Elends! Ihr Tun ist fast immer zusammenhanglos, fragmentarisch; es ist, als ließe sie sich vom Zufall treiben und verbände die Wunden gerade nur da, wo sie sie entdeckt; sie ist im allgemeinen zu bescheiden und hat zuwenig Zeit, bis zu den Wurzeln des Übels vorzudringen. Aber gerade diese aufzusuchen, konnte Oliviers Geist sich nicht enthalten.

Er machte sich daran, der Frage des sozialen Elends auf den Grund zu gehen. An Führern fehlte es ihm nicht. Die soziale Frage war in jener Zeit eine Frage der Gesellschaft geworden. Man sprach in den Salons darüber, im Theater, in den Romanen. Jeder behauptete, etwas davon zu verstehen. Ein Teil der Jugend verausgabte darin seine beste Kraft.

Jede neue Generation braucht einen schönen Wahn. Auch die selbstsüchtigsten jungen Leute haben einen Überfluß an Lebenskraft, ein Kapital an Energie, das ihnen vorgestreckt worden ist und das nicht nutzlos liegen will; sie versuchen, es in einer Tätigkeit oder (wenn sie vorsichtiger sind) in einer Theorie zu verausgaben. Luftschiffahrt oder Revolution. Muskelsport oder Ideensport. Wenn man jung ist, hat man das Bedürfnis, sich einzubilden, man arbeite an einer großen Menschheitsbewegung mit, man erneuere die Welt. Wie schön, Sinne zu haben, die in allen Winden des Weltalls beben! Man ist so frei und so leicht! Man hat sich noch nicht mit Familienbanden belastet, man hat nichts, man setzt nicht viel aufs Spiel. Wie großherzig ist man, gilt es auf etwas zu verzichten, woran einem noch nichts liegt! Und dann ist es so gut, zu lieben und zu hassen, zu glauben, man könne die Erde mit Träumen und Geschrei umformen. Junge Leute sind wie Hunde, die auf der Lauer liegen: sie zittern und bellen in den Wind. Eine Ungerechtigkeit, die am anderen Ende der Welt begangen wurde, macht sie rasend.

Gebell in der Nacht. Inmitten der großen Wälder antworten sie einander unaufhörlich von einem Hof zum andern. Die Nacht ist unruhig. Es ist nicht leicht, zu dieser Zeit zu schlafen. Der Wind peitscht den Widerhall so vieler Ungerechtigkeiten durch die Luft. Zahllos sind die Ungerechtigkeiten; will man einer abhelfen, so läuft man Gefahr, andere zu verursachen. Was ist Ungerechtigkeit? – Für den einen ist es der schmachvolle Frieden, das zerstükkelte Vaterland, für den andern der Krieg; für diesen die zertrümmerte Vergangenheit, der verbannte Fürst, für jenen die beraubte Kirche; für den dritten ist es die verschlossene Zukunft, die gefährdete Freiheit. Für das Volk ist es die Ungleichheit, und für die Elite ist es die Gleichheit. So viele verschiedene Ungerechtigkeiten gibt es, daß jede Zeit sich die ihre wählt – die, die sie bekämpft, und die, die sie begünstigt.

Gegenwärtig waren die hauptsächlichen Anstrengungen der Welt gegen die sozialen Ungerechtigkeiten gewandt – und unbewußt darauf gerichtet, neue zu erzeugen.

Gewiß, diese Ungerechtigkeiten waren groß und in die Augen springend, seit die Arbeiterklasse an Zahl und Macht gewachsen und eines der nötigsten Räder in der Staatsmaschine geworden war. Trotz alles Wortgepränges ihrer Tribunen und ihrer Fürsprecher war jedoch die Lage dieser Klasse nicht schlimmer, sondern besser als je in der Vergangenheit. Und der Wandel hatte sich nicht dadurch vollzogen, daß sie mehr litt, sondern daß sie stärker geworden war. Stärker gerade durch die Kraft des feindlichen Kapitals, durch die unabwendbare ökonomische und industrielle Entwicklung, die die Arbeiter zu Armeen zusammengeschlossen hatte, die nun zum Kampfe bereit waren. Das Maschinenzeitalter hatte ihnen die Waffen in die Hand gegeben, hatte aus jedem Werkführer einen Meister gemacht, der dem Lichte, dem Blitz, der Bewegung, der Weltenergie befahl. Dieser ungeheuren Masse elementarer Kräfte, die erst seit kurzem einige Führer zu organisieren versuchten, entstieg eine sengende Glut, entströmten elektrische Wellen, die allmählich den Körper der menschlichen Gesellschaft durchliefen.

Nicht durch ihre Gerechtigkeit oder durch die Neuheit und durch die Kraft ihrer Ideen wühlte die Sache des Volkes das intelligente Bürgertum auf, obwohl es das glauben wollte; es geschah durch ihre Lebenskraft.

Ihre Gerechtigkeit? Tausend andere gerechte Ansprüche wurden in der Welt verletzt, ohne daß sich die Welt darüber aufregte. Ihre Ideen? Fetzen von Wahrheiten, die hier und da aufgesammelt und auf Kosten der anderen Klassen der Statur einer einzigen Klasse angepaßt waren. Sinnlose Credos, sinnlos wie alle Credos – Gottesgnadentum der Könige, Unfehlbarkeit der Päpste, Herrschaft des Proletariats, allgemeines Stimmrecht, Gleichheit der Menschen –, alle gleicherweise sinnlos, wenn man nur den Vernunftwert in Betracht zieht und nicht die Kraft, die sie belebt. Was liegt an ihrer Mittelmäßigkeit? Ideen erobern die Welt nicht als Ideen, sondern als Kräfte. Sie ergreifen die Menschen nicht durch ihren verstandesmäßigen Gehalt, sondern durch die lebendige Ausstrahlung, die in gewissen Augenblicken in der Geschichte von ihnen ausgeht. Sie sind wie aufsteigender Rauch: selbst abgestumpfte Geruchsnerven werden davon berührt. Die erhabenste Idee bleibt ohne Wirkung bis zu dem Tage, wo sie ansteckend wird: dies aber nicht durch ihren eigenen Wert, sondern durch den der menschlichen Gruppen, die ihr erst Blut und Gestalt geben. Dann kommt unversehens die vertrocknete Pflanze, die Rose von Jericho, zum Aufblühen, wächst und erfüllt die Lüfte mit ihrem durchdringenden Duft. – So war es auch mit den Gedanken, die den Hirnen bürgerlicher Träumer entsprossen waren und unter deren flammender Fahne die Arbeiterklasse gegen die bürgerliche Festung anstürmte. Solange sie in den Büchern der Bürger blieben, waren sie wie tot, waren Museumsstücke, verhüllte Mumien in Glasschränken, die niemand anschaute. Sobald sich aber das Volk ihrer bemächtigt hatte, waren sie volkstümlich geworden; es hatte sie mit fieberhafter Wirklichkeit erfüllt, sie zwar entstellt, aber doch belebt, indem es den abstrakten Vernunftgründen seine phantastischen Hoffnungen einblies, ein glühender Wüstenwind. Sie übertrugen sich von einem auf den andern. Man wurde davon angesteckt, ohne zu wissen, durch wen noch wie sie übertragen worden waren. Auf die Personen kam es dabei nicht an. Die geistige Epidemie breitete sich immer weiter aus, und es konnte geschehen, daß beschränkte Menschen sie auf hervorragende übertrugen. Jeder war unbewußt ihr Bazillenträger.

Zu allen Zeiten und in allen Ländern findet man solche Erscheinungen geistiger Ansteckung, selbst in aristokratischen Staaten, in denen sich die Kasten zu erhalten suchen, die untereinander abgeschlossen leben. Nirgends aber sind sie niederschmetternder als in Demokratien, die keine heilsamen Schranken zwischen der Elite und dem großen Haufen bewahren. Jene ist ebenfalls sofort verseucht. Trotz ihres Stolzes und ihrer Klugheit kann sie der Ansteckung nicht entgehen: denn sie ist weit schwächer, als sie meint. Die Klugheit ist ein Eiland, das von den menschlichen Meereswogen benagt, zerbröckelt und überflutet wird. Es taucht erst wieder empor, wenn die Flut zurücktritt. – Man bewundert den Opfermut der französischen Privilegierten, die in der Nacht des vierten August Verzicht auf ihre Rechte leisteten. Das Bewundernswerteste dabei ist sicherlich, daß sie nicht anders handeln konnten. Ich stelle mir vor, daß eine ganze Anzahl von ihnen, als sie in ihr Haus zurückgekehrt waren, sich sagten: „Was habe ich getan? Ich war berauscht..." O wundervoller Rausch! Gelobt seien der gute Wein und die Rebe, die ihn schenkt! Die Privilegierten des alten Frankreichs hatten die Reben nicht gepflanzt, deren Blut sie berauschte. Der Wein war gekeltert, man brauchte ihn nur zu trinken. Wer ihn trank, raste. Selbst die, die nicht tranken, erfaßte der Taumel, nur weil sie im Vorübergehen den Duft aus dem Fasse eingesogen hatten. Weinlese der Revolution... Von dem Neunundachtziger ist heute nichts mehr übrig als einige abgestandene Flaschen in den Familienkellern; aber die Kinder unserer Kindeskinder werden noch wissen, daß ihren Urgroßvätern der Kopf davon wirbelte.

Der Wein, der den jungen Bürgern aus Oliviers Generation zu Kopfe stieg, war herber, doch nicht weniger stark. Sie opferten ihre Gesellschaftsklasse dem neuen Gott – dem Deo ignoto: dem Volke.

Gewiß, sie waren nicht alle gleich aufrichtig. Viele sahen darin nur eine Gelegenheit, sich in ihrer Gesellschaftsschicht hervorzutun, indem sie taten, als verachteten sie sie. Für die meisten war es ein geistiger Zeitvertreib, ein oratorisches Mitgerissenwerden, das sie nicht ganz ernst nahmen. Es macht Vergnügen, zu glauben, daß man an eine Sache glaubt, daß man sich für sie schlägt oder sich für sie schlagen wird – daß man sich zum mindesten für sie schlagen könnte. Es ist sogar nicht übel, sich einzubilden, daß man dabei etwas aufs Spiel setzt. Theatergefühle!

Sie sind recht unschuldig, wenn man sich ihnen harmlos hingibt, ohne irgendwelche Berechnung hineinzumengen. – Andere aber, Gewitztere, ließen sich nur mit gutem Vorbedacht in das Spiel ein; die Volksbewegung war ihnen ein Mittel zum Emporkommen. Sie machten es wie die normannischen Piraten, die die Flut ausnutzten, ihre Barke weit ins Land tragen zu lassen; sie rechneten darauf, bis tief in die großen Flußmündungen vorzudringen und sich in den eroberten Städten festzusetzen, während das Meer zurücktrat. Der Durchgang war schmal und die Flut launisch: sie mußten geschickt sein. Aber zwei oder drei Generationen Demagogie hatten ein Volk von Freibeutern großgezogen, für die das Handwerk keine Geheimnisse mehr hatte. Sie fuhren kühn durch und hatten nicht einmal einen Blick für die, die unterwegs kenterten.

Solch Gesindel findet man in allen Parteien; gottlob ist keine Partei dafür verantwortlich. Aber der Widerwille, den diese Abenteurer den Aufrichtigen und Überzeugungstreuen einflößten, hatte manche dazu gebracht, an ihrer Gesellschaftsklasse zu verzweifeln. Olivier kannte reiche und gebildete junge Leute, die den Niedergang des Bürgertums und ihre eigene Nutzlosigkeit recht deutlich empfanden. Er hatte die größte Neigung, Freundschaft mit ihnen zu schließen. Nachdem sie zuerst an eine Erneuerung des Volkes durch Auserlesene geglaubt hatten, nachdem sie Volkshochschulen gegründet und verschwenderisch viel Zeit und Geld dafür ausgegeben hatten, mußten sie die Niederlage ihres Strebens einsehen; ihre Hoffnungen waren zu hoch geschraubt gewesen, ihre Enttäuschung war dementsprechend. Das Volk war ihrem Rufe nicht gefolgt oder hatte sich ihnen wieder entzogen. Wenn es kam, verstand es alles falsch und nahm von der Kultur des Bürgertums nur die Laster und die Lächerlichkeiten an. Schließlich hatte sich mehr als ein räudiges Schaf in die Reihen der bürgerlichen Apostel eingeschlichen und sie in schlechten Ruf gebracht, indem sie das Volk und die Bürger gleichzeitig ausbeuteten. Da glaubten die Leute in bester Überzeugung, das Bürgertum sei mit einem Fluch beladen, es könne das Volk nur vergiften und das Volk müsse sich um jeden Preis befreien und seinen Weg allein gehen. Es blieb ihnen also keine andere Möglichkeit der Betätigung, als eine Bewegung vorauszusagen oder vorauszusetzen, die ohne und gegen sie zustande kam. Die einen fanden eine gewisse Freude daran, Verzicht zu leisten, menschlich tief und selbstlos Anteil zu nehmen, eine Freude, die an sich selbst und am Opfer Genüge findet. Lieben, sich hingeben! Die Jugend ist so reich an eigenen Hilfsquellen, daß sie keinerlei

Entschädigung braucht; sie fürchtet nicht, sich zu verausgaben. – Andere befriedigten hier ihren Verstand, die unabweisbare Logik; sie opferten sich nicht für Menschen auf, sondern für Ideen. Das waren die Unerschrockensten. Für sie war es ein stolzer Genuß, durch Vernunftschlüsse den notwendigen Untergang ihrer Klasse zu beweisen. Es wäre ihnen peinlicher gewesen, ihre Voraussagen widerlegt zu sehen als unter der Last zermalmt zu werden. In ihrem geistigen Rausch schrien sie den Außenstehenden zu: Nur fester! Schlagt noch fester zu, daß nichts von uns übrigbleibt! – Sie hatten sich zu Theoretikern der Gewalt gemacht.

Der Gewalt der anderen. Denn wie es meistens der Fall ist, waren diese Apostel der brutalen Gewalt fast immer feine und schwächliche Leute. So manche waren Beamte, fleißige, gewissenhafte und willige Beamte eben des Staates, von dessen Zerstörung sie redeten. Mit ihrer theoretischen Gewalttätigkeit nahmen sie Rache an ihrer eigenen Schwäche, an ihrer Verbitterung und an der Enge ihres Lebens. Vor allem aber waren sie Anzeichen der Gewitter, die rings um sie grollten. Theoretiker gleichen den Meteorologen: sie zeigen in wissenschaftlichen Ausdrücken nicht das Wetter an, das kommen wird, sondern das Wetter, das ist. Sie sind die Wetterfahne, die zeigt, woher der Wind weht. Wenn sie sich drehen, glauben sie beinahe, sie hätten den Wind gedreht.

Der Wind hatte sich gedreht.

Ideen werden in einer Demokratie schnell abgenutzt; um so schneller, je rascher sie sich verbreitet haben. Wie viele Republikaner in Frankreich sind in weniger als fünfzig Jahren der Republik, des allgemeinen Stimmrechts und so vieler anderer Freiheiten, die einst im Rausch erobert wurden, überdrüssig geworden! Nach dem Fetischkult der Menge, nach dem seligen Optimismus, der an die heilige Majorität glaubte und von ihr den menschlichen Fortschritt erwartete, wehte der Geist der Gewalttätigkeit. Die Unfähigkeit der Majorität, sich selber zu regieren, ihre Bestechlichkeit, ihre Schlappheit, ihre niedrige und furchtsame Abneigung gegen jede Überlegenheit, ihre drückende Feigheit entfachte die Empörung; die kraftvollen Minoritäten – sämtliche Minoritäten – beriefen sich auf die Gewalt. Es kam zu einer sonderbaren, indessen verhängnisvollen Annäherung zwischen den Royalisten der Action Française und den Syndikalisten der C. G. T. – Balzac sagt irgendwo von Menschen seiner Zeit: *Sie sind Aristokraten aus Neigung, die aus Trotz Republikaner werden, nur um unter ihresgleichen recht viele ihnen Unterlegene zu finden.* – Ein bescheidenes Vergnügen. Man muß diese Unterlegenen dazu zwingen, sich als solche zu bekennen; und dazu gibt es kein besseres Mittel als eine Autorität, die die Vorherrschaft der Elite – Arbeiter oder Bürger – der Masse aufzwingt, von der sie unterdrückt wird. Junge Intellektuelle, hochmütige Kleinbürger, wurden Royalisten aus gekränkter Eitelkeit und aus Haß gegen die demokratische Gleichheit. Und die selbstlosen Theoretiker, die Philosophen der Gewalt, hoben sich als gute Wetterfahnen über sie empor, Oriflammen des Sturmes.

Dann war da noch der Haufe der nach einer Eingebung fahndenden Literaten (derer, die zu schreiben verstehen, aber nicht recht wissen, was sie schreiben sollen), die – gleich den Griechen von Aulis – wegen der Windstille ruhig liegen müssen und ungeduldig auf eine gute Bö lauern (woher sie auch immer komme), die ihre Segel schwelle. – Berühmte Leute waren darunter: solche, die durch die Dreyfusaffäre unversehens ihrer eigentlichen Betätigung entrissen und in Volksversammlungen geschleudert worden waren. Ein Beispiel, das nur allzuoft befolgt wurde, dem Wunsch der Initiatoren entsprechend. Jetzt mischte sich eine Unmenge von Literaten in die Politik und maßte sich an, die Staatsangelegenheiten zu meistern. Alles diente ihnen zum Vorwand, Verbände zu gründen, Manifeste zu erlassen, das Kapitol zu retten. Nach den Intellektuellen der Vorhut kamen die Intellektuellen der Nachhut an die Reihe: die einen waren nicht mehr wert als die anderen. Jede der beiden Parteien hielt die andere für intellektuell und sich selber für intelligent. Die das Glück hatten, ein paar Tropfen vom Blut des Volkes in den Adern zu haben, prahlten damit; sie tauchten ihre Federn hinein, sie schrieben damit. – Alle gehörten zum Bürgertum; sie waren Mißvergnügte und suchten die Führerschaft wiederzugewinnen, die das Bürgertum durch seine Selbstsucht unwiderruflich verloren hatte. In den seltensten Fällen freilich hielt der apostolische Eifer dieser Apostel lange Zeit vor. Zu Anfang brachte ihnen die Sache Erfolge, die sie wahrscheinlich nicht ihrer Rednergabe verdankten. Ihre Eitelkeit fühlte sich dadurch geschmeichelt. Später trieben sie das einmal Begonnene mit weniger Erfolg weiter, dabei immer in heimlicher Furcht, sich ein wenig lächerlich zu machen. Mit der Zeit überwog dieses Gefühl, um so mehr, als sie ihrer Rolle überdrüssig wurden, die zu spielen ihnen bei ihrem vornehmen Geschmack und ihrer Zweifelsucht schwerfiel. Sie hätten gern den Rückzug angetreten und warteten nun, daß ihnen ein günstiger Wind und ihre Gefolgschaft das gestatte. Denn sie waren die Gefangenen beider. Diese neuzeitlichen Voltaire und Joseph de Maistre verbargen unter dem Draufgängertum ihrer Reden und Schriften eine furchtsame Unsicherheit, die das Gelände abtastete, die Angst hatte, sich vor den jungen Leuten bloßzustellen, sich um ihren Beifall bemühte und jünger als sie zu sein versuchte. Als literarische Revolutionäre oder Gegenrevolutionäre begnügten sie sich, Schritt zu halten mit der literarischen Mode, die sie selber mitbegründet hatten.

Der sonderbarste Typus, dem Olivier in dieser kleinen bürgerlichen Vorhut der Revolution begegnete, war der Revolutionär aus Schüchternheit.

Das Musterexemplar, das er vor Augen hatte, hieß Pierre Canet. Er stammte aus dem reichen Bürgertum, aus einer konservativen, von neuen Ideen hermetisch abgeschlossenen Familie: Beamte, die sich dadurch ausgezeichnet hatten, daß sie gegen die Regierung aufmuckten oder sich den Abschied geben ließen; Großbürger aus dem Marais-Stadtviertel, die mit der Kirche kokettierten und wenig, aber vernünftig dachten. Pierre Canet hatte sich aus Langerweile mit einer Frau aus adliger Familie verheiratet, die nicht mehr und nicht weniger vernünftig dachte. Diese frömmelnde, enge und rückständige Welt, die unaufhörlich ihren Groll und ihre Erbitterung wiederkäute, hatte ihn schließlich zur Verzweiflung gebracht – um so mehr, als seine Frau häßlich war und ihn tödlich langweilte. Er war von mittelmäßiger Intelligenz, recht aufnahmefähigen Geistes und hatte ein gewisses freiheitliches Streben, ohne recht zu wissen, wohin das eigentlich führen sollte: in seiner Umgebung hatte er nicht lernen können, was Freiheit war. Er wußte nur, daß sie dort nicht war; und er bildete sich ein, er brauche nur von dort fortzukommen, damit er sie finde. Aber allein zu gehen, war er nicht fähig. Gleich nach den ersten selbständigen Schritten war er glücklich, sich Schulfreunden anschließen zu können, von denen einige voller syndikalistischer Ideen steckten. In diesen Kreisen fühlte er sich noch heimatloser als in seinen früheren; aber das wollte er nicht zugeben; irgendwo mußte er doch leben, und Leute seiner Richtung (das heißt ohne Richtung) konnte er nicht finden. Dabei ist dieser Menschenschlag in Frankreich weiß Gott häufig genug! Aber sie schämen sich voreinander; sie verstecken sich oder übertünchen sich mit einer der politischen Modefarben, vielleicht sogar mit mehreren.

Wie es meistens der Fall ist, hatte er sich ganz besonders an den seiner neuen Freunde angeschlossen, der ihm am unähnlichsten war. Dieser Franzose, der in seinem Wesen durch und durch französischer Bürger und Provinzler war, hatte sich zum treuen Gefährten eines jungen jüdischen Doktors, Manasse Heimanns, gemacht, eines russischen Flüchtlings, der, wie viele seiner Landsleute, die doppelte

Gabe besaß, sich bei den anderen sofort wie zu Hause einzurichten und sich in jeder Revolution so wohl zu fühlen, daß man sich fragen konnte, was ihm dabei mehr Spaß mache: das äußere Drum und Dran oder die Sache selber. Seine Versuche und die der anderen dienten ihm zur Unterhaltung. Trotz aufrichtiger revolutionärer Gesinnung führte ihn die Gewohnheit wissenschaftlichen Denkens dazu, die Revolutionäre und sich selbst als eine Art Geisteskranke anzusehen. Er beobachtete diese Geisteskrankheit bei den anderen und bei sich, pflegte sie aber dabei sorgfältig. Da er überaus dilettantisch und von höchst unbeständiger Gesinnung war, suchte er die gegensätzlichsten Kreise auf. Er pflegte vertrauten Verkehr mit Männern, die am Ruder saßen, ja sogar mit Polizeibeamten; er stöberte überall herum, getrieben von jener krankhaften und gefahrvollen Neugierde, die so vielen russischen Revolutionären den Anschein verleiht, als spielten sie ein doppeltes Spiel, und die manchmal den Schein zur Wirklichkeit werden läßt. Das ist kein Verrat, sondern Wankelmut, im übrigen ohne selbstsüchtigen Zweck. Wie vielen Tatmenschen ist die Betätigung nur ein Theaterspiel, für das sie das Talent guter Schauspieler mitbringen, die bei aller Anständigkeit doch immer bereit sind, die Rollen zu wechseln! Seiner Rolle als Revolutionär war Manasse so treu, wie er es überhaupt sein konnte: in ihr verkörperte er die Gestalt, die am besten zu seiner angeborenen anarchischen Art paßte und die ihm das Vergnügen verschaffte, die Gesetze der Länder, durch die er kam, untergraben zu können. Immerhin spielte er nur eine Rolle. Man wußte niemals, wieviel Einbildung und wieviel Wirklichkeit seinem Geschwätz zugrunde lag; und er wußte es schließlich selbst nicht recht.

Als intelligenter und spöttischer Mensch verstand er es mit dem psychologischen Scharfblick seiner Doppelbegabung wundervoll, in den Schwächen der anderen wie in den eigenen zu lesen und geschickt mit ihnen zu spielen; so hatte es ihm auch keinerlei Mühe gemacht, Canet zu beherrschen. Es machte ihm Spaß, diesen Sancho Pansa in Donquichotterien zu verstricken. Er verfügte ohne Umstände über ihn, über seinen Willen, seine Zeit und sein Geld – nicht etwa für sich selbst (er hatte keine Bedürfnisse, man wußte nicht, wie und wovon er lebte), sondern für die kompromittierendsten Parteimanifeste. Canet ließ sich mitschleppen; er versuchte sich einzureden, daß er denke wie Manasse. Er wußte sehr wohl, daß das Gegenteil der Fall war: alle diese Ideen machten ihn kopfscheu; sie waren seinem gesunden Menschenverstand entgegen. Auch liebte er das Volk nicht, und überdies war er nicht tapfer. Dieser dicke Bursche, der groß, breit, feist und kurzatmig war, ein glattrasiertes Puppengesicht hatte, leutselig, schwülstig und kindlich redete, der einen Brustkasten hatte wie der Farnesische Herkules und beim Boxen und Prügeln ansehnliche Kräfte entwickelte, war der denkbar schüchternste Mensch. Setzte er auch seinen Stolz darein, unter den Seinen als ein Umstürzler zu gelten, so zitterte er heimlich vor der Kühnheit seiner Freunde. Allerdings waren diese kleinen Schauer ganz angenehm, solange es sich nur um ein Spiel handelte. Aber das Spiel wurde gefährlich. Diese Kerle wurden ja richtige Eisenfresser; ihre Ansprüche wuchsen immer mehr. Canets gründlicher Egoismus wurde dadurch beunruhigt, ebenso sein eingewurzeltes Gefühl für das Eigentumsrecht, sein bürgerlicher Kleinmut. Er wagte nicht, zu fragen: „Wohin führt ihr mich?" Aber er fluchte insgeheim auf die Unverfrorenheit der Leute, die nichts lieber mögen, als sich den Hals zu brechen, und die sich nicht darum kümmern, ob sie nicht gleichzeitig den Hals des anderen ebenfalls in Gefahr bringen. – Wer konnte ihn zwingen, ihnen zu folgen? Stand es nicht in seinem Belieben, sie im Stich zu lassen? Der Mut fehlte ihm. Vor dem Alleinbleiben hatte er Angst wie ein Kind, das auf dem Weg zurückbleibt und zu weinen anfängt. Es ging ihm wie so vielen Menschen, die keinerlei Meinung haben, es sei denn, sie mißbilligten alle übertriebenen Meinungen. Aber um unabhängig zu sein, muß man allein bleiben. Und wie viele sind dazu fähig? Wie viele selbst unter den Scharfblickendsten sind kühn genug, sich frei zu machen von der Sklaverei gewisser Vorurteile, gewisser Forderungen, die auf allen Menschen derselben Generation lasten? Das hieße eine Mauer zwischen sich und den andern aufrichten. Auf der einen Seite ist die Freiheit in der Wüste, auf der andern sind die Menschen. Da besinnen sie sich nicht lange: sie wählen lieber die Menschen, die Herde. Die riecht zwar schlecht, aber sie hält warm. Dann reden sie sich Gedanken ein, die sie nicht denken. Das fällt ihnen nicht schwer: sie verstehen ja so wenig, was sie denken! – „Erkenne dich selbst!" Wie aber könnten sie das, sie, die kaum ein Ich haben! In jedem Massenglauben, sei er religiös oder sozial, sind die wahrhaft Gläubigen selten, weil die wahrhaften Menschen selten sind. Glauben heißt heldenhaft stark sein; dies Feuer hat stets nur in einigen wenigen menschlichen Fackeln gebrannt; auch diese flackern oft. Die Apostel, die Propheten und Jesus haben gezweifelt. Die Seele der anderen ist nur ein Widerschein – außer in gewissen Zeiten seelischer Dürre, in denen ein paar Funken aus einer großen Fackel fallen und die ganze Ebene in Brand stecken; dann aber erlischt die Feuersbrunst, und man sieht nur noch die Glut unter der Asche. Kaum ein paar hundert Christen glauben wahrhaftig an Christus. Die andern glauben, daß sie glauben, oder vielmehr: sie wollen glauben.

So war es auch mit vielen dieser Revolutionäre. Der gute Canet wollte glauben, daß er einer sei: also glaubte er es. Und er erschrak vor seiner eigenen Kühnheit.

Alle diese Bürger beriefen sich auf ganz verschiedene Prinzipien: die einen trieb ihr Herz, die andern ihre Vernunft, wieder andere ihr Interesse; die einen schlossen sich in ihrer Denkart dem Evangelium an, die anderen Henri Bergson, wieder andere Karl Marx, Proudhon, Joseph de Maistre, Nietzsche oder Georges Sorel. Es waren unter ihnen Revolutionäre aus Mode, aus Snobismus, andere wieder aus Schüchternheit; manche waren es aus Haß, manche aus Liebe; diese aus Betätigungsdrang, aus heldenhaftem Feuereifer, jene aus knechtischer Gesinnung, aus Herdentrieb. Alle aber wurden, ohne daß sie es wußten, vom Winde getrieben. Sie waren die Staubwirbel, die man auf den großen weißen Straßen in weiter Ferne aufsteigen sieht und die den nahenden Gewittersturm ankündigen.

Olivier und Christof sahen den Wind kommen. Beide hatten gute Augen. Aber jeder sah auf seine Weise. Olivier, dessen klarer Blick ungewollt die geheimsten Gedanken der Menschen durchdrang, sah mit Betrübnis ihre Mittelmäßigkeit, aber er spürte auch die verborgene Kraft, die sie emportrug; vor allem wurde er sich des Tragischen an den Dingen mehr bewußt. Christof war eher für das Komische an ihnen empfänglich. Die Menschen interessierten ihn, aber nicht die Ideen. Für sie hatte er nur eine verächtliche Gleichgültigkeit. Über soziale Utopien machte er sich lustig. Aus Widerspruchsgeist und aus instinktiver Reaktion gegen die schwächliche Humanitätsduselei, die an der Tagesordnung war, gab er sich selbstsüchtiger, als er war; als Mensch, der sich selbst alles verdankt, als robuster Emporkömmling, der stolz auf seine Kraft und seinen Willen ist, war er nur zu sehr geneigt, die als Nichtstuer anzusehen, die seine Kraft nicht besaßen. Arm und allein, hatte er sich durchgekämpft: mochten die anderen es nur ebenso machen! Was redete man von sozialer Frage! Was war das für eine Frage? Das Elend?

„Das kenne ich", sagte er. „Mein Vater, meine Mutter und ich haben es durchgemacht. Da heißt es nur: herauszukommen!"

„Alle können das nicht", sagte Olivier, „die Kranken zum Beispiel, die Pechvögel."

„So helfe man ihnen doch einfach! Aber zwischen dem Helfen und dem Lobpreisen, wie man es heutzutage tut, ist ein großer Unterschied. Früher berief man sich auf das abscheuliche Recht des Stärkeren. Aber, bei Gott, ich weiß nicht, ob das Recht des Schwächeren nicht noch abscheulicher ist: es schwächt heutzutage das Denken, es tyrannisiert und beutet die Starken aus. Beinahe scheint es ein Verdienst, kränklich, arm, unintelligent und heruntergekommen zu sein – und ein Laster, wenn man stark und gesund ist, glücklich im Kampf, ein Aristokrat des Geistes und des Blutes. Und das lächerliche ist, daß die Starken das in erster Linie glauben... Ein hübscher Lustspielstoff, Freund Olivier!"

„Ich will lieber, daß die anderen über mich lachen, als daß ich die andern zum Weinen bringe."

„Guter Junge!" sagte Christof. „Wer, zum Kuckuck, denkt denn anders? Wenn ich einen Buckligen sehe, tut mir mein Rücken weh... Wir selber spielen in dem Lustspiel mit; schreiben werden wir es nicht."

Er ließ sich durch die Träume von sozialer Gerechtigkeit nicht fangen. Sein derber, gesunder Menschenverstand, der im Volk wurzelte, sagte ihm, daß alles bleiben würde, wie es war.

„Was für Zetergeschrei würdest du erheben, wenn man dir das in bezug auf die Kunst sagte!" bemerkte Olivier.

„Vielleicht. Jedenfalls kenne ich mich nur in der Kunst aus. Und du ebenso. Zu Leuten, die von dem reden, was sie nicht verstehen, habe ich kein Vertrauen."

Zu solchen hatte Olivier allerdings ebensowenig Vertrauen. Die beiden Freunde trieben ihr Mißtrauen sogar ein bißchen weit: sie hatten sich stets von der Politik ferngehalten. Olivier gestand, wenn auch etwas beschämt, daß er sich nicht erinnere, jemals von seinem Wahlrecht Gebrauch gemacht zu haben. Seit zehn Jahren hatte er nicht einmal seine Wählerkarte vom Rathaus abgeholt.

„Warum soll ich bei einer Komödie mittun, die ich als zwecklos erkenne? Wählen? Wen wählen? Ich ziehe keinen der Kandidaten vor, die mir alle gleichermaßen unbekannt sind und von denen ich mit gutem Grund erwarten kann, daß sie, sobald sie gewählt sind, ihr Glaubensbekenntnis verraten werden. Soll ich sie kontrollieren, ihnen ihre Pflicht vorhalten? Mein Leben würde dabei zwecklos verstreichen. Ich habe dazu weder die Zeit noch die Kraft, noch die rednerischen Mittel, weder den Mangel an Gewissen noch das Herz, das gegen den Ekel vor dem öffentlichen Kampfe gewappnet ist. Da ist es besser, sich ganz fernzuhalten. Ich lasse das Unglück über mich ergehen; ich unterschreibe es wenigstens nicht."

Aber trotz seines außerordentlichen Scharfblicks bewahrte dieser Mann, der die regelmäßige politische Betätigung verabscheute, die phantastische Hoffnung auf eine Revolution. Er wußte, sie war phantastisch, aber er wies sie nicht von sich. Sie entsprang einer Art nationalem Mystizismus. Man gehört nicht ungestraft dem größten zerstörenden und aufbauenden Volk des Okzidents an, dem Volk, das niederreißt, um aufzubauen, und aufbaut, um niederzureißen, das mit den Gedanken und dem Leben spielt, immer wieder tabula rasa macht, um das Spiel von neuem und besser zu beginnen, und das als Einsatz sein Blut vergießt.

Christof trug diesen ererbten Messianismus nicht in sich. Er war zu germanisch, um dem Gedanken an eine Revolution rechten Geschmack abzugewinnen. Er meinte, man ändere die Welt nicht. Wozu die Theorien, die Worte, all der zwecklose Lärm!

„Ich brauche nicht eine Revolution oder langes Gerede über die Revolution zu machen, um mir meine Kraft zu beweisen", sagte er. „Vor allem brauche ich nicht wie diese wackeren jungen Leute den Staat umzuwälzen, um dann wieder einen König oder einen Volksausschuß zu meiner Verteidigung einzusetzen. Ein sonderbarer Kraftbeweis! Ich kann mich selbst verteidigen. Ich bin kein Anarchist; ich liebe eine notwendige Ordnung, und ich verehre die Gesetze, die das Weltall regieren. Aber zwischen ihnen und mir brauche ich keinen Vermittler. Mein Wille versteht zu befehlen, und er versteht auch, sich unterzuordnen. Ihr, die ihr beständig eure Klassiker im Munde führt, denkt an euren Corneille: *Ich allein, und damit genug.* Eure Sehnsucht nach einem Meister bemäntelt eure Schwäche. Die Kraft gleicht dem Licht: wer sie leugnet, ist blind. Seid stark, ruhevoll, ohne Theorien, ohne Leidenschaftlichkeit, so werden sich euch die Seelen der Schwachen zukehren wie die Pflanzen dem Licht."

Aber obgleich er so beteuerte, daß er mit politischen Erörterungen keine Zeit zu verlieren habe, war er nicht so uninteressiert daran, wie er den Anschein erwecken wollte. Er litt als Künstler unter den sozialen Mißständen. Da es ihm augenblicklich an starken Leidenschaften fehlte, geschah es ihm, daß er um sich schaute und sich fragte, für wen er eigentlich schreibe. Dann sah er die traurige Zuhörerschaft der zeitgenössischen Kunst, diese müde Auslese, diese dilettantischen Bürger; und er dachte:

Wie kann einem etwas daran liegen, für solche Leute zu arbeiten?

Gewiß, es fehlte unter ihnen nicht an feinen, gebildeten Köpfen, die für das Handwerk Sinn hatten und nicht unfähig waren, die Neuheiten oder (was dasselbe ist) den Archaismus überfeiner Empfindungen zu genießen. Aber sie waren übersättigt, allzu intellektuell und zu wenig lebendig, um an die Wirklichkeit der Kunst zu glauben; nur das Spiel sagte ihnen etwas, das Spiel der Klänge oder das Spiel der Gedanken. Die meisten wurden durch andere gesellschaftliche Interessen abgelenkt, waren gewohnt, sich in vielen Betätigungen zu zersplittern, von denen keine einzige „notwendig" war. Es war ihnen beinahe unmöglich, unter die Rinde der Kunst zu dringen, ihren verborgenen Herzschlag zu fühlen; die Kunst hatte für sie nicht Fleisch und Blut: sie war Literatur. Ihre Kritiker erhoben ihre eigene Ohnmacht, aus dem Dilettantismus herauszukommen, zur Theorie, die überdies noch unduldsam war.

Wenn einige von ihnen zufälligerweise so aufnahmefähig waren, daß die Stimme der Kunst Widerhall bei ihnen fand, hatten sie nicht die Kraft, sie zu ertragen, sie wurden verwirrt und nervenkrank davon fürs Leben. Kranke oder Tote. Was hatte die Kunst in diesem Hospital zu schaffen? – Und doch konnte man diese Krüppel in der modernen Gesellschaft nicht entbehren: denn sie besaßen das Geld und die Presse. Sie allein konnten dem Künstler den Lebensunterhalt sichern. Es galt also, die Erniedrigung auf sich zu nehmen: eine intime und schmerzvolle Kunst, eine Musik, in die man das Geheimnis seines Innenlebens gelegt hatte, in gesellschaftlichen Vorstellungen und Abendunterhaltungen einem Publikum von Snobs und übersättigten Intellektuellen als Vergnügen, als Zeitvertreib für die Langeweile oder als neuen Langweiler darzubieten.

Christof suchte die wahre Zuhörerschaft, die an die Erregungen der Kunst wie an die des Lebens glaubt und sie mit jungfräulicher Seele empfindet. Dunkel wurde er von der verheißenen neuen Menschheit angezogen – vom Volke. Seine Kindheitserinnerungen an Gottfried und an die schlichten Seelen, die ihm das tiefe Leben der Kunst offenbart oder mit ihm das geheiligte Brot der Musik geteilt hatten, ließen ihn dem Glauben zuneigen, daß seine wahren Freunde in dieser Richtung zu suchen seien. Gleich vielen anderen großherzigen und kindlichen jungen Leuten hing sein Herz an großen Plänen für eine volkstümliche Kunst, an Volkskonzerten und Volkstheatern: Pläne, die näher auszuführen ihm einige Verlegenheit bereitet hätte. Er erwartete von einer Revolution die Möglichkeit neuen künstlerischen Lebens und behauptete, darin läge für ihn das einzige Interesse an der sozialen Bewegung. Aber er täuschte sich selber: er war allzu lebendig, als daß ihn das Schauspiel des lebendigen Kampfes, der damals ausgefochten wurde, nicht angezogen, angesogen hätte.

Am wenigsten interessierten ihn in diesem Schauspiel die bürgerlichen Theoretiker. Die Früchte dieser Bäume sind nur zu oft verdorrt; aller Lebenssaft erstarrt in Ideen. Zwischen diesen Ideen machte Christof keinen Unterschied. Nicht einmal seine eigenen Gedanken galten ihm mehr etwas, wenn er sah, daß sie sich systematisch formten. Mit gutmütiger Verachtung hielt er sich sowohl die Theoretiker der Kraft wie der Schwäche vom Leibe. In jeder Komödie ist die undankbarste Rolle die des Vernünftlers. Das Publikum zieht ihm nicht nur die sympathischen, sondern auch die unsympathischen Personen vor. In dieser Beziehung war Christof Publikum. Die Vernunftredner der sozialen Frage waren ihm langweilig. Aber es machte ihm Spaß, die anderen zu beobachten, die Kindlichen, die Gutgläubigen, die da glaubten und die da glauben wollten, die sich ausbeuten ließen und die danach trachteten, ausgebeutet zu werden; sogar die wackeren Freibeuter sah er gern, die ihrem räuberischen Beruf nachgehen, und die Schafe, die dazu da sind, geschoren zu werden. Brave und ein wenig lächerliche Leute wie den schwerfälligen Canet behandelte er mit teilnehmender Nachsicht. Ihre Mittelmäßigkeit stieß ihn nicht so ab, wie das bei Olivier der Fall war. Er betrachtete sie alle mit freundlicher und etwas spöttischer Anteilnahme; er meinte, daß er in dem Stück, das sie aufführten, nicht mitspiele, und er merkte nicht, daß er nach und nach doch hineingezogen wurde. Er glaubte nur ein Zuschauer zu sein, der den Wind vorbeistreichen sieht; schon aber hatte ihn der Wind erfaßt und riß ihn in seinem Staubwirbel mit fort.

Das soziale Stück war ein Doppelspiel. Das von den Intellektuellen gespielte war die Komödie in der Komödie: das Volk hörte es kaum an. Das richtige Stück war von ihm selbst. Ihm zu folgen war nicht leicht. Für das Volk selbst war es nicht einfach, sich darin wiederzufinden. Es gab allzuviel Unvorhergesehenes darin.

Das kam daher, weil in dem Stück mehr gesprochen als

gehandelt wurde. Jeder Franzose, ob aus dem Bürgertum oder dem Volke, ist ein ebenso großer Worte- wie Brotvertilger. Nur essen nicht alle dasselbe Brot. Man hat eine Luxussprache für zarte Gaumen und eine nahrhaftere für ausgehungerte Mäuler. Sind auch die Worte dieselben, so sind sie doch nicht in gleicher Weise geknetet. Der Geschmack und der Duft, der Sinn, ist verschieden.

Das erste Mal, als Olivier bei einer Volksversammlung von diesem Brot kostete, fand er keinen Geschmack daran; die Stücke blieben ihm in der Kehle stecken. Die Plattheit der Gedanken, die farblose und barbarische Schwerfälligkeit des Ausdrucks, die verschwommenen Allgemeinheiten, die kindliche Logik, diese ganze schlechtverrührte Mayonnaise von Abstraktionen und zusammenhanglosen Tatsachen widerte ihn an. Die sprachliche Unreinheit und Ungeschultheit wurde durch den Schwung und die Derbheit einer volkstümlichen Redeweise nicht aufgewogen. Das war eine journalistische Wörtersammlung, abgetragener Plunder, der aus dem Trödelladen der bürgerlichen Rhetorik zusammengelesen war. Olivier wunderte sich vor allem über den Mangel an Schlichtheit. Er vergaß, daß die literarische Einfachheit nichts Natürliches, sondern etwas Erworbenes ist, daß sie die Eroberung einer Elite ist. Das Volk der Städte kann nicht einfach sein; es wird immer nach gekünstelten Ausdrücken suchen. Es schien Olivier undenkbar, daß diese schwülstigen Phrasen irgendwelche Wirkung auf die Zuhörer ausüben könnten. Er fand keine Erklärung dafür. Man nennt fremde Sprachen die eines anderen Volkes, und man überlegt nicht, daß es in ein und demselben Volk beinahe ebenso viele Sprachen wie soziale Schichten gibt. Nur für einen auserwählten kleinen Kreis haben die Worte ihren überlieferten und jahrhundertealten Sinn; für die anderen bedeuten sie nichts weiter als ihre eigenen Erfahrungen und die ihrer Gruppe. Manche Wörter, für die Elite verbraucht und von ihr verachtet, gleichen einem leeren Haus, in dem sich dann nach dem Auszug der Elite neue stürmische Energien und Leidenschaften eingenistet haben. Wenn man den Wirt kennenlernen will, muß man das Haus betreten.

Christof tat das.

Er war mit den Arbeitern durch einen Nachbarn zusammengeführt worden, einen Beamten der Staatlichen Eisenbahn. Alcide Gautier war ein Mann von fünfundvierzig Jahren, klein, vorzeitig gealtert, mit einem dünn behaarten, wie gerupft aussehenden Schädel, tiefliegenden Augen, ausgehöhlten Wangen, einer riesigen, dicken, gebogenen Nase, einem klugen Mund, mißgestalten Ohren mit angewachsenen Ohrläppchen: mit den Zügen eines Degenerierten. Er gehörte nicht zum Volk, sondern zum Mittelstand und stammte aus einer guten Familie, die auf die Erziehung des einzigen Sohnes ihr ganz kleines Vermögen verwandt hatte, die ihm aber aus Mangel an weiteren Mitteln nicht einmal erlauben konnte, sie zu vervollständigen. Er hatte sehr jung in einer staatlichen Verwaltung einen jener Posten erhalten, die dem armen Bürgertum als Hafen erscheinen und die doch nur der Tod sind – ein lebendiges Begrabensein. Einmal dort eingetreten, hatte er keine Möglichkeit mehr, wieder herauszukommen. Er hatte den Fehler begangen (in der modernen Gesellschaft ist das einer), eine Liebesheirat mit einer hübschen Arbeiterin einzugehen, deren im Grunde gewöhnliches Wesen sich sehr bald zeigte. Sie hatte ihm drei Kinder geschenkt. Alle diese Menschen wollten leben. Der Mann, der intelligent war und mit allen Kräften danach strebte, seine Bildung zu vervollständigen, war durch das Elend unfrei geworden. Er fühlte Kräfte in sich schlummern, die von der Schwere seines Daseins erstickt wurden; er konnte nichts damit anfangen. Er war niemals allein. Als Angestellter beim Rechnungsamt verbrachte er seine Tage mit mechanischen Obliegenheiten, in einem Raum, den er mit anderen Kollegen teilte, die gewöhnlich und geschwätzig waren; sie redeten Albernheiten und rächten sich an der Sinnlosigkeit ihres Daseins, indem sie über die Vorgesetzten herzogen; auch machten sie sich über ihn lustig wegen seiner geistigen Ziele, die er ihnen unklugerweise verraten hatte. Kehrte er heim, so fand er eine unbehagliche und schlechtgelüftete Wohnung, eine keifende und gewöhnliche Frau, die ihn nicht verstand und ihn als Komödianten oder als Narren behandelte. Seine Kinder ähnelten ihm in nichts, sie ähnelten der Mutter. War alles das gerecht? War es gerecht? Die vielen Enttäuschungen und Leiden, die fortwährenden Bedrängnisse, der Beruf, der ihn von morgens bis abends einspannte, die Unmöglichkeit, eine Stunde der Sammlung, eine Stunde des Schweigens zu finden, hatten ihn in einen Zustand neurasthenischer Erschöpfung und Gereiztheit gebracht. Um zu vergessen, hatte er seit kurzem, gleich vielen anderen, seine Zuflucht zum Trunk genommen; dadurch aber richtete er sich vollständig zugrunde. – Christof, der Bekanntschaft mit ihm geschlossen hatte, war von der Tragik dieses Geschicks betroffen: eine Halbnatur ohne ausreichende Kultur und ohne künstlerischen Geschmack, die für Großes geschaffen war und dennoch vom Mißgeschick erdrückt wurde. Gautier hatte sich sofort an Christof angeklammert, wie es die ertrinkenden Schwächlinge machen, wenn ihre Hand den Arm eines guten Schwimmers fühlt. Er empfand für Christof ein Gemisch von Zuneigung und Neid. Er schleppte ihn in Volksversammlungen und zeigte ihm ein paar Führer der syndikalistischen Partei, der er sich nur aus Groll gegen die Gesellschaft anschloß. Denn es war ein Aristokrat an ihm verlorengegangen. Er litt bitterlich darunter, daß er zum Volke zählte.

Christof, der sehr viel mehr vom Volk an sich hatte als er – um so mehr, als er nicht gezwungen war, ihm anzugehören –, fand an diesen Versammlungen Vergnügen. Die Reden machten ihm Spaß. Er teilte Oliviers Widerwillen nicht; den Lächerlichkeiten der Ausdrucksweise gegenüber war er weniger empfindlich. Ihm galt der eine

Schwätzer soviel wie der andere. Er verachtete jede Art von Wortschwall. Aber wenn er sich auch keine Mühe gab, diese Rhetorik zu verstehen, so empfand er doch die musikalische Beziehung zwischen dem, der sprach, und denen, die zuhörten. Die Wirkungskraft des Sprechers verhundertfachte sich durch den Widerhall bei den Zuhörern. Zunächst achtete Christof nur auf den Redner, und er verspürte die Neugier, einige dieser Männer kennenzulernen.

Den größten Einfluß auf die Menge übte Casimir Joussier aus – ein brünettes und blasses Männchen zwischen dreißig und fünfunddreißig Jahren, mit einem Gesicht wie ein Mongole, mager, schwächlich, mit stechenden und kalten Augen, spärlichem Haar und einem Spitzbart. Sein Einfluß beruhte weniger auf seiner Mimik, die ausdruckslos und ruckartig war und selten mit dem, was er sprach, übereinstimmte, er beruhte weniger auf seiner Sprechart, denn seine Stimme war rauh, pfeifend und schnaufend, als vielmehr auf seiner Persönlichkeit, seiner leidenschaftlichen Überzeugung und der Willenskraft, die von ihm ausging. Es war, als erlaube er nicht, daß man anders denke als er; und da er das dachte, was seine Zuhörerschaft zu denken wünschte, hatten sie keine Schwierigkeiten, sich zu verstehen. Er wiederholte ihnen dreimal, viermal, zehnmal, was sie erwarteten; er wurde nicht müde, mit wütender Hartnäckigkeit immer wieder auf denselben Nagel zu schlagen, und das ganze Publikum wurde von seinem Beispiel angesteckt und schlug, schlug drauflos, bis der Nagel im Fleische saß. – Zu diesem persönlichen Eindruck kam seine vertrauenerweckende Vergangenheit, der gute Ruf, der von zahlreichen Verurteilungen ausging. Er strahlte eine unbezwingliche Energie aus; wer aber zu sehen verstand, erkannte, daß sich in seinem Innern eine große Erschöpfung angesammelt hatte, der Ekel nach so vielen Anstrengungen und Zorn auf sein Schicksal. Er gehörte zu jenen Menschen, die täglich mehr ausgeben, als ihnen ihr Leben einträgt. Von Kindheit an rieb er sich in Arbeit und Elend auf. Er hatte sich in allen Berufen versucht, war Glaser, Bleiarbeiter, Drucker gewesen; seine Gesundheit war untergraben, die Schwindsucht zehrte an ihm; sie war schuld daran, daß er Anfälle bitterer Enttäuschung, stummer Verzweiflung an der Sache und an sich durchmachte; zu anderen Zeiten peitschte sie ihn auf. Er war ein Gemisch von berechneter und krankhafter Leidenschaftlichkeit, von Politik und Ungestüm. Er hatte sich, so gut es ging, gebildet; er verstand bestimmte Dinge aus der Wissenschaft, aus der Soziologie und aus seinen verschiedenen Berufen sehr gut. In vielem anderen wußte er sehr schlecht Bescheid; er fühlte sich aber in allem gleichermaßen sicher; er steckte voll von Utopien und von richtigen Vorstellungen, voll Unwissenheit und voll praktischem Sinn; er war voll von Vorurteilen, von Erfahrungen und von einem mißtrauischen Haß gegen die bürgerliche Gesellschaft. Das hinderte ihn nicht, Christof freundlich entgegenzukommen. Sein Stolz fühlte sich geschmeichelt, weil ein bekannter Künstler ihn aufsuchte. Er gehörte zum Geschlecht der Führer und war, was er auch tat, gegen einfache Arbeiter hochfahrend. Wenn er auch aus bester Überzeugung die vollkommene Gleichheit wünschte, so setzte er sie doch leichter sozial Höherstehenden als Tieferstehenden gegenüber in die Tat um.

Christof begegnete noch anderen Führern der Arbeiterbewegung. Große Sympathien bestanden nicht zwischen ihnen. Vereinigte sie der gemeinsame Kampf – wenn auch unter Schwierigkeiten – zu gemeinsamer Tat, so schuf er noch längst keine Einheit der Herzen. Ihre Beziehungen waren infolge der Klassenunterschiede tatsächlich ganz äußerlich und oberflächlich. Die alten Gegensätze waren nur vertagt und verdeckt, aber sie bestanden alle noch. Die Männer aus dem Norden und die aus dem Süden standen sich da wieder mit der ganzen eingewurzelten Verachtung gegenüber, die sie füreinander empfanden. Die Berufe neideten sich gegenseitig ihr Einkommen, und jeder betrachtete den anderen mit dem unverblümten Empfinden, der Überlegene zu sein. Der Hauptunterschied aber war – und wird es immer sein – der der Temperamente. Füchse und Wölfe und Hornvieh, Raub- und Nagetiere und Wiederkäuer, solche, die zum Fressen, und solche, die zum Gefressenwerden geschaffen sind, sie alle witterten einander im Vorbeistreifen aus der Herde heraus, die der Zufall der Klasse und das gemeinsame Interesse gebildet hatten. Sie erkannten einander, und ihre Borsten sträubten sich.

Christof nahm ab und zu seine Mahlzeiten in einer kleinen Wirtschaft ein, die von einem früheren Kollegen Gautiers geführt wurde, von Simon, einem Eisenbahnbeamten, der wegen Streikens entlassen worden war. Das Lokal wurde von Syndikalisten besucht. Sie aßen zu fünft oder zu sechst in einem Hinterraum, der auf einen engen und dunklen Innenhof ging, aus dem unaufhörlich der verliebte Gesang zweier eingesperrter Kanarienvögel zum Licht emporstieg. Joussier erschien mit seiner Geliebten, der schönen Berthe, einem robusten und koketten Mädchen mit blasser Haut, brennendrotem Haarschopf, immer unruhigen und lachenden Augen. Sie führte einen hübschen, geschniegelten Burschen im Schlepptau, einen gewitzten Poseur, den Mechaniker Léopold Graillot: er war der Ästhet der Gesellschaft. Er nannte sich Anarchist; doch obwohl er am heftigsten gegen das Bürgertum wetterte, hatte er die Seele des schlimmsten Kleinbürgers. Seit Jahren verschlang er täglich die erotischen und dekadenten Novellen in den literarischen Groschenblättern. Diese Lektüre hatte ihm den Kopf verdreht. Geistiges Raffinement in seinen Vorstellungen von Genuß vermengte sich bei ihm mit einem gänzlichen Mangel an körperlichem Zartgefühl, mit Gleichgültigkeit gegen Reinlichkeit und einer ziemlich plumpen Lebensführung. Es war ihm zum Bedürfnis geworden, dieses Schlückchen verfälschten Alkohols zu schlürfen – eines intellektuellen, aus dem Luxus gezogenen Alkohols, der die ungesunden Erregungen der ungesunden Reichen verursachte. Da er seinem Körper diese Genüsse nicht verschaffen konnte, filtrierte er sie sich ins Gehirn. Man bekommt einen schlechten Geschmack davon, man wird starr und steif. Aber man tut es den Reichen nach. Und man haßt sie.

Christof konnte ihn nicht leiden. Ihm war Sébastian Coquard lieber, ein Elektrotechniker, der neben Joussier der angesehenste Redner war. Er belastete sich nicht mit Theorien. Er wußte nicht immer, wohin ihn sein Weg führte. Aber er ging ihn geradeaus. Er war ein echter Franzose, ein handfester fideler Kerl in den Vierzigern mit einem rotbackigen derben Gesicht, mit rundem Kopf, roten Borsten, wallendem Bart und mit dem Nacken und der Stimme eines Stiers. Er war, wie Joussier, ein ausgezeichneter Arbeiter, aber er scherzte und trank gern. Der kränkliche Joussier sah mit neidischen Augen auf diese schamlose Gesundheit. Und eine geheime Feindschaft wuchs zwischen ihnen, obwohl sie Freunde waren.

Die Besitzerin der kleinen Wirtschaft, Aurélie, war eine brave Frau von fünfundvierzig Jahren. Sie mußte einmal schön gewesen sein und war es noch trotz der Spuren schwerer Arbeit. Sie saß mit einer Handarbeit neben ihnen, hörte ihnen mit freundlichem Lächeln zu und bewegte, während sie sprachen, die Lippen; gelegentlich ließ sie ein Wort in die Unterhaltung einfließen und begleitete, während sie ihre Arbeit fortsetzte, den Rhythmus ihrer Worte mit kleinen Kopfbewegungen. Sie hatte eine verheiratete Tochter und zwei Kinder von sieben und zehn Jahren – ein Mädchen und einen Jungen –, die ihre Schularbeiten an der Ecke eines schmierigen Tisches machten, wobei sie allerlei Brocken der Unterhaltung aufschnappten, die nicht für sie bestimmt waren.

Olivier versuchte zwei- oder dreimal, Christof zu begleiten. Aber er fühlte sich unter diesen Leuten nicht wohl. Wenn diese Arbeiter nicht eine bestimmte Arbeitsstunde innehalten mußten, wenn sie nicht durch eine gellende Fabrikpfeife gerufen wurden, gingen sie unglaublich verschwenderisch mit ihrer Zeit um, sei es nach der Arbeit oder zwischen zwei Arbeiten, beim Bummeln oder bei Arbeitslosigkeit. Christof, der sich in einer jener Perioden müßiger Freiheit befand, in der der Geist ein Werk beendet hat und darauf wartet, daß sich ein neues gestaltet, hatte ebensoviel Zeit wie sie; er blieb gern bei ihnen sitzen, rauchte, trank und schwatzte, die Ellenbogen auf den Tisch gestützt. Olivier aber fühlte sich in seinen bürgerlichen Instinkten, in seinen überlieferten Gewohnheiten geistiger Zucht, regelmäßiger Arbeit und gewissenhaft eingeteilter Zeit verletzt; er liebte es nicht, so viele Stunden zu verlieren. Außerdem verstand er sich weder aufs Trinken noch aufs Schwatzen. Dazu kam noch ein körperliches Widerstreben, die geheime Abneigung, die die Leiber verschiedener Menschengattungen voreinander zurückhält, die Feindseligkeit der Sinne, die sich der Gemeinschaft der Seelen widersetzt, das Blut, das sich gegen das Herz auflehnt. War Olivier mit Christof allein, so sprach er tiefbewegt von der Pflicht, sich mit dem Volke zu verbrüdern; war er aber mit Leuten aus dem Volke zusammen, so wußte er trotz seines guten Willens nichts mit ihnen anzufangen. Christof dagegen, der sich über Oliviers Ideen lustig machte, konnte sich ohne weiteres mit dem ersten besten Arbeiter anfreunden, den er auf der Straße traf. Olivier empfand aufrichtigen Kummer, daß er diesen Menschen so fernstand. Er versuchte, ihnen gleich zu sein, wie sie zu denken, wie sie zu sprechen. Er konnte es nicht. Seine Stimme war dumpf, verschleiert, klang nicht wie die ihre. Wenn er versuchte gewisse Ausdrücke von ihnen anzunehmen, blieben ihm die Worte im Halse stecken, oder sie klangen falsch. Er beobachtete sich selbst, er war befangen, er machte sie befangen. Und er wußte das genau. Er wußte, daß er für sie ein verdächtiger Fremder war, daß niemand Zuneigung zu ihm empfand und daß bei seinem Weggehen jeder „Uff!" sagte. Er fing manchmal harte und eisige Blicke auf, jene feindseligen Blicke, mit denen die im Elend verbitterten

Arbeiter oft die Bürger ansehen. Christof bekam vielleicht auch seinen Teil davon ab, aber er merkte es nicht.

Die einzigen von der ganzen Gesellschaft, die sich gern an Olivier angeschlossen hätten, waren Aurélies Kinder. Sie empfanden weit eher Hingezogensein als Haß für den Bürger. Für den kleinen Jungen war die bürgerliche Gedankenwelt ein Zaubergarten; er war klug genug, sie zu lieben, nicht klug genug, sie zu verstehen; das sehr hübsche Mädchen, das Olivier einmal zu Frau Arnaud mitgenommen hatte, war gebannt von dem Luxus. Sie war stumm vor Entzücken, wenn sie sich in schöne Sessel setzen, schöne Kleider berühren, mit schönen Damen zusammen sein konnte; sie hatte den Trieb einer kleinen Dirne, die sich aus dem Volk heraus, in das Paradies des Reichtums und der bürgerlichen Bequemlichkeit sehnt. Olivier fand durchaus keinen Geschmack daran, derartige Anlagen zu pflegen; und die kindliche Huldigung, die seiner Gesellschaftsklasse damit erwiesen wurde, tröstete ihn nicht über die dumpfe Abneigung seiner anderen Gefährten. Er litt unter ihrer Feindseligkeit. Er wünschte so brennend, sie zu verstehen! Und er verstand sie in der Tat, vielleicht nur allzu gut; er beobachtete sie zu scharf, und das reizte sie. Er tat es nicht aus zudringlicher Neugierde, sondern aus der Gewohnheit, die Seelen zu analysieren, und aus dem Bedürfnis, zu lieben.

Sehr bald durchschaute er das verborgene Drama im Leben Joussiers: die Krankheit, die ihn unterhöhlte, und das grausame Spiel seiner Geliebten. Sie liebte ihn, sie war stolz auf ihn; aber sie war zu lebensvoll; er wußte, daß sie ihm entglitt, daß sie ihm entlaufen würde, und er wurde von Eifersucht verzehrt. Ihr machte das Spaß, sie reizte die Männer, sie umgarnte sie mit ihren Blicken, mit ihrer sinnlichen Atmosphäre: sie war eine tolle Männerjägerin. Vielleicht betrog sie Joussier mit Graillot. Vielleicht machte es ihr nur Spaß, ihn das glauben zu lassen. Jedenfalls: wenn sie es heute nicht tat, so konnte sie es morgen tun. Joussier wagte es nicht, ihr zu verbieten, den zu lieben, der ihr gefiel; predigte er nicht das Recht auf Freiheit für die Frau wie für den Mann? Daran erinnerte sie ihn mit einem übermütig frechen Necken, als er sie eines Tages beschimpfte. Ein aufreibender Kampf zwischen seinen freien Theorien und seinen ungestümen Trieben tobte in ihm. Dem Herzen nach war er noch ein Mann der alten Zeit, despotisch und eifersüchtig; dem Verstand nach ein Mann der Zukunft, ein Utopist. Sie, sie war die Frau von gestern und von morgen, von immer. – Und Olivier, der Zeuge dieses geheimen Zweikampfes war, dessen rasende Heftigkeit er aus eigener Erfahrung kannte, sah Joussiers Schwachheit und war von Mitleid für ihn erfüllt. Joussier aber ahnte, daß Olivier in ihm las; und er war ihm nichts weniger als dankbar dafür.

Noch jemand folgte mit nachsichtigem Blick dem Spiel von Liebe und Haß. Es war die Wirtin, Aurélie. Ohne daß man es merkte, beobachtete sie alles. Sie kannte das Leben. Die brave Frau, die gesund, ruhig und häuslich war, hatte eine ziemlich leichtsinnige Jugend hinter sich. Sie war Blumenmacherin gewesen. Sie hatte einen Liebhaber aus dem Bürgertum gehabt, sie hatte auch noch andere gehabt. Dann hatte sie sich mit einem Arbeiter verheiratet und war eine gute Familienmutter geworden. Aber sie verstand alles, alle Torheiten des Herzens, Joussiers Eifersucht ebensogut wie das junge Blut, das sich's wohl sein lassen wollte. Mit ein paar gutgemeinten Worten versuchte sie, die beiden Menschen wieder zu versöhnen:

Man müsse nachsichtig sein; es lohne nicht der Mühe, sich um ein so Geringes die Laune zu verderben...

Sie wunderte sich jedoch nicht, daß alles, was sie sagte, nichts nützte.

So war es nun einmal. Man machte sich eben immer Sorgen...

Sie hatte die schöne Sorglosigkeit des Volkes, an der das Unglück abzugleiten scheint. Sie hatte auch ihr Teil zu tragen gehabt. Vor drei Monaten hatte sie einen Jungen von fünfzehn Jahren verloren, an dem sie sehr gehangen hatte. Das war ein großer Kummer gewesen. Jetzt aber lachte sie wieder und war voller Tatkraft. Sie sagte:

„Wenn man sich immer gehenlassen wollte, könnte man nicht leben."

Und sie dachte nicht mehr daran. Das war keine Selbstsucht. Sie konnte nicht anders; ihre Lebenskraft war zu stark, die Gegenwart nahm sie ganz in Anspruch: unmöglich, sich bei der Vergangenheit aufzuhalten. Sie fand sich mit dem ab, was war, und hätte sich mit allem abgefunden, was noch gekommen wäre. Wäre die Revolution ausgebrochen und hätte das Oberste zuunterst und das Unterste zuoberst gekehrt, sie hätte es immer wieder verstanden, auf die Beine zu kommen; sie hätte ihren Platz ausgefüllt, wohin immer man sie gestellt hätte. Im Grunde setzte sie in die Revolution nur ein mäßiges Vertrauen. Sie hatte überhaupt kaum etwas, woran sie glaubte. Selbstverständlich ließ sie sich in Augenblicken der Ratlosigkeit die Karten legen und versäumte niemals, beim Anblick eines Leichenzuges das Kreuz zu schlagen. Trotz ihrer großen inneren Freiheit und Duldsamkeit besaß sie den Skeptizismus des Pariser Volkes, diesen gesunden Skeptizismus, der so leichthin zweifelt, wie man atmet. Obgleich sie die Frau eines Revolutionärs war, hatte sie nichtsdestoweniger für die Ideen ihres Mannes und die seiner Partei – und der anderen Parteien – ebenso eine mütterliche Ironie wie für die Torheiten sowohl der Jugend als auch des reiferen Alters. Sie regte sich nicht wegen jeder Kleinigkeit auf. Aber sie nahm an allem Anteil. Und sie war für das Glück wie für das Unglück bereit. Alles in allem war sie Optimistin.

„Man darf sich nicht die Laune verderben lassen... Wenn man nur gesund bleibt, kommt alles wieder in Ordnung..."

Solch ein Mensch mußte sich mit Christof verstehen. Sie hatten nicht viele Worte zu wechseln brauchen, um zu sehen, daß sie vom selben Schlag waren. Von Zeit zu Zeit tauschten sie ein verständnisvolles Lächeln, während die andern stritten und schrien. Öfter aber lächelte sie ganz allein, wenn sie sah, daß sich Christof von den Streitereien mitreißen ließ und sich dann leidenschaftlicher beteiligte als alle andern.

Christof merkte nichts von Oliviers Isoliertsein und seiner Befangenheit. Er gab sich keine Mühe, den Leuten ins Herz zu sehen. Aber er aß und trank mit ihnen, er lachte und konnte zornig werden. Sie mißtrauten ihm nicht, obgleich sie oft in heftigen Wortwechsel mit ihm gerieten. Er nahm vor ihnen kein Blatt vor den Mund. Im Grunde wäre es ihm schwergefallen, zu sagen, ob er auf ihrer Seite stand oder nicht. Er gab sich keine Rechenschaft darüber. Hätte er wählen müssen, so wäre er wahrscheinlich Syndikalist gegen den Sozialismus und gegen alle Doktrinen des Staates geworden, dieses Ungeheuers, das Beamte herstellt, Maschinenmenschen. Sein Verstand gab dem gewaltigen Streben jener Gemeinschaftsgruppen recht, deren zweischneidiges Beil gleichzeitig die tote Abstraktion des sozialistischen Staates und den unfruchtbaren Individualismus trifft, jene Zerbröckelung von Energien, jene Zersplitterung der Gesamtkraft in Einzelschwachheiten – eben die neuzeitliche Misere, an der die Französische Revolution zum Teil die Schuld trägt.

Aber die Natur ist stärker als die Vernunft. Als Christof mit den Syndikalisten – jenen gefährlichen Verbindungen der Schwachen – in Fühlung kam, bäumte sich sein kräftiger Individualismus auf. Er konnte nicht anders als diese Menschen verachten, die sich aneinanderketten mußten, um in den Kampf zu gehen; und wenn er es auch gelten ließ, daß sie sich diesem Gesetz unterwarfen, so erklärte er doch, daß es für ihn nicht geschaffen sei. Es kam hinzu, daß die Schwachen, solange sie unterdrückt werden, wohl sympathisch sind, aber völlig aufhören, es zu sein, wenn sie die

Unterdrücker werden. Christof, der früher den vereinzelten guten Menschen zugerufen hatte: „Schließt euch zusammen!", hatte einen höchst unangenehmen Eindruck, als er sich zum erstenmal mitten in solch einer Vereinigung von braven Leuten sah, unter denen auch weniger brave waren, alle erfüllt von ihren Rechten und von ihrer Kraft und bereit, sie zu mißbrauchen. Die Besten, alle, die Christof liebte, die Freunde, denen er in „seinem" Hause in allen Stockwerken begegnet war, machten von diesen Kampfvereinigungen keinerlei Gebrauch. Sie waren zu zart besaitet und zu schüchtern, um nicht von ihnen zurückgeschreckt zu werden; sie waren ganz dazu geschaffen, als erste von ihnen erdrückt zu werden. Der Arbeiterbewegung gegenüber waren sie in der gleichen Lage wie Olivier und die besten der jungen Bürger. Ihre Sympathie gehörte den organisierten Arbeitern. Aber sie waren im Kultus der Freiheit aufgezogen worden: nur kehrten sich die Revolutionäre am wenigsten daran. Wer kümmert sich heute überhaupt um die Freiheit? Eine Elite, die ohne Einfluß auf die Weltgeschichte ist. Die Freiheit erlebt trübe Tage. Die Päpste Roms verbannen das Licht der Vernunft. Die Päpste von Paris löschen die Lichter des Himmels. Und „Herr Pataud dreht die Straßenlaternen aus". Überall triumphierte der Imperialismus: theokratischer Imperialismus der römischen Kirche; militärischer Imperialismus der merkantilen und mystischen Monarchien; bürokratischer Imperialismus der freimaurerischen und habgierigen Republiken; diktatorischer Imperialismus der Revolutionsausschüsse. Arme Freiheit, du bist nicht von dieser Welt! Der Mißbrauch der Macht, den die Revolutionäre predigten und trieben, empörte Christof und Olivier. Sie hatten wenig Achtung vor den gelben Gewerkschaftlern, die für die gemeinsame Sache nicht leiden wollten. Aber sie fanden es abscheulich, daß man sie mit Gewalt dazu zwingen wollte. – Doch Partei nehmen muß man. In Wahrheit hat man heutzutage nicht die Wahl zwischen einem Imperialismus und der Freiheit, sondern zwischen dem einen Imperialismus und einem andern. Olivier sagte:

„Ich will weder den einen noch den andern; ich bin für die Unterdrückten."

Christof haßte die Tyrannei der Unterdrücker nicht weniger. Aber da er zu der Gefolgschaft des Heeres revolutionärer Arbeiter gehörte, wurde er vom Strudel der Kraft mit fortgerissen.

Er ahnte das selbst kaum. Seinen Tischgenossen erklärte er, daß er nicht mit ihnen ginge.

„Solange es sich bei euch nur um materielle Interessen handelt", sagte er, „interessiert ihr mich nicht. An dem Tage, an dem ihr für eine Überzeugung eintretet, werde ich auf eurer Seite sein. Was habe ich sonst zwischen zwei Freßbäuchen zu tun? Ich bin Künstler, ich habe nur die Kunst zu verteidigen, ich darf sie nicht in den Dienst einer Partei stellen. Ich weiß, daß in letzter Zeit ehrgeizige Schriftsteller, von einem Verlangen nach ungesunder Volkstümlichkeit getrieben, ein schlechtes Beispiel gegeben haben. Mir scheint, sie haben der Sache, die sie auf diese Weise verteidigten, nicht besonders gedient; die Kunst aber haben sie verraten. Unsere Aufgabe ist es, das Licht des Geistes zu bewahren. Es darf durch eure blinden Kämpfe nicht getrübt werden. Wer wird das Licht halten, wenn wir es fallen lassen? Es wird euch sehr angenehm sein, wenn ihr es nach der Schlacht ungetrübt wiederfindet. Es muß immer Arbeiter geben, die das Kesselfeuer schüren, während man sich auf dem Schiffsdeck schlägt. Man muß alles verstehen, nichts hassen! Der Künstler ist die Magnetnadel, die selbst während des Sturmes immer nach Norden zeigt."

Sie nannten ihn einen Schwätzer, sie sagten, daß er selber die Magnetnadel verloren habe; und sie leisteten sich den Luxus, ihn in aller Freundschaft geringzuschätzen. Ein Künstler war für sie ein Schlaukopf, der sich das Leben so einrichtete, daß er möglichst wenig und möglichst angenehm zu arbeiten hatte.

Er erwiderte, daß er ebensoviel, ja daß er mehr als sie arbeite und daß er weniger Furcht vor der Arbeit habe als sie. Nichts widerte ihn so an wie Sabotage, wie das Hinschludern einer Arbeit, wie das zum Prinzip erhobene Faulenzertum.

„Wie alle diese Armseligen um ihr kostbares Fell zittern!" sagte er. „Guter Gott! Ich, ich arbeite seit meinem zehnten Jahre ohne Unterlaß. Ihr, ihr liebt die Arbeit nicht, ihr seid im Grunde Bürger... Wenn ihr wenigstens fähig wäret, die alte Welt zu zerstören! Aber nicht einmal das könnt ihr! Ihr wollt es auch gar nicht, wenn ihr noch so sehr heult, droht und tut, als wolltet ihr alles ausrotten. Ihr habt nur einen Gedanken: Besitz von der Welt ergreifen, euch in das vom Bürgertum angewärmte Bett legen. Ausgenommen höchstens ein paar hundert arme Teufel von Steinklopfern, die stets bereit sind, ihre Haut oder die anderer zu Markte zu tragen, ohne daß sie wissen, warum – aus Vergnügen oder aus Kummer, aus dem jahrhundertealten Kummer, der in ihnen zum Ausbruch kommt. Diese wenigen ausgenommen, denken alle andern nur daran, sich bei der ersten besten Gelegenheit in die Reihen der Bürger zu schleichen. Sie machen sich zu Sozialisten, Journalisten, Rednern, Schriftstellern, Abgeordneten, Ministern... Ach was! Regt euch nicht so über sie auf! Ihr seid nicht besser. Das waren Verräter, sagt ihr? – Gut. Wer aber ist nach ihnen an der Reihe? Ihr kommt alle noch dran. Nicht einer unter euch widerstände der Verführung. Wie solltet ihr auch? Nicht einer unter euch glaubt an die unsterbliche Seele. Ihr seid Freßbäuche, sage ich euch, leere Bäuche! Und an nichts anderes denkt ihr, als sie euch zu füllen!"

Darüber wurden sie böse und schrien alle auf einmal. Mitten im Streite geschah es dann, daß Christof, von seinem Temperament fortgerissen, revolutionärer wurde als alle anderen. Wenn er sich auch dagegen auflehnte: sein intellektueller Hochmut, die wohltuende Vorstellung von einer rein ästhetischen Welt, die zur Freude des Geistes geschaffen war, verkroch sich beschämt beim Anblick einer Ungerechtigkeit. Ist eine Welt etwa ästhetisch, in der von zehn Menschen acht in Armut oder Bedrängnis leben, in körperlichem oder seelischem Elend? Geht mir doch weg! Man muß schon ein schamloser Privilegienbesitzer sein, um diese Behauptung zu wagen. Ein Künstler wie Christof konnte nach seinem Gewissen nicht anders als auf der Seite der Arbeitenden stehen. Wer hat unter der Unmoral der sozialen Lebensbedingungen, unter der empörenden Vermögensungleichheit der Menschen mehr zu leiden als der geistige Arbeiter? Der Künstler stirbt Hungers oder wird Millionär, ohne daß ein anderer Grund dazu bestände als die Laune der Mode oder die Laune derer, die mit ihr spekulieren. Eine Gesellschaft, die ihre Besten untergehen läßt oder sie in übertriebener Weise entlohnt, ist eine widernatürliche Gesellschaft: sie verdiente ausgerottet zu werden. Jeder Mensch, ob er arbeitet oder nicht, hat das Anrecht auf ein Minimum von Lebensmöglichkeit. Jede Arbeit, sei sie gut oder mittelmäßig, muß entlohnt werden, und zwar nicht nach ihrem wirklichen Wert (wer könnte darüber ein unfehlbarer Richter sein?), sondern nach den rechtmäßigen und normalen Bedürfnissen des Arbeitenden. Dem Künstler, dem Gelehrten, dem Erfinder, der der Gesellschaft Ehre macht, kann und muß sie einen genügenden Unterhalt gewähren, um ihm die Zeit und die Mittel zu sichern, ihr noch mehr Ehre zu machen. Das und nicht mehr. Die *Mona Lisa* ist keine Millionen wert. Zwischen einer Summe Geldes und einem Kunstwerk bestehen keinerlei Beziehungen; das Werk steht nicht über oder unter dem Wert des Geldes; es steht außerhalb desselben. Es handelt sich nicht darum, es zu bezahlen; es handelt sich darum, daß der Künstler leben kann. Gebt ihm genug, daß er essen und in Frieden arbeiten kann. Es ist widersinnig und widerlich, wenn man einen Dieb an fremdem Eigentum aus ihm machen will. Um es rundheraus zu sagen: Jeder Mensch, der mehr besitzt, als er zu seinem und der Seinen Leben und zur normalen Entwicklung seines Verstandes nötig hat, ist ein Dieb. Was er zuviel hat, haben andere zuwenig. Wie oft, wenn wir von dem unerschöpflichen Reichtum Frankreichs reden hörten, von dem mächtigen Vermögen, haben wir Schaffenden, Arbeiter und Intellektuelle, Männer wie Frauen, traurig gelächelt, wir, die wir seit unserer Geburt uns bei der Arbeit aufreiben, um das zu erwerben, was uns vor dem Hungertode bewahrt, oft, um es nicht einmal zu erwerben, um zu sehen, wie die Besten unter uns vor Anstrengung zugrunde gehen – wir, die wir die seelische und geistige Auslese der Nation sind! Ihr, die ihr mehr als euren Teil am Reichtum der Welt habt, ihr seid reich durch unsere Leiden und durch unsere Armut. Das stört euch nicht einmal; es fehlt euch nicht an Sophismen, die euch beruhigen: die geheiligten Eigentumsrechte, der gesetzmäßige Lebenskampf, die erhabenen Interessen des Molochs Staat und des Fortschritts, dieses Fabelungeheuers, dieses fragwürdigen Besseren, dem man Hab und Gut opfert – Hab und Gut der anderen! Trotz alledem werdet ihr niemals widerlegen können: „Ihr habt zuviel zum Leben. Wir haben nicht genug. Und wir sind ebensoviel wert wie ihr. Und manche von uns sind mehr wert als ihr alle zusammen."

So teilte sich Christof der Rausch der Leidenschaften mit, die um ihn brodelten. Hinterher wunderte er sich über derartige Anfälle von Beredsamkeit, aber er legte ihnen keinen Wert bei. Er schob diese leichte Ereiferung dem Wein zu, und sie machte ihm Spaß. Er bedauerte nur, daß der Wein nicht besser war; und er pries seine Rheinweine. Er war auch weiter überzeugt, daß er mit den revolutionären Ideen nichts zu schaffen habe. Aber es geschah eigentümlicherweise, daß Christof, wenn er diese Ideen erörterte oder sie sogar unterstützte, mit wachsender Leidenschaftlichkeit kämpfte, während die seiner Gefährten im Vergleich dazu abzunehmen schien.

In Wahrheit hatten sie weniger Illusionen als er. Selbst die wildesten Rädelsführer, die das Bürgertum am meisten fürchtete, waren im Grunde unsicher und verteufelt bürgerlich. Coquard mit seinem geilen, wiehernden Lachen ließ zwar seine Stimme grollen und fuchtelte mit den Armen, aber er glaubte das, was er redete, nur halb: Freude am Reden, am Kommandieren, am Handeln; er war ein Maulheld der Gewalttätigkeit. Er durchschaute die bürgerliche Feigheit, und es freute ihn, ihr Furcht einzujagen, indem er stärker tat, als er war; Christof gegenüber gab er das lachend und ohne Umstände zu. Graillot tadelte alles, aber auch alles, was man machen wollte: er ließ nichts zur Reife kommen. Joussier bejahte alles; er wollte niemals unrecht haben. Er sah das Häßliche seiner Beweisführung wohl ein, blieb aber um so eigensinniger dabei; er hätte seinem Prinzipienstolz den Sieg der Sache geopfert. Aber Anfälle von verstocktem Glauben wechselten bei ihm mit Anfällen von zersetzendem Pessimismus, in denen er die Verlogenheit der Ideologien und die Zwecklosigkeit ihres ganzen Strebens bitter verurteilte.

Die Mehrzahl der Arbeiter war ebenso. In einem Augenblick konnten sie aus einem Überschwang an Worten in tiefste Niedergeschlagenheit verfallen. Sie hatten noch unendliche Illusionen, aber diese waren auf nichts gegründet; sie hatten sie nicht mühevoll erobert und selbst geschaffen, sondern fertig übernommen nach dem Gesetz der geringsten Anstrengung, dem gleichen Gesetz, das sie zur Zerstreuung in die Kneipen oder ins Tingeltangel trieb. Unheilbare Denkfaulheit war es, die nur allzu viele Entschuldigungen hatte; waren sie doch wie das mißhandelte Vieh, das nach nichts anderem verlangt, als sich niederlegen und in Frieden seinen Fraß und seine Träume wiederkäuen zu dürfen. Waren diese Träume aber einmal verflogen, so blieb nichts weiter zurück als eine noch größere Erschlaffung und der Katzenjammer. Immerfort schrien sie nach einem Führer; doch kaum hatten sie einen, so verdächtigten sie ihn und ließen ihn fallen. Am traurigsten war, daß sie damit nicht ganz unrecht hatten: die Führer wurden, einer nach dem anderen, durch den Köder des Reichtums, des Erfolgs und der Eitelkeit angelockt. Auf einen Joussier, den die verzehrende Schwindsucht und die drohende Nähe des Todes vor der Versuchung bewahrte, kamen soundso viele andere, die Verrat übten oder Abtrünnige wurden! Sie waren Opfer der Seuche, die die derzeitigen Politiker, und zwar aller Parteien, befallen hatte: der Entsittlichung durch das Weib oder durch das Geld, durch das Weib und das Geld (diese beiden Geißeln, die eigentlich eine einzige sind). Es gab bei der Regierung wie bei der Opposition Begabungen ersten Ranges, Menschen, die das Zeug zu großen Staatsmännern hatten (zur Zeit Richelieus wären sie es vielleicht gewesen); aber sie waren ohne Überzeugung, ohne Charakter; das Bedürfnis nach Lebensgenuß und die Gewöhnung daran hatten sie entnervt; das brachte sie dazu, inmitten weitreichender Pläne auf einmal ganz zusammenhanglos zu handeln oder plötzlich alles im Stich zu lassen – die laufenden Angelegenheiten oder ihr Vaterland oder ihre Sache –, um sich auszuruhen und das Leben zu genießen. Sie waren tapfer genug, sich in einer Schlacht töten zu lassen; aber sehr wenige dieser Führer wären fähig gewesen, in ihrem Beruf zu sterben, unbeweglich auf ihrem Posten auszuharren, die Hand am Steuer und die Augen fest geradeaus auf das unsichtbare Ziel gerichtet.

Das Bewußtsein dieser tiefwurzelnden Schwachheit schnitt der Revolution den Lebensfaden ab. Die Arbeiter vergeudeten ihre Zeit damit, sich gegenseitig Vorwürfe zu machen. Ihre Streiks mißglückten immer infolge der beständigen Mißhelligkeiten zwischen den Führern oder zwischen den Berufsgenossenschaften, zwischen den Reformisten und den Revolutionären; infolge der tiefsitzenden Ängstlichkeit bei allem großmäuligen Drohen; infolge des ererbten Herdentriebes, der diese Empörer bei der ersten gesetzlichen Mahnung wieder unter das Joch zurückkehren ließ; infolge der feigen Selbstsucht und der Gemeinheit derer, die den Aufstand der anderen benutzen, sich an die Arbeitgeber heranzumachen, um sich in ein gutes Licht zu setzen und sich ihre von Eigennutz diktierte Treue teuer bezahlen zu lassen. Nicht zu reden von der den Massen eigenen Disziplinlosigkeit, der volkstümlichen Anarchie. Sie wollten wohl gemeinschaftliche Streiks machen, die einen durchaus revolutionären Charakter haben sollten; aber sie wollten nicht, daß man sie als Revolutionäre behandelte. An den Bajonetten lag ihnen ganz und gar nichts. Sie bildeten sich ein, man könne Eierkuchen backen, ohne Eier zu zerschlagen. Jedenfalls wäre es ihnen lieber gewesen, wenn andere die Eier aufgeschlagen hätten.

Olivier sah, beobachtete, und er wunderte sich gar nicht. Er hatte sofort erkannt, wieviel tiefer diese Menschen standen als die Tat, die sie zu verwirklichen vorgaben; aber er hatte auch die unabwendbare Macht erkannt, die sie mit sich riß, und er merkte, daß Christof unbewußt im Strome mitschwamm. Ihn aber, der sich nichts Besseres wünschte, als sich fortreißen zu lassen, wollte der Strom nicht. Er blieb am Ufer und sah das Wasser vorüberfließen.

Es war ein starker Strom: er wühlte eine ungeheure Masse von Leidenschaften, Interessen und Glaubensüberzeugungen auf, die aneinanderstießen, sich rieben, sich im schäumenden Strudel und zwischen den gegensätzlichen Strömungen miteinander vermengten. Die Führer schwammen voraus; sie waren von allen am wenigsten frei, denn sie wurden gestoßen, und vielleicht glaubten sie auch von allen am wenigsten: einst hatten sie geglaubt, sie waren gleich den Priestern, die sie oft verspottet hatten, an ihr Gelübde gebunden, an den Glauben, den sie einmal gehabt hatten und den bis zum Ende zu bekennen sie gezwungen waren. Die große Herde hinter ihnen war brutal, unsicher und kurzsichtig. Die meisten glaubten aus Zufall, weil die Strömung gerade in der Richtung jener Utopien ging; hätte die Strömung gewechselt, so hätte ihr Glaube noch am selben Abend aufgehört. Viele glaubten aus Betätigungsdrang, aus Abenteuerlust. Andere auf Grund schwätzerischer Logik, die jedes gesunden Menschenverstandes bar war. Einige wenige glaubten aus Güte. Die Schlauköpfe bedienten sich der Ideen nur als Waffe im Kampf; ihr Streben ging aufs Nächste: sie kämpften für ein festes Gehalt, für eine bestimmte Zahl von Arbeitsstunden. Die Schlimmsten hofften im geheimen, sich einmal für ihr elendes Leben in gemeiner Weise schadlos halten zu können.

Aber der Strom, der sie trug, war weiser als sie; er kannte sein Ziel. Was machte es ihm aus, daß er sich augenblicklich am Damm der alten Welt brechen mußte! Olivier sah voraus, daß eine soziale Revolution heute niedergeschlagen würde. Aber er wußte auch, daß sie niemals durch eine Niederlage, sondern nur durch den Sieg beendigt werden konnte: denn die Unterdrücker geben dem Verlangen der Unterdrückten nur dann Folge, wenn diese Unterdrückten ihnen Furcht einflößen. So förderte die Gewalttätigkeit der Revolutionäre ihre Sache weit weniger als die Gerechtigkeit dieser Sache selbst. Beide waren Bestandteile des Planes der blinden und sicheren Kraft, die die Menschenherde lenkt.

Denn ihr, die der Herr gerufen hat, erwäget, was ihr seid. Dem Fleische nach gibt es unter euch nicht viel Weise noch Starke, noch viel Edele. Aber Er hat die Tollheiten dieser Welt ausgewählet, um die Weisen zu verwirren; und Er hat die Schwächen dieser Welt ausgewählet, um die Starken zu verwirren; und Er hat die Niedrigkeiten dieser Welt und die Verächtlichkeiten und die Dinge ausgewählet, die nichts sind, um die auszutilgen, die da sind.

Mochten nun aber Vernunft oder Unvernunft die Dinge der Welt regieren, mochte die soziale Organisation, durch den Syndikalismus vorbereitet, für die Zukunft einen verhältnismäßig glücklichen Erfolg versprechen, so meinte Olivier doch, daß es sich für Christof und für ihn nicht der Mühe verlohne, ihre ganze Illusions- und Opferkraft in diesem erdgebundenen Kampfe, der keine neue Welt erschließen konnte, zu verschwenden. In seiner mystischen Hoffnung auf die Revolution war er enttäuscht. Das Volk schien ihm nicht besser und nur wenig aufrichtiger als die anderen Klassen; vor allem unterschied es sich nicht genug von den andern. Oliviers Blick und Herz wurden von den Inselchen der Unabhängigen angezogen, von den kleinen Gruppen wahrhaft Gläubiger, die hier und da inmitten der Sturzwellen von Interessen und schmutzigen Leidenschaften wie Blumen aus dem Wasser emportauchten. Die Elite kann sich noch so sehr mit der Menge vermischen wollen: sie wird immer zur Elite zurückkommen – zur Auslese aller Klassen und aller Parteien –, zu denen, die das Feuer tragen. Und ihre heilige Pflicht ist es, darüber zu wachen, daß das Feuer in ihren Händen nicht verlischt.

Olivier hatte seine Wahl schon getroffen.

Wenige Häuser von dem seinen entfernt befand sich ein Flickschusterladen, etwas tiefer als die Straße gelegen – ein paar zusammengenagelte Bretter, die Fenster schmutzig und teils mit Papier verklebt. Man mußte drei Stufen hinabsteigen und konnte dann nur gebückt stehen. Es war gerade Platz genug für ein Schuhregal und zwei Schemel. Den ganzen Tag über hörte man nach dem Beispiel des klassischen Flickschusters den Herrn der Werkstatt singen. Er pfiff, klopfte seine Sohlen, brüllte mit heiserer Stimme Gassenhauer und Revolutionslieder oder rief hinter seiner Glaskugel hervor die vorbeigehenden Nachbarinnen an. Eine Elster mit gebrochenem Flügel, die in der Loge eines Concierge wohnte und hüpfend auf dem Bürgersteig einherspazierte, stattete ihm Besuche ab. Sie setzte sich auf die oberste Stufe am Ladeneingang und schaute dem Flickschuster zu. Er hielt einen Augenblick inne, um ihr mit flötender Stimme Zoten zu erzählen, oder er mühte sich ab, ihr die *Internationale* vorzupfeifen. Sie saß und hörte mit erhobenem Schnabel ernsthaft zu; hin und wieder duckte sie sich, streckte den Schnabel vor, als wollte sie grüßen, und schlug ungeschickt mit den Flügeln, um ihr Gleichgewicht wiederzufinden; dann unterbrach sie plötzlich ihr Gegenüber mitten im Satz, indem sie kehrtmachte und mit ihrem einen Flügel und dem Flügelstutz auf die Lehne einer Bank flog, von wo aus sie die Hunde des Stadtviertels verhöhnte. Dann machte sich der dumme Schuster wieder ans Besohlen, aber die Flucht seiner Zuhörerin hinderte ihn nicht, die unterbrochene Rede zu Ende zu führen.

Er war sechsundfünfzig Jahre alt, hatte ein gutmütiges, aber zugleich mürrisches Aussehen, kleine, lachende Augen unter dicken Augenbrauen, einen Schädel, der auf dem Scheitel kahl war und wie ein Ei aus einem Haarnest herausschaute, behaarte Ohren, eine schwarze, zahnlückige Mundhöhle, die sich bei Lachanfällen wie ein Brunnen öffnete, und einen schmutzigen und struppigen Bart, in dem er mit seinen dicken, pechbeschmierten Tatzen ausgiebig wühlte. Er war im Stadtviertel unter dem Namen „Vater Feuillet" bekannt oder „Papa La Feuillette" – und man sagte „La Fayette", wenn man ihn ärgern wollte: denn in der Politik war der Alte scharlachrot; als ganz junger Mann hatte er am Aufstand der Kommune teilgenommen, war zum Tode verurteilt und schließlich deportiert worden; er war stolz auf seine Erinnerungen, und sein Groll umfaßte Badinguet, Gallifet und Foutriquet. Er besuchte eifrig revolutionäre Versammlungen und war ein begeisterter Anhänger Coquards, wegen des Rache-Ideals, das dieser Mann mit dem schönen Bart und der Donnerstimme prophezeite. Er versäumte nicht eine seiner Reden, trank seine Worte förmlich, lachte mit aufgesperrtem Mund über seine Scherze, schnappte seine Schimpfreden auf und jubelte über die Kämpfe und das verheißene Paradies. Am nächsten Tag las er in der Zeitung die kurze Wiedergabe der Reden in seinem Laden noch einmal durch; er las sie dann sich und seinem Lehrling laut vor. Wollte er sie noch eingehender genießen, so ließ er sie sich von dem Lehrling vorlesen und ohrfeigte ihn, wenn er eine Zeile übersprang. Seine Arbeit lieferte er nicht immer pünktlich am versprochenen Tage ab. Dafür war es solide Arbeit: man lief sich die Füße danach ab, aber sie selbst war nicht abzulaufen.

Der Alte hatte einen Enkel von dreizehn Jahren bei sich, der bucklig, kränklich und rachitisch war, der ihm die Wege besorgte und ihm als Lehrling diente. Die Mutter hatte mit siebzehn Jahren ihre Familie verlassen, um sich mit einem liederlichen Arbeiter davonzumachen, der Ganove geworden war; es hatte nicht lange gedauert, bis man ihn erwischt und verurteilt hatte; dann war er verschwunden. Sie blieb, von den Ihren verstoßen, mit dem Kinde allein und zog den kleinen Emmanuel groß. Auf ihn übertrug sie die Liebe und den Haß, die sie für ihren Geliebten empfunden hatte. Sie war eine Frau von krankhaft leidenschaftlichem und eifersüchtigem Charakter. Sie liebte ihr Kind mit aufbrausender Heftigkeit, mißhandelte es in brutaler Weise, und wenn es dann krank wurde, war sie rasend vor Verzweiflung. An den Tagen, an denen sie schlechter Laune war, legte sie den Kleinen ohne Abendessen, ohne ein Stück Brot zu Bett. Wenn sie ihn an der Hand durch die Straßen schleppte und er müde wurde, nicht vorwärts wollte und sich auf die Erde fallen ließ, brachte sie ihn mit einem Fußtritt wieder hoch. Ihre Redeweise war unzusammenhängend; sie konnte aus Tränen in hysterische Heiterkeitsausbrüche verfallen. Sie war gestorben. Der Großvater hatte den damals sechsjährigen Kleinen zu sich genommen. Er liebte ihn herzlich, aber er hatte seine eigene Art, es ihm zu beweisen: sie bestand darin, das Kind anzufahren, es mit den verschiedensten Schimpfworten zu benennen, es bei den Ohren zu ziehen und es von morgens bis abends mit Schlägen zu traktieren, damit es sein Handwerk gut erlerne. Gleichzeitig bleute er ihm seinen sozialen und antiklerikalen Katechismus ein.

Emmanuel wußte, daß der Großvater nicht böse war. Aber er war stets auf dem Sprunge, mit dem Ellenbogen die

Ohrfeigen abzuwehren: der Alte flößte ihm Furcht ein, vor allem an den Zechabenden. Denn Papa La Feuillette[1] hatte seinen Spitznamen nicht von ungefähr: er betrank sich zwei- oder dreimal monatlich; dann redete er alles durcheinander, er lachte und putzte sich heraus, und zum Schluß setzte es immer einige Hiebe für den Kleinen. Er machte viel Geschrei, aber er meinte es nicht so schlimm. Jedoch das Kind war furchtsam; sein leidender Zustand machte es empfindlicher als ein anderes; es hatte einen frühreifen Verstand und von der Mutter ein wildes und zügelloses Herz geerbt. Die Brutalitäten des Großvaters regten es ebenso auf wie seine revolutionären Großsprechereien. Alle Erscheinungen der Außenwelt klangen in ihm wider, so wie der kleine Laden erzitterte, wenn die schweren Omnibusse vorbeifuhren. In Emmanuels verstörter Einbildungskraft vermengten sich wie Glockenschwingungen seine täglichen Eindrücke, seine großen Kinderschmerzen, die jammervollen Erinnerungen einer frühreifen Erfahrung, die Berichte von der Kommune, Brocken von dem Abendvortrag, von Zeitungsfeuilletons, von Versammlungsreden und die dunklen, wilden sexuellen Triebe, die ihm die Seinen vererbt hatten. Das Ganze bildete eine ungeheuerliche, aufregende Traumwelt, aus deren düsterer Nacht, aus deren morastigem Chaos zuweilen blendende Hoffnungsstrahlen aufblitzten.

Der Flickschuster schleppte seinen Enkel manchmal mit in die Kneipe zu Aurélie. Dort wurde Olivier auf den kleinen Buckligen, der eine helle, zwitschernde Stimme hatte, aufmerksam. Wenn er so unter den Arbeitern saß, mit denen er wenig sprach, hatte er genug Zeit, das kränkliche Kindergesicht mit der riesigen Stirn und der scheuen und gedrückten Miene zu studieren; er war Zeuge der vertraulichen Plumpheiten, die man zu ihm sagte und bei denen sich die Züge des Kleinen schweigend verkrampften. Er hatte gesehen, wie seine kastanienbraunen, samtweichen Augen bei manchen revolutionären Reden in phantastischem

---

[1] la feuillette = das Fäßchen.

Entzücken über ein künftiges Glück strahlten – über ein Glück, das, selbst wenn es sich jemals verwirklichen sollte, nicht viel an seinem jämmerlichen Dasein ändern würde. In solchen Augenblicken verklärte sein Blick sein unschönes Gesicht, ließ es vergessen. Selbst der schönen Berthe fiel das auf; eines Tages sagte sie es ihm und küßte ihn, ehe er sich versah, auf den Mund. Das Kind fuhr auf; es wurde blaß vor Erregung und warf sich voller Widerwillen zurück. Das Mädchen hatte gar nicht soviel Zeit, es zu bemerken: es zankte sich schon wieder mit Joussier herum. Nur Olivier sah Emmanuels Verwirrung: er verfolgte den Kleinen mit den Augen und sah, wie er sich mit zitternden Händen und gesenktem Kopf ins Dunkel zurückzog und von der Seite her glühende und erzürnte Blicke auf das Mädchen warf. Er ging zu ihm hin und redete sanft, ja höflich mit ihm, so daß er seine Scheu verlor... Wie unendlich wohl kann eine sanfte Art einem Herzen tun, das jeder Rücksicht entwöhnt ist! Es ist, als ob trockene Erde gierig einen Wassertropfen aufsaugt. Es bedurfte nur weniger Worte, nur eines Lächelns, damit sich der kleine Emmanuel im geheimsten Herzen Olivier ganz ergab und bei sich entschied, daß Olivier zu ihm gehöre. Als er ihm nachher auf der Straße begegnete und entdeckte, daß sie Nachbarn waren, war ihm das wie ein geheimnisvolles Schicksalszeichen dafür, daß er sich nicht getäuscht habe. Er paßte auf, ob Olivier am Laden vorüberkam, damit er ihm guten Tag wünschen könne; und wenn es geschah, daß der zerstreute Olivier nicht zu ihm hinblickte, fühlte sich Emmanuel verletzt.

Als Olivier eines Tages bei Vater Feuillette eintrat, um etwas zu bestellen, war Emmanuel überglücklich. Als die Arbeit fertig war, brachte er sie Olivier; er hatte dessen Rückkehr nach Hause abgepaßt, damit er sicher sei, ihn anzutreffen. Olivier war so in seine Arbeit vertieft, daß er ihn kaum beachtete; er bezahlte und sagte weiter nichts; das Kind schien auf etwas zu warten, sah nach rechts und nach links, und nur widerstrebend schien es fortzugehen. Olivier ahnte in seiner Güte, was in ihm vorging; er lächelte und versuchte trotz der Verlegenheit, die es ihm stets bereitete, mit jemandem aus dem Volke zu reden, eine Unterhaltung anzuknüpfen. Dieses Mal gelang es ihm, ganz schlichte, unmittelbare Worte zu finden. Mit dem Ahnungsvermögen dessen, der das Leid kennt, sah er (in zu einseitiger Weise) in dem Kinde ein gleich ihm vom Leben verwundetes Vögelchen, das, den Kopf unter dem Flügel, traurig zusammengeduckt auf seiner Vogelstange sitzt und sich damit tröstet, von tollen Flügen ins Licht zu träumen. Ein ähnliches Gefühl instinktiven Vertrauens führte das Kind zu ihm; es wurde von diesem schweigsamen Menschen angezogen, der es nicht anschrie, der keine rauhen Worte gebrauchte, bei dem man sich vor den Brutalitäten der Straße geschützt fühlte. Und das mit Büchern angefüllte Zimmer, in dem rund um die Wände Bücherreihen liefen, welche die Träume von Jahrhunderten bargen, flößte ihm eine Art frommer Ehrfurcht ein. Er suchte sich Oliviers Fragen nicht zu entziehen; er antwortete gern, auch wenn ihn eine plötzlich einsetzende Scheu daran hindern wollte; es fehlte ihm nur am Ausdruck. Olivier brachte diese trübe, stammelnde Seele mit Geduld und Vorsicht dazu, sich zu eröffnen. Allmählich gelang es ihm, in ihr zu lesen, zu erkennen, was sie an Hoffnungen und an lächerlichem, rührendem Glauben an eine Verbesserung der Welt barg. Er hätte nicht darüber lachen können, denn er wußte, daß sie das Unmögliche erträumte und daß sie die Menschen nicht ändern würde. Auch die Christen haben das Unmögliche erträumt; auch sie haben die Menschen nicht geändert. Wo ist der sittliche Fortschritt vom Zeitalter des Perikles und dem des Herrn Fallières? Jeder Glaube aber ist schön; und wenn ein Glaube verblaßt, muß man den neu sich entzündenden begrüßen: es gibt niemals zuviel Glauben. Olivier beobachtete mit wachsender Teilnahme, welch unruhiges Licht den Geist des Kindes verwirrte.

Welch sonderbares Gehirn! – Olivier gelang es nicht, seinen sprunghaften Gedanken zu folgen, die einer zusammenhängenden und vernünftigen Anstrengung nicht fähig waren. Während man mit dem Jungen sprach, blieben seine Gedanken weit zurück, ohne zu folgen, und klammerten sich an ein Bild, das Gott weiß was für ein eben gesprochenes Wort heraufbeschworen hatte; dann holten sie plötzlich alles ein und gingen mit einem Sprung weit über das Besprochene hinaus, indem sie aus irgendeinem alltäglichen Gedanken, aus einem braven bürgerlichen Satz eine ganze Zauberwelt, ein heldenhaftes, phantastisches Credo erstehen ließen. Diese dahindämmernde Seele, die oft, plötzlich sich aufbäumend, erwachte, war von einem kindlichen und mächtigen Verlangen nach Optimismus erfüllt; allem, was man zu ihm sagte, Kunst oder Wissenschaft, fügte er einen melodramatischen Schluß an, der auf seine Phantasien zurückführte und sie befriedigte.

Olivier las dem Kleinen sonntags ein wenig vor, um zu sehen, wie er es aufnahm. Er meinte, ihn mit realistischen Familiengeschichten fesseln zu können, und wählte die *Kindheitserinnerungen* Tolstois. Dem Kleinen machte das wenig Eindruck; er sagte:

„Na ja, so ist das, das kennt man."

Und er begriff nicht, wie man sich soviel Mühe geben könne, um Tatsächliches zu beschreiben...

„Das ist eben ein kleiner Junge", sagte er verächtlich.

Ebensowenig war er für Geschichte empfänglich; und die Naturwissenschaft ermüdete ihn; sie war für ihn die langweilige Vorrede zu einem Märchen: die unsichtbaren Kräfte, die in den Dienst des Menschen gestellt waren, gleich den schrecklichen und gebändigten Dämonen. Wozu all diese Erklärungen? Wenn man etwas gefunden hat, braucht man nicht zu sagen, wie man es gefunden hat, sondern was man gefunden hat. Gedankenanalyse ist bürgerlicher Luxus. Die Seele des Volkes braucht die Synthese, sie braucht fertige Ideen, seien sie nun gut oder schlecht, und lieber schlecht als gut, aber aufs Handeln abzielend, lebensträchtige und elektrizitätsgeladene Wirklichkeiten. Von der ganzen Literatur, die Emmanuel kennen konnte, rührte ihn am meisten das epische Pathos einiger Stellen von Hugo und die schwülstige Rhetorik der revolutionären Redner, die er nicht ganz verstand und die sich ebenso wie Hugo selber nicht immer verstanden. Die Welt war für ihn wie für sie nicht ein zusammenhängendes Gefüge von Ursache und Wirkung, sondern ein unendlicher, in Dunkel getauchter und von zitterndem Licht übergossener Raum, durch dessen Finsternis Sonnenblitze gleich riesigen Flügelschlägen gingen. Olivier versuchte vergebens, ihm seine bürgerliche Logik beizubringen. Die widerspenstige und verdrossene Seele entschlüpfte ihm unter den Händen. Sie fühlte sich in der Unbestimmtheit und beim Zusammenstoß ihrer halluzinatorischen Empfindungen behaglich, wie eine liebende Frau, die sich mit geschlossenen Augen hingibt.

Was Olivier in dem Kind als verwandt empfand, zog ihn an und verstimmte ihn gleichzeitig: seine Einsamkeit, seine hochmütige Schwäche, seine idealistische Glut und – was so ganz anders war – diese Unausgeglichenheit, diese blinden und wilden Begierden, diese sinnliche Zügellosigkeit, die keine Vorstellung von Gut und Böse hatte, wie es die bürgerliche Moral festsetzt. Dabei ließ Emmanuel dieses ungebändigte Temperament nur zum Teil ahnen, das Olivier, hätte er es ganz gekannt, erschreckt haben würde. Er kannte nicht im entferntesten diese Welt der dunklen Leidenschaften, die im Herzen und im Hirn seines kleinen Freundes wogten. Unser bürgerlicher Atavismus hat uns zu vernünftig gemacht. Wir wagen nicht einmal, in uns hineinzuschauen. Wenn wir ein Hundertstel der Träume, die ein anständiger Mann hat, zum Ausdruck brächten oder der Begierden, die eine keusche Frau beunruhigen, würde man Zeter und Mordio schreien. Lassen wir diese Ungeheuerlichkeiten ruhen! Schließen wir das Gitter. Aber machen wir uns klar, daß sie vorhanden sind und daß sie in jungen Seelen ungehemmt wirken. – Der Kleine hatte alle Begierden und alle erotischen Träume, die allgemein für pervers gelten; sie überfielen ihn unvermittelt, ruckweise, wie Wirbelwinde; und da er durch seine Häßlichkeit einsam war, brannten die Begierden um so heißer. Olivier wußte davon nichts. Vor ihm schämte sich Emmanuel. Oliviers Frieden und seine Reinheit übertrugen sich auf ihn. Das Beispiel eines solchen Lebens zähmte ihn. Das Kind empfand für Olivier eine heiße Liebe. Und seine zurückgedrängten Leidenschaften wirbelten in ungestümen Träumen durcheinander: Menschheitsglück, soziale Brüderlichkeit, Wunder der Wissenschaft, phantastischer Aufschwung, wilde und barbarische Dichtung – eine ganze heldenhafte, erotische, kindliche, glänzende und niedere Welt war es, in der sein Verstand und sein Willen ruhelos und fiebernd umherirrten.

Sehr viel Zeit blieb ihm nicht, diesen Träumen nachzuhängen, vor allem nicht in der Krambude des Großvaters, der keinen Augenblick schwieg und von morgens bis abends pfiff, klopfte und schwatzte. Aber für Träume ist immer noch Raum. Wie viele Traumtage kann man, stehend, mit offenen Augen, in einer einzigen Sekunde erleben! – Die Arbeit des Arbeiters paßt recht gut zu solchen sprunghaften, abgerissenen Gedanken. Einer etwas längeren, logisch eng verbundenen Gedankenkette zu folgen würde seinem Geist schwerfallen, jedenfalls eine Willensanstrengung erfordern; gelänge es ihm, so würden doch hier und da ein paar Glieder fehlen; aber in den Pausen zwischen den rhythmischen Bewegungen schieben sich Ideen ein, tauchen Bilder auf; die regelmäßigen Bewegungen des Körpers entfachen sie wie der Blasebalg das Feuer. Gedanken des Volkes! Rauch- und Feuergarben, Regen von Funken, die verlöschen, aufglühen und verlöschen! Manchmal aber bringt einer von ihnen, vom Winde getragen, die Feuersbrunst in dürren Wäldern und in den gefüllten bürgerlichen Scheuern ...

Es gelang Olivier, Emmanuel in einer Buchdruckerei unterzubringen. Das war die Sehnsucht des Kindes gewesen, und der Großvater hatte sich nicht widersetzt; er sah seinen Enkel gern gebildeter, als er selbst es war, und vor der Druckerschwärze hatte er Achtung. Die Arbeit war in dem neuen Beruf anstrengender als im alten; aber unter den vielen Arbeitern konnte der Kleine seinen Gedanken ungestörter nachhängen als in der kleinen Bude, wo er nur neben dem Großvater saß.

Am schönsten war die Mittagspause. Er hielt sich fern von der Arbeiterflut, die die kleinen Tische auf dem Bürgersteig und die Weinschenken des Stadtviertels überschwemmte, und entschlüpfte humpelnd in die benachbarten Anlagen. Dort setzte er sich unter dem Blätterdach einer Kastanie, neben einem Bronzefaun, der eine Traube in der Hand hielt, rittlings auf eine Bank und schmauste sein Brot und das Stück Wurst, das in fettiges Papier eingewickelt war; und er genoß es langsam, umgeben von einer Schar Spatzen. Fontänen warfen ein Rieselnetz feinen Regens auf den grünen Rasen. In einem durchsonnten Baum gurrten blaue Tauben mit runden Augen. Und rings um ihn tönte das ungeheuerliche Summen von Paris: das Rollen der Wagen, das rauschende Meer der Schritte, die vertrauten Straßenrufe, das ferne, fröhliche Pfeifchen eines Kesselflickers, der Hammer eines Steinklopfers, der auf dem Pflaster klang, die edle Musik eines Springbrunnens – der ganze fiebrige und vergoldete Zaubermantel des Pariser Traums. – Und der kleine Bucklige, der kauend rittlings auf der Bank saß, beeilte sich nicht, seine Bissen zu schlucken. Er träumte in wonnevoller Betäubung vor sich hin und fühlte sein schmerzendes Rückgrat und seine jämmerliche Seele nicht mehr: er war wie gebadet in einem unklaren und berauschenden Glück.

... Warmes Licht, Sonne der Gerechtigkeit, die uns morgen leuchten wird, leuchtest du nicht jetzt schon? Alles ist so gut, so schön! Man ist reich, man ist stark, man ist gesund, man liebt... Ich liebe, ich liebe alle, alle lieben mich... Ach, wie schön ist es doch! Wie schön wird es morgen sein...

Die Fabriksirenen pfiffen. Das Kind erwachte, schlang seinen Bissen hinunter, tat einen tiefen Zug aus dem nahen Brunnen, kroch in sein buckliges Gehäuse zurück und begab sich mit seinem hüpfenden, hinkenden Gang wieder an seinen Platz in der Druckerei, vor die Kästen mit den Zauberlettern, die eines Tages das *Mene Tekel Upharsin* der Revolution schreiben sollten.

Vater Feuillet hatte einen alten Freund, Trouillot, den Papierhändler, der auf der anderen Straßenseite wohnte. Er hatte einen Papier- und Kurzwarenladen, in dessen Auslagen man in Glasdosen rosa und grüne Bonbons und in Pappschachteln Puppen ohne Arme und Beine sah. Der eine auf seiner Türschwelle, der andere in seiner Bude, gaben sie sich über die Straße hinweg Zeichen durch Augenblinzeln, durch Kopfschütteln und durch allerhand sonstige Gebärden. Zu manchen Stunden, wenn der Flickschuster vom Klopfen müde war und, wie er sagte, den Krampf im Hintern hatte, riefen sie sich etwas zu. La Feuillette mit seinem kläffenden Mundwerk, Trouillot mit einem undeutlichen Muhen wie ein heiseres Kalb; dann gingen sie gemeinsam zur nächsten Kneipe, um ein Gläschen zu trinken. Mit dem Heimkehren hatten sie es nicht eilig. Sie waren verteufelte Schwätzer. Fast ein halbes Jahrhundert kannten sie sich. Auch der Papierhändler hatte seine Rolle in dem großen Schauerstück von 1871 gespielt. Man hätte das nicht gedacht, wenn man den friedlich aussehenden dicken Mann mit der schwarzen Kappe und der weißen Bluse sah, mit dem grauen Soldatenschnauzbart, den schwimmenden, blaßblauen, rotgeäderten Augen, unter denen die Lider Säckchen bildeten, und den schlaffen, glänzenden Wangen, diesen Mann, der immer schwitzte, ein Bein gichtisch nachzog, kurzatmig war und mit schwerer Zunge sprach. Aber er hatte nichts von seinen einstigen Illusionen verloren. Während der Jahre, die er als Flüchtling in der Schweiz zugebracht hatte, hatte er Gesinnungsgenossen verschiedener Nationen kennengelernt, vor allem Russen, die ihn in die Schönheiten der brüderlichen Anarchie eingeweiht hatten. In der Beziehung stimmte er mit La Feuillette nicht überein, der ein Franzose vom alten Schlage, ein Anhänger des Draufgängertums und des Absolutismus in der Freiheit war. Im übrigen glaubten sie beide felsenfest an die soziale Revolution und an den Zukunftsstaat. Jeder ging durchs Feuer für einen Führer, in dem er das Ideal dessen sah, was er selbst hätte sein mögen. Trouillot war für Joussier, und La Feuillette war für Coquard. Sie stritten unaufhörlich über das, was sie trennte, da ihre gemeinsamen Gedanken ihrer Ansicht nach verbürgt waren (sie waren ihrer Sache ganz sicher, und es fehlte nicht viel, so glaubten sie sie zwischen zwei Gläsern verwirklicht). – Der Schuster war der größte Klugschwätzer von beiden. Er glaubte aus Vernunftgründen, wenigstens bildete er sich das ein; denn, Gott weiß es, seine Gründe waren etwas sonderbarer Art, und kein anderer außer ihm konnte sie recht erfassen. Da er aber von Vernunftgründen weniger verstand als vom Schuhwerk, verlangte er, daß die anderen in seine Fußstapfen treten sollten. Der weniger kampflustige und faulere Papierhändler gab sich nicht die Mühe, seine Überzeugung zu beweisen. Man beweist nur etwas, woran man zweifelt. Er aber zweifelte nicht im geringsten. Sein beständiger Optimismus sah die Dinge, wie er sie wünschte, und falls sie anders waren, sah er sie nicht oder vergaß sie sofort wieder. Die gegensätzlichsten Erfahrungen glitten an seinem Fell ab, ohne irgendwelche Spuren zu hinterlassen. – Beide waren romantische alte Kinder, die keinen Sinn für die Wirklichkeit hatten und für die Revolution, deren bloßer Name sie berauschte, eine schöne Geschichte bedeutete, die man sich erzählt und von der man nicht mehr ganz genau weiß, ob sie einmal geschehen wird oder ob sie schon geschehen ist. Und beide glaubten – durch einfache Übertragung ihrer ererbten Gewohnheiten, die sich jahrhundertelang vor dem Menschensohn gebeugt hatten – an das Gottmenschentum. – Selbstverständlich waren beide antiklerikal.

Lustig dabei war, daß der brave Papierhändler mit einer höchst frommen Nichte zusammen wohnte, die mit ihm machen konnte, was sie wollte. Die kleine, ganz brünette, rundliche Frau mit den lebhaften Augen war von großer Zungenfertigkeit, die durch einen starken Marseiller Akzent noch betont wurde. Sie war die Witwe eines Beamten im Handelsministerium. Diese anspruchsvolle kleine Bürgersfrau, die ohne Vermögen und mit einem Mädelchen allein zurückgeblieben war und die der Onkel aufgenommen hatte, meinte, daß sie dem Krämer, ihrem Verwandten, noch eine Gnade erweise, wenn sie in seinem Laden verkaufe; sie thronte auf ihrem Platz mit dem Gesichtsausdruck einer abgesetzten Königin, der aber zum Glück für die Geschäfte des Onkels und für die Kundschaft durch ihren natürlichen Wortschwall und ihr Redebedürfnis gemildert wurde. Frau Alexandrine war, wie es sich für ein Wesen von ihrer Vornehmheit geziemte, Royalistin und klerikal; sie trug ihre Gefühle mit einem Eifer zur Schau, der um so taktloser war, als es ihr ein boshaftes Vergnügen machte, den alten Ungläubigen, bei dem sie sich eingenistet hatte, damit zu ärgern. Sie hatte sich zur Herrscherin des Hausstandes aufgeschwungen, die für das Gewissen des gesamten Hauspersonals verantwortlich war; konnte sie den Onkel nicht bekehren (und sie hatte sich geschworen, ihn in extremis einzufangen), so machte es ihr doch einen Heidenspaß, den Teufel in lauter Heiligkeit zu ersticken. An die Wände hängte sie Bilder der Muttergottes von Lourdes und des heiligen Antonius von Padua; den Kamin zierte sie mit farbigen kleinen Reliquien und Glas, und im Alkoven ihrer Tochter stellte sie, sobald die Zeit gekommen war, ein Kapellchen des Marienmonats mit kleinen blauen Kerzen auf. Es war nicht ganz klar, was ihr bei ihrer aufdringlichen Frömmigkeit zu zeigen wichtiger war: die aufrichtige Zuneigung für den Onkel, den sie zu bekehren wünschte, oder das Vergnügen, das sie darin fand, ihn zu ärgern.

Der gute Mann, der ein wenig apathisch und verschlafen war, ließ alles geschehen; er wagte nicht, seine gefürchtete Nichte in ihrer kriegerischen Stimmung noch mehr zu reizen; mit einer so scharfen Zunge zu streiten war unmöglich; ein einziges Mal wurde er böse, als sich ein kleiner St. Joseph verstohlen in sein Zimmer, auf den Platz über seinem Bett, einzuschleichen versuchte. In dieser Angelegenheit entschied sich die Sache zu seinen Gunsten, denn er hätte beinahe einen Schlaganfall erlitten, und die Nichte bekam Angst; das Experiment wurde nicht wiederholt. In allem übrigen gab er nach und tat, als sähe er nichts; allerdings verursachte ihm dieser Liebe-Gott-Geruch einiges Unbehagen; aber er wollte es nicht bemerken. Im Grunde bewunderte er seine Nichte und empfand ein gewisses Behagen, von ihr schlecht behandelt zu werden. Und dann waren sie ganz eines Sinnes, wenn es galt, das Mädelchen zu verwöhnen, die kleine Reine oder Rainette.

Sie war zwischen zwölf und dreizehn Jahren und war immerzu krank. Seit Monaten hatte sie ein Hüftleiden und mußte ausgestreckt liegen, mit der einen Seite des Körpers in einen Gipsverband gezwängt wie eine kleine Daphne in ihrer Rinde. Sie hatte die Augen eines verwundeten Rehes und die bleiche Haut von Pflanzen, die die Sonne entbehren, einen zu großen Kopf, den ihre blaßblonden, sehr feinen, straff zurückgekämmten Haare noch größer erscheinen ließen, aber ein bewegliches und feines Gesicht, eine ausdrucksvolle kleine Nase und ein kindliches gutes Lächeln. Die von der Mutter her überkommene Frömmigkeit war bei dem leidenden und zur Untätigkeit gezwungenen Kinde zur Überspanntheit geworden. Es konnte Stunden damit zubringen, seinen Rosenkranz abzubeten, einen kleinen Korallenrosenkranz, den der Papst geweiht hatte; zuweilen hielt es mit Beten inne, um ihn leidenschaftlich zu küssen. Die Kleine tat den ganzen Tag lang beinahe nichts; Handarbeiten waren ihr langweilig; Frau Alexandrine hatte ihr keine Lust dazu gemacht. Höchstens las sie ein paar alberne Traktätchen, irgendeine abgeschmackte Wundergeschichte, deren geschwollener und banaler Stil ihr wie die Poesie selber erschien – oder die Berichte über Verbrechen mit bunten Abbildungen in den Sonntagszeitungen, die ihre törichte Mutter ihr in die Hände gab. Sie brachte kaum ein paar Häkelmaschen fertig, während sie die Lippen bewegte und weniger auf ihre Arbeit achtete als auf die Unterhaltung, die sie mit irgendeiner ihr vertrauten Heiligen oder sogar mit dem lieben Gott selber pflegte. Denn man darf nicht glauben, daß man eine Jungfrau von Orleans sein muß, um solche Besuche zu bekommen; wir alle haben sie empfangen. Nur daß gewöhnlich die himmlischen Gäste an unserem Herde sitzen und uns allein reden lassen; sie aber sagen kein Wort. Rainette kam es nicht in den Sinn, das übelzunehmen: wer kein Wort sagt, der stimmt zu. Übrigens hatte sie so viel zu sagen, daß sie ihnen kaum Zeit zum Antworten ließ; sie antwortete an ihrer Statt; sie war eine schweigsame Schwätzerin; von ihrer Mutter hatte sie die Redseligkeit geerbt; aber dieser Strom ergoß sich in Worten nach innen, wie ein Bach, der unter der Erde verschwindet. – Natürlich nahm sie an der Verschwörung gegen den Onkel teil, um ihn zu bekehren; sie freute sich jedesmal, wenn im Hause die Geister des Lichts die Geister der Finsternis wieder um einen Zollbreit zurückgedrängt hatten; und mehr als einmal gelang es ihr, dem Alten ein Amulett in das Innenfutter seines Anzugs zu nähen oder in eine seiner Taschen eine Rosenkranzperle gleiten zu lassen, die der Onkel, um seinem Nichtchen einen Gefallen zu tun, nicht zu bemerken schien. – Diese Herrschaft der beiden Frömmlerinnen über den Pfaffenfresser bildete die Empörung und die Freude des Flickschusters. Er war unerschöpflich in derben Späßen über Weiber, die die Hosen anhaben; und er zog seinen Freund auf, der sich unter den Pantoffel duckte. Eigentlich hatte er keinen Grund, den Schadenfrohen zu spielen, denn er selbst war zwanzig Jahre lang durch eine zänkische und hausbackene Frau heimgesucht worden, die ihn als alten Trunkenbold behandelte und vor der er die Flügel hängenließ. Aber er hütete sich wohl, das zu erwähnen. Der Papierhändler verteidigte sich schwach und ein wenig beschämt und predigte mit schwerfälliger Rede eine Duldsamkeit im Sinne Kropotkins.

Rainette und Emmanuel waren Freunde. Seit ihrer frühesten Kindheit sahen sie sich täglich. Emmanuel wagte nur selten, sich in das Haus einzuschleichen. Frau Alexandrine sah ihn als Enkel eines Ungläubigen und als dreckigen kleinen Schuster scheel an. Aber Rainette verbrachte ihre Tage auf einem Ruhebett neben dem Fenster im Erdgeschoß. Emmanuel trommelte im Vorübergehen an die Fenster, drückte die Nase an die Scheibe und wünschte grinsend guten Tag. Im Sommer, wenn das Fenster offenstand, blieb er stehen, stützte die Arme möglichst hoch auf das Fensterbrett (er bildete sich ein, daß diese Stellung vorteilhaft für ihn sei, daß seine durch solche Haltung erhobenen Schultern über seine wirkliche Mißgestalt hinwegtäuschten), und sie plauderten miteinander. Rainette, die durch Besuche nicht verwöhnt war, bemerkte es nicht mehr, daß Emmanuel bucklig war. Emmanuel, der vor Mädchen Furcht hatte, Furcht und Abscheu, machte bei Rainette eine Ausnahme. Die kleine Kranke, die halb in Gips lag, hatte für ihn etwas Unberührbares und Fernes, etwas nicht eigentlich Irdisches. Nur an dem Abend, an dem die schöne Berthe ihn auf den Mund geküßt hatte, und auch noch am folgenden Tage mied er Rainette aus einer instinktiven Scheu; er ging, ohne stehenzubleiben, mit gesenktem Kopf am Haus vorüber und strich, furchtsam und mißtrauisch wie ein wilder Hund, in einiger Entfernung umher. Dann kam er wieder. Sie war so wenig Weib! Wenn er aus der Werkstatt kam und sich so klein wie möglich machte, weil er zwischen den Buchhefterinnen hindurch mußte, die in ihren langen Arbeitskitteln wie in Nachthemden dastanden; wenn die lärmenden und lachenden großen Mädchen ihn mit ihren gierigen Augen zu entkleiden schienen – wie schnell eilte er dann zu Rainettes Fenster. Er war seiner Freundin dafür dankbar, daß sie eine Kranke war: er konnte ihr gegenüber den Überlegenen und sogar ein wenig den Gönner spielen. Er machte sich seine Bedeutung zunutze; er erzählte von den Straßenereignissen und setzte sich dabei in ein gutes Licht. Manchmal, wenn er in galanter Stimmung war, brachte er Rainette im Winter geröstete Kastanien, im Sommer eine Handvoll Kirschen mit. Sie gab ihm dafür von den vielfarbigen Bonbons, die die beiden Gläser in der Auslage füllten, und dann betrachteten sie zusammen Ansichtskarten. Das waren glückliche Augenblicke. Sie vergaßen beide den traurigen Körper, der ihre Kinderseelen gefangenhielt.

Aber es kam auch vor, daß sie wie die Großen von Politik und Religion zu reden anfingen. Dann wurden sie ebenso dumm wie die Großen. Das gute Einvernehmen hörte auf. Sie sprach von Wundern, von neuntägigen Andachten oder von frommen, mit Papierspitzen umrandeten Bildern und von Ablaßtagen. Er sagte, das wären Dummheiten und Muckereien, wie er dergleichen von seinem Großvater hatte benennen hören. Aber wollte er dann von Volksversammlungen erzählen, zu denen ihn der Alte geführt hatte, von Reden, denen er beigewohnt, so unterbrach sie ihn voller Verachtung und sagte, daß alle diese Leute Trunkenbolde seien. Die Unterhaltung spitzte sich zu. Das Gespräch kam immer wieder auf die Verwandten zurück. Was der eine über die Mutter und die andere über den Großvater an Schmähreden gehört hatte, das sagten sie sich jetzt wiederholt ins Gesicht. Dann sprachen sie von sich selbst. Sie suchten einander unangenehme Dinge zu sagen. Das gelang ihnen mühelos. Er sagte sie plump. Sie dagegen fand die boshaftesten Worte. Dann ging er fort; und als er wiederkam, erzählte er, daß er mit anderen Mädchen zusammen gewesen sei, daß sie viel miteinander gelacht hätten und daß sie sich am nächsten Sonntag wieder treffen wollten. Sie sagte nichts; sie tat, als verachte sie seine Worte. Aber plötzlich geriet sie in Wut, warf ihm ihre Häkelnadel an den Kopf, schrie ihn an, daß er fortgehen solle und daß sie ihn nicht ausstehen könne; und sie verbarg ihr Gesicht in den Händen. Er ging davon, ohne besonders stolz auf seinen Sieg zu sein. Er hatte die größte Lust, die mageren Händchen zu fassen und zu sagen, das alles sei nicht wahr; aber er zwang sich aus Stolz, nicht umzukehren.

Eines Tages wurde Rainette gerächt. – Er war mit seinen Werkstattkameraden zusammen. Sie mochten ihn nicht recht leiden, weil er sich soviel wie möglich von ihnen fernhielt und weil er nicht redete oder in einer einfältig hochtrabenden Art zu gut redete, wie ein Buch oder eher wie ein Zeitungsartikel (mit denen er vollgepfropft war). An jenem Tage redeten sie von der Revolution und von der Zukunft. Er geriet in Begeisterung und wurde lächerlich. Ein Kamerad schrie ihn brutal an:

„Zunächst einmal bist du selber dabei überflüssig; du bist zu häßlich. In der zukünftigen Gesellschaft wird es keine Buckligen mehr geben. Man schmeißt sie bei der Geburt ins Wasser."

Das stürzte ihn von der Höhe seiner Beredsamkeit herab. Verstört schwieg er. Die anderen bogen sich vor Lachen. Den ganzen Nachmittag redete er keine Silbe mehr. Am Abend kehrte er heim; er beeilte sich, nach Hause zu kommen, damit er sich in einem Winkel verbergen und mit seinem Leid allein sein könne. Olivier begegnete ihm. Sein fahles Gesicht fiel ihm auf; er ahnte etwas von seinem Leid.

„Du hast Kummer. Warum?"

Emmanuel wollte nicht sprechen. Olivier drang liebevoll in ihn. Der Kleine verharrte in seinem Schweigen. Aber sein Kinn zitterte, als wäre er dem Weinen nahe. Olivier faßte ihn bei der Hand und nahm ihn mit sich nach Hause. Wenn er vor der Häßlichkeit und vor der Krankheit auch den instinktiven und grausamen Ekel empfand, den alle haben, die nicht mit der Seele einer Barmherzigen Schwester auf die Welt gekommen sind, so ließ er sich doch nichts anmerken.

„Man hat dir weh getan?"

„Ja."

„Was hat man dir getan?"

Der Kleine schüttete sein Herz aus. Er sagte, er sei häßlich. Er erzählte, daß seine Kameraden gesagt hätten, ihre Revolution sei nicht für ihn.

„Auch für sie ist sie nicht, mein Kleiner, und ebensowenig für uns. Die Revolution wird nicht in einem Tage gemacht. Man arbeitet für die, die nach uns kommen werden."

Der Kleine war enttäuscht, daß es sich um eine so ferne Zeit handele.

„Macht dir's nicht Freude, zu denken, daß man für das Glück von Tausenden von Jungen, wie du einer bist, arbeitet, für Tausende von Menschen?"

Emmanuel seufzte und sagte:

„Aber es wäre doch schön, wenn man auch selber ein wenig von dem Glück abbekäme."

„Mein Junge, man muß nicht undankbar sein. Du lebst in der schönsten Stadt, in der an Wundern reichsten Zeit; du bist nicht dumm, und du hast gute Augen. Denke an alles, was man rings um sich her sehen und lieben kann."

Er wies ihn auf allerlei hin.

Das Kind hörte zu, schüttelte den Kopf und sagte:

„Ja, aber wenn man sich sagt, daß man immer in seiner Haut steckenbleiben soll!"

„Nicht doch, du wirst einmal herauskommen."

„Na, und dann ist es zu Ende."

„Was weißt du davon?"

Der Kleine war verdutzt. Der Materialismus gehörte zum Credo des Großvaters. Er meinte, daß nur die Pfaffen an ein ewiges Leben glaubten. Er wußte, daß sein Freund nicht zu diesen gehörte, und er fragte sich, ob Olivier es ernst meine. Olivier aber faßte seine Hand und sprach lange zu ihm: von seinem idealistischen Glauben, von der Einheit des grenzenlosen Lebens, das weder Anfang noch Ende habe und dessen Milliarden Geschöpfe und Milliarden Augenblicke nichts seien als die Strahlen einer einzigen Sonne. Aber er sagte ihm das nicht in dieser abstrakten Form. Instinktmäßig paßte er sich in seinen Worten der Gedankenwelt des Kindes an: die antiken Legenden, die greifbaren und tiefgründigen Vorstellungen der alten Schöpfungsgeschichten kamen ihm wieder in den Sinn; halb lachend, halb ernst sprach er von der Seelenwanderung und von den unzähligen Formen, durch die die Seele rinnt und sich reinigt gleich einer Quelle, die von Becken zu Becken fließt. Er flocht alte christliche Legenden in seine Erzählungen und das Bild des Sommerabends, der sie beide umgab. Er saß am offenen Fenster. Der Kleine stand neben ihm und hatte seine Hand in der Oliviers. Es war Samstagabend. Die Glocken läuteten. Die ersten Schwalben, die eben erst zurückgekehrt waren, strichen an den Mauern der Häuser entlang. Der weite Himmel lachte über der Stadt, die sich in Dunkel zu hüllen begann. Das Kind lauschte mit angehaltenem Atem auf das Märchen, das ihm sein großer Freund erzählte. Und Olivier, den die Aufmerksamkeit seines kleinen Zuhörers anfeuerte, ließ sich immer mehr von seinen eigenen Geschichten hinreißen.

Es gibt im Leben entscheidungsschwere Sekunden, in denen sich – ebenso wie sich in der Nacht einer Großstadt die elektrischen Lichter mit einem Schlag entzünden – in der dunklen Seele das Ewige Licht entzündet. Es genügt ein Funken, der aus einer Seele sprüht, um das prometheische Feuer in eine andere, wartende zu werfen. An jenem

Frühlingsabend entzündete das ruhige Wort Oliviers ein unverlöschbares Licht in dem Geist, den der unförmige kleine Körper gleich einer ausgebuckelten Laterne umschloß. Von Oliviers Vernunftgründen verstand er nichts; er hörte sie kaum. Die Legenden aber, die Bilder, die für Olivier schöne Fabeln und eine Art Gleichnisse waren, wurden für ihn Fleisch und Blut, wurden Wirklichkeit. Das Märchen belebte sich und umwob ihn. Und, den Blick, den das Fenster des Zimmers einrahmte, die Menschen, die auf der Straße vorbeigingen, die Reichen und die Armen, und die Schwalben, die die Mauern streiften, und die ermatteten Pferde, die ihre Last zogen, und die Steine der Häuser, die das Dunkel der Dämmerung einsogen, und der erblassende Himmel, an dem das Licht erstarb – diese ganze äußere Welt nahm er plötzlich in sich auf wie einen Kuß. Es war nur wie ein Blitz; dann verlosch alles. Er dachte an Rainette und sagte:

„Aber wer zur Messe geht, wer an den lieben Gott glaubt, ist doch verdreht?"

Olivier lächelte.

„Sie glauben wie wir", sagte er. „Wir glauben alle dasselbe. Nur glauben sie weniger als wir. Das sind Leute, die ihre Fensterläden schließen und die Lampe anzünden müssen, wenn sie das Licht sehen wollen. Sie stecken Gott in einen Menschen. Wir haben bessere Augen. Aber immer ist es dasselbe Licht, das wir lieben."

Der Kleine kehrte durch die dunklen Straßen heim, in denen das Gas noch nicht angezündet war. Oliviers Worte summten in seinem Kopf. Er sagte sich, daß es ebenso grausam sei, sich über die Leute lustig zu machen, die schlechte Augen haben, wie über die, die bucklig sind. Und er dachte an Rainette, die doch hübsche Augen hatte. Und er dachte daran, daß er sie zum Weinen gebracht hatte. Das war ihm unerträglich. Er kehrte auf der Schwelle um und ging zum Hause des Papierhändlers. Das Fenster stand noch halb offen. Vorsichtig schob er den Kopf hinein und rief leise:

„Rainette."

Sie antwortete nicht.

„Rainette, verzeih mir."

Rainettes Stimme antwortete im Dunkeln:

„Abscheulicher! Ich kann dich nicht ausstehen!"

„Verzeih!" wiederholte er.

Er schwieg. Dann sagte er mit einem plötzlichen Anlauf noch leiser, ganz verwirrt und ein wenig verlegen:

„Rainette, weißt du, ich glaube auch an die guten Götter – wie du."

„Wirklich?"

„Wirklich."

Er sagte das hauptsächlich, weil er großmütig sein wollte. Aber nachdem er es nun einmal gesagt hatte, glaubte er es selber ein wenig.

Eine Zeitlang blieben sie still. Sie sahen sich nicht. Wie schön war draußen die Nacht... Der kleine Krüppel murmelte:

„Wie schön wird es sein, wenn man tot ist!"

Man konnte den leichten Atem Rainettes hören.

Er sagte:

„Gute Nacht, kleiner Frosch."

Rainette antwortete mit gerührter Stimme:

„Gute Nacht."

Erleichtert ging er weg. Er war zufrieden, daß Rainette ihm verziehen hatte. Und ganz im Grunde seines Herzens mißfiel es dem kleinen Schmerzensreich nicht, daß eine andere um seinetwillen gelitten hatte.

Olivier hatte sich wieder ganz zurückgezogen. Christof tat es ihm bald nach. Ihr Platz war wirklich nicht in der syndikalistischen Bewegung. Olivier konnte sich diesen Leuten nicht anschließen. Und Christof wollte es nicht.

Olivier zog sich im Namen der Schwachen und Unterdrückten zurück; Christof im Namen der Starken, der Unabhängigen. Aber so weit sie sich auch voneinander entfernt haben mochten, der eine zum Bug, der andere zum Heck, sie waren nichtsdestoweniger auf demselben Schiff, das das Arbeiterheer und die gesamte Gesellschaft trug. Frei und selbstsicher, betrachtete Christof den Zusammenschluß der Proletarier mit herausforderndem Interesse; er mußte ab und zu in der Volksbütte untertauchen: das brachte ihm Erholung; er ging übermütiger und frischer daraus hervor. Er hatte seine Beziehungen zu Coquard aufrechterhalten und nahm weiter von Zeit zu Zeit seine Mahlzeiten bei Aurélie ein. War er einmal dort, so tat er sich keinerlei Zwang an; er überließ sich seiner phantastischen Laune; das Paradoxon schreckte ihn nicht, und es machte ihm ein boshaftes Vergnügen, die Fragesteller zu den äußersten Konsequenzen ihrer widersinnigen und wütend verfochtenen Prinzipien zu treiben. Man wußte niemals, ob er ernsthaft sprach oder nicht; denn er kam beim Reden ins Feuer, und schließlich verlor er seine ursprüngliche paradoxe Absicht aus dem Auge. Der Künstler in ihm ließ sich durch die Trunkenheit der andern berauschen. In einem solchen Augenblick ästhetischer Erregung geschah es, daß er einmal in dem Hinterzimmer von Aurélies Wirtschaft ein revolutionäres Lied improvisierte, das sofort geprobt und wiederholt wurde und sich schon am nächsten Tage unter den Arbeitergruppen verbreitete. Damit hatte er sich in schlechten Ruf gebracht. Die Polizei beobachtete ihn. Manasse, der die verzweigtesten Beziehungen hatte, wurde von einem seiner Freunde gewarnt, von Xavier Bernard, einem jungen Polizeibeamten, der sich mit Literatur befaßte und behauptete, von Christofs Musik begeistert zu sein (denn der Dilettantismus und der anarchistische Geist hatten sich sogar unter die Wachhunde der Dritten Republik geschlichen).

„Euer Krafft ist im besten Zuge, ein häßliches Spiel zu treiben", hatte Bernard gesagt. „Er spielt den Eisenfresser.

Wir wissen zwar, was wir davon zu halten haben; aber oben wäre man nicht böse, wenn man in diesem revolutionären Mischmasch einen Fremden fassen könnte – noch dazu einen Deutschen. Es ist das klassische Mittel, die Partei in Verruf zu bringen und sie verdächtig zu machen. Wenn dieser Tölpel nicht achtgibt, werden wir ihn einstecken müssen. Das wäre ärgerlich. Warnen Sie ihn."

Manasse warnte Christof; Olivier beschwor ihn, vorsichtig zu sein. Christof nahm ihre Ratschläge nicht ernst.

„Bah", sagte er, „man weiß, daß ich nicht gefährlich bin. Ich habe doch wohl das Recht, mich ein bißchen zu amüsieren. Ich mag diese Leute gern, sie arbeiten wie ich, sie haben einen Glauben wie ich. Offen gesagt: es ist nicht derselbe, wir gehören nicht zur gleichen Partei ... Ausgezeichnet! Man wird sich also schlagen. Das mißfällt mir durchaus nicht. Was willst du? Ich kann mich nicht wie du in mein Gehäuse verkriechen. Ich muß atmen können. Ich ersticke bei den Bürgern."

Olivier, der nicht so anspruchsvolle Lungen hatte, fühlte sich in seiner engen Behausung wohl und ebenso in der ruhigen Gesellschaft seiner beiden Freundinnen, obgleich die eine, Frau Arnaud, sich in Wohltätigkeitswerke gestürzt hatte, und die andere, Cécile, so von der Kinderpflege erfüllt war, daß sie von Kindern und mit ihnen nur noch in dem lallenden und albernen Tone sprach, der sich dem des Vögelchens anzupassen sucht und seinen unvollkommenen Gesang zu einem menschlichen Sprechen erheben will.

Aus der Zeit, als er mit den Arbeiterkreisen Berührung hatte, waren ihm zwei Bekanntschaften geblieben, zwei unabhängige Menschen wie er. Der eine, Guérin, war Tapezierer. Er arbeitete nach seiner Phantasie, wie es ihm gerade in den Sinn kam, aber sehr geschickt; er liebte sein Handwerk. Er hatte einen angeborenen Geschmack für Kunstgegenstände, den er durch Beobachtung, Arbeit und häufige Besuche in den Museen entwickelt hatte. Olivier hatte ihn ein altes Möbelstück ausbessern lassen: die Arbeit war schwierig, und der Handwerker hatte sich ihrer geschickt entledigt; er hatte Mühe und Zeit aufgewendet und verlangte von Olivier nur einen bescheidenen Lohn, so glücklich machte es ihn, daß ihm die Arbeit gelungen war. Olivier interessierte sich für ihn, fragte ihn über sein Leben aus und suchte herauszubekommen, was er von der Arbeiterbewegung dachte. Guérin dachte nichts darüber; er kümmerte sich nicht darum. Im Grunde gehörte er weder zu dieser Klasse noch zu sonst einer. Er las wenig. Seine ganze intellektuelle Bildung hatte sich durch die Sinne vollzogen, durch das Auge, die Hand, den angeborenen Geschmack des wahren Pariser Volkes. Er war ein glücklicher Mensch. Der Typus ist nicht selten in dem Kleinbürgertum der Pariser Handwerker, die eine der intelligentesten Gruppen der Nation ausmachen; denn sie verwirklichen ein schönes Gleichgewicht zwischen der Handarbeit und der gesunden Betätigung des Geistes.

Der andere Bekannte Oliviers war von origineller Art. Er war ein Briefträger namens Hurteloup. Er war ein schöner, großer Mann mit offener und heiterer Miene, hellen Augen, blondem Schnurr- und Vollbart. Als er eines Tages einen eingeschriebenen Brief brachte, war er in Oliviers Zimmer getreten. Während Olivier unterschrieb, ging er an der Bibliothek entlang und beguckte die Büchertitel.

„Aha", meinte er. „Sie haben die Klassiker..." Er fügte hinzu:

„Ich sammle alte historische Bücher. Alle über Burgund."
„Sie sind Burgunder?" fragte Olivier.

> „Burgunder voller Saft,
> An der Seit' des Säbels Schaft,
> Am Kinn den Bart,
> Spring nach Burgunder Art",

antwortete der Briefträger lachend. „Ich bin aus der Gegend von Avallon. Ich habe Familienurkunden, die aus dem Anfang des dreizehnten Jahrhunderts stammen..."

Olivier wurde neugierig und wollte mehr darüber wissen. Hurteloup wünschte sich nichts Besseres, als davon reden zu können. Er gehörte in der Tat einer der ältesten Familien Burgunds an. Einer seiner Vorfahren hatte den Kreuzzug Philipp Augusts mitgemacht. Ein anderer war unter Heinrich II. Staatssekretär gewesen. Im siebzehnten Jahrhundert hatte der Verfall begonnen. In der Revolutionszeit war die verarmte und heruntergekommene Familie in der breiten Masse des Volkes untergetaucht. Jetzt kam sie durch die redliche Arbeit, durch die körperliche und seelische Kraft und die Familientreue des Briefträgers Hurteloup wieder empor. Sein liebster Zeitvertreib bestand darin, historische und genealogische Dokumente zu sammeln, die sich auf die Seinen und ihr Stammland bezogen. In seinen freien Stunden ging er in die Archive und kopierte alte Papiere. Wenn er etwas nicht verstand, bat er einen Archivar oder einen Beamten der Sorbonne, die zu seinem Dienstbezirk gehörten, um Aufklärung. Seine vornehme Abstammung verdrehte ihm nicht den Kopf; er redete lachend darüber und ohne einen Schimmer von Verlegenheit oder Gejammer über das böse Schicksal. Er war von einer sorglosen und derben Heiterkeit, die zu sehen geradezu wohltat. Und Olivier dachte bei seinem Anblick an das geheimnisvolle Kommen und Gehen von Geschlechtern, deren Leben jahrhundertelang kraftvoll dahinströmt, jahrhundertelang unter der Erde verschwindet und dann wieder emporsteigt, nachdem es in der Tiefe neuen Energien den Weg bereitet hat. Und das Volk erschien ihm wie ein ungeheures Becken, in dem sich die Ströme der Vergangenheit verlieren, aus dem die Ströme der Zukunft fließen, die unter einem anderen Namen zuweilen doch dieselben sind.

Guérin und Hurteloup waren Olivier sympathisch. Aber

man begreift, daß sie ihm keine Gesellschaft sein konnten. Zwischen ihnen und ihm waren nicht viele Unterhaltungen möglich. Der kleine Emmanuel beschäftigte ihn mehr; er kam jetzt fast jeden Abend zu ihm. Seit der geheimnisvollen Unterredung mit Olivier hatte sich eine Umwälzung in dem Knaben vollzogen. Er hatte sich mit wahrer Wissensgier ans Lesen gemacht. Verdutzt und verdöst stand er von seinen Büchern auf. Er schien weniger gescheit als früher; er redete kaum; es gelang Olivier nicht, ihm etwas anderes als Einsilbigkeiten zu entlocken; auf seine Fragen antwortete das Kind mit Dummheiten. Olivier verlor den Mut; er bemühte sich, nichts davon zu zeigen, aber er glaubte, daß er sich getäuscht habe und daß der Kleine völlig stumpfsinnig sei. Er sah nicht die ungeheure Arbeit fieberhafter Entwicklung, die sich in den verschlungenen Wegen dieser Seele vollzog. Übrigens war er ein schlechter Pädagoge und eher fähig, aufs Geratewohl eine Handvoll guten Korns auf die Felder zu werfen als die Erde zu jäten und zu beackern. Christofs Anwesenheit vermehrte die Verwirrung noch. Olivier empfand eine gewisse Verlegenheit, wie er seinen kleinen Schützling dem Freunde vorführen sollte; er schämte sich der Dummheit Emmanuels, die geradezu niederschmetternd wurde, wenn Christof anwesend war. Das Kind verschloß sich dann in eine verbissene Schweigsamkeit. Es haßte Christof, weil Olivier ihn liebte; es litt nicht, daß ein anderer im Herzen seines Lehrers wohnte. Weder Christof noch Olivier ahnten etwas von der fanatischen Liebe und Eifersucht, die diese Kinderseele verzehrte. Und doch hatte Christof dergleichen einst auch durchgemacht. Aber er erkannte sich in diesem Geschöpf, das aus einem anderen Metall wie er gegossen war, nicht wieder. In der dunklen Legierung ungesunder ererbter Triebe gab alles, Liebe und Haß und schlummernde Begabung, einen anderen Klang.

Der Erste Mai rückte heran. Ein unruhiges Rumoren ging durch Paris. Die Maulhelden der C. G. T. taten alles, um es zu verbreiten. Ihre Zeitungen verkündeten, daß der große Tag gekommen sei, beriefen die Arbeitermilizen ein und gaben das Schreckenswort aus, das den Bürger am empfindlichsten Punkt traf: am Magen... Feri ventrem... Sie drohten mit dem Generalstreik. Die geängstigten Pariser reisten aufs Land oder versahen sich mit Vorräten wie für eine Belagerung. Christof hatte Canet angetroffen, wie er in seinem Auto zwei Schinken und einen Sack Kartoffeln heimbrachte; er war außer sich; er wußte nicht mehr genau, zu welcher Partei er gehörte; er benahm sich einmal wie ein alter Republikaner, dann wieder wie ein Royalist oder wie ein Revolutionär. Sein Kultus der Gewalt glich einer verrückt gewordenen Magnetnadel, deren Zeiger von Norden nach Süden und von Süden nach Norden springt. Öffentlich stimmte er zwar weiter in die Aufschneidereien seiner Freunde mit ein, aber heimlich hätte er sich mit dem ersten besten Diktator einverstanden erklärt, wenn er das rote Gespenst davongejagt hätte.

Christof lachte über diese allgemeine Feigheit. Er war überzeugt, daß nichts geschehen würde. Olivier war dessen weniger sicher. Seine bürgerliche Abstammung hatte ihm ein für allemal ein wenig von der ewigen leichten Angst hinterlassen, die die Erinnerung und die Erwartung der Revolution dem Bürgertum verursacht.

„Ach was!" meinte Christof. „Du kannst ruhig schlafen. Deine Revolution fängt morgen nicht an. Ihr habt ja alle Angst, die Angst vor Schlägen. Überall ist sie: im Bürgertum, im Volk, in der ganzen Nation, in allen Nationen des Okzidents. Man hat nicht mehr genug Blut; man fürchtet sich, es zu vergießen. Seit vierzig Jahren erschöpft sich alles in Worten und Zeitungsartikeln. Sieh dir doch eure berühmte Affäre an. Wie laut habt ihr geschrien: Tod! Blut! Abschlachten! – Oh, ihr Gascogner Kadetten! Wieviel Spucke und Tinte! Und wie viele Blutstropfen?"

„Baue nicht darauf", meinte Olivier. „Diese Furcht vor Blut ist der geheime Instinkt, daß das Tier beim ersten vergossenen Blut tollwütig wird, die Bestie unter dem Kulturmenschen zum Vorschein kommt; und Gott weiß, wer sie dann zu bändigen vermag! Jeder schreckt vor dem Krieg zurück; wenn der Krieg aber ausbricht, wird er grauenvoll sein."

Christof zuckte die Achseln und sagte, es sei nicht ohne Sinn, daß sich das Zeitalter den Großsprecher Cyrano und den großmäuligen Hahn Chantecler als Helden erwählt habe, diese Helden der Lüge.

Olivier schüttelte den Kopf. Er wußte, daß in Frankreich das Prahlen der Anfang zur Tat ist. Immerhin glaubte er ebensowenig wie Christof an eine nahe bevorstehende Bewegung; man hatte sie zu laut verkündet, und die Regierung war auf der Hut. Man konnte mit gutem Grund glauben, daß die Syndikalisten den Kampf auf einen günstigeren Moment verschieben würden.

In der zweiten Hälfte des April hatte Olivier einen Anfall von Grippe; sie überfiel ihn in jedem Winter ungefähr zur selben Zeit und brachte eine alte Bronchitis wieder zum Ausbruch. Christof kam auf zwei oder drei Tage zu ihm. Die Krankheit war ziemlich leicht und ging schnell vorüber. Aber sie brachte, wie gewöhnlich bei Olivier, eine körperliche und seelische Ermattung mit sich, die nach dem Fallen des Fiebers noch einige Zeit bestehenblieb. Stundenlang lag er ausgestreckt im Bett und hatte keine Lust aufzustehen, keine Lust, sich zu rühren; er lag da und sah Christof zu, der, mit dem Rücken zu ihm, an seinem Tisch saß und arbeitete.

Christof war in seine Arbeit vertieft. Manchmal, wenn er des Schreibens müde war, stand er plötzlich auf und ging ans Klavier; er spielte, aber nicht das, was er geschrieben hatte, sondern das, was ihm unter die Finger kam. Dabei vollzog sich etwas Sonderbares. Während das, was er geschrieben hatte, in einem Stil gehalten war, der an seine früheren Werke erinnerte, schien das, was er spielte, von einem anderen Menschen zu sein. Es kam aus einer Welt rauher und gestörter Atmung. Ein Wirrwarr und eine gewaltsame Unterbrechung des natürlichen Flusses war darin, nichts von der zwingenden Logik, die in seiner übrigen Musik herrschte. Es war, als ob diese unüberlegten Improvisationen, die dem Bewußtsein fern waren, die wie Tierschreie mehr aus dem Blut als aus dem Denken hervorbrachen, eine seelische Gleichgewichtsstörung verrieten, ein Gewitter, das sich in den Tiefen der Zukunft vorbereitete. Christof merkte davon nichts; Olivier aber lauschte, beobachtete Christof, und eine unbestimmte Unruhe erfüllte ihn. In seinem Schwächezustand hatte sein Geist sonderbare Durchdringungskraft, eine Hellsichtigkeit: er entdeckte Dinge, die niemand sonst bemerkte.

Christof schlug einen letzten Akkord an und hielt inne, in Schweiß gebadet, ein wenig verstört; er sah Olivier mit noch abwesendem Blick an, begann zu lachen und kehrte an seinen Tisch zurück. Olivier fragte ihn:

„Was war das, Christof?"

„Gar nichts", meinte Christof, „ich plätschere im Wasser, um den Fisch anzulocken."

„Wirst du das niederschreiben?"

„Was denn? Das?"

„Was du da ausgesprochen hast."

„Und was habe ich denn ausgesprochen? Ich weiß es schon nicht mehr."

„Aber woran dachtest du?"

„Ich weiß nicht", sagte Christof und strich sich mit der Hand über die Stirn.

Er begann wieder zu schreiben. Die Stille kehrte in das Zimmer der beiden Freunde zurück. Olivier schaute noch immer zu Christof hinüber. Christof fühlte diesen Blick; er wandte sich um. Oliviers Augen waren mit soviel Liebe auf ihn gerichtet!

„Faulpelz!" rief er fröhlich.

Olivier seufzte.

„Was hast du?" fragte Christof.

„O Christof, wenn ich denke, welche Schätze in dir schlummern, in dir, der du mir so nahe bist; Schätze, die du den andern geben wirst und an denen ich keinen Teil mehr haben werde..."

„Bist du toll? Was fällt dir ein?"

„Wie wird dein Leben sein? Welche Gefahren, welche Kümmernisse wirst du noch durchmachen? – Ich möchte dir folgen, ich möchte bei dir sein... Ich werde von alledem nichts erleben. Ich werde stumpfsinnig, dumm am Wege zurückbleiben."

„Du bist wirklich dumm. Glaubst du vielleicht, daß ich dich, selbst wenn du es wolltest, unterwegs liegenließe?"

„Du wirst mich vergessen", sagte Olivier.

Christof stand auf und setzte sich zu Olivier ans Bett; er faßte ihn an den Handgelenken, die vor Schwäche feucht waren. Der Hemdkragen war aufgegangen; man sah die magere Brust, die allzu durchsichtige Haut, zart und gespannt wie ein Segel, das von einem Windhauch geschwellt ist und das reißen will. Christofs feste Finger knöpften ungeschickt den Kragen zu. Olivier ließ es geschehen.

„Lieber Christof", sagte er zärtlich, „ein großes Glück habe ich doch in meinem Leben kennengelernt!"

„Laß das doch! Was sind das alles für Einfälle!" sagte Christof. „Es geht dir ebenso gut wie mir!"

„Ja", sagte Olivier.

„Nun also, warum redest du solche Dummheiten?"

„Du hast recht", meinte Olivier verlegen und lächelnd. „Das ist wohl diese Grippe, die einen so niedergeschlagen macht."

„Man muß sich zusammenreißen! Hopp! Steh auf!"

„Jetzt nicht, später."

Er träumte weiter. Am nächsten Tag stand er auf, aber er tat es nur, um in der Kaminecke weiterzugrübeln. Der

April war lau und neblig. Hinter dem sanften Schleier der silbernen Nebel entfalteten die kleinen Blättchen ihre Knospen, die unsichtbaren Vögel sangen der Sonne entgegen, die noch nicht durchdrang. Olivier spulte die Spindel seiner Erinnerungen ab. Er sah sich wieder als Kind neben seiner weinenden Mutter in dem Zug sitzen, der ihn im Nebel aus der kleinen Stadt davontrug. Antoinette saß allein in der anderen Ecke des Abteils. Zarte Umrisse, feine Landschaften tauchten wieder vor seinen Augen auf. Schöne Verse kamen ihm in den Sinn, und ihre Silben und singenden Rhythmen ordneten sich von selbst. Sein Tisch stand neben ihm; er brauchte nur den Arm auszustrecken, um die Feder zu nehmen und seine dichterischen Gesichte festzuhalten. Aber der Wille fehlte ihm; er war müde. Er wußte, daß sich der Duft seiner Träume verflüchtigen würde, sobald er sie festhalten wollte. So war es immer: das Beste seines Selbst kam nicht zum Ausdruck; sein Geist war wie ein Tal voller Blumen; aber fast niemand hatte Zugang dazu, und sobald man die Blumen pflückte, verwelkten sie. Nur einige wenige hatten ihr kränkliches Leben fristen dürfen, ein paar zarte Novellen, ein paar Verse, die einen lieblichen und verwelkenden Hauch ausströmten. Diese künstlerische Ohnmacht war lange Zeit sein größter Kummer gewesen. Soviel Leben in sich fühlen, das man nicht erhalten kann! – Jetzt hatte er sich damit abgefunden. Die Blumen haben zum Blühen nicht nötig, daß man sie sieht. Sie sind am schönsten auf den Feldern, wo keine Hand sie pflückt. Glücklich die Blumenfelder, die in der Sonne träumen! – Sonne gab es kaum; aber Oliviers Träume blühten um so üppiger. Wie viele traurige, zarte, phantastische Geschichten erzählte er sich selber in diesen Tagen! Sie kamen wer weiß, woher, schwammen dahin wie weiße Wolken an einem Sommerhimmel, sie zerrannen in der Luft, andere folgten ihnen; der Himmel war von ihnen bevölkert. Manchmal blieb er entwölkt. In seinem Leuchten dämmerte Olivier vor sich hin, bis zu dem Augenblick, wo von neuem die schweigenden Barken des Traums mit ihren großen, vollen Segeln vorüberglitten.

Am Abend kam der kleine Bucklige. Olivier war so in seine Geschichten vertieft, daß er, ganz davon erfüllt, ihm lächelnd eine erzählte. Wie oft sprach er so in seiner Gegenwart, ohne daß das Kind eine Silbe vernehmen ließ! Man vergaß schließlich, daß es da war ... Christof, der mitten in der Erzählung erschien und von ihrer Schönheit ergriffen wurde, bat Olivier, die Geschichte noch einmal zu beginnen. Olivier weigerte sich.

„Ich bin wie du", sagte er, „ich weiß sie schon nicht mehr."

„Das ist nicht wahr", sagte Christof. „Du, du bist ein ganz verteufelter Franzose, der stets ganz genau weiß, was er sagt und tut; du vergißt nie etwas!"

„Leider!" meinte Olivier.

„Dann fange noch einmal an!"

„Es macht mich müde; wozu auch?"

Christof wurde böse.

„Das ist nicht recht", sagte er, „was nützt dir dein Denken? Was du hast, wirfst du fort. Es ist für immer verloren."

„Nichts ist verloren", sagte Olivier.

Der kleine Bucklige erwachte aus seiner Reglosigkeit, in die ihn Oliviers Erzählung gebannt hatte – zum Fenster gewandt, mit verschwommenen Augen, feindseliger Miene und verkniffenem Gesicht, ohne daß man erraten konnte, was er dachte. Er stand auf und sagte:

„Morgen wird es schön."

„Ich wette", sagte Christof zu Olivier, „daß er gar nicht zugehört hat."

„Morgen ist der Erste Mai", fuhr Emmanuel fort, dessen mürrisches Gesicht aufleuchtete.

„Das ist seine Geschichte", sagte Olivier. „Du wirst sie mir morgen erzählen!"

„Possen!" meinte Christof.

Am nächsten Tage kam Christof, um Olivier zu einem Spaziergang durch Paris abzuholen. Olivier war genesen. Aber er empfand noch immer eine sonderbare Müdigkeit; er ging nicht gern aus; eine unbestimmte Furcht erfüllte ihn; er mochte sich nicht unter die Menschen mischen. Herz und Geist waren willig; aber das Fleisch war schwach. Er hatte Furcht vor Zusammenrottungen von Menschen, vor Tumult, vor allen Brutalitäten. Er wußte nur zu gut, daß er zum Opfer geschaffen war, ohne sich verteidigen zu können, ja selbst ohne es zu wollen; denn Leiden zu verursachen war ihm ebenso entsetzlich wie selbst zu leiden. Kränkliche Körper zittern mehr als andere vor physischen Leiden, weil sie sie besser kennen, weil sie weniger Widerstandskraft haben und weil ihre überreizte Einbildungskraft sie ihnen unmittelbarer und blutiger vorstellt. Olivier errötete über diese Feigheit seines Körpers, die dem Stoizismus seines Willens widersprach. Er zwang sich, sie zu bekämpfen. An jenem Morgen aber war ihm jede Berührung mit den Menschen ganz besonders peinlich, er hätte sich am liebsten den ganzen Tag über eingeschlossen. Christof schalt ihn, verspottete ihn, wollte um jeden Preis, daß er ausging, damit er sich von seiner Erstarrung befreie: seit zehn Tagen war er nicht an die Luft gekommen. Olivier stellte sich taub. Christof sagte:

„Gut, dann gehe ich ohne dich. Ich will ihren Ersten Mai sehen. Wenn ich heute abend nicht zurückkomme, kannst du dir denken, daß sie mich eingesteckt haben."

Er ging fort. Auf der Treppe holte ihn Olivier ein. Er wollte Christof nicht allein gehen lassen.

Nur wenige Menschen waren auf den Straßen. Ein paar kleine Arbeiterinnen, mit einem Maiglöckchenstengel geschmückt, Arbeiter im Sonntagsstaat, die mit gelangweilter Miene spazierengingen. An den Straßenecken und in der Nähe der Untergrundbahnhöfe standen Polizisten in Gruppen beieinander. Die Gittertore des Jardin du Luxembourg waren geschlossen. Die Luft blieb ständig neblig und lau.

Die Sonne hatte man schon seit langem nicht mehr gesehen! – Die beiden Freunde gingen Arm in Arm. Sie redeten wenig, aber sie hatten sich herzlich lieb. Ein paar Worte streiften vertrauliche und vergangene Dinge. Vor einer Bürgermeisterei blieben sie stehen, um nach dem Barometer zu sehen, das langsam stieg.

„Morgen werde ich die Sonne sehen", sagte Olivier.

Sie waren ganz in der Nähe von Céciles Haus. Sie wollten erst hineingehen, um das Kind zu begrüßen.

Doch nein, das konnte man auf dem Rückweg tun.

Vom andern Ufer her kamen ihnen jetzt mehr Menschen entgegen: friedliche Spaziergänger in Sonntagskleidern und mit Sonntagsgesichtern, Gaffer mit ihren Kindern, herumschlendernde Arbeiter. Zwei oder drei trugen im Knopfloch rote wilde Rosen; sie sahen harmlos aus: es waren Revolutionäre, die sich zwangen, es zu sein; man fühlte, sie hatten ein wohlwollendes und optimistisches Herz, das mit dem geringsten Anlaß zum Glück zufrieden war und dankbar für schönes oder auch nur mäßiges Wetter an einem Festtage wie diesem. Wem dankbar, das wußten sie nicht genau... Eigentlich allem ringsumher. Sie gingen gemächlich, heiter, bewunderten die Knospen der Bäume, die hübschen Kleider der vorübergehenden kleinen Mädchen; sie sagten voller Stolz:

„Man kann doch nur in Paris so gutangezogene Kinder sehen."

Christof spottete über den angesagten großen Krawall... Die guten Leute! – Er empfand Zuneigung, aber auch ein Körnchen Verachtung für sie.

Je weiter man kam, um so mehr drängte sich die Menge. Verdächtige fahle Gesichter, wüste Fratzen glitten in dem Menschenstrom vorüber, lauerten auf die Stunde, in der sie nach Beute schnappen konnten. Der Schlamm war aufgewühlt. Bei jedem Schritt wurde der Fluß trüber. Jetzt floß er dunkel und schwer dahin. Gleich Luftblasen, die aus dem Grunde des Wassers zur schmutzigen Oberfläche aufsteigen, hörte man hier und da Zurufe, Pfiffe, Händlerschreie, die das Raunen durchdrangen und die verschiedenen Schichten in der Menge ermessen ließen. Am Ende der Straße, in der Nähe von Aurélies Wirtschaft, herrschte ein Lärm wie an einer Schleuse. Die Menge staute sich an einem Damm von Polizei und Militär. Vor dem Hindernis bildete sie eine dichtgedrängte Masse, die heulte, pfiff, sang, lachte und hin und her wogte... Man hörte das Lachen des Volkes, dieses einzige Mittel, um tausend dunkle und schlummernde Gefühle auszudrücken, die sich in Worten nicht entladen können!

Diese Menge war nicht feindselig gestimmt. Sie wußte nicht, was sie wollte. Sie wartete darauf, es zu wissen. Zunächst vergnügte sie sich auf ihre Weise – erregt, brutal, noch ohne schlimme Absicht –, vergnügte sich damit, zu stoßen und gestoßen zu werden, auf die Polizisten zu schimpfen oder sich untereinander zu beschimpfen. Nach und nach wurde sie gereizt. Die Hintenstehenden waren ärgerlich, daß sie nichts sehen konnten, und um so herausfordernder, als sie unter dem Schutz des menschlichen Schildes weniger aufs Spiel setzten. Die Vornstehenden wurden, da sie zwischen die Stoßenden und die Widerstrebenden gequetscht waren, um so wütender, je unerträglicher ihre Lage wurde; der Druck der Strömung, die sie trieb, verhundertfachte ihren eigenen Druck. Und je enger sie gleich einem Viehhaufen aneinandergedrängt standen, um so mehr fühlten sie, wie ihnen die Hitze der Herde durch Brust und Lenden drang; und es war ihnen, als bildeten sie einen einzigen Block; in jedem einzelnen waren alle; jeder war ein Riese mit den Armen eines Briareos. In manchen Augenblicken strömte eine Woge von Blut zum Herzen des tausendköpfigen Ungeheuers zurück; dann wurden die Blicke haßerfüllt und die Schreie mordlustig. Individuen, die sich versteckten, begannen aus der dritten und vierten Reihe heraus mit Steinen zu werfen. Aus den Fenstern der Häuser schauten Familien zu, sie glaubten sich im Theater, reizten die Menge und warteten mit einem kleinen Schauer angstvoller Ungeduld darauf, daß die Truppe angriff.

Mitten durch diese kompakte Masse bahnte sich Christof mit Knie- und Ellenbogenstößen seinen Weg wie ein Keil. Olivier folgte ihm. Der lebende Block öffnete sich einen Augenblick, um sie durchzulassen, und schloß sich sogleich wieder hinter ihnen. Christof frohlockte. Er hatte vollständig vergessen, daß er fünf Minuten vorher die Möglichkeit einer Volksbewegung abgeleugnet hatte. Kaum hatte er den Fuß in den Strom gesetzt, als er schon mitgerissen war. Obgleich er dieser französischen Menge und ihren Forderungen fremd gegenüberstand, fühlte er sich doch sofort mit ihr verschmolzen; was sie wollte, war ihm ziemlich gleich: er selbst wollte! Es kümmerte ihn wenig, wohin er trieb; er ging und sog den Hauch des Wahnsinns ein.

Olivier folgte ihm, mitgezogen, aber freudlos; hellsichtig, wie er war, verlor er niemals das Bewußtsein seiner selbst. Den Leidenschaften dieses Volkes, das das seine war, stand er tausendmal fremder gegenüber als Christof; und dennoch wurde er gleich einem Strandgut von ihnen dahingetragen. Die Krankheit, die ihn geschwächt hatte, lockerte die Bande zwischen ihm und dem Leben. Wie fern fühlte er sich diesen Menschen! – Da er ohne jeden Rausch und sein Geist frei war, prägten sich ihm die kleinsten Einzelheiten der Dinge ein. Er betrachtete mit Entzücken den goldblonden Nacken eines Mädchens vor ihm, den blassen und feinen Hals. Und gleichzeitig flößte ihm der scharfe Geruch, der diesen zusammengepferchten Leibern entströmte, Ekel ein.

„Christof!" flehte er.

Christof hörte nicht.

„Christof!"

„He?"

„Kehren wir um..."

„Du hast wohl Angst?" fragte Christof.

Er ging weiter. Olivier folgte ihm mit einem traurigen Lächeln.

Einige Reihen vor ihnen bemerkte er in der gefährlichen Zone, wo das zurückgedrängte Volk eine Art Damm bildete, seinen Freund, den kleinen Buckligen. Er kauerte auf dem Dach eines Zeitungskioskes, hatte sich mit beiden Händen angeklammert und schaute, in unbequemer Stellung zusammengeduckt, lachend über die Mauer der Soldaten; mit Siegermiene wandte er sich der Menge zu. Als er Olivier bemerkte, warf er ihm einen strahlenden Blick zu; dann spähte er wieder mit erwartungsvoll geöffneten Augen über den Platz; er wartete... Auf was wohl? – Auf das, was kommen sollte... Er war nicht der einzige. Unzählige andere rings um ihn her erwarteten das Wunder! Und Olivier, der Christof betrachtete, sah, daß auch Christof wartete.

Er rief das Kind an, schrie ihm zu, herabzusteigen. Emmanuel stellte sich taub und sah nicht mehr zu ihm hin. Er hatte Christof entdeckt. Es war ihm sehr recht, daß er sich in dem Tumult einer Gefahr aussetzte, einesteils, um Olivier seinen Mut zu zeigen, andernteils, um ihn dafür zu strafen, daß er mit Christof zusammen war.

Unterdessen hatten sie in der Menge einige ihrer Freunde wiedergefunden – Coquard mit dem goldenen Bart, nach dessen Meinung nur einige Prügeleien zu erwarten waren und der mit erfahrenem Blick den Moment voraussah, in dem der Krug überfließen würde. Etwas weiter die schöne Berthe, die mit ihrem Nachbarn derbe Worte wechselte und mit sich schöntun ließ. Es war ihr gelungen, sich in die erste Reihe zu drängen, und sie beschimpfte die Polizisten, bis sie heiser war. Coquard näherte sich Christof. Als Christof ihn erblickte, fand er seinen Spott wieder.

„Was habe ich gesagt? Es wird gar nichts geschehen."
„Abwarten!" sagte Coquard. „Bleiben Sie nicht da vorn. Die Sache wird schon schiefgehen."
„Ach, Unsinn!" meinte Christof.

Genau in diesem Augenblick rückten die Kürassiere, die der Steinwürfe überdrüssig geworden waren, vor, um die Eingänge zum Platz frei zu machen; die Polizei, die in der Mitte gestanden hatte, ging im Laufschritt voran. Sofort begann die Auflösung. Nach den Worten des Evangeliums wurden die Ersten die Letzten. Aber sie gaben sich alle Mühe, es nicht lange zu bleiben. Um sich für ihren Rückzug zu entschädigen, pfiffen die wütenden Ausreißer ihre Verfolger aus und schrien „Mörder!", bevor noch der erste Schuß gefallen war. Berthe schlüpfte wie ein Aal zwischen den Reihen hindurch und stieß gellende Schreie aus. Sie traf ihre Freunde, suchte Schutz hinter dem breiten Rücken Coquards, kam wieder zu Atem, drückte sich an Christof, kniff ihn aus Furcht oder aus irgendeinem anderen Grunde in den Arm, warf Olivier einen schmachtenden Blick zu, ballte die Faust gegen den Feind und hörte nicht auf zu keifen. Coquard faßte Christof am Arm und sagte:

„Gehen wir zu Aurélie."

Sie hatten nur ein paar Schritte bis dorthin. Berthe war mit Graillot und ein paar Arbeitern schon vorausgegangen. Christof, dem Olivier folgte, war im Begriff einzutreten. Die Straße war gesenkt. Der Bürgersteig vor der Wirtschaft lag fünf bis zehn Stufen höher als der Fahrdamm. Olivier schöpfte wieder Atem, als er endlich aus der Menschenflut heraus war. Aber der Gedanke, wieder in die stickige Luft der Kneipe zu kommen, in das Gebrüll dieser Besessenen, widerstrebte ihm. Er sagte zu Christof:

„Ich gehe nach Hause."

„Geh, mein Junge", sagte Christof, „ich komme in einer Stunde nach."

„Begib dich nicht mehr in Gefahr, Christof!"

„Hasenfuß!" meinte Christof lachend und trat in die Wirtschaft ein.

Olivier bog um die Ecke. Noch ein paar Schritte, und er war in einem Quergäßchen, das ihn von dem Handgemenge trennte. Da erinnerte er sich an seinen kleinen Schützling. Er wandte sich um und suchte ihn. Er entdeckte ihn genau in dem Augenblick, in dem Emmanuel, der sich von seinem Beobachtungsposten hatte heruntergleiten lassen, hinfiel und von der Menge überrannt wurde; die Flüchtenden gingen über ihn hinweg; die Polizisten kamen heran. Olivier überlegte nicht erst: er sprang die Stufen hinab und eilte zu Hilfe. Ein Erdarbeiter sah die Gefahr, die gezogenen Säbel, sah Olivier, der die Hand ausstreckte, um dem Kinde aufzuhelfen, sah den brutalen Strom der Polizisten, der sie alle beide umwarf. Er schrie und stürzte nun auch herbei. Kameraden folgten ihm in hastigem Lauf. Noch andere kamen, die auf der Schwelle der Kneipe standen, und dann, auf ihren Ruf hin, die anderen, die drinnen saßen. Die beiden Haufen gingen sich wie Hunde an die Gurgel. Und die Frauen, die oben auf den Stufen geblieben waren, heulten. – So gab der aristokratische Kleinbürger den Anstoß zu dem Kampf, den niemand weniger gewollt hatte als er.

Christof, der von den Arbeitern mitgerissen wurde, warf sich in das Getümmel, ohne zu wissen, wie es entstanden war. Der Gedanke, daß Olivier darunter sein könnte, lag ihm meilenfern. Er glaubte ihn schon weit weg und ganz in Sicherheit. Es war unmöglich, irgend etwas von dem Kampf zu sehen. Jeder hatte genug damit zu tun, aufzupassen, wer ihn angriff. Olivier war in dem Wirbel verschwunden gleich einer sinkenden Barke. Ein Säbelstich, der nicht für ihn bestimmt war, hatte ihn an der linken Brust getroffen; er stürzte hin; die Menge trampelte über ihn hinweg. Christof war durch eine Gegenströmung im Gedränge bis zum anderen, äußersten Ende des Kampfplatzes gedrängt worden. Er war dabei ganz kaltblütig, ließ sich stoßen und stieß fröhlich wieder, als wäre er auf einer Kirmes. Er dachte so wenig an den Ernst der Dinge, daß er, als ihn ein Polizist mit ungeheuer breiten Schultern packte, den närrischen Gedanken hatte, ihn ebenfalls zu umfassen und zu sagen:

Einen Walzer, mein Fräulein?

Als ihm aber ein zweiter Polizist auf den Rücken sprang, schüttelte er sich wie ein Eber und bearbeitete alle beide mit Faustschlägen; festnehmen lassen wollte er sich denn doch nicht. Einer seiner Widersacher, der, der ihn von hinten gepackt hatte, kugelte aufs Pflaster, der andere wurde wütend und zog blank. Christof sah die Säbelspitze dicht vor seiner Brust; er wich aus, drehte das Handgelenk des Mannes um und suchte ihm die Waffe zu entwinden. Er begriff das alles nicht mehr; bis zu diesem Augenblick war ihm das Ganze wie ein Spiel erschienen. Jetzt aber kämpften sie wirklich und keuchten sich ins Gesicht. Er hatte keine Zeit nachzudenken. Er sah die Mordlust im Auge des andern. Und Mordlust erwachte in ihm. Er sah, daß er wie ein Hammel abgeschlachtet werden würde. Mit einer plötzlichen Bewegung drehte er das Handgelenk und kehrte den Säbel gegen die Brust des Mannes; er stieß zu; er fühlte, daß er tötete – tötete. Und mit einem Schlage war vor seinen Augen alles verwandelt. Er war trunken, er brüllte.

Seine Schreie hatten eine unglaubliche Wirkung. Die Menge hatte Blut gewittert. Im Augenblick wurde sie zur wilden Meute. Man schoß von allen Seiten. In den Fenstern der Häuser erschien die rote Fahne. Aus dem alten Atavismus der Pariser Revolution erstand im Nu eine Barrikade. Die Straße wurde aufgerissen, die Gaskandelaber wurden herausgezerrt, Bäume niedergeschlagen, ein Omnibus umgestürzt. Man machte sich einen seit Monaten für die Arbeiten an der Untergrundbahn offenen Graben zunutze. Die gußeisernen Gitter rings um die Bäume zerbrach man und warf mit den Stücken. Waffen kamen aus den Taschen und aus den Häusern zum Vorschein. In einer knappen Stunde hatte man den Aufstand: das ganze Stadtviertel war im Belagerungszustand. Und auf der Barrikade stand, nicht mehr wiederzuerkennen, Christof und brüllte seinen Revolutionsgesang, in den zwanzig Kehlen einstimmten.

Olivier war zu Aurélie getragen worden. Er war bewußtlos. Man hatte ihn in dem dunklen Hinterzimmer auf ein Bett gelegt. Zu Füßen stand, niedergeschmettert, der kleine Bucklige. Berthe hatte sich zuerst sehr aufgeregt: von weitem hatte sie geglaubt, Graillot sei verwundet worden, und als sie Olivier erkannte, war ihr erster Schrei gewesen:

„Welches Glück! Ich glaubte, es wäre Léopold!"

Jetzt war sie voller Mitleid. Sie küßte Olivier und stützte seinen Kopf mit einem Kissen. Aurélie hatte ihm mit ihrer gewohnten Ruhe die Kleider geöffnet und legte einen ersten Verband an. Manasse Heimann kam mit Canet, seinem unzertrennlichen Freund, gerade zur rechten Zeit. Sie waren wie Christof aus Neugierde gekommen, um sich die Kundgebungen anzusehen. Sie hatten dem Tumult beigewohnt, und hatten Olivier fallen sehen. Canet heulte wie ein Hund; und gleichzeitig dachte er:

Was habe ich nur da zu suchen gehabt?

Manasse untersuchte den Verwundeten; er stellte sofort fest, daß er verloren sei. Er empfand Zuneigung für Olivier; aber er war nicht der Mensch, sich bei etwas aufzuhalten, was er nicht ändern konnte; und er kümmerte sich nicht weiter um ihn und dachte über Christof nach. Er bewunderte Christof, wenn er ihn auch als einen pathologischen Fall ansah. Er kannte seine Gedanken über die Revolution und wollte ihn der törichten Gefahr entreißen, in die er um einer Sache willen geraten war, die nicht die seine war. Es ging nicht allein um das Risiko, in dem Scharmützel den Schädel eingeschlagen zu kriegen: wenn man Christof festnähme, würden alle ihn anklagen, um sich selber zu retten. Man hatte ihn seit langem gewarnt; die Polizei lauerte ihm auf; man würde ihm nicht nur seine Dummheiten, sondern auch die der andern aufhalsen. Xavier Bernard, den Manasse eben getroffen hatte und der ebensosehr zum Vergnügen als aus Dienstpflicht durch die Menge strich, hatte ihm im Vorübergehen ein Zeichen gemacht und zu ihm gesagt:

„Euer Krafft ist verrückt. Was sagen Sie, jetzt spielt er sich gar auf der Barrikade auf! Diesmal werden wir ihn nicht laufenlassen! Er soll sich doch in Gottes Namen aus dem Staube machen!"

Das war leichter gesagt als getan. Wenn Christof erfuhr, daß Olivier im Sterben lag, würde er tobsüchtig werden; er würde töten, würde getötet werden. Manasse sagte zu Canet:

„Wenn er nicht auf der Stelle verschwindet, ist er verloren. Ich werde ihn fortschaffen."

„Aber wie?"

„In Canets Auto, das steht dort, an der Straßenecke."

„Ja, aber erlaube mal...", sagte Canet erstickt.

„Du wirst ihn nach Laroche bringen", fuhr Manasse fort. „Ihr werdet rechtzeitig den Schnellzug nach Pontarlier erreichen. Du beförderst ihn nach der Schweiz."

„Er wird nicht wollen."

„Er wird wollen. Ich werde ihm sagen, daß er sich mit Olivier treffen wird – daß er schon abgereist ist."

Ohne auf Canets Einwände zu hören, ging Manasse fort, um Christof von der Barrikade zu holen. Er war nicht besonders tapfer. Jedesmal, wenn er einen Schuß hörte, duckte er sich. Und er zählte an den Pflastersteinen ab (gerade oder ungerade), ob er getötet werden würde oder nicht. Aber er wich nicht zurück, er ging bis an sein Ziel. Christof saß oben auf dem Rad des umgeworfenen Omnibusses und vergnügte sich damit, Revolverschüsse in die Luft zu feuern. Rings um die Barrikade war die Flut des Gesindels von Paris, das das Pflaster ausgespien zu haben schien, angewachsen wie das schmutzige Wasser einer Kloake nach einem starken Regen. Die ersten Kämpfer waren von ihm überschwemmt worden. Manasse rief Christof, der ihm den Rücken zudrehte, an. Christof hörte nicht. Manasse kletterte zu ihm hinauf und zog ihn am Ärmel. Christof stieß ihn zurück, so daß er beinahe hingestürzt wäre. Manasse blieb standhaft, zog sich von neuem hinauf und schrie:

„Jeannin..."

In dem Lärm ging der Rest des Satzes unter. Christof war mit einem Schlage verstummt, ließ seinen Revolver fallen, polterte von seinem Gerüst herunter und kam zu Manasse, der ihn mit sich zog.

„Sie müssen fliehen!" sagte Manasse.

„Wo ist Olivier?"

„Sie müssen fliehen!" wiederholte Manasse.

„Warum, zum Teufel?" sagte Christof.

„In einer Stunde ist die Barrikade erobert; heute abend noch werden Sie eingesperrt werden."

„Was habe ich denn getan?"

„Sehen Sie Ihre Hände an... Nun? Ihre Sache liegt sehr einfach. Man wird Sie nicht schonen. Alle haben Sie erkannt. Es ist kein Augenblick zu verlieren."

„Wo ist Olivier?"

„Zu Hause."

„Ich will zu ihm."

„Unmöglich. Die Polizei erwartet Sie vor der Tür. Er schickt mich, Sie zu warnen. Machen Sie, daß Sie fortkommen."

„Wo soll ich denn hin?"

„In die Schweiz. Canet bringt Sie in seinem Auto fort."

„Und Olivier?"

„Wir haben keine Zeit zum Schwatzen..."

„Ich reise nicht, ohne ihn vorher zu sehen."

„Sie werden ihn dort sehen. Er trifft morgen mit Ihnen zusammen. Er kommt mit dem ersten Zuge. Schnell! Ich erkläre Ihnen alles."

Er packte Christof bei der Hand. Christof, der von dem Lärm und dem rasenden Sturm, der noch eben in ihm getobt hatte, betäubt war, vermochte nicht zu begreifen, was er getan hatte und was man von ihm verlangte; er ließ sich mitschleppen. Manasse nahm ihn am Arm, und Canet faßte seine andere Hand. Er war von der Rolle, die man ihm in der Geschichte zuteilte, keineswegs entzückt. Manasse packte sie beide ins Auto. Der gute Canet wäre untröstlich gewesen, wenn man Christof eingesteckt hätte; aber es wäre ihm lieber gewesen, wenn ihn ein anderer als er selbst gerettet hätte. Manasse kannte ihn. Und da ihm seine Zaghaftigkeit etwas bedenklich erschien, besann er sich, als das Auto schnaufte, um abzufahren, und er sie gerade verlassen wollte, plötzlich anders und stieg zu ihnen ein.

Olivier war noch nicht zum Bewußtsein gekommen. Niemand war im Zimmer als Aurélie und der kleine Bucklige. Ein trauriges Zimmer ohne Luft und ohne Licht! Es war beinahe Nacht ... Olivier tauchte einen Augenblick aus dem Abgrund auf. Er fühlte auf seiner Hand die Lippen und die Tränen Emmanuels. Er lächelte schwach und legte mit Anstrengung seine Hand auf den Kopf des Kindes. Wie schwer die Hand war! – Von neuem versank er ...

Aurélie hatte auf das Kopfkissen ein Sträußchen des Ersten Mai, ein paar Maiglöckchen, gelegt. Vom Hofe her hörte man aus einem schlechtgeschlossenen Wasserhahn Tropfen in einen Eimer fallen. Bilder zitterten eine Sekunde aus dem Grunde der Erinnerung auf, gleich einem verlöschenden Licht ... Ein Haus in der Provinz, Glyzinien an der Mauer, ein Garten, in dem ein Kind spielte: er war auf einen Rasen gebettet; und ein Springbrunnen rieselte in ein steinernes Becken. Ein kleines Mädchen lachte ...

ZWEITER TEIL

Sie verließen Paris. Sie durchquerten weite, in Nebel gehüllte Ebenen. Zehn Jahre zuvor war Christof an einem ähnlichen Abend in Paris angekommen. Damals war er auf der Flucht gewesen wie heute. Damals aber lebte der, der ihn geliebt hatte; und Christof floh ihm entgegen...

In der ersten Stunde stand Christof noch unter der Erregung des Kampfes. Er sprach viel und laut; er erzählte in abgerissenen Sätzen, was er gesehen und getan hatte; er war stolz auf seine Heldentaten und empfand keinerlei Gewissensbisse. Manasse und Canet sprachen ebenfalls, um ihn zu betäuben. Nach und nach sank das Fieber, und Christof schwieg; seine beiden Begleiter sprachen allein weiter. Er war über die Abenteuer des Nachmittags ein wenig bestürzt, aber keineswegs niedergeschlagen. Er gedachte der Zeit, als er nach Frankreich gekommen war; schon damals auf der Flucht, immer auf der Flucht. Er mußte lachen. Das war wohl sein Schicksal. Paris zu verlassen bereitete ihm wenig Kummer: die Erde war weit; die Menschen waren überall die gleichen. Wo er sich befand, war ihm ziemlich gleich, vorausgesetzt, daß er bei seinem Freunde blieb. Er rechnete darauf, am folgenden Morgen wieder mit ihm zusammenzutreffen. Man hatte es ihm versprochen.

Sie kamen in Laroche an. Manasse und Canet verließen ihn nicht eher, als bis sie ihn im abfahrenden Zug gesehen hatten. Christof ließ sich noch einmal den Ort nennen, in dem er aussteigen mußte, und den Namen des Hotels und die Post, bei der er Nachrichten finden würde. Wider Willen zeigten sie düstere Mienen, als sie ihn verließen. Christof schüttelte ihnen fröhlich die Hand.

„Herr Gott, machen Sie nicht solche Leichenbittermienen!" rief er ihnen zu. „Wir werden uns ja wiedersehen!

Das Ganze ist doch keine Staatsangelegenheit! Morgen schreiben wir euch."

Der Zug ging ab. Sie sahen ihm nach.

„Der arme Teufel!" sagte Manasse.

Sie stiegen wieder ins Auto. Sie schwiegen. Nach einiger Zeit sagte Canet zu Manasse:

„Ich glaube, wir haben eben ein Verbrechen begangen."

Manasse antwortete zunächst nichts; dann sagte er:

„Bah, die Toten sind tot. Man muß die Lebendigen retten."

Mit der hereinbrechenden Nacht sank Christofs Erregung vollständig. In eine Ecke des Abteils gedrückt, dachte er nach, ernüchtert und erstarrt. Als er seine Hände betrachtete, sah er Blut daran, das nicht von ihm war. Ekel durchschauerte ihn. Das Bild des Mordes tauchte wieder vor ihm auf. Er entsann sich, getötet zu haben, und er wußte nicht mehr, warum. Er begann von neuem, sich die Kampfszene ins Gedächtnis zurückzurufen, aber er sah sie diesmal mit ganz anderen Augen; er begriff nicht mehr, wie er hineingezerrt worden war. Er ging den Tageslauf wieder durch, von dem Augenblick an, in dem er mit Olivier von Hause weggegangen war; er machte noch einmal mit ihm den Weg durch Paris, bis zu dem Augenblick, in dem ihn der Wirbel mitgerissen hatte. An diesem Punkt hörte er auf zu begreifen; seine Gedankenkette war unterbrochen: Wie hatte er schreien, zuschlagen, mit diesen Menschen etwas gemeinsam wollen können, deren Überzeugung er mißbilligte? Das war nicht er, das war nicht er! – Das erklärte sich nur durch die völlige Abwesenheit seines Willens! – Er war darüber ganz entsetzt und voller Scham. War er denn nicht Herr über sich? Und wer war sein Herr? – Der Schnellzug trug ihn in die Nacht hinaus. Auch in ihm war düstere Nacht, die ihn verzehrte: eine schwindelerregende, unbekannte Kraft... Er versuchte angestrengt, seine Verwirrtheit von sich abzuschütteln; aber dafür tauchte eine andere Sorge in ihm auf. Je näher er dem

Ziele kam, um so mehr dachte er an Olivier, und eine grundlose Unruhe begann sich in ihm zu regen.

Als er ankam, schaute er durch das Fenster auf den Bahnsteig nach der bekannten lieben Gestalt aus... Niemand war zu sehen. Er stieg aus und blickte immer noch umher. Ein- oder zweimal meinte er ihn zu sehen... Nein, das war nicht *er*. Christof hatte keinen Grund, darüber verwundert zu sein: wie hätte Olivier vor ihm dort sein können? – Von da an aber begann die Angst der Erwartung.

Es war Morgen. Christof ging in sein Zimmer hinauf. Er kam wieder herunter. Er frühstückte. Er schlenderte durch die Straßen. Er tat, als sei sein Kopf frei; er sah sich den See an, die Auslagen der Läden; er scherzte mit der Kellnerin, er blätterte in illustrierten Zeitschriften... Nichts fesselte ihn. Der Tag schleppte sich langsam und schwerfällig dahin. Gegen sieben Uhr abends nahm Christof, früher als gewöhnlich und ohne rechten Appetit, sein Essen ein, weil er nichts Besseres zu tun hatte, und ging dann wieder in sein Zimmer hinauf, nachdem er gebeten hatte, daß man den erwarteten Freund, sobald er käme, zu ihm hinaufführe. Er saß am Tisch, den Rücken der Tür zugewandt. Er hatte nichts, womit er sich beschäftigen konnte, keinerlei Gepäck, kein Buch, nichts als eine Zeitung, die er eben gekauft hatte. Er zwang sich zum Lesen, aber seine Aufmerksamkeit ging andere Wege: er vernahm das Geräusch von Schritten im Flur. Alle seine Sinne waren durch die Anstrengungen dieses erwartungsvollen Tages und durch eine schlaflose Nacht überreizt.

Plötzlich hörte er, wie man die Tür öffnete. Ein unerklärliches Gefühl ließ ihn sich nicht umdrehen. Er fühlte, wie sich eine Hand auf seine Schulter legte. Da wandte er sich um und sah Olivier, der ihn anlächelte. Er wunderte sich nicht und sagte:

„Ach, da bist du endlich!"

Die Erscheinung zerrann.

Christof stand mit einem Ruck auf, stieß den Tisch zurück und seinen Stuhl, der umfiel. Seine Haare sträubten sich. Einen Augenblick stand er mit klappernden Zähnen leichenblaß da.

Von dieser Minute an (wenn er auch nichts wußte und sich immer wieder sagte: Ich weiß nichts) wußte er alles; er wußte sicher, was nun kommen würde.

Er konnte nicht in seinem Zimmer bleiben. Er ging auf die Straße, er wanderte eine Stunde lang umher. Bei seiner Rückkehr überreichte ihm der Portier in der Halle des Hotels einen Brief. *Den* Brief. Er hatte gewußt, daß er dasein würde. Seine Hand zitterte, als er ihn nahm. Er ging ins Zimmer hinauf, um ihn zu lesen. Er öffnete ihn, er sah, daß Olivier tot war. Und er wurde ohnmächtig.

Das Schreiben war von Manasse. Es besagte, daß, als man ihm, Christof, am Abend vorher diesen Unglücksfall verbarg, um seine Abreise zu beschleunigen, man nur dem Wunsche Oliviers gehorcht habe, der seinen Freund gerettet wissen wollte; daß es zu nichts geführt hätte, wenn Christof geblieben wäre, es sei denn, daß er sich auch ins Verderben gestürzt hätte; daß er sich für das Andenken an seinen Freund und für seine anderen Freunde erhalten müsse und auch für seinen eigenen Ruhm ... und so weiter. Aurélie hatte in ihrer ungelenken, zitterigen Schrift drei Zeilen hinzugefügt, daß sie, so gut sie könne, für den armen jungen Herrn die letzte Sorge tragen werde.

Als Christof wieder zu sich kam, verfiel er in einen Anfall von Raserei. Er wollte Manasse töten. Er rannte zum Bahnhof. Die Halle des Hotels war leer, die Straßen verödet. Draußen in der Nacht achteten die spärlichen Heimkehrenden nicht auf den keuchenden Mann mit den irren Augen. Wie eine Bulldogge mit ihren Fangzähnen hatte er sich in seine fixe Idee verbissen: Manasse töten! Töten ...! – Er wollte nach Paris zurück. Der Nachtschnellzug war eine Stunde vorher abgegangen. Er mußte bis zum nächsten Morgen warten. Warten war ihm unmöglich. Er nahm den ersten Zug, der in der Richtung nach Paris fuhr, einen Zug, der an jeder Station hielt. Er war allein im Wagen; er schrie immerfort:

„Das ist nicht wahr! Das ist nicht wahr!"

An der zweiten Station nach der französischen Grenze blieb der Zug stehen. Er fuhr nicht weiter. Christof stieg aus, bebend vor Wut, fragte nach einem anderen Zuge, wollte Auskünfte haben, regte sich über die verschlafene Gleichgültigkeit der Beamten auf. Was er auch tat, er kam doch zu spät. Zu spät für Olivier. Es würde ihm nicht einmal gelingen, Manasse aufzusuchen. Er würde vorher festgenommen werden. Was tun? Weiterfahren? Umkehren? Wozu? Wozu? – Er dachte daran, sich von einem vorübergehenden Gendarmen festnehmen zu lassen; ein dunkler Lebenstrieb hielt ihn davon ab, riet ihm, in die Schweiz zurückzukehren. Kein Zug ging nach der einen oder anderen Richtung vor zwei oder drei Stunden. Christof setzte sich in den Wartesaal, konnte auch da nicht bleiben, verließ den Bahnhof und nahm schließlich seinen Weg aufs Geratewohl in die Nacht hinein. Er befand sich mitten in einem öden Land, zwischen Feldern, die hier und dort von Tannengruppen, Vorläufern eines Waldes, unterbrochen waren. Er drang weiter vor. Kaum hatte er ein paar Schritte getan, als er sich zur Erde warf und schrie:

„Olivier!"

Er lag quer über dem Weg und schluchzte. Geraume Zeit später, als in der Ferne ein Zug pfiff, stand er wieder auf. Er wollte zum Bahnhof zurückkehren, doch er irrte sich im Weg. Er ging die ganze Nacht hindurch. Was lag ihm daran, wohin er ging? Er wollte wandern, um nicht zu denken, wandern, bis er nicht mehr dachte, bis er tot umfiel. Er hatte nur den einen Wunsch: tot zu sein.

Bei Sonnenaufgang fand er sich in einem französischen Dorf, weitab von der Grenze. Während der ganzen Nacht hatte er sich von ihr entfernt. Er kehrte in einem Gasthof ein, aß gierig, ging wieder fort, wanderte immer weiter. Im Verlauf des Tages brach er mitten auf einer Wiese zusammen und schlief dort bis zum Abend. Als er erwachte, begann eine neue Nacht. Seine Raserei war vorüber. Es blieb ihm nichts als ein fürchterlicher, atemberaubender Schmerz. Er schleppte sich bis zu einem Bauernhof, bat um ein Stück Brot und um eine Schütte Stroh zum Schlafen. Der Bauer musterte ihn scharf, schnitt ihm eine Scheibe Brot ab, führte ihn in den Stall und schloß ihn ein. Christof legte sich auf die Streu neben die süßlich riechenden Kühe und verschlang das Brot. Sein Gesicht war von Tränen überströmt. Aber Hunger und Schmerz wurden nicht geringer. Auch in dieser Nacht befreite ihn der Schlaf für einige Stunden von seinem Gram. Er erwachte am nächsten Morgen vom Geräusch der sich öffnenden Tür. Er blieb regungslos ausgestreckt; er wollte nicht wieder zum Leben erwachen. Der Bauer stellte sich vor ihn hin und sah ihn lange an; in der Hand hielt er ein Papier, auf das er ab und zu schaute. Schließlich tat er einen Schritt vorwärts und hielt Christof eine Zeitung unter die Nase. Auf der ersten Seite sah dieser sein eigenes Bild.

„Das bin ich", sagte Christof, „liefern Sie mich aus."

„Stehen Sie auf", sagte der Bauer.

Christof stand auf. Der Mann machte ihm ein Zeichen, ihm zu folgen. Sie gingen hinter dem Heuschober vorbei und nahmen einen sich zwischen Obstbäumen schlängelnden Fußweg. Als sie an eine Abzweigung kamen, zeigte der Bauer Christof den Weg und sagte:

„Dort geht es zur Grenze."

Mechanisch setzte Christof seinen Weg fort. Er wußte nicht, warum er eigentlich ging. Er war so matt, an Körper und Seele so gebrochen, daß er nach jedem Schritt am liebsten nicht mehr weitergegangen wäre. Aber er fühlte, wenn er anhielte, würde er überhaupt nicht mehr weiterkommen, er hätte sich nicht mehr von dem Platze rühren können, auf den er gefallen wäre. So wanderte er nochmals den ganzen Tag. Er hatte keinen Heller mehr, um Brot zu kaufen. Überdies vermied er die Dörfer. In einem sonderbaren Gefühl, von dem sein Verstand nichts wußte, hatte dieser Mensch, der sterben wollte, Angst davor, festgenommen zu werden; sein Körper war wie ein verfolgtes Tier, das flieht. Sein leibliches Elend, die Ermüdung, der Hunger, ein dunkles Entsetzen, das aus seinem Erschöpfungszustand kam, erstickten für den Augenblick seine seelische Verzweiflung. Er ersehnte nichts anderes, als ein Obdach zu finden, wo er sich mit seinem Leid einschließen durfte, um davon zu zehren.

Er überschritt die Grenze. In der Ferne sah er eine Stadt, die von Glockentürmen überragt wurde und von Fabrikschornsteinen, deren lange Rauchschwaden wie schwarze Flüsse alle in derselben Richtung einförmig unter dem Regen durch die graue Luft zogen. Er war dem Umsinken nahe. In diesem Augenblick fiel ihm ein, daß er in dieser Stadt einen Arzt aus seiner Heimat, einen gewissen Erich Braun, kannte, der ihm im vergangenen Jahr nach einem seiner Erfolge geschrieben hatte, um sich ihm wieder in Erinnerung zu bringen. So unbedeutend Braun auch war und sowenig er mit seinem Leben verknüpft gewesen, machte Christof mit dem Instinkt des verwundeten Tiers doch eine äußerste Anstrengung, um zu jemandem hinzuflüchten, der ihm nicht ein völlig Fremder war.

Schleier von Rauch und Regen umhüllten die graue und rote Stadt bei seinem Eintritt. Er durchquerte sie, ohne irgend etwas zu sehen, fragte nach dem Weg, verlief sich, kehrte um, irrte aufs Geratewohl weiter. Er war am Ende seiner Kräfte. Mit einer letzten Anstrengung seines angespannten Willens mußte er Gäßchen mit steilen Treppen emporsteigen, die zu einem schmalen Hügel hinaufführten, auf dem sich die Häuser eng um eine düstere Kirche drängten. Sechzig rote Steinstufen in Gruppen von je drei oder sechs, zwischen ·jeder Gruppe eine kleine Plattform, die kaum für die Tür eines Hauses ausreichte. Auf jeder schöpfte Christof Atem. Er taumelte vor Müdigkeit. Oben, über dem Turm, kreisten Raben.

Endlich las er an einer Tür den gesuchten Namen. Er klopfte an. – In dem Gäßchen war es Nacht. Er schloß vor Ermattung die Augen. Schwarze Nacht war in ihm. Ewigkeiten verstrichen ...

Die schmale Tür öffnete sich halb. Auf der Schwelle erschien eine Frau. Ihr Gesicht lag im Schatten; aber der Umriß ihrer Gestalt hob sich vom hellen Hintergrund eines Gärtchens ab, das man am Ende eines langen Ganges im Licht der untergehenden Sonne sah. Sie war groß, hielt sich gerade, sprach nicht und wartete, daß er sie anredete. Er sah ihre Augen nicht; er fühlte ihren Blick. Er fragte nach Dr. Erich Braun und nannte seinen Namen. Die Worte kamen mühsam aus seiner Kehle. Er war von Müdigkeit, Durst und Hunger erschöpft. Die Frau ging ins Haus, ohne ein Wort zu sagen; und Christof folgte ihr in einen Raum mit geschlossenen Läden. In der Dunkelheit stieß er an die Frau; seine Knie und sein Leib streiften diesen schweigsamen Körper. Sie ging hinaus, schloß die Tür hinter sich und ließ ihn ohne Licht allein zurück. Aus Furcht, irgend etwas umzustoßen, blieb er reglos stehen, gegen die Wand gelehnt und die Stirn an die glatte Tapete gepreßt. Die Ohren sausten ihm, vor seinen Augen tanzten Schatten.

In dem oberen Stockwerk wurde ein Stuhl gerückt, man hörte Ausrufe der Überraschung, eine Tür wurde lärmend zugeschlagen. Schwere Schritte kamen die Treppe herab.

„Wo ist er denn?" fragte eine bekannte Stimme.

Die Tür des Zimmers öffnete sich wieder.

„Wie! Man hat ihn im Dunkeln gelassen? Anna! Zum Donnerwetter! Eine Lampe!"

Christof war so schwach, er fühlte sich so verloren, daß ihm der Klang dieser lärmenden, aber herzlichen Stimme in seinem Elend wohltat. Er ergriff die Hände, die sich ihm entgegenstreckten. Die Lampe war gekommen. Die beiden Männer sahen sich an. Braun war klein; er hatte ein rotes Gesicht mit einem schwarzen, harten und schlechtgewachsenen Bart, gute, hinter Brillengläsern hervorlachende Augen, eine breite, gebeulte Stirn, die durchfurcht, sorgenvoll ausdruckslos war, und sorgfältig an den Kopf gebürstete und bis zum Nacken gescheitelte Haare. Er war ausgesprochen häßlich; Christof aber tat es wohl, ihn anzusprechen und seine Hände zu drücken. Braun verbarg seine Überraschung nicht.

„Guter Gott, wie verändert er ist! In welchem Zustand!"

„Ich komme von Paris", sagte Christof, „ich bin geflohen."

„Ich weiß, ich weiß, wir haben es in der Zeitung gelesen, es hieß, Sie wären festgenommen worden. Gott sei Dank! Anna und ich haben viel an Sie gedacht."

Er unterbrach sich, zeigte auf die schweigende Gestalt, die Christof empfangen hatte, und sagte:

„Meine Frau."

Sie war mit der Lampe in der Hand am Eingang des Zimmers stehengeblieben. Ein verschlossenes Gesicht mit starkem Kinn. Das Licht fiel auf ihr braunes, ins Rote spielende Haar und auf ihre farblosen Wangen. Sie reichte Christof mit steifer Bewegung die Hand, während ihr Ellenbogen an den Körper gepreßt blieb; er nahm die Hand, ohne hinzuschauen. Ihm wurde schwach.

„Ich bin gekommen...", versuchte er zu erklären, „ich dachte, Sie würden vielleicht so gut sein... wenn ich nicht allzusehr störe... mich einen Tag aufzunehmen..."

Braun ließ ihn nicht zu Ende reden.

„Einen Tag! – Zwanzig Tage, fünfzig, so viele Sie mögen. Solange Sie in dieser Stadt sind, wohnen Sie in unserem Haus, und ich hoffe, es wird lange sein! Es ist eine Ehre und ein Glück für uns."

Diese herzlichen Worte übermannten Christof vollends. Er warf sich in Brauns Arme.

„Mein guter Christof, mein guter Christof...", sagte Braun. „Er weint... Ja, was hat er denn? Anna! Anna! Schnell, er wird ohnmächtig..."

Christof war in den Armen seines Gastgebers zusammengebrochen. Die Ohnmacht, die er seit mehreren Stunden kommen fühlte, hatte ihn übermannt.

Als er die Augen wieder öffnete, lag er in einem großen Bett. Ein feuchter Erdgeruch stieg durch das offene Fenster. Braun beugte sich über ihn.

„Verzeihung", stammelte Christof und versuchte sich aufzurichten.

„Aber er stirbt ja vor Hunger!" rief Braun.

Die Frau ging hinaus, kehrte mit einer Tasse wieder und ließ ihn trinken. Braun stützte ihm den Kopf. Christof kam wieder zu sich; aber die Ermattung war stärker als der Hunger; kaum hatte er den Kopf aufs Kissen gelegt, so schlief er auch schon wieder ein. Braun und seine Frau wachten bei ihm; dann, als sie sahen, daß er nichts als Ruhe brauchte, ließen sie ihn allein.

Ein Schlaf, der jahrelang zu dauern schien, umfing ihn, ein Schlaf, der einen übermannt und in dem man schwer wie Blei auf dem Grunde eines Sees liegt. Man ist die Beute angesammelter Müdigkeit und ungeheuerlicher Phantasiegebilde, die unaufhörlich um die Pforten des Willens herumstreichen. Erhitzt, zerschlagen, verloren in dieser unbekannten Nacht, wollte er sich zum Erwachen bringen; er vernahm immer wieder und wieder die Halbstundenschläge der Turmuhren; er konnte nicht atmen, nicht denken, sich nicht regen; er war gefesselt, geknebelt, wie ein Mann, der ertränkt wird; er wollte sich wehren und sank wieder auf den Grund. Endlich kam die Morgendämmerung, die späte und graue Dämmerung eines Regentages. Die unerträgliche Glut, die ihn verzehrte, sank; aber sein Körper lag wie unter einem Berge begraben. Er wachte auf. Schreckliches Erwachen!

Warum die Augen öffnen? Warum erwachen? Liegenbleiben wie mein armer kleiner Freund, der unter der Erde schläft...

Er lag ausgestreckt auf dem Rücken und bewegte sich nicht, obgleich ihm die Lage im Bett unbequem war; Arme und Beine waren ihm schwer wie Stein. Er war in einem Grabe. Fahles Licht. Ein paar Regentropfen schlugen an die Scheiben. Ein Vogel im Garten stieß ein paar klagende leise Töne aus. Welch ein Elend, zu leben! Wie sinnlos grausam!

Die Stunden rannen dahin. Braun kam herein. Christof wandte nicht den Kopf. Als Braun sah, daß er die Augen offen hatte, sprach er ihn fröhlich an; und als Christof weiter mit düsterem Blick zur Decke starrte, versuchte er seine Schwermut zu vertreiben; er setzte sich aufs Bett und schwatzte laut drauflos. Dieser Lärm war für Christof unerträglich. Er machte eine Anstrengung, die ihm übermenschlich schien, und sagte:

„Ich bitte Sie, lassen Sie mich."

Der brave Mann änderte sofort den Ton.

„Sie wollen allein sein? Ja, aber selbstverständlich! Gewiß! Bleiben Sie nur ruhig liegen. Ruhen Sie sich aus, reden Sie nicht, man wird Ihnen die Mahlzeiten heraufbringen; niemand wird reden."

Aber er war unfähig, etwas kurz auszudrücken. Nach endlosen Erklärungen verließ er das Zimmer auf den Spitzen seiner derben Schuhe, unter denen das Parkett krachte. Christof blieb wieder allein, in seine tödliche Ermattung versunken. Sein Denken zerrann zu einem unklaren Schmerzgefühl. Er mühte sich ab, zu begreifen... Warum hatte er ihn gekannt? Warum hatte er ihn geliebt? Wozu hatte es gedient, daß Antoinette sich aufopferte? Welchen Sinn hatten alle diese Leben, alle diese Generationen gehabt? Diese Summe von Schicksalsschlägen und Hoffnungen, die in dieses eine Leben ausliefen und mit ihm in die Leere versanken? – Sinnlosigkeit des Lebens. Sinnlosigkeit des Todes. Ein Wesen, ausgestrichen, hinweggerafft, ein ganzes Geschlecht verschwunden, ohne daß eine Spur zurückblieb. War das nun widerlich oder eher grotesk? Ein schlimmes Lachen überkam ihn, ein Lachen aus Haß und Verzweiflung. Seine Ohnmacht gegen solchen Schmerz, sein Schmerz über solche Ohnmacht vernichteten ihn. Sein Herz war gebrochen.

Kein Geräusch im Haus als die Schritte des Doktors, der seine Besuche machen ging. Christof hatte jeden Zeitbegriff verloren, als Anna erschien. Sie brachte das Mittagessen auf einem Tablett. Er sah sie an, ohne sich zu regen, ohne selbst die Lippen zu einem Dank zu bewegen. Aber in seine starren Augen, die nichts zu sehen schienen, grub sich das Bild der jungen Frau mit photographischer Deutlichkeit ein. Viel später, als er sie besser kannte, sah er sie noch immer so; spätere Bilder konnten diese erste Erinnerung nicht auslöschen. Sie hatte dichtes Haar, das zu einem schweren Knoten geschlungen war, eine gewölbte Stirn, breite Wangen, eine kurze, gerade Nase, eigensinnig niedergeschlagene Augen, die, wenn sie anderen Augen begegneten, sich ihnen mit einem unfreien und gütelosen Ausdruck entzogen. Ihre etwas dicken, aufeinandergepreßten Lippen hatten einen entschlossenen, beinahe harten Ausdruck. Sie war groß, schien kräftig und wohlgestalt, war aber in ihre Kleider eingeschnürt und steif in ihren Bewegungen. Sie kam geräuschlos und wortlos, setzte das Tablett auf den Tisch neben das Bett und ging, die Arme an den Körper gepreßt, mit gesenkter Stirn wieder hinaus. Christof kam es nicht in den Sinn, sich über diese sonderbare und ein wenig lächerliche Erscheinung zu wundern; er rührte das Essen nicht an und litt schweigend weiter.

Der Tag verstrich. Der Abend kam, und wieder erschien Anna mit neuen Gerichten. Sie fand die vom Mittag unberührt; und sie trug sie ohne eine Bemerkung wieder fort. Sie hatte nicht eins der freundlichen Worte, die jede Frau instinktmäßig für einen Kranken findet. Es war, als sei

Christof für sie nicht vorhanden oder als sei sie selbst kaum vorhanden. Christof empfand eine dunkle Feindseligkeit, als er, dieses Mal mit Ungeduld, ihren linkischen und steifen Bewegungen folgte. Immerhin war er ihr dankbar, daß sie nicht zu reden versuchte. – Er war es noch mehr, als er nach ihrem Fortgehen den Ansturm des Doktors über sich ergehen lassen mußte, der gemerkt hatte, daß Christofs erste Mahlzeit unberührt geblieben war. Er ärgerte sich über seine Frau, weil sie ihn nicht zum Essen gezwungen hatte, und er wollte Christof dazu nötigen. Um Frieden zu haben, mußte Christof ein paar Schlucke Milch zu sich nehmen. Danach kehrte er ihm den Rücken.

Die zweite Nacht war ruhiger. Der schwere Schlaf umfing Christof von neuem mit seinem Nichts. Keine Spur mehr von dem verhaßten Leben. – Das Erwachen aber war um so drückender. Alle Einzelheiten des schicksalvollen Tages kamen ihm wieder ins Gedächtnis zurück: Oliviers Widerwillen, das Haus zu verlassen, sein Drängen umzukehren, und voller Verzweiflung sagte er sich:

Ich selber habe ihn getötet.

Es war ihm unmöglich, allein, eingeschlossen, reglos zu bleiben unter den Krallen der Sphinx mit den gierigen Augen, die ihm immer wieder den Wirbel ihrer Fragen mit ihrem Leichenodem ins Gesicht blies. Fiebernd stand er auf. Er schleppte sich aus dem Zimmer, stieg die Treppe hinab; er hatte das instinktive und angsterfüllte Bedürfnis, sich an andere Menschen zu drängen. Aber sobald er eine andere Stimme vernahm, hätte er fliehen mögen.

Braun war im Eßzimmer. Er empfing Christof mit seinen üblichen Freundschaftsbezeigungen. Sofort begann er, ihn über die Pariser Geschehnisse auszufragen. Christof nahm ihn beim Arm.

„Nein", sagte er, „fragen Sie mich nichts. Später... Sie dürfen mir darum nicht böse sein. Ich kann nicht. Ich bin sterbensmüde, ich bin so müde..."

„Ich weiß, ich weiß", sagte Braun herzlich. „Die Nerven

sind durcheinander. Das sind die Erregungen der vergangenen Tage. Reden Sie nicht, tun Sie sich keinerlei Zwang an. Sie sind frei, Sie sind wie zu Hause. Man wird sich nicht um Sie kümmern."

Er hielt Wort. Um jede Anstrengung seines Gastes zu vermeiden, fiel er in die entgegengesetzte Übertreibung: er wagte nicht mehr, mit seiner Frau vor ihm zu sprechen; man redete leise, man ging auf Zehenspitzen; es wurde lautlos im Hause. Christof mußte, durch diese Unnatur einer flüsternden Stille gereizt, Braun bitten, daß man in gewohnter Weise weiterlebe.

Die folgenden Tage kümmerte man sich also nicht mehr um Christof. Er blieb stundenlang in einer Zimmerecke sitzen oder strich wie ein Träumender durchs Haus. Woran dachte er? Er hätte es nicht sagen können. Er fand kaum noch die Kraft, zu leiden. Er war vernichtet. Die Empfindungslosigkeit seines Herzens flößte ihm Entsetzen ein. Er hatte nur noch einen Wunsch: mit *ihm* begraben zu sein, damit alles vorbei wäre. – Einmal fand er die Gartentür offen und ging hinaus. Aber es machte ihm einen so schmerzlichen Eindruck, wieder im Licht zu sein, daß er schleunigst umkehrte und sich bei geschlossenen Fensterläden in seinem Zimmer verrammelte. Das schöne Wetter bereitete ihm Qual. Er haßte die Sonne. Die Natur mit ihrer brutalen Heiterkeit drückte ihn nieder. Bei Tisch aß er schweigend, was Braun ihm vorsetzte, saß da, ohne ein Wort zu reden, die Augen starr auf den Tisch gerichtet. Eines Tages zeigte ihm Braun im Wohnzimmer ein Klavier. Christof wandte sich voller Entsetzen davon ab. Jedes Geräusch war ihm verhaßt. Schweigen, Schweigen und die Nacht! – Nichts war mehr in ihm als unendliche Leere und das Bedürfnis nach Leere. Mit seiner Lebensfreude war es vorbei, tot schien der kraftvolle Vogel der Freude, der einst in leidenschaftlichem Schwung singend emporstieg. Tagelang saß er in seinem Zimmer und hatte keine anderen Empfindungen von seinem Leben als den lahmen Puls der

Standuhr im Nebenzimmer, der in seinem Gehirn zu schlagen schien. Und dennoch lebte der wilde Vogel der Freude noch in ihm, er flatterte plötzlich mit den Flügeln, er stieß sich an den Gitterstäben, und im Innern seiner Seele tobte ein schrecklicher Kampf mit dem Schmerz – „der Verzweiflungsschrei eines in einer verödeten weiten Ebene einsam zurückgebliebenen Geschöpfes".

Das Unglück dieser Welt liegt darin, daß man fast niemals einen Gefährten hat. Kameraden vielleicht und Zufallsfreunde. Man ist verschwenderisch mit dem schönen Namen Freund. In Wahrheit hat man kaum mehr als einen Freund im Leben. Und recht selten sind die, die ihn haben. Aber dieses Glück ist so groß, daß man nicht mehr weiß, wie man leben soll, wenn man ihn verloren hat. Der Freund erfüllt das Leben, ohne daß man darauf achtet. Er geht, und das Leben ist leer. Man hat nicht nur den verloren, den man geliebt hat, sondern jeden Grund zum Lieben, jeden Grund, geliebt zu haben. Wozu hat er gelebt? Wozu hat man selber gelebt?

Der Schicksalsschlag durch diesen Tod war für Christof um so schrecklicher, als er ihn in einem Augenblick traf, in dem sein Wesen schon heimlich erschüttert war. In manchen Perioden des Lebens vollzieht sich im Innern des Organismus eine unerbittliche Arbeit der Umwandlung; dann sind Körper und Seele den Angriffen von außen eher preisgegeben, der Geist fühlt sich schwach, eine unbestimmte Traurigkeit nagt an ihm, ein Überdruß an allen Dingen, ein Sichloslösen von allem, was man getan hat, eine Unfähigkeit, zu erkennen, was man sonst noch tun könnte. In dem Alter, in dem sich solche Krisen vollziehen, sind die meisten Menschen durch häusliche Pflichten gebunden: das ist ein Schutzwall für sie, der ihnen dafür allerdings die notwendige geistige Freiheit nimmt, sich zu beurteilen, sich zurechtzufinden, sich ein starkes, neues Leben aufzubauen. Wieviel verborgener Kummer, wieviel bitterer Ekel! – Vorwärts! Vorwärts! Man muß darüber wegkommen... Die tägliche Pflicht, die Sorge um die Familie, für die man verantwortlich ist, hält den Mann aufrecht gleich einem Pferd, das im Stehen schläft und erschöpft zwischen seinen Deichseln weitergeht. – Aber der völlig freie Mensch hat nichts, was ihn in den Stunden der Losgelöstheit vom Leben stützt, was ihn zwingt vorwärtszugehen; er geht aus Gewohnheit, er weiß nicht, wohin er geht. Seine Kräfte sind gestört, sein Bewußtsein verdunkelt. Wehe ihm, wenn ihn in solchem Augenblick, in dem er hindämmert, ein Donnerschlag aus seinem Schlafwandeln reißt! Dann ist er in Gefahr zusammenzubrechen.

Einige Briefe aus Paris, die ihn schließlich erreichten, rissen Christof für kurze Zeit aus seiner verzweifelten Empfindungslosigkeit. Sie kamen von Cécile und von Frau Arnaud. Sie brachten ihm Trostworte. Arme, nutzlose Trostworte. Die über den Schmerz reden, leiden nicht selber. – Sie brachten ihm vor allem ein Echo der entschwundenen Stimme... Er fand nicht die Kraft, zu antworten; und die Briefe hörten auf. In seiner Niedergeschlagenheit suchte er seine Spur zu verwischen. Verschwinden... Der Schmerz ist ungerecht: alle, die er geliebt hatte, waren für ihn nicht mehr vorhanden. Ein einziges Wesen existierte: der, der nicht mehr war. Wochenlang wollte er ihn hartnäckig ins Leben zurückzwingen. Er pflegte Unterhaltungen mit ihm; er schrieb ihm:

Mein Herz!

Ich habe heute keinen Brief von Dir bekommen. Wo bist Du? Komm zurück, komm zurück, sprich mit mir, schreibe mir!

In der Nacht gelang es ihm trotz seiner Bemühungen nicht, ihn im Traume wiederzusehen. Man träumt wenig von denen, die man verloren hat, solange uns ihr Verlust das Herz zerreißt. Später, wenn das Vergessen kommt, erscheinen sie wieder.

Doch nach und nach drang das Außenleben in das Grab seiner Seele. Christof begann die verschiedenen Geräusche des Hauses wieder zu vernehmen und, ohne daß er es merkte, Teilnahme dafür zu empfinden. Er wußte, zu welcher Stunde die Tür aufging und sich schloß, wie oft am Tage und in wieviel verschiedenen Arten, je nach den Besuchern. Er kannte Brauns Schritt; er sah den Doktor im Geist vor sich, wie er von seinen Besuchen zurückkehrte, im Vorzimmer stehenblieb und Hut und Mantel aufhängte, stets in derselben krankhaft peinlichen Art. Und wenn eines der gewohnten Geräusche nicht in der vorgesehenen Ordnung erfolgte, suchte er wider Willen nach dem Grunde der Veränderung. Bei Tisch begann er mechanisch auf die Unterhaltung zu hören. Er bemerkte, daß Braun fast stets allein sprach. Seine Frau antwortete ihm nur ganz kurz. Braun, den das Ausbleiben einer Gegenrede nicht störte, erzählte mit geschwätziger Einfalt von den Besuchen, die er gerade gemacht hatte, und von dem aufgefangenen Klatsch. Es geschah, daß Christof ihn ansah, während er redete. Braun war darüber ganz glücklich und grübelte nach, wie er ihn fesseln könnte.

Christof versuchte sich wieder ins Leben zurückzufinden... Welche Anstrengung! Er fühlte sich so alt, alt wie die Welt! – Morgens, wenn er aufstand, wenn er sich im Spiegel sah, war er seines Körpers, seiner Gebärden, seines dummen Äußeren überdrüssig. Wozu aufstehen, sich ankleiden? – Er gab sich unendliche Mühe, zu arbeiten: es war zum Brechen. Wozu schaffen, wenn doch alles für das Nichts bestimmt ist? Musik zu machen war ihm unmöglich geworden. Man beurteilt die Kunst (und alles übrige) erst im Unglück recht. Das Unglück ist der Probierstein. Dann erst erkennt man die, welche die Jahrhunderte überdauern, welche stärker als der Tod sind. Wenige halten ihm stand. Man ist betroffen von der Mittelmäßigkeit mancher Seelen, auf die man zählte (ebenso auch von der mancher Künstler, die man liebte, und mancher Freunde im Leben). Wie wenige bleiben einem! Wie hohl klingt die Schönheit der Welt unter dem Finger des Schmerzes!

Aber der Schmerz ermattet, und seine Hand erschlafft. Christofs Nerven entspannten sich. Und er schlief, schlief unaufhörlich. Es war, als könnte er diesen Hunger nach Schlaf niemals stillen.

Und eines Nachts war sein Schlaf schließlich so tief, daß er erst am folgenden Nachmittag erwachte. Das Haus war öde. Braun und seine Frau waren ausgegangen. Das Fenster stand offen. Das Licht lachte herein. Christof fühlte sich von einer erdrückenden Last befreit. Er stand auf und ging in den Garten hinab. Ein enges Rechteck, von hohen Mauern umschlossen, wie in einem Kloster. Ein paar Sandwege zwischen Vierecken von Rasen und Blumen, wie man sie bei Kleinbürgern findet; eine Bogenlaube, um die sich Weinranken und Rosen schlangen. Ein winziger Wasserstrahl tropfte aus einer Muschelgrotte; ein an die Mauer gelehnter Akazienbaum neigte seine duftenden Zweige über den Nachbargarten. Hinter ihm erhob sich der alte Kirchturm aus rotem Sandstein. Es war vier Uhr nachmittags. Der Garten lag schon im Schatten. Die Sonne übergoß noch den Wipfel des Baumes und den roten Kirchturm. Christof setzte sich in die Laube, den Rücken an die Mauer gelehnt, und betrachtete mit zurückgebeugtem Kopf den hellen Himmel zwischen dem Geflecht der Reben und der Rosen. Ihm war, als erwachte er aus einem quälenden Traum. Reglose Stille war um ihn her. Über seinem Kopf hing ein Schlingrosenzweig welk herab. Plötzlich entblätterte sich die schönste Rose, starb. Der Schnee ihrer Blätter zerstob in der Luft. Es war, als sterbe ein unschuldiges schönes Leben. So einfach! – Für Christof gewann das eine Bedeutung von herzzerreißender Süße. Er rang nach Atem; und das Gesicht in den Händen bergend, schluchzte er...

Die Turmglocken klangen. Von Kirche zu Kirche gaben

andere Stimmen Antwort... Christof hatte kein Bewußtsein für die Zeit, die verstrich. Als er den Kopf wieder hob, schwiegen die Glocken, die Sonne war untergegangen. Christof fühlte sich durch seine Tränen erleichtert. Sein Geist war wie reingewaschen. Er spürte einen Musikquell in sich rinnen und schaute zu der feinen Mondsichel auf, die am Abendhimmel hinglitt. Das Geräusch heimwärts gerichteter Schritte weckte ihn auf. Er ging in sein Zimmer hinauf, schloß doppelt hinter sich ab und ließ den Quell der Musik fließen. Braun rief ihn zu Tisch, er klopfte an die Tür, er versuchte zu öffnen: Christof antwortete nicht. Beängstigt schaute Braun durchs Schlüsselloch und beruhigte sich, als er Christof halb über seinen Tisch gebeugt sah, zwischen Papieren, die er vollschrieb.

Einige Stunden später stieg Christof erschöpft hinab und fand im unteren Zimmer den Doktor, der ihn lesend geduldig erwartete. Er umarmte ihn, bat ihn um Entschuldigung wegen seines Benehmens seit seiner Ankunft und begann, ohne daß Braun ihn fragte, ihm die dramatischen Ereignisse der letzten Wochen zu erzählen. Es war das einzige Mal, daß er zu ihm darüber sprach; auch da war er nicht sicher, ob Braun sich ein rechtes Bild machen konnte; denn Christof berichtete ganz unzusammenhängend; es war schon spät, und Braun war trotz seiner Neugierde todmüde. Schließlich (es schlug zwei Uhr) merkte es Christof. Sie sagten sich gute Nacht.

Von diesem Augenblick an gestaltete sich Christofs Dasein neu. Er war nicht mehr in dem Zustand vorübergehender krankhafter Überreizung; er verfiel wohl wieder in seine Trauer, aber es war eine gesunde Trauer, die ihn nicht am Leben hinderte. Er mußte ja weiterleben! Dieser Mann, der eben verloren hatte, was er am meisten auf der Welt liebte, dieser Mann, an dem sein Kummer nagte, der den Tod in sich trug, besaß eine solch überquellende, gewaltsame Lebenskraft, daß sie aus seinen Worten der

Trauer blitzte, aus seinen Augen, seinem Mund, seinen Gebärden strahlte. Im Herzen dieser Kraft aber hatte sich ein nagender Wurm eingenistet. Christof hatte Anfälle von Verzweiflung. Sie trafen ihn wie Stiche. Er war ruhig, er zwang sich zum Lesen oder ging spazieren: plötzlich tauchte Oliviers Lächeln auf, sein müdes und zärtliches Gesicht... Ein Stich mit dem Messer ins Herz... Er schwankte, er drückte stöhnend die Hand an die Brust. Einmal saß er am Klavier; er spielte mit dem Ungestüm früherer Zeiten etwas von Beethoven... Plötzlich hielt er inne, warf sich zur Erde, drückte das Gesicht in die Kissen eines Sessels und schrie auf:

„Mein Junge..."

Am schlimmsten war der Eindruck des „schon einmal Erlebten", den er bei jedem Schritt hatte. Unaufhörlich fand er die gleichen Gebärden wieder, die gleichen Worte, die beständige Wiederkehr der gleichen Erfahrungen. Alles war ihm bekannt. Er hatte alles vorausgesehen. Ein Gesicht, das ihn an ein früher gekanntes erinnerte, würde jetzt gleich sagen (er war dessen im voraus sicher), ja, es sagte dieselben Dinge, die er von dem anderen gehört hatte; gleichgeartete Wesen machten gleichartige Wandlungen durch, stießen auf die gleichen Hindernisse und verbrauchten ihre Kräfte gleichermaßen daran. Wenn es wahr ist, daß *nichts das Leben so sehr mit Überdruß erfüllt wie die Wiederholung der Liebe,* wieviel mehr also diese Wiederholung aller Dinge! Er war wie besessen. – Christof versuchte, nicht mehr daran zu denken, weil er nicht daran denken durfte, wenn er leben wollte, und weil er leben wollte. Schmerzhafte Heuchelei, die aus Scham, ja aus Erbarmen sich selber nicht erkennen will, unbesiegbarer Lebensdrang, der sich versteckt hält! Man weiß, daß es keinen Trost gibt, und man schafft sich Trost; man ist überzeugt, daß das Leben keinen Daseinszweck hat, und schmiedet sich selber Lebenszwecke. Man redet sich ein, daß man leben muß, wenn auch niemandem als einem selbst etwas daran liegt. Wenn nötig, würde man herausfinden, daß der Tote zum Leben ermutigt. Und man weiß, daß man dem Toten Worte leiht, die man von ihm hören will. O Jammer!

Christof setzte seinen Weg fort; sein Schritt schien die alte Sicherheit wiederzufinden; die Tür seines Herzens schloß sich hinter seinem Schmerz. Niemals sprach er zu anderen darüber; er selbst vermied es, allein mit ihm zu bleiben. Er schien ruhig.

Die wahren Schmerzen, sagt Balzac, *liegen scheinbar ruhig in dem tiefen Bett, das sie sich gegraben haben, wo sie zu schlafen scheinen, wo sie aber die Seele weiter zerfressen.*

Wer Christof gekannt und gut beobachtet hätte, wie er ging und kam, wie er sich unterhielt und Musik machte, ja sogar lachte (er lachte jetzt), der hätte wohl gefühlt, daß in diesem kräftigen Menschen mit den Augen, die vor Leben sprühten, irgend etwas im tiefsten Innern zerstört war.

Sobald er wieder ans Leben gekettet war, mußte er sich um seinen Unterhalt kümmern. Es konnte keine Rede davon sein, die Stadt zu verlassen. Die Schweiz war der sicherste Zufluchtsort. Und wo hätte er eine aufopferndere Gastfreundschaft gefunden? – Aber sein Stolz konnte sich nicht an den Gedanken gewöhnen, seinem Freunde zur Last zu fallen. Trotz Brauns Widerspruch, der nichts annehmen wollte, war er nicht eher ruhig, bis er einige Musikstunden hatte, die ihm erlaubten, seinen Wirten eine regelmäßige Pension zu zahlen. Das war nicht leicht. Das Gerücht über seine revolutionären Abenteuer hatte sich verbreitet; und die bürgerlichen Familien waren nicht geneigt, einen Menschen bei sich einzuführen, der für gefährlich oder doch in jedem Fall für außergewöhnlich galt und der folglich wenig „geeignet" sein konnte. Indessen gelang es ihm durch seinen musikalischen Ruf und durch Brauns Bemühungen, sich Eintritt in vier oder fünf Häuser zu verschaffen, die weniger Gewissensbedenken hatten oder neugieriger waren und sich vielleicht aus musikalischem Snobismus hervorzutun wünschten. Sie waren darum nicht weniger darauf bedacht, ihn zu überwachen und zwischen dem Lehrer und den Schülern beträchtliche Schranken aufrechtzuerhalten.

Das Leben verlief in Brauns Hause nach einem methodisch geregelten Plan. Morgens ging jeder an seine Arbeit: der Doktor machte seine Besuche, Christof ging zu seinen Stunden, Frau Braun zum Markt und an ihre erbaulichen Werke. Christof kehrte gewöhnlich gegen ein Uhr zurück, meistens vor Braun, der nicht wollte, daß man auf ihn wartete; und er setzte sich mit der jungen Frau zu Tisch. Das war ihm nicht angenehm; denn sie war ihm nicht sympathisch, und er wußte nicht, was er mit ihr reden sollte. Sie gab sich keinerlei Mühe, diesen Eindruck zu bekämpfen, der ihr unmöglich verborgen bleiben konnte. Sie strengte sich weder in bezug auf den Geist noch in bezug auf ihre Kleidung an; niemals richtete sie als erste das Wort an Christof. Die besondere Reizlosigkeit ihrer Bewegungen und ihrer Kleidung, ihre Unbeholfenheit und ihre Kälte hätten jeden Mann abgestoßen, der so empfänglich für weibliche Anmut wie Christof war. Wenn er sich an die geistvolle Eleganz der Pariserinnen erinnerte, konnte er nicht umhin, beim Anblick Annas zu denken:

Wie ist sie häßlich!

Das war jedoch nicht gerecht; und es blieb auch nicht aus, daß er die Schönheit ihrer Haare bemerkte, ihrer Hände, ihres Mundes und ihrer Augen – in den seltenen Augenblicken, wo es ihm gelang, diesem Blick zu begegnen, der immer auswich. Doch sein Urteil wurde dadurch nicht beeinflußt. Aus Höflichkeit zwang er sich, mit ihr zu reden; er suchte mühsam nach Unterhaltungsstoff. Sie half ihm in nichts. Zwei- oder dreimal versuchte er, sie über die Stadt auszufragen, über ihren Mann, über sich selbst; er konnte nichts aus ihr herausbekommen. Sie antwortete mit Alltäglichkeiten; sie gab sich Mühe, zu lächeln; aber diese Mühe machte sich in unangenehmer Weise bemerkbar: ihr Lächeln war gezwungen, ihre Stimme dumpf; sie ließ jedes Wort einzeln fallen, nach jedem Satz trat ein peinliches Stillschweigen ein. Christof redete schließlich sowenig wie möglich mit ihr; und sie wußte ihm dafür Dank. Für beide war es eine Erleichterung, wenn der Doktor heimkam. Er war immer guter Laune, lärmend, geschäftig, alltäglich – ein ausgezeichneter Mann. Er aß, trank, sprach und lachte ausgiebig. Mit ihm plauderte Anna ein wenig; aber in dem, was sie sagten, war kaum von etwas anderem die Rede als von den Gerichten, die man aß, und von den Preisen. Manchmal machte sich Braun ein Vergnügen daraus, sie mit ihren frommen Werken und den Predigten des Pastors zu necken. Dann setzte sie eine steife Miene auf und schwieg beleidigt bis zum Schluß der Mahlzeit. Öfters erzählte der Doktor von seinen Besuchen; er gefiel sich darin, gewisse ekelerregende Fälle aufs genaueste mit einer Fröhlichkeit zu beschreiben, die Christof außer sich brachte. Er warf seine Serviette auf den Tisch und stand mit einer Grimasse des Abscheus auf, die des Erzählers ganze Freude war. Braun hörte dann auf und beruhigte lachend seinen Freund. Doch bei der nächsten Mahlzeit fing er von neuem an. Es schien, daß diese Krankenhausscherze die unempfindliche Anna erheiterten. Sie unterbrach dann ihr Schweigen durch ein plötzliches und nervöses Lachen, das etwas Tierisches an sich hatte. Vielleicht aber empfand sie über das, was sie belachte, nicht weniger Ekel als Christof.

Nachmittags hatte Christof wenig Schüler. Er blieb gewöhnlich mit Anna zu Hause, während der Doktor ausging. Sie sahen sich nicht. Jeder arbeitete für sich. Zu Anfang hatte Braun Christof gebeten, seiner Frau ein paar Klavierstunden zu geben: sie war, wie er sagte, recht musikalisch. Christof bat Anna, ihm etwas vorzuspielen. Sie ließ sich keineswegs bitten, obgleich es ihr unangenehm war; aber sie tat es mit ihrem gewohnten Mangel an Anmut: ihr

Spiel war mechanisch, von einer unglaublichen Gefühllosigkeit. Alle Noten waren gleichwertig; nirgends irgendeine Betonung; wenn sie eine Seite umwenden mußte, hielt sie gefühllos mitten in einem Satz inne, beeilte sich keineswegs und fing bei der folgenden Note wieder an. Christof regte sich derartig auf, daß es ihm schwerfiel, ihr keine Grobheit zu sagen. Er vermied es nur dadurch, daß er vor dem Ende des Stückes hinausging. Das störte sie nicht; sie spielte unentwegt bis zur letzten Note weiter und zeigte sich über diese Unhöflichkeit weder gekränkt noch beleidigt. Sie schien sie kaum zu bemerken. Aber es war zwischen ihnen von Musik nicht mehr die Rede. An den Nachmittagen, an denen Christof ausging, geschah es manchmal, wenn er unvorhergesehen heimkehrte, daß er Anna beim Üben überraschte, was sie mit frostiger und abgeschmackter Hartnäckigkeit tat, indem sie unermüdlich fünfzigmal denselben Takt wiederholte, ohne sich auch nur zu erregen. Niemals musizierte sie, wenn sie wußte, daß Christof zu Hause war. Alle Zeit, die sie nicht ihrer religiösen Beschäftigung widmete, verwandte sie auf den Haushalt. Sie nähte, stopfte, besserte aus und überwachte das Dienstmädchen; sie war vom Ordnungs- und Reinlichkeitsteufel besessen. Ihr Mann hielt sie für eine brave Frau, ein wenig sonderbar – „wie alle Frauen", sagte er –, aber auch aufopfernd „wie alle Frauen". In diesem letzten Punkt machte Christof im geheimen einige Einschränkungen: diese Psychologie schien ihm zu einfältig; aber er sagte sich, schließlich sei das Brauns Angelegenheit; und er dachte nicht mehr darüber nach.

Nach dem Essen saß man abends zusammen. Braun und Christof unterhielten sich, Anna arbeitete. Auf Brauns Bitten hatte sich Christof bewegen lassen, sich wieder ans Klavier zu setzen; und er spielte in dem schlechterhellten großen Wohnzimmer, das auf den Garten führte, manchmal bis spät in die Nacht. Braun war in Verzückung... Wer kennt nicht diese Art Leute, die sich für Kunstwerke begeistern, die sie nicht verstehen oder die sie verkehrt verstehen (gerade deswegen lieben sie sie wohl!). Christof ärgerte sich nicht mehr darüber; er hatte schon so viele Dummköpfe im Leben kennengelernt! Aber bei manchen Ausrufen einer albernen Begeisterung hörte er auf zu spielen und ging, ohne etwas zu sagen, in sein Zimmer hinauf. Braun begriff das schließlich und setzte seinen Betrachtungen einen Dämpfer auf. Übrigens war seine Liebe zur Musik schnell erschöpft; aufmerksam konnte er nicht länger als eine Viertelstunde hintereinander zuhören; dann nahm er seine Zeitung, oder er duselte und ließ Christof in Ruhe. Anna, die im Hintergrunde des Zimmers saß, redete kein Wort; sie hatte eine Handarbeit auf den Knien und schien zu nähen; aber ihre Augen waren starr und ihre Hände reglos. Manchmal ging sie geräuschlos mitten in einem Stück hinaus, und man sah sie nicht wieder.

So gingen die Tage dahin. Christof erholte sich wieder. Die plumpe, aber herzliche Güte Brauns, die Ruhe des Hauses, die heilsame Regelmäßigkeit dieses täglichen Lebens, das nach deutscher Art außerordentlich reichliche Essen frischten seine kräftige Körperverfassung wieder auf. Die körperliche Gesundheit war wiederhergestellt; aber seine Seele war noch immer krank. Die wiedergeborene Lebenskraft machte die Verwirrung des Geistes noch fühlbarer, der sein Gleichgewicht nicht wiederfinden konnte und einer schlechtbelasteten Barke glich, die beim geringsten Anstoß umkippt.

Er lebte in tiefer Vereinsamung. Er konnte zu keinerlei geistiger Vertrautheit mit Braun gelangen. Seine Beziehungen zu Anna beschränkten sich auf wenig mehr als auf den Morgen- und Abendgruß. Sein Verkehr mit den Schülern war eher feindselig; denn er verbarg ihnen schlecht, daß sie besser tun würden, sich nicht mit Musik zu befassen. Er kannte niemanden. Der Fehler lag nicht allein an ihm, der sich seit seiner Trauer in einen Winkel verkroch. Man hielt ihn sich vom Leibe.

Er war in einer alten Stadt voll Intelligenz und Kraft; aber sie war von Patrizierstolz erfüllt, in sich abgeschlossen und selbstzufrieden. Eine bürgerliche Aristokratie, die arbeitsam und hochkultiviert war, sich aber, engherzig und frömmelnd, von ihrer und ihrer Stadt Überlegenheit fest überzeugt, nur in der Abgeschlossenheit der Familie wohl fühlte. Es waren weitverzweigte große Familien. Jede hatte ihren Empfangstag für die Ihren. Im übrigen war man wenig zugänglich. Diese mächtigen Häuser mit ihren jahrhundertealten Vermögen empfanden keinerlei Bedürfnis, ihren Reichtum zu zeigen. Sie kannten sich: das war genug; die Meinung anderer zählte wenig. Man sah Millionäre, die wie Kleinbürger angezogen waren, ihre rauhe, von derben Ausdrücken durchsetzte Mundart sprachen und ihr Leben lang gewissenhaft täglich in ihre Büros gingen, selbst in einem Alter, in dem sich die Arbeitsamsten das Recht auf Ruhe zuerkennen. Die Frauen setzten ihren Stolz in häusliche Tugenden. Den Mädchen wurde keinerlei Mitgift gegeben. Die Reichen ließen ihre Kinder die harte Lehrzeit von neuem durchmachen, die sie an sich selber erprobt hatten. Im täglichen Leben herrschte strenge Sparsamkeit. Dafür eine sehr großzügige Verwendung dieser mächtigen Vermögen für Kunstsammlungen, Bildergalerien, soziale Werke; riesige und fortlaufende, fast stets anonyme Spenden für wohltätige Gründungen oder zur Bereicherung von Museen. Ein Gemisch von Größe und Lächerlichkeiten, die beide aus einem anderen Zeitalter stammten. Diese Welt, für die die übrige Welt nicht vorhanden zu sein schien – obgleich sie sie durch das Geschäftsleben, durch ausgebreitete Verbindungen, durch lange und weite Studienreisen, die die Söhne machen mußten, sehr gut kannte –, diese Welt, für die ein großer Ruf, eine fremde Berühmtheit erst von dem Tage an zählte, an dem der Künstler bei ihr empfangen und bekannt wurde, hielt sich selber in strengster Zucht. Alle traten füreinander ein, und alle überwachten einander. Dadurch entstand ein Gesamtbewußtsein, das die individuellen Verschiedenheiten (die übrigens unter diesen rauhen Persönlichkeiten besonders scharf ausgeprägt waren) unter dem Schleier religiöser und sittlicher Gleichförmigkeit verbarg. Jedermann ging zur Kirche, jedermann glaubte. Nicht einer hegte einen Zweifel oder wollte ihn zugeben. Es war unmöglich, zu erkennen, was im Grunde dieser Seelen vorging, die sich um so hermetischer vor den Blicken verschlossen, da sie sich von einer strengen Überwachung umgeben wußten; da sich jeder das Recht anmaßte, in das Gewissen seines Nächsten hineinzuschauen. Es hieß, daß selbst die, die das Land verlassen hatten und sich befreit glaubten – sobald sie den Fuß wieder hierhersetzten, von den Überlieferungen, den Gewohnheiten, der Atmosphäre der Stadt eingefangen wurden: die Ungläubigsten waren sofort gezwungen, zur Kirche zu gehen und zu glauben. Nicht zu glauben wäre ihnen widernatürlich erschienen. Nicht zu glauben kam nur einer niederen Klasse mit schlechten Manieren zu. Es war nicht angängig, daß ein Mann aus ihren Kreisen sich den religiösen Pflichten entzog. Wer nicht zur Kirche ging, stellte sich außerhalb seiner Klasse und wurde nicht mehr von ihr empfangen.

Solche lastende Zucht war anscheinend noch nicht genug. Diese Menschen fanden, ihre Kaste binde sie noch nicht genügend fest aneinander. Sie hatten daher im Innern dieses großen *Vereins** eine Unmenge kleiner *Vereine** gegründet, damit sie vollständig gebunden wären. Man zählte mehrere hundert; und ihre Zahl wuchs jedes Jahr. Sie waren für alles mögliche da: für wohltätige Zwecke, für fromme Zwecke, für kaufmännische Zwecke, für gleichzeitig fromme und kaufmännische Zwecke, für die Künste, für die Wissenschaften, für den Gesang, die Musik, für geistige Übungen, für körperliche Übungen, für Zusammenkünfte, um sich einfach gemeinsam zu belustigen; es gab *Vereine** der Stadtviertel und der Berufe; es gab welche für Menschen des gleichen Standes, mit gleichem Vermögen, mit gleichem Gewicht, mit gleichem Vornamen. Es hieß, man habe einen *Verein** der *Vereinslosen** gründen wollen (von denen, die keinem *Verein** angehörten): man habe kein Dutzend davon gefunden.

So war die Seele in den dreifachen Schnürleib der Stadt, der Kaste und der Vereinigung gepreßt. Ein verborgener Zwang drückte auf die Charaktere. Die meisten hatten sich von Kindheit an darein gefügt – seit Jahrhunderten; und sie fanden ihn heilsam. Es wäre ihnen unschicklich und ungesund erschienen, den Schnürleib auszuziehen. Wenn man ihr zufriedenes Lächeln sah, hätte niemand ahnen können, welche Folter sie zu erleiden imstande waren. Aber die Natur nahm ihre Rache. Ab und zu ging aus diesem Kreise eine aufrührerische Persönlichkeit hervor, ein kraftvoller Künstler oder ein unerschrockener Denker, der seine Fesseln brutal sprengte und den Aufpassern der Stadt manche Nuß zu knacken gab. Sie waren so intelligent, daß sie sich mit dem Empörer, falls er der Stärkere war und sie ihn nicht schon im Keim erstickt hatten, niemals in einen hartnäckigen Kampf eingelassen hätten (der Kampf hätte möglicherweise skandalöse Auftritte mit sich gebracht): sie nahmen ihn in Beschlag. War er Maler, steckten sie ihn ins Museum, war es ein Denker, in die Bibliotheken. Er mochte sich noch so sehr die Lungen ausschreien, um Ungeheuerlichkeiten von sich zu geben: sie taten, als hörten sie nicht. Vergebens beteuerte er seine Unabhängigkeit; sie belegten ihn mit Beschlag. So war die Wirkung des Giftes aufgehoben: ein homöopathisches Verfahren. – Aber solche Fälle waren selten; die Mehrzahl der Empörer kam gar nicht ans Tageslicht. Die friedlichen Häuser umschlossen ungeahnte Tragödien. Es kam vor, daß einer ihrer Bewohner mit seinem ruhigen Schritt und ohne besondere Erklärung davonging und sich in den Fluß stürzte. Oder man schloß ihn wohl auch für ein halbes Jahr ein; man sperrte seine Frau in ein Irrenhaus, um ihr den Kopf wieder zurechtzusetzen. Man sprach darüber wie von etwas Natürlichem ohne Verlegenheit und mit der sanften Ruhe, die eine der schönen Züge der Stadt ausmachte und die man dem Leiden und dem Tode gegenüber zu bewahren wußte.

Dieses starke Bürgertum, das gegen sich selbst streng war, weil es seinen Wert kannte, war gegen andere weniger anspruchsvoll, weil es sie weniger achtete. In bezug auf Fremde, die sich in der Stadt aufhielten, wie Christof, wie deutsche Professoren oder politische Flüchtlinge, zeigten sich diese Leute sogar ziemlich freisinnig: denn die waren ihnen gleichgültig. Im übrigen hatten sie für Intelligenz etwas übrig. Fortschrittliche Ideen schreckten sie nicht: man wußte, sie würden auf ihre Söhne keinen Einfluß gewinnen. Man bezeigte seinen Gästen ein frostiges Wohlwollen, das sie alle in gebührendem Abstand hielt.

Bei Christof brauchte man nicht allzu deutlich zu werden. Er befand sich in einem Zustand äußerster Empfindsamkeit, in dem sein Herz bloßlag; er war nur zu geneigt, überall Selbstsucht und Gleichgültigkeit zu sehen und sich in sich selbst zurückzuziehen.

Außerdem bildeten Brauns Patienten, der sehr enge Kreis, zu dem seine Frau gehörte, eine ganz besonders unnachsichtige, protestantische kleine Welt. Christof wurde dort als ursprünglicher Katholik und tatsächlicher Ungläubiger doppelt ungern gesehen. Er selbst fand sehr vieles, was ihn zurückstieß. Wenn er auch nichts glaubte, so trug er doch den jahrhundertealten Stempel seines Katholizismus, eines mehr dichterisch empfundenen als verstandesmäßigen Katholizismus; er war der Natur gegenüber nachsichtiger und kümmerte sich weniger darum, ob er etwas erklären und verstehen könne, als darum, ob er es liebte oder nicht liebte; auch war ihm die geistige und seelische Freiheit von Paris unbewußt zur Gewohnheit geworden. Er mußte sich notwendigerweise an dieser kleinen frömmelnden Welt stoßen, in der die geistigen Fehler des Kalvinismus übertrieben deutlich wurden: ein religiöser Wirklichkeitssinn, der dem Glauben die Flügel beschnitt und ihn dann über dem Abhang hängenließ; denn er entstand aus einem Apriori, das ebenso anfechtbar war wie jeder Mystizismus: er war weder Poesie noch Prosa, sondern glich einer in Prosa übertragenen Poesie. Ein intellektueller Hochmut herrschte, ein absoluter, gefährlicher Glaube an die Vernunft, an *ihre* Vernunft. Wenn sie weder an Gott noch an die Unsterblichkeit glaubten, so glaubten sie doch an die Vernunft, wie ein Katholik an den Papst oder ein Fetischanbeter an seinen Götzen glaubt. Es kam ihnen nicht einmal in den Sinn, ihre Vernunft in Frage zu stellen. Wenn das Leben sie Lügen gestraft hätte, so hätten sie eher das Leben verneint. Es lag darin ein Mangel an Psychologie, eine Verständnislosigkeit für die Natur, für die verborgenen Kräfte, für die Wurzeln des Wesens, für den „Erdgeist". Sie zimmerten sich ein Leben, zimmerten sich Menschen zurecht, die kindlich, vereinfacht, schematisch waren. Manche unter ihnen waren gebildete, praktische Leute; sie hatten viel gelesen und viel gesehen. Aber nichts sahen noch lasen sie so, wie es war: sie brachten es auf eine unsinnliche Formel. Sie waren arm an Blut; sie hatten moralisch hochstehende Eigenschaften, aber sie waren nicht menschlich genug; und das ist die Sünde wider den Heiligen Geist. Ihre oft wirklich vorhandene Herzensreinheit, die edel und naiv, manchmal komisch war, wurde unglücklicherweise in manchen Fällen tragisch: sie führte anderen gegenüber zu einer erschreckenden Härte, zu einer ruhigen Unmenschlichkeit, die ihrer selbst sicher und ohne Zorn war. Wie hätten sie Bedenken haben sollen? Waren auf ihrer Seite nicht die Wahrheit, das Recht, die Tugend? Empfingen sie nicht die Offenbarung unmittelbar von ihrer heiligen Vernunft? Die Vernunft ist eine strenge Sonne; sie erleuchtet, aber sie macht blind. In diesem kalten Licht ohne Feuchtigkeit und ohne Schatten wachsen die Seelen farblos auf, ihr Herzblut wird aufgesogen.

Wenn aber zu dieser Zeit für Christof etwas sinnlos war, so war es die Vernunft. Diese Sonne erhellte seinen Augen nur die Felswände des Abgrundes, ohne ihm einen Ausgang zu zeigen, ohne ihm zu ermöglichen, die Tiefe zu ermessen.

Was die künstlerische Welt betraf, so hatte Christof wenig Gelegenheit und noch weniger das Verlangen, mit ihr in Berührung zu treten. Die Musiker waren im allgemeinen brave Hüter der Neo-Schumannschen und der „Brahminischen" Epoche, gegen die Christof früher Lanzen gebrochen hatte. Zwei machten eine Ausnahme: der Organist Krebs, der eine berühmte Konditorei unterhielt, ein braver Mann, ein guter Musiker, der es noch mehr gewesen wäre, wenn er, um einen Ausspruch eines seiner Landsleute zu gebrauchen, „nicht einen Pegasus geritten hätte, dem er allzuviel Hafer zu fressen gab", und der andere, ein junger jüdischer Komponist, ein originelles Talent von kraftvollem und unruhigem Blut, der mit Schweizer Artikeln handelte: mit Holzschnitzereien, Berner Häuschen und Bären. Diese beiden, die unabhängiger waren als die anderen, wahrscheinlich, weil sie aus ihrer Kunst keinen Beruf machten, hätten sich wohl gern an Christof angeschlossen; und zu einer anderen Zeit wäre Christof neugierig gewesen, sie kennenzulernen. In dieser Zeit seines Lebens aber war jede künstlerische und menschliche Neugierde in ihm abgestumpft; er fühlte mehr, was ihn von den Menschen trennte, als was ihn mit ihnen verband.

Sein einziger Freund, der Vertraute seiner Gedanken, war der Strom, der die Stadt durchquerte – derselbe mächtige und väterliche Strom, der oben im Norden seine Vaterstadt bespülte. Christof fand in seiner Nähe die Erinnerung an seine Kindheitsträume wieder ... Doch in der Trauer, die ihn einhüllte, nahmen sie wie der Rhein selber eine düstere Färbung an. In der Abenddämmerung auf eine Kaimauer gestützt, schaute er auf den fieberhaft dahineilenden Strom, auf die wirbelnde, schwere, dunkle, treibende Masse, die unaufhörlich vorüberfloß, in der man nichts unterschied als ein großes, bewegtes Gekräusel, Tausende von Bächen, Strömungen, Wirbeln, die sich bildeten und wieder auseinanderflossen: ein Chaos von Bildern in einer Fieberphantasie; ewig entwerfen sie sich und löschen sich ewig wieder aus. Über dieses Trugbild der Dämmerung glitten gleich Särgen gespenstige Frachtkähne ohne eine menschliche Gestalt hin. Die Nacht wurde dunkler. Der Fluß wurde zu Bronze. Seine tintenschwarze Rüstung glänzte unter den Uferlichtern, die gedämpfte Lichtstreifen auf ihn warfen: kupferfarbene Reflexe von den Gaslaternen, mondfarbene Reflexe von den elektrischen Bogenlampen, blutrote Reflexe von den Kerzen hinter den Fenstern der Häuser. Das Murmeln dieses Flusses erfüllte das Dunkel. Ewiges Rauschen, in seiner Eintönigkeit trauriger als das des Meeres.

Stundenlang lauschte Christof diesem Sang von Tod und Lebensüberdruß. Er konnte sich nur mit Mühe davon losreißen; dann stieg er durch die steilen Gäßchen mit den roten Treppen, die in der Mitte abgetreten waren, wieder zu seiner Behausung hinauf; an Körper und Seele gebrochen, klammerte er sich an das Eisengeländer an, das in die Mauer eingelassen war und in dem Licht der Straßenlaterne oben auf dem öden, nächtlichen Kirchplatz hell glänzte.

Er begriff nicht mehr, warum die Menschen lebten. Wenn er sich zufällig an die Kämpfe erinnerte, deren Zeuge er gewesen war, bewunderte er voll Bitterkeit diese Menschheit mit ihrem Glauben, der ihr wie ein Pfahl ins Fleisch gerammt war. Den Ideen folgten entgegengesetzte Ideen, den Taten Rückschläge: Demokratie, Aristokratie; Sozialismus, Individualismus; Romantik, Klassizismus; Fortschritt, Überlieferung – und so in alle Ewigkeit fort. Jede neue Generation, die in weniger als zehn Jahren verbraucht war, glaubte mit demselben Überschwang, daß sie allein den Gipfel erklommen habe, und stürzte ihre Vorläufer unter Steinwürfen hinab; sie ereiferte sich, schrie, erkannte sich Macht und Ruhm zu, stürzte dann selber unter den Steinwürfen neuer Ankömmlinge hinab, verschwand. Wer war die nächste?

Das musikalische Schaffen war für Christof keine Zuflucht mehr; es war unregelmäßig, ungeordnet, ziellos. Schreiben? Für wen? Für die Menschen? Er machte eine Krisis bitteren Menschenhasses durch. Für sich selbst? Er fühlte nur allzusehr die Nichtigkeit der Kunst, die unfähig war, die Leere des Todes auszufüllen. Einzig und allein seine blinde Kraft hob ihn in gewissen Augenblicken mit ungestümem Flügel empor, fiel dann aber gebrochen wieder zurück. Er war wie eine Gewitterwolke, die in der Finsternis grollt. Da Olivier dahingegangen war, blieb nichts mehr. Er war erbittert gegen alles, was früher sein Leben erfüllt hatte, gegen die Empfindungen, die er mit anderen zu teilen geglaubt hatte, gegen die Gedanken, die er mit der übrigen Menschheit gemeinsam zu haben sich eingebildet hatte. Es war ihm heute, als wäre er das Spielzeug einer Einbildung gewesen: das ganze soziale Leben beruhte auf einem unendlichen Mißverständnis, dessen Ursache die Sprache war. Du meinst, dein Denken kann sich anderen Denkungsarten verbinden? In Wirklichkeit besteht nur zwischen den Worten eine Beziehung. Du sagst und du hörst Wörter; nicht ein Wort hat denselben Sinn, wenn zwei verschiedene Menschen es sagen. Und das ist noch nichts: kein Wort, nicht ein einziges, findet im Leben seine Verwirklichung. Die Worte überragen die erlebte Wirklichkeit. Man redet von Liebe und von Haß. Es gibt keine Liebe, keinen Haß, keine Freunde, keine Feinde, keinen Glauben, keine Leidenschaft, kein Gut, kein Böse. Es gibt nur kalte Reflexe jener Lichtscheine, die von erloschenen Sonnen niederfallen, von Gestirnen, die seit Jahrhunderten tot sind ... Freunde? Es fehlt nicht an Leuten, die diesen Namen für sich in Anspruch nehmen. Aber welch nichtssagende Wirklichkeit stellt ihre Freundschaft dar! Was ist Freundschaft im Sinne der Allgemeinheit? Wie viele Minuten seines Lebens gibt der, der sich ein Freund zu sein dünkt, dem verblaßten Andenken seines Freundes hin? Was würde er ihm opfern, nicht etwa von dem ihm Notwendigen, sondern von seinem Überfluß, von seinem Nichtstun, von seiner Langeweile? Was hatte nun Christof Olivier geopfert? (Denn er nahm sich nicht aus; nur Olivier nahm er von dem Nichts aus, in das er alle menschlichen Wesen einbeschloß.) Die Kunst ist nicht wirklicher als die Liebe. Welchen Platz nimmt sie im Leben wahrhaft ein? Mit welcher Liebe wird sie von denen geliebt, die sich von ihr ergriffen glauben? – Die Ärmlichkeit menschlicher Empfindungen ist nicht vorstellbar. Außer dem Artinstinkt, dieser kosmischen Kraft, die der Hebel der Welt ist, gibt es nichts als ein paar kleine Erregungen. Die meisten Menschen haben nicht genug Lebenskraft in sich, um sich einer Leidenschaft ganz und gar hinzugeben. Sie sparen sich mit vorsichtigem Geiz auf. Sie sind von allem etwas und nichts ganz. Wer sich, ohne zu rechnen, in allen Augenblicken seines Lebens allem hingibt, was er tut, allem, was er leidet, allem, was er liebt, allem, was er haßt, der ist ein Wunder – man müßte ihn das größte Wunder nennen, das einem vergönnt ist auf der Erde anzutreffen. Die Leidenschaft ist wie das Genie: ein Wunder. Man könnte ebensogut sagen: sie existiert nicht.

So dachte Christof; und das Leben schickte sich an, ihm einen schrecklichen Gegenbeweis aufzuzwingen. Das Wunder ist überall, wie das Feuer im Stein: ein Schlag läßt es hervorsprühen. Wir ahnen nicht die Dämonen, die in uns schlummern...

Però non mi destar, deh! parla basso!

Eines Abends, als Christof am Klavier improvisierte, stand Anna auf und ging hinaus, wie sie oft tat, wenn Christof spielte. Die Musik langweilte sie anscheinend.

Christof achtete nicht mehr darauf: es war ihm gleichgültig, was sie dachte. Er spielte weiter. Da kamen ihm Gedanken, die er festzuhalten wünschte; er hielt inne und wollte in sein Zimmer gehen, um sich das nötige Notenpapier zu holen. Als er die Tür zum Nebenzimmer öffnete und mit gesenktem Kopf in die Dunkelheit trat, stieß er heftig an einen Körper, der reglos am Eingang stand. Anna... Der Anprall und der Schreck ließen die junge Frau aufschreien. Christof ergriff in der Besorgnis, ihr weh getan zu haben, herzlich ihre beiden Hände – sie waren eiskalt. Sie schien zu zittern – wohl vor Schreck. Sie murmelte eine undeutliche Erklärung für ihre Anwesenheit an dieser Stelle:

„Ich suchte im Eßzimmer..."

Er verstand nicht, was sie suchte; und vielleicht hatte sie es auch gar nicht gesagt. Ihm schien es eigenartig, daß sie ohne Licht herumging, um etwas zu suchen. Aber er war an das sonderbare Wesen Annas so gewöhnt, daß er es nicht weiter beachtete.

Eine Stunde später war er in das kleine Wohnzimmer zurückgekehrt, in dem er den Abend mit Braun und Anna verbrachte. Er saß am Tisch unter der Lampe und schrieb. Anna saß rechts am Tischende über ihre Arbeit gebeugt und nähte. Hinter ihnen las Braun in einem niedrigen Sessel in der Nähe des Feuers eine Zeitschrift. Alle drei schwiegen. Man vernahm mit Unterbrechungen das Plätschern des Regens auf dem Gartenkies. Um sich völlig abzusondern, drehte Christof, der schon zu drei Vierteln abgewendet saß, Anna den Rücken zu. Ihm gegenüber gab ein Wandspiegel den Tisch, die Lampe und die beiden über ihre Arbeit gebeugten Gestalten wieder. Es war Christof, als sähe Anna ihn an. Zuerst beunruhigte ihn das nicht; schließlich, als dies Empfinden gar nicht wich, wurde es ihm unbehaglich, er schaute zu dem Spiegel hin, und er sah – sie schaute ihn in der Tat an. Mit was für einem Blick! Er war wie versteinert, hielt den Atem an und schaute. Sie wußte nicht, daß er sie beobachtete. Das

Lampenlicht fiel auf ihr bleiches Gesicht, dessen gewohnter Ernst und dessen Schweigsamkeit den Ausdruck verhaltener Leidenschaft zeigte. Ihre Augen – diese unbekannten Augen, die er niemals hatte treffen können – waren fest auf ihn gerichtet: tiefblaue Augen mit großen Pupillen und einem brennenden und harten Blick; sie hingen an ihm, sie durchforschten ihn mit stummer und hartnäckiger Glut. Ihre Augen? Waren das wirklich ihre Augen? Er sah sie und glaubte es nicht. Sah er recht? Er wandte sich schnell um ... Die Augen waren gesenkt. Er versuchte mit ihr zu reden, sie zu zwingen, ihm ins Gesicht zu schauen. Die unbewegliche Gestalt antwortete, ohne den Blick von ihrer Arbeit zu heben, der sich hinter dem undurchdringlichen Dunkel der bläulichen Lider mit den kurzen und dichten Wimpern verschanzt hatte. Wäre Christof seiner selbst nicht so sicher gewesen, so hätte er geglaubt, die Beute einer Sinnestäuschung zu sein. Aber er wußte, was er gesehen hatte. Und es gelang ihm nicht, es zu erklären.

Doch da sein Geist von der Arbeit erfüllt war und Anna ihn wenig interessierte, beschäftigte ihn der eigenartige Eindruck nicht lange.

Eine Woche später versuchte Christof am Klavier ein Lied, das er eben komponiert hatte. Braun, der sowohl aus ehemännischer Eitelkeit wie aus Necksucht den Hang hatte, seine Frau zu quälen, sie möge singen oder spielen, drang an diesem Abend besonders darauf. Gewöhnlich weigerte sich Anna mit einem höchst trockenen Nein und machte sich nicht mehr die Mühe, auf die Aufforderungen, Bitten oder Scherze zu antworten; sie preßte die Lippen zusammen und stellte sich taub. Diesmal legte sie zu Brauns und Christofs größtem Erstaunen die Arbeit zusammen, stand auf, kam ans Klavier und sang das Lied, das sie nie zuvor gelesen hatte. Es war eine Art Wunder – *das* Wunder. Ihre Stimme hatte einen verinnerlichten Klang und erinnerte in nichts an ihre ein wenig rauhe und verschleierte Sprechstimme. Sie setzte vom ersten Ton an fest ein und ohne einen Schatten von Verlegenheit; ohne Anstrengung verlieh sie dem musikalischen Satz eine erschütternde und reine Größe; sie erhob sich zu einer Kraft der Leidenschaft, die Christof erbeben ließ: denn ihm war, als vernähme er die Stimme seines eigenen Herzens. Er sah sie verdutzt an, während sie sang; und endlich sah er sie zum ersten Male. Er sah ihre düstern Augen, in denen ein Schimmer von Wildheit aufglomm, ihren leidenschaftlichen großen Mund mit den gutgeschnittenen Lippen, das sinnliche, ein wenig plumpe und grausame Lächeln, ihre gesunden weißen Zähne, ihre schönen und starken Hände, deren eine sich auf den Klavierdeckel stützte, und den kräftigen Bau eines in die Kleidung gezwängten, durch ein allzu beschränktes, allzu ärmliches Leben abgemagerten Körpers, den man unter dem Kleid aber jugendfrisch, kräftig und harmonisch ahnte.

Als das Lied zu Ende war, setzte sie sich wieder, die Hände auf die Knie gelegt. Braun lobte sie. Aber er fand, sie habe nicht herzhaft genug gesungen. Christof sagte nichts. Er betrachtete sie nur. Sie lächelte unbestimmt; denn sie wußte, daß er sie ansah. Ein tiefes Schweigen herrschte an diesem Abend zwischen ihnen. Ihr wurde klar, daß sie sich soeben über sich selbst erhoben habe oder vielleicht zum ersten Male sie selber gewesen sei. Sie begriff nicht, warum.

Von diesem Tage an begann Christof, Anna aufmerksam zu beobachten. Sie war in ihre Stummheit, ihre kalte Gleichgültigkeit und ihre Arbeitswut zurückgefallen, die sogar ihren Mann reizte und bei der sie die dunklen Gedanken ihrer unklaren Natur einschläferte. Christof konnte sie noch so sehr belauern, er entdeckte nichts anderes mehr in ihr als die steife Bürgersfrau der ersten Zeit. Manchmal saß sie, in sich versunken, mit starren Augen untätig da. So verließ man sie, so fand man sie nach einer Viertelstunde wieder: sie hatte sich nicht gerührt. Fragte ihr Mann sie, woran sie denke, schreckte sie aus ihrer Erstarrung auf, lächelte und sagte, sie denke an nichts. Und sie sagte die Wahrheit.

Nichts brachte sie aus ihrer Ruhe. Eines Tages explodierte, als sie sich anzog, ihre Spirituslampe. In einem Augenblick war Anna von Flammen umgeben. Das Dienstmädchen rannte fort und brüllte um Hilfe. Braun verlor den Kopf, rannte herum, stieß Schreie aus, und es wurde ihm beinahe übel. Anna riß ihren Frisiermantel auf, streifte den Rock ab, der Feuer gefangen hatte, und trat es mit den Füßen aus. Als Christof aufgeregt mit einer Karaffe herbeilief, die er sinnlos ergriffen hatte, sah er Anna im Unterrock und mit nackten Armen auf einem Stuhl stehen und ohne Erregtheit die brennenden Vorhänge mit den Händen löschen. Sie verbrannte sich, machte aber keinerlei Aufhebens davon und schien nur ärgerlich, daß man sie in diesem Aufzug gesehen hatte. Sie errötete, bedeckte linkisch ihre Schultern mit den Armen und floh mit der Miene beleidigter Würde ins Nebenzimmer. Christof bewunderte ihre Ruhe; aber er hätte nicht sagen können, ob diese Ruhe mehr Mut oder mehr Stumpfheit bewies. Er neigte zu dieser letzten Erklärung. Diese Frau schien sich wahrhaftig für nichts zu interessieren, weder für andere noch für sich selber. Christof zweifelte daran, ob sie ein Herz hätte.

Er zweifelte aber keineswegs mehr nach einer Begebenheit, deren Zeuge er war. Anna besaß eine kleine schwarze Hündin mit klugen und sanften Augen, die das Hätschelkind des Hauses war. Braun liebte sie über alles. Christof nahm sie mit sich, wenn er sich zum Arbeiten in sein Zimmer einschloß; und oft spielte er mit ihr hinter verschlossener Tür anstatt zu arbeiten. Ging er aus, so stand sie lauernd auf der Schwelle und folgte seinen Schritten: denn er brauchte einen Gefährten beim Spazierengehen. Sie lief tänzelnd vor ihm her, und ihre vier Pfoten wirbelten so behende über den Boden, daß sie zu flattern schienen. Ab und zu blieb sie stehen, stolz darauf, daß sie schneller war als er; und leicht gekrümmt, sah sie ihm mit vorgestreckter Brust entgegen. Sie tat sich wichtig; sie bellte wütend ein Stück Holz an. Sobald sie aber in der Ferne einen anderen Hund entdeckte, floh sie mit Windeseile und suchte zitternd Schutz zwischen Christofs Beinen. Christof machte sich über sie lustig und hatte sie doch gern. Seit er sich von den Menschen abgewendet hatte, fühlte er sich mehr zu den Tieren hingezogen; er fand sie bemitleidenswert und rührend. Wie vertrauensvoll geben sich diese armen Tiere dem hin, der gut zu ihnen ist! Der Mensch ist so sehr Herr über ihr Leben und über ihren Tod, daß derjenige, der diesen schwachen Wesen weh tut, die ihm ausgeliefert sind, einen abscheulichen Mißbrauch seiner Macht begeht.

Wie sehr das reizende Tierchen auch an allen hing, zog es doch Anna deutlich vor. Diese tat nichts, um es anzulocken; aber sie liebkoste es gern, sie ließ es auf ihren Knien ruhen, sorgte für seine Nahrung und schien es so liebzuhaben, wie sie überhaupt zu lieben fähig war. Eines Tages konnte die Hündin den Rädern eines Autos nicht mehr ausweichen. Sie wurde überfahren, fast vor den Augen ihrer Herrin. Sie lebte noch und schrie jämmerlich. Braun stürzte barhäuptig aus dem Hause; er raffte das blutende Bündel auf und suchte seine Qualen wenigstens zu lindern. Anna kam herbei, sah hin, ohne sich niederzubücken, verzog angeekelt den Mund und ging davon. Braun stand mit Tränen in den Augen dem kleinen Geschöpf im Todeskampfe bei. Christof ging mit großen Schritten im Garten auf und ab und ballte die Fäuste. Er hörte, wie Anna dem Dienstmädchen ruhig Anweisungen gab. Er konnte sich nicht enthalten, sie zu fragen:

„Ihnen tut das wohl gar nicht leid?"

Sie antwortete:

„Man kann doch nichts mehr ändern, nicht wahr? Dann ist es besser, man denkt nicht daran."

Er empfand etwas wie Haß gegen sie; dann fiel ihm das Sonderbare der Antwort auf; und er lachte. Er sagte sich,

Anna müsse ihm wirklich das Rezept geben, nach dem man an traurige Dinge nicht mehr zu denken brauchte. Und er fand, das Leben sei leicht für die, die das Glück haben, kein Herz zu besitzen. Er dachte daran, wie wenig sich Anna aufregen würde, falls Braun stürbe, und er beglückwünschte sich, daß er nicht verheiratet war. Seine Einsamkeit schien ihm weniger traurig zu sein als solche Kette von Gewohnheiten, die einen fürs Leben an ein Wesen bindet, für das man ein Gegenstand des Hasses ist oder, was noch schlimmer ist, dem man überhaupt nichts bedeutet. Diese Frau liebte offenbar niemanden. Sie lebte kaum. Das Frömmlertum hatte sie ausgedörrt.

Eines Tages, Ende Oktober, bereitete sie Christof eine Überraschung. – Sie saßen bei Tisch. Er sprach mit Braun über ein Verbrechen aus Leidenschaft, von dem die ganze Stadt erfüllt war. Auf dem Lande hatten sich zwei italienische Mädchen, zwei Schwestern, in denselben Mann verliebt. Da sich weder die eine noch die andere gutwillig opfern wollte, hatten sie das Los gezogen, welche von beiden den Platz räumen sollte. Die Verlierende sollte sich ganz einfach in den Rhein stürzen. Doch als das Schicksal gesprochen hatte, zeigte die Verliererin wenig Eifer, dem Beschluß zu folgen. Die andere war über einen solchen Treubruch empört. Von Beschimpfungen kam es zu Schlägen und sogar zu Messerstichen; dann drehte sich plötzlich der Wind: man umarmte sich weinend und schwor, ohne einander nicht leben zu können; und da man sich trotzdem nicht damit abfinden konnte, den Liebhaber zu teilen, beschloß man, ihn zu töten. So geschah es. Eines Nachts ließen die beiden Verliebten den Liebhaber, den diese doppelte Frauengunst stolz machte, in ihr Zimmer ein; und während ihn die eine leidenschaftlich mit den Armen umschlang, stieß ihm die andere nicht weniger leidenschaftlich einen Dolch in den Rücken. Glücklicherweise wurde sein Geschrei gehört. Man kam, man entriß ihn in ziemlich jämmerlichem Zustand der Umarmung seiner Freundinnen und nahm diese fest. Sie erhoben Einspruch und behaupteten, daß das niemanden etwas angehe, daß nur sie allein etwas mit der Angelegenheit zu tun hätten und daß sich niemand hineinzumischen habe, sofern sie einig darüber seien, sich jemandes zu entledigen, der ihnen gehöre. Das Opfer war nahe daran, dieser Auffassung recht zu geben; aber die Justiz begriff das nicht. Braun begriff es ebensowenig.

„Das sind Verrückte", sagte er. „Man muß sie in ein Irrenhaus sperren. Nein, solche Bestien! – Ich verstehe, daß man sich aus Liebe tötet. Ich verstehe sogar, daß man das Wesen tötet, das man liebt und das einen betrügt... Das heißt, ich entschuldige es nicht; aber ich lasse es als ein Überbleibsel von tierischem Atavismus gelten; es ist barbarisch, aber logisch: man tötet den, der einem Leid zufügt. Aber ohne Groll, ohne Haß jemanden töten, den man liebt, nur weil andere ihn lieben, das ist Wahnsinn... Begreifst du das, Christof?"

„Bah", meinte Christof, „ich bin ans Nichtbegreifenkönnen gewöhnt, Liebe und Unvernunft sind eins."

Anna, die geschwiegen hatte, scheinbar ohne zuzuhören, hob den Kopf und sagte mit ihrer ruhigen Stimme:

„Dabei ist doch nichts Unvernünftiges. Das ist ganz natürlich. Wenn man liebt, will man das, was man liebt, zerstören, damit es kein anderer haben kann."

Braun sah seine Frau verdutzt an; er schlug auf den Tisch, kreuzte die Arme und sagte:

„Wo hat sie das aufgefischt? – Wie! Mußt du auch deine Weisheit dazugeben? Was, zum Teufel, verstehst du davon?"

Anna errötete leicht und schwieg. Braun fuhr fort:

„Wenn man liebt, will man zerstören? – Was für ein ungeheuerlicher Blödsinn! Zerstören, was einem teuer ist, heißt sich selbst zerstören. Ganz im Gegenteil; wenn man liebt, ist das natürliche Empfinden, dem wohlzutun, der einem wohltut, ihn zu verhätscheln, ihn zu pflegen, gut zu ihm zu sein, gut zu sein gegen alles. Lieben, das ist das Paradies auf Erden."

Anna, deren Augen ins Dunkel starrten, ließ ihn reden, schüttelte dann den Kopf und sagte kalt:

„Man ist nicht gut, wenn man liebt."

Christof erneuerte nicht den Versuch, Anna singen zu hören. Er fürchtete – eine Enttäuschung. Oder etwas anderes? Er hätte es nicht sagen können. Anna hegte die gleiche Furcht. Sie vermied es, im Wohnzimmer zu sein, wenn er zu spielen begann.

Aber eines Abends im November, als er am Kamin las, sah er, wie Anna mit ihrer Arbeit auf den Knien dasaß und in ihre Träumereien versunken war. Sie schaute ins Leere, und Christof meinte in ihrem Blick das Schimmern jener seltsamen Glut vom damaligen Abend vorübergleiten zu sehen. Er schloß das Buch. Sie fühlte sich beobachtet und begann wieder zu nähen. Unter ihren gesenkten Lidern sah sie immer alles. Er stand auf und sagte: „Kommen Sie."

Sie richtete die Augen auf ihn, in denen es noch unruhig flackerte, begriff und folgte ihm.

„Wo geht ihr hin?" fragte Braun.

„Zum Klavier", erwiderte Christof.

Er spielte. Sie sang. Sogleich fand er sie so wieder, wie sie ihm das erste Mal erschienen war. Mit Leichtigkeit trat sie in diese heroische Welt ein, als wäre es die ihre. Er stellte sie weiter auf die Probe, nahm ein zweites Stück vor, dann ein drittes, schwungvolleres, wobei er den Schwarm der Leidenschaften in ihr entfesselte, sie hinriß, sich selbst mit fortreißen ließ; dann, als sie auf dem Höhepunkt angekommen waren, hielt er plötzlich inne und fragte sie, indem er seine Augen in die ihren senkte:

„Ja, wer sind Sie denn eigentlich?"

Anna erwiderte:

„Ich weiß es nicht."

Er sagte grob:

„Was steckt denn in Ihnen, daß Sie so singen?"

Sie erwiderte:

„Das, was Sie mich singen heißen."

„Wirklich? Nun, dann steckt es nicht an der verkehrten Stelle. Ich frage mich, ob ich es bin, der das geschaffen hat, oder Sie. Sie denken also solche Dinge, Sie?"

„Ich weiß nicht; ich glaube, wenn man singt, ist man nicht mehr man selbst."

„Und ich glaube, daß Sie nur dann Sie selbst sind."

Sie schwiegen. Annas Wangen waren feucht von leichtem Schweiß. Ihr Busen hob sich leise. Sie starrte in das Kerzenlicht und kratzte mechanisch an dem Wachs, das auf den Rand des Leuchters getropft war. Er griff aufs Geratewohl in die Tasten und sah sie an. Sie redeten noch ein paar verlegene Worte, abgerissen und in rauhem Ton, versuchten ein paar nichtssagende Redensarten und schwiegen dann gänzlich, aus Furcht, tiefer nachzuforschen.

Am nächsten Morgen redeten sie kaum miteinander; sie sahen sich mit einer Art Angst verstohlen an. Aber sie gewöhnten sich daran, abends zu musizieren. Bald spielten sie auch nachmittags zusammen; und täglich mehr. Immer bemächtigte sich vom ersten Akkord an die gleiche unverständliche Leidenschaft ihres ganzen Wesens und machte aus der Kleinbürgerin für die Dauer des Musizierens eine gebieterische Venus, die Verkörperung aller Leidenschaften.

Braun wunderte sich über Annas plötzliche Liebe zum Gesang, nahm sich aber nicht die Mühe, nach einer Erklärung dieser Frauenlaune zu suchen. Er wohnte diesen kleinen Konzerten bei, bewegte den Kopf im Takt dazu, gab seine Ansichten kund und war vollkommen glücklich, obgleich er eine sanftere Musik vorgezogen hätte: solche Kräfteverschwendung schien ihm übertrieben. Christof witterte eine Gefahr; aber sein Kopf war schwindlig: geschwächt durch die Krisis, die er gerade durchgemacht hatte, leistete er keinen Widerstand und verlor das Bewußtsein dessen, was in ihm vorging, ohne nachzuforschen, was in Anna vorging. Eines Nachmittags hielt sie mitten in einem Lied, im vollen Überströmen leidenschaftlicher Gluten inne und ging ohne Erklärung aus dem Zimmer. Christof wartete auf sie; sie erschien nicht wieder. Eine halbe Stunde später, als er im Flur an ihrem Zimmer vorbeikam, sah er sie durch die halboffene Tür im Hintergrund mit erstarrtem Gesicht inbrünstig im Gebet versunken.

Indessen stellte sich ganz allmählich ein wenig Vertrauen zwischen ihnen ein. Er versuchte sie dazu zu bringen, etwas aus ihrer Vergangenheit zu erzählen; sie sprach nur von alltäglichen Dingen. Mit unendlicher Mühe und Stück für Stück entriß er ihr einige genauere Einzelheiten. Durch Brauns leicht indiskrete Gutmütigkeit gelang es ihm, das Geheimnis ihres Lebens zu mutmaßen.

Sie war in der Stadt geboren. Mit ihrem Mädchennamen hieß sie Anna Maria Senfl. Ihr Vater, Martin Senfl, gehörte einer jahrhundertealten millionenschweren Kaufmannsfamilie an, in der Klassenstolz und religiöse Strenge sehr ins Kraut geschossen waren. Abenteuerlichen Sinnes, hatte er, wie viele seiner Landsleute, mehrere Jahre in der Fremde, im Orient und in Südamerika, zugebracht; er hatte sogar kühne Forschungsreisen in Zentralasien unternommen, wozu ihn gleicherweise die Handelsinteressen seines Hauses wie die Liebe zur Wissenschaft drängten und die eigene Freude daran. Bei diesen Weltfahrten hatte er sich nicht nur mit keinerlei Lasten beschwert, sondern er hatte auch die, die er trug, abgeworfen, nämlich seine alten Vorurteile. Und zwar so vollständig, daß er nach seiner Heimkehr, heißblütig und dickköpfig, wie er war, trotz des empörten Widerstandes der Seinen die Tochter eines Bauern aus der Umgegend heiratete, die einen zweifelhaften Ruf hatte und vorher seine Geliebte gewesen war. Die Ehe war das einzig erfindliche Mittel für ihn gewesen, sich das schöne Mädchen, dem er nicht mehr entsagen konnte, zu erhalten. Nachdem die Familie ihr Veto vergebens eingelegt hatte, verschloß sie sich vollständig vor dem, der ihre allerheiligste Autorität mißachtete. Die Stadt – das heißt alle, die etwas zählten – zeigte sich wie gewöhnlich eines Sinnes in bezug auf die sittliche Würde der Allgemeinheit und nahm insgesamt Partei gegen das unkluge Paar. Der Forscher erfuhr an sich, daß es nicht weniger gefährlich ist, den Vorurteilen der Leute in den christlichen Ländern zuwiderzuhandeln als den Anhängern des Dalai-Lama. Er war nicht stark genug, sich über die Meinung der Welt hinwegzusetzen. Er hatte schon große Lücken in seinen Vermögensanteil gerissen; nirgends fand er Anstellung, alles blieb ihm verschlossen. Er rieb sich in nutzlosem Zorn gegen die schlechte Behandlung durch die unversöhnliche Stadt auf. Seine Gesundheit, die durch Ausschweifungen und Fieber untergraben war, konnte dem nicht widerstehen. Er starb fünf Monate nach seiner Heirat an einem Blutsturz. Vier Monate später starb im Kindbett seine Frau, eine gutmütige, aber schwache und dumme Person, die seit ihrer Hochzeit keinen Tag ohne Tränen verbracht hatte; an dem Gestade, das sie verließ, blieb die kleine Anna zurück.

Martins Mutter lebte noch. Sie hatte weder ihrem Sohn noch der, die sie als Schwiegertochter nicht anerkennen wollte, im geringsten verziehen, nicht einmal an beider Totenbett. Doch als sie nicht mehr lebten – die göttliche Rache war gestillt –, nahm sie das Kind zu sich. Diese Frau war von engherziger Frömmigkeit, reich und geizig; sie besaß ein Seidenwarengeschäft in einer düsteren Straße der Altstadt. Sie behandelte die Tochter ihres Sohnes nicht wie ihre Enkelin, sondern wie eine Waise, die man aus Barmherzigkeit aufgenommen hat und die einem dafür eine Art Dienstbarkeit schuldet. Immerhin ließ sie ihr eine sorgfältige Erziehung angedeihen; aber sie legte niemals ihre mißtrauische Härte gegen sie ab; es war, als hielte sie das Kind für schuldig an der Sünde seiner Eltern und als wäre sie darauf erpicht, die Sünde in ihm zu ersticken. Sie gestattete Anna keinerlei Zerstreuung; sie belauerte ihre natürliche Eigenart in jeder ihrer Gebärden, in ihren Worten, ja sogar in ihren Gedanken wie ein Verbrechen; sie tötete in dem jungen Leben die Freude. Anna wurde frühzeitig daran gewöhnt, sich in der Kirche zu langweilen und es nicht zu zeigen. Sie wurde mit den Schrecken der Hölle umgeben; ihre Kinderaugen mit den niedergeschlagenen Lidern sahen sie jeden Sonntag an der Pforte des alten *Münsters** in Gestalt der unanständigen und verzerrten Statuen, denen ein Feuer zwischen den Beinen brennt und an deren Schenkeln Kröten und Schlangen hinaufkriechen. Sie gewöhnte sich daran, ihre Instinkte zu unterdrücken und sich selber zu belügen. Sobald sie in dem Alter war, ihrer Großmutter helfen zu können, mußte sie von morgens bis abends in dem traurigen und düsteren Laden arbeiten. Sie nahm die Gewohnheiten an, die rings um sie herrschten: den Geist der Ordnung, der trübseligen Sparsamkeit, der unnützen Entbehrungen; jene gelangweilte Gleichgültigkeit nahm von ihr Besitz, jene wegwerfende und mürrische Lebensauffassung, die die natürliche Folge religiösen Glaubens bei denen ist, die nicht von Natur aus religiös sind. Sie ging so vollständig in ihrer Frömmigkeit auf, daß es selbst der alten Frau zuviel erschien; sie übertrieb das Fasten und die Kasteiungen; eines Tages kam sie auf den Einfall, ein Korsett zu tragen, das mit Nadeln besteckt war, die ihr bei jeder Bewegung in das Fleisch drangen; man sah sie bleich werden, aber man wußte nicht, was sie hatte. Schließlich, als sie ohnmächtig wurde, ließ man einen Arzt kommen. Sie verweigerte es, sich untersuchen zu lassen (sie wäre eher gestorben, als sich vor einem Manne auszuziehen), aber sie gestand; und der Arzt machte ihr eine so heftige Szene, daß sie versprach, es nicht wieder zu tun. Um ganz sicherzugehen, überwachte die Großmutter von nun an ihre Kleidung. Anna empfand in solchen Martern nicht etwa, wie man hätte glauben können, eine mystische Wollust; sie hatte wenig Phantasie; sie hätte die Poesie eines Franz von Assisi oder einer heiligen Therese nicht verstanden. Ihre Frömmigkeit war unfroh und erdenschwer. Wenn sie sich folterte, tat sie es nicht um der Belohnung willen, die sie dafür in einem künftigen Leben erwartete, sondern aus einem grausamen Lebensekel, der sich gegen sie selbst wandte und ein beinahe boshaftes Vergnügen darin fand, sich selbst weh zu tun. Sie stellte insofern eine seltsame Ausnahme dar, als sich ihr Geist, der hart und kalt war wie der der Großmutter, der Musik auftat, ohne daß sie wußte, bis zu welcher Tiefe. Die anderen Künste blieben ihr verschlossen; vielleicht hatte sie in ihrem ganzen Leben niemals ein Bild angeschaut; sie schien keinerlei Sinn für plastische Schönheit zu haben, so sehr fehlte es ihr in ihrer hochmütigen und gewollten Gleichmütigkeit an Geschmack; der Gedanke an einen schönen Körper weckte in ihr nur den Gedanken an Nacktheit, das heißt, wie bei dem Bauern, von dem Tolstoi spricht, ein Gefühl des Widerwillens, das bei Anna um so stärker war, als sie im Verkehr mit Wesen, die ihr gefielen, eher den dumpfen Stachel des Begehrens empfand als den ruhigen Eindruck der ästhetischen Wertung. Sie ahnte weder ihre eigene Schönheit noch die Kraft ihrer zurückgedrängten Instinkte; oder vielmehr, sie wollte sie nicht ahnen; und durch die Gewohnheit des Selbstbetrugs gelang es ihr, sich selber etwas weiszumachen.

Braun begegnete ihr bei einem Hochzeitsessen, an dem sie ausnahmsweise teilnahm; man lud sie wenig ein, denn sie stand ihrer unpassenden Abstammung wegen immer noch in schlechtem Ruf. Sie war zweiundzwanzig Jahre alt. Sie fiel ihm auf. Keineswegs etwa suchte sie sich bemerkbar zu machen. Steif und geschmacklos angezogen, saß sie bei Tisch neben ihm und öffnete kaum den Mund zum Reden. Braun aber, der nicht aufhörte, sich mit ihr zu unterhalten, das heißt, während der ganzen Mahlzeit allein zu sprechen, kehrte begeistert heim. Seinem gewohnten Scharfblick fiel die jungfräuliche Reinheit seiner Nachbarin auf; er bewunderte ihren gesunden Verstand und ihre Ruhe; er schätzte auch ihre schöne Gesundheit und die soliden Hausfraueneigenschaften, die sie ihm zu haben schien. Er machte der Großmutter seinen Besuch, kam noch einmal, hielt um Anna an und erhielt das Jawort. Keinerlei Mitgift indes. Frau Senfl vermachte das Vermögen ihres Hauses der Stadt für kaufmännische Unternehmungen.

In keinem Augenblick hatte die junge Frau für ihren Mann Liebe empfunden: der Gedanke daran kam nach ihrer Meinung in einem ehrbaren Leben gar nicht in Frage, man mußte ihn eher als sündhaft von sich weisen. Aber sie schätzte Brauns Güte und war ihm, ohne daß sie es zeigte, dankbar dafür, daß er sie trotz ihrer zweifelhaften Abstammung geheiratet hatte. Im übrigen hatte sie ein ausgeprägtes Empfinden für die eheliche Ehre. In den sieben Jahren, die sie verheiratet waren, hatte nichts ihre Verbindung gestört. Sie lebten nebeneinander, verstanden sich durchaus nicht, ließen sich aber dadurch nicht bekümmern; sie waren in den Augen der Welt das Vorbild einer Musterehe. Sie gingen wenig aus. Braun hatte viele Patienten; aber es war ihm nicht gelungen, seine Frau bei ihnen einzuführen. Sie gefiel nicht; und der Makel ihrer Geburt war noch nicht ganz verwischt. Anna machte selbst auch keinerlei Anstrengungen, empfangen zu werden. Sie trug den andern noch die Verachtung nach, die ihre Kindheit verdüstert hatte. Auch fühlte sie sich in Gesellschaft befangen, und sie beklagte sich nicht, daß man sie vergaß. Sie machte und empfing einige unumgänglich notwendige Besuche, die das Interesse ihres Mannes verlangte. Die Besucherinnen waren neugierige und boshafte Kleinbürgerinnen. Ihr Klatsch war Anna völlig gleichgültig; sie gab sich nicht die Mühe, ihre Teilnahmslosigkeit zu verbergen. Das war unverzeihlich. So wurden die Besuche seltener, und Anna blieb allein. Das gerade wollte sie: nichts störte mehr den Traum, den sie in sich bewegte, und das dunkle Brausen ihres Fleisches.

Seit einigen Wochen jedoch schien Anna leidend zu sein. Ihr Gesicht wurde immer hohler und blasser. Sie floh Christofs und Brauns Gegenwart und verbrachte die Tage in ihrem Zimmer; sie vertiefte sich in ihre Gedanken; sie antwortete nicht, wenn man mit ihr sprach. Braun kümmerte sich im allgemeinen nicht sehr um solche Frauenlaunen. Er erklärte sie Christof. Wie fast alle Männer, die dafür geschaffen sind, von den Frauen getäuscht zu werden, schmeichelte er sich, sie sehr gut zu kennen. Und er kannte sie in der Tat ziemlich gut: was gar nichts nützt. Er wußte, daß sie oft Zustände von schwerer Träumerei, eigensinniger und feindseliger Schweigsamkeit hatte, und er fand, daß man sie dann in Ruhe lassen müsse und nicht versuchen dürfe, in die gefährliche Welt des Unbewußten hineinzuleuchten, vor allem aber sie nicht veranlassen dürfe, es selbst zu tun. Nichtsdestoweniger begann er sich um Annas Gesundheit zu sorgen. Er behauptete, daß die Bleichsucht von ihrer Lebensweise herrühre, davon, daß sie ewig eingeschlossen bleibe, niemals aus der Stadt, ja kaum aus dem Hause herauskomme. Er wollte, daß sie spazierenging. Er konnte sie wenig begleiten: sonntags war er durch seine kirchlichen Pflichten in Anspruch genommen; an den anderen Tagen hatte er Sprechstunden. Was Christof betraf, so vermied dieser, mit ihr auszugehen. Ein- oder zweimal hatten sie einen gemeinsamen kurzen Spaziergang außerhalb der Stadt gemacht und sich dabei zum Sterben gelangweilt. Die Unterhaltung schlief ein. Die Natur schien für Anna nicht vorhanden zu sein; sie sah nichts; jede Landschaft bestand für sie aus Gras und Steinen; ihre Unempfindlichkeit wirkte erkältend. Christof hatte versucht, ihr Bewunderung für eine schöne Gegend einzuflößen. Sie schaute, lächelte kalt und sagte in dem Bemühen, ihm einen Gefallen zu tun:

„O ja, das ist mystisch..."

Und das auf dieselbe Art, als ob sie gesagt hätte:

Es ist sehr sonnig.

Vor Ärger hatte sich Christof die Nägel in die Handflächen gepreßt. Seitdem hatte er sie nichts mehr gefragt. Und wenn sie ausging, fand er einen Vorwand, zu Hause zu bleiben.

In Wirklichkeit traf es nicht zu, daß Anna für die Natur unempfänglich war. Sie liebte nicht, was man im allgemeinen schöne Landschaften nennt: sie unterschied sie nicht von den anderen. Aber sie liebte das Land an und für sich – die Erde und die Luft. Nur ahnte sie ebensowenig davon wie von ihren anderen, ihren stärksten Empfindungen; und wer mit ihr zusammen lebte, ahnte es noch weniger.

Braun setzte es schließlich bei seiner Frau durch, einen Tagesausflug in die Umgegend zu machen. Sie gab verdrießlich nach, damit man sie in Ruhe ließ. Man setzte den Spaziergang auf einen Sonntag fest. Im letzten Augenblick wurde der Doktor, der sich kindlich darauf gefreut hatte, durch einen ernsten Krankheitsfall zurückgehalten. So ging Christof mit Anna allein.

Es war ein schneefreier schöner Wintertag: reine, kalte Luft, klarer Himmel, heller Sonnenschein und ein eisiger Wind. Sie nahmen eine kleine Vorortbahn, die zu einem jener blauen Hügelzüge führte, die rings um die Stadt einen fernen Glorienschein weben. Ihr Abteil war voll; sie saßen getrennt. Sie redeten nicht miteinander. Anna war in düsterer Stimmung; am Abend vorher hatte sie zu Brauns Überraschung erklärt, daß sie am nächsten Morgen nicht zum Gottesdienst gehen werde. Zum erstenmal in ihrem Leben versäumte sie ihn. War das Auflehnung? – Wer ahnte die Kämpfe, die in ihr tobten? Sie sah starr vor sich hin; sie war bleich; sie grübelte.

Sie stiegen aus. Die feindliche Kälte zwischen ihnen verflüchtigte sich zu Beginn des Spaziergangs nicht. Sie wanderten nebeneinanderher; sie ging mit festem Schritt, ohne auf irgend etwas zu achten; ihre Hände waren frei; ihre

Arme schlenkerten hin und her; ihre Schritte hallten auf der festgefrorenen Erde wider. – Nach und nach belebte sich ihr Gesicht, die schnelle Gangart rötete ihre blassen Wangen. Ihr Mund öffnete sich ein wenig, um die Frische der Luft zu trinken. Bei der Biegung eines Fußpfades, der in Windungen emporstieg, schickte sie sich an, den Hügel geradeswegs emporzuklettern wie eine Ziege; als sie am Abhang eines Steinbruchs beinahe gefallen wäre, klammerte sie sich am Strauchwerk fest. Christof folgte ihr. Sie kletterte schneller, glitt aus und zog sich mit den Händen am Gestrüpp wieder empor. Christof rief ihr zu, sie möge warten. Sie antwortete nicht und kletterte auf Händen und Füßen gebückt weiter. Sie schritten durch die Nebel, die gleich einem silbernen Schleier über dem Tal schwebten und am Buschwerk zerrissen; dann befanden sie sich in der warmen Höhensonne. Oben auf dem Gipfel wandte sie sich um; ihr Gesicht leuchtete. Sie atmete mit offenem Mund. Mit spöttischen Augen schaute sie auf Christof, der den Abhang emporklomm, zog ihren Mantel aus, warf ihn ihm an den Kopf und verfolgte ihren Weg weiter, ohne abzuwarten, daß er verschnaufe. Christof begann ihr nachzujagen. Das Spiel machte ihnen Spaß; die Luft berauschte sie. Sie rannte einen steilen Abhang hinab; die Steine gerieten unter ihren Füßen ins Rollen; sie kam nicht aus dem Gleichgewicht, sie glitt, sprang, schoß dahin wie ein Pfeil. Von Zeit zu Zeit warf sie einen Blick zurück, um abzumessen, wie weit sie Christof voran sei. Er kam ihr näher. Sie stürzte sich in ein Gehölz, die welken Blätter knisterten unter ihren Schritten; die Zweige, die sie beiseite schob, peitschten sein Gesicht. Sie stolperte über die Wurzeln eines Baumes. Er fing sie. Sie wehrte sich mit Händen und Füßen, versetzte ihm derbe Stöße, versuchte ihn hinzuwerfen; sie schrie und lachte. Ihre Brust war gegen ihn gestemmt und keuchte; einen Augenblick streiften sich ihre Wangen; er fühlte auf seinen Lippen den Schweiß, der ihre Schläfen näßte; er atmete den Duft ihrer feuchten Haare ein. Mit einem starken Stoß machte sie sich frei und sah ihn ohne Verwirrung mit herausfordernden Augen an. Er war ganz verdutzt über die Kraft, die in ihr steckte und von der sie im gewöhnlichen Leben keinerlei Gebrauch machte.

Sie gingen ins nächste Dorf, wobei sie vergnügt die trockenen Stoppeln niedertraten, die hinter ihren Schritten wieder aufschnellten. Vor ihnen flogen Raben auf, die die Felder absuchten. Die Sonne brannte, und der Nordwind biß. Er hatte Anna untergefaßt. Sie trug ein ziemlich dünnes Kleid; er fühlte unter dem Stoff den feuchten, in Glut gebadeten Körper. Er wollte, daß sie ihren Mantel wieder anziehe; sie weigerte sich und machte aus Prahlerei auch noch den Kragen auf. Sie setzten sich in ein Gasthaus, auf dessen Schild *Zum wilden Mann** stand. Vor der Tür wuchs eine kleine Tanne. Die Gaststube war mit deutschen Vierzeilern geschmückt, mit zwei Buntdrucken, der eine gefühlvoll, *Im Frühling**, der andere patriotisch, *Die Schlacht von St. Jakob**, und mit einem Kruzifix mit einem Schädel am Fuß des Kreuzes. Anna zeigte einen Heißhunger, den Christof nicht an ihr kannte. Sie tranken wohlgemut einen leichten Weißwein. Nach der Mahlzeit gingen sie wieder quer über die Felder wie zwei gute Kameraden. Keinerlei Hintergedanken waren in ihnen. Sie dachten nur an die Lust der Wanderung, an ihr singendes Blut, an die Luft, die sie peitschte. Annas Zunge hatte sich gelöst. Sie tat sich keinen Zwang mehr an; sie sagte aufs Geratewohl alles, was ihr durch den Kopf ging.

Sie sprach von ihrer Kindheit: Ihre Großmutter nahm sie mit zu einer Freundin, die neben dem *Münster** wohnte; während die alten Damen plauderten, schickte man sie in den großen Garten, auf den der Schatten des *Münsters** fiel. Sie setzte sich in einen Winkel und rührte sich nicht mehr; sie lauschte dem Rascheln der Blätter, sie beobachtete das Gewimmel der Insekten; sie empfand Freude und Furcht. (Sie vergaß zu sagen, daß sie Furcht vor Teufeln hatte; ihre Phantasie war davon besessen. Man hatte ihr erzählt, daß sie um die Kirchen herumstrichen, ohne daß sie einzutreten wagten; und sie meinte sie in der Gestalt von Tieren zu sehen: Spinnen, Eidechsen, Ameisen, das ganze häßliche Völkchen, das um sie herum wimmelte, unter den Blättern, auf der Erde oder in den Mauerspalten.) Dann sprach sie von dem Haus, in dem sie gelebt hatte, von ihrem sonnenlosen Zimmer; sie dachte mit Vergnügen daran zurück; dort hatte sie schlaflose Nächte damit verbracht, sich etwas zu erzählen ...

„Was denn?"

„Törichtes Zeug."

„Erzählen Sie."

Sie schüttelte verneinend den Kopf.

„Warum?"

Sie errötete, lachte dann und fügte hinzu:

„Und auch am Tage, während ich arbeitete."

Sie dachte einen Augenblick daran zurück, lachte wieder und sagte:

„Es war törichtes Zeug, allerlei Schlimmes."

Er meinte scherzend:

„Sie hatten also keine Angst?"

„Wovor?"

„Verdammt zu werden?"

Ihr Gesicht erstarrte.

„Davon soll man nicht sprechen", sagte sie.

Er lenkte die Unterhaltung ab. Er bewunderte die Kraft, die sie eben beim Kämpfen gezeigt hatte. Sie nahm ihren vertraulichen Ton wieder an und erzählte von ihren Heldentaten als kleines Mädchen (sie sagte „als Junge"; denn als Kind hatte sie immer an den Spielen und Schlachten der Jungen teilnehmen wollen). Einmal, als sie mit einem kleinen Kameraden zusammenstand, der einen ganzen Kopf größer als sie war, hatte sie ihm plötzlich einen Faustschlag versetzt, in der Hoffnung, daß er wiederschlagen werde. Aber er war davongelaufen und hatte geschrien, daß sie ihn schlüge. Ein anderes Mal war sie auf dem

Lande auf den Rücken einer weidenden schwarzen Kuh geklettert; das erschreckte Tier hatte sie gegen einen Baum geworfen: sie wäre beinahe dabei ums Leben gekommen. Sie kam auch auf den Gedanken, aus einem Fenster des ersten Stockwerks zu springen, weil sie sich das selber nicht zutraute: sie hatte das Glück, mit einer Verrenkung davonzukommen. Wenn man sie allein zu Hause ließ, erfand sie wunderliche und gefährliche Übungen; sie stellte ihren Körper auf die sonderbarsten und verschiedenartigsten Proben.

„Wer hätte das von Ihnen gedacht", meinte er, „wenn man Sie so ernst sieht?"

„Oh", sagte sie, „wenn man mich nur an manchen Tagen in meinem Zimmer sähe, wenn ich allein bin."

„Wie! Auch jetzt noch?"

Sie lachte. Sie fragte ihn – zu etwas anderem übergehend –, ob er auf die Jagd gehe. Er sagte entsetzt nein. Sie erzählte, daß sie einmal auf eine Amsel geschossen und sie getroffen habe. Er war empört.

„Na, na", meinte sie, „was ist denn dabei?"

„Haben Sie denn kein Herz?"

„Das weiß ich nicht."

„Glauben Sie denn nicht, daß die Tiere Geschöpfe sind wie wir?"

„Doch", sagte sie. „Gerade wollte ich Sie fragen: Glauben Sie, daß die Tiere eine Seele haben?"

„Ja, das glaube ich."

„Der Pastor sagt nein. Aber ich glaube, sie haben eine ... Vor allem", fuhr sie ganz ernsthaft fort, „glaube ich, daß ich in einem früheren Leben ein Tier war."

Er mußte lachen.

„Darüber gibt's doch nichts zu lachen", sagte sie. (Sie lachte auch.) „Das ist eine von den Geschichten, die ich mir, als ich klein war, vorerzählte. Ich bildete mir ein, daß ich eine Katze, ein Hund, ein Vogel, ein Fohlen, ein Kälbchen wäre. Ich fühlte deren Wünsche in mir. Ich hätte eine

Stunde lang in ihrem Fell oder in ihren Federn stecken mögen; mir war, als steckte ich darin. Sie begreifen das wohl nicht?"

„Sie sind ein sonderbares Tier. Aber wenn Sie diese Verwandtschaft mit den Tieren empfinden, wie können Sie ihnen dann Böses tun?"

„Irgend jemandem tut man immer Böses. Die einen fügen mir Böses zu, ich füge anderen Böses zu. Das ist nun einmal so. Ich jammere deshalb nicht. Man darf nicht so weichherzig sein im Leben! Ich tue mir selbst auch weh, das macht mir Spaß!"

„Sich selbst?"

„Mir. Schauen Sie. Eines Tages habe ich mir mit dem Hammer einen Nagel hier in die Hand getrieben."

„Warum?"

„Um nichts."

(Sie sagte nicht, daß sie sich habe kreuzigen wollen.)

„Geben Sie mir die Hand", sagte sie.

„Was wollen Sie damit?"

„Geben Sie."

Er gab ihr die Hand. Sie ergriff und drückte sie so, daß er aufschreien mußte. Wie zwei Bauernjungen tollten sie miteinander, als wollten sie sich so weh wie möglich tun. Sie waren glücklich, ohne Hintergedanken. Die ganze übrige Welt, die Ketten ihres Lebens, die Kümmernisse der Vergangenheit, die Furcht vor der Zukunft, das Gewitter, das sich in ihnen zusammenzog, alles war verschwunden.

Sie hatten mehrere Meilen zurückgelegt. Sie fühlten keine Müdigkeit. Plötzlich stand sie still, warf sich zur Erde, streckte sich in die Stoppeln und sagte nichts mehr. Auf dem Rücken liegend, die Arme unter dem Kopf, schaute sie in den Himmel. Welcher Frieden! Welche Wonne! – Einige Schritte entfernt murmelte eine verborgene Quelle mit unregelmäßigem Plätschern wie eine klopfende Ader, einmal schwach, einmal stärker. Der Horizont war perlmuttglänzend. Ein leichter Nebel schwebte über der veilchenfarbenen

Erde, aus der sich die nackten schwarzen Bäume emporreckten. Sonne des scheidenden Winters, blaßgoldene junge Sonne, die im Entschlummern ist. Wie glänzende Pfeile schossen die Vögel durch die Luft. Die freundlichen Stimmen der Dorfglocken riefen einander und gaben sich Antwort von Dorf zu Dorf... Christof saß neben Anna und betrachtete sie. Sie dachte nicht an ihn. Eine tiefe Freude durchdrang sie. Ihr schöner Mund lächelte still. Er dachte: Sind Sie das wirklich? Ich erkenne Sie nicht mehr.

Ich mich auch nicht, ich auch nicht. Ich glaube, ich bin eine andere. Ich habe keine Angst mehr; ich habe keine Angst mehr vor Ihm... Ach, wie hat Er mich unterdrückt, was hat Er mich leiden lassen! Mir ist, als sei ich in meinen Sarg eingenagelt gewesen... Jetzt atme ich auf; dieser Körper, dieses Herz gehört mir. Mein Körper, mein lieber Körper. Mein freies und liebeerfülltes Herz. Soviel Glück ist in mir! Und ich erkannte es nicht, ich kannte mich nicht! Was hattet ihr aus mir gemacht?

Er glaubte sie leise seufzen zu hören. Aber sie dachte nur, daß sie glücklich und daß alles schön sei.

Der Tag ging zur Neige. Schon um vier Uhr begann die Sonne, des Scheinens müde, hinter den graulila Schleiern des Nebels zu verschwinden. Christof stand auf und ging zu Anna hin. Er neigte sich über sie. Sie wandte ihm ihren Blick zu, der noch ganz taumelig war von dem weiten Himmelsraum, in dem er gehangen hatte. Einige Sekunden vergingen, bevor sie ihn erkannte. Dann sahen ihre Augen ihn mit einem rätselhaften Lächeln an, das ihre dunkle Unruhe auf ihn übertrug. Um ihm zu entgehen, schloß er eine Sekunde lang die Augen. Als er sie wieder öffnete, schaute sie ihn immer noch an. Und es war ihm, als ob sie sich schon seit Tagen so anschauten. Es war, als lese einer in der Seele des andern. Aber sie wollten nicht wissen, was sie gelesen hatten.

Er reichte ihr die Hand. Sie nahm sie wortlos. Sie kehrten ins Dorf zurück, von dem man unten in der Talsenkung die Türme mit ihren Pik-As-Hauben sah; einer trug wie ein in die Stirn gezogenes Barett auf dem First seines bemoosten Ziegeldaches ein leeres Storchennest. An einem Kreuzweg in der Nähe des Dorfeingangs kamen sie an einem Brunnen vorüber, auf dem eine kleine katholische Heilige, eine Magdalena in Holz, stand, die anmutig und ein wenig geziert die Arme ausstreckte. Anna ging mit einer instinktiven Bewegung auf ihre Gebärde ein, streckte ihr ebenfalls die Arme entgegen, stieg auf das Steintreppchen und füllte die Hände der hübschen Heiligen mit Stechpalmenzweigen und rotbeerigen Ebereschen, die die Vögel und der Frost verschont hatten.

Auf der Straße gingen Gruppen von Bauern und Bäuerinnen im Sonntagsstaat an ihnen vorüber, Frauen mit stark gebräunter Haut, Wangen mit gesunder Farbe, mit dicken, in Schnecken aufgesteckten Haarknoten, hellen Kleidern und blumengeschmückten Hüten. Sie trugen weiße Handschuhe und hatten rote Handgelenke. Sie sangen, wenn auch nicht ganz richtig, mit hellen, friedlichen Stimmen ehrbare Lieder. In einem Stall brüllte eine Kuh. Ein Kind, das den Keuchhusten hatte, hustete in einem Hause. Aus einiger Entfernung drangen die näselnden Töne einer Klarinette und eines Pistons herüber. Man tanzte auf dem Dorfplatz zwischen der Kneipe und dem Kirchhof. Auf einem Tisch zusammengehockt, spielten vier Musikanten. Anna und Christof setzten sich vor das Gasthaus und schauten den Tänzern zu. Die Paare pufften sich und schimpften mit viel Lärm. Die Mädchen schrien aus Lust am Schreien. Die Trinker schlugen auf dem Tisch mit ihren Fäusten den Takt. Zu einer anderen Zeit hätte diese plumpe Lustbarkeit Anna angewidert; an diesem Abend freute sie sich daran; sie hatte ihren Hut abgenommen und schaute angeregt zu. Christof hätte über den komischen Ernst der Musik und der Musikanten am liebsten laut aufgelacht. Er suchte in seinen Taschen, nahm einen Bleistift und begann auf die Rückseite einer Gasthausrechnung Querstriche und Punkte aufzuzeichnen: er schrieb Tänze. Das Blatt war bald voll; er bat um mehr Blätter, die er wie das erste mit seiner ungeduldigen und ungeschickten dicken Handschrift füllte. Anna las, die Wange nahe an der seinen, über seine Schulter hinweg und summte halblaut mit; sie versuchte das Ende der Sätze zu erraten, und klatschte in die Hände, wenn sie richtig geraten hatte oder wenn ihre Vermutung durch eine unerwartete Wendung irreging. Als Christof fertig war, trug er, was er eben geschrieben hatte, zu den Musikanten. Es waren wackere Schwaben, die ihr Handwerk verstanden; sie spielten, ohne zu stocken, vom Blatt. Ein gefühlvoller und burlesker Humor kam in ruckweisen Rhythmen, als wären sie von Lachstößen unterbrochen, in diesen Weisen zum Ausdruck. Es war unmöglich, ihrer ungestümen Possenhaftigkeit zu widerstehen: die Beine tanzten von selbst. Anna stürzte sich in die Runde. Sie ergriff aufs Geratewohl zwei Hände, sie drehte sich wie rasend; eine Schildpattnadel sprang aus ihrem Haar, Locken lösten sich und fielen ihr ins Gesicht. Christof ließ die Augen nicht von ihr ab. Er bewunderte dieses schöne, starke Tier, das bis dahin durch eine unbarmherzige Zucht verdammt gewesen war, still und reglos zu bleiben; er sah sie, wie sie niemand bisher gesehen hatte, so wie sie unter der entliehenen Maske wirklich war: eine vor Kraft trunkene Bacchantin. Sie rief ihn. Er eilte auf sie zu und umfaßte sie. Sie tanzten, tanzten, bis sie schwindlig gegen eine Mauer taumelten. Betäubt hielten sie inne. Es war völlig Nacht geworden. Sie ruhten sich einen Augenblick aus; dann nahmen sie von der Gesellschaft Abschied. Anna, die gewöhnlich mit Leuten aus dem Volke, sei es aus Verlegenheit oder aus Verachtung, recht steif war, streckte den Musikern freundlich die Hand hin, ebenso dem Wirt und den Dorfburschen, die in ihrer Nähe standen.

Sie waren unter dem glänzenden und eisigen Himmel wieder allein und gingen querfeldein denselben Weg zurück, den sie am Morgen gemacht hatten. Anna war noch immer ganz angeregt. Nach und nach sprach sie weniger; dann hörte sie auf zu reden, als übermannte sie die Müdigkeit oder der geheimnisvolle Eindruck der Nacht. Sie stützte sich zärtlich auf Christof. Als sie den Abhang hinuntergingen, den sie einige Stunden vorher emporgestiegen waren, seufzte sie. Sie kamen an die Station. Kurz vor dem ersten Haus stand er still, um sie anzusehen. Auch sie sah ihn an und lächelte ihm wehmütig zu.

Im Zuge war die gleiche Menschenmenge wie bei der Hinfahrt. Sie konnten nicht miteinander plaudern. Er saß ihr gegenüber und verschlang sie mit den Augen. Sie hielt die Augen gesenkt. Als sie seinen Blick spürte, schaute sie zu ihm auf. Dann wandte sie sich ab, und es gelang ihm nicht mehr, ihren Blick auf sich zu ziehen. Sie blickte in die Nacht hinaus. Ein unbestimmtes Lächeln spielte um ihre Lippen, in deren Winkeln etwas Müdes lag. Dann erlosch das Lächeln. Der Ausdruck wurde düster. Er meinte, daß sie dem Rhythmus des Zuges lausche, und versuchte mit ihr zu reden. Sie antwortete kalt, nur mit einem Wort, ohne den Kopf zu wenden. Er suchte sich einzureden, daß die Ermattung an dieser Veränderung schuld sei. Aber er wußte ganz gut, daß der Grund ein anderer war. Je näher sie der Stadt kamen, um so mehr sah er, wie das Gesicht Annas erstarrte, wie das Leben darin erlosch, wie dieser ganze schöne Körper mit seiner wilden Anmut sich wieder in Stein hüllte. Sie stützte sich beim Aussteigen nicht auf die Hand, die er ihr bot. Schweigend kehrten sie heim.

Einige Tage später waren sie gegen vier Uhr nachmittags allein zusammen. Braun war ausgegangen. Seit dem Abend vorher war die Stadt in einen blaßgrünen Nebel gehüllt. Das Grollen des unsichtbaren Flusses schwoll an. Die Lichtfunken der elektrischen Bahnen zuckten im Nebel auf. Das Tageslicht wurde erstickt und erlosch; es schien keiner bestimmten Tageszeit mehr anzugehören; es war eine jener

Stunden, in denen jedes Bewußtsein der Wirklichkeit schwindet: eine Stunde, die außerhalb der Jahrhunderte steht. Nach der schneidenden Brise der vorhergehenden Tage war die feuchte Luft plötzlich milde, allzu lau und allzu weich geworden. Der Himmel hing voll Schnee und bog sich unter der Last.

Sie waren allein im Wohnzimmer, dessen Einrichtung den kalten und nüchternen Geschmack seiner Herrin widerspiegelte. Sie sprachen nichts. Er las. Sie nähte. Er stand auf und ging zum Fenster; er drückte sein breites Gesicht an die Scheiben und blieb träumend stehen; dieses fahle Licht, das von dem düsteren Himmel auf die bleifarbene Erde zurückgeworfen wurde, betäubte ihn. Seine Gedanken schwankten unruhig hin und her; vergebens versuchte er, sie zu bannen: sie entglitten ihm. Angst überfiel ihn; er fühlte sich in einen Abgrund gezogen, und aus der Leere seines Innern, aus den angehäuften Trümmern erhob sich in langsamen Wirbelstößen ein glühender Wind. Er drehte Anna den Rücken zu. Sie sah ihn nicht, sie war in ihre Arbeit vertieft; aber ein leichter Schauer lief ihr durch den Körper; sie stach sich mehrere Male mit der Nadel und fühlte es nicht. Sie waren beide durch das Nahen der Gefahr gebannt.

Er riß sich aus seiner Betäubung und machte ein paar Schritte durchs Zimmer. Das Klavier zog ihn an und flößte ihm Furcht ein. Er vermied, es anzusehen. Im Vorbeigehen konnte seine Hand nicht widerstehen; sie schlug eine Taste an. Der Ton bebte wie eine Stimme. Anna fuhr zusammen und ließ ihre Arbeit fallen. Schon hatte sich Christof hingesetzt und spielte. Er merkte, ohne hinzusehen, daß Anna aufgestanden war, daß sie kam, daß sie neben ihm stand. Bevor er sich von seinem Tun Rechenschaft ablegte, hatte er die religiöse und leidenschaftliche Melodie wieder angefangen, die sie das erste Mal gesungen hatte, als sie sich ihm offenbarte; er improvisierte stürmische Variationen über das Thema. Ohne daß er ein Wort gesagt hatte, begann sie zu singen. Sie verloren das Gefühl für alles das, was sie umgab. Die geheiligte Raserei der Musik trug sie in ihren Fängen mit sich fort...

O Musik, die du die Abgründe der Seele öffnest! Du zerstörst das gewohnte Gleichgewicht des Geistes. Im Alltagsleben sind die Alltagsseelen wie verschlossene Zimmer; es welken in ihnen die nutzlosen Kräfte, Tugend und Laster, deren Sein uns zur Last fällt; die kluge praktische Vernunft, der feige gesunde Menschenverstand bewahren die Schlüssel zum Zimmer. Sie lassen nur ein paar Wandschränke in gutbürgerlicher Ordnung sehen. Die Musik aber besitzt den Zauberstab, der die Schlösser sprengt. Die Pforten öffnen sich. Die Dämonen des Herzens kommen zum Vorschein. Und die Seele sieht sich zum ersten Male nackt. – Solange die Sirene singt, solange ihre Zauberstimme schwingt, hält der Bändiger die Bestien unter seinem Blick. Die machtvolle Vernunft eines großen Musikers zügelt die Leidenschaften, die er entfesselt. Doch wenn die Musik schweigt, wenn der Bändiger nicht mehr da ist, grollen die Leidenschaften, die er erweckt hat, in dem erschütterten Käfig und lauern auf Beute.

Die Melodie ging zu Ende. Schweigen... Sie hatte beim Singen ihre Hand auf Christofs Schulter gestützt. Sie wagten nicht mehr, sich zu regen; und sie merkten, daß sie zitterten. Plötzlich – es war wie ein Blitz – neigte sie sich über ihn, er wandte sich ihr zu; ihre Lippen begegneten sich; ihr Atem durchdrang ihn...

Sie stieß ihn zurück und entfloh. Er blieb, ohne sich zu regen, im Dunkeln zurück. Braun kam nach Hause. Sie setzten sich zu Tisch. Christof war keines Gedankens fähig. Anna schien abwesend. Sie schaute in irgendeine Ferne. Bald nach dem Abendessen ging sie in ihr Zimmer. Christof, der mit Braun nicht allein hätte bleiben können, zog sich ebenfalls zurück.

Gegen Mitternacht wurde der Doktor, der schon zu Bett

gegangen war, zu einem Kranken gerufen. Christof hörte ihn die Treppe hinabsteigen und aus dem Haus gehen. Seit sechs Uhr schneite es. Die Häuser und die Straßen waren in ein Leichentuch gehüllt. Die Luft war wie mit Watte ausgestopft. Kein Schritt, kein Wagen draußen zu hören. Die Stadt war wie tot. Christof schlief nicht. Er fühlte ein Entsetzen, das von Minute zu Minute wuchs. Er konnte sich nicht rühren. Er lag auf dem Rücken, als wäre er an sein Bett genagelt, mit offenen Augen da. Eine metallische Helle, die vom Weiß der Erde und der Dächer ausging, lag auf den Wänden des Zimmers...

Ein kaum hörbares Geräusch ließ ihn zusammenfahren. Nur sein fieberhaft gespanntes Ohr hatte es vernehmen können. Ein ganz leises Rascheln auf den Dielen des Ganges. Christof richtete sich in seinem Bett auf. Das leichte Geräusch kam näher und hörte auf; eine Diele knarrte. Man war vor der Tür; man wartete... Völlige Reglosigkeit, sekundenlang, vielleicht minutenlang... Christof atmete nicht mehr, er war in Schweiß gebadet. Draußen streiften Schneeflocken wie Flügel das Fenster. Eine Hand tastete an der Tür, die sich auftat. Auf der Schwelle stand eine weiße Erscheinung; sie näherte sich langsam; einige Schritte vom Bett hielt sie an. Christof unterschied nichts; aber er hörte sie atmen; und er hörte sein eigenes klopfendes Herz. Sie kam ans Bett. Noch einmal hielt sie inne. Ihre Gesichter waren sich so nahe, daß ihr Atem sich vermengte. Ihre Blicke suchten sich, ohne sich im Dunkeln finden zu können... Sie fiel auf ihn. Sie umarmten sich schweigend, ohne ein Wort, mit rasender Leidenschaft...

Eine Stunde, zwei Stunden, eine Ewigkeit später. Die Haustür ging. Anna löste sich aus der Umarmung, in der sie verschlungen waren, glitt aus dem Bett und verließ Christof ohne ein Wort, wie sie gekommen war. Er hörte, wie ihre nackten Füße sich entfernten und eilig über das Parkett huschten. Sie erreichte ihr Zimmer, in dem Braun sie im Bett liegend fand, scheinbar schlafend. So blieb sie die ganze Nacht mit offenen Augen, ohne einen Atemzug reglos in dem engen Bett neben dem schlafenden Braun. Wie viele Nächte hatte sie schon so verbracht!

Christof schlief ebensowenig. Er war verzweifelt. Liebesangelegenheiten und vor allem die Ehe betrachtete dieser Mann mit einem tragischen Ernst. Er haßte die Leichtfertigkeit jener Schriftsteller, die ihre Kunst mit dem Ehebruch würzten. Der Ehebruch flößte ihm einen Abscheu ein, in dem sich seine bäurische Naturhaftigkeit und sein hoher sittlicher Standpunkt trafen. Alles in allem empfand er eine religiöse Ehrfurcht und einen physischen Ekel vor der Frau, die einem andern gehörte. Das hündische Durcheinander, in dem eine gewisse europäische Auslese lebte, verursachte ihm Übelkeit. Der vom Ehemann zugelassene Ehebruch ist eine Schändlichkeit; ohne das Wissen des Ehemanns ist er der ehrlose Betrug eines gemeinen Bedienten, der im geheimen seinen Herrn verrät und beschmutzt. Wie oft hatte er mitleidslos die verachtet, die sich dieser Gemeinheit schuldig gemacht hatten! Er hatte mit Freunden gebrochen, die sich in seinen Augen so entehrt hatten... Und nun hatte er sich selbst mit derselben Schmach befleckt! Sein Verbrechen wurde durch die Umstände besonders abscheulich. Er war krank und elend in dies Haus gekommen. Ein Freund hatte ihn aufgenommen, hatte ihm Hilfe geleistet, ihn getröstet. Niemals hatte sich seine Güte als unaufrichtig erwiesen. Nichts war ihm zuviel geworden; ihm verdankte er das Leben. Und zum Dank hatte er diesem Menschen seine Ehre und sein bescheidenes häusliches Glück gestohlen! Er hatte ihn gemein verraten. Und mit wem? Mit einer Frau, die er nicht kannte, die er nicht verstand, die er nicht liebte... Die er nicht liebte? Sein ganzes Blut empörte sich. Liebe ist ein zu schwaches Wort, um den Feuerstrom auszudrücken, der ihn durchglühte, sobald er an sie dachte. Das war keine Liebe und war tausendmal mehr als Liebe.¡. Er verbrachte die Nacht in wildem Aufruhr. Er erhob sich, tauchte sein Gesicht in eisiges Wasser, bis er fast erstickte und einen Schüttelfrost bekam. Die Krise endete mit einem Fieberanfall.

Als er gebrochen aufstand, dachte er, wieviel mehr noch als er sie von Scham bedrückt sein müsse. Er ging zum Fenster. Die Sonne glitzerte auf dem blendenden Schnee. Im Garten hängte Anna Wäsche auf die Leine. Sie war ganz bei ihrer Arbeit, und nichts schien sie zu beunruhigen. In ihrem Gang und ihren Bewegungen lag eine Würde, die ganz neu an ihr war und sie unbewußt fast statuenhafte Gebärden finden ließ.

Beim Mittagessen sahen sie sich wieder. Braun war den ganzen Tag über von Hause fort. Niemals hätte Christof diese Begegnung mit ihm ertragen. Er wollte mit Anna reden, aber sie waren nicht allein; das Dienstmädchen kam und ging; sie mußten sich in acht nehmen. Christof suchte vergebens Annas Blick. Sie sah niemanden an. Kein Zeichen von Verwirrung. Und in ihren kleinsten Bewegungen stets diese Sicherheit und dieser an ihr ungewohnte Adel. Nach Tisch hoffte er, daß sie endlich miteinander sprechen könnten; aber das Dienstmädchen deckte besonders langsam ab; und als sie ins Nebenzimmer gingen, richtete sie es so ein, daß sie ihnen dorthin folgen konnte; immer hatte sie etwas zu bringen oder zu holen; sie stöberte im Flur in der Nähe der halboffenen Tür herum, die Anna zu schließen sich durchaus nicht beeilte: man hätte meinen können, daß sie die beiden belauere. Anna setzte sich mit ihrer ewigen Handarbeit an das Fenster. Christof saß in einem Sessel, drehte dem Fenster den Rücken zu und hatte ein offenes Buch vor sich, in dem er aber nicht las. Anna, die ihn flüchtig von der Seite betrachten konnte, sah mit einem Blick sein gequältes Gesicht, das die Wand anstarrte; und sie lächelte grausam. Vom Dach des Hauses, von dem Baum im Garten tropfte der schmelzende Schnee mit feinem Klingen auf den Sand. In der Ferne das Lachen von

Kindern, die sich auf der Straße mit Schneebällen jagten. Anna schien eingeschlafen zu sein. Das Schweigen marterte Christof; er hätte vor Qual schreien mögen.

Endlich ging das Dienstmädchen in das untere Stockwerk und verließ das Haus. Christof stand auf, er wandte sich Anna zu, er wollte sagen:

Anna, Anna, was haben wir getan?

Anna sah ihn an; ihre eigensinnig gesenkten Augen öffneten sich wieder; sie richteten ihr verzehrendes Feuer auf Christof. Wie ein Schlag traf ihn dieser Blick; er taumelte; alles, was er sagen wollte, war mit einemmal ausgelöscht. Sie gingen aufeinander zu, und wieder umschlangen sie sich...

Die Dunkelheit des Abends sank nieder. Ihr Blut toste noch. Sie lag mit heruntergerissenem Kleid, die Arme ausgebreitet, auf dem Bett, ohne auch nur eine Bewegung zu machen, ihren Körper zu bedecken. Er hatte das Gesicht in das Kopfkissen gewühlt und stöhnte. Sie richtete sich zu ihm auf, hob seinen Kopf empor und strich ihm zärtlich mit den Fingern über Augen und Mund, sie näherte ihm ihr Gesicht und senkte ihren Blick in den seinen. Ihre Augen waren tief wie ein See; sie lächelten, unempfindlich für jedes Leid. Das Gewissen schlief. Er schwieg. Gleich großen Wellen rannen Schauer durch sie hin...

Als Christof diese Nacht allein in sein Zimmer zurückkehrte, dachte er daran, sich zu töten.

Kaum war er am folgenden Tage aufgestanden, als er Anna suchte. Jetzt war er es, der ihren Augen auswich. Sobald er ihnen begegnete, verflog aus seinen Gedanken, was er zu sagen hatte. Doch bezwang er sich und wollte von der Gemeinheit ihrer Tat reden. Kaum hatte sie verstanden, als sie ihm heftig mit der Hand den Mund verschloß. Sie wandte sich mit zusammengezogenen Brauen, zusammengepreßten Lippen und bösem Ausdruck von ihm ab. Er sprach weiter. Sie warf die Handarbeit, die sie hielt, zur Erde, machte die Tür auf und wollte hinaus. Er umklammerte ihre Hände, schloß die Tür und sagte bitter, sie wäre ja sehr gut daran, wenn sie aus ihrem Geist jeden Gedanken an die Schlechtigkeit, die sie begangen hätten, verbannen könnte. Sie wehrte sich wie ein Tier, das man in einer Falle gefangen hat, und schrie voll Zorn:

„Schweig! – Du feiger Mensch, siehst du denn nicht, wie ich leide? – Ich will nicht, daß du redest! Laß mich los!"

Ihr Gesicht hatte sich verzerrt, ihr Blick war haßerfüllt und furchtsam wie der eines Tieres, dem man weh getan hat; ihre Augen hätten ihn gemordet, wenn sie dazu fähig gewesen wären! – Er ließ sie los. Sie rannte ans andere Ende des Zimmers, um vor ihm geschützt zu sein. Er hatte keine Lust, ihr nachzugehen. Sein Herz krampfte sich zusammen vor Bitterkeit und Entsetzen. Braun kam heim. Sie sahen ihn mit leerem Ausdruck an. Außer ihrer Qual war nichts für sie vorhanden.

Christof ging aus. Braun und Anna setzten sich zu Tisch. Während des Essens stand Braun plötzlich auf und öffnete das Fenster: Anna war ohnmächtig geworden.

Christof verschwand für vierzehn Tage aus der Stadt und schützte eine Reise vor. Anna blieb, außer zur Essenszeit, während der ganzen Woche in ihrem Zimmer eingeschlossen. Ihr Gewissen, ihre Gewohnheiten hielten sie wieder gefangen, das ganze vergangene Leben, von dem sie sich befreit geglaubt hatte, von dem man sich niemals befreit. Wenn sie die Augen auch noch so fest schloß, täglich nahm der Gram mehr von ihrem Herzen Besitz. Schließlich ließ er sie nicht mehr los. Am folgenden Sonntag weigerte sie sich noch einmal, zum Gottesdienst zu gehen. Aber am darauffolgenden ging sie wieder hin, und dann versäumte sie ihn nicht mehr. Sie war besiegt, wenn auch nicht unterworfen. Gott war der Feind – ein Feind, den sie nicht loswerden konnte. Sie kam zu ihm mit dem dumpfen Zorn eines Sklaven, der zum Gehorsam gezwungen wird. Während des Gottesdienstes zeigte ihr Gesicht nichts als feindliche Kälte; aber in den Tiefen ihrer Seele befand sich ihr ganzes religiöses Leben in einem einzigen wilden Kampf, einer einzigen stummen Auflehnung gegen den Herrn, dessen Vorwurf sie verfolgte. Sie tat, als hörte sie ihn nicht. Sie *mußte* ihn hören; und mit zusammengebissenen Zähnen und hartem Blick, die Stirn von einer eigensinnigen Falte durchfurcht, haderte sie mit Gott. An Christof dachte sie mit Haß. Sie verzieh ihm nicht, daß er sie einen Augenblick aus ihrem Seelengefängnis gerissen hatte, um sie, ihren Henkersknechten zur Beute, wieder zurückfallen zu lassen. Sie schlief nicht mehr; Tag und Nacht ging sie dieselben qualvollen Gedanken noch einmal durch; sie jammerte nicht; hartnäckig führte sie ihren Haushalt weiter, erfüllte alle ihre Aufgaben, und ihre Willenskraft erhielt im täglichen Leben ihr unumgängliches und eigensinniges Wesen bis zum Äußersten aufrecht, indem sie mit der Genauigkeit einer Maschine ihre Pflicht tat. Sie magerte ab, sie schien von einem inneren Leiden verzehrt. Braun fragte sie mit ängstlicher Zärtlichkeit aus; er wollte sie untersuchen. Sie stieß ihn wütend zurück. Je mehr Gewissensbisse sie ihm gegenüber empfand, um so verhärteter zeigte sie sich.

Christof hatte beschlossen, nicht mehr zurückzukehren. Er legte sich die größten Strapazen auf. Er machte große Märsche und schwere körperliche Übungen, er ruderte, er wanderte, er kletterte auf die Berge. Durch nichts gelang es ihm, das Feuer zu löschen.

Er war der Leidenschaft ausgeliefert. Sie ist genialen Naturen eine Notwendigkeit. Selbst die keuschesten, Beethoven, Bruckner, müssen immer lieben. Alle menschlichen Kräfte sind bei ihnen gesteigert; und da bei ihnen die Kräfte im Banne der Einbildungskraft stehen, ist ihr Gehirn die Beute beständiger Leidenschaften. Meistens sind es nur vorübergehende Flammen; die eine zerstört die andere, und alle werden durch die große Feuersbrunst des schöpferischen Geistes aufgezehrt. Aber sobald die Glut der

Schmiede die Seele nicht mehr erfüllt, ist sie wehrlos den Leidenschaften ausgeliefert, die sie nicht entbehren kann; sie verlangt sie, sie schafft sie; sie muß von ihnen verzehrt werden. – Dann aber besteht neben dem bitteren Begehren, das im Blute brennt, noch das Verlangen nach Zärtlichkeit, das den müden und vom Leben enttäuschten Mann in die mütterlichen Arme der Trösterin treibt. Ein großer Mann ist mehr Kind als ein anderer; mehr als ein anderer fühlt er das Bedürfnis, sich einer Frau anzuvertrauen, seine Stirn in ihren weichen Händen, in ihrem Schoße zu bergen.

Aber Christof begriff nicht... Er glaubte nicht an die Schicksalsmacht der Leidenschaft – diese Torheit der Romantiker. Er glaubte an die Pflicht und an die Fähigkeit zu kämpfen, an die Kraft seines Willens... Sein Wille! Wo war er? Keine Spur war mehr von ihm vorhanden. Er war besessen. Der Stachel der Erinnerung schmerzte ihn Tag und Nacht. Der Duft von Annas Körper schwebte um ihn. Er war wie eine schwere Barke, die ohne Steuer mit dem Winde dahinschießt. Vergebens machte er verzweifelte Anstrengungen, zu entfliehen; immer sah er sich wieder an dieselbe Stelle zurückgeschleudert; und er schrie in den Wind:

„Zerbrich mich doch! Was willst du von mir?"

Er fragte sich fieberhaft: Warum, warum diese Frau? – Warum liebte er sie? Wegen ihrer seelischen und geistigen Eigenschaften? Es gab viele andere, die klüger und besser waren. Wegen ihres Körpers? Er hatte andere Geliebte gehabt, die seine Sinne mehr befriedigten. Was war es also? Was fesselte ihn? – Man liebt, weil man liebt. – Ja, aber es muß doch einen Grund geben, selbst wenn er sich dem gewöhnlichen Verstand entzieht! Wahnsinn? Das sagt gar nichts. Warum dieser Wahnsinn?

Weil es eine verborgene Seele gibt, blinde Mächte, Dämonen, die jeder in sich verschlossen trägt. Seit die Menschheit besteht, ist unsere ganze Anstrengung darauf gerichtet, diesem inneren Meer die Dämme unserer Vernunft und unserer Religionen entgegenzustellen. Kommt aber ein Gewittersturm (und die reicheren Seelen sind den Gewitterstürmen mehr ausgesetzt), so brechen die Dämme nieder, die Dämonen haben freies Feld und finden sich anderen Seelen gegenüber, die von ähnlichen Mächten getrieben werden ... So stürzen sie sich aufeinander. Haß oder Liebe? Gegenseitige Zerstörungswut? – Die Leidenschaft ist das Raubtier in der Seele.

Das Meer ist entfesselt. Wer wird es in sein Bett zurückbringen? – Da muß man den anrufen, der stärker ist als man selber. Neptun, Gott der Wogen.

Nach vierzehn Tagen vergeblicher Anstrengungen, seinen Leidenschaften zu entfliehen, kehrte Christof in Annas Haus zurück. Er konnte nicht länger fern von ihr leben. Er erstickte.

Zwar kämpfte er weiter. Am Abend nach seiner Heimkehr fanden sie Vorwände, um sich nicht zu sehen, um nicht zusammen zu speisen; nachts schloß sich jeder angstvoll in sein Zimmer ein. – Aber die Leidenschaften waren stärker als alles. Mitten in der Nacht kam sie auf bloßen Füßen und klopfte an seine Tür; er öffnete; eiskalt streckte sie sich neben ihm hin. Sie weinte leise. Christof fühlte ihre Tränen über seine Wange rinnen. Sie suchte sich zu beruhigen; aber ihre Qual überwältigte sie, und sie schluchzte, die Lippen an Christofs Hals gepreßt. Durch diesen Schmerz aufgewühlt, vergaß er den eigenen; er wollte sie beschwichtigen und sagte ihr zärtliche Worte. Sie stöhnte:

„Ich bin unglücklich, ich wollte, ich wäre tot."

Ihre Klagen zerrissen ihm das Herz. Er wollte sie küssen. Sie stieß ihn zurück.

„Ich hasse Sie. – Warum sind Sie gekommen?"

Sie entwand sich seinen Armen, warf sich auf die andere Seite des Bettes. Das Bett war schmal. Ihren Bemühungen zum Trotz berührten sich ihre Körper. Anna drehte Christof den Rücken zu und zitterte vor Wut und Schmerz. Sie haßte ihn tödlich. Christof schwieg niedergeschmettert. Anna hörte in der Stille seinen unterdrückten Atem; sie wandte sich plötzlich um, legte ihre Arme um seinen Hals und sagte:

„Armer Christof! Ich tue dir weh..."

Zum erstenmal vernahm er solchen Ton des Mitleids von ihr.

„Verzeih mir", sagte sie.

Er sagte:

„Verzeihen wir uns."

Sie richtete sich auf, als könnte sie nicht mehr atmen. Niedergedrückt saß sie mit gekrümmtem Rücken im Bett und sagte:

„Ich bin verloren... Gott hat es gewollt. Er hat mich der Sünde ausgeliefert... Was vermag ich gegen ihn?"

Lange Zeit blieb sie so sitzen, dann legte sie sich wieder hin und rührte sich nicht. Ein schwacher Lichtschein verkündete den beginnenden Tag. In dem Dämmerlicht sah er das schmerzvolle Gesicht, das das seine berührte. Er murmelte:

„Es wird Tag."

Sie regte sich nicht.

Er sagte:

„Nun, meinetwegen; was liegt daran?"

Sie öffnete die Augen und verließ mit einem Ausdruck von Todesmattigkeit das Bett. Sie saß auf dem Rand und starrte auf den Boden. Mit ausdrucksloser Stimme sagte sie:

„Heute nacht habe ich daran gedacht, ihn zu töten."

Er fuhr entsetzt auf.

„Anna!" sagte er.

Sie starrte mit düsterer Miene zum Fenster.

„Anna!" wiederholte er. „Um Gottes willen! Nicht ihn...! Er ist der Bessere..."

Sie wiederholte:
„Nicht ihn. Ja."
Sie schauten sich an.

Seit langem wußten sie es. Sie wußten, daß es der einzige Ausweg war. Sie konnten es nicht ertragen, in der Lüge weiterzuleben. Und niemals hatten sie auch nur die Möglichkeit ins Auge gefaßt, gemeinsam zu fliehen. Sie wußten wohl, daß das den Konflikt nicht lösen würde; denn das schlimmste waren ja nicht die äußeren Hindernisse, die sie trennten, sondern ihr Inneres, die Verschiedenheit ihrer Seelen. Es war ihnen ebenso unmöglich, zusammen zu leben wie nicht zusammen zu leben. Es gab keinen Ausweg.

Von diesem Augenblick an berührten sie sich nicht mehr: der Schatten des Todes war über ihnen; sie waren einander heilig.

Aber sie vermieden es, sich eine Frist zu setzen. Sie sagten sich: Morgen, morgen... – Und von diesem Morgen wandten sie die Augen ab. Christofs kraftvolle Seele bäumte sich manchmal empört auf; er wollte sich nicht ergeben; er verachtete den Selbstmord und wollte sich nicht mit solchem jämmerlichen und abgekürzten Schluß eines großen Lebens bescheiden. Und wie hätte Anna ohne den furchtbarsten Zwang die Vorstellung eines Todes ins Auge gefaßt, der den ewigen Tod zur Folge hatte? Aber die mörderische Unabwendbarkeit trieb sie, und der Kreis zog sich immer enger um sie zusammen.

An diesem Morgen sah sich Christof zum erstenmal seit dem Verrat Braun gegenüber. Bis dahin war es ihm gelungen, ihm aus dem Wege zu gehen. Diese Begegnung war ihm unerträglich. Er mußte einen Vorwand finden, um nicht, an seiner Seite sitzend, am Tisch zu essen: die Bissen blieben ihm in der Kehle stecken. Seine Hand drücken, sein Brot essen: der Judaskuß! – Das entsetzlichste war nicht die Selbstverachtung, sondern die Angst vor Brauns Leid, wenn er erführe... Dieser Gedanke folterte ihn. Er wußte sehr wohl, daß sich der arme Braun niemals rächen würde, daß er vielleicht nicht einmal die Kraft besäße, sie zu hassen; aber welchen Zusammenbruch würde er erleiden! Mit was für Augen sie ansehen! Christof fühlte sich unfähig, dem Vorwurf dieser Augen standzuhalten. – Und es war unumgänglich, daß Braun früher oder später gewarnt werden würde. Ahnte er nicht jetzt schon etwas? Als ihn Christof nach der vierzehntägigen Abwesenheit wiedersah, war er von seinem veränderten Aussehen betroffen: Braun war nicht mehr derselbe. Seine Heiterkeit war verschwunden oder zeigte etwas Erzwungenes. Bei Tisch warf er verstohlene Blicke auf Anna, die nicht sprach, nicht aß, die sich verzehrte wie ein Licht. Mit schüchterner und rührender Fürsorge suchte er sich ihrer anzunehmen; sie wies seine Aufmerksamkeiten schroff zurück; dann beugte er sich über seinen Teller und schwieg. Mitten in der Mahlzeit warf Anna, die dem Ersticken nahe war, ihre Serviette auf den Tisch und ging hinaus. Die beiden Männer beendeten die Mahlzeit in Ruhe oder taten wenigstens so; sie wagten nicht, die Augen zu heben. Als sie fertig waren und Christof fortgehen wollte, nahm Braun ihn plötzlich mit beiden Händen beim Arm.

„Christof!" sagte er.

Christof schaute ihn verwirrt an.

„Christof", wiederholte Braun (seine Stimme zitterte), „weißt du, was sie hat?"

Christof fühlte sich durchbohrt; er stand einen Augenblick still, ohne zu antworten. Braun sah ihn schüchtern an. Er entschuldigte sich hastig:

„Du siehst sie oft, zu dir hat sie Vertrauen..."

Christof war nahe daran, Brauns Hände zu küssen und ihn um Vergebung anzuflehen. Braun sah Christofs verstörtes Gesicht; erschrocken darüber, wollte er nichts weiter sehen; mit flehendem Blick stammelte er überstürzt, gab er ihm die Antwort ein:

„Nein, nicht wahr, du weißt nichts?"

Christof sagte niedergeschmettert:

„Nein."

O Schmerz, sich nicht selbst anklagen, sich nicht demütigen zu können, weil es das Herz dessen, den man tödlich beleidigt hat, zerreißen würde! O Schmerz, nicht die Wahrheit sagen zu dürfen, weil man in den Augen dessen, der einen danach fragt, liest, daß er um keinen Preis die Wahrheit wissen will!

„Gut, gut, danke, ich danke dir...", murmelte Braun.

Seine Hände hielten noch immer Christofs Ärmel umklammert, als wollte er ihn noch etwas fragen; aber er wagte es nicht und vermied seinen Blick. Dann ließ er ihn los, seufzte und ging fort.

Christof war von seiner neuen Lüge wie zerschmettert. Er lief zu Anna. Er erzählte ihr, vor Erregung stotternd, was vorgefallen war. Anna hörte mit düsterer Miene zu und sagte:

„Nun, mag er es doch wissen! Was liegt daran?"

„Wie kannst du so sprechen!" schrie Christof. „Das ist abscheulich! Um keinen Preis, um keinen Preis will ich, daß er leidet."

Anna wurde heftig:

„Und wenn er leidet? Leide ich nicht auch? Mag er doch leiden!"

Sie sagten sich bittere Worte. Er warf ihr vor, daß sie nur sich selbst liebe; sie beschuldigte ihn, mehr an ihren Mann als an sie zu denken.

Aber einen Augenblick später, als er ihr sagte, daß er so nicht weiterleben könne, daß er Braun alles gestehen werde, nannte sie ihn ihrerseits einen Egoisten und schrie, daß ihr sein Gewissen höchst gleichgültig sei, daß aber Braun nichts erfahren dürfe.

Trotz ihrer harten Worte dachte sie ebensoviel an Braun wie Christof. Empfand sie auch für ihren Mann keine wahre Zuneigung, so hing sie doch an ihm. Vor den sozialen Banden und den Pflichten, die sie auferlegten, empfand sie eine religiöse Ehrfurcht. Sie dachte vielleicht nicht, daß die Ehegattin gut sein und ihren Mann lieben müsse; aber sie dachte, daß sie ihre Hausfrauenpflicht peinlich genau zu erfüllen und ihm treu zu bleiben habe. Es erschien ihr unehrenhaft, sich dieser Verpflichtung zu entziehen, so wie sie es getan hatte.

Und besser noch als Christof wußte sie, daß Braun bald alles erfahren würde. Wenn Christof das verborgen blieb, war es zum Teil ihr Verdienst: einmal, weil sie seine Bedrängnis nicht vermehren wollte, dann aber auch aus Stolz.

So abgeschlossen Brauns Haus auch war, so geheim die bürgerliche Tragödie blieb, die sich dort abspielte, so war dennoch bereits etwas davon nach außen durchgesickert.

Niemand konnte sich in dieser Stadt einbilden, daß sein Leben verborgen bleibe. Das ist eine sonderbare Tatsache. Auf den Straßen schaut einen niemand an; die Haustüren und die Fensterläden sind geschlossen. Aber in den Winkeln der Fenster sind „Spione" angebracht; und wenn man vorbeigeht, hört man das Rascheln der Vorhänge, die auf- und zugezogen werden. Niemand kümmert sich um einen; es ist, als werde man übersehen; aber bald merkt man, daß kein Wort, keine Gebärde verlorengeht: man weiß, was einer getan und gesagt, was einer gesehen und gegessen hat; man weiß, ja man schmeichelt sich, zu wissen, was einer gedacht hat. Eine geheime allgemeine Überwachung umgibt einen. Dienstboten, Lieferanten, Verwandte, Freunde, Gleichgültige, unbekannte Spaziergänger, alle arbeiten in schweigender Übereinstimmung an dieser instinktiven Spionage, deren verstreute Elemente sich, man weiß nicht, wie, zusammenschließen. Man beobachtet nicht allein das Tun, man forscht auch in den Herzen. Niemand hat in dieser Stadt das Recht, seine geheimste Überzeugung für sich zu bewahren; jeder hat das Recht, sich an dich heranzudrängen, in deinen geheimsten Gedanken zu stöbern und darüber Rechenschaft zu fordern, wenn sie in der Öffentlichkeit Anstoß erregen. Der unsichtbare Despotismus der Gesamtseele lastet auf dem Individuum. Sein Leben lang bleibt es ein Kind unter Vormundschaft. Nichts gehört ihm selbst: es gehört der Stadt.

Daß Anna zwei Sonntage hintereinander nicht in der Kirche erschienen war, hatte genügt, Verdacht zu erwecken. Früher schien niemand ihre Gegenwart beim Gottesdienst bemerkt zu haben; sie lebte abseits, und man hätte meinen können, die Stadt hätte ihr Vorhandensein vergessen. – Am Abend des ersten Sonntags, an dem sie nicht gekommen war, wußte jeder von ihrer Abwesenheit und bewahrte es im Gedächtnis. Am folgenden Sonntag schien keiner der frommen Blicke, die dem heiligen Wort im Gesangbuch oder auf den Lippen des Pastors folgten, von seiner ernsten Aufmerksamkeit abgelenkt. Aber nicht einer hatte versäumt, beim Eintritt zu bemerken, daß Annas Platz leer war, und sich beim Hinausgehen noch einmal davon zu überzeugen. Am folgenden Tage empfing Anna den Besuch von Personen, die sie monatelang nicht gesehen hatte. Sie kamen unter verschiedenen Vorwänden. Die einen fürchteten, sie sei krank, die anderen zeigten plötzliche Teilnahme für ihre Angelegenheiten, ihren Mann, ihr Haus; einige erwiesen sich eigentümlich gut von dem unterrichtet, was bei ihr vorging. Niemand machte (in plumper Rücksichtnahme) eine Anspielung auf Annas Abwesenheit beim Gottesdienst an den zwei Sonntagen. Anna sagte, sie sei leidend und habe viel zu tun. Die Besucherinnen hörten ihr aufmerksam zu und gaben ihr recht. Anna wußte, daß sie nicht ein Wort von dem glaubten, was sie sagte. Ihre Blicke wanderten rings im Zimmer umher, stöberten herum, vermerkten und buchten. Sie verloren nichts von ihrem frostigen Wohlwollen, das dabei aufdringlich und geziert war. Aber man sah in ihren Augen die zudringliche Neugierde, die sie verzehrte. Zwei oder drei fragten mit übertriebener Gleichgültigkeit, wie es Herrn Krafft gehe.

Einige Tage später (es war während Christofs Abwesenheit) kam der Pastor selber, ein stattlicher und gepflegter Biedermann von strotzender Gesundheit, leutselig, mit der unerschütterlichen Ruhe, die das Bewußtsein gibt, die Wahrheit, die ganze Wahrheit allein gepachtet zu haben. Er erkundigte sich liebevoll nach der Gesundheit seines Gemeindekindes, hörte höflich und zerstreut die Entschuldigungen mit an, die sie vorbrachte und die er nicht verlangt hatte, nahm eine Tasse Tee und scherzte anläßlich des eingeschenkten Getränkes freundlich darüber, daß der in der Bibel erwähnte Wein kein alkoholisches Getränk sei, brachte einige Zitate, erzählte eine Anekdote und machte beim Aufbruch Anspielungen auf die Gefahr schlechter Gesellschaft und gewisser Spaziergänge, auf den Geist der Gottlosigkeit, auf die Unzucht des Tanzes und schmutziger Begierden. Er schien ganz allgemein von dem Jahrhundert zu reden, nicht von Anna. Er schwieg einen Augenblick, hüstelte, stand auf, trug Anna förmliche Empfehlungen an Herrn Braun auf, machte einen lateinischen Scherz, grüßte und ging davon. – Anna war starr über die Anspielung. War es eine Anspielung? Wie hatte er von dem Spaziergang Christofs und Annas erfahren können? Sie hatten dort niemanden getroffen, der sie kannte. Aber wurde nicht alles in dieser Stadt bekannt? Der Musiker mit dem charakteristischen Gesicht und die junge Frau in Schwarz, die in dem Gasthof tanzten, waren aufgefallen. Man hatte sie beschrieben; und da alles weitergetragen wird, war das Gerücht in die Stadt gedrungen, wo die einmal erweckte Bosheit sofort Anna bezeichnete. Allerdings bedeutete das nur einen Verdacht, aber einen von eigentümlich anziehender Art; dazu kamen noch Erläuterungen von Annas eigenem Dienstmädchen. Die allgemeine Neugierde lag jetzt auf der Lauer, erwartete, daß sie sich selbst bloßstellten, und umlauerte sie mit tausend unsichtbaren Augen. Die schweigende und hinterlistige Stadt lag zum Sprunge bereit wie eine beutegierige Katze.

Trotz der Gefahr hätte sich Anna vielleicht nicht ergeben; vielleicht hätte sie das Bewußtsein dieser feigen Feindseligkeit dazu gedrängt, sie zornig herauszufordern, wenn sie den pharisäischen Geist dieser ihr feindseligen Gesellschaft nicht auch in sich getragen hätte. Die Erziehung hatte ihre Natur unterjocht. Wenn sie die Tyrannei und die Albernheit der öffentlichen Meinung auch noch so richtig einschätzte, so achtete sie sie trotzdem; sie unterschrieb ihre Beschlüsse, selbst wenn diese sie trafen; hätte ihr Gewissen ihnen widersprochen, so würde sie ihrem Gewissen unrecht gegeben haben. Sie verachtete die Stadt; und doch war sie unfähig, die Verachtung dieser Stadt zu ertragen.

Nun sollte sich aber auch noch die Gelegenheit zur Verbreitung des öffentlichen Klatsches bieten. Der Karneval stand vor der Tür.

Der Karneval hatte bis zu der Zeit, in der diese Geschichte spielt (inzwischen ist das anders geworden), in dieser Stadt einen Charakter altertümlicher Ausgelassenheit und Rauheit bewahrt. Seinem Ursprung getreu, bei dem sich der freiwillig oder unfreiwillig geknechtete Menschengeist vom Joche der Vernunft bis zur Verwilderung frei machte, trat er nirgends frecher auf als in den Epochen und in den Ländern, auf denen Sitten und Gesetze, die Hüterinnen der Vernunft, am schwersten lasten. So mußte auch Annas Heimatstadt einer jener auserwählten Erdenflecke bleiben. Je mehr die sittliche Strenge dort die Gebärden lähmte und die Stimmen knebelte, um so kühner wurden während einiger Tage diese Gebärden, um so ungebändigter schrien die Stimmen. Alles, was sich in den Tiefen der Seelen ansammelte: Eifersucht, heimlicher Haß, schamlose Neugierde, alle dem Gesellschaftstier angeborenen bösartigen Triebe brachen plötzlich mit dem Getöse und dem Jubel der Rache aus. Jeder hatte das Recht, auf die Straße zu gehen und, sorgfältig maskiert, mitten auf dem Marktplatze jemanden, den er verabscheute, öffentlich an den Pranger zu stellen, den Vorübergehenden alles, was er während eines Jahres geduldiger Mühe in Erfahrung gebracht hatte, den ganzen nach und nach aufgespeicherten Schatz von Skandalgeschichten, preiszugeben. Der eine stellte sein Wissen auf Wagen zur Schau, der andere trug durchsichtige Laternen umher, auf denen in Inschriften und Bildern die Geheimgeschichte der Stadt deutlich gemacht war. Wieder ein anderer wagte sogar, in der Maske seines Feindes aufzutreten, die so leicht kenntlich war, daß die Straßenjungen ihn mit dessen Namen bezeichneten. Klatschzeitungen erschienen während dieser drei Tage. Angehörige der guten Gesellschaft beteiligten sich heimlich an diesem Narrenspiel. Keinerlei Zensur wurde geübt, höchstens bei politischen Anspielungen – diese wilde Freiheit hatte verschiedentlich zu Streitigkeiten zwischen der Stadtverwaltung und den ausländischen Gesandtschaften Veranlassung gegeben. Nichts aber schützte die Bürger vor den Bürgern. Die Furcht vor der öffentlichen Bloßstellung, die beständig über ihnen schwebte, trug wohl nicht wenig dazu bei, in den Sitten den unantastbaren Schein aufrechtzuerhalten, auf den die Stadt so stolz war.

Anna lebte unter dem Druck der Angst vor diesen Tagen, einer Angst, die übrigens ungerechtfertigt war. Sie hatte herzlich wenig zu fürchten. Sie bedeutete für die Stadt viel zuwenig, als daß man auch nur auf den Gedanken gekommen wäre, sie anzugreifen. Aber die vollständige Abgeschlossenheit, in der sie sich hielt, der Zustand nervöser Erschöpfung und Überreizung, in den sie durch mehrere schlaflose Wochen gekommen war, machte ihre Phantasie für die widersinnigsten Schreckgebilde empfänglich. Sie übertrieb die Feindseligkeit derer, die sie nicht leiden mochten. Sie meinte, der Verdacht sei ihr auf der Spur; es bedürfe des geringsten Anstoßes, um sie ins Verderben zu stürzen; und wer sollte sie darüber beruhigen, daß das nicht beschlossene Sache sei? Dann würde also der Schimpf kommen, die mitleidlose Entkleidung, das Zurschaustellen ihres

Herzens vor allen Vorübergehenden: eine so furchtbare Schande, daß Anna vor Scham zu sterben meinte, wenn sie nur daran dachte. Man erzählte sich, daß einige Jahre zuvor ein junges Mädchen, das dieser Verfolgung ausgesetzt gewesen sei, mit den Ihren außer Landes habe fliehen müssen. Und man konnte nicht das geringste tun, um sich zu verteidigen, nichts, um dergleichen zu verhindern, nichts, um auch nur zu erfahren, was geschehen werde. Der Zweifel war noch aufregender als die Gewißheit. Anna blickte mit den Augen eines zu Tode gehetzten Tieres um sich. Sie fühlte sich in ihrem eigenen Hause umzingelt.

Annas Dienstmädchen hatte die Vierzig überschritten: sie hieß Bäbi, war groß und stark, mit einem Gesicht, das an den Schläfen und der Stirn spitz und knochig auslief und unter den Kinnladen aufgedunsen war, breit und lang wie eine gedörrte Birne; sie trug ein beständiges Lächeln zur Schau, hatte kleine, runde Augen, die so tief lagen, daß sie unter ihren roten Lidern ohne sichtbare Wimpern wie nach innen gezogen schienen. In ihrer ständigen gezierten Heiterkeit war sie von der Herrschaft immer begeistert, stets ihrer Ansicht und in rührseliger Teilnahme um ihre Gesundheit besorgt. Sie lächelte, wenn man ihr etwas auftrug, sie lächelte, wenn man sie tadelte. Braun glaubte an ihre unbedingte Anhänglichkeit. Ihre scheinheilige Miene bildete den geraden Gegensatz zu Annas Kälte. In vielem jedoch ähnelte sie ihr: wie diese sprach sie wenig, war schmucklos und sorgfältig gekleidet; gleich ihr war sie sehr fromm, sie begleitete sie in die Kirche, erfüllte genau ihre Andachtspflichten und war um ihre häuslichen Obliegenheiten: Reinlichkeit, Pünktlichkeit, tadelloses Benehmen und tadellose Küche, gewissenhaft bemüht. Sie war mit einem Wort das Muster eines Dienstboten und der vollkommene Typus des gehässigen Dienstboten. Anna, deren weiblicher Instinkt sich nur wenig über die geheimen Gedanken der Frauen täuschte, gab sich in bezug auf sie keinerlei Einbildungen hin. Sie konnten einander nicht ausstehen, wußten es und ließen sich nichts merken.

In der Nacht nach Christofs Rückkehr, als Anna trotz ihres Entschlusses, ihn niemals wiederzusehen, in ihrer Qual doch wieder zu ihm ging und im Dunkel, an den Wänden entlangtastend, eilig dahinschritt, fühlte sie unter ihren nackten Füßen, kurz bevor sie in Christofs Zimmer trat, nicht wie gewöhnlich das kalte, glatte Parkett, sondern einen warmen Staub, der leise knirschte. Sie bückte sich, fühlte mit den Händen und begriff: eine dünne Schicht feiner Asche war über die ganze Breite des Ganges auf einen Raum von zwei bis drei Metern ausgestreut. Bäbi hatte unbewußt die alte List angewandt, die, wie es im Liede heißt, der Zwerg Frocin anwandte, um Tristan zu überführen, der zu Isoldens Bett schlich: so bewahrheitet sich, daß für die Jahrhunderte nur wenige Urbilder alles Guten und alles Schlechten gelten. Ein Beweis für die weise Ökonomie des Weltalls! – Anna hielt sich nicht auf; in einer Art von verächtlichem Trotz ging sie ihren Weg weiter; sie kam zu Christof, erzählte ihm jedoch trotz ihrer Unruhe nichts davon; auf dem Rückwege aber nahm sie den Ofenbesen und löschte sorgsam die Spuren ihrer Schritte aus. – Als Anna und Bäbi sich am Morgen wiedersahen, geschah es in gewohnter Weise: die eine war kalt, die andere lächelte.

Bäbi bekam manchmal Besuch von einem etwas älteren Verwandten, der in der Kirche die Obliegenheiten eines Küsters erfüllte; man sah ihn während des *Gottesdienstes**
vor der Kirchentür Wachtposten stehen, wobei er eine schwarzweißgestreifte Armbinde mit silberner Troddel trug und sich auf einen hohen, gebogenen Stab stützte. Von Beruf war er Sargmacher. Er hieß Sami Witschi. Er war sehr groß und mager und trug seinen rasierten Kopf mit dem ernsthaften alten Bauerngesicht etwas geneigt. Er war fromm und wußte wie kein anderer Bescheid in allen Gerüchten, die über sämtliche Seelen des Kirchspiels in Umlauf waren. Bäbi und Sami wollten sich heiraten; sie schätz-

ten gegenseitig ihre ehrbaren Eigenschaften, ihren festen Glauben und ihre Bosheit. Aber sie beeilten sich nicht, ihre Absicht auszuführen; sie prüften einander vorsichtig. – In der letzten Zeit waren Samis Besuche häufiger geworden. Ohne daß man es ahnte, war er da. Jedesmal, wenn Anna bei der Küche vorbeiging, sah sie durch die Glastür Sami neben dem Herde sitzen und Bäbi nähend einige Schritte davon. Sie mochten noch soviel reden, man vernahm keinen Ton. Man sah Bäbis aufgeheitertes Gesicht und ihre sich bewegenden Lippen; Samis strenger großer Mund verzog sich, ohne sich zu öffnen, zu einem grinsenden Lächeln: kein Laut kam aus der Kehle; das Haus schien stumm. Wenn Anna in die Küche kam, stand Sami respektvoll auf und blieb, ohne etwas zu reden, stehen, bis sie wieder hinaus war. Wenn Bäbi die Tür aufgehen hörte, unterbrach sie mit auffallender Beflissenheit irgendein gleichgültiges Gespräch und zeigte Anna ein kriecherisches Lächeln, während sie ihre Befehle erwartete. Anna war überzeugt, daß sie von ihr redeten; aber sie verachtete sie zu sehr, um sich dazu herzugeben, sie heimlich zu belauschen.

An dem Tage, nachdem Anna die schlaue Aschenfalle entdeckt hatte, war das erste, was sie sah, als sie in die Küche kam, daß Sami den kleinen Besen in den Händen hielt, den sie nachts benutzt hatte, um den Abdruck ihrer nackten Füße zu verwischen. Sie hatte ihn aus Christofs Zimmer mitgenommen; und in diesem selben Augenblick fiel es ihr plötzlich ein, daß sie vergessen hatte, ihn wieder dorthin zurückzutragen; sie hatte ihn in ihrem eigenen Zimmer gelassen, wo ihn Bäbis scharfsichtige Augen sofort entdeckt hatten. Die beiden Bundesgenossen hatten nicht versäumt, sich die Geschichte zusammenzureimen. Anna verriet keinerlei Bewegung. Bäbi, die dem Blick ihrer Herrin folgte, lächelte mit übertriebener Zuvorkommenheit und erklärte:

„Der Besen war entzwei; ich habe ihn Sami gegeben, damit er ihn ausbessert."

Anna machte sich nicht die Mühe, die plumpe Lüge zu entlarven; sie schien nicht einmal hinzuhören; sie prüfte Bäbis Tätigkeit, machte ihre Einwände und ging in unerschütterlicher Ruhe hinaus. Sobald aber die Tür hinter ihr zufiel, verlor sie allen Stolz; sie konnte es sich nicht versagen, in eine Flurecke versteckt, zu lauschen (sie fühlte sich im tiefsten gedemütigt, daß sie zu solchen Mitteln griff). Ein ganz kurzes lachendes Glucksen. Dann ein so leises Geflüster, daß man nichts unterscheiden konnte. In ihrer Aufregung aber glaubte Anna, etwas zu verstehen; ihr Entsetzen gab ihr die Worte ein, die sie zu hören fürchtete; sie bildete sich ein, daß sie von den bevorstehenden Maskeraden sprachen und von einer Spottaufführung. Kein Zweifel: sie wollten dabei die Geschichte mit der Asche vorbringen. Wahrscheinlich täuschte sie sich; aber in dem Zustand krankhafter Überreizung, in dem sie sich befand, in dem sie seit vierzehn Tagen von den fixen Ideen des Schimpfes besessen war, schien ihr das Ungewisse nicht nur möglich, sondern sicher.

Von diesem Augenblick an war ihr Entschluß gefaßt.

Am Abend desselben Tages (es war der Mittwoch vor Fastnacht) wurde Braun zu einer Untersuchung, ungefähr zwanzig Kilometer von der Stadt entfernt, gerufen: er konnte erst am nächsten Morgen wiederkommen. Anna ging nicht zum Essen hinunter und blieb in ihrem Zimmer. Sie hatte diese Nacht gewählt, um die stillschweigende Verpflichtung, die sie übernommen hatte, zu erfüllen. Aber sie hatte beschlossen, es allein auszuführen, ohne Christof etwas davon zu sagen. Sie verachtete ihn. Sie dachte:

Er hat es versprochen. Aber er ist ein Mann, er ist egoistisch und verlogen; er hat seine Kunst, er wird schnell vergessen.

Und vielleicht war in ihrem heftigen Herzen, das jeder Güte bar schien, dennoch Platz für eine mitleidige Regung für ihren Gefährten. Aber sie war zu hart und zu leidenschaftlich, um sich das einzugestehen.

Bäbi richtete Christof aus, daß ihre Herrin sich entschuldigen lasse, daß sie nicht ganz wohl sei und sich ausruhen wolle. Christof aß also allein, unter Bäbis Aufsicht, die ihn mit ihrem Geschwätz ermüdete, ihn zum Reden zu bringen suchte und sich für Anna mit so übertriebenem Eifer ins Zeug legte, daß Christof trotz seines leichten Vertrauens zu den Menschen mißtrauisch wurde. Er beabsichtigte, sich gerade diesen Abend zunutze zu machen, mit Anna eine entscheidende Unterredung zu führen. Auch er konnte sie nicht mehr hinausschieben. Er hatte die Verpflichtung, die sie beim Morgengrauen jenes traurigen Tages gemeinsam eingegangen waren, nicht vergessen. Er war bereit, sie zu erfüllen, wenn Anna darauf bestand. Aber er sah die Sinnlosigkeit dieses zweifachen Todes ein, der nichts änderte, während der Skandal und der Schmerz darüber Braun zur Last fallen würden. Er meinte, das beste wäre, wenn sie sich voneinander losrissen – wenn er noch einmal versuchte, fortzugehen oder ihr wenigstens, falls er die Kraft hätte, fernzubleiben. Nach dem nutzlosen Versuch, den er soeben gemacht hatte, zweifelte er zwar daran, aber er sagte sich, falls er es nicht mehr ertragen könnte, habe er immer noch Zeit, allein und ohne daß irgend jemand etwas davon erführe, den letzten Schritt zu tun.

Er hoffte, daß er nach dem Essen einen Augenblick loskommen könnte, um in Annas Zimmer hinaufzugehen. Bäbi aber folgte ihm auf Schritt und Tritt. Gewöhnlich hörte sie mit ihrer Arbeit frühzeitig auf; heute abend aber wurde sie mit dem Aufwaschen nicht fertig; und als Christof ihrer ledig zu sein glaubte, kam sie auf den Gedanken, einen Wandschrank in dem Flur, der zu Annas Zimmer führte, zu ordnen. Christof sah sie breitbeinig auf einem Schemel stehen; er begriff, daß sie den ganzen Abend nicht heruntersteigen würde. Eine wütende, unbändige Lust überkam ihn, sie samt ihrem Tellerstapel hinunterzuwerfen;

aber er bezwang sich und bat sie, nachzusehen, wie es ihrer Herrin gehe und ob er ihr nicht guten Abend sagen könne. Bäbi ging, kehrte zurück und sagte, indem sie ihn mit boshafter Freude dabei beobachtete, daß es der gnädigen Frau besser gehe, daß sie müde sei und niemanden sehen wolle. Ärgerlich und nervös, versuchte Christof zu lesen, konnte es aber nicht und ging in sein Zimmer. Bäbi spähte nach seinem Licht, bis es ausgelöscht war, und ging dann auch hinauf, nahm sich aber vor, wach zu bleiben; vorsichtshalber ließ sie ihre Tür offen, damit sie alle Geräusche des Hauses vernehmen könne. Unglücklicherweise für sie schlief sie stets ein, kaum daß sie im Bett lag, und ihr Schlaf war so fest, daß weder der Donner noch selbst ihre Neugierde sie vor Tagesanbruch hätten aufwecken können. Dieser Schlaf war für niemand ein Geheimnis. Sein Echo drang bis in das untere Stockwerk.

Sobald Christof dieses vertraute Geräusch hörte, ging er zu Anna. Er mußte sie sprechen. Eine unbestimmte Unruhe quälte ihn. Er kam an die Tür, er drehte den Knopf: die Tür war verschlossen. Er klopfte sacht an: keine Antwort. Er preßte seinen Mund ans Schlüsselloch und flehte mit leiser, eindringlicher Stimme: keine Regung, kein Geräusch. Wenn er sich auch sagte, Anna schlafe, so packte ihn doch die Angst. Und als er im vergeblichen Bemühen, irgend etwas zu vernehmen, seine Wange gegen die Tür drückte, traf ihn ein Geruch, der über die Schwelle zu dringen schien. Er beugte sich nieder und wußte: es war der Geruch von Gas. Sein Blut erstarrte. Er rüttelte an der Tür, ohne daran zu denken, daß er Bäbi wecken könne; die Tür gab nicht nach... Er begriff: Anna hatte in dem Ankleideraum, der an ihr Zimmer stieß, einen kleinen Gasofen; sie hatte ihn geöffnet. Man mußte die Tür aufbrechen. Trotz seiner Erregung bewahrte Christof noch so viel Überlegung, daran zu denken, daß Bäbi um keinen Preis etwas hören dürfe. Er drückte mit ungeheurer Gewalt leise gegen den einen Türflügel. Die feste, gutverschlossene Tür krachte in ihren Angeln, gab aber nicht nach. Eine andere Tür führte aus Annas in Brauns Zimmer. Er lief dorthin. Sie war ebenfalls verschlossen. Hier aber war das Schloß außen. Er versuchte es auszuheben. Das war nicht leicht. Er mußte die vier großen Schrauben entfernen, die in das Holz eingelassen waren. Er hatte nur sein Messer; und er sah nichts, denn er wagte nicht, eine Kerze anzuzünden; er hätte dadurch möglicherweise eine Explosion in der ganzen Wohnung hervorrufen können. Tastend gelang es ihm, sein Messer in eine Schraube hineinzubekommen, dann in noch eine, wobei er die Schneide zerbrach und sich schnitt; ihm schien, als wären die Schrauben von teuflischer Länge und als werde er niemals damit fertig werden, sie herauszudrehen. Und während er in fieberhafter Eile arbeitete, daß sich ihm der Körper mit eiskaltem Schweiß bedeckte, kam ihm gleichzeitig eine Kindheitserinnerung in den Sinn: er sah sich als zehnjährigen Jungen zur Strafe in eine dunkle Kammer eingeschlossen; er hatte das Schloß entfernt und war aus dem Hause geflohen... Die letzte Schraube gab nach. Das Schloß löste sich mit dem Herausrieseln von Sägemehl. Christof stürzte in das Zimmer, lief ans Fenster, öffnete es. Ein Strom kalter Luft kam herein. Christof, der in der Dunkelheit an die Möbel stieß, fand das Bett, tastete, traf auf Annas Körper, fühlte mit bebenden Händen durch die Decke die reglosen Beine, kam bis zur Hüfte hinauf: Anna saß in ihrem Bett und zitterte. Die Zeit war noch zu kurz gewesen, als daß sie die ersten Erstickungserscheinungen an sich hätte spüren können: das Zimmer war hoch; die Luft zog durch die Fensterritzen und die schlechtschließenden Türen. Christof nahm sie in die Arme. Sie machte sich voll Wut los und schrie:

„Mach, daß du fortkommst! Ach, was hast du getan?"

Sie hob die Arme und wollte ihn schlagen; aber die Erregung überwältigte sie: sie fiel auf die Kissen zurück und schluchzte:

„Oh! Oh! Nun muß ich noch einmal von vorn anfangen!"

Christof nahm ihre Hände, küßte sie, schalt sie, sagte ihr zärtliche und harte Worte:

„Sterben! Und allein, ohne mich sterben!"

„Ach, du!" sagte sie bitter.

Ihr Ton sagte deutlich:

Du, du willst doch leben.

Er fuhr sie an, er wollte ihren Willen zwingen.

„Rasende!" sagte er. „Weißt du denn nicht, daß du das Haus hättest in die Luft sprengen können!"

„Das gerade wollte ich", sagte sie leidenschaftlich.

Er suchte ihre religiösen Besorgnisse zu wecken: damit hatte er das Richtige getroffen. Kaum hatte er daran gerührt, als sie zu schreien begann und ihn anflehte zu schweigen. Er blieb mitleidlos dabei, denn er meinte, das sei das einzige Mittel, den Lebenswillen in ihr zurückzurufen. Sie redete nichts mehr und schluchzte krampfhaft. Als er fertig war, sagte sie im Tone verhaltenen Hasses:

„Bist du jetzt zufrieden? Hast du dein Ziel erreicht? Du hast mich vollends elend gemacht. Und was soll ich jetzt tun?"

„Leben", sagte er.

„Leben!" schrie sie. „Aber weißt du denn nicht, daß das unmöglich ist! Du weißt nichts! Gar nichts weißt du!"

Er fragte:

„Was ist los?"

Sie zuckte die Schultern.

„Höre zu."

Sie erzählte ihm in abgerissenen, kurzen Sätzen von allem, was sie ihm bisher verschwiegen hatte: von der Spionage Bäbis, von der Asche, dem Auftritt mit Sami, vom Karneval, von der ungeheuren Schande. Sie unterschied beim Erzählen nicht mehr, was die Furcht ihr vortäuschte und was sie in Wahrheit zu fürchten Ursache hatte. Er hörte entsetzt zu und war noch unfähiger als sie, in dem Bericht die wirkliche Gefahr von der eingebildeten zu trennen. Er wäre nicht im entferntesten auf den Gedanken gekommen, daß man solche Jagd auf sie mache. Er versuchte zu begreifen; er konnte nichts sagen. Gegen solche Feinde war er machtlos. Er fühlte nur eine blinde Wut und den Wunsch, drauflozuschlagen. Er sagte:

„Warum hast du Bäbi nicht fortgejagt?"

Sie würdigte ihn keiner Antwort. Die fortgejagte Bäbi wäre eine noch schlimmere Lästerzunge gewesen als die geduldete; und Christof begriff den Widersinn seiner Frage. Seine Gedanken gingen durcheinander; er suchte einen Entschluß zu fassen, suchte nach einer sofortigen Tat. Mit geballten Fäusten sagte er:

„Ich werde sie beide töten."

„Wen?" fragte sie voll Verachtung für seine nutzlosen Worte.

Seine Kraft sank zusammen. Er fühlte sich gefangen in dem Netz undurchdringlichen Verrats, in dem nichts greifbar war, zu dem sich alle verbündet hatten. Er wehrte sich.

„Schurken!" schrie er verzweifelt.

Er sank vor dem Bett in die Knie und drückte sein Gesicht gegen Annas Körper. – Sie schwiegen. Sie empfand eine Regung von Verachtung und Mitleid für diesen Mann, der weder sie noch sich zu verteidigen vermochte. Er fühlte an seiner Wange Annas Beine vor Kälte zittern. Das Fenster war offengeblieben, und draußen fror es; man sah an dem frostklaren Himmel die Sterne flimmern.

Nachdem sie die bittere Freude ausgekostet hatte, ihn so zerbrochen zu wissen wie sich selbst, sagte sie in hartem und müdem Ton:

„Stecken Sie eine Kerze an."

Er machte Licht. Anna klapperte mit den Zähnen und saß, die Arme gegen die Brust gedrückt, die Knie zum Kinn emporgezogen, zusammengekauert da. Er schloß das Fenster. Er setzte sich aufs Bett. Er nahm Annas eiskalte Füße, er wärmte sie mit seinem Mund, mit seinen Händen. Das rührte sie.

„Christof!" sagte sie.

Ihre Augen waren voll Jammer.

„Anna!" sagte er.

„Was werden wir tun?"

Er sah sie an und sagte:

„Sterben."

Sie stieß einen Freudenschrei aus.

„Oh, willst du das wirklich? Willst du auch? – Ich werde nicht allein sein!"

Sie küßte ihn.

„Glaubst du denn, ich würde dich verlassen?"

Mit leiser Stimme erwiderte sie:

„Ja."

Er fühlte, was sie gelitten haben mußte.

Nach einigen Augenblicken befragte er sie mit dem Blick. Sie verstand.

„Im Schreibtisch", sagte sie. „Rechts im unteren Schub."

Er ging und suchte. Ganz hinten sah er einen Revolver liegen. Braun hatte ihn gekauft, als er Student war. Er hatte ihn niemals gebraucht. In einer zerbrochenen Schachtel fand Christof ein paar Patronen. Er brachte alles ans Bett. Anna sah hin und wandte sofort die Augen zur Wand. Christof wartete; dann fragte er:

„Du willst nicht mehr?"

Anna wandte sich lebhaft um.

„Ich will ... Schnell!"

Sie dachte:

Nichts kann mich mehr vor der ewigen Verdammnis retten. Etwas mehr, etwas weniger, es bleibt alles dasselbe.

Christof lud ungeschickt den Revolver.

„Anna", sagte er mit zitternder Stimme, „einer von uns beiden wird den anderen sterben sehen."

Sie riß ihm die Waffe aus der Hand und sagte voll Egoismus:

„Ich zuerst!"

Sie sahen sich noch einmal an ... Ach, selbst in diesem Augenblick, in dem sie einer für den andern sterben wollten, fühlten sie sich einander so fern! – Jeder dachte voller Entsetzen:

Was habe ich nur getan? Was habe ich getan?

Und jeder las in den Augen des andern. Die Sinnlosigkeit der Tat entsetzte besonders Christof. Vergeblich sein ganzes Leben, vergeblich seine Kämpfe, vergeblich seine Leiden; vergeblich seine Hoffnungen; alles verschleudert, in den Wind gestreut; eine geringfügige Bewegung sollte alles auslöschen... In normalem Zustande hätte er Anna den Revolver entrissen, er hätte ihn aus dem Fenster geworfen, er hätte geschrien:

Nein, nein! Ich will nicht!

Aber acht Monate Leid, acht Monate voll Zweifel und voll quälender Trauer und obendrein noch der Sturm dieser wahnsinnigen Leidenschaft hatten seine Kraft untergraben, seinen Willen gebrochen; er fühlte, daß er nichts mehr vermochte, daß er nicht mehr Herr über sich war... Ach, was lag schließlich daran?

Anna, die der ewigen Verdammnis gewiß war, straffte ihr ganzes Wesen, um diese letzte Lebensminute noch ganz zu umschließen: das schmerzdurchwühlte Gesicht Christofs, von der flackernden Kerze erhellt, die Schatten an der Wand, ein Geräusch von Schritten auf der Straße, die Berührung mit dem Stahl, den sie in der Hand hielt... An all diese Eindrücke klammerte sie sich wie der Ertrinkende an das Wrack, das mit ihm untergeht. Danach kam nichts als Schrecken. Warum die Wartezeit nicht in die Länge ziehen? Aber sie sagte sich immer wieder:

Es muß sein...

Sie sagte Christof ohne Zärtlichkeit Lebewohl, mit der Hast eines eiligen Reisenden, der den Zug zu versäumen fürchtet; sie öffnete das Hemd, tastete nach dem Herzen und drückte den Lauf des Revolvers daran. Christof kniete vor ihr und verbarg das Gesicht in der Decke. Im Augenblick, als sie losdrückte, legte sie ihre linke Hand auf die Christofs. Die Gebärde eines Kindes, das Angst hat, allein in die Nacht zu gehen...

So vergingen einige entsetzliche Sekunden... Anna

schoß nicht. Christof wollte den Kopf heben, er wollte ihren Arm festhalten und fürchtete doch, daß gerade diese Bewegung sie zum Abdrücken brächte. Er hörte nichts mehr, er verlor das Bewußtsein... Ein Stöhnen Annas schnitt ihm ins Herz. Er richtete sich auf. Er sah Annas Gesicht von Entsetzen verzerrt. Der Revolver war vor sie auf das Bett gefallen. Klagend sagte sie immer wieder:

„Christof, der Schuß ist nicht losgegangen...!"

Er nahm die Waffe; in der langen Zeit, die sie gelegen hatte, war sie angerostet; sonst war sie in Ordnung. Vielleicht waren die Patronen durch die Luft schlecht geworden. – Anna streckte die Hand nach dem Revolver aus.

„Hör auf!" flehte er.

Sie befahl:

„Die Patronen!"

Er gab sie ihr. Sie prüfte sie, nahm eine, lud, zitterte dabei beständig, setzte die Waffe wieder an die Brust und drückte los. – Auch dieser Schuß versagte.

Anna warf den Revolver ins Zimmer.

„Ach, das ist zu entsetzlich! Zu entsetzlich!" schrie sie. „*Er* will nicht, daß ich sterbe!"

Sie wühlte sich in ihre Decke; sie war wie rasend. Er wollte sich ihr nähern; schreiend stieß sie ihn zurück. Schließlich hatte sie einen Nervenanfall. Christof blieb bis zum Morgen bei ihr. Endlich beruhigte sie sich. Aber sie lag ohne einen Atemzug mit geschlossenen Augen, über die Stirn und die Wangenknochen spannte sich ihre leichenfahle Haut; sie glich einer Toten.

Christof zog das durchwühlte Bett zurecht, hob den Revolver auf, setzte das herausgenommene Schloß wieder ein, brachte das ganze Zimmer in Ordnung und ging hinaus; denn es war sieben Uhr, und Bäbi mußte bald kommen.

Als Braun am Morgen heimkehrte, fand er Anna noch in demselben Zustand völliger Entkräftung. Er sah wohl, daß irgend etwas Besonderes vorgefallen sein mußte; aber er konnte weder von Bäbi noch von Christof etwas in Erfahrung bringen. Den ganzen Tag über rührte sich Anna nicht; sie öffnete kaum die Augen; ihr Puls war so schwach, daß man ihn kaum fühlte; ab und zu setzte er aus, und Braun glaubte einen Augenblick voller Angst, das Herz habe zu schlagen aufgehört. Sein Gefühl für Anna ließ ihn an seiner Kunst zweifeln; er lief zu einem Kollegen und brachte ihn herbei. Die beiden Männer untersuchten Anna, konnten aber nicht zur Gewißheit kommen, ob es sich um ein beginnendes Fieber handele oder um eine hysterische Nervenkrankheit: man mußte die Kranke weiter beobachten. Braun wich nicht von Annas Lager. Er wollte nicht essen. Gegen Abend zeigte Annas Puls kein Fieber, aber äußerste Schwäche. Braun suchte ihr ein paar Löffel Milch einzuflößen; ihr Körper verweigerte die Nahrung. Sie lag in den Armen ihres Mannes wie eine zerbrochene Puppe. Braun verbrachte die Nacht neben ihr sitzend und stand alle Augenblicke auf, um sie zu behorchen. Bäbi, die Annas Krankheit keineswegs rührte, die aber die Pflichttreue selbst war, weigerte sich, zu Bett zu gehen, und wachte mit Braun.

Am Freitag öffnete Anna die Augen. Braun redete sie an. Sie nahm von seiner Anwesenheit keine Notiz. Sie blieb reglos liegen und starrte die Wand an. Gegen Mittag sah Braun, wie große Tränen ihre mageren Wangen herunterrannen. Er trocknete sie sanft; Tropfen für Tropfen flossen ihre Tränen weiter. Von neuem versuchte Braun, sie zur Aufnahme einiger Nahrung zu bewegen. Sie ließ alles mit sich geschehen. Am Abend begann sie zu sprechen: es waren zusammenhanglose Worte. Es handelte sich um den Rhein; sie wollte sich ertränken, aber es war nicht genug Wasser da. Hartnäckig blieb sie im Traum bei ihren Selbstmordversuchen und dachte sich immer neue, sonderbare

Todesformen aus, immer wieder versagte sich ihr der Tod. Manchmal stritt sie mit jemandem; ihr Gesicht nahm dann einen Ausdruck von Zorn und Furcht an; sie wandte sich an Gott und wollte ihm eigensinnig beweisen, daß ihn die Schuld treffe. Dann wieder entzündete sich die Flamme eines Begehrens in ihren Augen, und sie sagte schamlose Worte, die sie eigentlich nicht kennen konnte. Einmal bemerkte sie Bäbi und gab ihr genaue Anweisungen für die Wäsche des folgenden Tages. In der Nacht schlummerte sie ein. Plötzlich richtete sie sich auf; Braun lief herbei. Sie sah ihn sonderbar an und stammelte ungeduldige und undeutliche Worte. Er fragte sie:

„Meine liebe Anna, was willst du?"

Sie sagte mit scharfer Stimme:

„Hole ihn!"

„Wen?" fragte er.

Sie sah ihn weiter mit demselben Ausdruck an; plötzlich brach sie in ein Gelächter aus, strich sich mit den Händen über die Stirn und stöhnte:

„Ach, mein Gott! Vergessen!"

Der Schlaf übermannte sie wieder. Sie blieb bis zum Tagesanbruch ruhig. Gegen Morgen bewegte sie sich etwas; Braun stützte ihren Kopf, um ihr zu trinken zu geben; sie nahm gefügig ein paar Schlucke, neigte sich über Brauns Hände und küßte sie. Und wieder schlummerte sie ein.

Am Samstagmorgen erwachte sie gegen neun Uhr. Ohne ein Wort zu sagen, machte sie Miene aufzustehen. Braun eilte zu ihr und versuchte sie wieder hinzulegen. Sie wehrte sich. Er fragte sie, was sie tun wolle. Sie antwortete:

„Zum Gottesdienst gehen."

Er versuchte sie zur Vernunft zu bringen, ihr klarzumachen, daß es nicht Sonntag sei, daß die Kirche geschlossen sei. Sie schwieg; aber sie setzte sich neben das Bett auf den Stuhl und zog sich mit fahrigen Händen die Kleider an. Der mit Braun befreundete Arzt kam herein. Er vereinte seine inständigen Bitten mit denen Brauns. Dann, als er sah, daß sie nicht nachgeben würde, untersuchte er sie und gab schließlich seine Erlaubnis. Er nahm Braun beiseite und sagte, daß die Krankheit seiner Frau rein seelischer Natur zu sein scheine, daß man im Augenblick vermeiden müsse, ihr zu widersprechen, daß er keine Gefahr darin erblicke, wenn sie ausginge, vorausgesetzt, daß Braun sie begleite. So sagte also Braun zu Anna, daß er mit ihr gehen werde. Sie widersprach und wollte allein gehen. Aber schon bei den ersten Schritten im Zimmer taumelte sie. Daraufhin nahm sie, ohne ein Wort zu sagen, Brauns Arm, und sie gingen fort. Sie war sehr schwach und blieb unterwegs stehen. Mehrmals fragte er sie, ob sie umkehren wolle. Sie nahm den Weg wieder auf. An der Kirche fanden sie die Türen verschlossen, wie er es gesagt hatte. Anna setzte sich auf eine Bank neben den Eingang und blieb fröstelnd sitzen, bis es zwölf Uhr schlug. Dann nahm sie wieder Brauns Arm, und sie kehrten schweigend heim. Abends aber wollte sie wieder zur Kirche. Brauns Flehen war vergeblich. Man mußte sich von neuem auf den Weg machen.

Christof hatte diese beiden Tage einsam zugebracht. Braun war zu besorgt, um an ihn zu denken. Ein einziges Mal, als Braun am Samstagmorgen Anna von ihrer fixen Idee auszugehen abbringen wollte, hatte er sie gefragt, ob sie Christof sehen wolle. Sie hatte einen Ausdruck so heftigen Entsetzens und Widerwillens gezeigt, daß er ganz betroffen war; und Christofs Name wurde nicht mehr genannt.

Christof hatte sich in sein Zimmer eingeschlossen. Besorgnis, Liebe, Gewissensbisse bildeten in ihm ein Chaos von Schmerzen, die in ihm aufeinanderprallten. Er gab sich an allem die Schuld. Ekel vor sich selbst zermalmte ihn. Mehrere Male stand er auf, um Braun alles zu gestehen – sofort wurde er durch den Gedanken zurückgehalten, daß er durch solche Selbstbeschuldigung noch mehr Unglück anrichten würde. Gleichzeitig ließ ihn die Leidenschaft nicht los. Er strich im Flur vor Annas Zimmer vorbei; doch sobald er hörte, daß sich im Innern Schritte näherten, floh er in sein Zimmer.

Als Braun und Anna nachmittags ausgingen, spähte er ihnen, hinter dem Fenstervorhang verborgen, nach. Er sah Anna. Sie, sonst so gerade und so stolz, sie ging mit krummem Rücken, gebeugtem Kopf, hatte gelbe Haut; sie war gealtert und verschwand unter dem Mantel und dem Schal, in die ihr Mann sie eingehüllt hatte; sie war häßlich. Aber Christof sah nicht ihre Häßlichkeit, er sah nur ihr Elend; und sein Herz strömte von Mitleid und Liebe über. Er hätte zu ihr laufen mögen, sich vor ihr in den Staub werfen, ihre Füße, diesen von der Leidenschaft verwüsteten Körper küssen, ihre Verzeihung erflehen. Und er dachte, indem er sie ansah:

Mein Werk! Das ist mein Werk!

Aber sein Blick traf im Spiegel sein eigenes Bild; er sah in seinen Augen, in seinen Zügen dieselbe Verheerung; er sah sich gleich ihr vom Tode gestempelt und dachte:

Mein Werk? Nein. Das Werk des grausamen Herrn, der zur Raserei treibt und tötet.

Das Haus war leer. Bäbi war ausgegangen, um den Nachbarn die Tagesereignisse zu erzählen. Die Zeit verstrich. Es schlug fünf Uhr. Bei dem Gedanken, daß Anna heimkehren würde und daß die Nacht käme, wurde Christof von Entsetzen gepackt. Er fühlte, daß er nicht die Kraft haben werde, diese Nacht unter demselben Dach mit ihr zu bleiben. Er fühlte, daß die Last der Leidenschaft seinen Verstand zerstören mußte. Er wußte nicht, was er tun würde, er wußte nicht, was er wollte, es sei denn, daß er, um welchen Preis auch immer, Anna besitzen wollte. Er dachte an die elende Gestalt, die er eben unter seinem Fenster hatte vorübergehen sehen, und sagte sich:

Ich muß sie vor mir retten!

Seine Willenskraft erwachte wieder. Er raffte die Blätter zusammen, die auf dem Tisch herumlagen, verschnürte sie, nahm Hut und Mantel und ging fort. Im Flur, nahe bei Annas Tür, beschleunigte er, von Furcht gepackt, den Schritt. Unten warf er einen letzten Blick auf den verödeten Garten. Er schlich wie ein Dieb davon. Ein eisiger Nebel drang wie mit Nadeln in seine Haut. Er strich an den Hausmauern entlang, in der Furcht, einem bekannten Gesicht zu begegnen. Er ging zum Bahnhof. Er stieg in einen Zug, der nach Luzern abging. Von der ersten Station schrieb er an Braun. Er sagte, daß eine dringende Angelegenheit ihn für einige Tage aus der Stadt rufe und daß er unglücklich sei, ihn in solchem Augenblick allein lassen zu müssen; er bat ihn, ihm Nachricht an eine angegebene Adresse zu senden. In Luzern nahm er die Gotthardbahn. Nachts stieg er an einer kleinen Station zwischen Altdorf und Göschenen aus. Er kannte ihren Namen nicht und erfuhr ihn niemals. Er ging in das erste Gasthaus am Bahnhof. Wasserpfützen unterbrachen den Weg. Es goß in Strömen; es regnete die ganze Nacht; es regnete den ganzen Tag. Mit dem Getöse eines Wasserfalls fiel der Regen wie aus einem geborstenen Rohr. Himmel und Erde wurden überschwemmt und schienen sich aufzulösen wie sein Denken. Er legte sich in das feuchte Bett, das nach Eisenbahnrauch roch. Er konnte nicht liegenbleiben. Der Gedanke an die Gefahren, denen Anna ausgesetzt war, beschäftigte ihn zu sehr, als daß er Zeit gefunden hätte, noch an seine eigenen Qualen zu denken. Es galt, die öffentliche Bosheit hinters Licht zu führen, sie auf eine falsche Spur zu leiten. In seinem Fieber kam er auf einen sonderbaren Gedanken: er erfand einen Brief an einen der wenigen Musiker, mit denen er in der Stadt einigen Umgang gehabt hatte, an Krebs, den Organisten-Konditor. Er ließ durchblicken, daß eine Herzensangelegenheit ihn nach Italien ziehe, daß er unter dieser Leidenschaft schon gelitten habe, als er zu Braun gekommen sei, daß er versucht habe, sie dort loszuwerden, daß sie aber stärker als er gewesen sei. Alles dies drückte er so klar aus, daß Krebs es verstehen konnte, und doch auch wieder so verschleiert, daß er nach eigenem Ermessen etwas hinzufügen konnte. Christof bat Krebs, das Geheimnis für sich zu bewahren. Er wußte, daß der brave Mann geschwätzig war, und zählte – mit Recht – darauf, daß Krebs, sobald er die Nachricht empfangen hatte, sie in der ganzen Stadt verbreiten würde. Um die Meinungen völlig irrezuleiten, schloß Christof seinen Brief mit einigen sehr kühlen Worten über Braun und Annas Krankheit.

Den Rest der Nacht und den folgenden Tag war er ganz durchdrungen von seiner fixen Idee... Anna... Anna... Er durchlebte die letzten Monate noch einmal Tag für Tag mit ihr; er sah sie nicht mehr, wie sie war, er umgab sie mit einem von der Leidenschaft gewebten Zauberschein. Immer hatte er sie nach seinem Wunsch geschaffen, hatte ihr eine seelische Größe, ein tragisches Gewissen angedichtet, dessen er bedurfte, um sie noch mehr zu lieben. Diese Lüge der Leidenschaft trat jetzt doppelt sicher auf, da Annas Gegenwart sie nicht mehr richtigstellte. Er sah eine gesunde und freie, aber unterdrückte Natur, die sich gegen ihre Ketten wehrte, die ein offenes, weites Leben im vollen Licht der Seele ersehnte und die dann, von Furcht erfaßt, ihre Träume bekämpfte, weil sie sich mit ihrem Schicksal nicht in Einklang bringen ließen und es noch schmerzlicher gestalteten. Sie schrie ihm zu: Zu Hilfe! Er sah ihren schönen Körper wieder vor sich und umarmte sie. Seine Erinnerungen folterten ihn; er fand ein mörderisches Vergnügen daran, seine Wunden aufzureißen. Je weiter der Tag vorrückte, um so unerträglicher wurde das Gefühl von allem, was er verloren hatte, bis er nicht mehr atmen konnte.

Ohne zu wissen, was er tat, stand er auf, ging hinunter, bezahlte und nahm den ersten Zug, der in Annas Stadt zurückführte. Er kam mitten in der Nacht an; er ging geradeswegs nach dem Hause. Eine Mauer trennte das Gäßchen von dem Garten, der an Brauns Garten stieß. Christof erkletterte die Mauer, sprang in den fremden Garten und drang von dort aus in Brauns Garten ein. Er stand vor dem

Hause. Alles war dunkel, bis auf den Schimmer eines Nachtlichtes, das mit ockerfarbenem Scheine ein Fenster färbte – Annas Fenster. Dort war Anna. Dort litt sie. Er brauchte nur noch einen Schritt zu tun, um einzutreten. Schon streckte er die Hand nach der Türklinke aus – da sah er seine Hand an, die Tür, den Garten; plötzlich wurde ihm seine Tat bewußt; er erwachte aus der Fieberphantasie, die ihn seit sieben oder acht Stunden im Bann hielt, er schauderte und entriß sich mit einem Ruck der Macht, die seine Füße unbeweglich an den Boden fesselte; er lief zur Mauer, kletterte wieder zurück und entfloh.

In derselben Nacht verließ er die Stadt zum zweiten Male; und am nächsten Tag vergrub er sich bei Schneegestöber in einem Gebirgsdorf. – Sein Herz begraben, sein Denken einschläfern, vergessen, vergessen...

E però leva su, vinci l'ambascia
con l'animo che vince ogni battaglia,
se col suo grave corpo non s'accascia.

Leva'mi allor, mostrandomi fornito
meglio di lena ch'io non mi sentia,
e dissi: Va, ch'io son forte ed ardito.

Inf. XXIV

Mein Gott, was habe ich dir getan? Warum drückst du mich so zu Boden? Von Kindheit an war Elend und Kampf mein Los. Ich habe gekämpft, ohne zu klagen. Ich habe mein Elend geliebt. Ich habe versucht, die Seele, die du mir gegeben hast, rein zu bewahren, das Feuer, das du in mich gelegt hast, zu erhalten... Herr, du, du selber tust alles, um zu zerstören, was du geschaffen hast. Du hast dies Feuer erstickt, du hast diese Seele besudelt, du hast mir alles genommen, was mein Leben ausmachte. Ich besaß zwei einzige Schätze in der Welt: meinen Freund und meine Seele. Ich habe nichts mehr, du hast mir alles genommen. Ein einziges Wesen war mein in der Wüste der Welt, du hast es von mir genommen. Unsere Herzen waren eines, du hast sie auseinandergerissen. Du hast uns die Wonne, beieinander zu sein, nur kennen gelehrt, um uns um so schrecklicher fühlen zu lassen, daß wir einander verloren haben. Du hast rings um mich und in mir Leere gegraben. Ich war gebrochen, krank, willenlos, waffenlos, gleich einem Kinde, das in der Nacht weint. Du hast diese Stunde gewählt, um mich zu schlagen. Du hast mich mit leisen Schritten meuchlings überfallen wie ein Verräter und hast mich umgebracht. Du hast deinen wilden Hund, die Leidenschaft, auf mich losgelassen; ich war ohne Kraft, das wußtest du, und ich konnte nicht kämpfen; die Leidenschaft hat mich zu Boden geworfen, sie hat mich ausgeplündert, hat alles beschmutzt, alles zerstört... Ich ekle mich vor mir selbst. Könnte ich wenigstens meine Schmach und meinen Schmerz hinausschreien oder sie in dahinströmender schaffender Kraft vergessen! Aber meine Kraft ist gebrochen, mein Schöpfertum verdorrt. Ich bin ein toter Baum... Könnte ich sterben! O Gott, erlöse mich, brich diesen Körper und diese Seele, entreiße mich der Erde, lasse mich nicht zuckend im Grabe liegen, verlängere meinen Todeskampf nicht ins Endlose! Ich flehe um Erbarmen ... Vollende dein Werk an mir!

So rief Christofs Schmerz nach einem Gott, an den seine Vernunft nicht glaubte.

Er hatte sich in ein einsames Bauerngehöft im Schweizer Jura geflüchtet. Das Haus, das am Rande eines Gehölzes stand, war in der Mulde einer kuppenreichen Hochebene verborgen. Bodenschwellungen bewahrten es vor den Nordwinden. Vor ihm lagen abfallende Wiesen, lange, bewaldete Abhänge; der Felsen hörte plötzlich auf und fiel steil ab; verkrüppelte Tannen klammerten sich am Rande an; breitästige Buchen bogen sich nach hinten zurück. Der Himmel war erloschen, das Leben entschwunden. Eine wesenlose Weite mit verwischten Linien. Alles schlief unter dem Schnee. Nur die Füchse bellten nachts im Wald. Es war gegen Ende des Winters. Ein später, endloser Winter. Jedesmal, wenn er zu Ende zu gehen schien, fing er immer noch einmal an.

Doch seit einer Woche fühlte die erstarrte alte Erde ihr Herz neu erstehen. Ein erster Scheinfrühling durchdrang die Luft und die erstarrte Rinde. Von den Buchenzweigen, die wie schwebende Flügel ausgespannt waren, tropfte der Schnee. Unter dem weißen Mantel, der die Felder bedeckte, lugten schon einige zartgrüne Grashalme hervor; rings um ihre feinen Spitzen atmete der feuchte schwarze Boden durch die Schneelöcher wie durch kleine Münder. Ein paar Stunden am Tag murmelten wieder die in ihrem Eiskleide erstarrten Stimmen des Wassers. In dem Gerippe der Bäume pfiffen einige Vögel helle, gellende Lieder.

Christof sah nichts von alledem. Ihm war alles gleich. Unaufhörlich ging er in seinem Zimmer auf und ab, oder er wanderte draußen umher. Unmöglich, ruhig zu bleiben.

Seine Seele wurde von inneren Dämonen hin und her gezerrt. Sie zerrissen sich untereinander. Die zurückgedrängte Leidenschaft schlug immer noch wütend an die Wände des Hauses. Der Ekel vor der Leidenschaft war nicht minder heftig; sie hatten einander an der Kehle gepackt und zogen das Herz mit in ihren Kampf. Gleichzeitig verlangte die Erinnerung an Olivier ihr Recht, die Verzweiflung über seinen Tod, der glühende Wunsch, etwas zu schaffen, der nicht befriedigt wurde, der Stolz, der sich vor dem Abgrund des Nichtseins bäumte. Alle Teufel hatten von ihm Besitz ergriffen. Kein Augenblick des Aufatmens. Und wenn eine scheinbare Ruhe eintrat, wenn die aufgepeitschten Fluten einen Augenblick zurücksanken und er sich wieder allein gegenüberstand, fand er nichts mehr von seinem Ich: Denken, Liebe, Willen, alles war vernichtet.

Schaffen! Das war die einzige Rettung. Das Wrack seines Lebens den Fluten überlassen! Sich schwimmend in den Traum der Kunst retten! – Schaffen! Er wollte es... Er konnte es nicht mehr.

Christof hatte niemals eine Arbeitsmethode gehabt. Als er stark und gesund war, hatte ihn der Überfluß eher bedrängt als die Besorgnis, daß er versiegen könne; er folgte seinen Launen: er arbeitete, wie es ihm einfiel, wie es ihm die zufälligen Umstände eingaben, ohne irgendwelche feste Regeln. Eigentlich arbeitete er überall, in jedem Augenblick; sein Gehirn war fortwährend beschäftigt. Manchmal hatte ihn Olivier, der weniger reich, aber überlegter war, gewarnt:

„Nimm dich in acht. Du verläßt dich allzusehr auf deine Kraft. Sie ist ein Gebirgsbach. Heute wasserreich, morgen vielleicht ausgetrocknet. Ein Künstler muß sein Talent einfangen; es erlaubt ihm nicht, sich nach Belieben zu verzetteln. Weise deiner Kraft einen Weg, zwinge dich zur Gewohnheit, zu einer Hygiene der täglichen Arbeit zu bestimmten Stunden. Sie ist dem Künstler ebenso notwendig wie die Gewohnheit der militärischen Griffe und Schritte dem Menschen, der kämpfen soll. Kommen dann kritische Augenblicke (und sie kommen immer), so bewahrt diese Eisenrüstung die Seele vor dem Umsinken. Ich weiß das sehr wohl. Wenn ich nicht gestorben bin, so hat nur sie mich gerettet."

Christof aber lachte und sagte:

„Das mag gut für dich sein, mein Junge! Bei mir ist keine Gefahr, daß ich jemals den Geschmack am Leben verliere. Ich habe einen zu gesunden Appetit."

Olivier zuckte die Achseln.

„Ein Zuviel hat oft ein Zuwenig zur Folge. Die allzu Gesunden erkranken am schlimmsten."

Jetzt bewahrheitete sich Oliviers Wort. Nach dem Tode des Freundes war die Quelle des inneren Lebens nicht sogleich versiegt; aber sie war seltsam unregelmäßig geworden. Sie brach plötzlich hervor, hörte auf und verlief dann unter der Erde. Christof achtete nicht darauf. Was lag ihm daran? Sein Schmerz und die aufkeimende Leidenschaft nahmen sein Denken ganz in Anspruch. – Nachdem aber der Sturm vorüber war und er den Quell wieder suchte, um daraus zu trinken, fand er nichts mehr. Wüste. Nicht ein dünner Wasserstrahl. Die Seele war ausgedörrt. Vergeblich wollte er den Sand aufgraben, aus den unterirdischen Gewässern den Quell emporsprudeln lassen, um jeden Preis schaffen: die Maschine des Geistes verweigerte den Gehorsam. Er konnte die Gewohnheit, diese treue Verbündete, nicht zu Hilfe rufen, die hartnäckig und beständig allein bei uns bleibt, wenn jeder Lebenszweck uns flieht, die kein Wort sagt und keine Bewegung macht, die uns mit unbeweglichen Augen und Lippen, aber mit sehr sicherer, niemals zitternder Hand durch den gefährlichen Engpaß führt, bis das Tageslicht und die Lebenslust wieder zum Vorschein kommen. Christof war ohne Hilfe; und seine Hand begegnete keiner Hand in der Nacht. Er konnte nicht mehr zum Tageslicht zurückgelangen.

Das war die schwerste Prüfung. Da fühlte er sich an der

Grenze des Wahnsinns. Manchmal hatte er sinnlose und verrückte Kämpfe gegen sein Hirn zu bestehen, war von irgendeiner Manie besessen, zum Beispiel einem Zahlenwahnsinn: er zählte die Dielen des Parketts, die Bäume im Walde; Noten und Akkorde, über die seine Vernunft nicht frei verfügte, lieferten sich in seinem Kopfe geordnete Schlachten. Dann wieder überkam ihn ein Zustand vollständiger Erschöpfung, in dem er wie ein Toter dalag.

Niemand kümmerte sich um ihn. Er bewohnte abseits einen Flügel des Hauses. Er brachte sein Zimmer selber in Ordnung; doch tat er das nicht alle Tage. Man stellte ihm unten sein Essen hin; er sah kein menschliches Gesicht. Sein Wirt, ein schweigsamer und selbstsüchtiger alter Bauer, interessierte sich nicht für ihn. Ob Christof aß oder nicht aß, war seine eigene Angelegenheit. Kaum achtete man darauf, ob Christof abends heimgekehrt war. Einmal hatte er sich im Wald verlaufen und bis zu den Schenkeln im Schnee gesteckt; es fehlte wenig, und er wäre nicht wiedergekehrt. Er versuchte sich durch Müdigkeit abzutöten, um nicht denken zu müssen. Es gelang ihm nicht; nur ab und zu fand er vor Erschöpfung ein paar Stunden Schlaf.

Ein einziges lebendes Geschöpf schien sich um sein Dasein zu kümmern: ein alter Bernhardinerhund, der seinen dicken Kopf mit den blutunterlaufenen Augen auf Christofs Knie legte, wenn er auf der Bank vor dem Hause saß. Sie sahen sich lange an. Christof stieß ihn nicht zurück. Diese Augen beunruhigten ihn nicht wie den kränklichen Goethe. Er hatte nicht Lust, ihm zuzurufen wie er:

"Stelle dich, wie du willst, Larve, mich sollst du doch nicht unterkriegen!"

Er wünschte sich nichts Besseres, als sich von diesen bittenden und müden Augen einfangen zu lassen, ihnen zu helfen; er fühlte eine gefangene Seele in ihnen, die ihn anflehte.

In dieser Zeit, in der er im Leid versank, in der er, lebend vom Leben losgerissen, durch die menschliche Selbstsucht verstümmelt war, sah er plötzlich die Opfer des Menschen, sah das Schlachtfeld, auf dem der Mensch Meister ist im Hinschlachten der anderen Geschöpfe; und sein Herz war von Mitleid und Entsetzen erfüllt. Selbst zu der Zeit, da er glücklich war, hatte er immer die Tiere geliebt; er konnte keine Grausamkeit gegen sie vertragen; er empfand einen Widerwillen gegen die Jagd, den er aus Furcht vor Lächerlichkeit nicht auszusprechen wagte; vielleicht wagte er ihn sogar sich selbst nicht einzugestehen; aber dieser Widerwille war die geheime Ursache von der scheinbar unerklärlichen Fremdheit, die er manchen Männern gegenüber empfand: niemals hätte er einen Menschen zum Freund haben können, der rein aus Vergnügen ein Tier tötete. Das war keinerlei Sentimentalität: er wußte besser als irgendwer, daß das Leben auf einer Unsumme von Leid und von endloser Grausamkeit beruht; man kann nicht leben, ohne Leid zuzufügen. Es nützt nichts, die Augen zu schließen und sich mit Worten schadlos zu halten. Es nützt ebensowenig, den Schluß zu ziehen, daß man auf das Leben verzichten müsse, und wie ein Kind zu greinen. Nein. Wenn es für den Augenblick kein anderes Mittel zum Leben gibt, so muß man töten, um zu leben. Aber wer tötet, um zu töten, ist ein Schurke. Das beständige Streben des Menschen muß darauf gerichtet sein, die Summe des Leids und der Grausamkeit zu verringern: das ist die erste menschliche Pflicht.

Solche Gedanken blieben im gewöhnlichen Leben in Christofs Herzen begraben. Er wollte nicht darüber nachdenken. Wozu? Was konnte er damit ausrichten? Er mußte Christof sein, er mußte sein Werk vollenden, mußte um jeden Preis leben, auf Kosten Schwächerer leben... Er hatte das Weltall nicht geschaffen... Nicht daran denken, nicht daran denken...

Nachdem aber das Unglück auch ihn in die Reihe der Besiegten gedrängt hatte, mußte er wohl oder übel daran denken. Früher hatte er Olivier getadelt, wenn er sich in die nutzlose Reue und das zwecklose Mitgefühl für alles Unglück vertiefte, das die Menschen leiden und anstiften. Jetzt ging er sogar noch weiter als Olivier. Mit der Heftigkeit seiner mächtigen Natur ging er der Tragödie des Weltalls auf den Grund: er litt alle Leiden der Welt, er war wie ein Geschundener. Er konnte nicht mehr ohne ein Gefühl der Angst an die Tiere denken. Er las in ihren Blicken, er las in einer Seele gleich der seinen, in einer Seele, die nicht reden konnte; aber die Augen schrien für sie:

Was habe ich euch getan, warum tut ihr mir weh?

Das alltäglichste Schauspiel, das er hundertmal gesehen hatte: ein Kälbchen, das, in eine Sparrenkiste eingesperrt, jammerte, seine vorstehenden großen schwarzen Augen mit dem bläulichen Weiß, seine rosigen Lider, seine weißen Wimpern, seine krausen weißen Büschel auf der Stirn, seine bläuliche Schnauze, seine einwärts gebogenen Knie; ein Lamm, das ein Bauer an den vier zusammengebundenen Beinen mit herunterhängendem Kopf forttrug, das versuchte sich aufzurichten, wie ein Kind stöhnte, blökte und seine graue Zunge heraushängen ließ; Hühner, die in einem Korbe zusammengepfercht waren; in der Ferne das laute Schreien eines Schweines, das man schlachtete; auf dem Küchentisch ein Fisch, den man ausnahm – alles das konnte er nicht mehr ertragen. Die namenlosen Qualen, die der Mensch diesen Unschuldigen auferlegt, schnürten ihm das Herz zusammen. Man stelle sich bei dem Tier nur einen Schimmer von Vernunft vor und mache sich klar, welch fürchterlicher Traum die Welt dann für es wäre, die gleichgültigen, blinden und tauben Menschen, die es erwürgen, ihm den Bauch aufschlitzen, ihm die Gedärme herausziehen, es in Stücke zerschneiden, es lebend kochen, sich manchmal daran ergötzen, daß es sich in Schmerzen windet! Gibt es unter den Menschenfressern Afrikas etwas Schrecklicheres? Das Leiden der Tiere hat für ein freies Bewußtsein etwas noch Unerträglicheres als das Leiden der Menschen. Denn dieses wird wenigstens als ein Übel angesehen, und der es verursacht, ist ein Verbrecher. Aber Tausende von Tieren werden ohne einen Schatten von Reue täglich nutzlos hingemetzelt. Wer sich darüber aufhält, macht sich lächerlich. – Das aber ist das Unverzeihliche. Dies Verbrechen allein rechtfertigt alles, was der Mensch leidet. Es schreit nach Rache gegen die Gattung Mensch. Falls ein Gott lebt und es duldet, schreit es nach Rache gegen Gott. Falls ein guter Gott lebt, muß die niedrigste lebendige Seele erlöst werden. Ist Gott nur gut zu den Stärksten, leuchtet seine Gerechtigkeit nicht über den Elenden, über den Geringen, die der Menschheit geopfert werden, so gibt es keine Güte, keine Gerechtigkeit...

Ach, leider ist das vom Menschen verübte Gemetzel gering gegenüber dem allgemeinen Schlachten des Weltalls! Die Tiere fressen einander auf. Die friedlichen Pflanzen, die stummen Bäume sind wilde Tiere untereinander. Heiterkeit der Wälder – schönrednerischer Gemeinplatz für Literaten, die die Natur nur durch ihre Bücher kennen! – In dem nahen Walde, wenige Schritte vom Hause entfernt, wurden erschreckende Kämpfe ausgefochten. Die mörderischen Buchen warfen sich auf die schönen rosigen Körper der Tannen, umschlangen ihre schlanken, antiken Säulen und erstickten sie. Sie stürzten sich über die Eichen, zerbrachen sie, machten sich Stützen aus ihnen. Die hundertarmigen Buchen, eine so stark wie zehn Bäume, säten den Tod rings um sich her. Und wenn sie keinen Feind vor sich hatten und sich untereinander begegneten, gerieten sie in ein wütendes Gemenge, durchdolchten sich, wuchsen zusammen, umwanden sich wie vorsintflutliche Ungeheuer. Etwas tiefer waren die Akazien, ausgegangen vom Waldsaum, auf den Kampfplatz getreten, griffen die Tannenwaldungen an, umspannten und packten die Wurzeln des Feindes, vergifteten sie mit ihren Säften. Kampf auf Leben und Tod, in dem der Sieger sich des Platzes und zugleich der Überreste des Besiegten bemächtigte. Dann vollendeten die kleinen Ungeheuer das Werk der großen! Die Pilze drängten sich zwischen die Wurzeln, saugten an dem kranken Baum, bis er nach und nach ausgehöhlt war. Die schwarzen Ameisen zermalmten das faulende Holz. Millionen unsichtbarer Insekten zernagten, zerstachen, zerrieben zu Staub, was Leben gewesen war... Und das Schweigen dieser Kämpfe! – O Frieden der Natur, tragische Maske, die das schmerzvolle und grausame Gesicht des Lebens verdeckt!

Mit Christof ging es rasend abwärts. Aber er war nicht der Mensch, der sich mit untätigen Armen kampflos ertränken läßt. Wenn er auch noch so gern sterben wollte, so tat er doch alles, um zu leben. Er gehörte zu denen, die, wie Mozart sagte, *sich betätigen wollen, bis es schließlich keine Möglichkeit mehr gibt, etwas zu tun*. Er fühlte, wie er unterging, und suchte, während er nach rechts und links um sich schlug, mit den Armen einen Anhaltspunkt. Er meinte ihn gefunden zu haben. Er erinnerte sich an Oliviers kleines Kind. Sofort übertrug er auf dieses seinen ganzen Lebenswillen. Er klammerte sich daran. Ja, er mußte es aufsuchen, es zurückfordern, es erziehen, es lieben, die Stelle des Vaters übernehmen, Olivier in seinem Sohn fortleben lassen. Wie hatte er in seinem selbstsüchtigen Schmerz daran denken können? Er schrieb an Cécile, die die Obhut über das Kind hatte. Er wartete fieberhaft auf Antwort. Sein ganzes Sein spannte sich diesem einen Gedanken entgegen. Er zwang sich zur Ruhe; ein Hoffnungsstrahl blieb ihm. Er hatte Vertrauen, er kannte Céciles Güte.

Die Antwort kam. Cécile schrieb, daß drei Monate nach Oliviers Tode eine Dame in Trauer zu ihr gekommen sei und ihr gesagt habe: „Geben Sie mir mein Kind zurück."

Es war sie, die einst ihr Kind und Olivier verlassen hatte – Jacqueline; sie war aber so verändert, daß man sie kaum wiedererkannte. Ihr Liebeswahn hatte nicht lange gedauert. Sie war des Geliebten noch schneller überdrüssig geworden als der Geliebte ihrer. Gebrochen, angeekelt, gealtert war sie zurückgekehrt. Der allzu laute Skandal über ihr Abenteuer hatte ihr viele Türen verschlossen. Die Gewissenlosesten waren nicht die Nachsichtigsten. Ihre eigene Mutter hatte ihr eine so beleidigende Verachtung gezeigt, daß Jacqueline nicht bei ihr bleiben konnte. Sie hatte die Heuchelei der Welt bis auf den Grund kennengelernt. Oliviers Tod hatte sie vollends zu Boden geschmettert. Sie schien so schmerzerfüllt, daß Cécile sich nicht das Recht zugestand, ihr zu verweigern, was sie forderte. Wohl war es hart, ein kleines Geschöpf wieder herzugeben, das man sich schon gewöhnt hatte als sein eigenes zu betrachten. Wie aber sollte man noch härter gegen jemanden sein, der mehr Rechte als man selbst hat und unglücklicher ist? Sie hatte an Christof schreiben und ihn um Rat fragen wollen. Christof aber hatte niemals auf die Briefe, die sie an ihn richtete, geantwortet; sie wußte seine Adresse nicht, sie wußte nicht einmal, ob er lebte oder tot war... Die Freude kommt und geht. Was tun? Verzichten. Die Hauptsache war, daß das Kind glücklich gemacht und geliebt wurde.

Der Brief kam an einem Abend an. Eine verspätete Rückkehr des Winters hatte Schnee gebracht. Er fiel die ganze Nacht. Die Bäume im Walde, die schon junge Blätter angesetzt hatten, krachten und zerbrachen unter der Schneelast. Es war eine Artillerieschlacht. Christof saß ohne Licht in seinem Zimmer, in der schneedurchhellten Finsternis, lauschte dem Wald, der Unheil zu künden schien, und fuhr bei jedem Krachen in die Höhe; er glich einem dieser Bäume, die sich knackend unter der Bürde neigen. Er sagte sich:

Jetzt ist alles zu Ende.

Die Nacht verging, der Tag brach an; der Baum war nicht gebrochen. Den ganzen neuen Tag hindurch, die folgende Nacht und die Tage und die Nächte nachher bog sich der Baum weiter und krachte; aber er brach nicht. Christof hatte keinerlei Lebenszweck mehr; und er lebte. Er hatte keinerlei Grund zum Kämpfen mehr; und er kämpfte Fuß an Fuß, Leib an Leib mit dem unsichtbaren Feind, der ihm das Rückgrat zermalmte, so wie Jakob mit dem Engel. Er erwartete von dem Kampfe nichts mehr, er erwartete nur noch das Ende, die Ruhe; aber er kämpfte immer weiter und schrie:

So zerbrich mich doch! Warum zerbrichst du mich nicht?

Die Tage verstrichen. Christof ging ohne alle Lebenskraft aus ihnen hervor. Doch hielt er sich mit Gewalt noch weiter aufrecht, er ging aus, er wanderte. Glücklich die, denen in den Finsternissen ihres Lebens eine gesunde Natur als Stütze dient! Die Beine des Vaters und des Großvaters trugen den Körper des Sohnes, der nahe am Zusammenbrechen war; die Kraft der starken Ahnen trug die zerbrochene Seele, wie den toten Ritter sein Pferd wegträgt.

Er schritt auf einem Gratweg zwischen zwei Schluchten; er ging den schmalen Fußweg hinab, zwischen dessen spitzen Steinen sich die knotigen Wurzeln verkrüppelter kleiner Eichen hinschlängelten; er ging, ohne zu wissen, wohin, und war seines Weges sicherer, als wenn ein klarer Wille ihn geführt hätte. Er hatte nicht geschlafen; seit mehreren Tagen hatte er kaum etwas gegessen. Nebel lag vor seinen Augen. Er stieg ins Tal hinab. – Es war die Woche vor Ostern. Ein grauer Tag. Der letzte Ansturm des Winters war besiegt. Der warme Frühling brütete. Aus den unteren Dörfern klangen die Glocken empor. Zuerst aus dem einen, das mit seinen buntscheckigen schwarzen und blonden Strohdächern, die wie mit Samt mit dichtem Moos bedeckt waren, am Fuße des Gebirges gleich einem Nest in einer Höhlung hockte. Dann aus einem anderen, unsichtbaren, an dem anderen Berghang. Dann aus noch anderen in der Ebene am jenseitigen Ufer des Flusses. Und das ferne Summen einer Stadt, die sich im Nebel verlor. Christof blieb stehen. Sein Herz war nahe am Vergehen. Jene Stimmen schienen ihm zuzurufen:

Komm zu uns. Hier ist der Frieden. Hier ist der Schmerz entschlafen. Entschlafen mit dem Denken. Wir wiegen die Seele so gut, daß sie in unseren Armen entschlummert. Komm, ruhe dich aus, du wirst nicht mehr erwachen...

Wie müde er sich fühlte! Wie gern er geschlafen hätte! Aber er schüttelte den Kopf und sagte:

„Ich suche nicht den Frieden, ich suche das Leben."

Er machte sich wieder auf den Weg. Er lief meilenweit, ohne es zu bemerken. In seiner überreizten Schwäche hallten die einfachsten Eindrücke unerwartet stark in ihm wider. Sein Denken warf über alles ringsumher auf der Erde und in der Luft einen phantastischen Schein. Ein Schatten, der auf der weißen und in der Sonne öden Straße vor ihm her lief, ohne daß er seine Ursache kannte, ließ ihn zusammenfahren.

Beim Heraustreten aus einem Wald befand er sich in der Nähe eines Dorfes. Er schlug einen anderen Weg ein: der Anblick von Menschen tat ihm weh. Doch konnte er ein einsames Haus nicht vermeiden, das oberhalb des Fleckens lag; es stand an den Bergrücken gelehnt und sah wie ein Sanatorium aus; ein sonniger großer Garten umgab es; ein paar Wesen irrten mit unsicheren Schritten auf den sandigen Alleen. Christof beachtete sie nicht; aber bei einer Pfadbiegung stand er einem Manne mit blassen Augen, aufgeschwemmtem und gelbem Gesicht gegenüber, der zusammengesunken auf einer Bank am Fuße zweier Pappeln saß und vor sich hin starrte. Ein anderer Mann saß neben ihm; sie schwiegen beide. Christof ging an ihnen vorüber. Aber nach wenigen Schritten blieb er stehen: diese Augen waren ihm bekannt. Er wandte sich um. Der Mann hatte sich nicht gerührt; er starrte weiter bewegungslos auf einen

Gegenstand vor sich. Aber sein Begleiter erblickte Christof, der ihm ein Zeichen machte. Er kam heran.

„Wer ist das?" fragte Christof.

„Ein Kranker der Heilanstalt", sagte der Mann, indem er auf das Gebäude zeigte.

„Ich glaube, ich kenne ihn", sagte Christof.

„Das ist möglich", sagte der andere. „Er war ein sehr bekannter Schriftsteller in Deutschland."

Christof nannte einen Namen. – Ja, er war es. – Er hatte ihn früher einmal gesehen, zu der Zeit, als er für Mannheims Zeitschrift schrieb. Damals waren sie Feinde gewesen; Christof fing damals erst an, und der andere war schon berühmt. Er war der kräftigste, selbstsicherste Mensch, der alles, was nicht ihn betraf, unendlich verachtete, ein Romanschriftsteller, dessen realistische und sinnliche Kunst die Mittelmäßigkeit der marktgängigen Literaten überragte. Christof, der ihn verabscheute, konnte nicht umhin, die Vollendung dieser materiellen, aufrichtigen und beschränkten Kunst zu bewundern.

„Vor einem Jahr hat es ihn befallen", sagte der Wärter. „Man hat ihn gepflegt, man hielt ihn für geheilt, und er kehrte nach Hause zurück. Dann ist er wiedergekommen. Eines Abends hat er sich aus dem Fenster gestürzt. In der ersten Zeit hier war er aufgeregt und schrie. Jetzt ist er recht ruhig. Er verbringt seine Tage so, wie Sie ihn da sitzen sehen."

„Was betrachtet er denn?" fragte Christof.

Er ging näher an die Bank heran. Voller Mitleid sah er das fahle Gesicht des Besiegten, seine schweren, über die Augen fallenden Lider; das eine Auge war fast geschlossen. Der Geisteskranke schien nicht zu bemerken, daß Christof da war. Christof nannte ihn beim Namen, nahm seine Hand – eine weiche, feuchte Hand, die man wie ein totes Ding nehmen konnte; er hatte nicht das Herz, sie in seinen Händen zu behalten. Der Mann schlug eine Sekunde lang seine Augen zu Christof auf, so daß nur das Weiße zu sehen war; dann starrte er wieder mit seinem kindischen Lächeln vor sich hin. Christof fragte:

„Was betrachten Sie da?"

Ohne sich zu regen, antwortete der Mann halblaut:

„Ich warte."

„Worauf?"

„Auf die Auferstehung."

Christof fuhr zusammen. Eilig ging er fort. Das Wort hatte ihn wie ein Feuerstrahl getroffen.

Er lief tiefer in den Wald hinein und stieg die Abhänge in der Richtung auf sein Haus wieder empor. In seiner Verwirrung verlor er den Weg; er war mitten in großen Tannenwaldungen. Schatten und Stille. Ein paar rötlichgelbe Sonnenflecke fielen, wer weiß, woher, in das undurchdringliche Dunkel. Christof war von diesen Lichtflecken wie gebannt. Ringsumher schien alles Nacht. Er ging auf dem Nadelteppich und stieß gegen die Wurzeln, die wie geschwollene Adern hervorstanden. Zu Füßen der Bäume weder Pflanzen noch Moos. In den Zweigen kein Vogelgesang. Die unteren Äste waren abgestorben. Alles Leben hatte sich nach oben geflüchtet, wo die Sonne war. Bald erlosch auch dieses Leben. Christof kam in einen Waldteil, der von einer geheimnisvollen Krankheit befallen war. Eine Art von langen und feinen Flechten, die wie Spinngewebe aussahen, umspannten die Zweige der roten Tannen mit ihrem Netz, fesselten sie von den Füßen bis zum Kopf, schlangen sich von einem Baum zum andern und erstickten den Wald. Man hätte sie für Meeresalgen mit tückischen Fühlern halten können. Auch das Schweigen der Meerestiefe herrschte. Oben wurde das Sonnenlicht blasser. Nebel, die sich hinterlistig in den toten Wald geschlichen hatten, umzingelten Christof. Alles verschwand; nichts mehr war da. Während einer halben Stunde irrte Christof aufs Geratewohl in dem Netz des weißen Nebels hin und her, der sich nach und nach verdichtete, schwärzer wurde und ihm in die Kehle drang. Er meinte geradeaus zu gehen und

ging unter dem gigantischen Spinngewebe, das von den erstickten Tannen herabhing, doch im Kreise herum; der Nebel ließ beim Vorüberstreichen zitternde Tropfen an ihnen hängen. Endlich lockerten sich die Maschen, eine Lücke entstand, und es gelang Christof, aus dem Tiefseewald herauszukommen. Er fand wieder lebendige Gehölze und den schweigenden Kampf der Tannen und der Buchen. Doch überall herrschte dieselbe Reglosigkeit. Die Stille, die seit Stunden brütete, beängstigte ihn. Christof blieb stehen, um zu lauschen ...
Plötzlich vernahm er in der Ferne ein Heulen, das näher kam. Ein Windstoß erhob sich aus der Tiefe des Waldes. Wie ein galoppierendes Pferd raste er über die wogenden Baumwipfel dahin. So braust Michelangelos Gott im Sturmwind vorüber. Er fuhr über Christofs Haupt dahin. Der Wald und Christofs Herz erschauerten. Das war der Verkünder ...
Wieder wurde es still. Christof war wie von heiligem Schrecken erfaßt; mit schlotternden Beinen kehrte er eilig heim. Auf der Schwelle des Hauses warf er wie ein Verfolgter einen unruhigen Blick hinter sich. Die Natur schien tot. Die Wälder, die die Abhänge des Gebirges bedeckten, schliefen wie von einer lastenden Traurigkeit bedrückt. Die reglose Luft war von zauberhafter Durchsichtigkeit. Kein Laut. Nur die düstere Musik eines Sturzbaches – das Wasser, das am Felsen frißt – ertönte wie das Totengeläut der Erde. Christof legte sich mit Fieber zu Bett. Im nahen Stall bewegten sich, unruhig wie er, die Tiere ...
Nacht. Er war eingeschlafen. Wieder erhob sich in der Stille das ferne Heulen. Der Wind kehrte zurück, diesmal als Orkan – der *Föhn** des Frühlings, der mit seinem heißen Atem die fröstelnde, noch schlafende Erde erwärmt, der *Föhn**, der das Eis schmilzt und die fruchtbaren Regenwolken zusammentreibt. Er grollte gleich dem Donner in den Wäldern jenseits der Schlucht. Er kam näher, schwoll an und nahm die Abhänge im Sturmschritt. Durch das

ganze Gebirge ging ein Brüllen. Im Stalle wieherte ein Pferd, und die Kühe muhten. Christof saß mit gesträubten Haaren im Bett und lauschte. Der Sturm kam heulend heran, ließ die Fensterläden schlagen, ließ die Wetterfahnen kreischen, ließ Dachziegel fliegen, ließ das Haus erzittern. Ein Blumentopf fiel herab und zerbrach. Christofs schlecht geschlossenes Fenster sprang keuchend auf, und der heiße Wind fuhr herein, drang Christof mitten ins Gesicht und mitten auf seine nackte Brust. Er sprang mit offenem Mund aus dem Bett und rang nach Atem. Es war, als stürzte sich in seine leere Seele der lebendige Gott. Die Auferstehung! – Die Luft drang in seine Kehle, der Strom neuen Lebens drang bis auf den Grund seines innersten Wesens. Es war, als sollte er zerbersten. Er wollte schreien, vor Schmerz und Freude schreien; doch aus seinem Munde kamen nur unartikulierte Laute. Er schwankte; er stand zwischen den Papieren, die der Gewittersturm herumwirbelte, und schlug mit den Armen gegen die Wände. Mitten im Zimmer stürzte er hin und schrie:

„O du, du! Endlich bist du zurückgekehrt!"

„Du bist zurückgekehrt, bist zurückgekehrt! O du, den ich verloren hatte! Warum hat du mich verlassen?"
„Um mein Werk zu vollenden, das du preisgegeben hast!"
„Welches Werk?"
„Den Kampf."
„Mußt du denn kämpfen? Bist du nicht Herr über alles?"
„Ich bin nicht der Herr."
„Bist du nicht alles, was ist?"
„Ich bin nicht alles, was ist. Ich bin das Leben, das das Nichts bekämpft. Ich bin nicht das Nichts. Ich bin das Feuer, das in der Nacht brennt. Ich bin nicht die Nacht. Ich bin der ewige Kampf; und über dem Kampf schwebt nicht ein ewiges Schicksal. Ich bin der freie Wille, der ewig kämpft. Kämpfe und brenne mit mir."

„Ich bin besiegt. Ich bin zu nichts mehr gut."

„Du bist besiegt? Alles scheint dir verloren? Andere werden Sieger sein. Denke nicht an dich, denke an deine Schar."

„Ich bin allein. Ich habe nur mich, und ich habe keine Schar."

„Du bist nicht allein, und du gehörst nicht dir selbst. Du bist eine meiner Stimmen, du bist einer meiner Arme. Rede für mich, strafe für mich. Doch wenn dein Arm zerbricht, deine Stimme versagt, so bleibe ich dennoch aufrecht; ich kämpfe mit anderen Stimmen, anderen Armen als den deinen. Auch besiegt, bist du ein Teil der Schar, die niemals besiegt wird. Denke daran, und du wirst noch im Tode siegen."

„Herr, ich leide so sehr!"

„Glaubst du, ich leide nicht auch? Seit Jahrtausenden schon liegt mir der Tod auf der Lauer, umspäht mich das Nichts. Nur mit siegreichen Schlägen bahne ich mir den Weg. Der Strom des Lebens ist rot von meinem Blut."

„Kämpfen, immer kämpfen?"

„Es gilt, immer zu kämpfen. Auch Gott kämpft. Gott ist ein Eroberer. Er ist ein reißender Löwe. Das Nichts kreist ihn ein; und Gott durchbricht es. Der Rhythmus des Kampfes schafft die Harmonie des Alls. Diese Harmonie ist nicht für deine sterblichen Ohren bestimmt. Genug, daß du weißt, sie ist da. Tue deine Pflicht in Frieden und überlasse das andere den Göttern."

„Ich habe keine Kraft mehr."

„Singe für die, die stark sind."

„Meine Stimme ist gebrochen."

„Bete."

„Mein Herz ist beschmutzt."

„Reiß es aus. Nimm das meine."

„Herr, es bedeutet nichts, sich selbst zu vergessen, seine müde Seele von sich zu werfen. Aber kann ich meine Toten von mir werfen, kann ich, die ich liebe, vergessen?"

„Verlasse sie, die tot sind, samt deiner toten Seele.

Lebend wirst du sie mit meiner lebendigen Seele wiederfinden."

„O du, der mich verlassen hat, wirst du mich nochmals verlassen?"

„Ich werde dich nochmals verlassen. Zweifle nicht daran. An dir ist es, mich nicht mehr zu lassen."

„Aber wenn mein Leben erlischt?"

„Entzünde es in anderen."

„Wenn der Tod in mir ist?"

„Das Leben ist anderwärts. Geh, öffne ihm deine Pforten. Tor, der du dich im zerstörten Hause verschließt! Geh aus dir hinaus. Es gibt andere Wohnstätten."

„O Leben, o Leben, ich sehe... Ich suchte dich in mir, in meiner leeren, verschlossenen Seele. Meine Seele zerbricht; durch die Fenster meiner Wunden strömt die Luft; ich atme wieder, ich finde dich wieder, o Leben!"

„Jetzt finde ich dich wieder... Schweige und lausche."

Und Christof vernahm wie ein Quellengemurmel den Sang des Lebens, der wieder in ihn einströmte. Auf sein Fensterbrett gelehnt, sah er den Wald, der gestern tot war und jetzt in Sonne und Wind aufwallte, aufgewühlt gleich dem Ozean. Über die Wipfel der Bäume strichen gleich Freudenschauern die Wellen des Windes; und die gebeugten Zweige reckten ihre Arme wie in Begeisterung dem leuchtenden Himmel entgegen. Und der Wildbach klang wie das Lachen einer Glocke. Die Landschaft, die gestern noch im Grabe lag, war auferstanden; das Leben war zur selben Zeit in sie zurückgekehrt wie die Liebe in Christofs Herz. Wunder der Seele, die, von der Gnade berührt, zum Leben erwacht. Alles erwacht rings um sie her. Das Herz beginnt von neuem zu schlagen. Das Auge des Geistes öffnet sich wieder. Die versiegten Bronnen beginnen wieder zu fließen.

Und Christof kehrte zurück in die göttliche Schlacht... Wie klein wurden seine eigenen Kämpfe, die menschlichen

Kämpfe, in diesem gigantischen Ringen, in dem es Sonnen regnet wie Schneeflocken, die der Sturmwind daherfegt... Er hatte seine Seele abgestreift. Wie in den Träumen, in denen man im Raume schwebt, so schwebte er über sich selber, er sah sich aus der Höhe in dem Zusammenspiel der Dinge; und mit einem Blick offenbarte sich ihm der Sinn seines Strebens, der Wert seiner Leiden. Seine Kämpfe nahmen teil an dem großen Weltenkampf. Sein Irrweg war die Episode eines Augenblicks, die sofort wieder ausgeglichen war. So wie er für alle stritt, stritten alle für ihn. Sie teilten seine Prüfungen; er hatte teil an ihrem Ruhm.

Gefährten, Feinde, geht über mich hinweg, zermalmt mich, daß ich fühle, wie die Räder der siegreichen Kanonen über meinen Leib rollen! Ich denke nicht an das Eisen, das mir das Fleisch durchfurcht, ich denke nicht an den Fuß, der mein Haupt zertritt, ich denke an meinen Rächer, an den Meister, an den Herrn des unermeßlichen Heeres. Mein Blut wird der Zement seines künftigen Sieges...

Gott war für Christof nicht der fühllose Schöpfer, nicht Nero, der von seinem ehernen Turm herab den Brand der Stadt betrachtet, den er selbst entzündet hat. Gott kämpfte. Gott litt. Mit allen denen, die kämpften und litten. Denn er war das Leben, der Tropfen Licht, der, in das Dunkel gefallen, sich weitet und dehnt und die Nacht auftrinkt. Doch grenzenlos ist die Nacht, und niemals ruht der göttliche Kampf; und niemand kann wissen, wie er einst enden wird. Heldische Symphonie, in der selbst die Dissonanzen, die aufeinanderstoßen und miteinander verschmelzen, ein frohes Konzert ergeben! Gleich dem Buchenwald, der in der Stille wütende Schlachten liefert, so führt das Leben Krieg im ewigen Frieden.

Diese Kämpfe, dieser Frieden fanden in Christof ein Echo. Er war wie eine Muschel, in der der Ozean rauscht. Heldengeschrei ertönte in ihm, Trompetenrufe, Stöße von Klängen im Schwung erhabener Rhythmen. Denn dieser klangreichen Seele offenbarte sich alles in Klängen. Das Licht sang in ihr, die Nacht sang in ihr, das Leben und der Tod. Seine Seele sang für die Sieger in der Schlacht. Sie sang für ihn selbst, den Besiegten. Sie sang. Alles war Sang. Sie war ein einziger Sang.

Gleich dem Frühlingsregen ergossen sich die Sturzbäche der Musik in den durch den Winter geborstenen Boden. Schmach, Kummer, Bitterkeit offenbarten jetzt ihre geheimnisvolle Mission: sie hatten die Erde durchackert und hatten sie fruchtbar gemacht; das Pflugschar des Schmerzes hatte sein Herz durchfurcht und neue Lebensquellen erschlossen. Die Steppe blühte wieder auf. Aber es waren nicht mehr die Blüten des vorigen Frühlings. Eine neue Seele war geboren.

In jedem Augenblick gebar sie sich neu. Denn sie war noch nicht verknöchert und geformt, wie die Seelen sind, die das Ende ihres Wachstums erreicht haben, die Seelen, die sterben werden. Sie war nicht die Statue, sie war das Metall im Fluß. Jede Sekunde schuf aus ihr ein neues Universum. Christof kam es nicht in den Sinn, sich Grenzen zu stecken. Er überließ sich der Freude eines Menschen, der die Last seiner Vergangenheit hinter sich wirft und sich mit jungem Blut, mit freiem Herzen zu einer langen Reise aufmacht, die Meeresluft einatmet und denkt, daß die Reise niemals ein Ende nehmen wird. Jetzt, da ihn von neuem die schöpferische Kraft erfaßte, die die Welt durchströmt, drohte ihn der Reichtum der Welt zu ersticken wie ein Rausch. Er liebte, er *war* sein Nächster wie er selbst. Und alles war ihm „der Nächste", das Gras, das er trat, die Hand, die er drückte. Ein Baum, der Schatten einer Wolke auf dem Berge, der Duft der Wiesen, den der Wind herübertrug, nachts der summende Schwarm der Sonnen am Himmel – alles war wie ein Wirbel im Blut... Er hatte keine Lust, zu reden oder zu denken, er hatte nur noch Lust, zu lachen und zu weinen und sich mit diesem lebendigen Wunder zu verschmelzen. Schreiben, warum schreiben? Kann man das Unaussprechliche niederschreiben? – Aber ob man es konnte oder nicht, er mußte schreiben. Das war sein Gesetz. Wie Blitze trafen ihn die Gedanken, wo immer er sich auch befand, am häufigsten beim Spazierengehen. Unmöglich konnte er warten. Dann schrieb er, ganz gleich, womit, ganz gleich, worauf; er wäre oft nicht fähig gewesen, zu sagen, was diese Sätze bedeuteten, die in unaufhaltbarem Strom aus ihm hervorsprudelten; und während er schrieb, kamen ihm neue Gedanken und immer neue, und er schrieb, schrieb auf seine Manschetten oder auf sein Hutfutter; so schnell er auch schrieb, sein Denken lief noch schneller, so daß er eine Art Stenographie benutzen mußte.

Es waren vorläufig nur gestaltlose Notizen. Die Schwierigkeiten begannen, wenn er diese Gedanken in gewohnte musikalische Formen gießen wollte; er machte die Entdeckung, daß keine der alten Gußformen für sie paßte; wenn er seine Geschichte getreu wiedergeben wollte, mußte er damit beginnen, jede gehörte Musik und alles, was er geschrieben hatte, zu vergessen, reinen Tisch mit jedem erlernten Formelwesen und der überlieferten Technik zu machen, die Krücken eines kraftlosen Geistes fortzuwerfen und das Bett zu verlassen, das für die Faulheit derer bereitsteht, die die Anstrengungen des eigenen Denkens fliehen und sich in das Denken anderer betten. Damals, als er zur Reife seines Lebens und seiner Kunst gelangt zu sein glaubte (in Wirklichkeit war er nur am Ende eines seiner Leben angekommen), damals drückte er sich in einer Sprache aus, die schon vor seinem Denken bestanden hatte; sein Empfinden hatte sich ohne Auflehnung der Logik einer vorher festgesetzten Entwicklung unterworfen, die ihm im voraus einen Teil seiner Gebilde diktierte und ihn auf gebahnten Wegen sanft zu dem hergebrachten Ausdruck hinleitete, den das Publikum von ihm erwartete. Jetzt gab es keinen Weg mehr für ihn, sein Gefühl mußte ihn sich selber bahnen; der Geist hatte nur zu folgen. Seine Rolle bestand nicht mehr darin, die Leidenschaft zu beschreiben oder zu analysieren; er mußte mit ihr verschmelzen, mußte sich mit ihrem inneren Gesetz vermählen.

Gleichzeitig lösten sich die Widersprüche, mit denen sich Christof seit langem herumgeschlagen hatte, ohne daß er es sich hatte zugeben wollen. Denn war er auch ein reiner Künstler, so hatte er doch oft fremde Bestandteile mit seiner Kunst vermischt; er legte ihr eine soziale Mission bei. Und er merkte nicht, daß zwei Menschen in ihm lebten: der schöpferische Künstler, der sich um keinerlei moralischen Zweck kümmerte, und der Tatmensch, der Vernunftmensch, der verlangte, daß seine Kunst moralisch und sozial sei. Manchmal setzte der eine den andern in sonderbare Verwirrung. Jetzt, da jeder schöpferische Gedanke sich ihm in organischer Gesetzmäßigkeit wie eine höhere Wirklichkeit aufzwang, war er der Dienstbarkeit der praktischen Vernunft enthoben. Allerdings verlor er nichts von seiner Verachtung für die schwächliche und verderbte Sittenlosigkeit der Zeit; allerdings dachte er immer noch, daß eine unreine und ungesunde Kunst auf der untersten Stufe der Kunst stehe, weil sie eine Krankheit ist, ein Pilz, der auf einem verwesenden Stamme wächst; aber wenn die Unterhaltungskunst die Prostitution der Kunst ist, so stellte ihr Christof nicht den kurzsichtigen Nützlichkeitssinn der sittlichen Kunst gegenüber, diesen flügellosen Pegasus, der den Pflug zieht. Die höchste Kunst, die einzige, die dieses Namens würdig ist, steht über den Gesetzen eines Tages; sie ist ein Komet, der durch die Unendlichkeit schießt. Möglich, daß diese Kraft in der Ordnung der praktischen Dinge nützlich, möglich auch, daß sie unnütz oder gefährlich erscheint; aber sie ist die Kraft, sie ist das Feuer; sie ist der Blitz, der vom Himmel zuckt: und dadurch ist sie geheiligt, dadurch ist sie wohltuend. Ihre Wohltaten können sogar praktischer Art sein; ihre wahren, ihre göttlichen Wohltaten aber sind wie der Glaube übernatürlicher Art. Sie gleicht der Sonne, der sie entstammt. Die Sonne ist weder sittlich noch unsittlich. Sie ist. Sie erhellt die Nacht des unendlichen Raumes. So auch die Kunst.

Christof, der ihr ergeben war, erlebte nun die Überraschung, zu sehen, daß unbekannte Mächte aus ihr emporstiegen, die er nicht geahnt hatte: etwas ganz anderes als seine Leidenschaften, seine Traurigkeiten, seine bewußte Seele, vielmehr eine fremde Seele, die allem, was er geliebt und gelitten hatte, seinem ganzen Leben gleichgültig gegenüberstand, eine fröhliche, phantastische, wilde, unverständliche Seele! Sie ritt ihn, sie gab ihm die Sporen. Und in den seltenen Augenblicken, in denen er zu Atem kam, wenn er überlas, was er eben geschrieben hatte, fragte er sich:

Wie konnte das, gerade das, aus mir hervorgehen?

Er fiel jenem geistigen Rausch zur Beute, den jedes Genie kennt, dem von Wollen unabhängigen Willen, dem *unaussprechlichen Welt- und Lebensrätsel,* das Goethe *das Dämonische* nannte und gegen das er gewappnet blieb, das ihn aber unterwarf.

Und Christof schrieb und schrieb. Tagelang, wochenlang. In gewissen Perioden kann sich der befruchtete Geist einzig aus sich selber nähren und schafft in beinahe unbegrenzter Weise. Die zarteste Berührung mit der Außenwelt, ein einziges vom Wind herbeigetragenes Samenkorn genügt, und die inneren Keime, Myriaden von Keimen, sprießen auf und blühen. Christof fand nicht Zeit zu denken, er fand nicht Zeit zu leben. Die schöpferische Seele herrschte über die Ruinen des Lebens.

Dann aber hörte das auf. Christof ging zerbrochen, verbrannt, um zehn Jahre gealtert daraus hervor – aber gerettet. Er hatte sein Selbst verlassen, er war in Gott eingezogen.

Weiße Büschel waren plötzlich in seinem schwarzen Haar erschienen, gleich den Herbstblumen, die in einer Septembernacht in den Feldern auftauchen. Neue Runzeln durchfurchten seine Wangen. Aber die Augen hatten ihre Ruhe wiedergewonnen, und der Mund war ergebungsvoll geworden. Er war beruhigt. Er begriff jetzt. Er begriff die Eitelkeit seines Stolzes, die Eitelkeit des menschlichen Stolzes überhaupt unter der drohenden Faust der weltenbewegenden Macht. Niemand ist mit Sicherheit Herr seiner selbst. Es gilt zu wachen. Denn wenn man einschläft, stürzt sich die göttliche Macht über uns und trägt uns in wer weiß welche Abgründe fort. Oder die Flut, die uns mit sich reißt, strömt zurück und läßt uns in ihrem trockenen Bett. Nicht einmal der Wille genügt, um zu kämpfen. Man muß sich demütigen vor dem unbekannten Gott, der flat ubi vult, der, wann und wo er will, als Liebe, Tod oder Leben daherfährt. Der menschliche Wille vermag nichts ohne den seinen. Eine einzige Sekunde genügt ihm, Jahre der Arbeit und der Anstrengungen zunichte zu machen. Und wenn es ihm gefällt, kann er das Ewige aus Staub und Schmutz aufsprießen lassen. Niemand hängt mehr von ihm ab als der schaffende Künstler: denn wenn er wahrhaft groß ist, redet er nur das, was der Geist ihm eingibt.

Und Christof begriff die Weisheit des alten Haydn, der sich jeden Morgen, bevor er die Feder nahm, auf die Knie warf... Vigila et ora. Wachet und betet. Betet zu Gott, daß er mit euch sei. Bleibt in liebender und frommer Gemeinschaft mit dem Geist des Lebens.

Gegen Ende des Sommers entdeckte ein Pariser Freund, der durch die Schweiz kam, Christofs Zufluchtsort. Er besuchte ihn. Es war ein Musikkritiker, der sich stets als der beste Beurteiler von Christofs Vertonungen erwiesen hatte. Er wurde von einem bekannten Maler begleitet, der sich ebenfalls als ein leidenschaftlicher Musikfreund und Bewunderer Christofs bekannte. Sie erzählten ihm von dem bedeutenden Erfolg seiner Werke: man spielte sie überall in Europa. Christof bezeigte wenig Interesse für diese

Nachricht: die Vergangenheit war für ihn tot, jene Werke zählten nicht mehr. Auf die Bitten seines Besuchers hin zeigte er ihm, was er kürzlich geschrieben hatte. Der andere begriff nicht das geringste. Er dachte, Christof sei verrückt geworden.

„Keine Melodie, kein Takt, keine thematische Arbeit; eine Art von flüssigem Kern, eine Materie im Guß, die noch nicht erkaltet ist, die alle Formen annimmt und doch keine hat; die an nichts erinnert; Lichtscheine in einem Chaos."

Christof lächelte.

„Das ist es ungefähr", sagte er. *„Die Augen des Chaos, die durch den Schleier der Ordnung leuchten..."*

Der andere aber verstand den Ausspruch von Novalis nicht.

(Er hat sich ausgeschrieben, dachte er.)

Christof versuchte nicht, sich verständlich zu machen.

Beim Abschied begleitete er seine Gäste ein Stück Wegs, um ihnen sein Gebirge zu zeigen. Aber er ging nicht sehr weit mit. Vor einer Wiese redete der Musikkritiker von Pariser Theaterdekorationen, und der Maler notierte sich die Farbtöne ohne Nachsicht gegen die Ungeschicklichkeit ihrer Zusammenstellungen, die er von schweizerischem Geschmack fand, Rhabarbertorte, sauer und flach, im Hodlerschen Stil; im übrigen trug er der Natur gegenüber eine Gleichgültigkeit zur Schau, die nicht gänzlich erheuchelt war. Er tat, als sähe er sie nicht.

„Die Natur! Was soll das heißen? Kenne ich nicht. Licht, Farbe, na ja. Die Natur ist mir höchst schnuppe..."

Christof schüttelte ihnen die Hand und ließ sie gehen. Alles das beunruhigte ihn nicht mehr. Sie standen am andern Abhang der Schlucht. Es war gut so. Er würde zu niemandem sagen:

Nehmt denselben Weg, damit ihr zu mir kommt.

Das schöpferische Feuer, das ihn monatelang durchglüht hatte, war erloschen. Aber Christof bewahrte in seinem

Herzen die wohltuende Wärme. Er wußte, das Feuer würde wieder aufflammen, wenn nicht in ihm, so rings um ihn her. Wo immer es wäre, er würde es mit gleicher Kraft lieben: denn es würde immer dasselbe Feuer sein. An diesem Septemberabend fühlte er, es war ausgebreitet in der ganzen Natur.

Er stieg wieder zu seinem Haus hinauf. Ein Gewitter war niedergegangen. Jetzt schien die Sonne. Die Wiesen dampften. Von den Apfelbäumen fielen die reifen Früchte ins feuchte Gras. Die Spinnennetze, die in den Tannenzweigen hingen und vom Regen noch glänzten, sahen aus wie die altertümlichen Räder der mykenischen Wagen. Am Rande des durchnäßten Waldes ließ der Grünspecht sein abgerissenes Lachen ertönen. Und Myriaden kleiner Wespen, die in den Sonnenstrahlen tanzten, erfüllten das Waldgewölbe mit ihrem langgezogenen tiefen Orgelton.

Christof befand sich in einer Lichtung, in der Senkung einer Gebirgsfalte, einem geschlossenen Tälchen von regelrecht ovaler Form, das die untergehende Sonne mit ihrem Licht überflutete: rote Erde; in der Mitte ein goldfarbenes, spätes kleines Kornfeld und rostfarbene Binsen. Ringsherum ein Waldgürtel, den der Herbst färbte: kupferrote Buchen, gelbe Kastanien, Ebereschen mit korallenfarbenen Beeren, flammende Kirschbäume mit ihren kleinen Feuerzungen, das orangegelbe Blattwerk des Heidelbeergesträuchs, Zedratbäume, braun wie verbrannter Zunder. Ganz wie ein brennender Busch. Und mitten aus diesem flammenden Kelch stieg eine Lerche empor, trunken von Korn und Sonne.

Und Christofs Seele glich der Lerche. Sie wußte, daß sie bald niederfallen würde, und das noch viele Male. Aber sie wußte auch, daß sie unermüdlich wieder zum Licht emporsteigen und ihr Tirili singen würde, das zu denen spricht, die dort unten leben unter dem himmlischen Licht.

Zehntes Buch

DER NEUE TAG

VORWORT ZUM LETZTEN BUCH

Ich habe die Tragödie einer Generation geschrieben, die im Schwinden begriffen ist. Ich habe nichts von ihren Lastern und von ihren Tugenden zu verheimlichen gesucht, nichts von der auf ihr lastenden Traurigkeit, von ihrem wirren Hochmut, ihrem heldenhaften Bestreben im Ertragen des Leides, das ihnen eine übermenschliche Aufgabe erdrückend aufgebürdet hat: ein ganzes Stück Welt neu zu schaffen, eine Moral, eine Ästhetik, einen Glauben, eine neue Menschheit. – So sind wir gewesen.

Ihr Menschen von heute, ihr jungen Menschen, nun ist die Reihe an euch! Schreitet über unsere Leiber hinweg und tretet in die vorderste Reihe. Seid größer und glücklicher als wir.

Ich selbst nehme Abschied von dem, was meine Seele war; ich werfe sie hinter mich wie eine leere Hülle. Das Leben ist eine Folge von Toden und Auferstehungen. Laß uns sterben, Christof, auf daß wir wiedergeboren werden.

Oktober 1912 R. R.

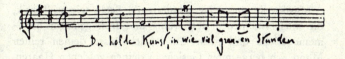

Das Leben vergeht. Körper und Seele verebben wie eine Woge. Die Jahre graben sich in das Holz des alternden Baumes. Die ganze Welt der Formen verbraucht sich und erneuert sich wieder. Du allein vergehst nicht, unsterbliche Musik. Du bist das innere Meer. Du bist die tiefe Seele. In deinen klaren Augen spiegelt sich das düstere Gesicht des Lebens nicht. Fern von dir flieht wie die Herde der Wetterwolken der Zug der heißen, der kalten, der fiebernden Tage dahin, die die Sorge jagt und die ohne Dauer sind. Du allein vergehst nicht. Du bist außerhalb der Welt. Du bist eine Welt für dich. Du hast deine Sonne, deine Gesetze, deine Flut und deine Ebbe. In dir ist der Frieden der Sterne, die durch das Feld der nächtlichen Räume ihre Lichtfurchen ziehen – silberne Pflugschare, die die sichere Hand des unsichtbaren Hirten führt.

Musik, heitere Musik, wie wohl tut dein Mondlicht den Augen, die vom scharfen Glanz der Sonne hier unten müde wurden! Die Seele, die das Leben kennt, wendet sich ab von der allgemeinen Tränke, in der die Menschen, wenn sie trinken wollen, den Schlamm mit den Füßen aufrühren; sie eilt an deinen Busen und saugt an deinen Brüsten den frischen Quell des Traumes. Musik, jungfräuliche Mutter, die alle Leidenschaften in ihrem unberührten Leibe trägt, die Gutes und Böses im See ihrer Augen birgt, in dem binsenfarbenen, dem blaßgrünen Wasser, das von den Gletschern kommt – du stehst über dem Bösen, du stehst über dem Guten; wer sich zu dir flüchtet, lebt außerhalb der Jahrhunderte; die Zahl seiner Tage wird sein wie ein einziger Tag; und der Tod, der alles zernagt, verliert seine Macht über ihn.

Musik, die du meine schmerzende Seele wiegst, Musik, die mich von neuem fest, ruhig und froh gemacht hat – meine Liebe und mein Gut –, ich küsse deinen reinen Mund, ich berge mein Gesicht in deinen goldenen Haaren, ich bette meine brennenden Lider in deine weichen Hände. Wir schweigen, unsere Augen sind geschlossen, und doch sehe ich das unauslöschliche Licht deiner Augen, und doch trinke ich das Lächeln deines stummen Mundes; und an deinem Herzen geborgen, lausche ich dem Schlage ewigen Lebens.

ERSTER TEIL

Christof zählt nicht mehr die fliehenden Jahre. Tropfen für Tropfen verrinnt das Leben. Aber *sein* Leben ist anderswo. Es hat keine Geschichte mehr. Seine Geschichte ist das Werk, das er schafft; der unaufhörliche Sang der Musik, der dumpf die Seele erfüllt und sie für das Getöse der Außenwelt unempfindlich macht.

Christof hat gesiegt. Sein Name hat sich durchgesetzt. Das Alter kommt. Seine Haare sind weiß geworden. Das kümmert ihn nicht; sein Herz bleibt immer jung; es hat nichts von seiner Kraft und seinem Glauben eingebüßt. Er hat die Ruhe wiedergefunden; aber es ist nicht mehr dieselbe, die er hatte, bevor er durch den feurigen Busch schritt. In ihm zittert die Erregung über den Gewittersturm und über den Blick in den Abgrund nach, den das aufgepeitschte Meer vor ihm aufgetan hat. Er weiß, daß niemand sich rühmen darf, Herr seiner selbst zu sein, es sei denn, Gott, der die Kämpfe lenkt, läßt es zu. Zwei Seelen leben in seiner Brust. Die eine ist ein von Winden und Wolken gepeitschtes Hochland. Die andere, die jene beherrscht, ist ein Schneegipfel, der im Lichte badet. Verweilen kann man dort nicht; doch wenn man von den Tiefennebeln erstarrt ist, kennt man den Weg, der zur Sonne führt. In seiner Nebelseele ist Christof nicht allein. Er fühlt die Gegenwart der unsichtbaren Freundin, der starken heiligen Cäcilia mit den großen und ruhigen Augen, die dem Himmel lauschen; und wie den Apostel Paulus – auf Raffaels Gemälde –, der, auf sein Schwert gestützt, sinnend schweigt, erregt ihn nichts mehr; er denkt nicht mehr ans Kämpfen; er träumt, und er schmiedet seinen Traum.

In dieser Periode seines Lebens schrieb er vor allem Kompositionen für Klavier und Kammermusik. Darin hat man mehr Freiheit, etwas zu wagen; es gibt weniger Zwischenstufen zwischen dem Gedanken und seiner Verwirklichung: der Gedanke hat nicht Zeit gehabt, sich unterwegs abzuschwächen. Frescobaldi, Couperin, Schubert und Chopin sind durch ihre Kühnheit im Ausdruck und im Stil den Revolutionären des Orchesters um fünfzig Jahre voraus gewesen. Aus dem tönenden Teig, den die kräftigen Hände Christofs kneteten, wurden bisher unbekannte harmonische Gebilde, schwindelerregende Akkordfolgen, die von den entlegensten Tonverbindungen herrührten, für die unser heutiges Empfindungsvermögen noch empfänglich ist; sie wirkten auf den Geist wie ein heiliger Zauber. – Aber das Publikum braucht Zeit, um sich an die Eroberungen zu gewöhnen, die ein großer Künstler vom Tauchen auf den Meeresgrund mitbringt. Sehr wenige folgten Christof in der Kühnheit seiner letzten Kompositionen. Sein Ruhm galt ganz und gar seinen ersten Werken. Das Gefühl dieses Unverstandenseins im Erfolg, noch qualvoller als im Mißerfolg, weil es unheilbar erscheint, hatte bei Christof seit dem Tode seines einzigen Freundes die etwas krankhafte Neigung, sich von der Welt zurückzuziehen, noch vertieft.

Inzwischen hatten sich ihm die Tore Deutschlands wieder geöffnet. In Frankreich war sein tragisches Abenteuer in Vergessenheit geraten. Er konnte nach seinem Belieben gehen, wohin er wollte. Aber er fürchtete die Erinnerungen, die ihn in Paris erwarteten. Und obgleich er für einige Monate nach Deutschland zurückgekehrt war, obgleich er von Zeit zu Zeit wieder hinging, um seine Werke zu dirigieren, hatte er sich dort nicht niedergelassen. Allzu vieles verletzte ihn dort, Dinge, die nicht nur Deutschland eigentümlich waren; er fand sie auch anderwärts. Aber man ist gegen sein Land anspruchsvoller als gegen ein anderes, und man leidet unter seinen Schwächen mehr. Im übrigen trug Deutschland in der Tat die schwerste Sündenlast Europas. Wenn man den Sieg errungen hat, ist man dafür verantwortlich, man ist der Schuldner der Besiegten geworden; man übernimmt stillschweigend die Verpflichtung, ihnen vorauszuschreiten, ihnen den Weg zu weisen. Der siegreiche Ludwig XIV. brachte Europa den Glanz der französischen Vernunft. Welches Licht hat das Deutschland von Sedan der Welt gebracht? Das Blitzen der Bajonette? Eine Gedankenwelt ohne Schwung, Tatkraft ohne Großherzigkeit, einen brutalen Wirklichkeitssinn, der nicht einmal die Entschuldigung hat, der des gesunden Menschen zu sein; die Gewalt und die Gier nach Vorteilen: Mars als Geschäftsreisender. Vierzig Jahre lang hatte sich Europa furchterfüllt durch die Nacht geschleppt. Die Sonne war unter dem Helm des Siegers verborgen. Wenn Besiegte, zu schwach, um den Helm vom Licht wegzuheben, nur auf ein mit etwas Verachtung gemischtes Mitleid Anspruch haben, welches Gefühl verdient dann der Mann mit dem Helm?

Seit kurzem kündigte sich ein neuer Tag an; durch die Spalten drang etwas Licht. Um als einer der ersten die Sonne aufgehen zu sehen, war Christof aus dem Bereich des Helmes geflohen; er kehrte gern in das Land zurück, in dem er einst gezwungenermaßen Gast gewesen war: in die Schweiz. Wie so viele Geister der damaligen Zeit, in denen die Freiheit gärte, die im engen Kreis der feindlichen Nationen nach Luft rangen, suchte er einen Erdenwinkel, in dem man über Europa stand und atmen konnte. Einst, zu Goethes Zeit, war das Rom der freien Päpste die Insel gewesen, auf der sich die Gedanken aller Völker niederließen, wie die Vögel im Unterschlupf vor dem Gewitter. Welche Zuflucht wäre es heute? Die Insel ist vom Meere bedeckt. Rom ist nicht mehr. Die Vögel sind von den sieben Hügeln geflohen. – Die Alpen bleiben ihnen. Dort hält sich inmitten des gierigen Europas (für wie lange noch?) das Eiland der vierundzwanzig Kantone. Allerdings strahlt es nicht den Zauberschein der Ewigen Stadt aus. Die Geschichte hat dort der Luft, die man atmet, nicht den Duft der Götter und der Helden gegeben; aber aus der nackten Erde steigt eine machtvolle Musik; die Linien der Berge haben heldenhafte Rhythmen; und mehr als anderwärts fühlt man hier die Berührung mit den elementaren Mächten. Christof suchte dort kein romantisches Vergnügen. Ein Feld, ein paar Bäume, eine Quelle, der weite Himmel hätten ihm zum Leben genügt. Das ruhige Antlitz seiner Heimaterde stand ihm innerlich näher als die gigantische Alpenwelt. Aber er konnte nicht vergessen, daß er hier seine Kraft wiedergewonnen hatte; hier war ihm Gott im feurigen Busch erschienen; niemals kehrte er dahin zurück, ohne daß ihn ein Schauer von Dankbarkeit und Glauben durchrann. Er war nicht der einzige. Wie viele Lebenskämpfer, die das Leben zermürbt hatte, fanden auf diesem Boden die notwendige Kraft wieder, den Kampf von neuem aufzunehmen und noch einmal an ihn zu glauben!

Während er in diesem Lande lebte, hatte er es kennengelernt. Die meisten Durchreisenden sahen an ihm nur die Auswüchse: den Aussatz der Hotels, der die schönsten Züge dieser kraftvollen Erde entstellt, die Fremdenstädte, das heißt die ungeheuren Kaufhäuser, in denen das satte Volk der ganzen Welt seine Gesundheit kauft, seine Tabled'hôte-Mahlzeiten, diese in den Raubtierkäfig geworfenen Fleischmassen, seine Kasinokonzerte, deren Lärm sich mit dem Lärm der Spieltische mengt, die gemeinen italienischen Hanswürste, bei deren widerwärtigem Gebrüll die gelangweilten reichen Dummköpfe vor Vergnügen außer sich geraten, all den Unsinn in den Schaufenstern: Holzbären, Häuschen, alberne Nippsachen, die sich erfindungsarm sklavisch immer wiederholen, die Skandalbroschüren in den ehrbaren Buchläden – den ganzen sittlichen Tiefstand jener Orte, in die sich jedes Jahr Millionen von unlustigen Müßiggängern stürzen, unfähig, Zerstreuungen zu finden, die höher stehen als die des Pöbels und die noch nicht einmal so lebendig sind.

Und nichts kennen sie vom Leben des Volkes, bei dem sie zu Gast sind. Sie ahnen nichts von den Schätzen sittlicher Kraft und bürgerlicher Freiheit, die sich seit Jahrhunderten in ihm aufgespeichert haben, nichts von den Kohlen aus der Feuersbrunst eines Calvin und eines Zwingli, die noch unter der Asche glühen, nichts von dem kraftvollen demokratischen Geist, den die Napoleonische Republik niemals anerkennen wird, von dieser Schlichtheit der Einrichtungen und von dieser Größe sozialer Werke, nichts von dem Beispiel, das diese Vereinigten Staaten der drei Hauptvölker des Abendlandes, dieses Miniaturbild des zukünftigen Europas, der Welt geben. Noch weniger ahnen sie etwas von der Daphne, die sich unter dieser harten Rinde birgt, von den blitzgrellen und ungebändigten Träumen eines Böcklin, von dem rauhen Heldentum eines Hodler, den heiterernsten Geschichten und dem derben Freimut eines Gottfried Keller, von dem titanischen Heldenlied, dem olympischen Licht des großen Sängers Spitteler oder von den lebendigen Überlieferungen der großen Volksfeste und dem Frühlingssaft, der den Wald schwellt – diese ganze, noch junge Kunst, die bald herbe schmeckt wie kernige Früchte wilder Birnbäume, bald fade und zuckrig wie schwarzblaue Heidelbeeren, die aber wenigstens nach Erde duftet, ist das Werk von Autodidakten, die eine uralte Kunst keineswegs von ihrem Volke trennt und die mit ihm in demselben Buch des Lebens lesen.

Christof empfand Zuneigung zu diesen Menschen, die weniger scheinen als sein wollen und die unter dem neuen Lack eines übermodernen Industriegeistes manche der erfrischendsten Züge des bäuerlichen und bürgerlichen alten Europas bewahren. Er hatte unter ihnen zwei oder drei gute Freunde gewonnen, die feierlich, ernsthaft und treu, einsam und verschlossen in der Sehnsucht nach der Vergangenheit lebten; sie schauten dem langsamen Verschwinden der alten Schweiz in einer Art von religiösem Fatalismus, mit kalvinistischem Pessimismus zu: große, aber verdüsterte Seelen. Christof sah sie selten. Seine alten Wunden waren scheinbar vernarbt; aber sie waren zu tief gewesen, um ganz zu heilen. Er hatte Furcht, wieder mit den Menschen anzuknüpfen. Er hatte Furcht, sich wieder an die Kette von Sehnsucht und Schmerzen zu legen. Gerade darum fühlte er sich wohl in einem Lande, in dem es leicht war, für sich zu leben, ein Fremder unter der Menge von Fremden. Im übrigen hielt er sich selten lange am selben Ort auf; er wechselte häufig die Raststätte: ein alter Zugvogel, der Weite braucht und dessen Heimat die Luft ist. *Mein Reich ist in der Luft ...**

Ein Sommerabend.

Er wanderte im Gebirge umher, oberhalb eines Dorfes. Er trug den Hut in der Hand und ging einen in Windungen aufsteigenden Weg. Auf einem Paß machte dieser zwischen zwei Abhängen eine doppelte Wendung; Haselnußsträucher und Tannen faßten ihn ein. Er glich einer abgeschlossenen kleinen Welt. An der einen und der anderen Biegung schien der Weg, sich bäumend am Rande der Leere, zu Ende zu sein. Über ihm blaue Fernen, leuchtende Luft. Der Abendfrieden sank allmählich nieder gleich einem Wasserrinnsal, das unterm Moose tropft.

Sie tauchten beide gleichzeitig auf, jeder an einer der sich gegenüberliegenden Wegbiegungen. Sie war in Schwarz gekleidet und hob sich von der Klarheit des Himmels ab; hinter ihr kamen zwei Kinder, ein kleiner Junge und ein Mädelchen zwischen sechs und acht Jahren, die spielten und Blumen pflückten. Einige Schritte voneinander entfernt, erkannten sie sich. Ihre Augen verrieten ihre Ergriffenheit; aber kein lautes Wort, nur eine unmerkliche Gebärde. Er war sehr verwirrt; ihre Lippen zitterten ein wenig. Sie blieben stehen. Beinahe flüsternd klang es:

„Grazia!"

„Sie hier!"

Sie gaben sich die Hand und verharrten wortlos. Grazia machte als erste Anstalten, das Schweigen zu brechen. Sie sagte, wo sie wohnte, sie fragte, wo er wäre. Mechanische Fragen und Antworten, die sie kaum hörten, die sie erst später verstanden, als sie sich getrennt hatten: sie waren einer in des anderen Anblick vertieft. Die Kinder waren herangekommen. Sie stellte sie ihm vor. Er empfand eine feindselige Stimmung gegen sie. Er sah sie gütelos an und sagte nichts; er war von ihr erfüllt und einzig damit beschäftigt, ihr schönes, ein wenig leidendes und gealtertes Gesicht zu studieren. Sie wurde unter seinen Augen befangen. Sie sagte:

„Wollen Sie heute abend zu mir kommen?"

Sie nannte den Namen des Hotels.

Er fragte, wo ihr Mann sei. Sie wies auf ihre Trauerkleider. Er war zu bewegt, um die Unterhaltung fortzusetzen. Linkisch verließ er sie. Nachdem er aber zwei Schritte gemacht hatte, wandte er sich den Kindern wieder zu, die Erdbeeren pflückten, umarmte sie mit Heftigkeit, küßte sie und lief davon.

Abends kam er in das Hotel. Sie saß in der Glasveranda. Sie setzten sich abseits. Wenige Menschen: zwei oder drei alte Leute. Christof wurde durch deren Gegenwart dumpf gereizt. Grazia betrachtete ihn. Er betrachtete Grazia, indes er ganz leise immer wieder ihren Namen sagte.

„Ich habe mich sehr verändert, nicht wahr?" fragte sie.

Sein Herz war von Erregung geschwellt.

„Sie haben gelitten", sagte er.

„Sie auch", meinte sie voller Mitleid und schaute sein durch das Leid und durch die Leidenschaft verwüstetes Gesicht an.

Sie fanden keine Worte mehr.

„Ich bitte Sie", sagte er nach einem Augenblick, „gehen wir woandershin. Können wir uns nicht an einem Ort sprechen, an dem wir allein sind?"

„Nein, mein Freund, bleiben wir. Bleiben wir hier; wir sitzen gut; wer gibt auf uns acht?"

„Ich kann nicht frei sprechen."

„Es ist besser so."

Er begriff nicht, warum. Später, als er die Unterhaltung in seiner Erinnerung noch einmal durchlebte, dachte er, sie habe kein Vertrauen zu ihm gehabt. Aber sie hatte nur eine instinktive Furcht vor bewegten Auftritten; ohne es sich klarzumachen, suchte sie einen Schutzwall gegen die Überraschung ihrer Herzen; ja, sie liebte sogar den Zwang dieser Vertrautheit in einem Hotelsalon, der ihre geheime Befangenheit schamvoll verbarg.

Halblaut, mit häufigem Schweigen dazwischen, erzählten sie sich in großen Linien ihr Leben. Graf Berény war einige Monate zuvor in einem Duell getötet worden; und Christof hörte heraus, daß sie mit ihm nicht sehr glücklich gewesen war. Sie hatte auch ein Kind, ihr Erstgeborenes, verloren. Sie vermied jede Klage. Sie lenkte selber die Unterhaltung ab, um Christof zu befragen, und zeigte während der Erzählung seiner Schicksale ein herzliches Mitgefühl.

Die Glocken läuteten. Es war ein Sonntagabend. Das Leben setzte aus.

Sie bat ihn, am übernächsten Tage wiederzukommen. Er war betrübt, daß sie sowenig Eile zeigte, ihn wiederzusehen. In seinem Herzen mischten sich Glück und Leid.

Am nächsten Tage schrieb sie unter einem Vorwande, er möge kommen. Dieses alltägliche Wort versetzte ihn in Entzücken. Sie empfing ihn diesmal in ihrem Privatsalon. Sie war mit ihren beiden Kindern zusammen. Er betrachtete sie beide noch mit einiger Unruhe und mit sehr viel Zärtlichkeit. Er fand, daß die Kleine – die ältere – der Mutter gleiche; er fragte nicht, wem der Knabe ähnlich sehe. Sie plauderten von dem Lande, vom Wetter, von den Büchern, die aufgeschlagen auf dem Tisch lagen – ihre Augen hielten eine andere Zwiesprache. Er hoffte, daß es ihm gelingen werde, noch vertrauter mit ihr zu reden. Aber eine Hotelbekannte kam herein. Er sah die liebenswürdige Höflichkeit, mit der Grazia diese Fremde empfing; sie schien keinerlei Unterschied zwischen ihren beiden Besuchern zu machen. Das betrübte ihn; aber er war ihr deswegen nicht böse. Sie schlug einen gemeinsamen Spaziergang vor; er sagte zu. Obgleich die andere hübsch und nett war, langweilte ihn ihre Begleitung; der Tag war ihm verdorben.

Er sah Grazia erst zwei Tage später wieder. Während dieser beiden Tage lebte er nur für die Stunden, die er mit ihr verbringen würde. – Auch diesmal gelang es ihm nicht besser, mit ihr zu reden. So gütig sie zu ihm auch war, sie ging aus ihrer Zurückhaltung nicht heraus. Christof trug unbewußt noch dazu bei durch ein paar Ausbrüche germanischen Gefühlsüberschwanges, die ihr peinlich waren und gegen die sie sich instinktiv auflehnte.

Er schrieb ihr einen Brief, der sie rührte. Er sagte, daß das Leben so kurz sei und ihrer beider Leben schon so vorgeschritten! Vielleicht hätten sie nur wenig Zeit, einander zu sehen; es wäre schmerzlich und fast sündhaft, wenn sie die Gelegenheit nicht wahrnähmen, frei miteinander zu reden.

Sie antwortete mit ein paar herzlichen Zeilen. Sie entschuldigte sich, daß sie, ohne es zu wollen, seit das Leben sie verwundet habe, ein gewisses Mißtrauen bewahre; sie könne die Gewöhnung an Zurückhaltung nicht abstreifen; jede Äußerung eines zu lebhaften Empfindens, selbst wenn es aufrichtig sei, beunruhige, ja erschrecke sie. Aber sie fühle den Wert der wiedergefundenen Freundschaft; und sie sei darüber ebenso glücklich wie er. Sie bat ihn, am Abend zum Essen zu kommen.

Sein Herz strömte über von Dankbarkeit. Er lag, den Kopf in die Kissen vergraben, in seinem Hotelzimmer auf dem Bett und schluchzte. Es war die Erlösung aus zehn Jahren der Einsamkeit; denn seit Oliviers Tod war er einsam geblieben. Dieser Brief brachte ihm die Auferstehungsbotschaft für sein nach Zärtlichkeit hungerndes Herz. Zärtlichkeit! – Er hatte es wohl oder übel lernen müssen, sie zu entbehren! Heute fühlte er, wie sehr sie ihm gefehlt hatte, fühlte, was alles er an Liebe in sich angesammelt trug.

Süßer und heiliger Abend, den sie miteinander verbrachten... Er konnte nur von gleichgültigen Dingen reden, trotz ihrer Absicht, einander nichts zu verbergen. Wieviel Wohltuendes aber sprach er am Klavier aus, zu dem sie ihn mit einem Blick einlud, damit er zu ihr rede! Sie wurde von der Demut dieses Mannesherzens betroffen, das sie als hochfahrend und leidenschaftlich gekannt hatte. Als er fortging, sagte der schweigende Druck ihrer Hände, daß sie einander wiedergefunden hatten, daß sie sich nicht mehr verlieren würden. – Es war windstill, und es regnete. Sein Herz sang...

Sie konnte nur noch einige Tage an dem Ort bleiben und verschob ihre Abreise nicht um eine Stunde; er wagte nicht, sie darum zu bitten oder sich darüber zu beklagen. Am letzten Tage gingen sie allein mit den Kindern spazieren; einen Augenblick lang war er so von Liebe und Glück erfüllt, daß er es ihr sagen wollte; aber mit einer sehr sanften Gebärde hielt sie ihn lächelnd zurück.

„Pst! Ich fühle alles, was Sie sagen könnten."

Sie setzten sich an der Wegbiegung nieder, an der sie sich getroffen hatten. Sie betrachtete, immer lächelnd, das Tal zu ihren Füßen; aber es war nicht das Tal, das sie schaute. Er betrachtete das liebliche Antlitz, auf dem die Qualen ihre Spur hinterlassen hatten. In dem dichten schwarzen Haar zeigten sich überall weiße Fäden. Er fühlte sich von mitleidsvoller und leidenschaftlicher Anbetung für diesen Leib erfüllt, der geduldet hatte, der von seelischen Leiden durchtränkt war. Die Seele war überall sichtbar in diesen Wunden der Zeit. – Und er bat sie mit leiser und zitternder Stimme wie um eine kostbare Gunst, daß sie ihm gebe... eins ihrer weißen Haare.

Sie reiste ab. Er konnte nicht begreifen, warum sie nicht geneigt war, sich von ihm begleiten zu lassen. Er zweifelte nicht an ihrer Freundschaft; aber ihre Zurückhaltung brachte ihn aus dem Gleichgewicht. Er vermochte nicht zwei Tage länger an dem Ort zu bleiben; er reiste in einer anderen Richtung fort. Er bemühte sich, seinen Geist mit Reisen und mit Arbeiten zu beschäftigen. Er schrieb an Grazia. Sie antwortete ihm zwei oder drei Wochen später mit kurzen Briefen, aus denen eine ruhige Freundschaft ohne Ungeduld, ohne Unruhe sprach. Er litt darunter und liebte die Briefe doch. Er erkannte sich nicht das Recht zu, ihr einen Vorwurf zu machen; ihrer beider Zuneigung war zu neu, zu frisch erneuert! Er zitterte davor, sie zu verlieren. Und doch atmete jeder Brief, der von ihr kam, eine so ruhige Herzlichkeit, daß sie·ihn mit völliger Sicherheit hätte erfüllen müssen. Aber sie war so verschieden von ihm!

Sie hatten verabredet, sich gegen Ende des Herbstes in Rom zu treffen. Ohne die Vorstellung, sie wiederzusehen, hätte diese Reise für Christof wenig Reiz gehabt. Seine lange Einsamkeit hatte ihn seßhaft gemacht; alle unnützen Ortsveränderungen, in denen sich der fieberhafte Müßiggang der modernen Menschlichkeit gefällt, behagten ihm nicht mehr. Er fürchtete einen Wechsel der Gewohnheiten, der für die regelmäßige geistige Arbeit gefährlich ist. Überdies zog ihn Italien nicht an. Er kannte von dort nichts als die niederträchtige Musik der Veristen und die Tenorarien, zu denen die Erde Virgils regelmäßig immer wieder die reisenden Literaten begeistert. Er empfand für Italien die mißtrauische Feindseligkeit eines avantgardistischen Künstlers, der den Namen Rom nur allzuoft von den schlimmsten Kämpen der akademischen Routine hatte anrufen hören. Schließlich kam noch der alte Gärungsstoff instinktiver Abneigung dazu, den alle Nordländer gegen die Südländer im Herzen tragen oder zum mindesten gegen den sagenhaften Typus oratorischer Großsprecherei, den der Südländer für den Nordländer darstellt. Wenn er nur daran dachte, machte Christof schon ein verächtliches Gesicht... Nein, er hatte keinerlei Lust, mit dem Volk ohne Musik näher bekannt zu werden (was gilt schließlich das Mandolinengekratze und das hochtrabende Melodramengebrüll in der Musik des heutigen Europas?). Aber trotzdem gehörte Grazia diesem Volke an. Wohin und welche Wege wäre Christof nicht gegangen, um sie wiederzufinden! Er würde eben die Augen zudrücken, bis er mit ihr vereint war.

Er war ja gewohnt, die Augen zuzudrücken. Seit vielen Jahren waren die Läden vor seinem Innenleben niedergelassen! In diesem Spätherbst war es nötiger als je. Drei Wochen hintereinander hatte es ohne Aufhören geregnet. Seitdem lastete eine graue Haube undurchdringlicher Wolken über den Tälern der Schweiz, die in der Nässe schauderten. Man konnte sich kaum mehr erinnern, wie wohl die Sonne tat. Um deren konzentrierte Kraft in sich selbst wiederzufinden, mußte man zunächst vollständige Nacht schaffen und unter den geschlossenen Lidern in die Tiefe des Bergwerks, in die unterirdischen Stollen des Traumes hinabsteigen. Dort schlief in der Steinkohle die Sonne toter Tage. Aber wenn man sein Leben lang so gebückt beim Ausgraben verbracht hatte, kam man ausgedörrt, mit steifem Rückgrat, steifen Knien und verkrümmten Gliedern halb versteinert wieder empor und hatte den trüben Blick und die Augen eines Nachtvogels. Christof hatte manches Mal unter schwerer Mühe im Bergwerk das Feuer gewonnen und emporgetragen, das halberstarrte Herzen wieder erwärmt. Aber die Träume des Nordens riechen nach Ofenhitze und Stubenluft. Man ahnt das nicht, wenn man darin lebt; man liebt die drückende Wärme, man liebt das Halbdunkel und die seelischen Träume im dumpfen Kopf. Man liebt, was man hat. Man muß wohl oder übel damit zufrieden sein!

Als Christof, in einem Winkel des Wagenabteils hindämmernd, aus dem Alpentor herauskam und den unbefleckten Himmel erblickte und das Licht, das über die Bergabhänge rann, meinte er zu träumen. Auf der anderen Seite der Mauer hatte er eben einen fahlen Himmel, einen

Dämmertag verlassen. Der Wechsel war so plötzlich, daß er zuerst mehr Überraschung als Freude empfand. Er brauchte einige Zeit, bevor seine betäubte Seele allmählich wieder zu sich kam, bevor die Rinde, die ihn umschloß, schmolz und das Herz sich aus dem Dunkel der Vergangenheit frei machte. Aber je weiter der Tag vorrückte, um so weicher umfingen ihn die Arme des Lichts; die Erinnerung an alles Gewesene verlosch, gierig trank er die Wollust des Schauens.

Ihr Ebenen Mailands! Du Auge des Tages, das sich in den bläulichen Kanälen spiegelt, deren Adernetz die flaumigen Reisfelder durchfurcht! Herbstbäume mit mageren und geschmeidigen Körpern voll Büschel roter Federchen gleiten in scharfer Zeichnung vorüber. Berge von Vinci, schneeige Alpen in sanftem Glanz, deren bewegte Linie den Horizont einfaßt, rot, orange, grüngold und blaß himmelblau gefranst! Der Abend sinkt über den Apennin. Schlängelnd geht es längs der steilen kleinen Berge in Serpentinen abwärts, deren Rhythmus sich wiederholt und sich ineinanderflicht gleich einer Farandole. – Und ist man unten am Fuß, trifft einen plötzlich wie ein Kuß der Atem des Meeres und der Duft der Orangenbäume. Das Meer, das lateinische Meer mit seinem opalen Licht, in dem Schwärme kleiner Barken mit gefalteten Flügeln schlafend schweben ...

Der Zug hielt am Meeresufer in einem Fischerdorf. Man erklärte den Reisenden, daß sich auf der Strecke von Genua nach Pisa infolge der großen Regengüsse in einem Tunnel ein Einsturz ereignet habe; alle Züge hätten mehrere Stunden Verspätung. Christof, der eine durchgehende Fahrkarte nach Rom genommen hatte, war über dieses Mißgeschick entzückt, das bei seinen Gefährten empörten Widerspruch hervorrief. Er sprang auf den Bahnsteig und benutzte den Aufenthalt, um ans Meer zu gehen, dessen Anblick ihn lockte. Es lockte ihn so sehr, daß er sich nach ein oder zwei Stunden, als der Pfiff des abgehenden Zuges ertönte, in einer Barke befand und dem Zug beim Vorbeifahren „Gute Reise!" zurief. Er ließ sich in der leuchtenden Nacht auf dem leuchtenden Meere wiegen, an der duftenden Küste entlang, deren Vorgebirge von jungen Zypressen gesäumt waren. Im Dorf fand er ein Unterkommen und lebte dort fünf Tage lang in einer beständigen Freude. Er glich einem Menschen, der eine lange Fastenzeit durchgemacht hat und nun gierig ißt. Mit all seinen ausgehungerten Sinnen genoß er das herrliche Licht... Licht, du Blut der Welt, das gleich einem Strome des Lebens durch den Weltenraum fließt, das sich durch unsere Augen, unsere Lippen, unsere Nüstern, durch alle Poren unserer Haut bis ins Innerste unseres Körpers ergießt, Licht, das zum Leben notwendiger ist als Brot – wer dich von den Schleiern des Nordens entkleidet sieht, rein, glühend und nackt, fragt sich, wie er jemals ohne dich hat leben können, und fühlt, daß er nie mehr leben kann, ohne dich zu ersehnen.

Fünf Tage lang war Christof in einen wahren Sonnenrausch getaucht, fünf Tage lang vergaß er – zum ersten Male –, daß er Musiker war. Die Musik seines Lebens hatte sich in Licht verwandelt. Licht, Meer und Erde: strahlende Symphonie, die das Orchester der Sonne spielt. Und mit welcher angeborenen Kunst weiß Italien dieses Orchester zu verwenden! Die anderen Völker malen nach der Natur; Italien arbeitet mit ihr; es malt mit der Sonne. Musik in Farben. Alles ist Musik, alles singt. Eine einfache Mauer am Wege, rot, mit Gold durchwebt; darüber zwei Zypressen mit ihren krausen Büscheln; ringsumher der Himmel in verzehrendem Blau. Eine weiße, steile, enge Marmortreppe, die zwischen rosigen Mauern zu einer blauen Kirchenfassade aufsteigt. Irgendeines jener vielfarbenen aprikosenroten, zitronengelben, bräunlichen Häuser, die zwischen den Oliven leuchten, macht den Eindruck einer wundervollen, reifen Frucht im Laube. Italien ist ein sinnlicher Genuß; die Augen genießen die Farben wie der

Gaumen und die Zunge eine saftige, duftende Frucht. Christof stürzte sich auf dieses neue Mahl mit gieriger und kindlicher Lust; er hielt sich schadlos für das Asketentum der grauen Visionen, zu denen er bis dahin verdammt gewesen war. Seine überströmende Natur, die das Schicksal zurückgedrängt hatte, wurde sich plötzlich der Genußmöglichkeiten bewußt, von denen sie bisher keinen Gebrauch gemacht hatte; sie bemächtigte sich der Beute, die sich ihr bot; Düfte, Farben, Musik der Stimmen, der Glocken, des Meeres, Liebkosungen der Luft, laue Bäder des Lichtes, in denen sich die gealterte und müde Seele löst... Christof dachte an nichts. Er war in einer wollüstigen Glückseligkeit. Er unterbrach sie nur, um seine Umgebung an seiner Freude teilnehmen zu lassen: seinen Ruderer, einen alten Fischer mit lebhaften, von Falten umgebenen Augen, der eine rote venezianische Senatorenmütze trug; seinen einzigen Tischgenossen, einen Mailänder, der beim Makkaroniessen seine grausamen Othelloaugen, schwarz von wütendem Haß, rollte, ein apathischer, verschlafener Mensch; den Gasthauskellner, der beim Tragen eines Tabletts den Hals bog und Arme und Körper verrenkte wie ein Engel von Bernini; den kleinen heiligen Johannes, der mit koketten Seitenblicken am Wege bettelte und den Vorübergehenden eine Orange am grünen Zweig anbot. Er rief die Kutscher an, die sich mit zurückgelegtem Kopf in ihren Wagen flegelten und in plötzlichen Anfällen näselnd ihre tausendundeinen Gassenhauer dahersangen. Er überraschte sich dabei, daß er *Cavalleria rusticana* trällerte. Das Ziel seiner Reise war völlig vergessen. Vergessen auch seine Eile, ans Ziel zu kommen, wieder mit Grazia zusammenzutreffen...

Bis zu dem Tage, an dem das geliebte Bild wieder in ihm erwachte. Geschah das durch einen Blick, dem er auf dem Wege begegnete, durch einen ernsten, singenden Tonfall, der es heraufbeschwor? Er war sich dessen nicht bewußt. Aber die Stunde kam, in der aus allem, was ihn umgab, aus der olivenbedeckten Hügelkette und den hohen, blanken Kämmen des Apennin, den der dichte Schatten und die brennende Sonne konturieren, aus den blüten- und fruchtschweren Orangengehölzen und dem tiefen Atemzuge des Meeres nur noch die lächelnde Gestalt der Freundin strahlte. Aus den unzähligen Augen der Luft schauten ihn Grazias Augen an. Sie erblühte aus dieser geliebten Erde wie eine Rose aus dem Strauch.

Da kam er wieder zu sich. Er nahm den Zug nach Rom, ohne irgendwo zu verweilen. Keine von den italienischen Erinnerungen, den Kunststätten der Vergangenheit, interessierte ihn. Von Rom sah er nichts, wollte er nichts sehen. Und was er im Vorbeigehen zuerst bemerkte, die neuen stillosen Stadtviertel, die vierschrötigen Gebäude, flößte ihm nicht den Wunsch ein, es näher kennenzulernen.

Sobald er angekommen war, suchte er Grazia auf. Sie fragte ihn:

„Auf welchem Wege sind Sie gekommen? Haben Sie sich in Mailand oder in Florenz aufgehalten?"

„Nein", sagte er, „wozu?"

Sie lachte.

„Schöne Antwort! Und was halten Sie von Rom?"

„Gar nichts", sagte er, „ich habe noch nichts gesehen."

„Nein, wirklich?"

„Nichts, nicht ein Denkmal. Ich bin aus dem Hotel geradewegs zu Ihnen gekommen."

„Es genügen zehn Schritte, um Rom zu sehen... Betrachten Sie da drüben die Mauer... Man braucht nur ihre Beleuchtung zu sehen."

„Ich sehe nur Sie", sagte er.

„Sie sind ein Barbar, Sie sehen nur Ihre Gedankenwelt. Und wann sind Sie aus der Schweiz abgereist?"

„Vor acht Tagen."

„Was haben Sie denn seither gemacht?"

„Ich weiß nicht. Ich habe zufällig in einem Ort nahe am Meere haltgemacht. Ich habe kaum auf den Namen geachtet. Acht Tage lang habe ich geschlafen. Mit offenen Augen geschlafen. Ich weiß nicht, was ich gesehen habe, ich weiß nicht, was ich geträumt habe. Ich glaube, ich habe von Ihnen geträumt. Ich weiß nur, daß es sehr schön war. Aber das Schönste ist, daß ich alles vergessen habe..."

„Danke", sagte sie.

(Er hörte nicht.)

„...alles", fuhr er fort, „alles, was dort war, alles, was vorher war. Ich bin wie ein neuer Mensch, der zu leben beginnt."

„Wahrhaftig", sagte sie und sah ihn mit ihren lachenden Augen an, „Sie sind seit unserer letzten Begegnung verändert."

Er sah sie auch an und fand sie ebenfalls anders als die, an die er gedacht hatte. Sie war wohl während der zwei Monate nicht anders geworden. Aber er sah sie mit neuen Augen. Dort in der Schweiz hatte sich das Bild der alten Tage, der leichte Schatten der jungen Grazia, zwischen seinen Blick und die jetzige Freundin geschoben. Jetzt waren unter der italienischen Sonne die nordischen Träume zergangen; er sah die wirkliche Seele und den wirklichen Körper der Geliebten so, wie sie war, in der Klarheit des Tages. Wie fern war sie der wilden Gemse, die man in Paris gefangenhielt, wie fern der jungen Frau mit dem Lächeln des heiligen Johannes, die er kurz nach ihrer Heirat eines Abends wiedergefunden hatte, um sie alsbald wieder zu verlieren! Aus der kleinen umbrischen Madonna war eine schöne Römerin erblüht:

Color verus, corpus solidum et succi plenum.

Ihre Formen hatten eine harmonische Fülle gewonnen; ihr Körper war von einer stolzen Mattigkeit umspült. Der Geist der Ruhe umgab sie. Ihre größte Lust war durchsonnte Stille, tatenloses Sinnen, der wollüstige Genuß eines friedvollen Dahinlebens, das die Seelen nordischer Länder niemals ganz kennenlernen werden. Was sie vor allem aus ihrer Vergangenheit bewahrt hatte, war ihre große Güte, die alle ihre Empfindungen durchtränkte. Aber in ihrem leuchtenden Lächeln las man noch etwas anderes Neues: eine wehmütige Nachsicht, ein wenig Müdigkeit, ein wenig Ironie und ruhigen, gesunden Menschenverstand. Das Alter hatte sie mit einer gewissen Kälte umhüllt, die sie gegen die Illusionen des Herzens schützte; sie gab sich selten rückhaltlos hin; und bei aller Herzlichkeit verwahrte sich ihr hellsichtiges Lächeln gegen die Ausbrüche von Leidenschaft, die Christof nur mit Mühe zurückdrängen konnte. Dabei hatte sie je nach den Tagen auch einmal schwache Augenblicke, Augenblicke, in denen sie sich gehenließ; sie war kokett, spottete selber darüber, bekämpfte es aber durchaus nicht. Keinerlei Auflehnung war in ihr, weder gegen die Dinge noch gegen sich selbst: der sanfte Fatalismus eines vollkommen guten und etwas müden Wesens.

Sie sah viele Menschen bei sich, ohne – wenigstens dem Anschein nach – sehr wählerisch zu sein; da aber ihr vertrauter Verkehr meistens denselben Kreisen angehörte, dieselbe Luft atmete, durch dieselben Gewohnheiten gemodelt war, so war diese Gesellschaft von einer ziemlich gleichartigen Harmonie getragen, die sehr verschieden von der war, die Christof in Deutschland und in Frankreich verspürt hatte. Die meisten waren aus alten italienischen Geschlechtern, die sich hier und da durch Heiraten mit Ausländern aufgefrischt hatten; es herrschte unter ihnen ein oberflächliches Weltbürgertum, in dem sich die vier Hauptsprachen und das geistige Gepäck der vier großen Nationen des Abendlandes leicht vermischen. Jedes Volk fügte seine persönliche Note hinzu, die Juden ihre Rastlosigkeit und die Angelsachsen ihr Phlegma; aber das alles vermischte sich sogleich in dem italienischen Schmelztiegel. Wenn räuberische Schloßherren ihr hochmütiges und gieriges Raubvogelprofil jahrhundertelang in ein Geschlecht eingegraben haben, kann das Metall sich wohl ändern, die Prägung bleibt dieselbe. Manche dieser Gestalten, die am echtesten italienisch wirkten, mit luinischem Lächeln, genußsüchtigem und ruhigem tizianischem Blick, Blumen der Adria oder der lombardischen Ebenen, waren aus nordischen Stauden erblüht, die man in den alten lateinischen Boden verpflanzt hatte. Welche Farben man auch immer auf Roms Palette mischen mag, der Ton, der entsteht, ist immer römisch.

Ohne seinen Eindruck zergliedern zu können, bewunderte Christof den Hauch jahrhundertealter Kultur und alter Zivilisation, den diese Seelen ausströmten, obgleich sie oft unbedeutend und zuweilen sogar weniger als mittelmäßig waren. Aber es ging ein unmerklicher Duft von ihnen aus, ein Duft, der in einem Nichts bestand, in einer höflichen Anmut, einer Zartheit des Wesens, mit der man herzlich zu sein verstand, obgleich man seinen leisen Spott und seine Stellung wahrte, in einer vornehmen Feinheit im Blick, im Lächeln, in einem frischen und sorglosen, skeptischen, vielseitigen und ungezwungenen Verstand. Nichts Steifes und Schroffes. Keinerlei Bücherweisheit. Man brauchte nicht zu fürchten, hier einen der Psychologen der Pariser Salons zu treffen, der hinter seinen Augengläsern auf der Lauer liegt, oder das Feldwebeltum eines deutschen Doktors. Es waren ganz einfach Menschen, sehr menschliche Menschen, wie es schon die Freunde des Terenz und des Scipio Ämilianus gewesen waren...

Homo sum.

Eine schöne Außenseite. Das Leben war mehr Schein als Wirklichkeit. Darunter die unheilbare Leichtfertigkeit, die der guten Gesellschaft aller Länder gemeinsam ist. Was dieser hier den Nationalcharakter verlieh, war ihre Lässigkeit. Die französische Leichtlebigkeit ist von einem nervösen Fieber begleitet, einer beständigen Regsamkeit des Gehirns, selbst wenn es leer läuft. Das italienische Gehirn versteht sich auszuruhen. Es versteht es nur zu gut. Es ist ihm wonnevoll, im warmen Schatten zu schlummern, auf den lauen Kissen eines weichlichen Epikureertums und einer sehr geschmeidigen, ziemlich wißbegierigen, ironischen Intelligenz, der im Grunde alles außerordentlich gleichgültig ist.

Allen diesen Menschen fehlten ausgesprochene Ansichten. Sie trieben Politik und Kunst mit dem gleichen Dilettantismus. Man sah unter ihnen entzückende Wesen, jene italienischen Patriziergestalten mit feinen Zügen, klugen und sanften Augen und ruhigem Benehmen, die mit auserlesenem Geschmack und warmem Herzen die Natur liebten, die alten Maler, die Blumen, die Frauen, die Bücher, das gute Essen, das Vaterland, die Musik ... Sie liebten alles. Sie hatten für nichts eine Vorliebe. Man hatte oft das Empfinden, daß sie gar nichts liebten. Dennoch nahm die Liebe einen großen Raum in ihrem Leben ein; aber unter der Bedingung, daß sie sie nicht störte. Sie war lässig und träge wie sie selbst; sogar in der Leidenschaft nahm sie leicht einen kleinbürgerlichen Charakter an. Der wohlgebildete und harmonische Verstand dieser Menschen paßte sich jeder Trägheit an, in der sich die gegensätzlichsten Gedanken trafen, ohne einander zu stoßen, und sich, ruhig, lächelnd, stumpf und ungefährlich gemacht, miteinander vereinen ließen. Sie hatten Angst vor ausgeprägten Überzeugungen und starker Parteinahme; bei halben Entschlüssen und halben Gedanken fühlten sie sich wohl. Sie waren konservativ-liberalen Geistes. Sie brauchten die Atmosphäre einer Politik und einer Kunst mittlerer Höhe, in der man wie in manchen Luftkurorten nicht Gefahr läuft, den Atem zu verlieren und Herzklopfen zu bekommen. Sie erkannten sich in der trägen Dramenkunst eines Goldoni oder in dem gleichmäßigen und zerstreuten Licht eines Manzoni wieder. Ihre liebenswürdige Unbekümmertheit wurde davon nicht berührt. Sie hätten nicht wie ihre großen Vorfahren gesagt: Primum vivere ..., sondern eher: Dapprima, quieto vivere.

Ruhig leben. Das war der heimliche Wunsch, der Wille aller, selbst der Kraftvollsten unter ihnen, derer, die das politische Leben lenkten. Irgendein kleiner Machiavelli, der sich selbst und andere mit ebenso kaltem Herzen wie kaltem Kopf beherrschte, dessen hellsichtige und blasierte Intelligenz es verstand und wagte, sich aller Mittel zu bedienen, um sein Ziel zu erreichen, der bereit war, seine sämtlichen Freundschaften seinem Ehrgeiz zu opfern, war fähig, seinen Ehrgeiz einer einzigen Sache zu opfern: seinem quieto vivere. Sie bedurften langer Perioden des Nichtstuns. Wenn sie die hinter sich hatten, waren sie frisch und rüstig wie nach einem guten Schlaf. Diese ernsten Männer, diese ruhevollen Madonnen wurden plötzlich von dem Heißhunger gepackt, zu reden, lustig zu sein, gesellig zu leben, mußten sich in leichten, flinken Gebärden und Worten verausgaben, in paradoxen Einfällen, in drolligem Humor: sie spielten eine Opera buffa. In dieser italienischen Bildergalerie fand man selten die Spur des Gedankens, den metallischen Glanz der Augensterne, die von beständiger geistiger Arbeit zermürbten Gesichter, wie man sie im Norden sieht. Zwar fehlte es hier, wie überall, nicht an Seelen, die sich zergrübelten und die ihre Kümmernisse, ihre Sorgen unter Gleichmut verbargen und sich genußsüchtig in Betäubung hüllten. Ganz zu schweigen von denen, die an plötzlichen Anfällen sonderbarer verwirrender Launen litten – den Anzeichen eines Mangels an Gleichgewicht, das sehr alten Völkern eigentümlich ist, die den Erdspalten gleichen, die in der römischen Campagna klaffen.

In dem lässigen Rätsel dieser Seelen, in diesen ruhevollen und spöttischen Augen, in denen eine verborgene Tragik schlummerte, lag viel Reiz. Christof aber war nicht in der Stimmung, ihn zu erkennen. Es machte ihn rasend, Grazia von geistreichen und leeren Gesellschaftsmenschen umgeben zu sehen. Er war ihnen und ihr deswegen böse. Er schmollte mit ihr ebenso, wie er mit Rom schmollte. Er besuchte sie seltener, er nahm sich vor, wieder abzureisen.

Er reiste nicht ab. Ihm selbst unbewußt, begann die Anziehungskraft dieser italienischen Welt, die ihn aufreizte, bereits auf ihn zu wirken.

Vorläufig sonderte er sich ab. Er schlenderte in Rom und in der Umgebung umher. Das römische Licht, die hängenden Gärten, die Campagna, die gleich einer goldenen Schärpe das übersonnte Meer umgürtet, offenbarten ihm nach und nach das Geheimnis der zauberischen Erde. Er hatte sich geschworen, nicht einen Schritt zu tun, um die toten Denkmäler anzusehen, die er zu verachten vorgab; er sagte brummend, er warte darauf, daß sie zu ihm kämen. Sie kamen; er begegnete ihnen, wenn er aufs Geratewohl in der Stadt mit dem welligen Boden spazierenging. Ohne daß er es suchte, sah er bei untergehender Sonne das rote Forum und die halbeingestürzten Bogen des Palatin, in deren Hintergrund sich der dunkle Azur höhlte wie ein Abgrund blauen Lichts. Er irrte in der unendlichen Campagna umher, an dem rötlichen Tiber entlang, der fett von Schlamm ist, als wäre er wandernde Erde – er wanderte längs der zerfallenen Aquädukte, dieser gigantischen Wirbelknochen vorsintflutlicher Ungeheuer. Dichte Massen schwarzer Wetterwolken wälzten sich am blauen Himmel hin. Bauern zu Pferde trieben mit dünnen Stangen Herden perlgrauer großer Ochsen mit langen Hörnern durch die Einöde; und auf der antiken Heerstraße, die sich gerade, staubig und kahl hinzieht, zogen bockfüßige Hirten, die Schenkel mit haarigen Fellen bedeckt, mit Zügen kleiner Esel und Eselfüllen schweigend dahin. Am fernen Horizont entfaltete die Sabinerkette in olympischen Linien ihre Hügel; und am anderen Rande der Himmelskuppel standen die alten Stadtmauern, die Fassade von San Giovanni, überragt von tanzenden Statuen, die ihre schwarzen Silhouetten sehen ließen... Stille... Feuersonne... Über die Ebene strich der Wind... Auf einer Statue ohne Kopf mit umwickeltem Arm, umbrandet von den Wogen des Grases, saß eine Eidechse, deren Herz friedlich schlug, und sog regungslos das Licht in sich ein. Und Christof, dem der Kopf von der Sonne (und manchmal auch vom Castelliwein) summte, saß lächelnd neben dem zerbrochenen Marmor auf der schwarzen Erde, war ganz in Vergessenheit eingelullt und gebadet und trank die ruhige und leidenschaftliche Kraft Roms. – So saß er bis zur sinkenden Nacht. – Dann wurde sein Herz von einer plötzlichen Angst zusammengeschnürt, er floh die düstere Einsamkeit, in der das tragische Licht unterging... O Erde, glühende Erde, leidenschaftliche und stumme Erde! Unter deinem fiebererfüllten Frieden höre ich noch den Trompetenklang der Legionen. Wieviel tobendes Leben rollt in deiner Brust! Wieviel Sehnsucht nach Erwachen!

Christof fand Seelen, in denen die Brände jahrhundertealten Feuers glühten. Unter dem Staube der Toten hatte es sich bewahrt. Man hätte meinen sollen, daß dieses Feuer mit Mazzinis Augen erloschen wäre. Es lebte wieder auf. Es war das alte Feuer. Doch nur wenige wollten es sehen. Es störte die Ruhe der Schlafenden. Es verbreitete ein helles und hartes Licht. Die, die es trugen – junge Männer (der älteste war noch nicht fünfunddreißig Jahre alt), eine aus allen Richtungen des Horizonts gekommene Elite, freie Intellektuelle, an Temperament, Erziehung, Ansichten und Glauben untereinander verschieden –, waren vereint in demselben Kultus für diese Flammen neuen Lebens. Parteivorschriften und Gedankensysteme galten für sie nicht: die Hauptsache war, „kühn zu denken", freimütig und tapfer im Geist und in der Tat zu sein. Sie rüttelten derb am Schlaf ihres Volkes. Nach der politischen Auferstehung Italiens, das auf den Ruf der Helden vom Tode aufgewacht war, nach seiner erst kürzlich erfolgten wirtschaftlichen Auferstehung wollten sie den Geist Italiens dem Grabe entreißen. Sie litten unter der trägen und ängstlichen Teilnahmslosigkeit, der geistigen Feigheit, der Wortberauschtheit der Hochstehenden wie unter einer Beleidigung. Ihre

Stimmen dröhnten in dem Nebel der Rhetorik und der sittlichen Knechtschaft, der seit Jahrhunderten auf der Seele ihres Vaterlandes lastete. Sie bliesen mit ihrem rücksichtslosen Wirklichkeitssinn und ihrem unbestechlichen Freimut hinein. Ein klarer Verstand, dem ein energisches Handeln folgt, bedeutete ihnen alles. Waren sie auch fähig, wenn nötig, die Lieblingsvorstellungen ihrer persönlichen Überzeugung der notwendigen Zucht zu opfern, die das politische Leben dem einzelnen aufzwingt, so gehörten ihr heiligster Altar und ihre reinsten Gluten doch der Wahrheit. Sie liebten mit stürmischem und frommem Herzen. Als sie von ihren Widersachern verleumdet, bedroht, beleidigt wurden, antwortete einer der Führer dieser jungen Männer, Guiseppe Prezzolini, mit ruhiger Größe:

Achtet die Wahrheit. Ich spreche offenen Herzens zu euch und frei von jedem Groll. Ich vergesse, was ihr mir Böses getan habt und was ich euch vielleicht Böses getan haben mag. Seid wahr. Wo keine religiöse, unbeugsame und strenge Achtung vor der Wahrheit herrscht, gibt es keine sittliche Höhe, keinen Opfermut, keinen Edelsinn. Übt euch in dieser schweren Pflicht. Das Unwahre zieht den nieder, der damit arbeitet, bevor es den besiegt, gegen den man es braucht. Was nützt euch der schnelle Erfolg, den ihr damit erzielt? Die Wurzeln eures Wesens werden über dem von der Lüge zerfressenen Boden im Leeren hängen. Ich rede nicht mehr als Widersacher zu euch. Wir stehen über unseren gegenseitigen Meinungsverschiedenheiten, selbst wenn ihr eure Leidenschaft prahlend mit dem Namen Vaterland benennt. Es gibt etwas Größeres als das Vaterland: das ist das menschliche Gewissen. Es gibt Gesetze, die ihr nicht vergewaltigen dürft, ohne schlechte Italiener zu werden. Ihr habt nur einen Menschen vor euch, der die Wahrheit sucht. Ihr müßt seinen Ruf vernehmen. Ihr habt nur einen Menschen vor euch, der brennend wünscht, euch groß und rein zu sehen und mit euch zu arbeiten. Denn ob ihr wollt oder nicht, wir arbeiten alle gemein-

sam mit allen denen auf der Welt, die mit Wahrheit arbeiten. Was wir hervorbringen werden (und was wir nicht voraussehen können), wird unseren gemeinsamen Stempel tragen, wenn wir mit Wahrheit gehandelt haben. Das Beste des Menschen liegt in seiner wundervollen Fähigkeit, die Wahrheit zu suchen, sie zu erkennen, sie zu lieben und sich ihr zu opfern. – Wahrheit, die du alle, die dich in sich tragen, mit dem Zauberhauch deiner machtvollen Gesundheit erfüllst!

Das erste Mal, als Christof diese Worte vernahm, schienen sie ihm wie das Echo seiner eigenen Stimme; und er fühlte, wie sehr diese Menschen seine Brüder waren. Durch die Zufälligkeiten des Völkerkampfes und irgendwelcher Anschauungen konnten sie eines Tages aneinandergeraten; aber ob Freunde oder Feinde, sie gehörten zur selben Familie der Menschheit und würden ihr immer zugehören. Sie wußten es wie er. Sie wußten es vor ihm. Sie kannten ihn, bevor er sie kannte. Denn sie waren schon Oliviers Freunde gewesen. Christof entdeckte, daß die Werke seines Freundes (ein paar Bände Verse, kritische Essays), die in Paris nur von einem kleinen Kreise gelesen wurden, von diesen Italienern übersetzt worden waren und ihnen ebenso vertraut waren wie ihm selbst.

Später sollte er die unüberwindlichen Unterschiede entdecken, die diese Seelen von der Oliviers trennten. In ihrer Art, andere zu beurteilen, blieben sie völlig Italiener, die, in der Gedankenwelt ihrer Nation verwurzelt, unfähig jeden Strebens waren, aus sich herauszugehen. Im Grunde suchten sie aufrichtig in fremden Werken nur, was ihr nationaler Instinkt darin suchen wollte; oft entnahmen sie ihnen nur, was sie selbst unbewußt hineingelegt hatten. Als mittelmäßige Kritiker und jämmerliche Psychologen waren sie ausschließlich von sich selbst und von ihren Leidenschaften erfüllt, selbst wenn sie noch so sehr für die Wahrheit begeistert waren. Der italienische Idealismus kann sich nicht selbst vergessen; an den unpersönlichen Träumen des

Nordens nimmt er keinen Anteil; er bezieht alles auf sich, auf seine Wünsche, auf seinen Nationalstolz, den er verklärt. Bewußt oder unbewußt arbeitet er beständig für das terza Roma. Man muß allerdings gestehen, daß er sich jahrhundertelang nicht allzu große Mühe gegeben hat, es zu verwirklichen. Diese schönen Italiener, die zum energischen Handeln eigentlich wie geschaffen sind, betätigen sich nur, wenn die Leidenschaft sie treibt, und werden schnell des Handelns müde; aber wenn die Leidenschaft aufbraust, hebt sie sie höher empor als alle anderen Völker; das hat ihr Risorgimento bewiesen. – Einer dieser großen Stürme begann gerade jetzt über die italienische Jugend aller Parteien dahinzufahren: über Nationalisten, Sozialisten, Neukatholiken, freie Idealisten, alles eingefleischte Italiener, alle von der Hoffnung und dem Willen beseelt, Bürger des kaiserlichen Roms, der Königin der Welt, zu sein.

Zuerst sah Christof nur ihre großherzige Inbrunst und die gemeinsamen Abneigungen, die sie und ihn verbanden. Sie mußten sich notwendigerweise in der Verachtung der gesellschaftlichen Kreise mit ihm treffen, denen Christof grollte, weil Grazia sie bevorzugte. Sie haßten mehr noch als er den Geist der Vorsicht, die Teilnahmslosigkeit, die Kompromisse und die Mätzchen, alle nur halbausgesprochenen Dinge, das marklose Denken, das spitzfindige Hinundherpendeln zwischen allen Möglichkeiten, ohne sich für eine zu entscheiden. Als handfeste Autodidakten, die aus allem möglichen zusammengesetzt waren und weder die Mittel noch die Muße gehabt hatten, sich den letzten Schliff zu geben, übertrieben sie gern ihre angeborene Derbheit und ihren etwas herben Ton ungehobelter Contadini. Sie wollten, daß man sie hörte. Sie wollten, daß man sie bekämpfte. Alles wollten sie lieber als Gleichgültigkeit. Sie wären, wenn sie damit die Kräfte ihres Volkes hätten erwecken können, freudig die ersten Opfer solcher neuen Energien geworden.

Zunächst aber waren sie nicht beliebt und bemühten sich auch nicht darum. Christof fand wenig Anklang, als er zu Grazia von seinen neuen Freunden sprechen wollte. Sie mißfielen ihrer nach Maß und nach Frieden strebenden Natur. Man mußte ihr wohl recht geben, daß die Art, mit der diese Leute die beste Sache verteidigten, oft die Lust erweckte, sich als ihr Feind zu erklären. Sie waren ironisch und herausfordernd; die Schärfe ihrer Kritik grenzte oft an Beleidigung, selbst Leuten gegenüber, die sie nicht verletzen wollten. Sie waren zu selbstsicher und zu schnell bei der Hand, zu verallgemeinern, etwas mit Heftigkeit zu behaupten. Da sie zur Betätigung in der Öffentlichkeit gelangten, bevor sie sich zur Reife entwickelt hatten, fällten sie ein Vorurteil nach dem anderen. Sie gaben sich in leidenschaftlicher Aufrichtigkeit vollständig aus, ohne irgend etwas zurückzuerhalten, und wurden durch ihre übertriebene Geistigkeit, durch ihre frühzeitige und erzwungene Betriebsamkeit verbraucht. Es ist jungen Gedanken, die kaum der Hülle entschlüpft sind, nicht gesund, wenn sie sich der vollen Sonne aussetzen. Die Seele verbrennt dabei. Alles Reifen braucht Zeit und Ruhe. Zeit und Ruhe hatten ihnen gefehlt. Das ist das Unglück allzu vieler italienischer Talente. Hastiges und heftiges Handeln wirkt wie Alkohol. Der Geist, der davon gekostet hat, entwöhnt sich nachher nur mit Mühe; sein normales Wachstum läuft Gefahr, dadurch für immer etwas Erzwungenes und Verfälschtes zu behalten.

Christof schätzte die herbe Frische dieses derben Freimuts im Gegensatz zu der Fadheit der Leute des goldenen Mittelwegs, der Via di mezzo, die eine ewige Angst haben, sich bloßzustellen, und ein feines Talent, weder nein noch ja zu sagen. Aber er fand bald heraus, daß diese letzten mit ihrer ruhigen und höflichen Klugheit auch ihren Wert hatten. Der beständige Kampfzustand, in dem seine Freunde lebten, war ermüdend. Christof, der es für seine Pflicht hielt, zu Grazia zu gehen, um diese Menschen zu verteidigen, ging manchmal hin, um sie zu vergessen. Zweifellos ähnelten sie ihm. Sie ähnelten ihm nur allzusehr. Sie waren heute, was er mit zwanzig Jahren gewesen war. Und der Strom des Lebens fließt nicht zurück. Im Grunde wußte Christof sehr wohl, daß er für seine Person diese Gewalttätigkeiten abgestreift hatte und daß er auf dem Wege zu dem Frieden war, dessen Geheimnis Grazias Augen zu bewahren schienen. Warum also lehnte er sich gegen sie auf? – Ach, weil er in liebender Sehnsucht diesen Frieden als einziger genießen wollte! Er konnte nicht leiden, daß Grazia, ohne zu rechnen, ihre Wohltaten an jeden ersten besten verausgabte, daß sie ihr reizendes Entgegenkommen an alle verschwendete.

Sie las in seiner Seele, und mit ihrem liebenswürdigen Freimut sagte sie eines Tages zu ihm:

„Sie zürnen mir, weil ich bin, wie ich bin? Sie müssen mich nicht idealisieren, mein Freund. Ich bin eine Frau und bin nicht besser als eine andere. Ich suche die Gesellschaft nicht; aber ich gebe zu, daß sie mir angenehm ist, ebenso wie es mir Vergnügen macht, manchmal in mittelmäßige Theaterstücke zu gehen und ein wenig oberflächliche Bücher zu lesen, die Sie verachten, bei denen ich mich aber ausruhe und zerstreue. Ich kann mir nichts versagen."

„Wie können Sie diese albernen Menschen ertragen?"

„Das Leben hat mich gelehrt, nicht anspruchsvoll zu sein. Man muß nicht zuviel von ihm verlangen. Ich versichere Ihnen, es ist schon viel, wenn man mit braven, nicht bösen, einigermaßen gutherzigen Menschen zu tun hat... (Natürlich unter der Bedingung, daß man nichts von ihnen erwartet; ich weiß wohl, daß ich, wenn ich das Bedürfnis danach hätte, nicht viele finden würde...) Immerhin hängen sie an mir; und wenn ich ein wenig aufrichtiger Zuneigung begegne, gehe ich über das übrige hinweg. Sie zürnen mir, nicht wahr? Verzeihen Sie mir, wenn ich unbedeutend bin. Ich weiß wenigstens zwischen dem Besseren und dem weniger Guten in mir zu unterscheiden. Und was Ihnen gehört, ist das Beste."

„Ich möchte alles", sagte er in schmollendem Ton.

Er fühlte dennoch recht gut, daß sie aufrichtig sprach. Er war ihrer Zuneigung so sicher, daß er sie, nachdem er wochenlang gezögert hatte, eines Tages fragte:

„Würden Sie denn niemals wollen...?"

„Was denn?"

„Mir gehören."

Er verbesserte sich:

„...daß ich Ihnen gehöre?"

Sie lächelte.

„Aber das tue ich ja, mein Freund."

„Sie wissen ganz gut, was ich meine."

Sie war ein wenig verwirrt; aber sie nahm seine Hände und schaute ihn offen an.

„Nein, lieber Freund", sagte sie mit herzlicher Wärme.

Er konnte nicht sprechen. Sie sah, daß er traurig war.

„Seien Sie mir nicht böse, ich tue Ihnen weh. Ich wußte, daß Sie mir das sagen würden. Wir müssen ganz offen miteinander sprechen wie gute Freunde."

„Freunde", sagte er traurig. „Nichts weiter?"

„Undankbarer! Was wollen Sie noch mehr? Mich heiraten? – Denken Sie noch an damals, als Sie nur Augen für meine schöne Kusine hatten? Damals war ich traurig, daß Sie nicht verstanden, was ich für Sie empfand. Unser ganzes Leben hätte anders sein können. Jetzt denke ich, daß es so besser ist. Es ist besser, daß wir unsere Freundschaft nicht dem Leben in Gemeinschaft ausgesetzt haben, dem Alltagsleben, in dem schließlich das Reinste herabgezogen wird..."

„Sie sagen das, weil Sie mich weniger lieben."

„O nein, ich liebe Sie immer noch ebenso."

„Ach! Es ist das erste Mal, daß Sie mir das sagen."

„Es soll nichts mehr verborgen sein zwischen uns. Sehen Sie, ich halte nicht viel von der Ehe. Ich weiß wohl, das

Beispiel meiner eigenen ist unzulänglich. Aber ich habe nachgedacht und mich umgeschaut. Glückliche Ehen sind selten. Die Ehe ist ein wenig widernatürlich. Man kann zweierlei Willen und zwei Wesen nicht zusammenketten, ohne eines zu verstümmeln, wenn nicht alle beide; und vielleicht erwachsen der Seele dadurch sogar Leiden, die ihr nicht besonders zuträglich sind."

„Ach", sagte er, „ich sehe im Gegenteil etwas Schönes in der Verbindung zweier opferbereiter Herzen, zweier in eins verschmolzener Seelen!"

„Ihr Traum ist etwas Schönes. In Wirklichkeit würden Sie mehr als jeder andere darunter leiden."

„Wie, Sie glauben, daß ich niemals eine Frau haben könnte, eine Familie, Kinder? – Sagen Sie das nicht! Ich würde sie so lieben! Sie glauben, dieses Glück sei für mich unerreichbar?"

„Ich weiß nicht. Ich glaube, nicht. Vielleicht ginge es mit einer guten Frau, die nicht sehr intelligent und nicht sehr schön wäre, die Ihnen ergeben wäre und Sie nicht verstehen würde."

„Wie böse Sie sind! – Aber es ist nicht recht, daß Sie sich lustig machen. Eine gute Frau ist etwas Gutes, selbst wenn sie nicht geistreich ist."

„Ich bin überzeugt davon! Wollen Sie, daß ich Ihnen eine suche?"

„Seien Sie still, ich bitte Sie inständig, Sie tun mir weh. Wie können Sie nur so reden!"

„Was habe ich denn gesagt?"

„Sie lieben mich also gar nicht, nicht ein bißchen; denn Sie denken daran, mich mit einer anderen zu verheiraten."

„Aber im Gegenteil, gerade weil ich Sie liebe, würde ich glücklich sein, wenn ich etwas tun könnte, um Sie glücklich zu machen."

„Nun also, wenn das der Fall ist..."

„Nein, nein, lassen Sie das. Ich sage Ihnen, es wäre Ihr Unglück."

„Sorgen Sie sich nicht um mich. Ich schwöre, ich würde glücklich sein; aber sagen Sie die Wahrheit: Sie meinen, daß Sie selber mit mir unglücklich sein würden?"

„Oh! Unglücklich! Lieber Freund, nein. Ich schätze Sie zu hoch, und ich bewundere Sie zu sehr, als daß ich jemals mit Ihnen unglücklich sein könnte... Und dann will ich Ihnen etwas sagen: Ich glaube, daß mich heute nichts mehr völlig unglücklich machen könnte. Ich habe zuviel gesehen, ich bin Philosophin geworden... Aber wenn ich offen reden soll (nicht wahr, Sie bitten mich darum? Sie werden nicht böse sein?), nun also, ich kenne meine Schwäche, ich wäre vielleicht dumm genug, nach ein paar Monaten nicht mehr ganz glücklich mit Ihnen zu sein; und das gerade will ich nicht, weil mich für Sie die heiligste Zuneigung erfüllt und ich nicht will, daß etwas in der Welt sie trübt."

Traurig erwiderte er:

„Ja, so reden Sie, um mir die Pille zu versüßen. Ich gefalle Ihnen nicht. Irgend etwas an mir ist Ihnen widerwärtig."

„Nicht doch, gewiß nicht. Machen Sie kein so klägliches Gesicht. Sie sind ein guter und lieber Mensch."

„Dann begreife ich nicht. Warum sollten wir nicht zusammenpassen?"

„Weil wir zu verschieden sind, unsere Charaktere sind zu ausgeprägt, zu persönlich."

„Gerade darum liebe ich Sie."

„Ich Sie auch. Aber darum würden wir auch in Widerstreit geraten."

„Aber nein."

„O doch. Oder ich würde, da ich weiß, daß Sie bedeutender sind als ich, mir vorwerfen, Sie mit meiner kleinen Persönlichkeit zu hindern; und dann würde ich mich selber aufgeben; ich würde schweigen und leiden."

In Christofs Augen traten Tränen.

„Oh, das will ich nicht. Niemals! Lieber will ich unendlich unglücklich sein, ehe Sie durch meine Schuld für mich leiden."

„Beruhigen Sie sich, mein Freund... Sie wissen, ich rede

so, ich schmeichle mir vielleicht... Vielleicht wäre ich nicht gut genug, mich für Sie aufzuopfern."

„Um so besser!"

„Aber dann wären Sie mein Opfer, und dann wäre die Reihe an mir, mich zu quälen... Sie sehen, es ist nach allen Seiten hin unlösbar. Bleiben wir, wie wir sind. Gibt es etwas Besseres als unsere Freundschaft?"

Er nickte und lächelte ein wenig bitter.

„Ja, alles in allem heißt das eben, daß Sie mich im Grunde nicht lieb genug haben."

Sie lächelte ebenfalls, freundlich, ein wenig melancholisch. Sie sagte mit einem Seufzer:

„Vielleicht haben Sie recht. Ich bin nicht mehr ganz jung, mein Freund. Ich bin müde. Das Leben verbraucht einen, wenn man nicht sehr stark ist, so wie Sie... O Sie! Wenn ich Sie anschaue, gibt es Augenblicke, da sehen Sie wie ein Lausejunge von achtzehn Jahren aus."

„Ach Gott, mit diesem alten Kopf, diesen Runzeln, dieser welken Haut!"

„Ich weiß wohl, Sie haben ebensoviel wie ich gelitten. Vielleicht mehr. Ich sehe es. Aber Sie schauen mich manchmal mit den Augen eines Jünglings an; und ich fühle, wie eine Flut frischen Lebens aus Ihnen quillt. Ich dagegen bin erloschen. Ach, wenn ich an meine frühere Lebhaftigkeit denke! Wie jemand gesagt hat: Das war die gute Zeit damals, da war ich sehr unglücklich! – Heute habe ich nicht mehr die Kraft, es zu sein. Ich habe nur einen dünnen Lebensfaden. Ich wäre nicht mehr kühn genug, den Versuch einer Ehe zu wagen. Aber früher, früher! – Wenn jemand, den ich kenne, mir damals einen Wink gegeben hätte!"

„Nun, nun reden Sie..."

„Nein, nein, wozu?"

„Also, wenn ich früher... Oh, mein Gott!"

„Was! Wenn Sie früher? Ich habe nichts gesagt."

„Ich habe verstanden. Sie sind grausam."

„Also gut, früher war ich toll, das ist alles!"

„Was Sie da sagen, ist noch schlimmer."

„Armer Christof! Ich kann kein Wort mehr reden, ohne Ihnen weh zu tun. Ich werde also nichts mehr reden."

„Doch, doch! Sagen Sie mir... sagen Sie mir etwas."

„Was denn?"

„Irgend etwas Gutes."

Sie lachte.

„Lachen Sie nicht."

„Und seien Sie nicht traurig."

„Wie sollte ich es nicht sein?"

„Sie haben keinen Grund dazu, ich versichere es Ihnen."

„Weshalb?"

„Weil Sie eine Freundin haben, die Sie herzlich liebhat."

„Wirklich?"

„Wenn ich es Ihnen sage, glauben Sie es nicht?"

„Sagen Sie es noch einmal!"

„Werden Sie dann nicht mehr traurig sein? Werden Sie nicht unersättlich sein? Werden Sie sich mit unserer lieben Freundschaft begnügen?"

„Ich muß wohl!"

„Undankbarer, Undankbarer! Und Sie behaupten, Sie lieben mich? Ich glaube, im Grunde liebe ich Sie mehr, als Sie mich lieben."

„Ach, wenn das der Fall wäre!"

Er sagte das mit einer Aufwallung so verliebter Selbstsucht, daß sie lachen mußte. Auch er lachte. Er drang in sie:

„Sagen Sie mir's..."

Einen Augenblick schwieg sie und schaute ihn an; dann neigte sie plötzlich den Kopf zu Christof und küßte ihn. Das kam so unerwartet! Es traf sein Herz wie ein Schlag. Er wollte sie in seine Arme schließen. Doch schon hatte sie sich losgemacht. An der Tür des kleinen Salons schaute sie ihn an, legte einen Finger an die Lippen, machte pst! – und verschwand.

Von nun an sprach er ihr nicht mehr von seiner Liebe und war ihr gegenüber weniger befangen. Dem Schwanken zwischen erzwungenem Schweigen und schlecht unterdrückter Leidenschaft folgte eine schlichte und beherrschte Vertraulichkeit. Das ist die Wohltat der Offenheit in Freundschaft. Keine versteckten Andeutungen, keine Illusionen oder Befürchtungen mehr. Sie kannten jeder des anderen innerste Gedanken. Wenn Christof mit Grazia wieder in der Gesellschaft jener Gleichgültigen zusammentraf, die ihn ärgerten, und er wieder ungeduldig wurde, weil er seine Freundin über die Nichtigkeiten mit ihnen reden hörte, die in den Salons an der Tagesordnung sind, so schaute sie ihn an, wenn sie's merkte, und lächelte. Das war genug, er wußte, daß sie zusammengehörten; und es wurde wieder still in ihm.

Die Gegenwart des Geliebten nimmt der Phantasie ihren giftigen Stachel; das Fieber des Begehrens läßt nach; die Seele ist von dem keuschen Besitz der anwesenden Geliebten erfüllt. – Grazia strahlte überdies auf ihre ganze Umgebung den schweigenden Zauber ihrer harmonischen Natur aus. Jede, selbst jene ungewollte Übertreibung einer Gebärde oder eines Tonfalles verletzte sie als etwas Unschlichtes, als etwas Unschönes. Dadurch wirkte sie mit der Zeit auch auf Christof; nachdem er das seinem leidenschaftlichen Temperament angelegte Zaumzeug zernagt hatte, gewann er nun eine Selbstbeherrschung und eine Kraft, die um so größer waren, als er sie nicht mehr in vergeblicher Leidenschaft vergeudete.

Ihre Seelen verschmolzen ineinander. Grazia erwachte durch die Berührung mit Christofs moralischer Kraft aus dem Halbschlaf, in dem sie sich lächelnd der Süße des Lebens hingegeben hatte. Sie nahm an geistigen Dingen unmittelbarer und weniger tatenlos Anteil. Sie, die wenig las und die eher dazu neigte, dieselben alten Bücher mit trägem Behagen immer wieder durchzulesen, wurde von Neugierde für andere Gedanken erfaßt und empfand bald auch deren Anziehungskraft. Der Reichtum der modernen Gedankenwelt, den sie wohl kannte, in die sie sich aber allein nicht wagte, schüchterte sie nicht mehr ein, seit sie einen Gefährten zum Führer hatte. Ohne daß sie es merkte und trotz ihres Widerstrebens ließ sie sich zum Verständnis des jungen Italiens erziehen, dessen bilderstürmerisches Feuer ihr so lange mißfallen hatte.

Vor allem aber kam Christof die Wohltat dieser gegenseitigen geistigen Durchdringung zugute. Man hat oft beobachtet, daß in der Liebe der Schwächere von beiden mehr gibt; der andere liebt zwar nicht weniger; aber als der Stärkere muß er notwendigerweise mehr nehmen. So war Christof bereits durch Oliviers Geist bereichert worden. Aber seine neue übersinnliche Ehe war weit fruchtbarer; denn Grazia brachte ihm als Mitgift den seltenen Schatz, den Olivier niemals besessen hatte: die Freude. Die Freude der Seele und der Augen. Das Licht. Das Lächeln dieses lateinischen Himmels, das die Häßlichkeit der geringsten Dinge umspült, das die Steine der alten Mauern umspült und selbst der Trauer sein ruhiges Leuchten mitteilt.

Sie hatte den erwachenden Frühling zum Bundesgenossen. Der Traum eines neuen Lebens brütete in der Lauheit der schlaffen Luft. Junges Grün vermählte sich den silbergrauen Oliven. Unter den düsterroten Bogen der zerfallenen Aquädukte blühten weiße Mandelbäume. In der wiedererwachten Campagna wogten die Fluten des Grases und die Flammen des sieghaften Mohns. Über den Rasen der Gärten rannen Bäche von lila Anemonen, lagen Teppiche von Veilchen gebreitet. Glyzinien kletterten zu den Pinienschirmen empor; und der Wind, der über die Stadt strich, trug den Duft der Rosen vom Palatin herbei.

Sie gingen zusammen spazieren. Wenn sie sich erst aus ihrer geradezu orientalischen Benommenheit aufraffte, in der sie stundenlang dahindämmerte, wurde Grazia eine ganz andere. Sie wanderte gern. Groß, mit langen Beinen, mit kräftigem, biegsamem Oberkörper, war sie in der Silhouette ganz wie eine Diana von Primaticcio. – Am häufigsten besuchten sie eine jener Villen, die von der Sturmflut verschont geblieben waren, in der das herrliche Rom des Settecento unter den Wogen der piemontesischen Barbarei versunken ist. Besonders liebten sie die Villa Mattei, dieses Vorgebirge des alten Roms, an dessen Fuß die letzten Wellen der verödeten Campagna hinsterben. Sie folgten der Eichenallee, deren tiefe Wölbung die blaue Hügelkette umrahmt, die liebliche Albanerkette, die sanft anschwillt wie ein klopfendes Herz. Längs des Weges ließen die Gräber römischer Ehegatten durch das Laub ihre schwermütigen Gesichter und treu verschlungenen Hände sehen. Sie setzten sich am Ende der Allee unter eine Rosenlaube, die sich an einen weißen Sarkophag anlehnte. Vor ihnen die Wildnis. Tiefer Frieden. Das Murmeln einer langsam tropfenden Quelle, die vor Sehnsucht zu sterben schien. Sie plauderten halblaut. Grazias Blick senkte sich voller Vertrauen in den des Freundes. Christof erzählte von seinem Leben, seinen Kämpfen, seinen vergangenen Schmerzen; sie hatten nichts Trauriges mehr. Neben ihr, unter ihrem Blick schien alles einfach, war alles, wie es sein mußte... Auch sie erzählte. Er hörte kaum, was sie sagte, aber keiner ihrer Gedanken war für ihn verloren. Er vermählte sich mit ihrer Seele. Er sah mit ihren Augen. Überall sah er ihre Augen, ihre ruhigen Augen, in denen ein inneres Feuer glühte; er sah sie in den schönen verstümmelten Gesichtern antiker Statuen und im Rätsel ihrer stummen Blicke; er sah sie in Roms Himmel, der rings um die wolligen Zypressen und zwischen den Fingern der schwarzen, glänzenden Lecci lachte, die von Sonnenpfeilen durchschossen wurden.

Durch Grazias Augen drang ihm der Sinn für die lateinische Kunst ins Herz. Bis dahin hatte Christof den italienischen Werken gleichgültig gegenübergestanden. Der barbarische Träumer, der große Bär, der aus dem germanischen Walde gekommen war, hatte dem sinnlichen Reiz der schönen, wie mit einem Honigglanz vergoldeten Marmorwerke keinen Geschmack abgewinnen können. Den vatikanischen Antiken stand er einfach feindlich gegenüber. Er konnte diese dummen Köpfe, diese verweichlichten oder schwerfälligen Proportionen, dies nichtssagende und glatte Körperideal, alle diese Lustknaben und Gladiatoren nicht ausstehen. Kaum ein paar Porträtstatuen fanden Gnade vor seinen Augen; ihre Vorbilder hatten keinerlei Interesse für ihn. Für die blassen, grimassenschneidenden Florentiner, die krankhaften Madonnen, die präraffaelitischen Aphroditen, die blutarm, schwindsüchtig, affektiert und abgezehrt waren, fühlte er nicht viel mehr Zuneigung. Und die roten, schwitzenden Kraftprotzen und Athleten, die das Beispiel der Sixtinischen Kapelle auf die Menschheit losgelassen hat, kamen ihm in ihrer tierischen Blödheit wie Kanonenfutter vor. Nur vor Michelangelo, vor seinem tragischen Leiden, seiner göttlichen Verachtung und dem Ernst seiner keuschen Leidenschaften empfand er eine stille Ehrfurcht. Mit reiner und barbarischer Liebe, wie die des Meisters gewesen war, liebte er die fromme Nacktheit dieser Jünglinge, seine rothaarigen und wilden Jungfrauen, die wie verfolgte Tiere aussahen, die schmerzvolle Aurora, die Madonna mit den wilden Augen, der das Kind in die Brust beißt, und die schöne Lea, die er zur Frau hätte haben mögen. Aber in der Seele des gequälten Helden fand er nur das großartige Widerspiel seiner eigenen Seele wieder.

Grazia öffnete ihm die Pforten einer neuen Kunstwelt. Er lernte die überlegene Heiterkeit eines Raffael und eines Tizian kennen. Er sah den erhabenen Glanz des klassischen Genius, der wie ein Löwe über die Welt der eroberten und gemeisterten Formen herrscht. Er sah die feuersprühende Vision des großen Venezianers, die bis ins Herz trifft und deren Blitze die unklaren Nebel zerteilen, in die sich das Leben hüllt – er empfand die allmächtige Herrschaft dieser Lateiner, die nicht allein zu siegen wissen, sondern sich selbst besiegen, die sich als Sieger die strengste Zucht auferlegen und die es verstehen, auf dem Schlachtfelde sehr genau Auswahl unter der Siegesbeute zu treffen, wenn sie sie davontragen. Die olympischen Bildnisse und die Stanzen Raffaels erfüllten Christofs Herz mit einer reicheren Musik als der Wagnerischen. Musik heiterer Linien, edler Bauwerke, harmonischer Gruppen. Musik, die aus der vollkommenen Schönheit des Ausdrucks, der Hände, der reizenden Füße, des Faltenwurfs und der Gebärden strahlt. Vergeistigung. Liebe. Quell der Liebe, der aus diesen Seelen, aus diesen Jünglingskörpern quillt. Kraft des Geistes und der Wollust. Jugendliche Zärtlichkeit, ironische Weisheit, starker und heißer Duft liebeatmender Körper; leuchtendes Lächeln, in dem die Schatten verschwinden, in dem die Leidenschaft entschlummert. Bebende Lebenskräfte, die sich wie die Rosse des Helios bäumen, aber von der ruhigen Hand des Lenkers gebändigt werden...

Und Christof fragte sich:

Ist es denn unmöglich, die Kraft und den Frieden Roms zu vereinen, wie sie es getan haben? Heute streben die Besten immer nur nach dem einen von beiden auf Kosten des anderen. Die Italiener scheinen unter allen Völkern am meisten den Sinn für die Harmonie verloren zu haben, die Poussin, Lorrain und Goethe vernahmen. Muß noch einmal ein Fremder ihnen den Wert alles dessen offenbaren? – Und wer wird unsere Musiker belehren? Die Musik hat ihren Raffael noch nicht gehabt. Mozart ist nur ein Kind, ein deutscher Kleinbürger, der fiebernde Hände und eine gefühlvolle Seele hat, der zuviel redet und zu viele Gesten macht und der da redet, weint und lacht um eines Nichts willen. Und weder Bach, der Gotiker, noch der Bonner Prometheus, der mit dem Geier kämpft, noch seine titanischen Nachfolger, die den Pelion auf den Ossa türmen und den Himmel mit Schmähungen überhäufen, haben jemals das Lächeln Gottes geschaut...

Seit er das gesehen, schämte sich Christof seiner eigenen Musik; sein eitles Gehabe, seine übertriebenen Leidenschaften, seine schamlosen Klagen, kurz, diese ganze Zurschaustellung des eigenen Ich, dieser Mangel an Maß erschienen ihm jämmerlich und schmachvoll zugleich. Eine Herde ohne Hirt, ein Königreich ohne König. – Man muß König sein über die tobende Seele...

Während dieser Monate schien Christof die Musik vergessen zu haben. Er schrieb kaum und fühlte nicht das Bedürfnis danach. Sein von Rom befruchteter Geist ging trächtig. Er verbrachte seine Tage in einem Zustand von Traum und halber Trunkenheit. Die Natur befand sich gleich ihm im ersten Frühling, in dem sich die Mattigkeit des Erwachens mit einem wonnevollen Schwindel eint. Er und sie träumten, umschlungen wie Liebende, die sich im Schlaf aneinanderschmiegen. Das fiebernde Rätsel der Campagna schien ihm nicht mehr feindlich und beunruhigend; er hatte sich zum Herrn ihrer tragischen Schönheit gemacht: in seinen Armen hielt er die entschlummerte Demeter.

Im Laufe des April machte man ihm von Paris aus den Vorschlag, dort eine Reihe von Konzerten zu dirigieren. Ohne ihn weiter zu prüfen, lehnte er ihn ab; aber er hielt es für seine Pflicht, zunächst mit Grazia darüber zu sprechen. Es bereitete ihm eine innige Freude, sich mit ihr über sein Leben zu beraten; dabei gab er sich der Täuschung hin, daß sie es mit ihm teile.

Sie bereitete ihm diesmal eine kleine Enttäuschung. Sie ließ sich die Angelegenheit sehr genau auseinandersetzen; dann riet sie ihm, anzunehmen. Er war betrübt darüber; er sah darin den Beweis ihrer Gleichgültigkeit.

Grazia hatte diesen Rat vielleicht nicht ohne Bedauern gegeben. Weshalb aber fragte Christof sie dann? Je mehr er es ihr anheimstellte, für ihn zu entscheiden, um so mehr fühlte sie sich für die Handlungsweise ihres Freundes verantwortlich. Durch den Austausch, der zwischen ihren Gedanken bestand, hatte sie Christof etwas von seinem Willen geraubt; er hatte ihr offenbart, wie notwendig und schön es sei, zu handeln. Zum mindesten hatte sie erkannt, daß es für ihren Freund eine Pflicht bedeutete; und sie wollte nicht, daß er sie versäumte. Sie kannte besser als er die einschläfernde Macht, die der Atem der italienischen Erde in sich birgt und die wie das schleichende Gift des Schirokko in die Adern dringt und den Willen einlullt. Wie oft hatte sie seinen verderblichen Zauber empfunden, ohne die Kraft zu finden, ihm zu widerstehen! Ihr ganzer Kreis war mehr oder weniger von dieser seelischen Malaria ergriffen. Selbst die Stärksten waren ihr früher einmal zum Opfer gefallen; sie hatte die eherne Kraft der römischen Wölfin aufgezehrt. Rom atmet den Tod: es hat zu viele Gräber. Es ist gesünder, sich dort nur vorübergehend aufzuhalten als dort zu leben. Nur zu leicht verliert man dort die Fühlung mit der eigenen Zeit: darin liegt ein gefährlicher Reiz für noch junge Kräfte, die eine lange Laufbahn vor sich haben. Grazia machte sich klar, daß die Welt, die sie umgab, keine anregende Umgebung für einen Künstler sei. Und obgleich sie für Christof mehr Freundschaft empfand als für jeden anderen (wagte sie, sich dies einzugestehen?), war sie im Grunde doch nicht böse, wenn er fortging. Ach, er ermüdete sie mit allem, was sie an ihm liebte, mit seiner überquellenden Intelligenz, mit der Fülle seiner Lebenskraft, die, jahrelang angesammelt, nun überströmte: ihre Ruhe wurde dadurch gestört. Und er ermüdete sie vielleicht auch, weil sie stets die Bedrohung durch diese schöne und rührende, aber sie quälende Liebe empfand, vor der es immer auf der Hut zu sein galt; es war klüger, ihn fernzuhalten. Sie hütete sich wohl, sich das selbst zuzugeben; sie glaubte, nur Christofs Vorteil im Auge zu haben.

An guten Gründen fehlte es ihr nicht. Im damaligen Italien konnte ein Musiker nur schwer leben; die Luft war ihm knapp zugemessen. Das musikalische Leben war unterdrückt, entstellt. Der fabrikmäßige Theaterbetrieb überrußte und verräucherte den Boden, dessen musikalische Blüten einst ganz Europa mit ihrem Duft erfüllt hatten. Wer sich nicht in die Gefolgschaft der Schreier einreihen mochte, wer in die Fabrik nicht eintreten konnte oder wollte, war zur Verbannung verurteilt oder mußte ohne Luft und Licht leben. Das Talent war durchaus nicht versiegt, aber man ließ es stagnieren und verlorengehen. Christof war so manchem jungen Musiker begegnet, bei dem die Seele der melodienreichen Meister jenes Volkes und der Instinkt für Schönheit, der die meisterhafte und schlichte Kunst der Vergangenheit durchdrungen hatte, wieder auflebte. Wer aber kümmerte sich um sie? Sie gelangten weder zur Aufführung noch zur Herausgabe ihrer Werke. Für die reine Symphonie war keinerlei Verständnis vorhanden, nirgends hörte man auf eine Musik, die sich nicht herausputzte und überschminkte. So sangen sie denn für sich selbst mit entmutigender Stimme, die schließlich ganz verhallte. Wozu? Schlafen... – Christof hätte ihnen von Herzen gern geholfen. Doch hätte er es auch gekonnt, so hätte ihre mißtrauische Eitelkeit es doch nicht zugelassen. Was er auch tat, er war für sie ein Fremder; und für die Italiener der alten Geschlechter bleibt jeder Fremde trotz ihres herzlichen Entgegenkommens im Grunde ein Barbar. Sie fanden, daß das Elend ihrer Kunst eine Angelegenheit sei, die sie unter sich abzumachen hätten. Waren sie Christof gegenüber auch mit Freundschaftsbezeigungen verschwenderisch, so nahmen sie ihn doch nicht in ihre Familie auf. – Was blieb ihm übrig? Er konnte doch nicht in Wettstreit mit ihnen treten und ihnen ihren kleinen Platz an der Sonne streitig machen, dessen sie nicht einmal sicher waren!

Und außerdem kann das Genie die Nahrung nicht entbehren. Der Musiker bedarf der Musik – er muß Musik hören, muß selber Musik machen. Eine zeitweilige Zurückgezogenheit hat wohl Wert für den Geist, der dadurch zur Sammlung gezwungen wird. Aber nur unter der Bedingung, daß er sich aus ihr wieder befreit. Einsamkeit ist vornehm, aber todbringend für den Künstler, der schließlich nicht mehr die Kraft findet, sich aus ihr herauszureißen. Man muß das Leben seiner Zeit mitmachen, selbst wenn es lärmend und niedrig ist; unaufhörlich muß man geben und empfangen, geben und immer wieder geben und noch einmal empfangen. – Zu Christofs Zeit war Italien nicht mehr der große Kunstmarkt, der es einst gewesen war und der es vielleicht wieder werden wird. Die Jahrmärkte der Gedanken, auf denen die Seelen aller Nationen Austausch halten, liegen heute im Norden. Wer leben will, muß dort leben.

Wäre Christof sich selbst überlassen gewesen, so hätte es ihm widerstanden, sich von neuem in das Gewühl zu stürzen. Grazia aber empfand Christofs Pflicht klarer als er selber. Und sie verlangte mehr von ihm als er von sich selber. Wohl weil sie ihn höher achtete, aber auch weil es ihr bequemer war. Sie übertrug ihre Tatkraft auf ihn. Sie selbst bewahrte ihre Ruhe. – Er konnte ihr deswegen nicht zürnen. Sie glich Maria; sie hatte das bessere Teil erwählt. Jedem ist im Leben seine Rolle zugeteilt. Christofs Aufgabe bestand darin, sich zu betätigen. Ihr genügte es, zu sein. Er verlangte nichts weiter von ihr.

Nichts weiter, als daß sie ihn liebe, wenn möglich, etwas weniger in seinem und etwas mehr in ihrem Interesse. Denn er wußte ihr nicht besonderen Dank für die Selbstlosigkeit ihrer Freundschaft, die so weit ging, daß sie nur noch an den Vorteil des Freundes dachte – der nichts Besseres wünschte, als nicht daran zu denken.

Er reiste ab. Er entfernte sich von ihr. Doch er trennte sich nicht von ihr. Wie ein alter Minnesänger gesagt hat: *Der Freund trennt sich von der Freundin nur, wenn seine Seele es will.*

ZWEITER TEIL

Das Herz war ihm schwer, als er in Paris ankam. Es war das erste Mal seit Oliviers Tode, daß er dorthin zurückkehrte. Nie mehr hatte er diese Stadt wiedersehen wollen. Als er in der Droschke saß, die ihn vom Bahnhof zum Hotel brachte, wagte er kaum, zum Wagenschlag hinauszusehen; er verbrachte die ersten Tage im Zimmer, ohne sich zum Ausgehen entschließen zu können. Er hatte Angst vor den Erinnerungen, die vor der Tür auf ihn lauerten. Aber wovor hatte er eigentlich Angst? Machte er sich das klar? War es, wie er glauben wollte, die Angst, daß die Erinnerungen überall lebendig vor ihm auftauchen würden? Oder fürchtete er das viel Schmerzhaftere, sie tot wiederzufinden? – Gegen diese neue Trauer wappneten sich in ihm halb unbewußt alle Listen des Instinkts. Aus diesem Grunde (er ahnte das vielleicht selbst nicht) hatte er sein Hotel in einem Stadtviertel gewählt, das von dem früher bewohnten weit entfernt lag. Und als er zum erstenmal durch die Straßen ging, als er in dem Konzertsaal seine Orchesterproben dirigieren mußte, als er wieder mit dem Pariser Leben in Berührung trat, schloß er eine Zeitlang immer noch die Augen, wollte nicht sehen, was er sah, wollte hartnäckig nicht sehen, was er einst gesehen hatte. Er sagte sich stets im voraus:
Ich kenne das, ich kenne das...

In der Kunst wie in der Politik herrschte noch immer die gleiche unduldsame Anarchie. Immer noch derselbe Jahrmarkt. Nur die Schauspieler hatten die Rollen gewechselt. Die Revolutionäre seiner Zeit waren Bürger geworden; die Übermenschen waren in Mode. Die Unabhängigen von einst versuchten die Unabhängigen von heute zu ersticken. Die vor zwanzig Jahren jung gewesen waren, zeigten sich jetzt rückständiger als die Alten, die sie einst bekämpft hatten;

und ihre Kritiker verweigerten den Neuankömmlingen das Lebensrecht. Dem Anschein nach hatte sich nichts verändert.

Und doch war alles anders geworden...

Liebe Freundin, verzeihen Sie mir. Wie gütig sind Sie, mir wegen meines Stillschweigens nicht zu zürnen. Ihr Brief hat mir sehr wohlgetan. Ich habe ein paar Wochen in schrecklicher Verwirrung verbracht. Alles fehlte mir. Ich hatte Sie verloren. Und hier das furchtbare Nichtsein derer, die ich verloren habe. Alle alten Freunde, von denen ich Ihnen gesprochen habe, verschwunden. Philomele (Sie erinnern sich an die Stimme, die an jenem trüben und lieben Abend sang, an dem ich durch eine festliche Menge irrte und in einem Spiegel Ihre Augen wiedersah, die mich anschauten), Philomele hat ihren vernünftigen Traum verwirklicht: sie hat eine kleine Erbschaft gemacht und ist nach der Normandie gezogen; dort hat sie einen Gutshof, den sie leitet. Herr Arnaud hat seinen Abschied genommen, und er ist mit seiner Frau in die Provinz zurückgekehrt, in eine kleine Stadt in der Nähe von Angers. Von den Berühmtheiten meiner Zeit sind viele gestorben oder gestürzt worden; nur ein paar alte Komödianten, die vor zwanzig Jahren die jugendlichen Hauptrollen in Kunst und Politik spielten, spielen sie heute noch mit derselben falschen Grimasse. Außer diesen Masken kenne ich niemanden. Ich hatte den Eindruck, als grinsten sie über einem Grabe. Es war ein entsetzliches Gefühl. – Außerdem habe ich in der ersten Zeit nach meiner Ankunft körperlich unter der Häßlichkeit aller Dinge gelitten, besonders unter dem grauen Licht des Nordens, nachdem ich Ihre goldene Sonne gerade eben verlassen hatte; die aneinandergedrängten bleigrauen Häuser, die gewöhnlichen Linien mancher Dome, mancher Denkmäler, die mich früher niemals befremdet hatten, verletzten mich sehr. Die seelische Atmosphäre war mir nicht angenehmer.

Zwar kann ich mich über die Pariser nicht beklagen. Der Empfang, den sie mir bereiteten, gleicht wenig dem, den ich einst fand. Es scheint, ich bin während meiner Abwesenheit eine Art von Berühmtheit geworden. Ich mache zu Ihnen keine Worte darüber; ich weiß, was sie wert ist, und ich bin gerührt über all die freundlichen Dinge, die diese Leute von mir sagen und über mich schreiben; ich bin ihnen dankbar dafür. Aber was soll ich Ihnen sagen? Ich fühle mich denen, die mich einst bekämpften, näher als denen, die mich heute loben... Die Schuld liegt an mir, ich weiß es. Schelten Sie mich nicht. Ich war einen Augenblick aus dem Gleichgewicht. Darauf mußte ich gefaßt sein. Jetzt ist das vorbei. Ich begreife. Ja, Sie hatten recht, mich unter Menschen zu schicken. Ich war im Begriff, in meiner Einsamkeit auf den Sand zu laufen. Es ist ungesund, den Zarathustra zu spielen. Der Strom des Lebens fließt dahin und von uns fort. Ein Augenblick kommt, wo man nur noch eine Wüste ist. Will man aber im Sande ein neues Fahrwasser bis zum Fluß graben, so braucht man dazu viele Tage anstrengender Arbeit bei brennender Sonne. – Sie ist getan. Mir ist nicht mehr schwindlig. Ich bin wieder drin im Strome. Ich schaue, und ich sehe.

Liebe Freundin, welch sonderbares Volk sind diese Franzosen! Vor zwanzig Jahren glaubte ich, es ginge mit ihnen zu Ende... Sie fangen wieder von vorne an. Mein lieber Gefährte Jeannin hatte es mir wohl vorausgesagt. Aber ich hatte ihn im Verdacht, daß er sich etwas vortäusche. Wie hätte ich es damals glauben sollen! Frankreich war, wie sein Paris, voller Abbrüche, Schutt und Löcher. Ich sagte: Sie haben alles zerstört... Was für ein Volk von Nagetieren! – Ein Volk von Bibern. Gerade wenn man meint, sie hätten sich über die Ruinen hergestürzt, gründen sie mit diesen selben Ruinen eine neue Stadt. Ich sehe heute nichts als Baugerüste, die sich auf allen Seiten erheben.

Wenn ein Ding geschehen,
*selbst die Narren es verstehen...**

Eigentlich ist es immer dieselbe französische Unordnung. Man muß daran gewöhnt sein, wenn man in der sich nach allen Seiten stoßenden Menge die Rotten der Arbeiter erkennen will, von denen jeder an seine Aufgabe geht. Sie wissen, es sind Leute, die nichts tun können, ohne von den Dächern zu schreien, was sie tun. Auch sind es Leute, die nichts fertigbringen können, ohne das zu verlästern, was die Nachbarn vollführen. Das kann wohl die sichersten Köpfe verwirren. Wenn man aber, wie ich, nahezu zehn Jahre bei ihnen gelebt hat, läßt man sich durch ihr Gelärme nicht mehr täuschen. Man merkt, daß das ihre Art ist, sich zur Arbeit anzufeuern. Gerade beim Reden handeln sie; und da auf jedem Bauplatz ein Haus errichtet wird, ist schließlich die ganze Stadt neu erbaut. Das tollste ist, daß die Gesamtheit der Bauten nicht einmal unharmonisch wirkt. Wenn sie auch die gegensätzlichsten Ansichten vertreten, so sind sie doch alle von derselben Art. Unter ihrer Anarchie bestehen gemeinsame Instinkte, eine Nationallogik, die sie an Stelle von Zucht zusammenhält und die am Ende wirksamer ist als die Zucht eines preußischen Regiments.

Überall findet man dieselbe Schwungkraft, dasselbe Baufieber: in der Politik, wo Sozialisten und Nationalisten um die Wette daran arbeiten, das Räderwerk der gelockerten Macht straffer anzuziehen; in der Kunst, wo die einen ein altes aristokratisches Wohnhaus für die Bevorzugten herrichten wollen, die andern eine weite Volkshalle, in der die Gesamtseele singt: Wiedererbauer der Vergangenheit, Erbauer der Zukunft. Was immer diese erfinderischen Tiere auch machen, sie bauen stets von neuem dieselben Zellen. Ihr Biber- oder Bieneninstinkt läßt sie durch alle Jahrhunderte hindurch dieselben Bewegungen vollführen, dieselben Formen wiederfinden. Die Revolutionärsten sind vielleicht unbewußt die, die sich an die ältesten Überlieferungen anschließen. Mir sind in den Syndikaten und unter den bedeutendsten jungen Schriftstellern mittelalterliche Seelen begegnet.

Jetzt, nachdem ich mich wieder in ihre aufrührerische Art

eingelebt habe, sehe ich ihrer Arbeit mit Vergnügen zu. Offen gesagt: ich bin ein zu alter Bär, um mich jemals in einem ihrer Häuser wohl zu fühlen; ich brauche freie Luft. Aber was für gute Arbeiter sind sie! Das ist ihre beste Eigenschaft. Sie bringt die Mittelmäßigsten und die Verderbtesten zu Ansehen. Und welcher Schönheitssinn bei ihren Künstlern! Ich empfand das früher weniger. Sie haben mich sehen gelehrt. Meine Augen haben sich aufgetan im Lichte Roms. Ihre Renaissancemenschen haben mich diese hier verstehen gelehrt. Eine Seite von Debussy, ein Torso von Rodin, ein Satz von Suarès stehen auf der gleichen Linie mit Ihren Cinquecentisti.

Mir gefällt hier nicht etwa alles. Ich habe meine alten Bekannten vom Jahrmarkt wiedergefunden, die mir schon einst soviel heiligen Zorn verursachten. Sie haben sich kaum verändert. Ich aber bin leider verändert. Ich wage nicht mehr, streng zu sein. Wenn mich die Lust ergreift, einen unter ihnen streng zu beurteilen, sage ich mir: Du hast kein Recht dazu. Du hast Schlimmeres begangen als diese Menschen, du, der sich für so stark hielt. Ich habe auch schon gelernt, daß es nichts Zweckloses gibt und daß selbst die Häßlichsten ihre Rolle in dem Plan der Tragödie haben. Die schlimmsten Dilettanten, die stinkendsten Amoralisten haben ihre Aufgabe als Holzwürmer erfüllt: es galt, die wacklige Hütte zu zerstören, bevor man sie wieder aufbauen konnte. Die Juden sind ihrer heiligen Mission gefolgt, die darin besteht, zwischen den anderen Rassen das Fremdvolk zu bleiben, das Volk, das von einem zum anderen Ende der Welt das Netz menschlicher Gemeinschaft webt. Sie schlagen die verstandesmäßigen Schranken zwischen den Nationen nieder, um der göttlichen Vernunft freie Bahn zu schaffen. Die schlimmsten Fälscher, die spöttelnden Zerstörer, die die Glaubensüberzeugungen unserer Vergangenheit untergraben, die unsere geliebten Toten morden, arbeiten, ohne es zu wissen, an dem heiligen Werk, an dem neuen Leben. In derselben Art arbeitet das raubgierige Interesse der weltbürgerlichen Bankiers – wenn auch mit unendlichen Zerstörungen – am künftigen Weltfrieden, ob sie ihn wollen oder nicht, und zwar wirken sie Seite an Seite mit den Revolutionären, die diese Kapitalisten unendlich viel sicherer als die albernen Pazifisten bekämpfen.

Sie sehen, ich altere. Ich beiße nicht mehr. Meine Zähne sind abgenutzt. Wenn ich ins Theater gehe, gehöre ich nicht mehr zu den kindlichen Zuschauern, die die Schauspieler beschimpfen und den Verräter beleidigen.

Stille Grazia, ich rede nur von mir; und doch denke ich nur an Sie. Wenn Sie wüßten, wieviel ich mit meinem Ich zu tun habe! Es lastet auf mir und saugt mich auf. Es ist wie eine Kugel, die mir Gott an den Hals gehängt hat. Wie gern hätte ich sie zu Ihren Füßen niedergelegt! Aber welch ein trauriges Geschenk... Ihre Füße sind dazu geschaffen, über sanfte Erde zu schreiten, über Sand, der unter den Schritten singt. Ich sehe sie, diese lieben Füße, wie sie lässig über die anemonenbedeckten Rasenflächen gehen... (Sind Sie wieder einmal zur Villa Doria gegangen?) – Nun sind Sie schon müde! Ich sehe Sie jetzt in Ihrem Lieblingswinkel hinten in Ihrem Wohnzimmer ausgestreckt liegen, auf den Ellenbogen gestützt und ein Buch haltend, das Sie nicht lesen. Sie hören mir liebevoll zu, ohne recht auf das achtzugeben, was ich sage: denn ich bin langweilig; und um Geduld zu bewahren, kehren Sie sich hin und wieder Ihren eigenen Gedanken zu; aber Sie sind höflich und passen auf, daß Sie mich nicht kränken; und wenn ein Wort Sie zufällig aus weiter Ferne zurückholt, nehmen Ihre Augen schnell wieder einen interessierten Ausdruck an. Und auch ich bin ebenso weit wie Sie von dem entfernt, was ich sage; auch ich höre kaum das Geräusch meiner Worte; und während ich ihrem Widerschein auf Ihrem schönen Gesicht folge, lausche ich in meinem Innern ganz anderen Worten, die ich Ihnen nicht sage. Diese, stille Grazia, vernehmen Sie im Gegensatz zu den andern recht gut; aber Sie tun, als hörten Sie sie nicht.

Leben Sie wohl. Ich glaube, Sie werden mich bald wiedersehen. Ich will hier nicht verschmachten. Was soll ich hier noch tun, jetzt, da meine Konzerte gegeben sind? – Ich küsse Ihre Kinder auf die lieben kleinen Wangen. Sie sind ein Teil von Ihnen. Man muß sich bescheiden!

Christof

Die „stille Grazia" antwortete:

Lieber Freund, ich habe Ihren Brief in dem kleinen Wohnzimmerwinkel empfangen, an den Sie sich noch so gut erinnern; und ich habe ihn gelesen, so wie ich zu lesen pflege, ich ließ von Zeit zu Zeit Ihren Brief ruhen und ruhte selbst auch. Spotten Sie nicht! Ich tat es nur, um ihn länger zu genießen. So haben wir einen ganzen Nachmittag miteinander verbracht. Die Kinder fragten mich, was ich immer läse. Ich sagte ihnen, daß es ein Brief von Ihnen sei. Aurora hat das Papier voller Mitleid betrachtet und meinte: Wie langweilig muß es sein, einen so langen Brief zu schreiben! Ich versuchte ihr klarzumachen, daß er keine Strafarbeit sei, die ich Ihnen aufgegeben hätte, sondern eine Unterhaltung, die wir miteinander pflegten. Sie hörte zu, ohne ein Wort zu sagen, dann rannte sie mit ihrem Bruder davon, um im Nebenzimmer zu spielen; und kurze Zeit danach, als Lionello einmal schrie, hörte ich Aurora sagen: Wir dürfen keinen Lärm machen; Mama unterhält sich mit Herrn Christof.

Was Sie mir von den Franzosen sagen, interessiert mich, aber es überrascht mich nicht. Erinnern Sie sich, daß ich Ihnen oft vorgeworfen habe, ihnen gegenüber ungerecht zu sein? Man kann sie vielleicht nicht lieben. Aber welch intelligentes Volk! Es gibt unbedeutende Völker, die ihr gutes Herz oder ihre physische Kraft rettet. Die Franzosen rettet ihre Intelligenz. Sie entschuldigt alle ihre Schwächen. Sie verjüngt sie. Wenn man glaubt, sie seien gesunken, geschlagen, verdorben, finden sie eine neue Jugend in der beständig sprudelnden Quelle ihres Geistes.

Aber ich muß Sie schelten. Sie entschuldigen sich, daß Sie

nur von sich selbst reden. Sie sind ein Ingannatore. Sie erzählen mir ja gar nichts von sich. Nichts von dem, was Sie getan haben! Nichts von dem, was Sie gesehen haben! Meine Kusine Colette (warum besuchen Sie sie nicht?) mußte mir über Ihre Konzerte Zeitungsausschnitte schikken, damit ich über Ihre Erfolge etwas erfuhr. Sie streifen das nur mit einem Wort. Ist Ihnen alles so gleichgültig? – Das ist nicht wahr. Gestehen Sie, daß es Ihnen Freude macht... Es muß Ihnen Freude machen, schon darum, weil es mir Freude macht. Ich mag an Ihnen keine enttäuschte Miene. Der Ton Ihres Briefes war schwermütig. Das soll nicht sein... Es ist gut, daß Sie anderen gegenüber gerechter sind. Aber das ist kein Grund, sich selber anzuklagen, wie Sie es tun, und zu sagen, daß Sie schlimmer sind als die Schlimmsten unter jenen andern. Ein guter Christ würde Sie loben. Ich sage Ihnen, daß es schlecht ist. Ich bin kein guter Christ. Ich bin eine gute Italienerin, die nicht mag, daß man sich mit der Vergangenheit quält. Die Gegenwart genügt vollständig. Ich weiß nicht alles genau, was Sie vielleicht früher getan haben. Sie deuteten es mir durch ein paar Worte an, und ich glaube, das übrige erraten zu haben. Es war nicht sehr schön; aber Sie sind mir darum nicht weniger lieb. Armer Christof, eine Frau in meinem Alter weiß, daß ein braver Mann oft recht schwach ist! Wenn man seine Schwäche nicht kennen würde, liebte man ihn nicht so sehr. Denken Sie nicht mehr an das, was Sie getan haben. Denken Sie an das, was Sie tun werden. Reue nützt gar nichts. Reue heißt rückwärts gehen. Aber im Guten wie im Bösen muß man immer vorwärts. Sempre avanti, Savoia! – Glauben Sie etwa, ich ließe Sie nach Rom zurückkommen? Sie haben hier nichts zu suchen. Bleiben Sie in Paris. Schaffen Sie, regen Sie sich, nehmen Sie teil am Kunstleben. Ich will nicht, daß Sie entsagen. Ich will, daß Sie Schönes schaffen, ich will, daß es Erfolg hat, ich will, daß Sie stark sind, damit Sie den neuen jungen Christofs helfen können, die die gleichen Kämpfe durchzumachen und die gleichen Prüfungen zu bestehen haben wie Sie. Suchen Sie sie auf, helfen Sie ihnen, seien Sie zu diesen Jüngeren besser, als die Älteren zu Ihnen waren. – Und schließlich will ich, daß Sie stark sind, damit ich weiß, daß Sie stark sind: Sie ahnen nicht, wieviel Kraft mir das selbst gibt.

Ich gehe fast jeden Tag mit den Kleinen zur Villa Borghese. Vorgestern sind wir zur Ponte Molle gefahren und sind zu Fuß auf den Monte Mario gegangen. Sie verleumden meine armen Beine, sie sind bös auf Sie. – Wie kann dieser Herr behaupten, daß wir nach den zehn Schritten zur Villa Doria schon müde sind? Er kennt uns gar nicht. Wenn wir uns nicht gern anstrengen, so deshalb, weil wir faul sind, nicht, weil wir nicht können... Sie vergessen, mein Freund, daß ich eine kleine Bäuerin bin...

Besuchen Sie meine Kusine Colette. Zürnen Sie ihr noch? Sie ist im Grunde eine gute Frau. Und sie schwört nur noch bei Ihnen. Es scheint, die Pariserinnen sind verrückt nach Ihrer Musik. Es liegt nur an meinem Berner Bären, ob er ein Pariser Löwe sein will. Haben Sie Briefe bekommen? Hat man Ihnen Liebeserklärungen gemacht? Sie erzählen mir von keiner Frau. Werden Sie sich verlieben? Erzählen Sie es mir. Ich bin nicht eifersüchtig.

Ihre Freundin G.

Meinen Sie etwa, daß ich Ihren letzten Satz zu schätzen weiß? Wollte Gott, spottlustige Grazia, daß Sie eifersüchtig wären! Aber rechnen Sie nicht auf mich, daß ich Sie's lehren werde. Ich bin auf die verrückten Pariserinnen, wie Sie sie nennen, durchaus nicht versessen. Verrückt? Sie mögen es wohl sein. Das ist das mindeste, was sie sind. Hoffen Sie nicht, daß sie mir den Kopf verdrehen. Es wäre vielleicht eher Aussicht dazu vorhanden, wenn sie sich meiner Musik gegenüber gleichgültiger zeigten. Aber es ist nur allzu wahr, sie lieben sie; wie soll man dabei seine Illusionen bewahren? Wenn einem jemand sagt, daß er einen versteht, dann kann man sicher sein, daß er einen niemals verstehen wird...

Nehmen Sie meine Späße nicht zu ernst. Die Empfindungen, die ich für Sie hege, machen mich anderen Frauen gegenüber nicht ungerecht. Ich habe niemals aufrichtigere Sympathien für sie gefühlt, als seitdem ich sie nicht mehr mit verliebten Augen betrachte. Die große Anstrengung, die die Frauen seit dreißig Jahren machen, um sich aus der niederziehenden und ungesunden Halbknechtschaft loszumachen, in die unsere törichte Männerselbstsucht sie zu ihrem und unserem Unglück hineinzwang, scheint mir eine der größten Taten unserer Zeit zu sein. In einer Stadt wie dieser lernt man die neue Generation junger Mädchen bewundern, die sich trotz so vieler Hindernisse mit aufrichtigem Feuer an die Eroberung der Wissenschaft und der Diplome machen – dieser Wissenschaft und dieser Diplome, die sie, wie sie denken, befreien, ihnen die Geheimnisse einer unbekannten Welt eröffnen, sie den Männern gleichstellen müssen.

Sicherlich ist dieser Glaube trügerisch und ein wenig lächerlich. Doch der Fortschritt verwirklicht sich nie in der Art, wie man ihn erhofft; er verwirklicht sich darum nicht weniger, nur auf anderem Wege. Das Streben der Frauen wird nicht verloren sein. Es wird vollkommenere, menschlichere Frauen schaffen, so wie sie in den großen Jahrhunderten waren. Sie werden den lebendigen Weltfragen nicht mehr teilnahmslos gegenüberstehen: das war schmachvoll und unnatürlich, denn es ist unerhört, daß eine Frau, sei sie in ihren häuslichen Obliegenheiten noch so sorgsam, sich der Pflichten in dem modernen Gemeinwesen ledig glaubt. Ihre Urahninnen aus der Zeit der Jeanne d'Arc und der Caterina Sforza dachten nicht so. Die Frau ist sich geworden. Wir haben ihr Luft und Sonne verweigert. Sie erobert sie mit Gewalt von uns zurück. Ach, die tapferen Kleinen! Natürlich werden viele von denen, die heute kämpfen, sterben, viele werden verderben. Das Streben ist zu leidenschaftlich für die verweichlichten Kräfte. Wenn eine Pflanze lange ohne Wasser bleibt, kann sie durch den ersten Regen zerstört werden. Nun ja! Das ist das Lösegeld jedes Fortschritts. Die Späteren werden aus solchen Leiden emporblühen. Die armen kleinen jungfräulichen Kriegerinnen von heute, von denen sich viele nicht verheiraten, werden fruchtbarer für die Zukunft sein als Generationen von Matronen, die vor ihnen Kinder zur Welt gebracht haben; denn aus ihnen, mit ihren Opfern erkauft, wird das weibliche Geschlecht eines neuen klassischen Zeitalters erstehen.

Im Salon Ihrer Kusine Colette hat man nicht gerade Aussicht, diese arbeitsamen Bienen anzutreffen. Was ist in Sie gefahren, daß Sie mich durchaus zu dieser Frau schikken wollen? Ich mußte Ihnen gehorchen; aber es ist nicht recht! Sie mißbrauchen Ihre Macht. Ich habe drei Einladungen abgesagt, zwei Briefe ohne Antwort gelassen. Sie hat mich bei einer meiner Orchesterproben überrumpelt (man probte meine Sechste Symphonie). Während der Pause sah ich sie auf mich zukommen; sie trug die Nase hoch, schnupperte umher und rief: Das riecht nach Liebe! Ach, wie ich für diese Musik schwärme!

Äußerlich hat sie sich verändert; nur ihre Katzenaugen mit den vorstehenden Augäpfeln und ihre eigensinnige, immer bewegliche Nase sind dieselben geblieben. Aber ihr Gesicht ist jetzt breiter, derber, blühender, kräftiger. Der Sport hat sie verwandelt. Sie hat sich ihm ganz ergeben. Ihr Mann ist, wie Sie wissen, einer der Oberbonzen im Automobil- und Aeroklub. Kein Flugereignis, kein Wettbewerb, weder zu Luft noch zu Pferde, noch zu Wasser, von dem die Stevens-Delestrade nicht glauben dabeisein zu müssen. Sie sind immer unterwegs. Keine Unterhaltung ist möglich; sie sprechen von nichts anderem mehr als von Racing, von Rowing, von Rugby, von Derby. Ein neues Geschlecht von Gesellschaftsmenschen. Die Zeit des Pelleas ist für die Frauen vorbei. Die Seele ist nicht mehr Mode. Die jungen Mädchen prahlen mit ihrer rotgebrannten, in Freiluftmärschen und -spielen gebratenen Haut; sie sehen einen mit männlichen Augen an. Sie lachen ein etwas derbes Lachen. Ihr Ton ist brutaler und roher geworden. Ihre Kusine sagte seelenruhig manchmal Ungeheuerlichkeiten. Sie ist eine starke Esserin, sie, die früher so wenig aß. Sie klagt dabei weiter über ihren schlechten Magen, um im Klagen nicht aus der Übung zu kommen; aber sie läßt sich deswegen doch keinen guten Bissen entgehen. Sie liest nichts. Man liest in dieser Gesellschaft nicht mehr. Nur die Musik hat Gnade gefunden. Ihr ist der Bankrott der Literatur sogar zugute gekommen. Wenn diese Leute hundsmüde sind, ist ihnen die Musik ein türkisches Bad, warmer Dampf, eine Massage, ein Nargileh. Man braucht dabei nicht zu denken. Sie ist ein Zwischending zwischen Sport und Liebe. Und sie ist auch ein Sport. Der beliebteste Sport unter den ästhetischen Vergnügungen aber ist heute der Tanz. Russische Tänze, griechische Tänze, Schweizer Tänze, amerikanische Tänze, man tanzt in Paris alles: die Symphonien von Beethoven, die Tragödien des Äschylus, das *Wohltemperierte Klavier,* die Antiken des Vatikan, *Orpheus, Tristan,* die Passion und die Gymnastik. Diese Leute haben den Koller.

Das Sonderbare ist, wie Ihre Kusine das alles miteinander vereinigt: ihre Ästhetik, ihren Sport und ihren praktischen Geist (denn sie hat von ihrer Mutter den Geschäftssinn und den häuslichen Despotismus geerbt). All dieses muß einen unglaublichen Mischmasch abgeben; aber sie befindet sich dabei wohl; sie bewahrt bei ihren tollsten Launen einen klaren Kopf, ebenso wie sie bei ihren schwindelerregenden Autofahrten immer den sicheren Blick und die sichere Hand behält. Sie ist eine gebieterische Frau; mit klingendem Spiel macht sie sich alles untertan: ihren Mann, ihre Gäste, ihre Leute. Sie kümmert sich auch um Politik; sie ist für „Durchlaucht"; ich halte sie nicht etwa für royalistisch; aber es ist ihr ein Vorwand, sich noch mehr zu schaffen zu machen. Und obgleich sie unfähig ist, zehn Seiten in einem Buch zu lesen, macht sie Akademiewahlen. –

Sie maßt sich an, mich unter ihren Schutz zu nehmen. Sie können sich denken, daß das nicht nach meinem Geschmack ist. Am ärgerlichsten ist, daß sie durch die bloße Tatsache meines Besuches bei ihr, den ich aus Gehorsam gegen Sie gemacht habe, jetzt von ihrer Macht über mich überzeugt ist... Ich räche mich, indem ich ihr derbe Wahrheiten sage. Sie lacht nur darüber; sie ist um eine Antwort nie verlegen. „Im Grunde ist sie eine gute Frau..." Ja, vorausgesetzt, daß sie beschäftigt ist. Das weiß sie selbst: Wenn diese Maschine nichts mehr zu zerreiben hätte, wäre sie zu allem, aber auch zu allem bereit, um ihr frisches Futter zuzuführen. – Ich war zweimal bei ihr. Jetzt gehe ich nicht mehr hin. Es ist genug, um Ihnen meine Ergebenheit zu beweisen. Sie wollen doch nicht meinen Tod? Ich komme von ihr gebrochen, zerschlagen, gerädert zurück. Das letzte Mal, als ich sie sah, hatte ich in der folgenden Nacht einen schrecklichen Alpdruck: Mir träumte, ich sei ihr Mann und wäre mein Leben lang an diesen lebenden Wirbelwind gefesselt... Ein dummer Traum, der den wirklichen Ehemann nicht beunruhigen würde, denn von allen, die man in ihrem Hause trifft, kommt er vielleicht am wenigsten mit ihr zusammen; und wenn sie zusammen sind, reden sie von nichts als von Sport. Sie verstehen sich sehr gut.

Wie konnten diese Leute meiner Musik einen Erfolg bereiten? Ich versuche gar nicht erst, es zu begreifen. Ich nehme an, sie rüttelt sie in einer ganz neuen Art auf. Sie sind ihr dankbar dafür, daß sie sie mißhandelt. Sie lieben heute die Kunst, die einen Körper hat. Aber von der Seele, die in diesem Körper ist, ahnen sie nicht einmal etwas; sie fallen aus ihrer Vorliebe von heute in die Gleichgültigkeit von morgen und aus der Gleichgültigkeit von morgen in die Verleumdung von übermorgen, ohne sie jemals gekannt zu haben. Das ist das Los aller Künstler. Ich gebe mich keiner Einbildung in bezug auf meinen Erfolg hin, ich werde ihn nicht lange haben, und sie werden mich ihn obendrein noch teuer bezahlen lassen. – Unterdessen erlebe ich sonderbare Dinge. Der Begeistertste unter meinen Bewunderern ist (ich wette tausend gegen eins, daß Sie es nicht erraten) – unser Freund Lévy-Cœur. Sie erinnern sich an diesen sauberen Herrn, mit dem ich früher ein lächerliches Duell hatte? Heute sagt er allen, die mich früher nicht verstanden, wie sie sich zu verhalten haben. Er macht es sogar sehr gut. Von allen, die über mich reden, ist er der Klügste. Urteilen Sie selbst, was die anderen taugen. Ich versichere Ihnen, man braucht darauf nicht stolz zu sein.

Ich habe keine Lust dazu. Ich fühle mich zu gedemütigt, wenn ich die Werke höre, um derentwillen man mich lobt. Ich erkenne mich in ihnen und gefalle mir nicht. Welch unbarmherziger Spiegel ist ein musikalisches Werk für den, der zu sehen versteht! Zum Glück sind sie blind und taub. Ich habe in meine Werke so viel von meinen Wirren und meinen Schwächen gelegt, daß es mir manchmal scheint, als beginge ich eine Missetat, indem ich diese Schwärme von Dämonen auf die Welt loslasse. Ich gebe mich zufrieden, wenn ich die Ruhe des Publikums sehe: es trägt einen dreifachen Panzer; nichts dringt hindurch: sonst würde ich verdammt werden ... Sie werfen mir vor, ich sei zu streng gegen mich. Sie tun es, weil Sie mich nicht kennen, wie ich mich kenne. Man sieht das, was wir sind. Man sieht nicht, was wir hätten sein können; und man ehrt uns um der Dinge willen, die viel weniger unser Verdienst sind als das der Ereignisse, die uns tragen, und der Kräfte, die uns lenken. Lassen Sie mich Ihnen eine Geschichte erzählen.

Neulich ging ich abends in eines jener Cafés, in denen man ziemlich gute Musik macht, wenn auch auf etwas eigenartige Weise: mit fünf oder sechs Instrumenten und einem Klavier spielt man alle Symphonien, Messen und Oratorien. Geradeso wie in Rom bei manchen Marmorhändlern die Mediceerkapelle als Kamingarnitur verkauft wird. Anscheinend ist das der Kunst dienlich. Damit sie unter den Menschen in Umlauf gesetzt werden kann, muß man wohl oder übel schlechtes Kleingeld daraus machen. Im übrigen betrügt man einen bei diesen Konzerten nicht mit der Rechnung. Die Programme sind reichlich, die Ausführenden gewissenhaft. Ich habe dort einen Cellisten getroffen, zu dem ich in Beziehungen getreten bin; seine Augen erinnerten mich in seltsamer Weise an die Augen meines Vaters. Er hat mir die Geschichte seines Lebens erzählt. Er ist der Enkel eines Bauern und der Sohn eines kleinen Magistratsbeamten, der in einer Stadt im Norden angestellt war. Man wollte aus ihm einen Herrn machen, einen Advokaten; man schickte ihn aufs Gymnasium der Nachbarstadt. Der kräftige, bäuerliche kleine Kerl, der für die fleißige Arbeit eines kleinen Notars schlecht geschaffen war, konnte nicht im Käfig bleiben; er sprang über die Mauer, irrte durch die Felder, lief den Mädchen nach und gab seine große Kraft in Schlägereien aus; die übrige Zeit schlenderte er herum und träumte von Dingen, zu denen er doch niemals fähig gewesen wäre. Nur eines lockte ihn: die Musik. Gott weiß, wieso! Unter den Seinen war niemals ein Musiker gewesen außer einem etwas verrückten Großonkel, einem dieser Provinzoriginale, deren oft bedeutende Intelligenz und Begabung sich in einer hochmütigen Zurückgezogenheit mit tollen Albernheiten verbraucht. Dieser hatte ein neues System der Notenschrift erfunden (noch eins!), das die Musik auf den Kopf stellen sollte; er behauptete sogar, eine Art von Stenographie entdeckt zu haben, durch die man gleichzeitig die Worte, den Gesang und die Begleitung notieren könne; er war niemals soweit gekommen, sie selbst richtig ablesen zu können. In der Familie machte man sich über den guten Alten lustig; aber deswegen war man doch stolz auf ihn. Man dachte: Er ist ein alter Narr. Wer weiß? Vielleicht ist er ein Genie... – Wahrscheinlich hatte sich der Hang zur Musik von ihm auf den Großneffen vererbt. Was für eine Musik konnte er wohl in seiner Vaterstadt hören? – Aber schlechte Musik kann eine ebenso reine Liebe einflößen wie gute.

Das Unglück war, daß man sich in jenen Kreisen einer solchen Leidenschaft schämen zu müssen glaubte; und das Kind besaß nicht die gesunde Unvernunft des Großonkels. Es versteckte sich, um die Ausgeburten des alten Tollhäuslers zu lesen, die den Grund zu seiner verdrehten musikalischen Erziehung legten. Eitel und voll Furcht vor seinem Vater und vor der öffentlichen Meinung, wollte er nichts von seinem Ehrgeiz verraten, bevor er zu etwas gekommen war. Als guter Junge, der von der Familie erdrückt wurde, machte er es wie so viele französische Kleinbürger, die aus Schwäche oder Güte nicht wagen, dem Willen der Ihren Trotz zu bieten, die sich scheinbar unterwerfen und ihr ganzes wirkliches Leben in beständiger Heimlichkeit verbringen. Anstatt seiner Neigung zu folgen, gab er sich ohne Liebe alle Mühe bei der Arbeit, die man ihm zugewiesen hatte, obwohl er ebenso unfähig war, darin etwas zu leisten wie mit Glanz durchzufallen. So gut es eben ging, bestand er die notwendigen Prüfungen. Der Hauptvorteil, den er darin sah, war, dadurch der doppelten Oberaufsicht der Provinz und des Vaters zu entschlüpfen. Die Rechtswissenschaft langweilte ihn zu Tode; er war entschlossen, diese Laufbahn nicht weiter zu verfolgen. Aber solange sein Vater lebte, wagte er nicht, seinen Willen zu äußern. Vielleicht war er nicht einmal böse, daß er noch warten mußte, bevor er sich zu entscheiden hatte. Er gehörte zu denen, die sich ihr ganzes Leben lang mit dem narren, was sie später machen werden oder machen können. Vorläufig tat er nichts. Aus dem Gleise geraten und berauscht von seinem neuen Leben in Paris, gab er sich mit der ganzen Wildheit eines jungen Bauern seinen beiden Leidenschaften hin: den Frauen und der Musik; die Konzerte stiegen ihm nicht weniger zu Kopf als das Vergnügen. Er verlor damit Jahre, ohne etwa die ihm zur Verfügung stehenden Mittel zur Vervollständigung seiner musikalischen Bildung zu verwenden. Sein scheuer Stolz, sein eigenwilliger und argwöhnischer schlechter Charakter hinderten ihn daran, irgendwelche Stunden zu nehmen, irgend jemanden um Rat zu fragen.

Als sein Vater starb, schickte er Themis und Justinian zum Teufel. Er begann zu komponieren, ohne daß er den Mut gehabt hatte, sich um die notwendige Technik zu bemühen. Eingewurzelte Gewöhnung an faules Herumlungern und der Hang zum Vergnügen hatten ihn zu jeder ernsten Anstrengung unfähig gemacht. Er empfand stark; aber sein Denken und ebenso seine Ausdrucksform entglitten ihm schnell; zu guter Letzt sprach er nichts als Banalitäten aus. Das schlimmste war, daß in diesem mittelmäßigen Menschen wirklich etwas Großes steckte. Ich habe zwei seiner früheren Kompositionen gelesen. Hier und dort packende Gedanken, die im Entwurf steckenblieben und sogleich entstellt wurden. Raketenfeuer auf einem Torfmoor... Und was für ein sonderbares Gehirn! Er hat mir die Sonaten von Beethoven erklären wollen. Er sieht darin kindliche und abgeschmackte Romane. Dabei welche Leidenschaft, welcher tiefe Ernst! Die Tränen treten ihm in die Augen, wenn er darüber spricht. Er ließe sich für das, was er liebt, töten. Er ist rührend und komisch. In dem Augenblick, in dem ich ihm ins Gesicht lachen wollte, hätte ich ihn umarmen mögen... Eine angeborene Anständigkeit. Eine kräftige Verachtung für die Scharlatanerie der Pariser Cliquen und für falschen Ruhm (obwohl er sich auch einer kindlichen, kleinbürgerlichen Bewunderung für Leute, die Erfolg haben, nicht erwehren kann).

Er besaß eine kleine Erbschaft. In wenigen Monaten hatte er sie aufgezehrt, und bei völliger Mittellosigkeit hatte er, wie zahlreiche seinesgleichen, die sündhafte Anständigkeit gehabt, ein mittelloses Mädchen zu heiraten, das er verführt hatte. Sie hatte eine schöne Stimme und trieb Musik, ohne sie wahrhaft zu lieben. Es galt, von ihrer Stimme und der mittelmäßigen Fertigkeit, die er im Cellospiel erworben hatte, zu leben. Natürlich entdeckten sie bald ihre beiderseitige Unzulänglichkeit und wurden sich unerträglich. Eine Tochter wurde ihnen geboren. Der Vater übertrug auf das Kind die Kraft seiner Illusionen; er dachte, es würde das werden, was er nicht hatte sein können. Das Mädchen ähnelte der Mutter: es klimperte ohne einen Schatten von Talent unermüdlich auf dem Klavier herum; es vergötterte seinen Vater und war ihm zu Gefallen fleißig. Während mehrerer Jahre grasten sie die Hotels und Badeorte ab und heimsten dabei mehr Schimpf als Geld ein. Das kränkliche und überanstrengte Kind starb. Die verzweifelte Frau wurde jeden Tag mürrischer. Und so entstand ein bodenloses Elend, aus dem herauszukommen keine Hoffnung war und das nur verschärft wurde durch das Gefühl, ein Ideal unerreichbar vor sich zu wissen...

Als ich, liebe Freundin, diesen schiffbrüchigen armen Teufel sah, dessen Leben nichts als eine Kette von Verdruß gewesen ist, dachte ich: Da hast du, was du selbst hättest werden können. In unseren Kinderseelen waren gemeinsame Züge, und manche Abenteuer unseres Lebens ähneln sich; ich habe sogar eine gewisse Verwandtschaft in unseren musikalischen Gedanken gefunden; aber seine sind unterwegs steckengeblieben. Woran hat es gelegen, daß ich nicht untergegangen bin wie er? Zweifellos an meinem Willen. Aber auch an den Zufälligkeiten des Lebens. Und wenn ich selbst nur meinen Willen nehme – danke ich den einzig und allein meinem Verdienst? Nicht vielmehr meiner Familie, meinen Freunden, Gott, der mir geholfen hat? – Solche Gedanken machen demütig. Man fühlt sich als Bruder aller derer, die die Kunst lieben und für sie leiden. Vom Niedrigsten zum Höchsten ist der Abstand nicht groß...

Darüber habe ich bei dem, was Sie mir schrieben, nachgedacht. Sie haben recht: ein Künstler hat nicht die Berechtigung, sich abseits zu halten, solange er anderen zu Hilfe kommen kann. So bleibe ich denn; und ich werde mich zwingen, einige Monate im Jahr, sei es hier, sei es in Wien oder Berlin zu verbringen, obgleich ich mich nur mit Mühe an diese Städte wieder gewöhnen werde. Aber man muß nicht freiwillig abdanken. Gelingt es mir nicht, besonders viel nützen zu können, was zu fürchten ich gute Gründe habe, so wird mein Aufenthalt vielleicht mir selber dienlich sein. Ich werde mich mit dem Gedanken trösten, daß Sie es so gewollt haben. Und dann (ich will nicht lügen) fange ich an, Vergnügen daran zu finden. Leben Sie wohl, Sie Tyrannin. Sie triumphieren. Nun bin ich soweit, nicht nur zu tun, was Sie wollen, sondern es sogar gern zu tun.

Christof

So blieb er also, teils um ihr zu gefallen, teils aber auch, weil seine einmal erwachte künstlerische Neugierde an dem Schauspiel der sich erneuernden Kunst wieder Freude gewann. Alles, was er auch sah und tat, brachte er in Gedanken Grazia dar; er schrieb es ihr. Er wußte wohl, daß er sich das Interesse, das sie daran nahm, nur einbildete; er hatte sie im Verdacht, ein wenig gleichgültig zu sein. Aber er war ihr dafür dankbar, daß sie es ihn nicht sehr merken ließ.

Sie antwortete ihm regelmäßig alle vierzehn Tage. So herzlich und maßvoll wie ihre Bewegungen waren ihre Briefe. Wenn sie ihm von ihrem Leben erzählte, trat sie nicht aus ihrer zarten und stolzen Zurückhaltung heraus. Sie wußte, mit welcher Heftigkeit ihre Worte in Christofs Herz widerhallten. Sie wollte lieber kalt scheinen als ihn zu einem Gefühlsüberschwang treiben, in dem sie ihm nicht folgen konnte. Aber sie war zu sehr Frau, um sich nicht auf das Geheimnis zu verstehen, die Liebe ihres Freundes immer wachzuhalten und mit lieben Worten die innerste Enttäuschung gleich wieder zu heilen, die ihre gleichgültigen Worte verursacht hatten. Christof merkte diese Taktik bald; und mit der List der Liebe zwang er sich, seine Gefühlsausbrüche niederzuhalten und maßvollere Briefe zu schreiben, damit Grazias Antworten sich nicht soviel Zwang aufzuerlegen brauchten.

Je mehr er seinen Aufenthalt in Paris verlängerte, desto mehr nahm er an der neuen Betriebsamkeit teil, die den gigantischen Ameisenhaufen aufrührte. Er nahm um so mehr daran teil, je weniger Sympathie für sich selbst er bei den jungen Ameisen fand. Er hatte sich nicht geirrt; sein Erfolg war ein Pyrrhussieg. Nach einer Abwesenheit von zehn Jahren hatte seine Wiederkehr in der Pariser Gesellschaft Aufsehen erregt. Aber durch eine nicht seltene Laune des Schicksals wurde er diesmal von seinen alten Feinden, den Snobs, den Modemenschen, vergöttert; die Künstler waren ihm heimlich feind oder mißtrauten ihm. Er imponierte ihnen durch seinen Namen, der schon der Vergangenheit angehörte, durch seine großen Werke, seine leidenschaftlich überzeugte Sprache und seine heftige Wahrheitsliebe. Aber war man auch gezwungen, mit ihm zu rechnen, erzwang er sich auch Bewunderung und Achtung, so verstand man ihn doch schlecht und liebte ihn nicht. Er stand außerhalb der Kunst seiner Zeit. Ein Ungeheuer, ein lebendiger Anachronismus. Er war es immer gewesen. Zehn Jahre der Einsamkeit hatten den Gegensatz noch verschärft. Während seines Fortseins war in Europa und vor allem in Paris, wie er wohl bemerkt hatte, etwas Neues entstanden. Eine neue Weltordnung war da. Eine Generation war herangewachsen, die mehr danach trachtete, zu handeln als zu verstehen, die mehr nach Glück als nach Wahrheit hungerte. Sie wollte leben, wollte sich des Lebens bemächtigen, wäre es selbst um den Preis der Lüge. Lügen aus Stolz – aus Stolz aller Art: Nationalstolz, Kastenstolz, Stolz auf Religion, auf Kultur und Kunst –, jede Art Lüge war ihr willkommen, wenn sie nur einen Eisenpanzer, Schwert und Schild hergab, unter deren Schutz man dem Sieg entgegengehen konnte. So war es ihr auch unangenehm, die leiderfüllte große Stimme zu vernehmen, die sie an das Vorhandensein von Schmerz und Zweifel erinnerte: diese Stürme, die die Nacht, der man kaum entflohen war, gestört hatten und die trotz allen Leids die Welt noch weiter bedrohten, wollte man vergessen. Es war unmöglich, sie nicht zu hören; man stand ihnen noch zu nahe. Daher wandten sich die jun-

gen Leute voller Unwillen ab und schrien aus vollem
Halse, um das, was sie vernahmen, zu übertönen. Aber jene
Stimme war lauter. Und deshalb zürnten sie ihr.

Christof dagegen stand ihnen freundschaftlich gegenüber.
Er begrüßte den Aufstieg der Welt dem Glück entgegen.
Was in diesem Drang freiwillig begrenzt war, störte ihn
nicht. Wenn man geradewegs auf ein Ziel losgehen will,
darf man nur geradeaus sehen. Er, der am Wendepunkt
einer Welt stand, genoß es, hinter sich den tragischen Glanz
der Nacht zu sehen und vor sich das Lächeln junger Hoffnung, die ungewisse Schönheit der frischen und fiebernden
Morgenröte. Er befand sich im unbeweglichen Aufhängepunkt des Pendels, während die Uhr wieder zu gehen anfing. Ohne ihrem Lauf zu folgen, vernahm er voller Freude
den Rhythmus des Lebens. Er teilte die Hoffnungen derer,
die seine früheren Ängste verleugneten. Was kommen sollte,
würde kommen, wie er es geträumt hatte. In Nacht und
Pein hatte zehn Jahre früher Olivier – der arme kleine
gallische Hahn – mit seinem feinen Sang den fernen Tag
verkündet. Der Sänger war nicht mehr. Aber sein Sang
verwirklichte sich. Im Garten Frankreichs erwachten die
Vögel. Und Christof vernahm plötzlich über allen anderen
Stimmen klarer, stärker und beglückter die Stimme des auferstandenen Olivier.

In der Auslage einer Buchhandlung las Christof zerstreut
einen Gedichtband. Der Name des Verfassers war ihm unbekannt. Gewisse Worte fielen ihm auf; sie hielten ihn gefesselt. Je länger er zwischen den unaufgeschnittenen Seiten
las, um so mehr schien er darin eine Stimme wiederzuerkennen, Freundeszüge... Da er sich über seine Gefühle
nicht klarwerden konnte und sich von dem Buch nicht zu
trennen vermochte, kaufte er es. Zu Hause nahm er die
Lektüre wieder auf. Und sogleich befiel ihn wieder ein
quälender Gedanke. Der ungestüme Atem der Dichtung

beschwor mit visionärer Deutlichkeit die ungeheuren und jahrhundertealten Seelen herauf – diese gigantischen Bäume, deren Blätter und Früchte wir sind –, die Vaterländer. Die übermenschliche Gestalt der Mutter erstand aus diesen Seiten – sie, die vor uns war, die nach uns sein wird, sie, die da thront wie die byzantinischen Madonnen, erhaben gleich Bergen, zu deren Füßen die menschlichen Ameisen beten. Der Dichter feierte den homerischen Zweikampf jener großen Göttinnen, deren Lanzen seit Anbeginn aller Zeiten aufeinanderprallen: diese ewige Ilias, die neben der trojanischen das bedeutet, was die Alpenkette neben den kleinen griechischen Hügeln ist.

Ein solcher Heldensang auf Stolz und kriegerische Tat lag den Gedankengängen einer europäischen Seele wie der Christofs sehr fern. Und dennoch sah Christof im Aufleuchten bei der Vision der französischen Seele – der Jungfrau voller Gnade, die den Schild trägt, der Athene, deren blaue Augen im Dunkeln leuchten, der Arbeitsgöttin, der unvergleichlichen Künstlerin, der souveränen Vernunft, deren blitzende Lanze die brüllenden Barbaren niederschlägt – einen Blick, ein Lächeln, die er kannte und die er geliebt hatte. Aber in dem Augenblick, wo er die Vision fassen wollte, zerfloß sie. Und wie er, ärgerlich über seine vergebliche Mühe, sie noch zu haschen versuchte, las er plötzlich, als er eine Seite umwendete, eine Erzählung, die Olivier ihm wenige Tage vor seinem Tode vorgetragen hatte.

Das gab ihm einen Stoß. Er lief zum Verleger und bat um die Adresse des Dichters. Man verweigerte sie ihm, wie das Brauch ist. Er wurde wütend. Umsonst. Schließlich fiel ihm ein, daß er die Auskunft in einem Adreßbuch finden würde. Er fand sie wirklich und ging sogleich zu dem Verfasser. Stets noch, wenn er sich etwas in den Kopf gesetzt hatte, war ihm das Warten schwer geworden.

Im Stadtviertel Les Batignolles war es; in einem obersten Stockwerk. Mehrere Türen gingen auf einen gemeinsamen Flur. Christof klopfte an die Tür, die man ihm bezeichnet hatte. Die Nebentür öffnete sich. Eine unschöne, tiefbrünette junge Frau mit in die Stirn gekämmten Haaren, unreiner Haut, zusammengeschrumpftem Gesicht und lebhaften Augen fragte, was er wolle. Sie sah mißtrauisch aus. Christof nannte den Grund seines Besuches und auf eine neue Frage hin seinen Namen. Sie trat aus ihrer Wohnung heraus und öffnete die Nachbartür mit einem Schlüssel, den sie bei sich trug. Aber sie ließ Christof nicht sogleich eintreten. Sie sagte, Christof möge im Flur warten, und ging allein hinein, während sie ihm die Tür vor der Nase zuschlug. Schließlich wurde Christof der Eintritt in die wohlbewahrte Behausung gewährt. Er durchschritt einen halbleeren Raum, der als Eßzimmer diente; einige zerschlissene Möbel standen herum. Nahe bei dem vorhanglosen Fenster schrien ein Dutzend Vögel in einem großen Bauer. Im Nebenzimmer lag auf einem fadenscheinigen Diwan ein Mann. Er stand auf, um Christof zu begrüßen. Dieses abgezehrte Gesicht, erleuchtet durch die Seele, diese schönen samtenen Augen, in denen eine fiebernde Flamme brannte, diese langen, geistvollen Hände, diesen mißgestalteten Körper, diese scharfe, heisere Stimme... Christof erkannte das alles sofort... Emmanuel! Der kleine, verkrüppelte Arbeiter, der die unschuldige Ursache gewesen war... Und Emmanuel, der mit einem Ruck aufgestanden war, hatte Christof ebenfalls erkannt.

Sie blieben wortlos stehen. Beide sahen in diesem Augenblick Olivier... Sie brachten es nicht über sich, einander die Hand zu geben. Emmanuel hatte eine abwehrende Bewegung gemacht. Nach zehn Jahren noch stieg ein uneingestandener Groll, die alte Eifersucht, die er gegen Christof empfunden hatte, aus dem dunklen Untergrund seines Bewußtseins empor. Mißtrauisch und feindselig blieb er stehen. – Doch als er die Erregung Christofs sah, als er von dessen Lippen den Namen las, an den sie beide dachten: „Olivier" – da übermannte es ihn; er warf sich in die Arme, die sich ihm entgegenstreckten.

Emmanuel fragte:

„Ich wußte, daß Sie in Paris sind. Aber wie konnten Sie mich finden?"

Christof sagte: „Ich habe Ihr letztes Buch gelesen; aus ihm vernahm ich *seine* Stimme."

„Nicht wahr", meinte Emmanuel, „Sie haben sie wiedererkannt? Alles, was ich jetzt bin, verdanke ich ihm."

(Er vermied es, den Namen auszusprechen.)

Nach einem Augenblick fuhr er düster fort:

„Er liebte Sie mehr als mich."

Christof lächelte. „Wer recht liebt, kennt kein Mehr oder Weniger; er gibt allen, die er liebt, alles."

Emmanuel schaute Christof an; der tragische Ernst seiner eigensinnigen Augen wurde plötzlich von einer tiefen Milde durchleuchtet. Er nahm Christofs Hand und ließ ihn neben sich auf dem Diwan Platz nehmen.

Sie erzählten sich von ihrem Leben. Vom vierzehnten bis zum fünfundzwanzigsten Jahr hatte Emmanuel mancherlei Berufe gehabt: Buchdrucker, Tapezierer, kleiner Hausierer, Buchhandlungsgehilfe, Kanzleischreiber, Sekretär eines Politikers, Journalist... Überall hatte er Mittel und Wege gefunden, fieberhaft zu lernen; hier und da hatten ihn gute Menschen, die von der Energie des kleinen Mannes überrascht waren, unterstützt. Öfter noch fiel er Leuten in die Hände, die sein Elend und seine Gaben ausbeuteten; er bereicherte sich an den schlimmen Erfahrungen, und es gelang ihm, ohne allzu große Bitterkeit daraus hervorzugehen; nur den Rest seiner kargen Gesundheit ließ er dabei zurück. Seine eigentümliche Begabung für die alten Sprachen (in einer mit humanistischen Traditionen vollgesogenen Nation weniger ungewöhnlich, als man annehmen sollte) hatte ihm die Teilnahme eines alten Priesters eingetragen, der sich mit dem Studium des Griechischen befaßte. Solche Studien, die er aus Zeitmangel nicht sehr weit treiben konnte, dienten ihm zur geistigen Zucht und zur Stilschulung. Dieser Mann, der aus der Hefe des Volkes stammte, der sich seine ganze Bildung, die ungeheure Lükken aufwies, wahllos selbst angeeignet, hatte im sprachlichen Ausdruck eine Fertigkeit und eine Beherrschung der Form erworben, die zehn Jahre Universitätserziehung der bürgerlichen Jugend nicht geben können. Er schrieb das Verdienst daran Olivier zu. Andere hatten indessen wirksamer mitgeholfen. Aber von Olivier stammte der Funke, der sich in der Nacht dieser Seele entzündet hatte, von ihm stammte das Ewige Licht. Die andern hatten nur Öl in die Lampe gegossen.

Er sagte: „Ich habe ihn vom ersten Augenblick an begriffen, als er von dannen ging. Aber alles, was er zu mir gesprochen hat, war tief in mich eingedrungen. Sein Licht ist niemals in mir erloschen."

Er sprach von seinem Lebenswerk, von der Aufgabe, die ihm, wie er behauptete, Olivier hinterlassen hatte: von dem Erwachen der französischen Kräfte, von dem Fackelschein eines heldenhaften Idealismus, dessen Verkünder Olivier war; er wollte seine tönende Stimme werden, die über dem Kampf schwebt und den nahen Sieg kündet; er sang das Heldenlied seiner zu neuem Leben erweckten Nation.

Seine Gedichte waren durchaus die Frucht dieser seltsamen Nation, die durch Jahrhunderte hindurch ihren alten keltischen Duft so ganz bewahrt hat, obgleich sie einen wunderlichen Stolz dareinsetzt, ihr Denken mit dem schäbigen Plunder und den Gesetzen des römischen Eroberers zu behängen. Völlig unverfälscht fand man in ihm jene gallische Kühnheit wieder, jenen Geist heldenhafter Vernunft, jenen Geist der Ironie, jenes Gemisch von Großsprecherei und tollem Draufgängertum, das die römischen Senatoren am Barte zupfte, den Tempel von Delphi ausplünderte und lachend seine Wurfspieße gegen den Himmel schleuderte. Aber genau wie es seine perückentragenden Großväter getan hatten und wie es zweifellos seine Urgroßneffen tun würden, hatte dieser kleine Pariser Flickschuster seine Leidenschaften in den Gestalten der vor zweitausend Jahren verstorbenen Helden und Götter Griechenlands verlebendigen müssen. Sonderbarer Instinkt dieses Volkes, der mit seinem Bedürfnis nach dem Unbedingten in Einklang steht: wenn es sein Denken auf den Spuren der Jahrhunderte ruhen läßt, ist es ihm, als präge es sein Denken den Jahrhunderten auf. Der Zwang dieser klassischen Form gab den Leidenschaften Emmanuels nur einen um so gewaltigeren Schwung. Das ruhige Vertrauen Oliviers in das Schicksal Frankreichs hatte sich bei seinem kleinen Schützling in einen glühenden Glauben verwandelt, der tatensicher und des Sieges gewiß war. Er wollte den Sieg, er sah ihn, er rief ihn aus. Gerade durch diesen begeisterten Glauben und durch diesen Optimismus hatte er die Seele des französischen Publikums mitgerissen. Sein Buch hatte wie eine Schlacht gewirkt. Er hatte in die Zweifelsucht und Furcht eine Bresche geschlagen. Die ganze junge Generation hatte sich in seine Gefolgschaft gedrängt, neuen Schicksalen entgegen...

Es kam Leben in ihn, wenn er redete; seine Augen glühten, sein bleiches Gesicht bedeckte sich mit rosa Flecken, und seine Stimme wurde kreischend. Christof fiel unwillkürlich der Gegensatz zwischen diesem verzehrenden Feuer und dem elenden Körper auf, der jenem als Scheiterhaufen diente. Er ließ die herzbewegende Ironie dieses Schicksals nur ahnen. Der Sänger der Tatkraft, der Dichter, der die Generation des kühnen Sports, der Tat, des Krieges feierte, konnte selber kaum ohne Keuchen gehen, war nüchtern, hielt eine strenge Diät, trank Wasser, konnte nicht rauchen, lebte ohne Liebschaften, trug alle Leidenschaften in sich und war durch seine schwache Gesundheit zum Asketentum verdammt.

Christof beobachtete Emmanuel; und er empfand ein Gemisch von Bewunderung und brüderlichem Mitgefühl für ihn. Er wollte davon nichts merken lassen; aber wahrscheinlich verrieten seine Augen etwas davon; oder Emmanuels Stolz, der an der Seite eine immer offene Wunde behielt, meinte in Christofs Augen Mitleid zu lesen, das ihm widerwärtiger als Haß war. Plötzlich sank sein Feuer in sich zusammen. Er hörte auf zu reden. Christof versuchte vergeblich, sein Vertrauen von neuem zu erwecken. Seine Seele hatte sich wieder verschlossen. Christof sah, daß er ihn verletzt hatte.

Das feindliche Schweigen dauerte fort. Christof stand auf. Emmanuel begleitete ihn stumm zur Tür. Sein Gang betonte noch seine Gebrechlichkeit; er wußte es; er setzte seinen Stolz darein, gleichgültig dagegen zu erscheinen; aber er meinte, daß Christof ihn beobachtete, und sein Groll verschärfte sich deswegen.

In dem Augenblick, als er seinem Gast kühl die Hand gab, um ihn zu verabschieden, klingelte eine elegante junge Dame an der Tür. Sie war von einem jungen Gecken begleitet, den Christof als jemanden wiedererkannte, den er bei den Theaterpremieren bemerkt hatte, wo er lachte, schwatzte, mit der Hand grüßte, den Damen die Hand küßte und von seinem Parkettplatz aus bis in die hintersten Winkel des Theaters Lächeln spendete: da er seinen Namen nicht kannte, nannte er ihn „den Gimpel". – Der Gimpel und seine Begleiterin stürzten sich beim Anblick Emmanuels mit schmeichlerischem und vertraulichem Überschwang auf den „teuren Meister". Christof hörte im Fortgehen, wie Emmanuel mit trockenem Tone antwortete, daß er nicht empfangen könne, da er beschäftigt sei. Er bewunderte die Fähigkeit dieses Menschen, unhöflich zu sein. Er kannte die Gründe nicht, warum er sich den reichen Snobs gegenüber, die ihn mit ihren zudringlichen Besuchen auszeichneten, so abweisend verhielt. Sie waren mit schönen Phrasen und Lobhudeleien verschwenderisch; aber sie bemühten sich deswegen durchaus nicht, ihm sein Elend zu erleichtern, wie die berühmten Freunde César Francks, die nie versuchten, ihn von seinen Klavierstunden zu befreien, die er bis zum letzten Tage geben mußte, um leben zu können.

Christof kam mehrere Male zu Emmanuel zurück. Es

gelang ihm nicht mehr, die Vertraulichkeit des ersten Besuchs wiedererstehen zu lassen. Emmanuel zeigte keinerlei Vergnügen, wenn er ihn sah, und bewahrte mißtrauische Zurückhaltung. In manchen Augenblicken riß ihn das Mitteilungsbedürfnis seines Genius fort. Irgendein Wort Christofs rührte ihn im Innersten auf; dann gab er sich einer Anwandlung von begeistertem Vertrauen hin, und sein Idealismus warf die glänzenden Lichter leuchtender Poesie in seine verborgene Seele. Plötzlich aber sank er in sich zusammen; er zog sich in mürrisches Schweigen zurück; und Christof sah wieder den Feind vor sich.

Allzu vieles trennte sie. Ihr Altersunterschied war nicht das Geringste. Christof ging der vollen Bewußtheit und der Beherrschung seiner selbst entgegen. Emmanuel war noch in der Entwicklung begriffen und verwirrter, als Christof jemals gewesen war. Die Einzigartigkeit seiner Erscheinung lag in den widersprechenden Elementen, die in ihm miteinander stritten: ein starker Stoizismus, der eine von atavistischen Begierden zerfressene Natur zu beherrschen suchte (den Sohn einer Prostituierten und eines Alkoholikers); eine rasende Phantasie, die sich unter der Kandare eines stahlharten Willens bäumte; eine ungeheure Selbstsucht und eine grenzenlose Liebe zu anderen – man wußte nie, was von beiden einmal siegen würde –; ein heldenhafter Idealismus und eine krankhafte Gier nach Ruhm, die ihn anderen hervorragenden Geistern gegenüber unsicher machte. Wenn sich Oliviers Denken, seine Unabhängigkeit und Uneigennützigkeit auch in ihm wiederfanden, wenn Emmanuel seinem Lehrer durch plebejische Lebenskraft überlegen war, die den Ekel vor dem Handeln nicht kennt, auch durch die dichterische Begabung und durch seine rauhe Schale, die ihn gegen alle Widrigkeiten schützte, so war er doch weit von der heiteren Milde entfernt, die Antoinettes Bruder besessen hatte; sein Charakter war eitel und unruhig; und die Verwirrungen anderer Wesen vermehrten nur seine eigene.

Er lebte in einer stürmischen Verbindung mit der jungen Frau, die seine Nachbarin war: dieselbe, die Christof bei seinem ersten Besuch empfangen hatte. Sie liebte Emmanuel und kümmerte sich eifersüchtig um ihn, besorgte ihm die Wirtschaft, schrieb seine Werke ins reine oder ließ sie sich von ihm diktieren. Sie war nicht schön und trug die Bürde einer leidenschaftlichen Seele. Sie stammte aus dem Volk, war lange Zeit Arbeiterin in einer Pappfabrik, dann Postbeamtin gewesen und hatte eine bedrängte Kindheit in den üblichen Verhältnissen einer armen Pariser Arbeiterfamilie verbracht: Seelen und Körper zusammengepfercht, aufreibende Arbeit, beständiges menschliches Durcheinander, ohne Luft, ohne Stille, ohne Alleinsein mit sich selbst, unfähig, sich zu sammeln, unfähig, die heiligen Tiefen des Herzens zu verteidigen. Da sie stolzen Geistes war und von religiöser Glut für ein verworrenes Wahrheitsideal erfüllt, hatte sie sich die Augen damit verdorben, nachts und oft ohne Licht, nur bei Mondschein, *Die Elenden* von Hugo abzuschreiben. Sie war Emmanuel begegnet zu einer Zeit, in der er unglücklicher als sie, krank und ohne jede Hilfe war; sie hatte sich ihm vollständig gewidmet. Diese Liebe war die erste und einzige Leidenschaft ihres Lebens. So hängte sie sich denn mit der Zähigkeit einer Verdurstenden an ihn. Ihre Anhänglichkeit war für Emmanuel entsetzlich drückend; denn er teilte sie weniger, als er sie ertrug. Er war von ihrer Hingebung gerührt; er wußte, daß sie die beste Freundin war, das einzige Wesen, für das er alles bedeutete und das nicht ohne ihn leben konnte. Aber gerade dieses Gefühl lastete auf ihm. Er brauchte Freiheit und Einsamkeit; diese Augen, die gierig um einen Blick bettelten, quälten ihn; er sprach hart mit ihr; er hatte manchmal Lust, zu sagen: Mach, daß du fortkommst! Er wurde durch ihre Häßlichkeit und ihr heftiges Wesen gereizt. Sowenig er in die gute Gesellschaft hineingeschaut hatte und soviel Verachtung er auch für sie bezeigte (denn er litt darunter, daß er dort noch häßlicher und lächerlicher aussah), so war er doch für Vornehmheit empfänglich, fühlte sich von Frauen angezogen, die für ihn (er zweifelte nicht daran) die gleichen Empfindungen hegten wie er für seine Freundin. Er suchte dieser eine Zuneigung zu zeigen, die er nicht empfand oder die doch zum mindesten von plötzlich und unwillkürlich aufschnellendem Haß verdunkelt wurde. Es gelang ihm nicht; er trug in seiner Brust ein großes, edles Herz, das sich danach sehnte, das Gute zu tun, und gleichzeitig einen Dämon der Leidenschaft, der fähig war, das Böse zu tun. Dieser innere Kampf und das Bewußtsein, daß er ihn nicht siegreich beenden könne, erfüllten ihn mit dumpfer Gereiztheit, deren Ausbrüche Christof zu fühlen bekam.

Emmanuel konnte sich Christof gegenüber einer doppelten Abneigung nicht erwehren: der einen, die aus seiner alten Eifersucht stammte (denn der Trieb der Kinderleidenschaften bleibt bestehen, selbst wenn man seine Ursachen vergessen hat); der anderen, die aus seinem glühenden Nationalbewußtsein hervorging. Er sah in Frankreich alle Träume der Gerechtigkeit, des Mitleids und der Verbrüderung der Menschen verwirklicht, so wie sie die Besten der vorhergehenden Epoche vorgebildet hatten. Er stellte Frankreich nicht dem übrigen Europa gegenüber wie eine Feindin, deren Glück auf den Ruinen der anderen Nationen erblüht; er stellte es an ihre Spitze als die angestammte Herrscherin, die zum Besten aller regiert – als das Schwert der Vollkommenheit, als die Führerin des Menschengeschlechts. Ehe er Frankreich hätte eine Ungerechtigkeit begehen sehen, hätte er es lieber vernichtet gewünscht. Aber er zweifelte nicht an ihm. Er war ausschließlich Franzose, der Kultur und dem Herzen nach, einzig von französischer Überlieferung genährt, deren tiefe Richtigkeit ihm sein Instinkt bestätigte. Er wollte aus reiner Aufrichtigkeit die fremdländische Gedankenwelt nicht kennen und empfand für sie eine Art verächtlicher Herablassung – Ärger jedoch, wenn der Fremde diese demütige Lage nicht anerkannte.

Christof sah das alles, aber er war älter, und das Leben

hatte ihn mehr gelehrt; so regte er sich nicht darüber auf. Wenn dieser Nationalstolz auch immer wieder verletzend war, so wurde Christof davon nicht betroffen; er hielt ihm die Vorurteile der Sohnesliebe zugute, und es kam ihm nicht in den Sinn, Übertreibungen eines heiligen Gefühls zu verurteilen. Im übrigen gereicht es der Menschheit sogar nur zum Vorteil, wenn die Völker von eitel Glauben an ihre Mission erfüllt sind. Von allen Ursachen, die er hatte, sich Emmanuel fern zu fühlen, war ihm eine einzige peinlich: das war dessen Stimme, die manchmal in überschrille Töne umschlug. Christofs Ohr litt grausam darunter. Er konnte sich nicht enthalten, Grimassen zu schneiden. Er tat alles, damit Emmanuel sie nicht sah. Er bemühte sich, die Musik und nicht das Instrument zu hören. Aus dem mißgestalten Dichter strahlte eine unendlich heldenhafte Schönheit, wenn er von den geistigen Siegen sprach, die anderen Siegen vorausgehen, von der Eroberung der Luft, von dem „fliegenden Gott", der die Menge mit sich riß und sie gleich dem Stern von Bethlehem in seine Gefolgschaft bannte, so daß sie verzückt in unbekannte Fernen zog oder irgendeiner nahen Vergeltung entgegen! Der Glanz dieser Gesichte von kraftvollen Taten hinderte Christof nicht, ihre Gefahr zu erkennen und vorauszusehen, wohin dieser Sturmschritt und die wachsende Tonstärke dieser neuen *Marseillaise* führten. Er dachte ein wenig ironisch (ohne Sehnsucht nach der Vergangenheit noch in Furcht vor der Zukunft), daß dieser Sang Echos hervorrufen werde, die der Vorsänger nicht voraussah, und daß ein Tag kommen würde, an dem die Menschen nach der entschwundenen Zeit des Jahrmarkts zurückseufzen würden... Wie frei war man damals! Das goldene Zeitalter der Freiheit! Niemals würde es wieder Ähnliches geben. Die Welt war auf dem Wege zu einem Zeitalter der Kraft, der Gesundheit, der männlichen Tat und vielleicht des Ruhmes, aber der harten Herrschaft und straffen Ordnung. Unsere Wünsche werden es endlich herbeigerufen haben, das eherne Zeitalter, die klassische Zeit! Die großen klassischen Zeitalter – das Ludwigs XIV. oder Napoleons – scheinen uns aus der Ferne wie die Gipfel der Menschheit. Und vielleicht verwirklicht in ihnen die Nation ihr Staatsideal am siegreichsten. Aber fragt einmal die Helden jener Zeit, was sie von ihr gedacht haben! Euer Nicolas Poussin ist fortgegangen, um in Rom zu leben und zu sterben; er erstickte zu Hause. Euer Pascal, euer Racine haben der Welt Lebewohl gesagt. Und wie viele andere unter den Größen haben abseits gelebt, in Ungnade, unterdrückt! Selbst die Seele eines Molière barg viel Bitternis. – Und was euren Napoleon betrifft, den ihr so sehr zurücksehnt, so scheinen eure Väter von ihrem Glück keine Ahnung gehabt zu haben; und der Herrscher selber hat sich nichts vorgetäuscht; er wußte, daß die Welt bei seinem Verschwinden aufatmen würde... Welche Gedankenwüste rings um den Imperator! Die afrikanische Sonne über unendliche Sandstrecken...

Christof sprach nicht alles aus, was er bei sich erwog. Ein paar Andeutungen hatten genügt, um Emmanuel in Wut zu bringen; er hatte nicht wieder angefangen. Aber wenn er seine Gedanken auch ganz für sich behielt, so wußte Emmanuel doch, daß er sie dachte. Mehr noch, er war sich dunkel bewußt, daß Christof weiter blickte als er. Und er war deswegen nur noch mehr gereizt. Junge Leute verzeihen es den älteren nicht, wenn sie sie zu sehen zwingen, was sie in zwanzig Jahren sein werden.

Christof las in seinem Herzen und sagte sich:

Er hat recht. Jeder hat seinen Glauben für sich. Man muß glauben, was man glaubt. Gott bewahre mich, daß ich sein Vertrauen in die Zukunft erschüttere!

Aber seine bloße Gegenwart war schon ein Grund zur Beunruhigung. Wenn zwei Persönlichkeiten zusammen sind, so mögen sich beide noch so sehr bemühen, bescheiden zurückzutreten, eine von beiden wird immer die andere erdrücken, und die andere ist gedemütigt und trägt ihr das nach. Emmanuels Stolz litt unter Christofs Überlegenheit an Erfahrung und Charakter. Und vielleicht wehrte er sich gegen die Liebe, die er in sich für ihn wachsen fühlte...

Er wurde immer scheuer. Er verschloß seine Tür. Er antwortete ihm nicht auf seine Briefe. – Christof mußte darauf verzichten, ihn zu sehen.

Es war in den ersten Tagen des Juli. Christof überschlug, was ihm diese wenigen Monate eingetragen hatten: viele neue Ideen, aber wenige Freunde. Glänzende und spottschlechte Erfolge: es ist nicht erfreulich, sein Bild und das Bild seines Lebenswerks bläßlich oder entstellt in unbedeutenden Gehirnen wiederzufinden. Bei jenen, von denen er gern verstanden sein wollte, fand er keine Sympathie; sie hatten sein Entgegenkommen nicht gut aufgenommen, er kam mit diesen Menschen nicht zusammen, sosehr er auch wünschte, an ihren Hoffnungen teilzuhaben, ihr Verbündeter zu werden; es war, als wehrte sich ihre empfindliche Eigenliebe gegen seine Freundschaft und fände mehr Befriedigung darin, ihn zum Feinde zu haben. Kurz, er hatte den Strom seiner Generation vorbeifließen lassen, ohne mit ihm zu gehen; und der Strom der folgenden Generation wollte von ihm nichts wissen. Er war einsam und wunderte sich nicht darüber; denn er war sein Leben lang daran gewöhnt gewesen. Aber er fand, daß er nach diesem neuen Versuch jetzt das Recht erworben habe, in seine Schweizer Einsiedelei zurückzukehren und dort abzuwarten, daß sich ein Plan verwirkliche, der seit kurzem etwas mehr Gestalt in ihm annahm. Je älter er wurde, um so mehr quälte ihn der Wunsch, sich wieder in seinem Vaterland festzusetzen. Er kannte dort niemanden mehr, er fand dort sicher noch weniger geistige Verwandtschaft als in dieser fremden Stadt; aber es war nichtsdestoweniger das Vaterland: man verlangt von Blutsverwandten nicht, daß sie wie man selbst denken sollen; zwischen ihnen und uns bestehen tausend geheime Bande; die Sinne haben gelernt, im selben Buche des Himmels und der Erde zu lesen, das Herz spricht dieselbe Sprache.

Er erzählte Grazia fröhlich von seinen Enttäuschungen und teilte ihr seine Absicht mit, nach der Schweiz zurückzukehren; er bat sie scherzend um die Erlaubnis, Paris zu verlassen, und setzte seine Abreise für die folgende Woche fest. Aber am Schlusse des Briefes sagte ein Postskriptum:

„Ich habe meine Absicht geändert. Meine Reise ist aufgeschoben."

Christof hatte zu Grazia unbedingtes Vertrauen; er offenbarte ihr das Geheimnis seiner tiefsten Gedanken. Und doch gab es eine Kammer in seinem Herzen, zu der er den Schlüssel verbarg: das waren die Erinnerungen, die nicht ihm allein gehörten, sondern denen, die er geliebt hatte. So schwieg er über das, was Olivier betraf. Seine Zurückhaltung war nicht beabsichtigt. Die Worte wollten ihm nicht über die Lippen, wenn er von Olivier zu Grazia sprechen wollte. Sie hatte ihn nicht gekannt.

An diesem Morgen nun, gerade als er an seine Freundin schrieb, klopfte es an seine Tür. Er ging öffnen, während er darüber fluchte, daß er gestört wurde. Ein Junge zwischen vierzehn und fünfzehn Jahren fragte nach Herrn Krafft. Griesgrämig ließ ihn Christof eintreten. Er war blond, hatte blaue Augen, feine Züge, war nicht sehr groß, hatte eine schmale und aufrechte Gestalt. Wortlos und etwas eingeschüchtert stand er vor Christof. Sehr schnell aber raffte er sich zusammen und hob seine klaren Augen zu ihm empor, die Christof voller Neugierde betrachteten. Christof lächelte, als er das reizende Gesicht anschaute; und der Junge lächelte auch.

„Nun", sagte Christof, „was wollen Sie?"

„Ich bin gekommen...", sagte der Knabe.

(Er wurde von neuem verwirrt, errötete und schwieg.)

„Ich sehe wohl, daß Sie gekommen sind", meinte Christof lachend. „Aber warum sind Sie gekommen? Schauen Sie mich an, haben Sie vielleicht Angst vor mir?"

Der Junge fand sein Lächeln wieder, schüttelte den Kopf und sagte:
„Nein."
„Bravo! Also sagen Sie mir zunächst einmal, wer Sie sind."
„Ich bin...", sagte der Knabe.
Er stockte noch einmal. Seine Augen, die neugierig im Zimmer umherwanderten, hatten eben auf Christofs Kamin Oliviers Bild entdeckt. Christof folgte mechanisch der Richtung seines Blickes.
„Nun!" sagte er. „Mut!"
Der Knabe sagte:
„Ich bin sein Sohn."
Christof fuhr zusammen; er erhob sich von seinem Stuhl, ergriff den jungen Menschen an beiden Armen und zog ihn an sich; er sank auf seinen Stuhl zurück und hielt den Knaben fest umklammert; ihre Gesichter berührten sich fast; und er schaute ihn an, schaute ihn lange an und wiederholte in einem fort:
„Mein Kleiner... mein armer Kleiner..."
Plötzlich nahm er seinen Kopf zwischen die Hände und küßte ihn auf die Stirn, auf die Augen, auf die Wangen, auf die Nase, auf die Haare. Der Junge, erschrocken und von der Heftigkeit dieser Ausbrüche etwas unangenehm berührt, machte sich aus Christofs Armen los. Christof ließ ihn. Er barg sein Gesicht in den Händen, lehnte die Stirn gegen die Wand und blieb so einige Augenblicke stehen. Der Kleine hatte sich weiter in das Zimmer zurückgezogen. Christof hob den Kopf. Sein Gesicht hatte sich beruhigt; er schaute den Knaben mit zärtlichem Lächeln an.
„Ich habe dich erschreckt", sagte er. „Verzeih... Es kommt daher, siehst du, weil ich ihn so liebgehabt habe."
Der Kleine war noch immer scheu und schwieg.
„Wie ähnlich du ihm bist!" sagte Christof. „Und doch hätte ich dich nicht erkannt. Was ist an dir nur anders?"
Er fragte:

„Wie heißt du?"

„Georges."

„Ach, richtig. Ich erinnere mich. Christof-Olivier-Georges... Wie alt bist du?"

„Vierzehn Jahre."

„Vierzehn Jahre? So lange ist es schon her? – Mir ist, als wäre es gestern gewesen – oder in der Nacht aller Zeiten... Wie ähnlich du ihm bist! Es sind die gleichen Züge. Derselbe und doch ein anderer. Dieselbe Farbe der Augen und doch nicht dieselben Augen, dasselbe Lächeln, derselbe Mund, doch nicht derselbe Klang in der Stimme. Du bist stärker, du hältst dich aufrechter. Du hast ein volleres Gesicht, aber du errötest wie er. Komm, setz dich, wir wollen plaudern. Wer hat dich zu mir geschickt?"

„Niemand."

„Du bist von selbst gekommen? Woher kennst du mich?"

„Man hat mir von Ihnen erzählt."

„Wer?"

„Meine Mutter."

„Ach!" meinte Christof. „Weiß sie, daß du zu mir gegangen bist?"

„Nein."

Christof schwieg einen Augenblick; dann fragte er:

„Wo wohnt ihr?"

„Am Parc Monceau."

„Bist du zu Fuß gekommen? Ja? Das ist ein weiter Weg; du wirst müde sein."

„Ich bin niemals müde."

„Das ist ja famos! Zeig mir deine Arme!"

(Er befühlte sie.)

„Du bist ein strammer kleiner Bengel... Und wie bist du auf den Gedanken gekommen, mich zu besuchen?"

„Weil Papa Sie über alles liebte."

„Hat sie dir das gesagt?"

(Er verbesserte sich:)

„Hat deine Mutter dir das gesagt?"

"Ja."

Christof lächelte nachdenklich. Er dachte: Sie auch... Wie sie ihn alle liebten. Warum haben sie es ihm denn nicht gezeigt?

Er fuhr fort:

"Warum hast du so lange gewartet, bis du zu mir kamst?"

"Ich wollte schon früher kommen. Aber ich glaubte, Sie wollten nichts von mir wissen."

"Ich!"

"Vor ein paar Wochen habe ich Sie in den Konzerten Chevillards gesehen; ich saß mit meiner Mutter ein paar Plätze von Ihnen entfernt; ich grüßte Sie; Sie sahen mich böse an, runzelten die Brauen und erwiderten meinen Gruß nicht."

"Ich hätte dich angesehen? – Mein lieber Junge; das konntest du dir einbilden? Ich habe dich nicht gesehen. Ich habe schlechte Augen, darum runzele ich die Brauen... Hältst du mich also für böse?"

"Ich glaube, Sie können es *auch* sein, wenn Sie wollen."

"Wirklich?" sagte Christof. "Wenn du aber glaubtest, ich wolle nichts von dir wissen, wie hast du es trotzdem gewagt, herzukommen?"

"Weil ich Sie kennenlernen wollte."

"Und wenn ich dich vor die Tür gesetzt hätte?"

"Das hätte ich mir nicht gefallen lassen."

Das sagte er mit einer kindlichen Miene, die gleichzeitig bestimmt, verlegen und herausfordernd war.

Christof brach in Lachen aus und Georges ebenfalls.

"Du hättest wohl mich vor die Tür gesetzt? – Höre einer das an! Was für ein Draufgänger! – Nein, wirklich, du gleichst deinem Vater nicht."

Das ruhelose Gesicht des Jungen verdüsterte sich.

"Sie finden, daß ich ihm nicht gleiche? Aber Sie sagten doch noch eben... – So glauben Sie also, er hätte mich nicht liebgehabt? So haben Sie mich also auch nicht lieb?"

"Was kann dir denn daran liegen, ob ich dich liebe?"

„Mir liegt sehr viel daran."

„Warum?"

„Weil ich Sie liebe."

In einer Minute zeigten seine Augen, sein Mund, alle seine Züge zehn verschiedene Ausdrücke, wie wenn an einem Apriltage der Schatten der Wolken unter dem Hauch der Frühlingswinde über die Felder läuft. Christof empfand eine wundersame Freude, wenn er ihn ansah, ihm zuhörte; ihm war, als wären alle vergangenen Sorgen von ihm weggespült. Seine trüben Erfahrungen, seine Schicksale, seine Leiden und die Oliviers, alles war ausgelöscht: er war wie neuerstanden in dem jungen Reis vom Leben Oliviers.

Sie plauderten. Georges hatte bis in die letzten Monate nichts von Christofs Musik gekannt; seit Christof in Paris war, versäumte er kein Konzert, in dem man seine Werke spielte. Er sprach davon mit lebhaftem Gesicht, mit glänzenden, lachenden Augen und war dabei doch dem Weinen nahe: wie ein Verliebter. Er vertraute Christof an, daß er Musik über alles liebe und daß er auch Musik studieren wolle. Aber Christof merkte nach wenigen Fragen, daß der Kleine keine Ahnung von ihren Grundzügen hatte. Er erkundigte sich nach seiner Schule. Der junge Jeannin besuchte das Gymnasium; er sagte fröhlich, er sei kein berühmter Schüler.

„Worin bist du am besten? In den Geisteswissenschaften oder den Naturwissenschaften?"

„Es ist überall so ziemlich dasselbe."

„Aber wieso? Wieso denn? Du wirst doch kein Faulpelz sein?"

Er lachte offen und sagte:

„Ich glaube, doch."

Dann fügte er vertrauensvoll hinzu:

„Ich weiß aber im Grunde ganz gut, daß ich keiner bin."

Christof konnte sich nicht enthalten zu lachen.

„Also, warum arbeitest du nicht? Interessiert dich denn wirklich nichts?"

„Im Gegenteil! Alles interessiert mich!"

„Nun also, was ist es dann?"

„Alles ist interessant. Man hat keine Zeit..."

„Du hast keine Zeit? Was, zum Teufel, tust du denn?"

Georges machte eine unbestimmte Bewegung.

„Sehr viel. Ich mache Musik, ich treibe Sport, ich gehe in Ausstellungen, ich lese..."

„Du tätest besser, deine Schulbücher zu lesen."

„In der Schule liest man niemals etwas Interessantes... Und dann reisen wir. Letzten Monat war ich in England, um das Match zwischen Oxford und Cambridge zu sehen."

„Das muß dich in der Schule sehr vorwärtsbringen!"

„Bah! Dabei lernt man mehr, als wenn man im Gymnasium hockt."

„Und was sagt deine Mutter zu alledem?"

„Meine Mutter ist sehr vernünftig. Sie tut alles, was ich will."

„Kleiner Strick! – Du kannst von Glück sagen, daß du mich nicht zum Vater hast."

„Sie könnten dann sicher nicht von Glück sagen..."

Es war unmöglich, seiner Schmeichelmiene zu widerstehen.

„Sag einmal, Weltreisender", meinte Christof, „kennst du mein Vaterland?"

„Ja."

„Ich bin sicher, du kannst kein Wort Deutsch."

„Ich kann es im Gegenteil sehr gut."

„Laß einmal hören."

Sie fingen an, sich deutsch zu unterhalten. Der Kleine redete mit drolliger Sicherheit ein höchst fehlerhaftes Kauderwelsch; da er sehr intelligent und aufgeweckt war, erriet er mehr, als er verstand; er riet oft verkehrt und lachte dann selbst zuerst über seine Schnitzer. Er erzählte voller Eifer von seinen Reisen und von Büchern, die er kannte. Er hatte viel, aber hastig und oberflächlich gelesen, wobei er halbe Seiten ausgelassen und dann das nicht Gelesene dazu erfunden hatte. Immer aber spornte ihn eine lebhafte und frische Neugierde an, die überall nach Anlaß zur Begeisterung fahndete. Er sprang von einem Gegenstand zum anderen, und sein Gesicht belebte sich, wenn er von Schauspielen oder Werken sprach, die ihn gerührt hatten. Was er kannte, stand in keinerlei Beziehung zueinander. Man verstand nicht, weshalb er ein Buch zehnten Ranges gelesen hatte und von den berühmten Werken nichts wußte.

„Alles das ist recht hübsch", sagte Christof, „aber du wirst es zu nichts bringen, wenn du nicht arbeitest."

„Oh, das brauche ich nicht, wir sind reich."

„Teufel, nun wird es ernst. Du willst ein Mensch werden, der zu nichts taugt, der nichts tut?"

„Im Gegenteil, ich will alles machen. Es ist zu dumm, wenn man sich sein ganzes Leben lang in einen Beruf einzwängt."

„Das ist immer noch die einzige Art und Weise, die man gefunden hat, um etwas darin zu leisten."

„Das sagt man so!"

„Was heißt das: Man sagt so? Ich, ich sage das! Jetzt studiere ich seit vierzig Jahren meinen Beruf, und ich fange gerade an, ihn zu verstehen."

„Vierzig Jahre, um seinen Beruf zu erlernen! Und wann kann man ihn dann ausüben?"

Christof mußte lachen.

„Kleiner logischer Franzose!"

„Ich möchte Musiker sein", sagte Georges.

„Schön. Es ist hohe Zeit, daß du anfängst. Soll ich dich unterrichten?"

„Oh, wie glücklich wäre ich!"

„Komme morgen. Ich werde sehen, was du taugst. Wenn du nichts taugst, verbiete ich dir, jemals ein Klavier anzurühren. Wenn du begabt bist, werde ich versuchen, etwas aus dir zu machen... Aber ich sage es dir schon jetzt: Ich lasse dich arbeiten."

„Ich werde arbeiten", sagte Georges entzückt.

Sie verabredeten ein Wiedersehen für den nächsten Tag. Beim Hinausgehen erinnerte sich Georges, daß er am nächsten Tage andere Verabredungen habe und auch am übernächsten. Ja, vor Ende der Woche war er nicht frei. Man setzte Tag und Stunde fest.

Als aber Tag und Stunde gekommen waren, wartete Christof vergeblich. Er war enttäuscht. Er hatte sich kindlich darauf gefreut, Georges wiederzusehen. Dieser unerwartete Besuch hatte einen hellen Strahl in sein Leben getragen. Er war so glücklich und bewegt darüber gewesen, daß er die folgende Nacht nicht hatte schlafen können. Er dachte mit gerührter Dankbarkeit an den jungen Freund, der ihn im Namen des Freundes aufgesucht hatte; er lächelte in Gedanken dem reizenden Gesicht zu: sein natürliches Wesen, seine Anmut, sein schelmischer und harmloser Freimut entzückten ihn; er gab sich der stummen Berauschtheit, jenem Summen von Glück hin, das ihm Ohr und Herz in den ersten Tagen seiner Freundschaft mit Olivier erfüllt hatte. Ein ernsteres, fast religiöses Gefühl kam dazu, das über die Lebenden hinaus das Lächeln des Verblichenen erblickte. – Er wartete den folgenden Tag und den nächstfolgenden. Niemand kam. Kein Brief der Entschuldigung. Christof war betrübt und suchte selbst nach Gründen, um das Kind zu entschuldigen. Er wußte nicht, wohin er ihm schreiben sollte, er hatte seine Adresse nicht. Hätte er sie gekannt, so würde er nicht gewagt haben zu schreiben. Ein altes Herz, das sich in ein junges Wesen verliebt, schämt sich, ihm zu zeigen, daß es seiner bedarf. Er weiß wohl, daß der junge Mensch nicht dasselbe Bedürfnis empfindet: das Spiel ist zwischen ihnen nicht gleich; und man fürchtet nichts so sehr, als den Anschein zu erwecken, man dränge sich dem auf, der sich nicht um einen kümmert.

Das Schweigen zog sich lange hin. Obgleich Christof darunter litt, zwang er sich doch, keinen Schritt zu tun, um den Jeannins wieder zu begegnen. Jeden Tag aber wartete er auf den, der nicht kam. Er reiste nicht nach der Schweiz.

Er blieb den ganzen Sommer in Paris. Er hielt sich selber für verdreht; aber er hatte keine Lust mehr zum Reisen. Erst im September entschloß er sich, einige Tage in Fontainebleau zu verbringen.

Gegen Ende Oktober klopfte Georges Jeannin wieder an seine Tür. Er entschuldigte sich ruhig und ohne die geringste Verlegenheit, daß er nicht Wort gehalten hatte.

„Ich konnte nicht kommen", sagte er, „und dann sind wir abgereist, wir waren in der Bretagne."

„Du hättest mir schreiben können."

„Ja, das wollte ich auch. Aber ich hatte niemals Zeit... Und dann habe ich es vergessen", sagte er lachend. „Ich vergesse alles."

„Seit wann bist du zurück?"

„Seit Anfang Oktober."

„Und du hast drei Wochen gewartet, ehe du dich zum Herkommen entschlossen hast? Höre, sage mir offen: Hält dich deine Mutter zurück? – Mag sie nicht, daß du mich siehst?"

„Aber nein! Im Gegenteil. Sie hat mich heute ermahnt, herzugehen."

„Wie das?"

„Das letzte Mal, als ich Sie vor den Ferien sah, habe ich ihr, als ich heimkam, alles erzählt. Sie sagte, ich hätte recht getan; sie erkundigte sich nach Ihnen, sie stellte viele Fragen. Als wir vor drei Wochen aus der Bretagne zurückkehrten, da hat sie mich aufgefordert, wieder zu Ihnen zu gehen. Vor acht Tagen hat sie mich wieder daran erinnert. Und heute morgen, als sie erfuhr, daß ich noch nicht gegangen sei, wurde sie böse. Sie wollte, daß ich gleich nach dem Frühstück ginge."

„Und du schämst dich nicht, mir das zu erzählen? Man muß dich also zwingen, zu mir zu kommen?"

„Nein, nein, glauben Sie das nicht. Oh, ich habe Sie erzürnt. Verzeihen Sie... Wirklich, ich bin ganz gedankenlos... Schelten Sie mich, aber seien Sie mir nicht böse. Ich habe Sie so lieb. Wenn ich Sie nicht liebte, wäre ich nicht hergekommen. Man hat mich nicht gezwungen. Überhaupt kann man mich zu nichts zwingen, was ich nicht tun will."

„Schlingel!" sagte Christof, wider Willen lachend. „Und wie steht es mit deinen musikalischen Plänen?"

„Oh, ich denke noch immer daran."

„Das bringt dich nicht viel vorwärts."

„Ich will mich jetzt daranmachen. In diesen letzten Monaten konnte ich nicht. Ich hatte so schrecklich viel zu tun! Aber jetzt werden Sie sehen, wie ich arbeite, wenn Sie noch etwas von mir wissen wollen..."

(Er schaute ihn schmeichelnd an.)

„Du bist ein Schelm", sagte Christof.

„Sie nehmen mich nicht ernst?"

„Nein, weiß Gott nicht."

„Das ist abscheulich! Niemand nimmt mich ernst. Ich bin ganz nutzlos."

„Ich werde dich ernst nehmen, wenn ich dich bei der Arbeit gesehen habe."

„Also gleich!"

„Ich habe keine Zeit. Morgen."

„Nein, morgen liegt zu fern. Ich kann es nicht aushalten, daß Sie mich einen ganzen Tag verachten."

„Ärgere mich nicht!"

„Bitte, bitte!"

Christof hieß ihn, während er über seine Schwäche lächelte, sich ans Klavier setzen und redete mit ihm von Musik. Er stellte ihm Fragen; er ließ ihn kleine Harmonieaufgaben lösen. Georges wußte nicht viel; aber sein musikalischer Instinkt glich seine große Unwissenheit aus; er fand die Akkorde, die Christof erwartete, ohne ihren Namen zu kennen; und selbst seine Irrtümer zeigten in ihrer Unbeholfenheit Geschmack an Neuem, Unvorhergesehenem und ein eigentümlich verfeinertes Gefühl. Er nahm Christofs Bemerkung nicht ohne Erörterung an. Und die klugen Fragen, die er stellte, zeigten einen offenen

Geist, der die Kunst nicht wie ein Gebetbuch hinnahm, das man mit den Lippen hersagt, sondern es auf eigene Gefahr durchleben wollte. – Sie unterhielten sich nicht nur über Musik. Anläßlich von Harmonien zog Georges Bilder heran, Landschaften, Seelen. Es war schwierig, ihn am Zügel zu halten; man mußte ihn beständig auf die Mitte des Weges zurückbringen; und Christof hatte nicht immer das Herz dazu. Es machte ihm Spaß, dem fröhlichen Geschwätz dieses kleinen geist- und lebensprühenden Wesens zuzuhören. Welcher Wesensunterschied zu Olivier! – Bei dem einen war das Leben ein innerer Strom, der schweigend dahinfloß; bei dem andern war es ganz nach außen gerichtet: ein launischer Bach, der sich beim Spiel im Sonnenlicht verausgabte. Und doch – wie ihre Augen sich glichen, so war auch hier dasselbe schöne und reine Wasser. Christof fand lächelnd bei Georges gewisse instinktive Abneigungen wieder, eine Vorliebe oder einen Widerwillen, den er gut kannte, und daneben jene kindliche Unbestechlichkeit, jene Großzügigkeit des Herzens, die sich dem, was es liebt, ganz hingibt... Nur liebte Georges so vieles, daß er nicht die Muße fand, lange Zeit dasselbe zu lieben.

Er kam am nächsten und am folgenden Tage wieder. Eine schöne, jugendliche Leidenschaft für Christof hatte ihn erfaßt, und er gab sich voller Begeisterung seinen Stunden hin... Dann sank die Begeisterung, die Besuche wurden spärlicher. Er kam seltener. Und schließlich kam er gar nicht mehr. Er verschwand wieder für Wochen.

Er war leichtlebig, vergeßlich, kindlich egoistisch und aufrichtig zärtlich; er hatte ein gutes Herz und eine helle Intelligenz, die er verplemperte, während er so in den Tag hineinlebte. Man verzieh ihm alles, weil man ihn gern sah. Er war glücklich...

Christof wollte ihn nicht verurteilen. Er klagte nicht. Er hatte an Jacqueline geschrieben und ihr dafür gedankt, daß sie ihm ihren Sohn geschickt habe. Jacqueline antwortete mit einem kurzen Brief voll zurückgedrängter Empfindung;

sie gab dem Wunsch Ausdruck, Christof möge sich für Georges interessieren, ihn im Leben leiten. Sie deutete mit keinem Wort die Möglichkeit an, Christof zu begegnen. Aus Scham oder aus Stolz konnte sie sich nicht entschließen, ihn wiederzusehen. Und Christof hielt sich nicht für berechtigt, zu ihr zu gehen, ohne daß sie ihn einlud. – So blieben sie voneinander getrennt, sahen sich manchmal von fern in einem Konzert und wurden nur durch die seltenen Besuche des Jungen verbunden.

Der Winter verging. Grazia schrieb nur noch selten. Sie bewahrte Christof ihre treue Freundschaft. Aber als echte Italienerin, die wenig gefühlsselig ist und in der Wirklichkeit wurzelt, hatte sie das Bedürfnis, die Menschen zu sehen, nicht etwa, um sie nicht zu vergessen, sondern um mit ihnen reden zu können. Sie mußte, um das Gedächtnis ihres Herzens wachzuhalten, zuweilen das Gedächtnis ihrer Augen auffrischen. So wurden ihre Briefe denn kurz und fremd. Sie blieb Christofs sicher, wie Christof es ihrer war. Aber diese Sicherheit verbreitete mehr Licht als Wärme.

Christof litt nicht allzusehr unter diesen neuen Enttäuschungen. Seine musikalische Betätigung erfüllte ihn völlig. Wenn ein kraftvoller Künstler ein gewisses Alter erreicht hat, lebt er weit mehr in seiner Kunst als im Leben; das Leben ist Traum geworden, die Kunst Wirklichkeit. Da er wieder Fühlung mit Paris gewonnen hatte, war seine Schöpferkraft neu erwacht. Es gibt in der Welt keinen stärkeren Ansporn als das Schauspiel dieser Stadt der Arbeit. Die Trägsten werden von ihrem Fieber angesteckt. Christof, der durch Jahre gesunder Einsamkeit ausgeruht war, trug eine ungeheure Summe zu verausgabender Kraft in sich. Durch neue Eroberungen bereichert, die der kühne Vorwärtsdrang des französischen Geistes auf dem Gebiet der musikalischen Technik beständig machte, ging Christof nun seinerseits auf Entdeckungen aus; leidenschaftlicher und barbarischer, ging er weiter als alle andern zusammen. Nichts aber in diesen neuen Kühnheiten war dem Zufall des Instinkts überlassen. Ein Bedürfnis nach Klarheit hatte sich Christofs bemächtigt. Sein ganzes Leben lang war sein Genius dem Rhythmus wechselnder Strömungen gefolgt; sein Gesetz war es, sich immer wieder von einem Pol zum entgegengesetzten zu schwingen und den ganzen Zwischenraum zu erschöpfen. Nachdem er sich in der vorhergehenden Periode leidenschaftlich *den Augen des Chaos, die durch den Schleier leuchten,* hingegeben hatte, so gierig, daß er beinahe den Schleier zerrissen hätte, um sie sehen zu können, suchte er sich jetzt aus ihrem Banne zu reißen und von neuem das Zaubernetz des bändigenden Geistes über das Antlitz der Sphinx zu werfen. Roms kaiserlicher Atem war über sie hingeweht. Gleich der damaligen Pariser Kunst, von der er ein wenig angesteckt wurde, strebte er nach Ordnung. Aber nicht etwa – wie jene müden Reaktionäre, die ihre letzten Kräfte dafür verbrauchen, ihren Schlaf zu verteidigen – nach der Ordnung in Warschau. Diese braven Leute, die aus Bedürfnis nach Ruhe auf Saint-Saëns und Brahms zurückgreifen – auf die Brahms aller Künste, auf die starken Thematiker, die abgeschmackten Neuklassiker! Ist es nicht, als wären sie aller Leidenschaft bar? Sofort seid ihr hundemüde, meine Freunde... Nein, von eurer Ordnung spreche ich nicht. Die meine ist nicht vom selben Schlag. Sie ist die Ordnung in der Harmonie freier Leidenschaften und des Willens... Christof war es darum zu tun, in seiner Kunst das richtige Gleichgewicht zwischen den Kräften des Lebens zu halten. Seine neuen Akkorde, seine musikalischen Dämonen, die er aus dem klingenden Abgrund heraufbeschworen hatte, brauchte er, um klare Symphonien aufzubauen, durchsonnte weite Architekturen gleich den italienischen Kuppelbasiliken.

Diese Spiele und diese geistigen Kämpfe erfüllten ihn während des ganzen Winters. Und der Winter ging schnell vorüber, obgleich Christof manchmal abends, wenn er sein

Tagewerk getan hatte und, hinter sich blickend, die Summe seiner Tage überschaute, nicht hätte sagen können, ob sie groß oder klein sei und ob er noch jung sei oder schon sehr alt...

Da durchdrang ein neuer Strahl menschlicher Sonne die Nebel des Traumes und führte noch einmal den Frühling mit sich. Christof empfing einen Brief von Grazia, der ihm sagte, sie käme mit ihren beiden Kindern nach Paris. Seit langem hegte sie diesen Plan. Ihre Kusine Colette hatte sie oft eingeladen. Die Furcht vor der Anstrengung, die es sie kostete, mit ihren Gewohnheiten zu brechen, sich aus ihrem lässigen Frieden und aus ihrem „home", das sie liebte, herauszureißen, wieder in den ihr bekannten Pariser Trubel zurückzukehren, hatte sie ihre Reise von Jahr zu Jahr aufschieben lassen. Eine gewisse Schwermut, die sie in diesem Frühling überfiel, vielleicht eine geheime Enttäuschung (wie viele stumme Romane spielen sich in einem Frauenherzen ab, ohne daß die anderen etwas davon wissen und oft ohne daß das Herz selber es sich eingesteht!) flößte ihr den Wunsch ein, von Rom fortzugehen. Eine drohende Epidemie bot den Vorwand, die Abreise der Kinder wegen zu beschleunigen. Wenige Tage nach ihrem Brief an Christof kam sie selbst.

Kaum erfuhr er, daß sie bei Colette eingetroffen war, so eilte er hin, um sie zu sehen. Er fand sie noch in sich versunken und weit fort. Das tat ihm weh, aber er zeigte es nicht. Er hatte seinen Egoismus jetzt so ziemlich aufgegeben; und das gab seinem Herzen einen klaren Blick. Er begriff, daß sie einen Kummer habe, den sie verbergen wollte; und er unterließ es, nach seiner Ursache zu forschen. Er bemühte sich nur, sie zu zerstreuen, indem er ihr heiter von seinen Mißgeschicken erzählte, sie an seinen Arbeiten und Plänen teilnehmen ließ und sie mit seiner Liebe zart umgab. Sie fühlte sich ganz umhüllt von dieser großen Zärtlichkeit, die sich aufzudrängen fürchtete; sie fühlte, daß Christof ihr Leid ahnte; und das rührte sie. Ihr ein wenig trauriges Herz ruhte sich im Herzen des Freundes aus, der ihr von anderem redete als dem, was sie beide beschäftigte. Und nach und nach sah er, wie der schwermütige Schatten in den Augen seiner Freundin lichter wurde, wie ihr Blick näher, immer näher kam. So sehr, daß er eines Tages, als er mit ihr sprach, sich plötzlich unterbrach und sie schweigend anschaute.

„Was haben Sie?" fragte sie ihn.

„Heute", sagte er, „sind Sie ganz zurückgekehrt."

Sie lächelte und erwiderte ganz leise:

„Ja."

Es war nicht ganz leicht, ungestört zu plaudern. Sie waren selten allein. Colette beehrte sie mit ihrer Gegenwart mehr, als es ihnen lieb war. Trotz ihrer Grillen war sie eine ausgezeichnete Frau und Grazia und Christof aufrichtig zugetan; aber es kam ihr nicht in den Sinn, daß sie sie langweilen könnte. Sie hatte (ihre Augen sahen alles) zwischen Christof und Grazia wohl den Flirt, wie sie es nannte, bemerkt: der Flirt war ihr Element, sie war davon begeistert; sie wünschte nichts Besseres, als ihn zu begünstigen. Aber das gerade verlangte man nicht; man wünschte, daß sie sich nicht im geringsten um das kümmerte, was sie nichts anging. Sobald sie erschien oder zu einem von beiden zarte (unzarte) Anspielungen auf ihre Freundschaft machte, setzten Christof und Grazia eine eisige Miene auf und sprachen von anderen Dingen. Colette suchte in ihrem Vorrat nach allen denkbaren Gründen dafür, außer nach dem einen, dem richtigen. Zum Glück für ihre Freunde konnte sie nicht stillsitzen. Sie kam und ging, trat ins Zimmer, lief hinaus, überwachte alles im Hause und leitete zehn Angelegenheiten zugleich. In den Pausen zwischen ihrem Erscheinen blieben Christof und Grazia mit den Kindern allein und nahmen dann den Faden ihrer unschuldigen Unterhaltungen wieder auf. Sie redeten niemals über die Gefühle, die sie vereinten. Sie vertrauten sich ihre kleinen täglichen Abenteuer ohne Scheu an. Grazia erkundigte sich mit weiblicher Anteilnahme nach den häuslichen Angelegenheiten Christofs. Alles ging schief bei ihm; er hatte unaufhörlich Krach mit seinen Aufwartefrauen; er wurde von denen, die ihn bedienten, ständig betrogen und bestohlen. Sie lachte herzlich und voll mütterlichen Mitgefühls über den Mangel an praktischem Sinn bei diesem großen Kinde. Eines Tages, als Colette sie gerade verließ, nachdem sie sie länger als gewöhnlich gequält hatte, seufzte Grazia:

„Arme Colette! Ich habe sie sehr gern ... Wie sie mich langweilt!"

„Ich habe sie auch gern", sagte Christof, „wenn Sie damit sagen wollen, daß sie uns langweilt."

Grazia lachte.

„Hören Sie: Würden Sie mir erlauben (es ist hier wirklich keine Möglichkeit, friedlich zu plaudern), würden Sie mir erlauben, einmal zu Ihnen zu kommen?"

Er fuhr zusammen.

„Zu mir? Sie würden kommen?"

„Das ist Ihnen hoffentlich nicht unangenehm?"

„Unangenehm? Ach, mein Gott!"

„Nun also, paßt es Ihnen Dienstag?"

„Dienstag, Mittwoch, Donnerstag, jeden Tag, den Sie bestimmen."

„Also dann Dienstag um vier Uhr. Abgemacht?"

„Wie gut Sie sind, wie gut Sie sind!"

„Warten Sie, es geschieht unter einer Bedingung."

„Bedingung? Wozu das? Alles, was Sie wollen. Sie wissen ja, ich tue alles, mit oder ohne Bedingung."

„Mir ist es mit der Bedingung lieber."

„Einverstanden."

„Sie wissen nicht, was es ist?"

„Das ist mir gleich. Ich bin einverstanden. Mit allem, was Sie wollen."

„Aber hören Sie doch erst, Tollkopf."

„Sprechen Sie."

„Ich will, daß Sie nichts – hören Sie! –, nicht das geringste an Ihrer Wohnung ändern; alles bleibt genau im selben Zustand."

Christofs Gesicht wurde lang. Er war aus der Fassung gebracht.

„Ach, das gilt nicht."

Sie lachte.

„Da sehen Sie, wie es kommt, wenn man sich zu schnell festlegt; aber Sie haben es versprochen."

„Aber warum wollen Sie das?"

„Weil ich sehen will, wie Sie alle Tage hausen, wenn Sie mich nicht erwarten."

„Aber Sie werden mir doch erlauben..."

„Gar nichts, ich erlaube nichts."

„Wenigstens..."

„Nein, nein, nein, nein. Ich will nichts hören, oder ich komme nicht, wenn Sie das vorziehen..."

„Sie wissen sehr wohl, daß ich in alles willige, vorausgesetzt, daß Sie kommen."

„Also einverstanden?"

„Ja."

„Ich habe Ihr Wort?"

„Ja, Tyrann."

„Bin ich ein guter Tyrann?"

„Es gibt keine guten Tyrannen; es gibt Tyrannen, die man liebt, und Tyrannen, die man haßt."

„Und ich gehöre zu beiden, nicht wahr?"

„O nein, Sie gehören nur zu den ersteren."

„Das ist recht kränkend."

Am festgesetzten Tage kam sie. Christof hatte in seiner gewissenhaften Anständigkeit nicht gewagt, das kleinste Blatt Papier in seiner unordentlichen Wohnung beiseite zu räumen: er hätte sich dadurch entehrt geglaubt. Aber er litt Folterqualen. Er schämte sich dessen, was seine Freundin denken würde. Angstvoll erwartete er sie. Sie war pünktlich, sie kam kaum vier oder fünf Minuten nach der festgesetzten Zeit. Sie stieg mit ihrem kleinen, festen Schritt die Treppe hinauf und klingelte. Er stand hinter der Tür und öffnete. Sie war mit schlichter und geschmeidiger Eleganz gekleidet. Er sah unter dem Schleier ihre ruhigen Augen. Sie sagten sich halblaut „Guten Tag" und gaben sich die Hand; sie war schweigsamer als gewöhnlich; er, linkisch und bewegt, schwieg ganz und gar, um seine Verwirrung nicht zu zeigen. Er ließ sie eintreten, ohne ihr den Satz zu sagen, den er sich vorgenommen hatte, um die Unordnung des Zimmers zu entschuldigen. Sie setzte sich auf den besten Stuhl und er sich daneben.

„Das ist mein Arbeitszimmer."

Das war alles, was er ihr zu sagen wußte.

Schweigen. Sie schaute ohne Hast, mit gemütvollem Lächeln um sich und war selber ein wenig verwirrt. (Später erzählte sie ihm, daß sie als Kind daran gedacht hatte, ihn zu besuchen; aber in dem Augenblick, als sie ins Haus gehen wollte, hatte sie Angst gehabt.) Sie war von dem vereinsamten und trübseligen Aussehen der Wohnung betroffen: das enge, dunkle Vorzimmer, der völlige Mangel an Bequemlichkeit, die sichtbare Armut, das alles schnürte ihr das Herz zusammen; sie war von zärtlichem Mitleid für ihren alten Freund erfüllt, dem soviel Arbeit und Mühe und eine gewisse Berühmtheit nicht aus der Bedrängnis materieller Sorgen hatten heraushelfen können. Und gleichzeitig machte ihr die völlige Gleichgültigkeit gegen Behaglichkeit Spaß, die die Nacktheit dieses Zimmers ohne Teppich, ohne Bild, ohne Kunstgegenstand, ohne einen Sessel offenbarte; keine anderen Möbel als ein Tisch, drei harte Stühle und ein Klavier; und, vermischt mit ein paar Büchern, Papiere, Papiere überall, auf dem Tisch, unter dem Tisch, auf dem Boden, auf dem Klavier, auf den Stühlen (sie lächelte, als sie sah, mit welcher Gewissenhaftigkeit er Wort gehalten hatte).

Nach einigen Augenblicken fragte sie ihn:

„Hier also" (sie zeigte auf seinen Platz), „hier arbeiten Sie?"

„Nein", sagte er, „dort."

Er zeigte den dunkelsten Winkel des Zimmers und einen niedrigen Stuhl, der mit der Lehne gegen das Licht stand. Sie ging hin und setzte sich anmutig, ohne ein Wort zu sagen, dort nieder. Sie schwiegen einige Minuten und wußten nicht, was sie reden sollten. Er stand auf und ging zum Klavier. Er spielte, er phantasierte eine halbe Stunde lang; er fühlte sich von der Gegenwart seiner Freundin umhüllt, und ein unendliches Glück schwellte ihm das Herz. Mit geschlossenen Augen spielte er wundersame Dinge. Da begriff sie die Schönheit dieses Zimmers, das ganz von göttlichen Harmonien erfüllt war; sie lauschte, als schlüge sein liebendes und leidendes Herz in ihrer eigenen Brust.

Als die Harmonien schwiegen, blieb er noch einen Augenblick reglos vor dem Klavier sitzen; dann wandte er sich um, denn er hörte die Atemzüge seiner weinenden Freundin.

Sie kam auf ihn zu.

„Dank", murmelte sie, indem sie seine Hand nahm.

Ihr Mund zitterte ein wenig, sie schloß die Augen. Er tat dasselbe. Einige Sekunden blieben sie so Hand in Hand; und die Zeit stand still...

Sie öffnete die Augen wieder; und um ihrer Verwirrung Herr zu werden, fragte sie:

„Kann ich jetzt die übrige Wohnung sehen?"

Er, ebenfalls glücklich, seiner Bewegung zu entkommen, öffnete die Tür zum Nebenzimmer; aber gleich darauf schämte er sich. Dort stand ein schmales und hartes Eisenbett.

(Später, als er Grazia anvertraute, er habe niemals eine Geliebte bei sich empfangen, sagte sie spottlustig:

„Das kann ich mir wohl denken; dazu hätte sie viel Mut haben müssen."

„Warum?"

„Um in Ihrem Bett zu schlafen.")

Dort war auch eine bäuerliche Kommode, an der Wand

ein Gipsabguß vom Kopf Beethovens und beim Bett in ganz billigen Rahmen die Photographien seiner Mutter und Oliviers. Auf der Kommode stand eine andere Photographie: sie, Grazia, fünfzehnjährig. Er hatte sie in Rom in einem Album bei ihr gefunden und ihr gestohlen. Er gestand es ihr und bat sie um Verzeihung. Sie betrachtete das Bild und sagte:

„Erkennen Sie mich darauf?"

„Ich erkenne Sie, und ich erinnere mich."

„Welche von beiden lieben Sie am meisten?"

„Sie sind immer die gleiche. Ich liebe Sie immer gleich stark. Ich erkenne Sie überall. Selbst in Ihren Photographien als kleines Kind. Sie ahnen nicht, wie es mich rührt, wenn ich in dieser Schmetterlingspuppe schon Ihre ganze Seele fühle. Nichts läßt mich besser erkennen, daß Sie ewig sind. Ich liebte Sie, noch ehe Sie geboren waren, und ich liebe Sie bis nach..."

Er schwieg. In liebender Verwirrung blieb sie die Antwort schuldig. Als sie wieder im Arbeitszimmer war und er ihr vor dem Fenster den kleinen Baum, seinen Freund, gezeigt hatte, in dem die Spatzen schwatzten, sagte sie zu ihm:

„Wissen Sie, was wir jetzt tun? Wir werden Tee trinken. Ich habe Tee und Kuchen mitgebracht. Denn ich dachte mir schon, daß Sie nichts dergleichen dahätten. Und ich habe noch etwas anderes mitgebracht. Geben Sie mir Ihren Überzieher."

„Meinen Überzieher?"

„Ja, ja, geben Sie nur."

Sie nahm aus ihrem Täschchen Nadel und Faden.

„Wie, Sie wollten...?"

„Da waren neulich zwei Knöpfe, deren Schicksal mich beunruhigte. Wie ist es heute damit?"

„Ach, wirklich, ich habe noch nicht daran gedacht, sie anzunähen. Das ist so langweilig!"

„Armer Junge, geben Sie her."

„Ich schäme mich."
„Machen Sie den Tee zurecht."
Er brachte den Wasserkessel und den Spirituskocher ins Zimmer, um keinen Augenblick mit seiner Freundin zu verlieren. Sie schaute, während sie nähte, lächelnd seinen Unbeholfenheiten zu. Sie tranken den Tee aus schartigen Tassen, die sie, schonend gesagt, abscheulich fand und die er empört verteidigte, weil sie Erinnerungen aus seinem gemeinsamen Leben mit Olivier waren.
In dem Augenblick, als sie fortging, fragte er sie:
„Sie sind mir nicht böse?"
„Weswegen denn?"
„Wegen der Unordnung, die hier herrscht."
Sie lachte.
„Ich werde Ordnung machen."
Als sie auf der Schwelle stand und gerade die Tür öffnen wollte, kniete er vor ihr nieder und küßte ihre Füße.
„Was tun Sie? Tollkopf, Sie lieber Tollkopf!" sagte sie.
„Leben Sie wohl."

Sie kamen überein, daß sie jede Woche an einem bestimmten Tage wiederkommen sollte. Sie hatte ihn versprechen lassen, daß er keine Tollheiten mehr begehen werde, kein Niederknien, kein Füßeküssen mehr. Eine so süße Ruhe strahlte von ihr aus, daß Christof selbst an seinen heftigsten Tagen von ihr durchdrungen wurde; und obgleich er, wenn er allein war, oft mit leidenschaftlichem Begehren an sie dachte, verkehrten sie doch, wenn sie zusammen waren, immer wie gute Kameraden. Niemals entfuhr ihm ein Wort, eine Gebärde, die seine Freundin hätte beunruhigen können.
Zu Christofs Geburtstag zog sie ihre kleine Tochter so an, wie sie selbst gekleidet war, als sie sich einst das erste Mal begegnet waren; und sie ließ das Kind das Stück spielen, das Christof ihr einst eingeübt hatte.

Diese Anmut, diese Zärtlichkeit, diese warme Freundschaft mischten sich in ihr mit entgegengesetzten Empfindungen. Sie war leichtlebig und liebte die Gesellschaft; sie fand Vergnügen daran, wenn ihr der Hof gemacht wurde, selbst von Dummköpfen; sie war ziemlich kokett, außer bei Christof – sogar bei Christof. War er sehr zärtlich zu ihr, war sie gern kalt und zurückhaltend. War er kalt und zurückhaltend, wurde sie zärtlich und neckte ihn liebevoll. Sie war die anständigste Frau. Aber in der anständigsten und besten steckt in manchen Augenblicken die Dirne. Es lag ihr daran, mit der Welt gut zu stehen, sich den Sitten anzupassen. Sie war für Musik begabt und verstand Christofs Werke; aber sie interessierte sich nicht besonders dafür (und er wußte das wohl). Für eine echte Lateinerin hat die Kunst nur insofern Wert, als sie mit dem Leben zu tun hat, und das Leben, insofern es zur Liebe führt... Zu der Liebe, die auf dem Grunde des wollüstig hindämmernden Körpers schlummert... Was hat sie mit der tragischen Gedankenwelt, mit den qualvollen Symphonien, den geistigen Leidenschaften des Nordens zu schaffen? Sie braucht eine Musik, in der ihre verborgenen Wünsche aufblühen, eine Oper, die leidenschaftliches Leben ist, ohne die Mühe der Leidenschaft zu fordern, eine gefühlvolle, sinnliche und träge Kunst.

Sie war schwach und schwankend; sie konnte sich einem ernsten Studium nur mit Unterbrechungen hingeben; sie mußte sich zerstreuen; selten tat sie am nächsten Tage, was sie sich am Abend vorher vorgenommen hatte. Wie viele Kindereien, wie viele verstimmende kleine Launen! Wie verworren ist die Natur des Weibes, wie krankhaft und unvernünftig zuzeiten ihr Charakter! Sie war sich dessen wohl bewußt und suchte sich dann abzuschließen. Sie kannte ihre Schwächen und warf sich vor, ihnen nicht besser zu widerstehen, da sie ihren Freund damit betrübte; manchmal brachte sie ihm, ohne daß er es wußte, wahrhafte Opfer; aber schließlich war die Natur doch die stärkere. Übrigens konnte Grazia nicht darunter leiden, daß es den Anschein hatte, als befehle ihr Christof; und ein- oder zweimal geschah es, daß sie, um ihre Unabhängigkeit zu beweisen, das Gegenteil von dem tat, um das er sie bat. Später bedauerte sie es; nachts hatte sie Gewissensbisse, weil sie Christof nicht glücklicher machte; sie liebte ihn viel mehr, als sie es ihm zeigte; sie fühlte, daß diese Freundschaft das Beste in ihrem Leben war. Wie es gewöhnlich zwischen zwei sehr verschiedenen Wesen geht, die sich lieben, waren sie am innigsten vereint, wenn sie nicht zusammen waren. Wenn ein Mißverständnis ihre Schicksale auseinandergeführt hatte, so lag die Schuld in Wahrheit nicht ganz und gar an Christof, wenn er es auch treuherzig glaubte. Hätte Grazia damals, als sie Christof am meisten liebte, geheiratet? Sie hätte ihm vielleicht ihr Leben gegeben; aber wäre sie wohl bereit gewesen, ihr ganzes Leben mit ihm zu verbringen? Sie wußte (sie hütete sich, es Christof zu gestehen), sie wußte, daß sie ihren Mann geliebt hatte und daß sie ihn noch heute, nach allem Bösen, das er ihr zugefügt hatte, so liebte, wie sie Christof niemals geliebt hatte... Geheimnisse des Herzens, Geheimnisse des Körpers, auf die man nicht sehr stolz ist und die man denen verbirgt, die einem teuer sind, sowohl aus Achtung vor ihnen wie aus einem nachsichtigen Mitleid mit sich selber... Christof war zu sehr Mann, um das zu ahnen; aber blitzartig durchschaute er manchmal, wie wenig die, die er am meisten liebte, die, die er wirklich liebte, an ihm hing – und daß man auf niemanden ganz und gar zählen darf, auf niemanden im Leben. Seine Liebe wurde davon nicht berührt. Er empfand darüber nicht einmal irgendwelche Bitterkeit. Grazias Frieden ging auf ihn über. Er nahm ihn an. O Leben, warum sollte man dir vorwerfen, was du nicht geben kannst? Bist du so nicht sehr schön und sehr heilig, wie du bist? Man muß dein Lächeln lieben, Mona Lisa...

Christof betrachtete lange das schöne Antlitz der Freundin; er las darin vieles aus Vergangenheit und Zukunft.

Während der langen Jahre, in denen er allein gelebt hatte, gereist war, wenig gesprochen, aber viel gesehen hatte, hatte er fast unbewußt die Gabe erworben, in einem menschlichen Antlitz zu lesen, diese reiche und umfassende Sprache zu verstehen, die die Jahrhunderte geformt haben und die tausendmal reicher und umfassender ist als die Sprache des Wortes. Der ganze Menschenschlag kommt in ihr zum Ausdruck ... Beständige Gegensätze sind zwischen den Linien eines Gesichtes und dem, was es spricht. Da ist ein junges Frauenprofil mit klarer, ein wenig herber Zeichnung in der Art von Burne-Jones, tragisch, als wäre es von einer geheimen Leidenschaft zernagt, einer Eifersucht, einem shakespearischen Schmerz. Da redet es – und entpuppt sich als das einer Kleinbürgerin, die dumm wie Bohnenstroh ist und keine Ahnung hat von den gefährlichen Kräften, die in ihrem Fleisch wohnen. Und doch sind diese Leidenschaften, diese Heftigkeiten in ihm. In welcher Form werden sie eines Tages in Erscheinung treten? Vielleicht als Gier nach Geld, als eheliche Eifersucht, als schöne Tatkraft oder als krankhafte Bosheit? Man weiß es nicht. Es ist sogar möglich, daß sie das alles auf einen anderen ihres Blutes überträgt, bevor die Stunde des Ausbruches gekommen ist. Aber es ist ein Element, mit dem man rechnen muß und das wie ein Schicksal über dem Geschlecht schwebt.

Auch Grazia trug die Last dieser dunklen Erbschaft, die von dem ganzen Erbgut alter Familien diejenige ist, die am wenigsten Gefahr läuft, mit der Zeit verschleudert zu werden. Sie wenigstens kannte sie. Es liegt schon eine große Kraft darin, seine Schwächen zu kennen und wenn auch nicht ihr Herr, so doch ein Pilot der Seele seines Stammes zu sein, an die man gebunden ist und die einen gleich einem Schiff davonträgt. Es liegt eine große Kraft darin, wenn man das Schicksal zu seinem Werkzeug macht und sich seiner gleich einem Segel bedient, das man je nach dem Winde anspannt oder einzieht. Wenn Grazia die Augen schloß, vernahm sie in sich mehr als eine beunruhigende

Stimme, deren Klang ihr bekannt war. Aber in ihrer gesunden Seele verschmolzen selbst die Dissonanzen; sie bildeten unterderhand ihres harmonischen Geistes eine tiefinnerliche und gedämpfte Musik.

Unglücklicherweise hängt es nicht von uns ab, ob wir auf die, die unseres Blutes sind, das Beste unseres Blutes übertragen.

Von Grazias beiden Kindern ähnelte das eine, das kleine Mädchen Aurora, das elf Jahre alt war, der Mutter; es war weniger hübsch, von etwas bäuerlichem Schlage und hinkte leicht; eine gute Kleine, anschmiegend und heiter, von ausgezeichneter Gesundheit, mit viel gutem Willen und wenig Begabung außer der zum Müßiggang, dem Hang zum Nichtstun. Christof liebte sie unendlich. Er genoß, wenn er sie neben Grazia sah, den Reiz eines Doppelwesens, das man gleichzeitig in zwei Lebensaltern, in zwei Generationen, in sich aufnimmt... Zwei Blüten, demselben Stiel entsprossen: eine Heilige Familie von Leonardo, die Madonna und die heilige Anna, das gleiche, kaum verschiedene Lächeln. Man küßt mit einem Blick den vollen Blütenflor einer weiblichen Seele; und das ist gleichzeitig schön und wehmütig: denn man sieht, woher sie kommt und wohin sie geht. Nichts ist für ein leidenschaftliches Herz natürlicher, als mit glühender und keuscher Liebe die beiden Schwestern oder Mutter und Tochter zu lieben. Christof hätte die Frau, die er liebte, in der ganzen Nachfolge ihres Geschlechtes lieben mögen, so wie er in ihr ihr ganzes dahingegangenes Geschlecht liebte. War nicht jedes Lächeln, jede Träne, jedes Fältchen ihres lieben Gesichts ein Wesen, die Rückerinnerung eines Lebens, das schon war, bevor ihre Augen sich dem Licht geöffnet hatten, das später kommen sollte, wenn ihre schönen Augen sich geschlossen haben würden?

Der kleine Junge, Lionello, war neun Jahre alt. Viel hübscher als seine Schwester und von feinerer, allzu feiner, blutloser und verbrauchter Art, ähnelte er dem Vater; er war klug, reich an schlimmen Trieben, schmeichlerisch und gleisnerisch. Er hatte große blaue Augen, lange blonde Mädchenhaare, eine bleiche Haut, eine zarte Brust und eine krankhafte Nervosität, deren er sich als geborener Schauspieler bei Gelegenheit bediente; denn er verstand es in eigentümlicher Weise, die Schwächen der Leute herauszufinden.

Grazia zog ihn in der natürlichen Vorliebe der Mutter für ihr weniger gesundes Kind vor – auch unter dem Einfluß der Anziehungskraft, die auf gute und anständige Frauen von Söhnen ausgeübt wird, die weder das eine noch das andere sind (denn in ihnen macht sich der Teil ihres Lebens frei, den sie zurückgedrängt haben). Dazu kommt noch die Erinnerung an den Mann, der ihnen Leid zugefügt hat und den sie vielleicht verachtet, aber doch geliebt haben, kommt jene ganze seltsame Blütenpracht der Seele, die in dem düsteren und warmen Treibhaus des Unterbewußtseins sprießt.

Obgleich sich Grazia alle Mühe gab, ihre Zärtlichkeit zwischen ihren beiden Kindern gleichmäßig zu verteilen, fühlte Aurora den Unterschied und litt ein wenig darunter. Christof und sie verstanden sich; instinktiv näherten sie sich einander. Im Gegensatz dazu bestand zwischen Christof und Lionello eine Abneigung, die das Kind unter einem Überschwang von läppischer Zutunlichkeit verbarg – die Christof wie ein erbärmliches Gefühl zurückwies. Er tat sich Gewalt an; er zwang sich dazu, dieses Kind eines anderen zu liebkosen, als wäre es das, welches von der Geliebten als Geschenk empfangen zu haben ihm unendlich wonnevoll gewesen wäre. Er wollte die schlechten Anlagen Lionellos nicht sehen, nichts, was ihn an „den anderen" erinnerte; er mühte sich, in ihm nur Grazia zu finden. Grazia sah klarer und gab sich keinerlei Täuschungen über ihren Sohn hin; und sie liebte ihn darum nur desto mehr.

Da kam die Krankheit, die seit Jahren in dem Kind schlummerte, zum Ausbruch. Die Schwindsucht. Grazia faßte den Entschluß, sich mit Lionello in ein Alpensanatorium zurückzuziehen. Christof bat, sie begleiten zu dürfen. Aus Rücksicht auf die öffentliche Meinung redete sie ihm das aus. Die übertriebene Bedeutung, die sie den gesellschaftlichen Formen beilegte, berührte ihn schmerzlich.

Sie reiste ab. Ihre Tochter hatte sie bei Colette gelassen. Sehr bald fühlte sie sich schrecklich einsam unter all den Kranken, die nur von ihrem Leiden sprachen, in dieser mitleidslosen Natur, die mit unbeweglichem Gesicht dem menschlichen Jammer zusah. Um dem niederdrückenden Anblick jener Unglücklichen zu entfliehen, die, die Speiflasche in der Hand, einander belauerten und jeder beim anderen die Fortschritte der tödlichen Krankheit verfolgten, hatte sie das Palast-Hospital verlassen und ein Schweizerhäuschen gemietet, in dem sie mit ihrem kleinen Kranken allein war. Die Höhe verschlimmerte den Zustand Lionellos, anstatt ihn zu bessern. Das Fieber wurde stärker. Grazia verbrachte angstvolle Nächte. Christof empfand das in der Ferne ahnungsvoll und schmerzlich mit, obgleich seine Freundin ihm nicht davon schrieb; denn sie versteifte sich in ihren Stolz; sie hätte am liebsten gesehen, daß Christof bei ihr gewesen wäre; aber sie hatte ihm verboten, ihr zu folgen – sie konnte sich jetzt nicht überwinden, ihm einzugestehen: Ich bin zu schwach, ich brauche Sie...

Eines Abends, als sie zur Dämmerstunde, die für bedrängte Herzen so grausam ist, auf der Galerie des Schweizerhäuschens stand, sah sie – glaubte sie auf dem Fußweg, der von der Drahtseilbahn emporstieg, jemanden zu sehen... Ein Mann schritt mit raschem Schritt dahin; zögernd, den Rücken ein wenig gebeugt, hielt er inne. Einmal hob er den Kopf und sah nach dem Schweizerhäuschen. Sie trat rasch ins Innere, damit er sie nicht bemerkte; sie preßte die Hand aufs Herz und lachte vor Erregung.

Obgleich sie wenig fromm war, warf sie sich auf die Knie und verbarg das Gesicht in den Armen; sie mußte irgend jemandem danken... Doch er kam nicht. Sie ging zum Fenster zurück und schaute, hinter den Vorhängen verborgen, hinaus. Er war stehengeblieben und lehnte an dem Gatter eines Feldes nahe dem Eingang zum Schweizerhäuschen. Er wagte nicht einzutreten. Und sie, verwirrter noch als er, lächelte und sagte leise vor sich hin:

„Komm..."

Endlich entschloß er sich und klingelte. Schon war sie an der Tür. Sie öffnete. Er hatte die Augen eines guten Hundes, der fürchtet, geschlagen zu werden. Er sagte:

„Ich bin gekommen... Verzeihen Sie..."

Sie sagte ihm:

„Dank."

Dann gestand sie ihm, wie sehr sie ihn erwartet hatte.

Christof half ihr, den Kleinen, dessen Zustand sich verschlimmerte, zu pflegen. Er tat es mit aufrichtigem Herzen. Das Kind zeigte ihm eine gereizte Feindseligkeit; es gab sich keine Mühe mehr, sie zu verbergen; es suchte ihn mit boshaften Worten zu treffen. Christof schrieb alles dem Leiden zu. Er hatte eine Geduld, die bei ihm ungewöhnlich war. Sie verbrachten am Lager des Kindes eine Reihe peinvoller Tage, besonders eine kritische Nacht, nach der Lionello, der verloren schien, gerettet war. Und als sie beide Hand in Hand neben dem kleinen schlummernden Kranken wachten, empfanden sie beide ein so reines Glück, daß sie plötzlich aufstand, ihren Wettermantel nahm und Christof hinauszog auf den Weg, in den Schnee, in die Stille der Nacht, unter die kalten Sterne. Sie lehnte auf seinem Arm, beide tranken berauscht den eisigen Frieden der Welt in sich hinein; sie tauschten kaum ein paar Silben miteinander. Keinerlei Andeutung ihrer Liebe fiel. Nur als sie wieder heimkehrten, sagte sie auf der Türschwelle mit einem Blick, der vor Glück über das gerettete Kind strahlte:

„Mein lieber, lieber Freund!"

Das war alles. Aber sie fühlten, daß das Band zwischen ihnen heilig geworden war.

Als sie nach der langen Genesungszeit nach Paris zurückgekehrt war und sich in einem in Passy gemieteten kleinen Hause niedergelassen hatte, achtete sie nicht im geringsten mehr darauf, was „die Leute sagen würden"; sie fühlte den Mut in sich, ihnen um ihres Freundes willen entgegenzutreten. Ihrer beider Leben war von nun an so innig verschmolzen, daß sie es feige fand, die Freundschaft, die sie vereinte, verborgen zu halten, selbst auf die – unausbleibliche – Gefahr hin, daß diese Freundschaft verleumdet würde. Sie empfing Christof zu jeder Tagesstunde; sie zeigte sich mit ihm auf Spaziergängen und im Theater; sie sprach vor allen vertraulich mit ihm. Niemand zweifelte daran, daß sie ein Liebespaar seien. Selbst Colette fand, daß sie sich zu sehr bloßstellten. Grazia schnitt die Andeutungen mit einem Lächeln ab und ging ruhig zu anderem über.

Und doch hatte sie Christof kein neues Recht auf sich eingeräumt. Sie waren nur Freunde; er sprach immer mit der gleichen zarten Hochachtung zu ihr. Aber nichts blieb zwischen ihnen verborgen; sie besprachen alles miteinander, und unmerklich kam Christof dazu, im Hause eine Art Familienoberhaupt zu werden: Grazia hörte ihn an und befolgte seine Ratschläge. Seit dem im Sanatorium verbrachten Winter war sie nicht mehr dieselbe; die Sorgen und Anstrengungen hatten ihre bis dahin kräftige Gesundheit stark erschüttert. Die Seele war davon in Mitleidenschaft gezogen. Trotz einiger Rückfälle in frühere Launen waren doch ein gewisser Ernst und eine innere Sammlung über sie gekommen; der Wunsch, gut zu sein, sich zu bilden und nicht weh zu tun, war beständiger geworden. Sie war von Christofs Anhänglichkeit, von seiner Selbstlosigkeit und Herzensreinheit gerührt, sie dachte daran, ihm eines Tages das große Glück zu schenken, von dem er nicht mehr zu träumen wagte: seine Frau zu werden.

Niemals seit der Zurückweisung, die sie ihm hatte zuteil werden lassen, hatte er wieder davon zu ihr gesprochen; er hielt sich nicht für berechtigt. Aber er trauerte der unerfüllten Hoffnung nach. Sosehr er die Worte der Freundin auch hochschätzte, hatte ihn doch die enttäuschende Art, in der sie über die Ehe sprach, nicht überzeugt; er glaubte noch immer, daß die Vereinigung zweier Wesen, die sich mit tiefer und frommer Liebe lieben, der Gipfel menschlichen Glückes sei. – Seine Sehnsucht wurde durch die Begegnung mit dem alten Ehepaar Arnaud neu belebt.

Frau Arnaud war über fünfzig Jahre alt, ihr Mann fünf- oder sechsundsechzig. Beide sahen viel älter aus. Er war stärker geworden; sie ganz mager, ein wenig zusammengeschrumpft; sie war schon früher sehr zart gewesen, jetzt war sie nur noch ein Hauch. Nachdem Arnaud seinen Abschied genommen hatte, hatten sie sich in die Provinz zurückgezogen. Kein Band verknüpfte sie mehr mit dem Jahrhundert als die Zeitung, die in die Stumpfheit der Kleinstadt und ihres verdämmernden Lebens kam, um ihnen das späte Echo des Weltgeschehens zu bringen. Einmal hatten sie Christofs Namen gelesen. Frau Arnaud hatte ihm einige herzliche, etwas feierliche Worte geschrieben, um die Freude auszudrücken, die sie über seinen Ruhm empfanden. Daraufhin war er, ohne sich anzumelden, gleich zu ihnen gefahren.

Er fand sie an einem warmen Sommernachmittag in ihrem Garten unter dem runden Blätterdach einer Esche eingeschlummert. Sie glichen dem alten Ehepaar von Böcklin, das Hand in Hand eingeschlafen in der Laube sitzt. Die Sonne, der Schlaf, das Alter übermannen sie; sie sinken nieder, sie sind schon fast ganz in den ewigen Traum versunken. Und als letzter Lebensschimmer bleibt bis zum Ende ihre Zärtlichkeit bestehen, die Berührung ihrer

Hände, das Aneinander ihrer Körperwärme, die im Verlöschen ist. – Sie empfanden bei Christofs Besuch eine große Freude über alles, was er ihnen aus der Vergangenheit zurückrief. Sie plauderten von alten Zeiten, die ihnen von ferne in hellem Licht erschienen. Arnaud hörte sich gern reden; aber sein Namengedächtnis war schwach geworden. Frau Arnaud half ihm nach. Sie schwieg gern; sie hörte lieber zu, als daß sie sprach; aber die Bilder von einst waren in ihrem stillen Herzen frisch geblieben; manchmal kamen sie leuchtend zum Vorschein gleich glänzenden Kieseln in einem Bach. Einer war darunter, dessen Widerschein Christof wiederholt in ihren Augen sah, die ihn mit herzlichem Mitgefühl anschauten; aber Oliviers Name wurde nicht ausgesprochen. Der alte Arnaud erwies seiner Frau ungeschickte und rührende Aufmerksamkeiten; er sorgte sich darum, daß sie nicht friere, daß ihr nicht heiß werde; seine Augen hingen mit besorgter Liebe an diesem lieben, welken Gesicht, dessen müdes Lächeln sich bemühte, ihn zu beruhigen. Christof beobachtete sie gerührt und mit ein wenig Neid... Zusammen altern! In seiner Gefährtin alles lieben, bis die Jahre vergehen. Sich sagen: Diese kleinen Fältchen neben den Augen, über der Nase kenne ich, ich habe gesehen, wie sie sich bildeten. Ich weiß, wann sie erschienen sind. Diese armen grauen Haare sind Tag für Tag an meiner Seite gebleicht, und, ach!, ein wenig durch mich. Dieses feine Gesicht ist aufgedunsen und rot geworden in der Schmiede der Mühen und Leiden, die uns verbrannt haben. Du, meine Seele, wieviel mehr liebe ich dich, weil du mit mir zusammen gelitten hast und gealtert bist! Jede deiner Runzeln ist mir Musik aus der Vergangenheit. – Liebe alte Leutchen, die nach langem Lebensabend Seite an Seite, Seite an Seite im Frieden der Nacht entschlafen! Ihr Anblick war für Christof wohltuend und schmerzvoll zugleich. Wie schön mußte so das Leben, wie schön so der Tod sein!

Als er Grazia wiedersah, konnte er sich nicht enthalten,

ihr seinen Besuch zu schildern. Er sagte ihr nicht die Gedanken, die dieser Besuch in ihm erweckt hatte. Aber sie las sie in ihm. Er war zerstreut, als er davon redete, er wandte die Augen ab; und in manchen Augenblicken schwieg er. Sie schaute ihn an, sie lächelte, und die Verwirrung Christofs übertrug sich auf sie.

Als sie an diesem Abend allein in ihrem Zimmer war, träumte sie vor sich hin. Sie wiederholte sich Christofs Erzählung; aber das Bild, das sie vor sich sah, war nicht das des unter dem Eschenbaum entschlummerten alten Ehepaares: es war der schüchterne und rührende Traum ihres alten Freundes. Und ihr Herz war von Liebe für ihn erfüllt. Als sie sich niedergelegt und das Licht verlöscht hatte, dachte sie:

Ja, es ist widersinnig, widersinnig und verbrecherisch, ein solches Glück zu versäumen. Was ist mehr wert auf der Welt, als den glücklich zu machen, den man liebt? – Wie, liebe ich ihn denn? –

Sie schwieg und vernahm voller Rührung, wie ihr Herz ihr antwortete:

Ich liebe ihn.

In diesem Augenblick hörte sie trockenen, rauhen, stoßweisen Husten aus dem Nebenzimmer, in dem die Kinder schliefen. Grazia horchte auf; seit der Krankheit des Kleinen war sie immer besorgt. Sie fragte, was ihm fehle. Er antwortete nicht und hustete weiter. Sie sprang aus dem Bett und ging zu ihm. Er war gereizt, greinte und sagte, es gehe ihm nicht gut, und er fing wieder an zu husten.

„Wo tut es dir weh?"

Er antwortete nicht. Er stöhnte, daß ihm schlecht sei.

„Mein Herzblatt, ich flehe dich an, sag mir, wo es dir weh tut."

„Ich weiß nicht."

„Tut es hier weh?"

„Ja. Nein, ich weiß nicht. Es tut überall weh."

Darauf kam ein neuer, besonders heftiger Hustenanfall.

Grazia war erschrocken; sie hatte das Gefühl, daß er sich zum Husten zwinge; aber sie machte sich Vorwürfe, als sie den Kleinen in Schweiß gebadet und nach Atem ringend sah. Sie küßte ihn, sie sagte ihm zärtliche Worte; er schien sich zu beruhigen; aber sobald sie ihn verlassen wollte, fing er wieder an zu husten. Sie mußte, vor Kälte zitternd, an seinem Lager bleiben: denn er erlaubte nicht einmal, daß sie fortging, um sich anzukleiden; er wollte, daß sie seine Hand hielt, und er ließ sie nicht los, bis der Schlaf ihn übermannte. Da legte sie sich wieder hin, erstarrt, besorgt, erschöpft. Und es war ihr unmöglich, ihre Träume wiederzufinden.

Das Kind besaß eine sonderbare Gabe, in den Gedanken seiner Mutter zu lesen. Man findet diese instinktive Begabung bei Wesen gleichen Blutes ziemlich häufig – aber selten in diesem Maße; solche Menschen brauchen sich kaum anzuschauen, um zu wissen, was der andere denkt; sie erraten es an tausend unmerklichen Anzeichen. Diese natürliche Anlage, die das Zusammenleben verstärkt, war bei Lionello durch eine stets auf der Lauer liegende Bösartigkeit verschärft. Er hatte den Scharfblick, den der Wunsch, Schaden zuzufügen, verleiht. Er haßte Christof. Warum? Warum hegt ein Kind eine Abneigung gegen jemanden, der ihm nichts getan hat? Oft ist es Zufall. Es genügt, daß das Kind sich eines Tages eingeredet hat, daß es jemanden nicht leiden mag, um sich daran zu gewöhnen; und je mehr man ihm gut zuredet, um so eigensinniger bleibt es; nachdem es den Haß erst gespielt hat, haßt es schließlich wirklich. Aber oft sind auch tiefere Gründe vorhanden, die über das Fassungsvermögen des Kindes hinausgehen; es ahnt sie nicht... Von dem ersten Tage an, da er Christof kennenlernte, hatte der Sohn des Grafen Berény eine Feindseligkeit gegen den empfunden, den seine Mutter geliebt hatte. Man hätte meinen können, er habe genau in dem Augenblick, in dem Grazia daran dachte, Christof zu heiraten, dies unmittelbar erkannt. Von dem Augenblick an hörte er nicht auf, sie zu überwachen. Immer stand er zwischen ihnen; er weigerte sich, den Salon zu verlassen, wenn Christof kam; oder er richtete es so ein, daß er plötzlich in das Zimmer hereinstürmte, in dem sie sich zusammen befanden. Ja, mehr noch, wenn seine Mutter allein war und an Christof dachte, setzte er sich neben sie; und er belauerte sie. Dieser Blick peinigte sie, ließ sie beinahe erröten. Sie stand auf, um ihre Verwirrung zu verbergen. – Er machte sich ein Vergnügen daraus, vor ihr verletzende Dinge von Christof zu sagen. Sie bat ihn, zu schweigen. Er blieb dabei. Und wenn sie ihn bestrafen wollte, drohte er, sich krank machen zu wollen. Das war ein Verfahren, das er von Kindheit an mit Erfolg anwandte. Als er noch ganz klein war und man ihn eines Tages schalt, war er auf den Gedanken gekommen, sich aus Rache auszuziehen und ganz nackt auf die Fliesen zu legen, um eine starke Erkältung zu bekommen. – Einmal, als Christof ein musikalisches Werk, das er zu Grazias Geburtstag komponiert hatte, mitbrachte, hatte sich der Kleine des Manuskriptes bemächtigt und es verschwinden lassen. Man fand die Fetzen davon in einer Holztruhe. Grazia verlor die Geduld; sie schalt den Knaben heftig. Da weinte er, schrie, stampfte mit dem Fuß auf, wälzte sich auf der Erde herum und bekam einen Nervenanfall. Grazia erschrak, küßte ihn, beschwor ihn und versprach ihm alles, was er wollte.

Von diesem Tage an war er der Herr: denn er wußte, er war es; und unzählige Male nahm er seine Zuflucht zu der Waffe, die er mit Erfolg angewendet hatte. Man wußte niemals, inwieweit seine Anfälle natürlich und inwieweit sie gespielt waren. Er begnügte sich nicht mehr damit, sie, wenn man ihn ärgerte, aus Rache heraufzubeschwören, sondern er tat es aus reiner Bosheit, wenn seine Mutter und Christof vorhatten, den Abend zusammen zu verbringen. Er kam schließlich dahin, dies gefährliche Spiel aus Langeweile und Heuchelei zu spielen und um zu versuchen, wie weit seine Macht reichte. Er entwickelte eine außerordentliche Begabung, neue, sonderbare Nervenanfälle zu erfinden: Einmal überfiel ihn während des Essens ein konvulsivisches Zittern, er warf sein Glas um und zerbrach den Teller; ein andermal, als er eine Treppe hinaufstieg, klammerte er seine Hand an das Geländer; seine Finger krampften sich zusammen; er behauptete, sie nicht mehr aufzubekommen; oder er hatte wohl auch einen stechenden Schmerz in der Seite und wälzte sich schreiend am Boden; oder er war nahe am Ersticken. Natürlich bekam er dadurch schließlich eine wirkliche Nervenkrankheit. Aber er hatte sich nicht vergeblich angestrengt. Christof und Grazia trugen den Schaden davon. Der Friede ihrer Zusammenkünfte, jene ruhigen Plaudereien, das Vorlesen, die Musik, alles, woraus sie sich ein Fest bereitet hatten – ihr ganz bescheidenes Glück war von nun an gestört.

Dann und wann gewährte ihnen der durchtriebene Schlingel aber doch etwas Ruhe, weil ihn entweder seine Rolle ermüdete oder weil seine Kindernatur zum Durchbruch kam und er an anderes dachte. (Er war jetzt sicher, das Spiel gewonnen zu haben.)

Dann nutzten sie das ganz, ganz schnell aus. Jede Stunde, die sie sich eroberten, war ihnen um so kostbarer, als sie nicht sicher waren, ob sie sie zu Ende genießen konnten. Wie nahe fühlten sie sich einander! Warum konnten sie nicht immer so bleiben? – Eines Tages bekannte Grazia selber diesen Kummer. Christof ergriff ihre Hand.

„Ja, warum?" fragte er.

„Sie wissen es ja, lieber Freund", sagte sie mit tieftraurigem Lächeln.

Christof wußte es. Er wußte, daß sie ihrer beider Glück ihrem Sohn opferte; er wußte, daß sie sich von Lionellos Lügen nicht täuschen ließ und daß sie ihn dennoch über alles liebte; er kannte die blinde Selbstsucht dieser Familiengefühle, bei denen die Besten ihre ganze Hingebungskraft zugunsten schlechter oder minderwertiger Wesen ihres

Blutes verausgaben, so daß ihnen nichts mehr bleibt, um sie denen zu geben, die ihrer am würdigsten wären, denen, die sie am meisten lieben, die aber nicht ihres Blutes sind. Und obgleich ihn das aufbrachte, obgleich er in manchen Augenblicken Lust verspürte, das kleine Ungeheuer zu töten, das ihrer beider Leben zerstörte, beugte er sich schweigend und begriff, daß Grazia nicht anders handeln konnte.

So verzichteten sie denn beide ohne unnütze Anklagen. Aber konnte man ihnen das Glück stehlen, das ihnen beschieden war, so konnte doch nichts ihre Herzen daran hindern, sich zu vereinen. Gerade der Verzicht, das gemeinsame Opfer knüpfte sie mit Banden aneinander, die stärker sind als die der Fleischeslust. Jeder vertraute seine Kümmernisse dem Freunde an, lud sie auf ihn ab und nahm zum Tausch das Leid des Freundes: so verwandelte sich selbst der Kummer in Freude. Christof nannte Grazia seinen „Beichtiger". Er verbarg ihr nicht die Schwächen, an denen seine Eitelkeit litt; er machte sie sich mit übertriebener Zerknirschung zum Vorwurf; und sie beruhigte lächelnd die Gewissensbisse ihres großen Kindes. Er ging so weit, ihr seine materielle Not zu gestehen. Immerhin tat er es erst, nachdem es zwischen ihnen ausgemacht war, daß sie ihm nichts anbot und er nichts von ihr annahm. Eine letzte Hochmutsschranke, die er aufrechterhielt und die sie achtete. Da es ihr nicht erlaubt war, Behaglichkeit in das Leben ihres Freundes zu tragen, so wurde sie erfinderisch, das über sein Leben auszubreiten, was tausendmal mehr Wert für ihn hatte: Zärtlichkeit. Nun fühlte er diesen Hauch zu jeder Tageszeit um sich. Er öffnete morgens nicht die Augen, er schloß sie abends nicht ohne ein stilles Gebet liebender Anbetung. Und wenn sie erwachte oder, was sehr oft geschah, nachts stundenlang wach lag, dachte sie:

Mein Freund denkt an mich.

Und eine große Ruhe verbreitete sich um sie her.

Grazias Gesundheit war erschüttert worden. Sie mußte beständig im Bett liegen oder tagelang auf einem Diwan hingestreckt verbringen. Christof kam täglich, um mit ihr zu plaudern oder zu lesen und ihr seine neuen Kompositionen zu zeigen. Dann stand sie von ihrem Ruhebett auf und schleppte sich auf unsicheren Füßen zum Klavier. Sie spielte ihm vor, was er mitgebracht hatte. Das war die größte Freude, die sie ihm machen konnte. Von allen Schülerinnen, die er ausgebildet hatte, war sie neben Cécile die weitaus begabteste. Aber wenn Cécile Musik instinktiv empfand, beinahe ohne sie zu begreifen, so war sie für Grazia eine schöne, harmonische Sprache, deren Sinn sie kannte. Das Dämonische im Leben und in der Kunst entging ihr völlig; sie goß die Klarheit ihres klugen Herzens hinein. Diese Klarheit durchdrang Christofs Genius. Das Spiel seiner Freundin ließ ihn die dunklen Leidenschaften, die er ausgedrückt hatte, besser verstehen. Mit geschlossenen Augen lauschte er ihr, folgte ihr, ließ sich an ihrer Hand durch den Irrgarten seiner eigenen Gedankenwelt leiten. Indem er seine Musik durch Grazias Seele erlebte, vermählte er sich ihrer Seele und besaß sie. Aus dieser geheimnisvollen Paarung wurden musikalische Werte geboren, die gleichsam die Frucht ihrer verschmolzenen Naturen waren. Das sagte er ihr eines Tages, als er ihr eine Sammlung seiner Vertonungen schenkte, die aus seinem und seiner Freundin innersten Wesen gewebt waren:

„Unsere Kinder."

Gemeinschaft in allen Augenblicken, in denen sie zusammen und in denen sie getrennt waren; zauberhafte Abende, die sie in der Zurückgezogenheit des alten Hauses verlebten, dessen Rahmen wie für Grazias Bild geschaffen schien und in dem schweigende und vertraute Dienstboten, die ihr ergeben waren, auf Christof etwas von der respektvollen Anhänglichkeit übertrugen, die sie für ihre Herrin empfanden. O Freude, zu zweit den Sang der verstreichenden Stunden zu vernehmen, den Strom des dahinfließenden Lebens zu schauen! – Die schwankende Gesundheit Grazias warf einen Schatten von Unruhe auf dieses Glück. Aber trotz ihrer kleinen Gebrechlichkeiten blieb sie so heiter, daß ihre geheimen Leiden ihren Reiz nur noch erhöhten. Sie war „seine liebe, seine leidende, seine rührende Freundin mit dem leuchtenden Gesicht". Und er schrieb ihr nach manchem Abend, wenn er gerade von ihr nach Hause kam und sein Herz von Liebe so geschwellt war, daß er nicht bis zum nächsten Morgen warten wollte, um es ihr zu sagen:

„Liebe, liebe, liebe, liebe, liebe Grazia..."*

Diese Ruhe dauerte mehrere Monate. Sie dachten, sie würde immer dauern. Das Kind schien sie vergessen zu haben; seine Aufmerksamkeit war abgelenkt. Aber nach dieser Pause kam es auf sie zurück und ließ sie nicht mehr los. Der teuflische Kleine hatte sich in den Kopf gesetzt, seine Mutter von Christof zu trennen. Er begann seine Schauspielereien von neuem. Er trieb sie nicht nach vorgefaßten Plänen. Er folgte von einem Tag zum anderen den Launen seiner Bosheit. Er ahnte nicht, was er Schlimmes anrichtete; er suchte sich zu zerstreuen, indem er andere ärgerte. Er hörte nicht auf, bis er bei Grazia durchsetzte, daß sie von Paris wegging, daß sie weit fortreisten. Grazia hatte nicht die Kraft, zu widerstehen. Im übrigen rieten ihr die Ärzte zu einem Aufenthalt in Ägypten. Sie sollte einen weiteren Winter in dem nordischen Klima vermeiden. Allzu vieles hatte sie zermürbt: die seelischen Erschütterungen der letzten Jahre, die beständige Sorge, die ihr die Gesundheit ihres Sohnes verursachte, die lange Ungewißheit, der Kampf, der in ihr tobte und von dem sie nichts zeigte, der Kummer über den Kummer, den sie ihrem Freund bereitete. Christof, der ihre Qualen ahnte und sie nicht noch vermehren wollte, verbarg die, die er empfand, als er den Tag der Trennung näher kommen sah; er tat nichts, um ihn hinauszuschieben; und sie täuschten alle beide eine Ruhe vor, die sie nicht hatten, die sie aber schließlich aufeinander übertrugen.

Der Tag kam. Ein Septembermorgen. Sie hatten gemeinsam Mitte Juli Paris verlassen und die letzten Wochen, die ihnen blieben, in der Schweiz in einem Berghotel verbracht, nahe bei dem Ort, in dem sie sich vor nun schon sechs Jahren wiedergefunden hatten.

Seit fünf Tagen konnten sie nicht ausgehen; der Regen strömte unaufhörlich; sie waren fast allein im Hotel zurückgeblieben; die Mehrzahl der Reisenden war geflohen. An diesem letzten Morgen hörte der Regen endlich auf; aber das Gebirge blieb umwölkt. Die Kinder fuhren mit den Dienstboten im ersten Wagen voraus. Dann fuhr auch sie ab. Er begleitete sie bis dorthin, wo der Weg in schnellen Windungen zur italienischen Ebene abfiel. Unter dem Wagenverdeck durchdrang sie die Feuchtigkeit. Sie saßen eng aneinandergepreßt und sprachen nicht; sie sahen einander kaum an. Sonderbares Halblicht, Halbdunkel hüllte sie ein. – Grazias Atem näßte ihren Schleier. Er drückte die kleine warme Hand im Lederhandschuh. Ihre Gesichter neigten sich zueinander. Durch den feuchten Schleier hindurch küßte er den lieben Mund.

Sie waren an die Wegbiegung gekommen. Er stieg aus. Der Wagen tauchte im Nebel unter – und verschwand. Er hörte noch weiter das Rollen der Räder und die Hufschläge des Pferdes. Weiße Nebeltücher wogten über die Felder. Unter dem dichten Schleier weinten die frierenden Bäume. Kein Hauch. Der Nebel erstickte das Leben. Christof stand aufschluchzend still... Nichts mehr. Alles vorbei...

Tief atmete er den Nebel ein. Er ging seinen Weg weiter. Nichts ist vorbei für den, mit dem es selbst nicht vorbei ist.

DRITTER TEIL

Abwesenheit vergrößert noch die Macht derer, die man liebt. Das Herz bewahrt nur das, was uns an ihnen am teuersten ist. Das Echo jedes Wortes, das über den Raum hin von dem fernen Freunde kommt, löst in der Stille fromme Schwingungen aus.

Christofs und Grazias Briefwechsel hatte den ernsten und verhaltenen Ton eines Paares angenommen, das nicht mehr die gefahrvolle Prüfung der Liebe zu bestehen hat, das darüber hinausgekommen ist, sich seines Weges sicher fühlt und Hand in Hand mit dem Freunde wandert. Jeder von beiden war stark, wenn es galt, den andern zu stützen und zu lenken, schwach, wenn er sich von dem andern lenken und stützen ließ.

Christof kehrte nach Paris zurück. Er hatte sich vorgenommen, nicht mehr dorthin zu gehen. Was aber bedeuten Vorsätze! Er wußte, daß er dort den Schatten Grazias finden würde. Und die Umstände, die sich mit seinem geheimen Wunsch gegen seinen Willen verbündeten, zeigten ihm in Paris eine neue zu erfüllende Pflicht. Colette, die gut in der Gesellschaftschronik Bescheid wußte, hatte Christof mitgeteilt, daß sein junger Freund Jeannin im besten Zuge war, Dummheiten zu begehen. Jacqueline, die ihrem Sohn gegenüber stets sehr schwach gewesen war, versuchte nicht mehr, ihn zurückzuhalten. Sie selbst machte eine eigenartige Krisis durch: sie war zu sehr mit sich beschäftigt, um sich um ihn zu bekümmern.

Seit dem traurigen Abenteuer, das ihre Ehe und Oliviers Leben zerstört hatte, führte Jacqueline ein sehr würdiges und zurückgezogenes Leben. Sie hielt sich abseits von der Pariser Gesellschaft, die ihr, nachdem sie ihr heuchlerisch eine Art von Verbannung auferlegt, von neuem Entgegenkommen gezeigt hatte. Aber sie hatte es zurückgewiesen.

Sie empfand diesen Leuten gegenüber wegen ihrer Handlungsweise keinerlei Scham, sie fand, daß sie ihnen keine Rechenschaft schulde: denn sie waren weniger wert als sie; was sie freimütig getan hatte, tat die Hälfte aller Frauen, die sie kannte, ohne Aufsehen zu erregen, unter dem schützenden Dach des Hauses. Sie litt nur unter dem Leid, das sie ihrem besten Freunde zugefügt hatte, dem einzigen, der sie geliebt hatte. Sie verzieh sich nicht, daß sie in dieser Welt, die so arm ist, ein Gefühl wie das seine verloren hatte.

Diese Reue, dieser Kummer milderten sich allmählich. Ein dumpfes Leid nur blieb bestehen, eine demütige Verachtung ihrer selbst und der anderen, und die Liebe zu ihrem Kinde. Dieses Gefühl, in das sich ihr ganzes Liebesbedürfnis ergoß, machte sie ihm gegenüber nachsichtig. Sie war unfähig, Georges' Launen zu widerstehen. Um ihre Schwäche zu entschuldigen, redete sie sich ein, daß sie so das Unrecht gegen Olivier wiedergutmache. Auf Zeiten übertriebener Zärtlichkeit folgten Zeiten matter Gleichgültigkeit; einmal ermüdete sie Georges mit ihrer anspruchsvollen und besorgten Liebe, ein anderes Mal schien sie seiner müde zu werden und ließ ihn alles tun. Sie war sich klar darüber, daß sie eine schlechte Erzieherin war, und machte sich deswegen Vorwürfe; aber sie änderte nichts. Wenn sie (selten genug) versucht hatte, ihre Erziehungsmaßregeln in Oliviers Sinn zu gestalten, war das Ergebnis jammervoll gewesen; ein seelischer Pessimismus paßte weder für sie noch für das Kind. Im Grunde wollte sie auf ihren Sohn keine andere Herrschaft als die ihres Gefühls ausüben. Und sie hatte nicht unrecht; denn zwischen den beiden Wesen bestanden, wenn sie auch noch so ähnlich waren, keine anderen Bande als die des Herzens. Georges Jeannin empfand den physischen Zauber seiner Mutter; er liebte ihre Stimme, ihre Gebärden, ihre Bewegungen, ihre Anmut, ihre Liebe. Aber geistig stand er ihr fremd gegenüber. Das merkte sie bei dem ersten Hauch der

Jünglingszeit, als er von ihr wegflog. Da wunderte sie sich, lehnte sich auf und schob diese Entfremdung anderen weiblichen Einflüssen zu; als sie sie aber ungeschickt bekämpfen wollte, entfremdete sie sich ihn nur noch mehr. In Wahrheit hatten sie stets nebeneinanderher gelebt, waren jeder von verschiedenen Sorgen erfüllt gewesen und hatten sich über das hinweggetäuscht, was sie trennte; denn sie empfanden nur die Gemeinsamkeit ihrer ganz oberflächlichen Sympathien und Antipathien, von denen nichts mehr übrigblieb, als aus dem Kinde (diesem Zwitterwesen, das noch ganz vom Dufte der Frau durchtränkt ist) der Mann hervorging. Und Jacqueline sagte voll Bitterkeit zu ihrem Sohne:

„Ich weiß nicht, wem du nachgerätst! Du ähnelst weder deinem Vater noch mir."

So ließ sie ihn vollends das empfinden, was sie voneinander trennte; und er empfand darüber einen geheimen Stolz, vermischt mit unruhigem Fieber.

Die Generationen, die einander folgen, empfinden immer lebhafter das, was sie trennt, als das, was sie eint; sie fühlen das Bedürfnis, die Wichtigkeit ihres Daseins zu betonen, sei es auch um den Preis einer Ungerechtigkeit oder einer Lüge gegen sich selbst. Aber dies Gefühl ist je nach der Zeit mehr oder weniger ausgeprägt. In den klassischen Epochen, in denen sich für kurze Zeit das Gleichgewicht der Kräfte einer Zivilisation verwirklicht – auf diesen von steilen Abhängen begrenzten Hochebenen –, ist der Unterschied zwischen der einen Generation und der anderen weniger groß. Aber in Epochen des Aufstiegs oder Abstiegs lassen die jungen Menschen, die emporklimmen oder den schwindelnden Abhang hinabstürzen, alle, die vor ihnen kamen, weit hinter sich. – Georges stieg mit seinen Altersgenossen den Berg wieder empor.

Er war weder geistig noch dem Charakter nach etwas Hervorragendes: bei ziemlich gleichmäßig verteilten Anlagen überstieg keine die Höhe einer gefälligen Mittelmäßigkeit. Und dennoch stand er ohne Anstrengung schon am Anfang seines Weges ein paar Stufen höher als sein Vater, der in seinem allzu kurzen Leben eine unabwägbare Summe von Intelligenz und Kraft verschwendet hatte.

Kaum hatten·sich die Augen seiner Vernunft dem Lichte geöffnet, so sah er rings um sich her Nebelballen, durchdrungen von blendenden Lichtstrahlen, Anhäufungen von Kenntnissen und Unkenntnissen, von einander feindlichen Wahrheiten und sich widersprechenden Irrtümern, zwischen denen sein Vater fieberhaft hin und her geirrt war. Gleichzeitig aber wurde er sich einer Waffe bewußt, die in seinem Machtbereich lag und die Olivier nicht gekannt hatte: seiner Kraft...

Woher kam sie ihm? – Geheimnisvolles Wiederauferstehen eines Geschlechtes, das erschöpft entschlummert und überströmend gleich einem Gebirgsbach im Frühling neu erwacht! – Was sollte er mit dieser Kraft machen? Sollte er sie für sich dazu verwenden, das unentwirrbare Dickicht der modernen Gedankenwelt zu durchforschen? Das zog ihn nicht an. Er fühlte die Drohung der dort lauernden Gefahren auf sich lasten. Sie hatten seinen Vater zu Boden geschmettert. Ehe er dasselbe durchmachte und in den tragischen Wald zurückkehrte, hätte er Feuer daran gelegt. Er hatte in die Bücher der Weisheit und des heiligen Wahnsinns, an denen sich Olivier berauscht hatte, nur gerade hineingeschaut: das nihilistische Mitleid Tolstois, den düsteren Zerstörungsstolz Ibsens, die Raserei Nietzsches, den heldenhaften und sinnlichen Pessimismus Wagners. Mit einem Gemisch von Zorn und Entsetzen hatte er sich davon abgewandt. Er haßte dieses Geschlecht realistischer Schriftsteller, das ein halbes Jahrhundert lang die Freude in der Kunst getötet hatte. Doch konnte er die Schatten des traurigen Traumes nicht ganz und gar verjagen, von dem seine Kindheit gewiegt worden war. Er wollte nicht hinter sich schauen; aber er wußte genau, daß hinter ihm der

Schatten lag. Zu gesund, um eine Ablenkung von seiner Unruhe in der trägen Zweifelsucht der vorhergehenden Epoche zu suchen, verabscheute er den Dilettantismus eines Renan und Anatole France wie eine Entartung freien Denkens, verabscheute das Lachen ohne Heiterkeit, die Ironie ohne Größe: schmachvolle Mittel und nur gut für Sklaven, die mit ihren Ketten spielen, aber unfähig sind, sie zu zerbrechen!

Zu kraftvoll, um sich mit dem Zweifel zu begnügen, zu schwach, um sich Gewißheit zu verschaffen, verlangte er doch nach ihr, verlangte sie mit aller Sehnsucht. Er bat um sie, er erflehte, er forderte sie. Und die ewig alten Popularitätshascher, die unechten Schriftstellergrößen, die auf der Lauer liegenden unechten Denker beuteten solchen wunderbaren, heischenden und angstvollen Wunsch aus, indem sie die Trommel rührten und die Marktschreier für ihre Schundware machten. Von seiner Gauklerbühne herab schrie jeder dieser Quacksalber, daß sein Tränkchen das einzig gute sei, und verleumdete dabei die anderen. Ihre Geheimnisse waren alle gleich viel wert. Keiner dieser Händler hatte sich die Mühe gegeben, neue Rezepte zu finden. Sie hatten aus ihren Schrankwinkeln schal gewordene Flaschen herausgesucht. Das Universalmittel des einen war die katholische Kirche; das des anderen die angestammte Monarchie; das des dritten die klassische Überlieferung. Spaßvögel waren darunter, die als Heilmittel sämtlicher Leiden die Rückkehr zum Lateinischen anpriesen. Andere predigten mit ungeheurem Wortschwall, der Hohlköpfen imponierte, in allem Ernst die Vorherrschaft des Mittelmeer-Geistes (sie wären in einem anderen Augenblick ebensogut für den Atlantik-Geist eingetreten). Gegenüber den Barbaren des Nordens und des Ostens setzten sie mit Pomp die Erben eines neuen römischen Kaiserreiches ein ... Worte, Worte, nichts als übernommene Worte. Eine ganze Bücherei, die sie in den Wind verstreuten. – Wie alle seine Kameraden ging der junge Jeannin von einem Verkäufer zum andern, hörte der Possenszene zu, ließ sich manchmal verleiten, in die Bude hineinzugehen, und kam enttäuscht und auch ein wenig beschämt wieder heraus, weil er sein Geld und seine Zeit dafür hergegeben hatte, alte Clowns in abgenutzten Trikots anzusehen. Und doch ist die Hoffnungskraft der Jugend so groß, so groß die Gewißheit, zur Gewißheit zu gelangen, daß er bei jedem neuen Versprechen eines neuen Hoffnungsverkäufers sich wieder von neuem einfangen ließ. Er war ein echter Franzose: er hatte einen tadelsüchtigen Geist und war von einer angeborenen Liebe zur Ordnung erfüllt. Er brauchte einen Führer und war doch unfähig, irgendeinen zu ertragen: seine unbarmherzige Ironie durchschaute sie alle.

Während er so auf jemanden wartete, der ihm das Rätselwort verraten würde – fand er zum Warten keine Zeit. Er war nicht der Mensch, der sich gleich seinem Vater damit zufriedengab, sein ganzes Leben lang die Wahrheit zu suchen. Seine ungeduldige junge Kraft wollte sich ausleben. Mit oder ohne Grund wollte er zu Entschlüssen kommen. Er wollte handeln, seine Tatkraft verwenden, sie verbrauchen. Reisen, Kunstgenüsse, vor allem Musik, mit der er sich überladen hatte, bedeuteten ihm zunächst eine zeitweilige und leidenschaftliche Zerstreuung. Als frühreifer, hübscher Junge Versuchungen ausgesetzt, entdeckte er zeitig die Welt der durch das Äußere bestrickenden Liebe und stürzte sich mit dem Ungestüm genießerischer und romantischer Freude hinein. Dann wurde der kindliche und in seiner Frechheit unersättliche kleine Cherubin der Frauen überdrüssig: er brauchte Betätigung. So gab er sich mit Leidenschaft dem Sport hin. Er versuchte alle Sportarten, er übte alle aus. Er wohnte regelmäßig den Fechtturnieren und Boxkämpfen bei. Er wurde französischer Champion im Wettlauf und im Hochsprung und Führer einer Fußballmannschaft. Mit ein paar jungen Tollköpfen seines Schlages, reichen Waghälsen, wetteiferte er an Kühnheit in sinnlosen und übertriebenen Autofahrten, wahren Todesfahrten.

Schließlich ließ er alles für das neue Steckenpferd liegen. Er teilte die Begeisterung der Massen für die Flugzeuge. Bei den Flugfesten, die in Reims stattfanden, heulte und weinte er vor Freude gemeinsam mit dreimal hunderttausend Menschen; er fühlte sich in glaubensseligem Jubel eins mit diesem ganzen Volk; die Menschenvögel, die über sie hinflogen, rissen sie in ihrem Schwung mit empor; zum ersten Male seit der Morgenröte der Revolution hoben diese zusammengepferchten Massen die Augen gen Himmel und sahen ihn sich öffnen. – Zum Entsetzen seiner Mutter erklärte der junge Jeannin, daß er sich der großen Schar der Lufteroberer zugesellen wolle. Jacqueline beschwor ihn, auf solchen gefährlichen Ehrgeiz zu verzichten. Sie befahl es ihm. Er setzte seinen Kopf durch. Christof, in dem Jacqueline einen Verbündeten zu finden hoffte, begnügte sich damit, dem jungen Manne einige Vorsichtsmaßregeln zu geben, von denen er im übrigen überzeugt war, daß Georges sie nicht befolgen werde (denn er hätte sie an seiner Stelle nicht befolgt). Er gestand sich nicht das Recht zu – selbst wenn er es vermocht hätte –, das gesunde und normale Spiel junger Kräfte zu unterbinden, die, zur Tatenlosigkeit gezwungen, sich selbst zerstört hätten.

Jacqueline konnte sich nicht damit abfinden, daß ihr Sohn ihr entglitt. Vergeblich hatte sie geglaubt, aufrichtig auf die Liebe zu verzichten; sie konnte den Traum der Liebe nicht entbehren; alle ihre Zuneigungen, alle ihre Empfindungen waren davon durchtränkt. Wie viele Mütter übertragen auf ihren Sohn die geheime Glut, die sie in der Ehe – und außerhalb der Ehe – nicht ausgeben konnten! Und wenn sie dann sehen, mit welcher Leichtigkeit der Sohn sie entbehren kann, wenn sie plötzlich begreifen, daß sie ihm nicht notwendig sind, machen sie eine Krisis derselben Art durch wie die, in welche sie der Verrat des Geliebten, die Enttäuschung der Liebe gestürzt hat. – Für Jacqueline wurde das ein neuer Zusammenbruch. Georges merkte nichts davon. Junge Leute ahnen nichts von den Herzenstragödien, die sich rings um sie abspielen: sie haben nicht die Zeit, zu verweilen, um zu schauen; ein Instinkt der Selbstsucht rät ihnen, geradeaus zu gehen, ohne den Kopf zu wenden.

Jacqueline mußte diesen neuen Schmerz allein überwinden. Sie wurde damit erst fertig, als sich der Schmerz verbraucht hatte. Verbraucht mit ihrer Liebe. Sie liebte ihren Sohn immer noch, aber mit einem feinen, hellsichtigen Gefühl, das sich als nutzlos erkannte und sich von sich selbst und von ihm loslöste. So schleppte sie sich durch ein trübes und elendes Jahr, ohne daß er darauf achtete. Und dann mußte dieses unglückliche Herz, das ohne Liebe weder leben noch sterben konnte, einen Gegenstand der Liebe erfinden. Sie fiel einer seltsamen Leidenschaft zum Opfer, die weibliche Seelen häufig heimsucht und vor allem, möchte man meinen, die edelsten und unantastbarsten, wenn die Reife kommt und die schöne Lebensfrucht nicht gepflückt worden ist. Sie machte die Bekanntschaft einer Frau, die sie von der ersten Begegnung an ihrer geheimnisvollen Anziehungskraft unterwarf.

Es war eine Nonne, ungefähr ihres Alters. Sie übte wohltätige Werke. Eine große, starke, ein wenig korpulente Frau, braun, mit schönen, ausdrucksvollen Zügen, lebhaften Augen, einem breiten, feinen Mund, der immer lächelte, einem gebieterischen Kinn. Sie war von bemerkenswerter Klugheit, ohne jeden Gefühlsüberschwang: eine schlaue Bäuerin mit ausgeprägtem Geschäftssinn, der mit einer südländischen Phantasie zusammenging, die gern ins Große sah, aber gleichzeitig, wenn es nötig war, wohl verstand, den richtigen Maßstab anzulegen; ein kraftvolles Gemisch von erhabenem Mystizismus und alter Advokatenschlauheit. Sie war das Herrschen gewöhnt und übte es in natürlicher Weise aus. Jacqueline wurde sofort gefangengenommen. Sie begeisterte sich für das fromme Werk. Sie glaubte es wenigstens. Schwester Angèle wußte, wem die Leidenschaft galt; sie war daran gewöhnt, ähnliche zu erwecken;

scheinbar ohne sie zu bemerken, verstand sie kühl, sie in den Dienst des Werkes zu stellen und zu Gottes Ruhm auszunutzen. Jacqueline gab ihr Geld, ihren Willen, ihr Herz. Aus Liebe wurde sie mildtätig und glaubte.

Es dauerte nicht lange, und man bemerkte den Bann, in dem sie lag. Sie war die einzige, die sich nicht darüber Rechenschaft gab. Georges' Vormund wurde besorgt. Georges, der zu großzügig und zu unbesonnen war, sich um Geldfragen zu kümmern, merkte von selber, wie man seine Mutter umgarnte; und er wurde dadurch vor den Kopf gestoßen. Er versuchte zu spät, die frühere Vertrautheit mit ihr wiederherzustellen. Er sah, daß sich ein Vorhang zwischen sie gebreitet hatte; er schob das dem geheimen Einfluß zu und empfand gegen die Intrigantin, wie er sie nannte, nicht weniger als gegen Jacqueline selbst eine Gereiztheit, die er nicht verbarg; er wehrte sich dagegen, daß eine Fremde ihm den Platz in einem Herzen geraubt hatte, den er als sein natürliches Recht empfand. Er sagte sich nicht, daß der Platz nur darum besetzt sei, weil er ihn aufgegeben hatte. Anstatt mit Geduld die Wiedereroberung zu versuchen, wurde er ungeschickt und verletzend. Zwischen Mutter und Sohn, die beide ungeduldig und leidenschaftlich waren, fand ein heftiger Wortwechsel statt; die Spaltung verschärfte sich. Schwester Angèle festigte ihren Einfluß auf Jacqueline; und Georges, dem volle Freiheit gelassen war, ging auf Abwege. Er stürzte sich in ein betriebsames Verschwenderleben. Er spielte, er verlor beträchtliche Summen. Er legte eine Prahlerei in seine Überspanntheiten, einesteils, weil es ihm Spaß machte, und dann auch, um den Überspanntheiten seiner Mutter die Spitze zu bieten. – Er kannte die Stevens-Delestrade. Colette war der hübsche Bursche wohl aufgefallen, und sie versuchte an ihm ihre Reize, die noch immer wirksam waren. Sie wußte über Georges' Streiche Bescheid; sie machten ihr Spaß. Aber der Untergrund von gesundem Menschenverstand und wirklicher Güte, die unter ihrer Leichtlebigkeit verborgen waren, zeigten ihr die Gefahr, die dem jungen Tollkopf drohte. Und da sie wußte, daß sie nicht fähig war, ihn davor zu bewahren, verständigte sie Christof, der sogleich zurückkam.

Christof war der einzige, der einen Einfluß auf den jungen Jeannin hatte. Einen zwar begrenzten und oft unterbrochenen Einfluß, der aber um so bemerkenswerter war, als er sich schwer erklären ließ. Christof gehörte der verflossenen Generation an, gegen die Georges und seine Gefährten mit Heftigkeit ankämpften. Er war einer der hervorragendsten Vertreter jener zerquälten Epoche, deren Kunst und Gedankenwelt ihnen mißtrauische Feindseligkeit einflößten. Er blieb für die neuen Evangelien und für die Amulette der kleinen Propheten und der alten Medizinmänner unzugänglich, die den guten jungen Leuten das unfehlbare Rezept darboten, wie man die Welt, Rom und Frankreich zu erlösen vermöge. Er blieb einem freien Glauben treu, frei von allen Religionen, frei von allen Parteien, frei von allen Vaterländern, der nicht mehr in Mode war – oder es noch nicht wieder geworden war. Endlich, sowenig er sich auch um nationale Fragen kümmerte, war er in Paris doch ein Fremder zu einer Zeit, wo dem natürlichen Empfinden aller Länder alle Fremden als Barbaren galten.

Und dieser heitere, leichtlebige kleine Jeannin, der instinktiv allem feind war, was ihn betrüben oder verwirren konnte, der vergnügungssüchtig war und leidenschaftlich dem Spiel ergeben, der sich von der Rhetorik seiner Zeit leicht betören ließ und infolge Muskelkraft und geistiger Trägheit den brutalen Lehren der nationalistischen, royalistischen, imperialistischen Action Française zuneigte (er wußte es selbst nicht recht), achtete im Grunde nur einen einzigen Menschen: Christof. Seine frühreife Erfahrung und das außerordentlich feine Taktgefühl, das er von seiner Mutter hatte, ließen ihn (ohne daß er sich die gute Laune dadurch verderben ließ) erkennen, wie wenig die Welt, die er nicht entbehren konnte, wert sei und wie hoch Christof über ihr stand. Er berauschte sich vergeblich an Bewegung und Handlung: das väterliche Erbteil konnte er nicht verleugnen. Von Olivier hatte er eine unbestimmte Unruhe mitbekommen, die ihn in plötzlichen und kurzen Anfällen heimsuchte, das Bedürfnis, seinem Tun ein festes Ziel zu setzen. Und vielleicht hatte er auch von Olivier den geheimnisvollen Trieb geerbt, der ihn zu dem hinzog, den Olivier geliebt hatte.

Er besuchte Christof. Mitteilsam und ein wenig geschwätzig, wie er war, vertraute er sich gern an. Er kümmerte sich nicht darum, ob Christof Zeit habe, ihm zuzuhören. Christof hörte trotzdem zu und äußerte keinerlei Zeichen von Ungeduld. Es kam nur vor, daß er zerstreut war, wenn der Besuch ihn mitten in einer Arbeit überraschte. Das war die Angelegenheit einiger Minuten, während deren sein Geist abschweifte, um das innere Werk durch einen Zug, eine Schattierung zu bereichern; dann kam er zu Georges zurück, der seine Abwesenheit nicht bemerkt hatte. Ein solcher Seitensprung machte ihm Spaß, wie einem, der auf Zehenspitzen hereinkommt, ohne daß man ihn hört. Ein- oder zweimal aber merkte es Georges und sagte ganz empört:

„Aber du hörst mir ja nicht zu."

Dann schämte sich Christof; gefügig schickte er sich an, seinem ungeduldigen Erzähler zu folgen, und verdoppelte seine Aufmerksamkeit, um es wiedergutzumachen. Was Georges erzählte, war nicht ohne Komik; und Christof konnte sich beim Bericht über einige Streiche nicht enthalten zu lachen: denn Georges erzählte alles; er war von entwaffnender Offenheit.

Christof lachte nicht immer. Georges' Betragen war ihm oft peinlich. Christof war kein Heiliger; er schrieb sich nicht das Recht zu, irgend jemandem Moral zu predigen. Die Liebesabenteuer Georges', die empörende Verschleuderung seines Vermögens in Dummheiten waren nicht das, was ihn am meisten verletzte. Was er am schwersten verzieh, war Georges' geistiger Leichtsinn seinen Fehlern gegenüber: sie lasteten wirklich wenig auf ihm; er fand sie natürlich. Er hatte von Sittlichkeit einen anderen Begriff als Christof. Er gehörte zu dem Schlag von jungen Leuten, die in den Beziehungen zwischen den Geschlechtern gern nur ein freies Spiel sehen, das jedes sittlichen Charakters bar ist. Ein gewisser Freimut und sorglose Güte waren für einen anständigen Menschen eine genügende Ausrüstung. Er beschwerte sich nicht mit Skrupeln wie Christof. Dieser wurde ärgerlich. Wenn er sich auch noch so sehr abmühte, dem andern seine Gefühlsart nicht aufzuzwingen, so war er doch nicht duldsam; seine einstige Heftigkeit war nur halb gebändigt. Manchmal brach sie wieder durch. Manche Abenteuer Georges' konnte er nur als Schmutzereien ansehen und sagte es ihm auf den Kopf zu. Georges war nicht geduldig. Es kam zu ziemlich heftigen Auftritten. Dann sahen sie sich wochenlang nicht mehr. Christof machte sich klar, daß Heftigkeit nicht dazu angetan war, Georges' Betragen zu ändern, und daß eine gewisse Ungerechtigkeit darin lag, die Sittlichkeit einer Generation mit dem Maßstabe der sittlichen Ideen einer anderen Generation zu messen. Aber es war stärker als er: bei der nächsten Gelegenheit machte er es ebenso. Wie soll man an dem Glauben zweifeln, für den man gelebt hat? Ebensogut könnte man auf das Leben verzichten. Wozu ist es gut, sich zu Gedanken zu zwingen, die man nicht denkt? Um dem Nachbar zu ähneln oder um ihn zu schonen? Das hieße sich selbst zerstören, ohne irgend jemandem zu nützen. Die erste Pflicht ist, zu sein, was man ist, den Mut zu haben, zu sagen: „Das ist gut, dies ist schlecht." Man tut den Schwachen mehr Gutes, wenn man stark ist, als wenn man schwach wird wie sie. Seid meinetwegen nachsichtig gegenüber einmal begangenen Schwachheiten. Aber findet euch niemals mit einer Schwachheit ab, die begangen werden soll ...

Ja; aber Georges hütete sich wohl, Christof über das zu befragen, was er vorhatte (wußte er es selber?). Er redete nur dann über etwas mit ihm, wenn es getan war. – Und dann? Was blieb Christof dann übrig, als den Taugenichts mit stummem Vorwurf anzuschauen und lächelnd die Achseln zu zucken wie ein alter Onkel, der weiß, daß man nicht auf ihn hört.

An solchen Tagen entstand ein kurzes Schweigen zwischen ihnen. Georges betrachtete Christofs Augen, die aus weiter Ferne zu kommen schienen. Und er fühlte sich ihm gegenüber wie ein ganz kleiner Junge. Er sah sich so, wie er war, in dem Spiegel dieses durchdringenden Blickes, in dem ein Schimmer von Spott aufleuchtete: und er war darauf nicht sehr stolz. Christof nützte die Beichten, die Georges ihm gerade abgelegt hatte, selten gegen ihn aus; man hätte meinen können, er habe sie nicht gehört. Nach der stummen Zwiesprache ihrer Augen schüttelte er spottlustig den Kopf; dann begann er eine Geschichte zu erzählen, die scheinbar in keinerlei Beziehung zu dem Vorhergehenden stand: eine Geschichte aus seinem Leben oder aus irgendeinem anderen wirklichen oder erfundenen Leben. Und Georges sah nach und nach, in einem neuen Licht in ärgerlicher und lächerlicher Positur zur Schau gestellt, seinen Doppelgänger auftauchen (er erkannte ihn wohl), der ähnliche Irrwege wie er ging. Dann konnte er nicht anders, als über sich und die klägliche Figur, die er spielte, zu lachen. Christof fügte keine Erläuterung hinzu. Was noch mehr wirkte als die Geschichte, war die kraftvolle Gutmütigkeit des Erzählers. Er sprach von sich wie von anderen mit derselben Überlegenheit, mit derselben fröhlichen und heiteren Laune. Diese Ruhe imponierte Georges. Diese Ruhe war es, die er bei ihm suchte. Wenn er sich seiner wortreichen Beichte entledigt hatte, fühlte er sich wie einer, der sich im Schatten eines großen Baumes an einem Sommernachmittag hinstreckt und sich reckt. Die fiebererregende Blendung des glühenden Tages ließ nach. Er fühlte über sich den Frieden schützender Schwingen. Neben diesem Manne, der mit Seelenruhe die Last eines schweren Lebens trug, war er vor seinen eigenen Erregungen sicher. Hörte er ihn reden, so erfreute er sich der Rast. Auch er hörte nicht immer zu; er ließ seinen Geist umherschweifen; aber wohin er sich auch verirrte, das Lachen Christofs folgte ihm.

Indessen blieben ihm die Gedankengänge seines alten Freundes fremd. Er fragte sich, wie Christof diese seelische Einsamkeit ertragen, wie er sich jedes Anschlusses an eine künstlerische, politische oder religiöse Partei, an irgendeine menschliche Gruppe enthalten könne. Er fragte ihn, ob er niemals das Bedürfnis empfinde, sich einem Lager anzuschließen.

„Sich eingliedern!" meinte Christof lachend. „Geht es einem draußen nicht gut? Und du redest davon, dich einzusperren, du, der Freiluftmensch?"

„Oh, für den Körper und für die Seele gilt doch nicht dasselbe", erwiderte Georges. „Der Geist hat Sicherheit nötig. Er muß in Gemeinschaft mit anderen denken, sich an die von allen Menschen einer Zeit anerkannten Grundsätze halten. Ich beneide die Menschen von ehedem, die in klassischen Zeitaltern lebten. Meine Freunde haben recht, wenn sie die schöne Ordnung der Vergangenheit wiederaufrichten wollen."

„Du Hasenherz!" sagte Christof. „Sind wir schon so ängstlich geworden?"

„Ich bin kein Angsthase", widersprach Georges entrüstet. „Keiner von uns ist es."

„Ihr müßt schon welche sein", sagte Christof, „wenn ihr vor euch selber Angst habt. Wie? Ihr braucht eine Ordnung und könnt sie euch nicht selber schaffen? Ihr müßt euch an die Röcke eurer Urgroßmütter hängen? Guter Gott, geht doch allein!"

„Man muß sich verwurzeln", sagte Georges, ganz stolz, eines der Schlagworte der Zeit zu wiederholen.

„Sag mal, haben die Bäume, wenn sie sich verwurzeln wollen, Kübel nötig? Die Erde ist für alle da. Senke deine Wurzeln hinein. Finde deine Gesetze. Such in dir."

„Ich habe keine Zeit", sagte Georges.

„Du hast Angst", wiederholte Christof.

Georges widersprach heftig; aber schließlich gab er doch zu, daß er keinerlei Lust habe, in die Tiefen seiner selbst zu schauen; er begriff nicht, daß einem das Vergnügen machen könne: wenn man sich über dieses schwarze Loch beugte, lief man Gefahr hineinzufallen.

„Gib mir die Hand", sagte Christof.

Es machte ihm Spaß, die Falltür über seiner realistischen und tragischen Lebensanschauung zu öffnen. Georges zuckte zurück. Christof schloß lachend die Klappe.

„Wie könnt ihr so leben?" fragte Georges.

„Ich lebe und bin glücklich", sagte Christof.

„Ich würde sterben, wenn man mich zwänge, das immer zu sehen."

Christof klopfte ihm auf die Schulter.

„Da haben wir unsere großen Athleten! – Nun, so schau doch nicht hin, wenn du dich nicht sicher genug fühlst. Nichts zwingt dich schließlich dazu. Geh vorwärts, mein Junge! Aber brauchst du dazu einen Herrn, der dich auf der Schulter abstempelt wie das Rindvieh? Auf welche Parole wartest du? Das Signal ist schon seit langem gegeben. Es hat zur Attacke geblasen. Die Kavallerie geht vor. Kümmere dich nur um dein Pferd. An deinen Platz! Und Galopp!"

„Aber wohin geht es?" fragte Georges.

„Wo deine Schwadron hingeht. An die Eroberung der Welt. Bemächtigt euch der Luft, unterwerft euch die Elemente, dringt in die letzten Schlupfwinkel der Natur, überbrückt den Raum, schlagt den Tod in die Flucht...

Expertus vacuum Daedalus aera...

Du alter Lateiner, sag, kennst du das? Bist du auch nur imstande, mir zu erklären, was das heißen soll?

Perrupit Acheronta...

Das ist euer Los. Glückliche Conquistadores!"

Er bewies so klar die Pflicht heldenhaften Handelns, die der neuen Generation oblag, daß Georges erstaunt sagte:

„Aber wenn ihr das fühlt, warum kommt ihr nicht mit uns?"

„Weil ich eine andere Aufgabe habe. Geh, mein Junge, vollende dein Werk. Geh über mich hinaus, wenn du kannst. Ich bleibe hier und wache... Hast du die Geschichte aus *Tausendundeiner Nacht* gelesen, in der ein Dämon, so groß wie ein Berg, unter dem Siegel Salomonis in eine Flasche eingeschlossen ist? – Der Dämon ist hier, im Grunde unserer Seele, der Seele, über die dich zu beugen du Furcht hast. Ich und meine Zeitgenossen, wir haben unser Leben damit zugebracht, mit dieser Seele zu kämpfen; wir haben sie nicht besiegt, sie hat uns nicht besiegt. Jetzt schöpfen wir und sie Atem und schauen einander ohne Groll und Furcht an. Befriedigt von den Schlachten, die wir einander geliefert haben, voll Erwartung, daß der zugebilligte Waffenstillstand abläuft. Nützt auch ihr den Waffenstillstand aus, um eure Kräfte wieder hochzubringen und die Schönheit der Welt in euch aufzunehmen. Seid glücklich, genießt die Windstille. Aber denkt daran, daß eines Tages ihr oder die, die eure Söhne sein werden, beim Wiederbeginn eurer Eroberungen auf den Punkt, auf dem ich stehe, zurückkommen müßt und daß ihr mit neuen Kräften den Kampf wiederaufnehmen werdet gegen den, der da ist und in dessen Nähe ich wache. Und der Kampf wird, von Waffenstillständen unterbrochen, andauern, bis einer von beiden (und vielleicht alle beide) zu Boden geschmettert sein wird. An euch ist es, stärker und glücklicher zu sein als wir! – Unterdessen treibe Sport, wenn du willst; mach deine Muskeln und dein Herz kriegerisch; und sei nicht so toll, deine ungeduldige Kraft an Albernheiten zu verschleudern: du gehörst (sei unbesorgt!) einer Zeit an, die sie brauchen wird!"

Georges merkte sich nicht viel von dem, was Christof ihm sagte. Sein Geist war offen genug, um Christofs Gedanken aufnehmen zu können; aber gleich waren sie wieder verflogen. Er war noch nicht die Treppe hinunter, und schon hatte er alles vergessen. Zwar stand er noch unter dem Eindruck eines Wohlbehagens, das fortdauerte, auch nachdem die Erinnerung an seine Ursache längst erloschen war. Er hegte für Christof große Verehrung. Er glaubte an nichts, woran Christof glaubte. (Im Grunde lachte er über alles und glaubte an nichts.) Aber er würde dem den Schädel eingeschlagen haben, der sich erlaubt hätte, von seinem alten Freunde schlecht zu reden.

Zum Glück redete man ihm gegenüber nichts: sonst hätte er viel zu tun bekommen.

Christof hatte die nächste Drehung des Windes wohl vorausgesehen. Das neue Ideal der jungen französischen Musik war von dem seinen sehr verschieden; aber obgleich das ein Grund mehr für Christof war, Sympathie für die junge Generation zu empfinden, so hatte sie doch keine für ihn. Sein Beifall beim Publikum war nicht dazu angetan, ihn mit den ruhmgierigen jungen Leuten in gutes Einvernehmen zu setzen; es steckte nicht viel dahinter; dafür waren ihre Zähne um so länger und bissen. Christof regte sich über ihre Bosheit nicht auf.

„Wie sie sich aufregen!" sagte er. „Sie bekommen Zähne, diese Kleinen..."

Er zog sie beinahe den anderen jungen Hunden vor, die ihn umschmeichelten, weil er Erfolg hatte – die, von denen d'Aubigné sagt: *Wenn ein Fleischerhund den Kopf in einen Buttertopf gesteckt hat, kommen sie und lecken ihm als Gratulation die Barthaare ab.*

Ein Werk von ihm war von der Opéra erworben worden. Es war kaum angenommen, als man auch schon mit den Proben begann. Eines Tages erfuhr Christof durch Zeitungsangriffe, daß man das Stück eines jungen Komponisten, das aufgeführt werden sollte, zurückgestellt habe, um sein Werk herauszubringen. Der Journalist war empört über diesen Mißbrauch der Macht und schob die Verantwortung dafür Christof zu.

Christof sprach mit dem Direktor und sagte zu ihm:

„Davon haben Sie mir nichts gesagt. Das geht nicht. Sie werden zuerst die Oper, die Sie vor meiner angenommen haben, aufführen."

Der Direktor ereiferte sich, lachte, widersprach, redete von Christof, seinem Charakter, seinen Werken und seinem Talent in den höchsten Schmeicheltönen, äußerte sich über das Werk des andern mit tiefster Verachtung, versicherte, daß es nichts tauge und daß es nicht einen Sou einbringen werde.

„Warum haben Sie es dann angenommen?"

„Man kann nicht immer, wie man will. Man muß sich ab und zu den Anschein geben, als gehe man mit der öffentlichen Meinung. Früher konnten diese jungen Leute schreien; niemand hörte sie. Heute finden sie Mittel und Wege, eine nationalistische Presse gegen einen aufzuhetzen, die Verrat schreit und einen als schlechten Franzosen hinstellt, wenn man sich unglücklicherweise nicht für ihre junge Schule begeistert! Die junge Schule! Reden wir einmal offen! – Wissen Sie was? Ich hab's satt bis an den Hals! Und das Publikum auch. Sie bringen uns um mit ihren Oremus! – Kein Blut in den Adern; kleine Sakristane, die die Messe singen; wenn sie Liebesduette machen, hält man sie für De Profundis ... Wenn ich dumm genug wäre, alle Stücke aufzuführen, die man mich anzunehmen zwingt, würde ich mein Theater auf den Hund bringen. Ich nehme sie an: das ist alles, was man von mir verlangen kann. – Reden wir von ernsthaften Dingen. Sie, Sie machen volle Häuser..."

Die Komplimente begannen von neuem.

Christof schnitt ihm das Wort ab und sagte voll Zorn:

„Ich falle auf nichts herein. Jetzt, da ich alt bin und ein ‚hochgekommener' Mann, benutzen Sie mich, um die Jungen zu erdrücken. Als ich jung war, hätten Sie mich gleich ihnen erdrückt. Sie werden das Stück von diesem jungen Menschen spielen, oder ich ziehe das meine zurück."

Der Direktor hob die Hände zum Himmel und sagte:

„Sehen Sie denn nicht, daß es, wenn wir es so machen, wie Sie wollen, so aussieht, als ließen wir uns von ihrer Pressehetze einschüchtern?"

„Was liegt mir daran?" meinte Christof.

„Wie Sie wollen! Sie werden als erster darunter zu leiden haben."

Man setzte Proben zu dem Stück des jungen Komponisten an, ohne die Proben zu Christofs Werk zu unterbrechen. Das seine war drei-, das andere zweiaktig; man kam überein, sie zusammen aufzuführen. Christof besuchte seinen Schützling; er hatte ihm als erster die Nachricht mitteilen wollen. Der andere zerfloß in Versicherungen ewigen Dankes.

Natürlich konnte Christof nicht verhindern, daß der Direktor seinem Stück alle Sorgfalt angedeihen ließ. Die Besetzung und Ausstattung des anderen wurde ein wenig zurückgesetzt. Christof wußte davon nichts. Er hatte darum gebeten, einigen Proben von dem Werke des jungen Mannes beiwohnen zu können; er fand es recht mittelmäßig, so wie man es ihm gesagt hatte; er hatte zwei oder drei Ratschläge zu machen gewagt; sie waren schlecht aufgenommen worden. Dann hatte er sich damit zufriedengegeben und sich nicht mehr hineingemischt; andererseits hatte der Direktor dem Neuling die Notwendigkeit einiger Streichungen beigebracht, wenn er wolle, daß sein Stück ohne Verzögerung herauskomme. Dieses Opfer, zu dem der Komponist zunächst leicht ja gesagt hatte, schien ihm bald recht schmerzlich.

Als der Abend der Aufführung kam, hatte das Stück des Anfängers keinerlei Erfolg; das Christofs aber erregte großes Aufsehen. Einige Zeitungen machten Christof herunter; sie sprachen von einem Trick, von einer Verschwörung, um einen jungen und großen französischen Künstler umzubringen; sie sagten, daß sein Werk verstümmelt worden sei, dem deutschen Meister zu Gefallen, den sie als in niedriger Weise eifersüchtig auf alle aufstrebenden Berühmtheiten hinstellten. Christof zuckte die Achseln und dachte:

Er wird darauf antworten.

„Er" antwortete nicht. Christof schickte ihm einen der Auszüge mit folgenden Worten:

„Haben Sie das gelesen?"

Der andere schrieb:

„Wie bedauerlich ist das! Dieser Journalist war immer taktvoll mir gegenüber! Ich bin wirklich ärgerlich. Das beste ist, man beachtet es nicht."

Christof lachte und dachte:

Er hat recht, der kleine Lump.

Und er warf die Erinnerung daran in das, was er sein „Verlies" nannte.

Aber der Zufall wollte, daß Georges, der die Zeitungen, abgesehen vom Sportteil, nur selten und flüchtig las, diesmal auf die heftigsten Angriffe gegen Christof stieß. Er kannte den Journalisten. Er ging in das Café, in dem er ihn sicher treffen mußte, und fand ihn dort in der Tat, ohrfeigte ihn, hatte ein Duell mit ihm und zerkratzte ihm kräftig mit seinem Degen die Schulter.

Am nächsten Tage erfuhr Christof beim Frühstück durch einen Freundesbrief die Geschichte. Er war außer sich darüber. Er ließ sein Frühstück stehen und lief zu Georges. Georges öffnete selbst. Christof fuhr wie ein Gewitter herein, packte ihn bei beiden Armen, schüttelte ihn voller Zorn und begann ihn mit einem Schwall wütender Vorwürfe herunterzumachen.

„Kerl", schrie er, „du hast dich für mich geschlagen! Wer hat dir die Erlaubnis dazu gegeben? Ein Lausbub, ein Naseweis, wer sich in meine Angelegenheiten mischt! Kann ich mich vielleicht nicht selbst darum kümmern? He? Da hast du ja etwas Schönes angerichtet! Du erweist diesem

Lümmel noch die Ehre, dich mit ihm zu schlagen. Das wollte er ja nur. Du hast ihn zu einem Helden gemacht, Dummkopf! Und wenn der Zufall es gewollt hätte... (ich bin sicher, du hast dich kopflos, wie du immer bist, da hineingestürzt)... wenn du verletzt worden wärest, vielleicht getötet... Unglücklicher, ich hätte es dir dein Leben lang nicht verziehen!"

Georges, der wie toll lachte, bekam bei dieser letzten Drohung einen solchen Heiterkeitsanfall, daß ihm die Tränen kamen.

„Ach, alter Freund, du bist zu komisch! Ach, du bist unbezahlbar! Jetzt beschimpfst du mich, weil ich dich verteidigt habe. Das nächste Mal werde ich dich angreifen. Vielleicht umarmst du mich dann."

Christof hörte auf; er drückte Georges an sich, küßte ihn auf beide Wangen, dann noch einmal und sagte:

„Mein Junge! – Verzeih. Ich bin ein altes Schaf... Aber diese Nachricht hat mich ganz aus dem Häuschen gebracht. Welche Idee, dich zu schlagen! Schlägt man sich mit dieser Art Leute? Du wirst mir sofort versprechen, daß du das nie wieder tun wirst."

„Ich verspreche gar nichts", sagte Georges. „Ich tue, was mir paßt."

„Ich verbiete es dir, verstehst du? Wenn du es wieder tust, will ich dich nicht mehr sehen. Ich erkläre öffentlich in den Zeitungen, daß ich nichts damit zu tun habe. Ich..."

„Du enterbst mich, das versteht sich."

„Aber höre doch, Georges, ich bitte dich... Was hat das für einen Zweck?"

„Mein lieber Alter, du bist tausendmal mehr wert als ich, und du weißt unendlich viel mehr; aber dieses Gesindel kenne ich besser als du. Sei ruhig, es wird etwas nützen; sie werden es sich jetzt siebenmal überlegen, bevor sie dich mit ihrer vergifteten Zunge beschimpfen."

„Gott, was geht mich dieses Gelichter an? Es ist mir ja ganz gleich, was sie sagen."

„Aber mir ist es nicht gleich! Kümmere du dich nur um das, was dich angeht."

Von nun an schwebte Christof in Todesangst, daß ein neuer Aufsatz Georges' Empfindlichkeit reizen könnte. Es hatte etwas Komisches, ihn an den folgenden Tagen zu sehen, wie er sich im Café festsetzte und die Zeitungen verschlang, er, der sie sonst nie las, und wie er auf dem Sprunge war, falls er einen beleidigenden Aufsatz fände, wer weiß was zu begehen (eine Schlechtigkeit, wenn nötig), um zu verhindern, daß diese Zeilen Georges unter die Augen kämen. Nach einer Woche beruhigte er sich. Der Kleine hatte recht. Sein Verhalten hatte für den Augenblick den Kläffern zu denken gegeben. – Und während Christof noch über den jungen Tollkopf brummte, durch den er acht Tage Arbeit verloren hatte, sagte er sich, daß er schließlich kaum das Recht habe, ihm gute Lehren zu geben. Er dachte an einen gewissen Tag, der noch nicht allzuweit zurücklag, an dem er selber sich um Oliviers willen geschlagen hatte. Und er glaubte Olivier zu hören, wie er sagte:

Laß gut sein, Christof, ich gebe dir zurück, was du mir geliehen hast.

Wenn Christof die Angriffe gegen sich selbst leichtnahm, so war ein anderer sehr weit von dieser spöttischen Gleichgültigkeit entfernt. Das war Emmanuel.

Die Entwicklung des europäischen Gedankens ging mit großen Schritten vorwärts. Man hätte meinen können, daß sie mit den technischen Erfindungen und neuen Motoren immer schneller werde. Der Vorrat an Vorurteilen und Hoffnungen, der einst genügt hatte, die Menschheit zwanzig Jahre zu nähren, war in fünf Jahren verbraucht. Die geistigen Generationen galoppierten eine hinter der anderen und oft übereinander dahin: die Zeit blies zum Angriff. Emmanuel war überholt.

Der Sänger der französischen Lebenskräfte hatte niemals den Idealismus seines Lehrers Olivier verleugnet. Wie leidenschaftlich auch sein Nationalgefühl war, er verschmolz es mit seiner Verehrung sittlicher Größe. Wenn er in seinen Versen mit schallender Stimme den Triumph Frankreichs verkündete, so tat er es, weil er in ihm in voller Glaubensüberzeugung die höchste Gedankenwelt des gegenwärtigen Europas anbetete, die Athene Nike, das siegreiche Recht, das sich von der Kraft Genugtuung verschafft. – Und siehe da, die Kraft hatte aus dem Herzen des Rechts neues Leben empfangen und kam in ihrer wilden Nacktheit zum Vorschein. Die neue, robuste und kriegerische Generation ersehnte den Kampf und befand sich schon vor dem Sieg in dem geistigen Zustand des Siegers. Sie war stolz auf ihre Muskeln, auf ihre breite Brust, auf ihre kräftigen und genußsüchtigen Sinne, auf ihre Raubvogelschwingen, die über den Ebenen schwebten; sie konnte es nicht erwarten, sich zu schlagen und ihre Klauen zu versuchen. Die Heldentaten der Nation, die tollen Flüge über Alpen und Meere, die heroischen Streifzüge durch die afrikanische Wüste, die neuen Kreuzzüge, die nicht viel weniger mystisch, nicht viel vorteilsüchtiger waren als die Philipp Augusts und Villehardouins, verdrehten der Nation vollends den Kopf. Diesen Kindern, die den Krieg nirgends erlebt hatten als in Büchern, fiel es nicht schwer, ihm Schönheiten zu verleihen. Sie wurden angriffslustig. Des Friedens und der Gedanken müde, feierten sie den „Amboß der Schlachten", auf dem die Tat eines Tages mit blutigen Fäusten die französische Macht neu schmieden würde. Aus Reaktion gegen den widerlichen Mißbrauch der Ideologien erhoben sie die Verachtung des Ideals zum Glaubensbekenntnis. Sie prahlten damit, den beschränkten gesunden Menschenverstand zu feiern, den leidenschaftlichen Wirklichkeitssinn, die schamlose nationale Selbstsucht, die das Recht der anderen und andere Nationalitäten mit Füßen tritt, wenn es der Größe des Vaterlandes zuträglich ist. Sie waren Auslandsfeinde, Antidemokraten und – selbst die Ungläubigsten – predigten die Rückkehr zum Katholizismus aus dem praktischen Bedürfnis heraus, „das Absolute zu organisieren", das Unendliche unter die Schlüsselgewalt der Ordnungs- und Autoritätsmacht zu bringen. Sie begnügten sich nicht, zu verachten – sie stellten die sanften Schwätzer von gestern und die idealistischen Grübler, die Humanitätsverfechter als gemeingefährlich hin. Emmanuel war in den Augen dieser jungen Leute einer von denen. Er litt grausam darunter und lehnte sich dagegen auf.

Da er wußte, daß Christof wie er – mehr als er – ein Opfer dieser Ungerechtigkeit war, wurde er ihm sympathisch. Durch seine Unhöflichkeit hatte er Christof davon abgeschreckt, ihn zu besuchen. Er war zu stolz, sich den Anschein zu geben, das zu bereuen, und ihn seinerseits wieder aufzusuchen. Aber es gelang ihm, ihm scheinbar zufällig zu begegnen, und er forderte ein gewisses Entgegenkommen heraus. Danach war seine mißtrauische Empfindlichkeit beruhigt, und er verbarg nicht das Vergnügen, das er an Christofs Besuchen fand. Von da an kamen sie oft zusammen, sei es bei dem einen, sei es bei dem anderen.

Emmanuel vertraute Christof seinen Groll an. Er war über gewisse Kritiken außer sich; und da er fand, daß Christof sich darüber nicht genug aufregte, ließ er ihn selbst lesen, wie man ihn in den Zeitungen abschätzte. Christof wurde dort beschuldigt, von der Grammatik seiner Kunst nichts zu verstehen, keine Ahnung von Harmonie zu haben, seine Kollegen zu bestehlen und die Musik zu entehren. Man nannte ihn „den alten Rappelkopf", man sagte: „Wir haben genug von diesen Besessenen. Wir sind die Ordnung, die Vernunft, das klassische Gleichgewicht..."

Christof machte das Spaß.

„Das ist Gesetz", sagte er. „Die jungen Leute werfen die alten in die Grube... Zu meiner Zeit wartete man allerdings, bis ein Mensch sechzig Jahre alt war, ehe man ihn als Greis behandelte. Heute ist man schneller fertig. Die drahtlose Telegraphie, die Aeroplane... Eine Generation ermattet schneller... Arme Teufel! Sie haben nicht viel Zeit! Sie sollen uns nur recht schnell verachten und sich in der Sonne brüsten!"

Emmanuel aber besaß diese schöne Gesundheit nicht. Wenn er auch kühn im Denken war, so war er doch das Opfer seiner krankhaften Nerven; die glühende Seele in seinem rachitischen Körper brauchte den Kampf und war nicht für den Kampf geschaffen. Die Feindseligkeit mancher Urteile verwundete ihn tief.

„Ach", sagte er, „wenn die Kritiker wüßten, was sie dem Künstler durch eines solcher aufs Geratewohl hingeworfenen ungerechten Worte antun, sie würden sich ihres Berufes schämen!"

„Aber sie wissen es, lieber Freund. Das ist ihr Lebenszweck. Jedermann muß schließlich leben."

„Henkersknechte sind sie. Blutüberströmt ist man vom Leben, erschöpft von dem Kampf, den man mit der Kunst ausficht. Anstatt uns die Hand zu reichen und von unseren Schwächen mit Barmherzigkeit zu reden, uns brüderlich zu helfen, sie zu beseitigen, stehen sie da, die Hände in den Taschen, sehen zu, wie man seine Last den Abhang hinaufschleppt, und sagen: Kann nicht! – Und ist man auf dem Gipfel, sagen die einen: Ja, aber so darf man nicht hinaufkommen! Die anderen dagegen wiederholen eigensinnig: Hat's nicht gekonnt! – Ein Glück, wenn sie einem nicht noch einen Knüppel zwischen die Beine werfen, damit man fällt!"

„Bah, es fehlt ebensowenig an braven Leuten unter ihnen; und wieviel Gutes können sie tun! Räudige Schafe gibt es überall; damit hat der Beruf nichts zu tun. Sag mir selbst: Kennst du etwas Schlimmeres als einen eitlen, verbitterten Künstler ohne Güte, für den die Welt ein Fang ist, den er zu seiner größten Wut nicht hinunterschlucken kann? Man muß sich mit Geduld wappnen. Nichts Böses, das nicht auch zu etwas Gutem dienen könnte. Der schlimmste Kritiker nützt uns; er ist ein Trainer; er hindert uns, herumzuschlendern. Jedesmal, wenn wir uns am Ziel glauben, fällt uns die Meute von hinten an. Vorwärts! Weiter! Höher hinauf! Sie wird eher müde werden, mich zu verfolgen, als ich, vor ihr herzugehen. Wiederhole dir das arabische Wort: *Man quält die unfruchtbaren Bäume nicht. Nur die werden mit Steinen beworfen, deren Haupt mit goldenen Früchten gekrönt ist.* – Beklagen wir die Künstler, die man schont. Sie bleiben auf halbem Wege faul sitzen. Wenn sie wieder aufstehen wollen, verweigern ihre steif gewordenen Beine den Dienst. Hoch meine Freunde, die Feinde! Sie haben mir in meinem Leben mehr Gutes getan als meine Feinde, die Freunde!"

Emmanuel konnte sich nicht enthalten zu lächeln. Dann sagte er:

„Findest du es nicht immerhin hart, wenn ein Veteran wie du von Grünschnäbeln abgekanzelt wird, die in ihrer ersten Schlacht stehen?"

„Sie machen mir Spaß", sagte Christof. „Dies anmaßende Wesen ist das Zeichen jungen, kochenden Blutes, das danach drängt, sich zu verspritzen. So war auch ich einst. Das sind Hagelschauer im März über der neu erwachenden Erde ... Mögen sie uns abkanzeln! Schließlich haben sie recht. Die Alten müssen bei den Jungen in die Lehre gehen. Sie haben von uns gelernt, sie sind undankbar: Das ist die Ordnung der Dinge. Aber sie gehen, durch unsere Anstrengungen bereichert, weiter als wir. Sie verwirklichen, was wir versucht haben. Falls noch etwas von Jugend in uns steckt, so laßt uns nun unsererseits lernen und versuchen, uns zu verjüngen. Wenn wir es nicht können, wenn wir zu alt sind, wollen wir uns an ihnen erfreuen. Wie schön ist es, das fortwährende Wiederaufblühen der menschlichen Seele, die erschöpft schien, zu sehen, den kraftvollen Optimismus dieser jungen Leute, ihre Freude an der abenteuerlichen Tat, diese Geschlechter, die wiederauferstehen, um die Welt zu erobern!"

„Was wären sie ohne uns? Diese Freude ist aus unseren Tränen geboren. Diese stolze Kraft ist die Blüte aus den Leiden einer ganzen Generation. Sic vos non vobis..."

„Das alte Wort wird Lügen gestraft. Für uns haben wir gearbeitet, indem wir ein Menschengeschlecht schufen, das über uns hinausgeht. Wir haben ihre Ersparnisse gesammelt, wir haben sie in einer Baracke mit undichten Wänden, durch die alle Winde pfiffen, verteidigt; wir mußten uns gegen die Türen stemmen, damit der Tod nicht hereinkomme. Unsere Arme haben den Siegesweg gebahnt, auf dem unsere Söhne schreiten werden. Unsere Schmerzen haben die Zukunft gerettet. Wir haben die Arche bis an die Schwelle des Gelobten Landes gesteuert. Mit ihnen und durch uns wird sie hineinkommen."

„Werden sie jemals an die zurückdenken, die, das heilige Feuer tragend, die Wüsten durchquerten, die Götter unseres Geschlechts und sie selber, diese Kinder, die jetzt Männer sind? Unser Teil ist ein schweres Schicksal und Undankbarkeit gewesen."

„Bedauerst du es?"

„Nein, es ist berauschend, die tragische Größe einer mächtigen Epoche wie der unseren zu sehen, die sich der aufopfert, die sie gebar. Die Menschen von heute wären nicht mehr fähig, die erhabene Freude des Verzichtens zu empfinden."

„Wir waren die Glücklicheren. Wir haben den Berg Nebo erklommen, zu dessen Füßen sich die Lande dehnen, die wir nicht betreten werden. Aber wir erfreuen uns an ihnen mehr als die, die sie betreten werden. Wenn man in die Ebene hinabsteigt, verliert man die Unendlichkeit dieser Ebene und den fernen Horizont aus den Augen."

Die Kraft zu dem beruhigenden Einfluß, den Christof auf Georges und Emmanuel ausübte, schöpfte er aus der Liebe zu Grazia. Dieser Liebe dankte er, daß er sich allem, was jung war, verbunden fühlte und allen neuen Lebensformen eine niemals ermattende Anteilnahme entgegenbrachte. Welche Kräfte auch immer die Erde neu belebten, er ging mit ihnen, selbst wenn sie gegen ihn waren; er hatte keine Angst vor der bevorstehenden Machtergreifung jener Demokratien, die dem Egoismus einer Handvoll Privilegierter Raubvogelschreie entlockten; er klammerte sich nicht verzweifelt an die Paternoster einer veralteten Kunst; er wartete voller Gewißheit, daß aus den ungeheuren Gesichten, aus den Träumen, die durch Wissenschaft und Tat verwirklicht wurden, eine mächtigere Kunst als die alte emporsprühe; er grüßte das neue Morgenrot der Welt, mußte auch die Schönheit der alten Welt mit ihm sterben.

Grazia wußte, wie sehr ihre Liebe Christof wohltat; das Bewußtsein ihrer Macht erhob sie über sich selbst. Durch ihre Briefe lenkte sie ihren Freund. Sie hatte nicht etwa die lächerliche Anmaßung, ihn in der Kunst zu leiten: sie besaß zuviel Takt und kannte ihre Grenzen. Aber ihre reine und klare Stimme war der Ton, auf den er seine Seele abstimmte. Es genügte, daß Christof diese Stimme seine Gedanken im voraus wiederholen zu hören glaubte, um nichts anderes zu denken, als was richtig und rein war und würdig, wiederholt zu werden. Der Klang eines schönen Instruments bedeutet für den Musiker dasselbe wie ein schöner Körper, in dem sich sein Traum sogleich verlebendigt. Geheimnisvolle Verschmelzung zweier Geister, die sich lieben: jeder raubt dem anderen sein Bestes; aber er tut es nur, um es ihm wiederzugeben, durch seine Liebe bereichert. Grazia schreckte nicht davor zurück, Christof zu sagen, daß sie ihn liebe. Die Entfernung machte sie im Reden freier; und ebenso die Gewißheit, daß sie ihm niemals gehören würde. Diese Liebe, deren fromme Glut sich auf Christof übertragen hatte, wurde ihr zu einer Quelle der Kraft und des Friedens.

Von dieser Kraft und diesem Frieden gab Grazia anderen weit mehr, als sie hatte. Ihre Gesundheit war gebrochen, ihr seelisches Gleichgewicht ernsthaft erschüttert. Der Zustand ihres Sohnes verbesserte sich nicht. Seit zwei Jahren lebte sie in beständiger Todesangst, die Lionellos mörderisches Talent, damit zu spielen, noch erhöhte. Er hatte eine wahre Virtuosität in der Kunst erworben, die Besorgnis derer, die ihn liebten, in Atem zu halten; um die Teilnahme wach zu erhalten und die Leute zu quälen, war sein unbeschäftigtes Gehirn an Erfindungen fruchtbar: das war bei ihm zur Manie geworden. Und das tragische war, daß die Krankheit, während er ein Zerrbild der Krankheit zur Schau trug, wirklich fortschritt; der Tod stand auf der Schwelle. Tragische Ironie! Grazia, die Jahre hindurch von ihrem Sohn mit einem vorgetäuschten Leiden gemartert worden war, glaubte nicht mehr daran, als das Leiden wirklich da war. Das Herz hat seine Grenzen. Sie hatte ihre Mitleidskraft für Lügen verausgabt; sie behandelte Lionello als Komödianten in dem Augenblick, als er die Wahrheit sprach. Und nachdem sich die Wahrheit offenbart hatte, wurde der Rest ihres Lebens von Gewissensbissen vergiftet.

Die Bosheit Lionellos hatte nicht die Waffen gestreckt. Ohne Liebe für irgend jemand, konnte er nicht ertragen, daß einer von denen, die ihn umgaben, Liebe für einen anderen fühlte als für ihn; die Eifersucht war seine einzige Leidenschaft. Es genügte ihm nicht, seine Mutter von Christof entfernt zu haben; er wollte sie dazu zwingen, die Vertrautheit zu lösen, die zwischen ihnen bestand. Schon hatte er seine gewohnte Waffe – die Krankheit – dazu benutzt, Grazia schwören zu lassen, daß sie sich nicht wieder verheiraten werde. Er begnügte sich nicht mehr mit diesem Versprechen. Er beabsichtigte, bei seiner Mutter durchzusetzen, daß sie nicht mehr an Christof schrieb. Diesmal lehnte sie sich auf; und bei diesem Mißbrauch seiner Macht, der dazu beitrug, sie vollends von ihm frei zu machen, sagte sie ihm über seine Lügen Worte so grausamer Härte, daß sie sich diese Worte später wie ein Verbrechen zum

Vorwurf machte: denn sie versetzte Lionello in eine solche Wut, daß er wirklich krank wurde. Er wurde es um so mehr, als seine Mutter nicht daran glauben wollte. Da wünschte er in seiner Raserei, daß er sterben möge, um sich zu rächen. Er ahnte nicht, daß sein Wunsch erhört werden sollte.

Als der Arzt Grazia zu verstehen geben mußte, daß ihr Sohn verloren sei, war sie wie vom Blitz getroffen. Sie mußte indessen ihre Verzweiflung verbergen, um das Kind zu täuschen, das so oft sie getäuscht hatte. Der Knabe hatte den Verdacht, daß es diesmal ernst sei; aber er wollte es nicht glauben; und seine Augen forschten in den Augen seiner Mutter nach dem Vorwurf der Lüge, der ihn in Wut gebracht hatte, als er wirklich log. Die Stunde kam, wo er nicht mehr zweifeln konnte. Da wurde es für ihn und die Seinen fürchterlich. Er wollte nicht sterben ...

Als Grazia ihn endlich entschlafen sah, fand sie keinen Schrei, keine Klage; sie setzte die Ihren durch ihr Schweigen in Erstaunen; sie hatte nicht mehr Kraft genug, zu leiden; sie hatte nur noch einen Wunsch: gleichfalls zu sterben. Indessen ging sie mit derselben scheinbaren Ruhe all ihren täglichen Obliegenheiten weiter nach. Nach einigen Wochen erschien sogar auf ihrem noch schweigsamer gewordenen Munde das Lächeln wieder. Niemand ahnte ihre Verzweiflung, Christof weniger als jeder andere. Sie hatte sich damit begnügt, ihm die Nachricht mitzuteilen, ohne irgend etwas von sich selbst hinzuzufügen. Auf Christofs Briefe, die von besorgter Herzlichkeit überströmten, antwortete sie nicht. Er wollte kommen: sie bat ihn, nichts dergleichen zu tun. Nach zwei oder drei Monaten nahm sie ihm gegenüber den ernsten und milden Ton wieder auf, den sie vorher gehabt hatte. Sie hätte es verbrecherisch gefunden, wenn sie die Last ihrer Schwäche auf ihn abgeladen hätte. Sie wußte, wie sehr das Echo aller ihrer Empfindungen in ihm widerhallte und wie nötig er es hatte, sich auf sie zu stützen. Sie legte sich keinen schmerzvollen Zwang auf. Eine innere Zucht rettete sie. In ihrem Lebensüberdruß erhielten sie zwei Dinge am Leben: Christofs Liebe und der Fatalismus, der in Leid und Freud den Untergrund ihrer italienischen Natur bildete. Dieser Fatalismus hatte nichts Intellektuelles: es war der natürliche Trieb, der das abgemattete Tier hetzt, ohne daß es seine Müdigkeit fühlt, wobei es mit starren Augen traumbefangen dahingeht und die Steine des Weges und seinen Körper vergißt, bis es umsinkt. Dieser Fatalismus hielt ihren Körper aufrecht. Die Liebe hielt ihr Herz aufrecht. Jetzt, da ihr Leben verbraucht war, lebte sie in Christof. Trotzdem vermied sie sorgsamer als je, in ihren Briefen die Liebe zum Ausdruck zu bringen, die sie für ihn empfand. Zweifellos, weil ihre Liebe größer war. Dann aber auch, weil sie das Veto des kleinen Toten auf sich lasten fühlte, das aus ihrer Zuneigung ein Verbrechen machte. Also schwieg sie und zwang sich, eine Zeitlang nicht zu schreiben.

Christof begriff die Gründe dieses Stillschweigens nicht. Manchmal fielen ihm zwischen dem gleichmäßigen und ruhigen Klang eines Briefes unerwartete Töne auf, in denen eine leidenschaftliche Stimme zu beben schien. Er wurde davon aufgewühlt; aber er wagte nicht, es zu sagen; er war wie ein Mann, der den Atem anhält und fürchtet, Luft zu schöpfen, aus Angst, das Trugbild könne verfliegen. Er wußte, daß solche Töne beinahe unausbleiblich im folgenden Brief durch eine gewollte Kälte ausgeglichen würden... Dann von neuem Ruhe... *Meeresstille**...

Georges und Emmanuel hatten sich bei Christof getroffen. Es war an einem Nachmittag. Beide waren von ihren persönlichen Sorgen erfüllt: Emmanuel von einem literarischen Verdruß, Georges von einem Mißgeschick bei einem sportlichen Wettbewerb. Christof hörte ihnen gutmütig zu und verspottete sie freundschaftlich. Es klingelte. Georges ging öffnen. Ein Diener brachte einen Brief von Colette. Christof stellte sich ans Fenster und las. Die beiden Freunde hatten ihre Unterhaltung wieder aufgenommen; sie sahen nicht zu Christof hin, der ihnen den Rücken drehte. Er ging aus dem Zimmer, ohne daß sie darauf achteten. Und als sie es merkten, waren sie nicht überrascht. Doch als sich seine Abwesenheit ausdehnte, klopfte Georges an die Tür des Nebenzimmers. Er bekam keine Antwort. Georges war es nicht dringlich, denn er kannte das sonderbare Wesen seines alten Freundes. Einige Minuten später erschien Christof wieder. Seine Miene war sehr ruhig, sehr müde, sehr sanft. Er entschuldigte sich, daß er sie allein gelassen hatte, nahm die Unterhaltung da auf, wo er sie unterbrochen hatte, redete mit ihnen voller Güte von ihren Kümmernissen und sagte ihnen Dinge, die ihnen wohltaten. Der Ton seiner Stimme rührte sie, ohne daß sie wußten, warum.

Sie verließen ihn. Von ihm aus ging Georges zu Colette. Er fand sie in Tränen. Sobald sie ihn sah, stürzte sie auf ihn zu und fragte:

„Und wie hat er den Schlag ertragen, der arme Freund? Es ist furchtbar!"

Georges begriff nicht; und er erfuhr von Colette, daß sie soeben Christof die Nachricht von Grazias Tod übersandt hatte.

Sie war davongegangen, ohne daß sie Zeit gefunden hätte, irgend jemandem Lebewohl zu sagen. Seit einigen Monaten waren die Wurzeln ihres Lebens beinahe ausgerissen; ein Hauch hätte genügt, sie zu Boden zu werfen. Am Abend vor dem Influenzarückfall, der sie dahinraffte, hatte sie einen guten Brief von Christof erhalten. Sie war darüber gerührt gewesen. Sie hatte ihn zu sich rufen wollen; sie fühlte, daß alles übrige, alles, was sie trennte, falsch und sündhaft sei. Da sie sehr matt war, schob sie das Schreiben für den nächsten Tag auf. Am nächsten Tage mußte sie im Bett bleiben. Sie begann einen Brief, den sie nicht vollendete; sie hatte Schwindel, alles drehte sich in ihrem Kopf, und überdies schwankte sie, ob sie von ihrer

Krankheit reden sollte; denn sie fürchtete, Christof aufzuregen. Er war gerade mit den Proben zu einem symphonischen Chorwerk beschäftigt, das zu einer Dichtung Emmanuels geschrieben war; der Gegenstand hatte sie alle beide begeistert, denn er war ein wenig das Gleichnis ihres eigenen Schicksals: *Das Gelobte Land.* Christof hatte zu Grazia oft darüber gesprochen. Die Erstaufführung sollte in der folgenden Woche stattfinden... Er durfte nicht beunruhigt werden. Grazia deutete in ihrem Brief nur eine einfache Erkältung an. Dann fand sie, daß auch das zuviel sei. Sie zerriß den Brief und hatte nicht mehr die Kraft, einen neuen zu beginnen. Sie tröstete sich, daß sie am Abend schreiben würde. Am Abend war es zu spät. Zu spät, ihn kommen zu lassen; zu spät sogar, um zu schreiben... Wie schnell alles geht! Wenige Stunden genügen, um zu zerstören, was Jahrhunderte geformt haben... Grazia hatte kaum Zeit, ihrer Tochter den Ring zu geben, den sie am Finger trug, und sie zu bitten, ihn ihrem Freunde zu überbringen. Sie war bis dahin mit Aurora nicht sehr vertraut gewesen. Jetzt, da sie schied, betrachtete sie inbrünstig das Gesicht der Zurückbleibenden; sie klammerte sich an die Hand, die ihren Druck weitergeben sollte; und sie dachte mit Freude:

So gehe ich doch nicht ganz dahin.

> Quis hic, inquam, quis est qui complet
> aures meas tantus et tam dulcis sonus?
> *Scipios Traum*

Eine Aufwallung von Teilnahme führte Georges zu Christof zurück, nachdem er Colette verlassen hatte. Seit langem wußte er durch Colettes Schwatzhaftigkeit, welchen Platz Grazia im Herzen seines alten Freundes einnahm; und er hatte sich sogar manchmal (die Jugend kennt durchaus keine Ehrerbietung) darüber lustig gemacht. In diesem Augenblick aber empfand er mit großherziger Stärke den Schmerz, den ein solcher Verlust Christof bereiten mußte; und er fühlte das Bedürfnis, zu ihm zu laufen, ihn zu umarmen, ihn zu bemitleiden. Da er die Heftigkeit seiner Empfindungen kannte, beunruhigte ihn die Ruhe, die Christof soeben gezeigt hatte. Er klingelte an der Tür. Nichts rührte sich. Er klingelte noch einmal und klopfte in der zwischen ihm und Christof verabredeten Art. Er hörte einen Sessel rücken und einen langsamen, schweren Schritt, der näher kam. Christof öffnete. Sein Gesicht war so ruhig, daß Georges, der im Begriff war, sich in seine Arme zu werfen, an sich hielt; er wußte nicht mehr, was er sagen sollte. Christof fragte sanft:

„Du bist's, mein Junge; hast du etwas vergessen?"

Georges stotterte verwirrt:

„Ja."

„Komm herein."

Christof ließ sich wieder in den Stuhl nieder, in dem er vor Georges' Kommen gesessen hatte; nahe dem Fenster, den Kopf auf die Stuhllehne gestützt, schaute er auf die gegenüberliegenden Dächer und den sich rötenden Abendhimmel. Er kümmerte sich nicht um Georges. Der junge Mann tat, als suchte er etwas auf dem Tisch, während er verstohlen einen Blick auf Christof warf. Dessen Antlitz war regungslos; der Widerschein der untergehenden Sonne beleuchtete die Wangenknochen und einen Teil der Stirn.

Georges ging mechanisch in das Nebenzimmer – das Schlafzimmer –, als suchte er dort weiter. Dort hatte sich Christof kurz vorher mit dem Brief eingeschlossen; der lag noch dort; auf dem Bett war keinerlei Unordnung, die den Eindruck eines Körpers gezeigt hätte. Ein Buch war auf den Teppich niedergeglitten. Es war durch eine zerknitterte Seite offen liegengeblieben. Georges hob es auf und las im Evangelium die Begegnung zwischen Magdalena und dem Gärtner.

Er kehrte in das vordere Zimmer zurück, rückte einige Gegenstände nach rechts und nach links, um sich zu fassen, und schaute von neuem zu Christof hin, der sich nicht geregt hatte. Er hätte ihm so gern gesagt, wie sehr er ihn bedauere. Aber Christof hatte etwas so Lichtvolles, daß Georges fühlte, jedes Wort wäre am unrechten Platz gewesen. Er selbst hätte viel eher des Trostes bedurft. Schüchtern sagte er:

„Ich gehe fort."

Christof erwiderte, ohne den Kopf zu wenden:

„Auf Wiedersehen, mein Junge."

Georges ging und schloß geräuschlos die Tür.

Christof blieb lange Zeit so sitzen. Die Nacht kam. Er litt nicht, er dachte nicht nach, er sah kein deutliches Bild vor sich. Er glich einem müden Menschen, der undeutlich eine große Musik vernimmt, ohne daß er versucht, sie zu verstehen. Als er wie zerschlagen aufstand, war die Nacht vorgeschritten. Er warf sich auf das Bett und schlief einen schweren Schlaf.

Die Symphonie rauschte weiter.

Und siehe, da sah er *sie*, die Vielgeliebte... Sie streckte ihm lächelnd die Hände entgegen und sagte:

„Jetzt hast du den Feuerkreis überschritten."

Da löste sich sein Herz. Ein unaussprechlicher Frieden erfüllte den bestirnten Raum, über den die Musik der Sphären ihre reglosen und undurchdringlichen Flächen breitete...

Als er aufwachte (es war wieder Tag geworden), blieb das sonderbare Glück mit dem fernen Schimmer vernommener Worte bestehen. Er stand auf. Eine schweigende und heilige Begeisterung stimmte sein Herz höher.

> ... Or vedi, figlio,
> Tra Beatrice e te è questo muro.

Zwischen Beatrice und ihm war die Mauer gefallen.

Seit langem schon lebte mehr als die Hälfte seiner Seele auf der anderen Seite. Je länger man lebt, je mehr man schafft, je mehr man liebt und die, die man liebt, verliert, um so mehr entgleitet man dem Tode. Bei jedem neuen Schlag, der uns trifft, bei jedem neuen Werk, das man hämmert, löst man sich von sich selbst, flieht in das geschaffene Werk hinein, in die Seele, die man liebt und die uns verlassen hat. Zuletzt ist Rom nicht mehr in Rom; das Beste des eigenen Ichs ist außerhalb unserer selbst. Als einzige hatte ihn nur Grazia noch auf dieser Seite zurückgehalten. Und nun war die Reihe an sie gekommen... Jetzt hatte sich die Pforte hinter der Welt der Schmerzen geschlossen.

Er durchlebte eine Periode geheimen seelischen Entrücktseins. Er fühlte nicht mehr das Gewicht irgendeiner Kette. Er erwartete nichts mehr von den Dingen der Welt. Er war von nichts mehr abhängig. Er war befreit. Der Kampf war beendet. Er war hinausgeschritten aus dem Kampfbereich und aus dem Kreise, in dem der Gott heldischer Schlachten, Dominus Deus Sabaoth, herrscht. Er sah in der Nacht zu seinen Füßen die Fackel des brennenden Busches verlöschen. Wie fern war sie schon! Als sie seinen Pfad erhellt hatte, hatte er sich fast auf dem Gipfel geglaubt. Und welchen Weg hatte er seitdem durchlaufen! Inzwischen schien der Gipfel nicht näher gerückt. Er würde ihn niemals erreichen (er sah es jetzt), und sollte er auch in Ewigkeit wandern. Doch wenn man in den Kreis des Lichtes eingetreten ist und weiß, daß man die Geliebten nicht zurückläßt, ist die Ewigkeit nicht zu lang, mit ihnen den Weg zurückzulegen.

Er verschloß seine Tür. Niemand klopfte mehr an. Georges hatte mit dem einen Mal sein ganzes Mitleid erschöpft; nach Haus zurückgekehrt, war er beruhigt und dachte am nächsten Morgen nicht mehr daran. Colette war nach Rom abgereist. Emmanuel wußte nichts; und er hüllte sich, empfindlich wie immer, in gekränktes Schweigen, weil Christof seinen Besuch nicht erwidert hatte. Christof wurde tagelang nicht in der stummen Zwiesprache gestört, die er mit der hielt, die er jetzt in seiner Seele trug, wie eine schwangere Frau ihre teure Bürde trägt. Herzbewegende Zwiesprache, von der kein Wort übersetzbar ist. Kaum konnte die Musik sie ausdrücken. Wenn das Herz voll war, zum Überfließen voll, hörte Christof mit reglos geschlossenen Augen sie singen. Oder er saß stundenlang vor seinem Klavier und ließ seine Finger sprechen. Während dieser Zeit improvisierte er mehr als in seinem ganzen späteren Leben. Er schrieb seine Gedanken nicht nieder. Wozu?

Als er nach mehreren Wochen wieder ausging und andere Menschen traf, ahnte außer Georges niemand von seinen Vertrauten, was vorgegangen war; der Genius der Improvisation aber harrte noch eine Zeitlang bei ihm aus. Er kehrte bei Christof zu Stunden ein, in denen dieser ihn am wenigsten erwartete. Eines Abends bei Colette setzte sich Christof ans Klavier und spielte länger als eine Stunde, sprach sich rückhaltlos aus und vergaß, daß der Salon voll Gleichgültiger war. Es kam sie keine Lust an, zu lachen. Diese fürchterlichen Improvisationen bezwangen und wühlten auf. Selbst die, die ihren Sinn nicht verstanden, fühlten ihr Herz beklommen; und Colette standen die Augen voll Tränen... Als Christof sein Spiel beendet hatte, wandte er sich plötzlich um; er sah die Erregung der Leute, zuckte die Achseln und – lachte.

Er war auf dem Punkte angelangt, auf dem auch der Schmerz eine Kraft ist – eine Kraft, die man beherrscht. Er gehörte nicht mehr dem Schmerz, der Schmerz gehörte ihm; er konnte aufgeregt an den Gitterstäben rütteln: Christof hielt ihn im Käfig gefangen.

Aus dieser Epoche stammen seine ergreifendsten Werke und auch die glücklichsten – eine Stelle aus dem Evangelium, die Georges wiedererkannte:

„Mulier, quid ploras?" – „Quia tulerunt Dominum meum, et nescio ubi posuerunt eum."

Et cum haec dixisset, conversa est retrorsum, et vidit Jesum stantem: et non sciebat quia Jesus est.

Eine Serie tragischer *Lieder** zu Versen spanischer Cantares; unter anderem ein düsterer Liebes- und Grabgesang, der wie eine schwarze Flamme war:

> Quisiera ser el sepulcro
> Donde á ti te han de enterrar,
> Para tenerte en mis brazos
> Por toda la eternidad.
>
> (Ich möchte sein das Grab,
> darin man dich bestattet,
> um dich zu halten in meinen Armen
> für alle Ewigkeit.)

Dann zwei Symphonien, *Die Insel der Ruhe* und *Scipios Traum* betitelt, in denen sich fester als in irgendeinem anderen Werk von Johann Christof Krafft die schönsten musikalischen Kräfte seiner Zeit verschmelzen: die innige und weise Gedankenwelt Deutschlands mit ihren dämmerigen Tiefen, die leidenschaftliche Melodie Italiens und der lebensprühende Geist Frankreichs, der reich an feinen Rhythmen und wandlungsreichen Harmonien ist.

Diese *geistige Steigerung, die die Verzweiflung im Augenblick eines großen Verlustes hervorruft,* hielt ein oder zwei Monate lang an. Dann nahm Christof mit starkem

Herzen und sicherem Schritt seinen Platz im Leben wieder ein. Der Wind des Todes hatte die letzten Nebel des Pessimismus, das Grau der Stoikerseele und die Fata Morgana des mystischen Helldunkels fortgeblasen. Der Regenbogen leuchtete über den sich zerstreuenden Wolken. Reiner, wie in Tränen gebadet, lächelte das Auge des Himmels hindurch. Über den Bergen lag der ruhige Abend.

VIERTER TEIL

Die Feuersbrunst, die im Walde Europas glomm, begann aufzuflammen. Wenn man sie hier auch unterdrückte, etwas weiter fort entzündete sie sich wieder; mit Rauchwirbeln und Funkenregen sprang sie von einem Punkt zum anderen und brannte das dürre Buschwerk nieder. Im Orient fanden als Vorspiel zu dem großen Kriege der Nationen bereits Vorpostengefechte statt. Europa, das gestern noch zweiflerisch und apathisch wie ein toter Wald dalag, wurde eine Beute des Feuers. Die Sehnsucht nach Kampf brannte in allen Seelen. In jedem Augenblick konnte der Krieg ausbrechen. Man erstickte ihn, er lebte wieder auf. Der geringste Vorwand bot ihm Nahrung. Die Welt fühlte sich von einem Zufall abhängig, der das Getümmel entfesseln würde. Sie wartete. Auf den Friedliebendsten lastete das Gefühl der Notwendigkeit. Und die Ideologen, die sich hinter dem massigen Schatten Proudhons verschanzten, feierten im Kriege den höchsten Adelstitel des Menschen...

Damit also mußte die körperliche und seelische Wiederauferstehung der Völker des Abendlandes enden! Zu solchen Schlächtereien rissen die Strömungen leidenschaftlichen Tatendranges und Glaubens sie hin! Nur ein napoleonisches Genie hätte diesem blinden Dahinrasen ein vorgefaßtes und erwähltes Ziel setzen können. Aber ein Genie der Tat gab es in Europa nirgends. Man hätte meinen können, die Welt habe unter den Mittelmäßigsten die Auswahl getroffen, damit diese sie regierten. Die Kraft des menschlichen Geistes lag anderwärts. – So blieb nichts übrig, als sich der abschüssigen Bahn zu überlassen, auf der man mitgerissen wurde. Das taten die Regierenden und die Regierten. Europa bot das Schauspiel einer ungeheuren Wacht in Waffen.

Christof erinnerte sich an eine gleiche Wacht, in der das

angstvolle Antlitz Oliviers neben ihm war. Aber die Kriegsdrohungen waren in jener Zeit nur eine vorüberziehende Gewitterwolke gewesen. Jetzt bedeckten sie mit ihrem Schatten ganz Europa. Und auch Christofs Herz hatte sich verändert. Er konnte an dem Haß der Nationen nicht mehr teilnehmen. Er befand sich in dem Geisteszustand Goethes im Jahre 1813. Wie kann man ohne Haß kämpfen? Und wie ohne Jugend hassen? Die Zone des Hasses hatte er bereits hinter sich gelassen. Welches von den großen rivalisierenden Völkern war ihm das weniger teure? Er hatte ihrer aller Verdienste kennengelernt und wußte, was die Welt ihnen schuldet. Wenn man eine gewisse seelische Reife erworben hat, *kennt man keine Nation mehr, man fühlt Glück und Unglück der benachbarten Völker wie sein eigenes.* Die Gewitterwolken liegen unter einem. Ringsumher ist nichts als Himmel – *der ganze Himmel, der dem Adler gehört.*

Indessen wurde Christof manchmal von der ihn umgebenden Feindseligkeit peinlich berührt. Man ließ ihn in Paris nur allzusehr fühlen, daß er zur feindlichen Nation gehöre; selbst sein lieber Georges konnte dem Vergnügen nicht widerstehen, vor ihm Gefühle in bezug auf Deutschland zum Ausdruck zu bringen, die ihn traurig machten. Also ging er fort; sein Wunsch, Grazias Tochter wiederzusehen, bot ihm einen Vorwand; er ging für einige Zeit nach Rom. Aber dort fand er eine Umgebung, die nicht heiterer war. Die große nationalistische Hochmutspest hatte sich auch dort verbreitet. Sie hatte den italienischen Charakter umgewandelt. Dieselben Leute, die Christof als gleichgültig und tatenunlustig gekannt hatte, träumten von nichts anderem als von militärischem Ruhm, von Kämpfen, von Eroberungen, von römischen Adlern, die über der Libyschen Wüste kreisen sollten; sie glaubten sich in die Zeiten der Kaiser zurückversetzt. Das wunderbare war, daß die Parteien der Opposition, Sozialisten und Klerikale ebenso wie die Monarchisten, aus heiliger Überzeugung diesen Rausch teilten, ohne im mindesten zu glauben, dadurch ihrer Sache untreu zu werden. Daran sieht man, wie wenig Politik und menschliche Vernunft gelten, wenn die großen epidemischen Leidenschaften über die Völker dahinbrausen. Diese geben sich nicht einmal Mühe, die individuellen Leidenschaften zu unterdrücken; sie nutzen sie aus: alles läuft doch dem gleichen Ziele zu. In tatkräftigen Epochen war es immer so. Die Heere Heinrichs IV., die Ratgeber Ludwigs XIV., die die Größe Frankreichs schmiedeten, zählten unter sich ebenso viele Verstandes- und Glaubensmenschen wie Eitle, Interessenjäger und niedrige Genüßlinge. Jansenisten und Wüstlinge, Puritaner und Buschklepper dienten demselben Schicksal, indem sie ihren Instinkten folgten. In den künftigen Kriegen werden sicherlich Internationalisten und Pazifisten wie ihre Ahnen vom Konvent die Waffen gebrauchen und dabei überzeugt sein, es zum Besten der Völker und um des Friedens willen zu tun.

Christof schaute, ein wenig ironisch lächelnd, von der Terrasse des Janikulus auf die auffallend ungleichmäßige und zugleich harmonische Stadt nieder, auf dieses Sinnbild der Welt, die sie beherrschte: ausgeglühte Ruinen, „barocke" Fassaden, moderne Gebäude, von Rosen umrankte Zypressen – alle Jahrhunderte, alle Stile in einer starken und engverbundenen Einheit unter dem geistbeseelten Licht zusammengeschmolzen. So muß der Geist über das kämpfende Universum Ordnung und Licht ausstrahlen, die in ihm sind.

Christof blieb nur kurze Zeit in Rom. Der Eindruck, den diese Stadt auf ihn machte, war zu stark: er fürchtete sich davor. Um jene Harmonie als wohltuend zu empfinden, mußte er sie aus der Entfernung hören; er fühlte, daß er beim Bleiben Gefahr lief, von ihr aufgesogen zu werden so wie viele andere seines Volkes. – Von Zeit zu Zeit hielt er sich kurz in Deutschland auf. Aber schließlich zog ihn trotz des nahe bevorstehenden französisch-deutschen Konflikts doch immer wieder Paris an. Allerdings war dort sein Georges, sein Adoptivsohn. Aber die Gefühlsgründe waren es nicht allein, die ihn in dieser Hinsicht bestimmten. Andere Gründe geistiger Art waren nicht weniger stark. Für einen an weites Geistesleben gewöhnten Künstler, der großzügig an allen Leidenschaften der großen Menschheitsfamilie teilnimmt, war es schwer, sich wieder an das Leben in Deutschland zu gewöhnen. An Künstlern fehlte es dort nicht. Doch den Künstlern fehlte es an Luft. Sie waren von der übrigen Nation abgeschnitten; sie nahm an ihnen keinen Anteil; andere soziale oder praktische Betätigungen nahmen den Geist der Allgemeinheit völlig in Anspruch. Die Dichter verschlossen sich mit gereizter Verachtung in ihre verspottete Kunst; sie setzten ihren Stolz darein, die letzten Bande, die sie an das Leben ihres Volkes knüpften, zu zerschneiden; sie schrieben nur noch für einige wenige: eine talentvolle, überfeinerte, unfruchtbare kleine Aristokratie, die selbst wieder in sich bekämpfende Cliquen langweiliger Eingeweihter geteilt war. Sie erstickten in dem engen Raum, in dem sie zusammengepfercht waren; unfähig, ihn weiter auszudehnen, machten sie sich daran, ihn durchzuackern; sie warfen den Boden um, bis er nichts mehr hergab. Darauf versenkten sie sich in ihre umstürzlerischen Träume und kümmerten sich nicht einmal darum, diese zu vereinheitlichen. Jeder schlug sich im Nebel auf ein und demselben Platz herum. Kein gemeinsames Licht. Jeder wollte das Licht nur von sich selbst erwarten.

Im Gegensatz dazu wehten auf der anderen Seite des Rheins bei den westlichen Nachbarn von Zeit zu Zeit die großen Massenleidenschaften in allgemeinem Aufruhr über die Kunst hin. Und wie ihr Eiffelturm über Paris, so leuchtete, die Weite beherrschend, in der Ferne der niemals erloschene Leuchtturm einer klassischen Überlieferung, die, in Jahrhunderten der Arbeit und des Ruhmes erobert, von Hand zu Hand weitergegeben wurde. Sie wies dem Geist, ohne ihn zu knechten oder einzuzwängen, den Weg, den die Jahrhunderte beschritten hatten, und ließ ein ganzes Volk sich in ihrem Licht zusammenschließen. So mancher deutsche Geist kam – wie ein verirrter Vogel in der Nacht – raschen Fluges dem fernen Licht entgegen. Wer aber ahnt in Frankreich die Kraft der Sympathie, die so viele große Herzen des Nachbarvolkes nach Frankreich drängt? So viele treue Hände strecken sich aus, die für die Verbrechen der Politik nicht verantwortlich sind! – Und ihr, deutsche Brüder, seht uns nicht mehr, die wir euch sagen: „Hier unsere Hände! Trotz aller Lügen und allen Hasses wird man uns nicht voneinander trennen. Wir bedürfen euer, ihr bedürft unser zur Größe unseres Geistes und unserer Nationen. Wir sind die beiden Schwingen des Abendlandes. Wenn die eine zerbricht, ist auch der Flug der anderen zerstört. Möge der Krieg kommen! Er wird unsere verschlungenen Hände nicht lösen, wird den Aufschwung unserer Bruderseelen nicht hemmen."

So dachte Christof. Er fühlte, wie sehr die beiden Völker sich gegenseitig ergänzten und wie unvollkommen und schleppend ihr Geist, ihre Kunst, ihre Tatkraft sind, wenn man sie der gegenseitigen Unterstützung beraubt. Er persönlich, der aus jenen Rheinlanden stammte, in denen die beiden Zivilisationen in einen einzigen Strom verschmelzen, hatte von Kindheit an instinktmäßig die Notwendigkeit ihrer Einigung empfunden; sein Leben war das unbewußte Streben seines Genius gewesen, das Gleichgewicht und die Sicherheit der beiden mächtigen Schwingen aufrechtzuerhalten. Je reicher er war an germanischen Träumen, um so mehr bedurfte er der lateinischen Geistesklarheit und -ordnung. Darum war ihm Frankreich so teuer. Er genoß dort die Wohltat, sich besser zu verstehen und sich zu meistern. Dort allein war er ganz und gar er selbst.

Aus den Elementen, die ihm zu schaden suchten, zog er Nutzen. Er verarbeitete die ihm fremden Energien mit den eigenen. Ein kraftvoller Geist nimmt, wenn er sich wohl fühlt, alle Kräfte, selbst die ihm feindlichen, in sich auf;

und er macht sie zu seinem Fleisch und Blut. Es kommt sogar eine Zeit, in der man am meisten von dem angezogen wird, was einem am wenigsten gleicht: denn man findet darin reichlichere Nahrung.

In der Tat hatte Christof mehr Freude an Werken mancher Künstler, die man ihm als Rivalen gegenüberstellte, als an denen seiner Nachahmer – denn er hatte Nachahmer, die sich zu seinem größten Ärger seine Schüler nannten. Es waren brave junge Leute, die voll Verehrung für ihn, arbeitsam, achtbar und von allen Tugenden gekrönt waren. Christof hätte viel darum gegeben, wenn er ihre Musik hätte lieben können; aber (zu seinem Glück!) war das ganz unmöglich: er fand sie durchaus nichtssagend. Er wurde tausendmal mehr von dem Talent der Musiker angezogen, die ihm persönlich unsympathisch waren und die ihm künstlerisch feindliche Bestrebungen verwirklichten ... Aber was kümmerte ihn das? Sie waren wenigstens lebendig. Leben ist an und für sich ein solcher Vorzug, daß, wer ihn nicht besitzt, möge er auch alle anderen guten Eigenschaften haben, niemals ein ganz tüchtiger Mensch sein wird, denn er ist kein ganzer Mensch. Christof sagte scherzend, er erkenne nur die als Schüler an, die ihn bekämpften. Und kam ein junger Künstler, um mit ihm von seiner musikalischen Begabung zu reden, und glaubte Christofs Teilnahme zu wecken, indem er ihm schmeichelte, so fragte er ihn:

„Also meine Musik befriedigt Sie? Sie möchten Ihre Liebe oder Ihren Haß in dieser Art zum Ausdruck bringen?"

„Ja, Meister."

„Nun, dann schweigen Sie. Dann haben Sie nichts zu sagen."

Dieser Widerwille gegen unterwürfige Seelen, die zum Gehorchen geboren sind, dieses Bedürfnis, die Luft einer anderen Gedankenwelt zu atmen statt die der eigenen, ließ ihn besonders gern Kreise aufsuchen, deren Ideen den seinen diametral entgegenliefen. Er hatte Leute zu Freunden, für die seine Kunst, sein idealistischer Glaube, seine sittlichen Vorstellungen tote Buchstaben bedeuteten; sie sahen das Leben, die Liebe, die Ehe, die Familie, alle gesellschaftlichen Beziehungen auf andere Art an – im übrigen waren es brave Leute, die einer anderen Epoche der sittlichen Entwicklung anzugehören schienen; die Ängste und Skrupel, die einen Teil von Christofs Leben aufgezehrt hatten, wären ihnen unbegreiflich erschienen. Zweifellos um so besser für sie! Christof wünschte nicht, sie ihnen begreiflich zu machen. Wenn er in seiner Art dachte, verlangte er doch nicht von anderen, daß sie seiner Gedankenwelt beistimmten: er war seiner Gedankenwelt sicher. Er verlangte, von ihnen andere Gedanken kennen-, andere Seelen liebenzulernen. Immer noch mehr lieben- und kennenlernen! Sehen und sehen lernen. Er war dahin gekommen, nicht allein die geistigen Bestrebungen, die er früher bekämpft hatte, bei anderen anzuerkennen, sondern sich daran zu freuen: denn sie schienen ihm zur Fruchtbarkeit der Welt beizutragen. Er liebte Georges gerade deswegen, weil er das Leben nicht so tragisch auffaßte wie er. Die Menschheit würde zu arm, würde zu grau in grau erscheinen, wenn sie sich einförmig nur in den sittlichen Ernst kleiden, sich den heroischen Zwang auferlegen wollte, mit dem Christof gewappnet war. Die Menschheit hatte Freude nötig, Sorglosigkeit, unehrerbietige Kühnheit vor den Heiligtümern, vor allen Heiligtümern, selbst vor den erhabensten. Hoch *das gallische Salz, das die Erde würzt!* Zweifelsucht und Glauben sind nicht weniger notwendig. Die Zweifelsucht, die an dem Glauben von gestern nagt, schafft dem Glauben von morgen Raum... Wie erhellt sich alles für den, der sich vom Leben wie von einem schönen Gemälde entfernt und nun die verschiedenen Farben, die in der Nähe hart nebeneinanderstehen, sich zu harmonischem Zauber verschmelzen sieht!

Christofs Augen hatten sich für die unendliche Verschiedenheit der sinnlichen wie der seelischen Welt geöffnet.

Diese Erkenntnis war ihm hauptsächlich seit seiner ersten italienischen Reise geworden. In Paris hatte er sich vor allem an Maler und Bildhauer angeschlossen; er fand, daß in ihnen das Beste des französischen Genius lebte. Die siegreiche Kühnheit, mit der sie Bewegung und schwingende Farben verfolgten und miteinander verschmolzen, mit der sie die Schleier herunterrissen, in die sich das Leben hüllt, ließen das Herz vor Jubel höher schlagen. Welch unerschöpflicher Reichtum liegt für den, der zu sehen versteht, in einem Tropfen Licht, in einer Sekunde Leben! Was gilt neben diesen höchsten geistigen Wonnen das eitle Gelärm von Streit und Krieg? – Aber selbst diese Streitigkeiten und diese Kriege sind ein Teil des wundervollen Schauspiels. Es gilt, alles zu umfangen und tapfer und fröhlich in den Schmelzofen unseres Herzens ebenso die verneinenden wie die bejahenden Kräfte, die feindlichen wie die freundlichen hineinzuwerfen, kurz, das ganze Metall des Lebens. Das Ergebnis alles dessen ist die Statue, die sich in uns herausarbeitet, die göttliche Frucht des Geistes; und alles ist gut, was dazu beiträgt, sie schöner zu gestalten, sei es auch durch das Opfer unseres Selbst erkauft. Was gilt der Schaffende? Nur was man geschaffen hat, ist wirklich... Ihr Feinde, die ihr uns zerstören wollt, reicht nicht an uns heran. Wir sind gegen eure Schläge gefeit... Ihr greift in die leere Luft. Schon lange bin ich anderswo.

Sein musikalisches Schaffen hatte heitere Formen angenommen. Es waren nicht mehr die Frühlingsgewitter, die sich einst ansammelten, ausbrachen und plötzlich wieder verschwanden. Es waren weiße Sommerwolken, wie Gebirge aus Schnee und Gold, wie große Vögel des Lichts, die langsam dahinschweben und den Himmel erfüllen... Schaffen. Ernten, die in ruhiger Augustsonne reifen...

Zuerst eine unbestimmte und mächtige Benommenheit, die dunkle Freude der vollen Traube, der geschwellten

Ähre, der schwangeren Frau, die ihre reife Frucht trägt. Ein Orgelsummen; der singende Bienenschwarm im Innern des Korbes... Aus dieser Musik, die dunkel und golden ist wie die Honigwabe im Herbst, löst sich nach und nach der führende Rhythmus; der Planetenkreis tritt deutlicher hervor; er beginnt zu schwingen...

Nun kommt der Wille. Er springt auf den Rücken des wiehernden Traumes, der vorbeirast, und preßt ihn zwischen die Schenkel. Der Geist erkennt die Gesetze des Rhythmus, der ihn mit sich reißt; er bändigt die ungeordneten Kräfte, er bestimmt ihren Weg und das Ziel, dem sie zustreben. Die Symphonie der Vernunft und des Instinktes formt sich. Das Dunkel hellt sich auf. Auf dem langen Bande des Weges, das sich aufrollt, treten in Abständen leuchtende Punkte hervor, die in dem entstehenden Werk ihrerseits Kerne kleiner Planetenwelten bilden und mit dem Kreis ihres Sonnensystems verbunden sind...

Die großen Linien des Bildes sind von nun an festgelegt. Jetzt taucht sein Antlitz aus der ungewissen Morgendämmerung auf. Alles wird deutlicher: die Harmonie der Farben und die Züge der Gesichter. Um das Werk zu vollenden, werden alle Kräfte des Seins herangezogen. Das Räucherbecken des Gedächtnisses steht offen und strömt seine Düfte aus. Der Geist entfesselt die Sinne; er läßt sie schwärmen und schweigt; aber zur Seite hingelagert, belauert er sie und wählt seine Beute...

Alles ist bereit; die Rotte der Handlanger führt mit dem den Sinnen geraubten Material das Werk aus, das der Geist vorgezeichnet hat. Der große Architekt braucht gute Arbeiter, die ihr Handwerk verstehen und ihre Kräfte nicht schonen. Die Kathedrale geht der Vollendung entgegen.

„Und Gott sieht sein Werk. Und er sieht, *daß es noch nicht gut ist.*"

Das Auge des Meisters umfaßt das Ganze seiner Schöpfung; seine Hand vollendet die Harmonie...

Der Traum ist erfüllt. Te Deum...

Die weißen Sommerwolken, große Vögel des Lichts, schweben langsam dahin; und der Himmel ist von ihren ausgespannten Schwingen verdeckt.

Aber auch Christofs Leben mußte wieder seiner Kunst unterworfen werden. Ein Mann seines Schlages kann die Liebe nicht entbehren; nicht nur die gleichmäßige Liebe, die der Geist des Künstlers über alles Seiende breitet: nein, er muß etwas *vorziehen*; er muß sich Geschöpfen seiner Wahl hingeben. Das sind die Wurzeln des Baumes. Dadurch erneuert sich sein ganzes Herzblut.

Christofs Blut war noch nicht am Versiegen. Eine Liebe umfloß ihn, die seine größte Freude war. Eine Doppelliebe für Grazias Tochter und Oliviers Sohn. In seinen Gedanken vereinte er sie. Er nahm sich vor, sie in Wirklichkeit zu vereinen.

Georges und Aurora hatten sich bei Colette kennengelernt. Aurora wohnte im Hause ihrer Verwandten. Sie lebte einen Teil des Jahres in Rom, die übrige Zeit in Paris. Sie war achtzehn Jahre alt, Georges fünf Jahre älter. Sie war groß, aufrecht, vornehm, blond, hatte einen kleinen Kopf, ein breites Gesicht, sonnengebräunte Haut, den Schatten eines kleinen Flaums auf der Lippe, klare Augen, deren lachender Blick sich nicht durch Denken ermüdete, ein etwas fleischiges Kinn, braune Hände, runde und kräftige schöne Arme, eine wohlgeformte Büste und eine heitere, sinnliche und selbstbewußte Miene. Sie war keineswegs intellektuell, sehr wenig empfindsam und hatte von der Mutter die lässige Trägheit geerbt. Sie schlief elf Stunden in einem Zuge wie ein Murmeltier. Die übrige Zeit schlenderte sie lachend und halb verschlafen umher. Christof nannte sie *Dornröschen**. Sie erinnerte ihn an seine kleine Sabine. Sie sang, wenn sie sich niederlegte, sie sang, wenn sie aufstand, sie lachte ohne Grund ihr natürliches Kinderlachen, das sie mit einem Glucksen verschluckte. Man wußte nicht, wie sie ihre Tage hinbrachte. Alle Anstrengungen Colettes, sie mit jenem unechten Glanz zu putzen, mit dem man so leicht den Geist junger Mädchen wie mit einem Firnis überzieht, waren vergeblich gewesen: der Firnis hielt nicht. Sie lernte nichts; sie brauchte Monate, um ein Buch zu lesen, das sie sehr schön fand, und konnte sich acht Tage später weder an den Titel noch an den Inhalt erinnern. Sie machte unbedenklich orthographische Fehler und beging, wenn sie von wissenschaftlichen Dingen redete, drollige Irrtümer. Sie wirkte erfrischend durch ihre Jugend, ihre Heiterkeit und ihren Mangel an Geistigkeit, ja selbst durch ihre Fehler, durch ihre Sorglosigkeit, die manchmal an Gleichgültigkeit grenzte, durch ihre urwüchsige Selbstsucht. Sie war stets ursprünglich. Dieses schlichte und träge Mädchen verstand, wenn es ihr paßte, unschuldig zu kokettieren: dann spannte sie den jungen Bürschchen ihre Netze, malte in freier Natur, spielte Chopinsche Nocturnes, trug Gedichtbücher herum, in denen sie aber nicht las, führte ideale Unterhaltungen und trug Hüte, die nicht weniger ideal waren.

Christof beobachtete sie und lachte in sich hinein. Er empfand für Aurora eine väterliche, nachsichtige und spottlustige Zärtlichkeit. Und er barg auch ein geheimes Gefühl der Ehrfurcht für sie, das der galt, die er früher geliebt hatte und die in neuer Jugend wiedererschien, für eine andere Liebe als die seine geschaffen. Niemand kannte die Tiefe seines Gefühls. Die einzige, die sie ahnte, war Aurora. Seit ihrer Kindheit hatte sie fast immer Christof um sich gesehen; sie betrachtete ihn als zur Familie gehörig. In ihrem einstigen Leid, als sie nicht so wie ihr Bruder geliebt wurde, hatte sie sich instinktiv an Christof angeschlossen. Sie ahnte in ihm ein ähnliches Leid; er sah ihren Kummer; und ohne Herzensergießungen führten ihre Leiden sie zusammen. Später entdeckte sie das Gefühl, das ihre

Mutter und Christof verband; es war ihr, als wäre sie eingeweiht, obgleich sie sie niemals zur Bundesgenossin gemacht hatten. Sie begriff den Sinn der Botschaft, mit der die sterbende Grazia sie betraut hatte, den Sinn des Ringes, der jetzt an Christofs Hand war. So bestanden zwischen ihm und ihr verborgene Bande, die sie nicht klar zu verstehen brauchte, um sie in ihrem ganzen Umfang zu empfinden. Sie hing aufrichtig an ihrem alten Freunde, wenn sie auch niemals die Anstrengung gemacht hatte, seine Werke zu spielen oder zu lesen. Obgleich sie ziemlich musikalisch war, besaß sie nicht einmal so viel Neugierde, die Seiten einer Partitur aufzuschneiden, die ihr gewidmet war. Sie kam gern, um vertraut mit ihm zu plaudern. – Öfter noch kam sie, wenn sie wußte, daß sie Georges Jeannin bei ihm treffen konnte.

Und Georges hatte seinerseits noch nie so viel Interesse an Christofs Gesellschaft bekundet.

Doch waren die beiden jungen Leute weit davon entfernt, ihre wahren Gefühle zu ahnen. Sie hatten sich zunächst mit spöttischem Blick betrachtet. Sie hatten nicht viel Ähnliches. Der eine war Quecksilber, die andere ein stilles Wasser. Aber es dauerte nicht lange, und das Quecksilber bemühte sich, ruhiger zu scheinen, das stille Wasser wurde lebhaft. Georges bekrittelte Auroras Kleidung, ihren italienischen Geschmack – einen leichten Mangel an feinen Abstufungen, eine gewisse Vorliebe für lebhafte Farben. Aurora spottete gern und machte Georges die hastige und etwas anmaßende Redeweise nach. Und während sie sich so übereinander lustig machten, fanden beide Vergnügen daran – an dem Lustigmachen oder an der gegenseitigen Unterhaltung? Sie unterhielten sogar Christof damit, der, weit davon entfernt, ihnen zu widersprechen, ihre kleinen Sticheleien schalkhaft von einem zum andern weitergab. Sie taten, als läge ihnen gar nichts daran; aber sie machten die Entdeckung, daß ihnen im Gegenteil sehr viel daran lag; und da sie, vor allem Georges, unfähig waren, ihren

Ärger zu verbergen, kamen sie bei der ersten Begegnung in lebhaftes Geplänkel. Die Wunden waren leicht; sie hatten Angst, einander weh zu tun; und die Hand, die sie schlug, war ihnen so teuer, daß sie mehr Vergnügen an den Stichen hatten, die sie empfingen, als an denen, die sie austeilten. Sie beobachteten einander mit neugierigen Augen, die nach Fehlern im andern suchten und Vorzüge in ihm entdeckten. Aber sie gaben das nicht zu. Jeder beteuerte, war er mit Christof allein, daß ihm der andere unausstehlich sei. Sie nahmen darum nicht weniger die Gelegenheit wahr, die Christof ihnen bot, um einander zu treffen.

Eines Tages, als Aurora bei ihrem alten Freunde war und ihm ihren Besuch für den folgenden Sonntagvormittag ankündigte, stürmte Georges wie gewöhnlich wie ein Wirbelwind herein und sagte Christof, er werde Sonntagnachmittag kommen. Am Sonntagmorgen erwartete Christof Aurora vergeblich. Zu der von Georges angegebenen Stunde erschien sie und entschuldigte sich, daß sie nicht früher hätte kommen können; sie dichtete ein ganzes Geschichtchen um diese Ausrede herum. Christof, dem diese unschuldige Durchtriebenheit Spaß machte, sagte zu ihr:

„Das ist schade. Du hättest Georges getroffen; er war hier, wir haben zusammen gefrühstückt. Heute nachmittag kann er nicht kommen."

Aurora war enttäuscht und hörte nicht mehr zu, was Christof sagte. Er redete gutgelaunt. Sie antwortete zerstreut; sie war ihm beinahe böse. Es klingelte. Es war Georges. Aurora fuhr zusammen. Christof sah sie lachend an. Sie begriff, daß er sie zum besten gehalten hatte; sie lachte und errötete. Er drohte ihr schelmisch mit dem Finger. Plötzlich lief sie auf ihn zu und küßte ihn voll Überschwang. Er flüsterte ihr ins Ohr:

„Biricchina, ladroncella, furbetta..."

Und sie legte ihm ihre Hand auf den Mund, damit er schweige.

Georges begriff nichts von diesem Gelächter und diesen

Küssen. Seine erstaunte, ja ein wenig unwillige Miene erhöhte noch die Heiterkeit der beiden anderen.

So arbeitete Christof daran, die beiden Kinder einander näherzubringen. Und als es ihm gelungen war, machte er es sich beinahe zum Vorwurf. Er liebte sie beide gleich sehr; aber er beurteilte Georges strenger; er kannte seine Schwächen, er idealisierte Aurora; er fühlte sich für ihr Glück mehr verantwortlich als für das Georges'; denn es war ihm, als wäre Georges sein Sohn, ein Stück von ihm selbst. Und er fragte sich, ob es nicht strafbar sei, der unschuldigen Aurora einen Gefährten zu geben, der das durchaus nicht war.

Aber eines Tages, als er bei einer Hagebuchenlaube vorüberkam, in der diese beiden jungen Leute saßen (es war kurze Zeit nach ihrer Verlobung), hörte er mit einem kleinen Schauder, wie Aurora Georges scherzend über eines seiner vergangenen Abenteuer befragte und Georges es ihr, ohne sich bitten zu lassen, erzählte. Andere Bruchstücke ihrer Unterhaltungen, aus denen sie durchaus kein Hehl machten, zeigten ihm, daß sich Aurora weit mehr als er selbst in Georges' sittlichen Ideen zu Hause fühlte. Obgleich sie einer in den andern sehr verliebt waren, empfand man, daß sie sich durchaus nicht als für immer gebunden ansahen; sie betrachteten alles, was Liebe und Ehe anging, mit einem Freisinn, der wohl sein Schönes hatte, aber zu dem alten System gegenseitiger Hingabe usque ad mortem in eigentümlichem Gegensatz stand. Und Christof sah das mit ein wenig Wehmut... Wie fern sie ihm schon waren! Wie schnell die Barke dahinschießt, die unsere Kinder fortträgt! – Geduld! Der Tag wird kommen, an dem wir alle uns im Hafen wiederfinden werden.

Unterdessen sorgte sich die Barke wenig um den zu verfolgenden Weg; sie schwebte bei allen Winden des Tages dahin. – Man hätte meinen können, daß diese Freiheitlichkeit, die die früheren Sitten umzuwandeln strebte, auch auf andere Gebiete des Denkens und Handelns übergriffe. Aber das war nicht der Fall: die menschliche Natur kümmerte sich nicht um Widersprüche. Zur selben Zeit, da die Sitten freier wurden, wurde der Verstand unfreier; er bat die Religion, daß sie ihm wieder den Halfter anlegen möge. Und diese Doppelbewegung in gegensätzlicher Richtung fand mit wundervoller Unlogik in denselben Seelen statt. Georges und Aurora hatten sich von der neuen katholischen Strömung gewinnen lassen, die im besten Zuge war, einen Teil der Gesellschaftsmenschen und der Intellektuellen zu erobern. Nichts war sonderbarer als die Art, wie Georges, der geborene Widerspruchsgeist, der ohne die geringsten Bedenken gottlos war, der sich nie um Gott noch um den Teufel gekümmert hatte, der als echter Vollblutgallier sich aus nichts etwas machte, plötzlich erklärt hatte, daß dort die Wahrheit sei. Er brauchte eine; und diese paßte zu seinem Betätigungsdrang, seinem französischen Bürgeratavismus und seinem Überdruß an der Freiheit. Das junge Füllen war genug herumgetollt; es kam ganz von selbst und ließ sich vor das Pflugschar der Nation spannen. Das Beispiel einiger Freunde hatte genügt. Georges, der gegen den geringsten atmosphärischen Druck der ihn umgebenden Gedankenwelt überempfindlich war, ließ sich als einer der ersten einfangen. Und Aurora folgte ihm, wie sie ihm überallhin gefolgt wäre. Sofort wurden sie auch selbstsicher und verachteten alle, die nicht wie sie dachten. O Ironie! Diese beiden leichtlebigen Kinder waren jetzt aufrichtig gläubig, während die Seelenreinheit, der ernste, glühende Eifer Grazias und Oliviers sie früher trotz heißen Bemühens nicht dahin zu bringen vermochten.

Christof beobachtete neugierig diese Entwicklung der Seelen. Er dachte nicht daran, sie zu bekämpfen, wie es Emmanuel gern getan hätte, dessen freier Idealismus sich durch die Rückkehr des alten Feindes gereizt fühlte. Man kämpft nicht gegen den vorüberstreichenden Wind. Man wartet, bis er vorüber ist. Die menschliche Vernunft war übermüdet. Sie hatte eine gigantische Anstrengung hinter sich. Sie mußte dem Schlaf weichen; und wie ein Kind, das von einem langen Tag ermattet ist, sagte sie vor dem Einschlafen ihr Gebet. Das Tor der Träume hatte sich wieder geöffnet; im Gefolge der Religion suchten theosophische, mystische, esoterische und okkultistische Strömungen das Gehirn des Okzidents heim. Selbst die Philosophie schwankte. Die Götter ihrer Gedankenwelt, Bergson, William James, gerieten ins Wanken. Selbst in der Wissenschaft offenbarten sich Zeichen geistiger Ermüdung. Ein vorübergehender Augenblick. Laßt sie Luft schöpfen! Morgen wird der Geist frischer und freier wieder erwachen... Der Schlaf tut gut, wenn man angestrengt gearbeitet hat. Christof, der früher keine Zeit gefunden hatte, ihm nachzugeben, war glücklich, daß ihn seine Kinder statt seiner genießen konnten, daß sie die seelische Ruhe besaßen, die Sicherheit des Glaubens, das absolute, unerschütterliche Vertrauen in ihre Träume. Er hätte nicht mit ihnen tauschen wollen noch können. Aber er sagte sich, daß Grazias Schwermut und Oliviers Rastlosigkeit in ihren Kindern zum Frieden kommen würden und daß es so gut sei.

Alles, was wir gelitten haben, ich, meine Freunde und so viele andere, die vor uns lebten, all das ist geschehen, damit diese beiden Kinder zur Freude gelangen... Zu jener Freude, für die du, Antoinette, geschaffen warst und die dir verwehrt wurde! – Ach, könnten die Unglücklichen doch im voraus das Glück kosten, das eines Tages aus ihren hingeopferten Leben erstehen wird!

Warum hätte er ihnen dieses Glück streitig machen sollen? Man muß nicht wollen, daß andere auf unsere Art glücklich werden. Sie sollen auf ihre eigene Art glücklich werden. Höchstens bat er Georges und Aurora sanft, sie möchten die nicht allzusehr verachten, die gleich ihm ihre Überzeugung nicht teilten.

Sie nahmen sich nicht einmal die Mühe, mit ihm zu streiten. Es sah so aus, als sagten sie:

Er kann das nicht verstehen...

Er gehörte für sie der Vergangenheit an. Und sie legten, offen gesagt, der Vergangenheit keine besondere Bedeutung bei. Waren sie unter sich, so kam es vor, daß sie in aller Unschuld davon redeten, was sie später tun würden, wenn Christof „nicht mehr da wäre". – Dennoch liebten sie ihn herzlich. Diese furchtbaren Kinder, die rings um einen wie Schlinggewächse emporschießen! Diese Naturkraft, die dahinhastet, die einen verjagt ...

Geh fort! Geh fort! Hebe dich weg von da! Die Reihe ist an mir!

Christof, der ihre stumme Sprache verstand, hätte ihnen gern gesagt:

Beeilt euch nicht so sehr! Es geht mir hier gut. Betrachtet mich noch als einen der Lebenden.

Ihre harmlose Frechheit machte ihm Spaß.

„Sagt nur gleich", meinte er eines Tages gutgelaunt, als sie ihn mit ihrer verachtungsvollen Miene niedergeschmettert hatten, „sagt mir nur gleich, daß ich ein altes Schaf bin."

„Aber nein, lieber alter Freund", meinte Aurora, aus vollem Herzen lachend, „Sie sind der beste Mensch; aber es gibt Dinge, die Sie nicht verstehen."

„Und die du verstehst, kleines Mädchen? Sieh einer die Weisheit an!"

„Spotten Sie nicht. Ich weiß allerdings nicht viel. Aber er, der Georges, er weiß etwas."

Christof lächelte.

„Ja, du hast recht, Kleine. Der, den man liebt, weiß immer alles."

Was ihm weit schwerer zu ertragen war als ihre geistige Überlegenheit, war ihre Musik. Sie stellte seine Geduld auf eine harte Probe. Das Klavier hatte keine Ruhe, wenn sie bei ihm waren. Es war, als weckte die Liebe wie bei den Vögeln ihr Gezwitscher. Aber man konnte wohl sagen, sie waren zum Singen nicht ebenso geschickt. Aurora täuschte sich nicht über ihr Talent. Bei ihrem Verlobten war das anders; sie sah keinerlei Unterschied zwischen dem Spiel Georges' und dem Christofs. Vielleicht zog sie Georges' Art vor. Und dieser ließ sich trotz seines ironischen Freisinns beinahe von dem Glauben des verliebten Mädchens überzeugen. Christof widersprach nicht; ironisch übertreibend, stimmte er in den Sinn der Worte des jungen Mädchens ein (wenn es ihm, was immerhin manchmal geschah, nicht zuviel wurde und er den Platz räumte und im Fortgehen ein wenig heftig die Türen schlug). Er hörte mit freundlichem und mitleidigem Lächeln, wie Georges am Klavier aus dem *Tristan* spielte. Der arme kleine Kerl gab diese gewaltigen Seiten mit fleißiger Gewissenhaftigkeit wieder und mit der liebenswürdigen Anmut eines jungen Mädchens, das von herzlichen Gefühlen erfüllt ist. Christof lachte vor sich hin. Er wollte dem jungen Burschen nicht sagen, weswegen er lache. Er küßte ihn. Wie er war, so liebte er ihn. Vielleicht liebte er ihn gerade deswegen noch mehr... Armer Junge! – O Eitelkeit der Kunst!

Er unterhielt sich oft mit Emmanuel über „seine Kinder" (so nannte er sie). Emmanuel, der Georges sehr gern hatte, sagte scherzend zu Christof, er solle Georges ihm überlassen, er habe doch schon Aurora; es sei nicht gerecht, daß er alles mit Beschlag belege.

Ihre Freundschaft war in der Pariser Gesellschaft sozusagen legendenhaft geworden, obgleich sie ganz abseits lebten. Emmanuel hatte eine Leidenschaft für Christof gefaßt. Er wollte sie ihm aus Stolz nicht zeigen; er verbarg sie unter heftigem Wesen; er fuhr ihn manchmal an. Christof aber ließ sich nicht täuschen. Er wußte, wie sehr ihm dies Herz jetzt ergeben war, und er kannte seinen Wert. Es verging keine Woche, ohne daß sie sich zwei- oder dreimal sahen. Wenn ihre schlechte Gesundheit sie am Ausgehen hinderte, schrieben sie sich. Briefe, die aus fernen Regionen zu kommen schienen. Äußere Ereignisse interessierten sie weniger als gewisse geistige Strömungen in Wissenschaft und Kunst. Sie lebten in ihrer Gedankenwelt, tauschten ihre Ansichten über ihre Kunst aus oder hielten in dem Chaos der Tatsachen den unmerklichen kleinen Schimmer fest, der für die Geschichte des menschlichen Geistes bezeichnend ist.

Meistens kam Christof zu Emmanuel. Obgleich er sich seit einer kürzlich durchgemachten Krankheit nicht viel besser fühlte als sein Freund, hatten sie sich doch daran gewöhnt, es natürlich zu finden, daß Emmanuels Gesundheit mehr Recht auf Schonung beanspruche. Christof stieg nicht mehr ohne Mühe die sechs Stockwerke zu Emmanuels Wohnung hinauf; und wenn er oben war, brauchte er eine gute Zeit, bevor er wieder zu Atem kam. Sie verstanden beide gleich schlecht, sich zu pflegen. Trotz ihrer kranken Luftwege und ihrer Anfälle von Atemnot waren sie starke Raucher. Das war einer der Gründe, weshalb Christof ihre Zusammenkünfte lieber bei Emmanuel stattfinden ließ als bei sich: denn Aurora zog zu Felde gegen seine Sucht zu rauchen; und er verbarg sich vor ihr. Es kam vor, daß die beiden Freunde mitten in ihrer Unterhaltung einen Hustenanfall bekamen; dann mußten sie innehalten und sahen sich wie zwei ertappte Schuljungen lachend an; und manchmal kanzelte einer von beiden den gerade Hustenden ab; der andere aber beteuerte, wenn er wieder zu Atem gekommen war, mit Nachdruck, daß das Rauchen gar nichts ausmache.

Auf Emmanuels Tisch lag auf einem freien Platz zwischen seinen Papieren eine graue Katze, die die beiden Raucher ernsthaft und mit vorwurfsvoller Miene anschaute. Christof sagte, sie sei ihr lebendiges Gewissen; um es zu ersticken, stülpte er seinen Hut darüber. Es war eine kränkliche, ganz gewöhnliche Katze, die Emmanuel halbtotgeschlagen auf der Straße aufgelesen hatte; sie hatte sich niemals ganz von den Roheiten erholt, aß wenig, spielte kaum und machte kein Geräusch. Sie war sehr sanft, folgte ihrem

Herrn mit klugen Augen, war unglücklich, wenn er nicht da war, zufrieden, wenn sie neben ihm auf dem Tisch liegen durfte, und ließ sich in ihren Betrachtungen nur stören, um stundenlang in Verzückung den Käfig anzustarren, in dem die unerreichbaren Vögel flatterten; beim geringsten Zeichen von Aufmerksamkeit schnurrte sie höflich, gab sich den launischen Zärtlichkeiten Emmanuels und den etwas heftigen Christofs geduldig hin und nahm sich stets in acht, weder zu kratzen noch zu beißen. Sie war kränklich, eines ihrer Augen triefte; sie hüstelte; hätte sie sprechen können, wäre sie sicher nicht so kühn gewesen wie die beiden Freunde, zu behaupten, „daß das Rauchen gar nichts ausmache"; aber von ihnen erduldete sie alles; sie sah aus, als dächte sie:

Sie sind Menschen, sie wissen nicht, was sie tun.

Emmanuel hing an ihr, weil er zwischen dem Schicksal dieses leidenden Tieres und dem seinen eine Gleichartigkeit fand. Christof behauptete, daß sich diese Ähnlichkeit bis auf den Ausdruck des Blickes erstrecke.

„Warum nicht?" fragte Emmanuel.

Die Tiere spiegeln ihre Umgebung wider. Ihre Physiognomie verfeinert sich je nach dem Herrn, den sie haben. Die Katze eines Dummkopfes hat nicht denselben Blick wie die Katze eines geistvollen Menschen. Ein Haustier kann gut oder böse, offen oder heimtückisch, geistvoll oder dumm werden, nicht nur infolge der Unterweisungen, die ihm sein Herr gibt, sondern auch je nachdem, wie sein Herr ist. Es bedarf nicht einmal des Einflusses der Menschen. Die Tiere passen sich ihrer Umgebung an. Eine geistbeseelte Landschaft erleuchtet auch die Augen der Tiere. – Die graue Katze Emmanuels harmonierte mit der stickigen Mansarde und dem kränklichen Herrn, die beide vom Pariser Himmel ihr Licht empfangen.

Emmanuel war menschlicher geworden. Er war nicht mehr derselbe wie in der ersten Zeit seiner Bekanntschaft mit Christof. Eine häusliche Tragödie hatte ihn tief erschüttert. Seine Gefährtin, die er in einer Stunde der Überreiztheit allzu deutlich hatte fühlen lassen, wie sehr er ihrer Anhänglichkeit überdrüssig sei, war plötzlich verschwunden. Er hatte sie, von Besorgnissen durchwühlt, eine ganze Nacht lang gesucht. Schließlich hatte er sie in einer Polizeiwache gefunden. Sie hatte sich in die Seine stürzen wollen; ein Vorübergehender hatte sie gerade in dem Augenblick an den Kleidern festgehalten, als sie über das Brückengeländer stieg; sie hatte sich geweigert, ihre Wohnung und ihren Namen anzugeben; sie wollte ihren Versuch wiederholen. Der Anblick dieses Schmerzes hatte Emmanuel niedergeschmettert. Er konnte den Gedanken nicht ertragen, daß er, nachdem er soviel durch andere gelitten hatte, nun seinerseits Leid zufügte. Er hatte die Verzweifelte zu sich zurückgebracht, er hatte sich bemüht, die Wunden, die er geschlagen hatte, zu heilen, indem er der anspruchsvollen Freundin das Vertrauen zu der Neigung wiedergab, die sie finden wollte. Er hatte seine innerliche Auflehnung zum Schweigen gebracht, hatte sich mit dieser aussaugenden Liebe abgefunden und brachte ihr dar, was ihm noch vom Leben blieb. Die ganze Kraft seines Genius war in sein Herz zurückgeströmt. Dieser Apostel der Tat war zu dem Glauben zurückgekommen, daß nur eine Tat gut sei: nichts Böses zu tun. Seine Rolle war ausgespielt. Es war, als hätte die Kraft, die die großen menschlichen Flutwellen vorwärts treibt, sich seiner nur als eines Instrumentes bedient, das die Tat entfesseln sollte. Nun das Gesetz erfüllt war, galt er nichts mehr: das Leben ging ohne ihn weiter. Er sah, wie es vorwärts schritt, und fand sich so ziemlich mit den Ungerechtigkeiten ab, die ihn persönlich angingen, wenn auch nicht ganz mit denen, die seine Überzeugung betrafen. Denn obgleich er als Freidenker behauptete, jede Religion hinter sich gelassen zu haben, und Christof scherzend als verkappten Klerikalen behandelte, besaß er wie jeder große Geist seinen Altar, auf dem die Träume, denen er sich weihte, als Götter thronten. Jetzt war der Altar verödet;

und darunter litt Emmanuel. Wie soll man ohne Schmerz mit ansehen, daß die heiligen Ideen, denen man mit soviel Mühe zum Siege verholfen hat, für die die Besten seit einem Jahrhundert so viele Qualen erlitten haben, von den Nachfolgenden mit Füßen getreten werden! Mit welcher blinden Brutalität werfen diese jungen Leute das ganze Erbe des französischen Idealismus über den Haufen – diesen Glauben an die Freiheit, der seine Heiligen, seine Märtyrer, seine Heroen besitzt, die Liebe zur Menschheit, das religiöse Streben nach Brüderlichkeit der Nationen und der Rassen! Welcher Taumel hat sie ergriffen, daß sie die Ungeheuer zurücksehnen, die wir besiegt haben, daß sie sich von neuem unter das Joch begeben, das wir zerbrochen haben, daß sie mit leidenschaftlichem Geschrei die Herrschaft der Gewalt zurückrufen und den Haß, den Wahnsinn des Krieges im Herzen meines Frankreichs neu entzünden!

„Das geschieht nicht nur in Frankreich, sondern in der ganzen Welt", meinte Christof mit lachender Miene. „Von Spanien bis China braust derselbe Sturm. Kein Winkel mehr, in dem man sich vor dem Wind schützen könnte! Schau, es wird beinahe komisch: er weht sogar bis in meine Schweiz hinein; denn sie gebärdet sich nationalistisch!"

„Das findest du tröstlich?"

„Sicherlich. Man sieht daran, daß solche Strömungen nicht den lächerlichen Leidenschaften einiger weniger Menschen zuzuschreiben sind, sondern einem verborgenen Gott, der das Universum lenkt. Und ich habe gelernt, mich vor diesem Gott zu beugen. Wenn ich ihn nicht begreife, ist das meine, nicht seine Schuld. Versuche, ihn zu begreifen. Wer aber von euch bemüht sich darum? Ihr lebt von einem Tag zum andern, ihr seht nicht weiter als bis zum nächsten Meilenstein, und ihr bildet euch ein, daß er das Ende des Weges bezeichne; ihr seht die Welle, die euch emporträgt, und seht nicht das Meer! Die Welle von heute ist die Welle von gestern, ist die Flut unserer Seele, die ihr den Weg bereitet hat. Die Welle von heute höhlt das Bett für die Welle von morgen, die jene in Vergessenheit bringt, wie die unsere vergessen ist. Ich kann den Nationalismus der gegenwärtigen Stunde weder bewundern noch fürchten. Er wird mit der Stunde vergehen; er geht vorüber, er ist schon vorüber. Er ist eine Sprosse der Leiter. Steige zur Höhe! Er ist der Quartiermeister der kommenden Armee. Höre schon ihre Pfeifen und ihre Trommeln klingen!"

(Christof trommelte auf den Tisch; die Katze wachte auf und fuhr in die Höhe.)

„... Jedes Volk fühlt heute das zwingende Bedürfnis, seine Kräfte zu sammeln und eine Bilanz darüber aufzustellen; denn seit einem Jahrhundert sind die Völker durch ihre gegenseitige Durchdringung und durch die ungeheure Überschwemmung mit allen Intelligenzen der Welt verwandelt worden und bauen die neue Sittlichkeit, die neue Wissenschaft und den neuen Glauben auf. Jedes Volk muß sein Gewissen prüfen und sich genau darüber Rechenschaft ablegen, was es ist und was ihm gehört, bevor es mit den anderen in das neue Jahrhundert eintritt. Ein neues Zeitalter beginnt. Die Menschheit wird einen neuen Vertrag mit dem Leben abschließen. Die Gesellschaft wird sich auf neuen Gesetzen wiederaufbauen. Morgen ist Sonntag. Jeder schließt seine Wochenrechnung ab, jeder reinigt seine Wohnung und will, daß sein Haus sauber ist, bevor er mit den anderen vereint vor den gemeinsamen Gott tritt und den neuen Bund mit ihm schließt."

Emmanuel schaute Christof an; und seine Augen spiegelten die vorüberziehenden Gesichte wider. Er schwieg noch einige Zeit, nachdem der andere geredet hatte; dann sagte er:

„Du bist glücklich, Christof! Du siehst nicht die Nacht."

„Ich sehe in der Nacht", sagte Christof. „Ich habe lange genug darin gelebt. Ich bin eine alte Eule."

Ungefähr zu dieser Zeit bemerkten seine Freunde eine Veränderung in seinem Wesen. Er war oft zerstreut wie abwesend. Er hörte nicht recht zu, was man mit ihm sprach. Er zeigte eine in sich versunkene und lächelnde Miene. Wenn man ihn auf seine Zerstreutheit aufmerksam machte, entschuldigte er sich freundlich. Er redete manchmal in der dritten Person von sich:

„Krafft wird das schon machen..."

oder:

„Christof wird schön lachen..."

Die ihn nicht kannten, sagten:

„Wie eingenommen er von sich ist!"

Gerade das Gegenteil war der Fall. Er stand sich selbst wie einem Fremden gegenüber. Für ihn war die Stunde gekommen, in der man den Kampf für das Schöne aufgibt, weil man, nachdem man seine Aufgabe erfüllt hat, zu dem Glauben neigt, daß die anderen die ihre auch erfüllen werden und daß, wie Rodin sagt, „das Schöne am Ende immer triumphieren wird". Bosheiten und Ungerechtigkeiten brachten ihn nicht mehr auf. – Er sagte sich lachend, daß es nur natürlich sei, wenn sich das Leben von ihm zurückziehe.

Tatsächlich besaß er seine einstige Kraft nicht mehr. Die geringste körperliche Anstrengung, eine lange Wanderung, ein schneller Lauf, ermüdete ihn. Er war gleich außer Atem; das Herz tat ihm weh. Er dachte manchmal an seinen alten Freund Schulz. Er sprach nicht zu anderen über das, was er empfand. Wozu, nicht wahr? Man macht sie nur besorgt, und man nützt sich nicht. Im übrigen nahm er seine Beschwerden nicht ernst. Weit mehr, als krank zu sein, fürchtete er, daß man ihn zwingen könnte, sich zu pflegen.

Durch eine geheime Vorahnung wurde er von dem Wunsche beseelt, noch einmal das Vaterland wiederzusehen. Das war ein Plan, den er von Jahr zu Jahr hinausschob. Er sagte sich immer: Nächstes Jahr... Diesmal schob er es nicht hinaus.

Er reiste heimlich ab, ohne irgend jemanden zu benachrichtigen. Die Reise war kurz. Christof fand nichts von dem wieder, was er suchte. Die Umwandlungen, die sich schon bei seinem letzten Aufenthalt gezeigt hatten, waren jetzt vollendet: die kleine Stadt war eine große Industriestadt geworden. Die alten Häuser waren verschwunden. Verschwunden war auch der Friedhof. Auf dem Platz von Sabines Gutshof erhob eine Fabrik ihre hohen Schornsteine. Der Strom hatte die Wiesen völlig weggenagt, auf denen Christof als Kind gespielt hatte. Eine Straße (was für eine Straße!) zwischen ungeheuren Gebäuden trug seinen Namen. Alles aus der Vergangenheit war tot, selbst der Tod... Sei es drum! Das Leben ging weiter; vielleicht träumten, liebten und kämpften andere kleine Christofs hinter den Mauern dieser Straße, die mit seinem Namen geziert war. – Bei einem Konzert in der gigantischen *Tonhalle** hörte er eines seiner Werke in völligem Gegensatz zu seiner Auffassung wiedergegeben; er erkannte es kaum... Sei's drum! Falsch verstanden, würde er vielleicht doch neue Kräfte erwecken. Wir haben das Korn gesät. Tut damit, was ihr mögt; nährt euch von uns! – Christof wanderte bei sinkender Nacht durch die Felder rings um die Stadt, über der große Nebel webten, und dachte an die großen Nebel, die bald auch sein Leben umhüllen würden, an die geliebten Wesen, von der Erde entschwunden, in seinem Herzen geborgen, das die sinkende Nacht wieder zudecken würde wie ihn... Sei es drum! Sei es drum! Ich fürchte dich nicht, o Nacht, du Brutstätte der Sonnen! Für einen verlöschenden Stern entzünden sich tausend andere. Wie ein kochender Milchtopf strömt der Abgrund des Raumes über von Licht. Du löschst mich nicht. Der Hauch des Todes wird mein Leben neu entfachen...

Bei der Rückkehr aus Deutschland wollte Christof einen Abstecher in die Stadt machen, in der er Anna gekannt hatte. Seit er sie verlassen, wußte er nichts mehr von ihr. Er hatte nicht gewagt, sich nach ihr zu erkundigen. Jahre hindurch ließ ihn der bloße Name erzittern... – Jetzt war er ruhig, er fürchtete nichts mehr. Aber als am Abend in seinem Hotelzimmer, das auf den Rhein ging, der bekannte Glockensang das Fest des nächsten Tages einläutete, lebten die Bilder der Vergangenheit wieder auf. Vom Strom stieg der Duft der fernen Gefahr zu ihm auf, die er kaum noch begriff. Er brachte die ganze Nacht damit zu, sie in sein Gedächtnis zurückzurufen. Er fühlte sich befreit von dem gefährlichen Meister; und das erfüllte ihn mit wehmütig-wonnevollem Gefühl. Er war noch nicht entschlossen, was er am nächsten Tage tun würde. Einen Augenblick hatte er den Gedanken (die Vergangenheit lag so weit zurück!), bei den Brauns einen Besuch zu machen. Aber am nächsten Morgen fehlte ihm der Mut; er wagte nicht einmal, im Hotel zu fragen, ob der Doktor und seine Frau noch lebten. Er entschloß sich abzureisen...

Zur Stunde der Abfahrt trieb ihn eine unwiderstehliche Macht in die Kirche, in die Anna einst ging; er stellte sich hinter einen Pfeiler, von wo aus er die Bank sehen konnte, auf der sie einst gesessen. Er wartete und war gewiß, daß sie, wenn sie lebte, noch dorthin käme.

Und wirklich kam eine Frau; und er erkannte sie nicht wieder. Sie sah wie die anderen aus: beleibt, mit vollem Gesicht, starkem Kinn, gleichgültigem und hartem Ausdruck. In Schwarz. Sie setzte sich in ihre Bank und blieb unbeweglich. Sie schien weder zu beten noch zuzuhören; sie sah vor sich hin. Nichts an dieser Frau erinnerte Christof an die, die er erwartete. Nur ein- oder zweimal eine etwas steife Bewegung, als wollte sie die Falten ihres Kleides über den Knien glattstreichen. *Sie* hatte einst diese Bewegung... Beim Fortgehen strich sie dicht an ihm vorbei, langsam, mit steifer Kopfhaltung, die Hände mit dem Gesangbuch über dem Leib gefaltet. Einen Augenblick traf das Licht dieser düsteren und müden Augen Christofs Augen. Und sie schauten sich an. Und sie erkannten sich nicht. Gerade und steif ging sie vorüber, ohne den Kopf zu wenden. Erst einen Augenblick später erkannte er unter dem starren Lächeln, in einem plötzlichen Aufblitzen des Gedächtnisses, an einer gewissen Falte den Mund, den er einst geküßt hatte... Der Atem versagte ihm, und seine Knie schwankten. Er dachte:

Gott, ist das der Körper, in dem die, die ich geliebt habe, wohnte? Wo ist sie? Wo ist sie? Und wo bin ich selbst? Wo ist der, der sie liebte? Was bleibt von uns übrig und von der grausamen Liebe, die uns verzehrt hat? – Die Asche. Wo ist das Feuer?

Und sein Gott antwortete ihm:

In mir.

Da hob er die Augen; und zum letztenmal sah er sie – mitten in der Menge –, wie sie durch das Portal in die Sonne hinausschritt.

Kurze Zeit nach seiner Rückkehr nach Paris schloß er Frieden mit seinem alten Feinde Lévy-Cœur. Dieser hatte ihn lange mit ebensoviel boshaftem Talent wie vorgespiegelter Überzeugung angegriffen. Als er dann zu Erfolg gekommen, mit Ehren bedeckt, befriedigt und beruhigt war, hatte er so viel Geist besessen, Christofs Überlegenheit im stillen anzuerkennen; und er war ihm entgegengekommen. Christof hatte anscheinend weder Angriff noch Entgegenkommen bemerkt. Lévy-Cœur war der Versuche überdrüssig geworden. Sie wohnten in demselben Stadtteil und begegneten sich oft. Sie machten keine Miene, einander als Bekannte anzusehen. Christof ließ beim Vorübergehen seinen Blick über Lévy-Cœur hingleiten, als sähe er ihn nicht. Diese ruhige Art, ihn zu verleugnen, brachte Lévy-Cœur außer sich.

Er hatte eine hübsche, feine, elegante achtzehnjährige Tochter mit dem Profil eines Schäfchens, einem Glorienschein krauser blonder Haare, sanften, koketten Augen und einem luinischen Lächeln. Sie gingen zusammen spazieren; Christof begegnete ihnen auf den Wegen des Jardin du

Luxembourg: sie schienen sehr innig miteinander zu stehen; das junge Mädchen stützte sich anmutig auf den Arm des Vaters. Christof, der bei aller Zerstreutheit doch hübsche Gesichter bemerkte, hatte für dieses eine Schwäche. Er dachte von Lévy-Cœur: Der Kerl hat Glück!

Aber stolz fügte er hinzu:

Auch ich habe eine Tochter.

Und er verglich sie miteinander. Dieser Vergleich, bei dem seine Parteilichkeit Aurora jeden Vorzug gab, hatte schließlich in seinem Geist eine Art erträumter Freundschaft zwischen den beiden jungen Mädchen, die einander nicht kannten, geschaffen und ihm sogar, ohne daß er es merkte, Lévy-Cœur nähergebracht.

Als er aus Deutschland zurückkam, erfuhr er, daß „das Schäfchen" gestorben war. Sein väterlicher Egoismus dachte sogleich:

Wenn das meine Tochter getroffen hätte!

Und unendliches Mitleid mit Lévy-Cœur erfüllte ihn. Im ersten Augenblick wollte er ihm schreiben; er begann zwei Briefe; sie befriedigten ihn nicht; er empfand eine falsche Scham: er sandte sie nicht ab. Aber einige Tage später, als er Lévy-Cœur wieder traf, dessen Gesicht verstört war, konnte er sich nicht bezwingen: er ging geradeswegs auf den Unglücklichen zu und streckte ihm die Hände entgegen. Lévy-Cœur ergriff sie, ebenfalls ohne zu überlegen. Christof sagte:

„Sie haben sie verloren..."

Sein bewegter Ton drang Lévy-Cœur ins Herz. Er empfand dabei eine unaussprechliche Dankbarkeit... Sie tauschten schmerzerfüllte und verlegene Worte. Als sie darauf auseinandergingen, war nichts mehr von dem zurückgeblieben, was sie getrennt hatte. Sie hatten einander bekämpft: das war zweifellos unvermeidlich gewesen; jeder muß dem Gesetz seiner Natur folgen! Wenn man aber das Ende der Tragikomödie kommen sieht, legt man die Leidenschaften ab, in die man vermummt war, und steht sich Auge in Auge gegenüber – wie zwei Menschen, von denen der eine nicht viel besser ist als der andere und die, nachdem sie ihre Rollen gespielt haben, so gut sie konnten, wohl berechtigt sind, sich die Hand zu reichen.

Die Heirat zwischen Georges und Aurora war für die ersten Frühlingstage festgesetzt worden. Mit Christofs Gesundheit ging es schnell bergab. Er hatte bemerkt, wie ihn seine Kinder mit besorgter Miene beobachteten. Einmal hörte er, wie sie halblaut miteinander redeten. Georges sagte:
„Wie schlecht er aussieht! Er ist imstande, jetzt noch krank zu werden."
Und Aurora antwortete:
„Hoffentlich schiebt er unsere Hochzeit nicht hinaus."
Er ließ es sich gesagt sein. Arme Kinder! Auf keinen Fall wollte er ihr Glück stören!
Aber am Vorabend der Hochzeit ging es ihm recht schlecht (er hatte sich in den letzten Tagen lächerlich aufgeregt; man hätte meinen können, er sei es, der sich verheirate); er war sehr ärgerlich, daß ihn sein altes Übel so überrumpelte, seine frühere Lungenentzündung, deren erster Anfall in die Zeit des „Jahrmarktes" zurückreichte. Er ärgerte sich über sich selbst. Er schalt sich einen Dummkopf. Er schwor, sich nicht unterkriegen zu lassen, bevor die Hochzeit stattgefunden habe. Er dachte an die sterbende Grazia, die ihn am Vorabend eines Konzertes nicht von ihrer Krankheit hatte wissen lassen, damit er von seiner Aufgabe und seinem Vergnügen nicht abgelenkt werde. Der Gedanke, jetzt für ihre Tochter – für sie – das zu tun, was sie für ihn einst tat, war ihm lieb. Er verbarg also seine Unpäßlichkeit; aber es wurde ihm schwer, bis zuletzt durchzuhalten. Immerhin machte ihn das Glück der beiden Kinder so froh, daß es ihm gelang, die lange kirchliche Feier ohne Schwächeanwandlung über sich ergehen zu lassen.

Kaum war er zu Hause bei Colette, so verließen ihn die Kräfte; er hatte gerade noch Zeit, sich in ein Zimmer zurückzuziehen; da wurde er ohnmächtig. Ein Dienstbote fand ihn so. Christof verbot, nachdem er zu sich gekommen war, den Jungvermählten, die am Abend abreisen sollten, etwas davon zu sagen. Sie waren zu sehr mit sich beschäftigt, um irgend etwas anderes zu bemerken. Sie verließen ihn fröhlich und versprachen zu schreiben, morgen, übermorgen...

Sobald sie abgereist waren, mußte sich Christof niederlegen. Das Fieber ergriff ihn und verließ ihn nicht mehr. Er war allein. Emmanuel, der ebenfalls krank war, konnte nicht kommen. Christof nahm keinen Arzt. Er hielt seinen Zustand nicht für beunruhigend. Im übrigen hatte er keinen Dienstboten, um einen Arzt holen zu lassen. Die Aufwartefrau, die morgens zwei Stunden kam, nahm keinen Anteil an ihm; und er fand Mittel und Wege, sich ihrer Dienste zu entledigen. Er hatte sie schon zehnmal gebeten, beim Aufräumen nicht an seine Papiere zu rühren. Sie war hartnäckig; jetzt, da er ans Bett gefesselt war, hielt sie den Augenblick für gekommen, ihren Willen durchzusetzen. Er sah von seinem Lager aus im Schrankspiegel, wie sie im Nebenzimmer alles durcheinanderwarf. Er wurde so wütend (nein, der alte Adam war sichtlich noch nicht in ihm gestorben), daß er aus dem Bett sprang, ihr ein Paket mit beschriebenen Papieren aus der Hand riß und sie vor die Tür setzte. Sein Zorn trug ihm einen schönen Fieberanfall ein und das Ausbleiben der beleidigten Dienstmagd, die nicht wiederkam, ohne sich auch nur die Mühe zu nehmen, das „diesem alten Narren", wie sie ihn nannte, mitzuteilen. So blieb er denn trotz seiner Krankheit ohne jede Bedienung. Er stand morgens auf, um den Milchtopf zu holen, der vor seine Tür gesetzt wurde, und zu sehen, ob die Concierge nicht den versprochenen Brief des Liebespaares unter der Tür durchgesteckt habe. Der Brief kam nicht; sie vergaßen ihn in ihrem Glück. Er war ihnen darum nicht böse; er sagte sich, daß er es an ihrer Stelle ebenso gemacht hätte. Er dachte an ihre sorglose Freude und daß er es gewesen war, der sie ihnen gegeben hatte.

Es ging ihm ein wenig besser, und er stand schon wieder auf, als endlich der Brief Auroras ankam. Georges hatte sich damit begnügt, seine Unterschrift anzufügen. Aurora erkundigte sich kaum nach Christof, erzählte ihm wenig Neues; dafür aber übertrug sie ihm eine Besorgung: sie bat ihn, ihr eine Halskette nachzusenden, die sie bei Colette vergessen hatte. Obgleich das durchaus nicht wichtig war (Aurora war erst in dem Augenblick, als sie an Christof schrieb, darauf gekommen, weil sie nach etwas suchte, was sie ihm wohl erzählen könnte), war Christof doch ganz froh, daß er zu irgend etwas gut sei, und ging aus, um das Ding zu holen. Es war Hagelwetter. Der Winter machte noch einen späten Angriff. Zerschmolzener Schnee, eisiger Wind. Nirgends ein Wagen. Christof mußte in einem Speditionsbüro warten. Die Unhöflichkeit der Angestellten und ihre absichtliche Langsamkeit versetzten ihn in eine Aufregung, die seiner Gesundheit nicht förderlich war. Sein krankhafter Zustand war zum Teil die Ursache dieser Zornanfälle, die seiner geistigen Ruhe widersprachen; sie durchfuhren seinen Körper wie die letzten Schauer die Eiche, die unter der Axt fällt. Durchfroren kehrte er heim. Die Concierge übergab ihm, als er vorbeiging, einen Zeitschriftenausschnitt. Er warf einen Blick darauf. Es war ein bösartiger Artikel, ein Angriff gegen ihn. Das kam jetzt selten vor. Jemanden anzugreifen, der es nicht merkt, macht kein Vergnügen. Die Wütendsten, wenn sie ihn auch nicht ausstehen konnten, wurden von einer Achtung für ihn bezwungen, die sie selber ärgerte.

Man glaubt, sagte Bismarck mit einem gewissen Bedauern, *nichts ist unwillkürlicher als die Liebe; die Achtung ist es weit mehr...*

Aber der Verfasser des Aufsatzes gehörte zu den starken Männern, die, besser als Bismarck gewappnet, von Anwandlungen der Achtung und der Liebe unberührt bleiben. Er sprach von Christof in beleidigenden Ausdrücken und kündigte für die nächste, in vierzehn Tagen erscheinende Nummer eine Fortsetzung seiner Angriffe an. Christof mußte lachen und sagte, als er sich wieder hinlegte:

„Der wird schön hereinfallen! Er wird mich nicht mehr zu Hause antreffen."

Man wollte, daß er eine Wärterin zur Pflege nehme; er setzte sich eigensinnig zur Wehr. Er sagte, er habe lange genug allein gelebt, so daß er die Wohltat seiner Einsamkeit zum mindesten in einem solchen Augenblick verlangen könne.

Er langweilte sich nicht. In diesen letzten Jahren führte er dauernd Zwiesprache mit sich selbst: es war, als habe er eine Doppelseele. Seit einigen Monaten war er innerlich noch mehr beschäftigt: nicht mehr zwei, sondern zehn Seelen wohnten in ihm. Sie unterhielten sich miteinander; häufiger noch sangen sie. Er nahm an der Unterhaltung teil oder schwieg, um zuzuhören. Er hatte stets auf seinem Bett oder auf seinem Tisch in greifbarer Nähe Notenpapier, auf das er ihre und seine Reden niederschrieb, wobei er über die Entgegnungen lachte. Eine mechanische Angewohnheit; die beiden Handlungen, Denken und Schreiben, waren fast dasselbe geworden; Schreiben bedeutete für ihn in voller Klarheit denken. Alles, was ihn von der Gesellschaft mit seiner Seele ablenkte, war ihm zuviel, ärgerte ihn. In gewissen Augenblicken sogar die Freunde, die er am meisten liebte. Er gab sich Mühe, es sie nicht zu sehr merken zu lassen. Aber dieser Zwang versetzte ihn in tiefe Ermattung. Er war ganz glücklich, wenn er sich dann wiederfand: denn er hatte sich verloren; es war unmöglich, die inneren Stimmen über dem menschlichen Geschwätz zu vernehmen. Göttliches Schweigen!

Er erlaubte nur der Concierge oder einem ihrer Kinder, daß sie zwei- oder dreimal täglich kamen, um zu sehen, ob er etwas brauche. Er gab ihnen auch die Briefchen, die er bis zum letzten Tage beständig mit Emmanuel wechselte. Die beiden Freunde waren einer fast ebenso krank wie der andere; sie täuschten sich darüber nicht. Auf verschiedenen Wegen waren der religiöse Genius Christofs und der religionslose freie Genius Emmanuels zur gleichen brüderlichen Milde gelangt. In ihrer zitternden Schrift, die sie mehr und mehr nur mit Mühe lasen, unterhielten sie sich nicht von ihrer Krankheit, sondern von dem, was immer der Gegenstand ihrer Unterhaltungen gewesen war, von ihrer Kunst, von der Zukunft ihrer Ideen.

Bis zu dem Tage, an dem Christof mit versagender Hand das Wort des in der Schlacht sterbenden Schwedenkönigs niederschrieb:

„Ich habe genug, Bruder, rette dich!"*

Er umfing sein ganzes Leben wie eine Aufeinanderfolge von Stufen: die ungeheure Anstrengung seiner Jugend, von sich selbst Besitz zu ergreifen, und die wütenden Kämpfe, den anderen sein bloßes Lebensrecht abzuzwingen, um der Dämonen seines Geschlechtes Herr zu werden. Selbst nach dem Siege der Zwang, rastlos über der Eroberung zu wachen, sie gegen den Sieg selber zu verteidigen. Die Wonnen und Prüfungen der Freundschaft, die das im Kampfe vereinsamte Herz wieder der großen Menschheitsfamilie zuführt. Das Vollgefühl der Kunst, der Mittag des Lebens. Stolz über den bezwungenen Geist herrschen. Sich Herr seines Schicksals glauben, um plötzlich bei der Wegbiegung auf die Apokalyptischen Reiter zu stoßen, auf die Trauer, die Leidenschaft, die Schmach, den Vortrab des Herrn. Von den Pferdehufen zu Boden gerissen, überritten, blutüberströmt sich zum Gipfel schleppen, wo inmitten der Wolken das wilde, reinigende Feuer flammt. Gott Auge in Auge gegenüberstehen. Mit ihm kämpfen wie Jakob mit dem Engel. Gebrochen aus dem Kampf hervorgehen. Seine Niederlage lieben, seine Grenzen erkennen, sich zwingen, den Willen des Herrn auf dem Gebiet, das er uns angewiesen hat, zu erfüllen, um schließlich, wenn das Pflügen, die Saat und die Ernte, wenn die harte und schöne Arbeit vollendet sein wird, das Recht erworben zu haben, sich am Fuß der besonnten Berge hinzustrecken und zu ihnen zu sprechen:

„Seid gesegnet! Ich werde euer Licht nicht genießen. Aber euer Schatten ist mir wonnevoll..."

Dann war ihm die Geliebte erschienen; sie hatte ihn bei der Hand genommen; und der Tod hatte, indem er die Schranken ihres Körpers niederbrach, die Seele der Freundin in die Seele des Freundes strömen lassen. Gemeinsam waren sie aus dem Dunkel der Tage hinausgeschritten und hatten die glückseligen Gipfel erreicht, wo sich gleich den drei Grazien die Vergangenheit, die Gegenwart und die Zukunft in edlem Reigen bei der Hand hielten, wo das friedvolle Herz Leiden und Freuden zugleich entstehen, aufblühen und welken sieht, wo alles Harmonie ist...

Er hatte es zu eilig, er glaubte sich schon am Ziel. Doch der Schraubstock, der seine keuchende Brust zusammenpreßte, und das tobende Durcheinander von Bildern, die sich in seinem glühenden Kopf jagten, riefen ihm ins Bewußtsein, daß die letzte Wegstrecke, die schwerste, noch zurückzulegen war... Vorwärts!

Er war reglos an sein Bett gefesselt. Im Stockwerk über ihm klimperte eine dumme kleine Frau stundenlang auf dem Klavier. Sie konnte nur ein Stück; sie wiederholte unaufhörlich dieselben Phrasen; es machte ihr soviel Vergnügen! Sie bereiteten ihr Freude und Erregung, belebt von mannigfachen Farben und Gestalten. Und Christof verstand ihr Glück; aber er wurde bis zu Tränen gepeinigt. Wenn sie wenigstens nicht so laut gepaukt hätte! Lärm war Christof so verhaßt wie die Sünde... Schließlich ließ er es über sich ergehen. Es war so schwer, nicht hinzuhören. Doch es machte ihm weniger Mühe, als er gedacht hatte. Er löste sich von seinem Körper, diesem kranken und schwerfälligen Körper. Welche Schmach, daß man so viele Jahre in ihn eingeschlossen war! Er sah, wie er verfiel, und dachte:

Er macht es nicht mehr lange.

Er fragte sich, um seinen menschlichen Egoismus zu prüfen:

Was würdest du vorziehen: daß die Erinnerung an Christof, an seine Person und an seinen Namen, in Ewigkeit fortbestände und seine Werke verschwänden? Oder daß sein Werk dauerte und daß keinerlei Spur von seiner Person und seinem Namen übrigbliebe?

Ohne zu zögern, erwiderte er:

Daß ich verschwände und mein Werk dauerte! Ich würde doppelt dabei gewinnen: denn es würde von mir nur das Wahrste, das einzig Wahre bleiben. Möge Christof untergehen!

Aber bald darauf fühlte er, wie er seinem Werk ebenso fremd wurde wie sich selbst. Welch kindliche Illusion, an die Ewigkeit seiner Kunst zu glauben! Er hatte die deutliche Vorstellung von der Zerstörung, die nicht allein das wenige bedroht, das er geschaffen hatte, sondern die gesamte moderne Musik. Schneller als jede andere verzehrt sich die musikalische Sprache; nach ein oder zwei Jahrhunderten werden nur wenige Eingeweihte sie verstehen. Für wen bestehen noch Monteverdi und Lully? Schon überzieht Moos die Eichen des klassischen Waldes. Unsere Klanggebäude, in denen unsere Leidenschaften singen, werden zu leeren Tempeln werden, werden in Vergessenheit versinken... Und Christof wunderte sich, daß er diese Ruinen ohne innere Unruhe betrachten konnte.

Liebe ich das Leben denn weniger? fragte er sich erstaunt.

Aber er begriff alsbald, daß er es weit mehr liebte. Über die Trümmer der Kunst weinen? Das ist der Mühe nicht wert. Die Kunst ist der Menschenschatten, der über die Natur gebreitet ist. Mögen sie beide, von der Sonne aufgetrunken, verschwinden. Sie hindern mich, die Sonne zu sehen...

Die unendlichen Schätze der Natur rinnen durch unsere Finger. Der menschliche Verstand will fließendes Wasser in den Maschen eines Netzes fangen. Unsere Musik ist Täuschung. Unsere Tonleitern, unsere Klangfolgen sind Erfindung. Sie entsprechen keinem einzigen Ton der Wirklichkeit. Sie bedeuten gegenüber den wirklichen Tönen einen geistigen Kompromiß, die Anwendung eines metrischen Systems auf die ewige Bewegung. Der Geist bedurfte dieser Lüge, um das Unbegreifliche zu begreifen; und da er daran glauben wollte, glaubte er. Aber das alles ist nicht wahr. Es ist nicht lebendig. Und der Genuß, den der Geist durch diese von ihm geschaffene Ordnung empfängt, wird nur durch die Fälschung der unmittelbaren Ahnung alles dessen erzwungen, was ist. Von Zeit zu Zeit empfindet ein Genie in vorübergehender Berührung mit der Erde plötzlich den Sturzbach der Wirklichkeit, der die Rahmen der Kunst sprengen möchte. Für einen Augenblick krachen die Dämme. Die Natur strömt durch die Spalte hinaus. Aber gleich darauf wird der Riß zugestopft. Das ist zum Schutz der menschlichen Vernunft nötig. Sie würde zugrunde gehen, wenn ihre Augen dem Auge Jehovas begegneten. Also beginnt sie von neuem, ihre Zelle zu bauen, in die nichts von außen eindringt, was sie nicht verarbeitet hat. Vielleicht ist das schön für die, die nicht sehen wollen... Ich aber, ich will dein Antlitz sehen, Jehova! Ich will den Donner deiner Stimme vernehmen, mag er mich auch vernichten. Der Lärm der Kunst stört mich. Es schweige der Geist. Stille dem Menschen!

Aber wenige Minuten nach diesen schönen Reden suchte er tastend eines der Papierblätter, die auf seiner Decke verstreut lagen, und versuchte wieder, ein paar Noten daraufzuschreiben. Als er den Widerspruch seiner Handlungsweise bemerkte, lächelte er und sagte:

„O du, meine alte Gefährtin, meine Musik, du bist besser als ich. Ich bin ein Undankbarer, ich gebe dir den Laufpaß. Aber du, du verläßt mich nicht; du läßt dich durch meine

Launen nicht beirren. Verzeih; du weißt ja, das alles sind Grillen. Ich habe dich niemals verraten, du hast mich niemals verraten, wir sind einander sicher. Wir gehen gemeinsam davon, liebe Freundin. Bleibe bei mir bis zum Ende."

Er erwachte aus einer langen Betäubung, schwer von Fieber und Träumen. Von seltsamen Träumen, die ihn noch ganz erfüllten. Und jetzt betrachtete er sich, er betastete sich, er suchte sich, er fand sich nicht mehr wieder. Ihm war, als sei er „ein anderer". Ein anderer, der ihm teurer war als er selbst... Wer nur? – Ihm war, als hätte sich im Traume ein anderer in ihm verkörpert. Olivier? Grazia? – Sein Herz, sein Kopf waren so schwach! Er konnte unter seinen Geliebten nicht mehr unterscheiden. Wozu auch unterscheiden? Er liebte sie alle gleichermaßen.

Er blieb in einer Art niederdrückender Glückseligkeit gefesselt. Er wollte sich nicht rühren. Er wußte, daß der Schmerz ihm aus dem Hinterhalt auflauerte wie die Katze der Maus. Er spielte den Toten. Schon jetzt... Niemand im Zimmer. Über seinem Haupte war das Klavier verstummt. Einsamkeit. Stille. Christof seufzte.

„Wie gut tut es, wenn man sich am Ende seines Lebens sagen kann, daß man niemals allein gewesen ist, selbst dann nicht, wenn man es am meisten war. – All ihr Seelen, denen ich auf meinen Wegen begegnet bin, Brüder, die ihr einen Augenblick lang mir die Hand gegeben habt, geheimnisvolle Geister, meinem Denken entsprossen, Tote und Lebende – alles Lebende –, oh, all das, was ich geliebt habe, all das, was ich geschaffen habe! Ihr umfangt mich mit eurer warmen Umarmung, ihr wacht bei mir, ich vernehme die Musik eurer Stimmen. Gesegnet sei das Schicksal, das euch mir geschenkt hat! Ich bin reich, ich bin reich... Mein Herz ist übervoll."

Er blickte zum Fenster... Es war einer jener schönen Tage ohne Sonne, die, wie der alte Balzac sagte, einer schönen Blinden gleichen... Christof vertiefte sich leidenschaftlich in den Anblick eines Zweiges, der sich vor den Scheiben hinzog. Der Zweig schwoll an, und feuchte Knospen brachen auf, kleine weiße Blüten entfalteten sich, und in diesen Blüten, in diesen Blättern, in diesem wiederauferstehenden Wesen lebte eine solche verzückte Hingabe an die Auferstehungskraft, daß Christof seine Ermattung, seine Bedrücktheit, seinen elenden sterbenden Körper nicht mehr fühlte und in diesem Zweig wiederauflebte. Der sanfte Glanz dieses Lebens hüllte ihn ein. Es war wie ein Kuß. Sein von Liebe übervolles Herz schenkte sich dem schönen Baum, der seinen letzten Augenblicken zulächelte. Er dachte daran, daß in dieser Minute Geschöpfe einander liebten, daß diese Stunde, die für ihn die Auflösung bedeutete, für andere eine Stunde des Rausches war, daß es immer so sein wird, daß die mächtige Lebensfreude niemals versiegt. Und, nach Atem ringend, mit einer Stimme, die seinem Denken nicht mehr gehorchte (vielleicht kam kein Ton aus seiner Kehle, aber er merkte es nicht), begann er einen Lobgesang auf das Leben anzustimmen.

Ein unsichtbares Orchester antwortete ihm. Christof sagte zu sich:

„Wie machen sie es nur, daß sie es können? Wir haben nicht geprobt, hoffentlich kommen sie ohne Fehler bis zum Schluß!"

Er versuchte sich in seinem Bett aufzurichten, damit man ihn vom ganzen Orchester aus gut sähe, und schlug mit seinen langen Armen den Takt. Aber das Orchester irrte sich nicht; es war seiner Sache sicher. Welch wundervolle Musik! Jetzt improvisierten sie Wiederholungen! Christof machte das Spaß.

„Halt, mein Junge, ich werde dich schon erwischen."

Und mit einem Taktstock lenkte er die Barke in gefährlichen Fahrwassern launisch nach rechts und links.

„Wie wirst du dich hier herausfinden? – Und da heraus? Los! – Und noch aus dem da?"

Sie fanden sich immer zurecht; sie antworteten den Kühnheiten durch andere, noch gewagtere.

„Was werden sie nun noch erfinden? Verteufelte Schlauköpfe!"

Christof schrie bravo und lachte hell heraus.

„Verdammt, jetzt ist es schwer geworden, ihnen zu folgen! Werde ich mich schlagen lassen? – Ihr wißt, das gilt nicht! Ich bin heute schlapp... Schadet nichts; es ist noch nicht gesagt, daß sie das letzte Wort haben werden!"

Aber das Orchester entfaltete eine Phantasie von so überströmender Fülle, von solcher Neuartigkeit, daß nichts weiter übrigblieb, als liegenzubleiben und mit offenem Munde zuzuhören. Der Atem war ihm ausgegangen... Christof wurde von Mitleid mit sich ergriffen.

„Schafskopf!" sagte er zu sich. „Du bist ausgepumpt. Schweig doch. Das Instrument hat alles hergegeben, was es konnte. Genug von diesem Körper! Ich brauche einen anderen."

Aber der Körper rächte sich. Heftige Hustenanfälle hinderten ihn am Zuhören.

„Wirst du wohl schweigen!"

Er griff sich an die Kehle, er versetzte seiner Brust Faustschläge wie einem Feinde, den es zu besiegen gilt. Er sah sich mitten in einem Schlachtgetümmel. Die Menge heulte. Ein Mann umfaßte ihn mit den Armen. Sie wälzten sich zusammen. Der andere lastete auf ihm. Er erstickte.

„Laß mich los, ich will hören! – Ich will hören! Oder ich töte dich!"

Er stieß mit dem Kopf gegen die Wand. Der andere ließ nicht los...

„Aber wer ist das jetzt? Mit wem kämpfe ich so eng umschlungen? Wem gehört dieser Körper, den ich halte, der mich verbrennt?"

Kämpfe, von den Sinnen vorgetäuscht. Ein Chaos von Leidenschaften. Wut, Wollust, Mordlust, sinnliche Umarmungen, ein letztes Mal der ganze Schlamm des Teiches aufgewühlt...

„Ach, wird das nun nicht bald ein Ende haben? Werde ich euch nicht losreißen, Blutegel, die ihr an meinem Körper saugt? – Wenn doch mein Fleisch mit ihnen abfiele!"

Von den Schultern, von den Schenkeln, von den Knien stieß Christof, sich aufstützend, den unsichtbaren Feind zurück... Er war frei! – In weiter Ferne spielte noch immer die verhallende Musik. Christof streckte, von Schweiß überströmt, die Arme aus.

„Warte auf mich! Warte auf mich!"

Er lief, um sie einzuholen. Er taumelte. Er stieß alles um... Er war so schnell gelaufen, daß er nicht mehr atmen konnte. Sein Herz schlug, das Blut sauste ihm in den Ohren: eine Eisenbahn, die durch einen Tunnel rollt.

„Mein Gott, ist das dumm!"

Er machte dem Orchester verzweifelte Zeichen, daß es nicht ohne ihn weiterspielen solle... Endlich! Er war aus dem Tunnel heraus... Es wurde wieder still. Er hörte wieder.

„Wie schön! Wie schön! Weiter! Mut, meine Jungen! – Aber von wem kann das sein? – Was sagt ihr? Ihr sagt, daß diese Musik von Johann Christof Krafft ist? Unsinn! Welche Torheit! Ich habe ihn doch gekannt! Niemals hätte er davon zehn Takte schreiben können... Wer hustet da noch? Macht nicht soviel Lärm! Was ist das für ein Akkord? – Und dieser da? – Nicht so schnell! Wartet!"

Christof stieß unartikulierte Schreie aus; seine Hand machte auf der Decke, die er umkrampft hielt, die Bewegung des Schreibens; und sein erschöpftes Gehirn suchte mechanisch weiter, aus welchen Elementen diese Musik zusammengesetzt sei und was sie bedeute. Es gelang ihm nicht: durch die Erregung entglitt ihm das Gefundene wieder. Er begann von neuem ... Ah! Diesmal war es zuviel.

„Halt, halt, ich kann nicht mehr ..."

Sein Wille entspannte sich. Christof schloß vor innerer Freudigkeit die Augen. Tränen des Glückes rannen unter seinen geschlossenen Lidern hervor. Das kleine Mädchen, das ihn bewachte, ohne daß er es merkte, trocknete sie fromm. Er fühlte nichts mehr von dem, was hier unten vorging. Das Orchester schwieg still und ließ ihn mit einer schwindelnden Harmonie allein, deren Rätsel ungelöst blieb. Das Gehirn wiederholte hartnäckig:

„Aber was für ein Akkord ist das? Wie kann man das herausbekommen? Ich möchte doch gern die Lösung finden, bevor es zu Ende ist ..."

Stimmen erhoben sich jetzt. Eine leidenschaftliche Stimme. Die tragischen Augen Annas ... Aber im selben Augenblick war es nicht mehr Anna. Diese Augen voller Güte ...

„Grazia, bist du es? – Wer von euch? Wer von euch? Ich sehe euch nicht mehr gut ... Warum dauert es denn so lange, bis die Sonne kommt?"

Drei ruhige Glocken läuteten. Die Spatzen am Fenster piepsten, um ihn an die Stunde zu erinnern, zu der er ihnen die Brocken vom Frühstück gab ... Christof sah im Traum sein kleines Kinderzimmer wieder ... Die Glocken – das ist die Morgendämmerung! Die schönen Klangwellen schweben durch die leichte Luft. Sie kommen von weit her, aus den Dörfern dort unten ... Das Murmeln des Flusses steigt hinter dem Hause empor ... Christof sieht sich wieder, wie er am Treppenfenster lehnt. Sein ganzes Leben fließt vor seinen Augen dahin wie der Rhein. Sein ganzes Leben, alle seine Leben, Luise, Gottfried, Olivier, Sabine ...

„Mutter, Geliebte, Freunde ... Wie nenne ich euch mit Namen? – Liebe, wo bist du? Wo seid ihr, meine Seelen? Ich weiß, ihr seid hier, und ich kann euch nicht fassen."

„Wir sind bei dir. Friede, Vielgeliebter."

„Ich will euch nicht mehr verlieren. Ich habe euch so sehr gesucht!"

„Quäle dich nicht. Wir werden dich nicht mehr verlassen."

„Ach, die Welle trägt mich fort."

„Der Strom, der dich fortträgt, trägt uns mit dir fort."

„Wo geht es hin?"

„Dorthin, wo wir vereint sein werden."

„Wird es bald sein?"

„Schau hin."

Und Christof, der eine übermenschliche Anstrengung machte, um den Kopf zu heben (Gott, wie schwer er war!), sah, wie der aus seinen Ufern tretende Strom die Felder bedeckte und sich erhaben, langsam, fast reglos dahinwälzte. Und gleich einem stählernen Schimmer schien ihm vom Rande des Horizontes ein silberner Flutstreifen, zitternd in der Sonne, entgegenzufließen. Das Rauschen des Ozeans... Und sein brechendes Herz fragte:

„Ist Er das?"

Die Stimmen seiner Geliebten antworteten ihm:

„Er ist es."

Sein langsam versagendes Hirn sagte indessen:

„Die Pforte öffnet sich... Da ist der Akkord, den ich suchte! – Aber das ist doch nicht das Ende? Welche neuen Räume...! Morgen geht es weiter."

O Freude, sich hinschwinden zu sehen in den erhabenen Frieden des Gottes, dem zu dienen man sich sein Leben lang bemüht hat...!

„Herr, bist du nicht gar zu unzufrieden mit deinem Knecht? Ich habe so wenig getan! Ich konnte nicht mehr tun... Ich habe gekämpft, ich habe gelitten, ich irrte, ich schuf. Laß mich Atem schöpfen in deinen väterlichen Armen. Eines Tages werde ich zu neuen Kämpfen wiederauferstehn."

Und das Raunen des Flusses und das rauschende Meer sangen mit ihm:

„Du wirst auferstehen. Ruhe aus. Alles ist nur noch ein einziges Herz. Ein Lächeln von Nacht und Tag, die einander umschlingen. Harmonie, erhabenes Paar aus Liebe und Haß! Ich lobsinge dem Gott mit den beiden mächtigen Schwingen. Hosianna dem Leben! Hosianna dem Tod!"

Christofori faciem die quacumque tueris,
Illa nempe die non morte mala morieris.

Sankt Christof hat den Fluß durchquert. Die ganze Nacht hindurch ist er gegen die Strömung geschritten. Gleich einem Felsen ragt sein Körper mit den kräftigen Gliedern aus den Wassern. Auf seiner linken Schulter trägt er die Last des zarten Kindes. Sankt Christof stützt sich auf eine entwurzelte Tanne, die sich biegt. Auch sein Rücken ist gebeugt. Die ihn aufbrechen sahen, haben gesagt, er werde das Ziel nie erreichen; und lange haben sie ihn mit ihrem Spott und ihrem Gelächter verfolgt. Dann ist die Nacht hereingebrochen, und sie sind müde geworden. Jetzt ist Christof zu weit, als daß ihn das Geschrei derer erreichen könnte, die am Ufer zurückgeblieben sind. Im Rauschen des reißenden Stromes vernimmt er nur die ruhige Stimme des Kindes, das eine krause Strähne auf der Stirn des Riesen in seiner kleinen Faust hält und das immer wieder sagt: „Gehe!" – Er geht mit gebeugtem Rücken, die Augen gerade vor sich hin auf das dunkle Ufer gerichtet, dessen Böschung sich zu erhellen beginnt.

Plötzlich erklingt das Angelus, und die Herde der Glocken erwacht jählings. Das ist die neue Morgenröte! Hinter der schwarzen, ragenden Klippe steigt der goldene Strahlenkranz der unsichtbaren Sonne empor. Christof, dem Umsinken nahe, erreicht endlich das Ufer. Und er sagt zu dem Kinde:

„Nun sind wir angelangt. Wie schwer du warst! Wer bist du denn, Kind?"

„Ich bin der kommende Tag."

ANHANG

ANHANG

NACHWORT

Der Nobelpreis für Literatur 1915 war ein Ärgernis. Die schwedische Akademie hatte 1914 diplomatisch auf die Verleihung an einen der vorgeschlagenen europäischen Kandidaten verzichtet, um die Neutralität ihres Landes in dem beginnenden Weltbrand zu wahren. Anfang November 1915 verbreitete der *New York Herald* jedoch ein Gerücht, das sich trotz unverzüglichen Dementis hartnäckig hielt: Den Literaturpreis für das Jahr 1915 solle der Franzose Romain Rolland erhalten.

Der knapp fünfzigjährige ehemalige Professor für Musikgeschichte an der Sorbonne saß zu diesem Zeitpunkt resigniert in der neutralen Schweiz. Er hatte sich nach Kriegsausbruch sofort dem Internationalen Roten Kreuz zur Verfügung gestellt und von Genf aus erbitterte Manifeste gegen den Chauvinismus der geistigen Elite Frankreichs und Deutschlands verfaßt. Mit seinem leidenschaftlichen Appell *Au-dessus de la mêlée* („Über dem Getümmel") im *Journal de Genève*, in dem er die führenden Intellektuellen beider Länder zum Kampf gegen Imperialismus und engstirnigen Nationalismus aufrief, hatte er einen internationalen Sturm der Entrüstung und des Mißverständnisses ausgelöst.

Die Hiebe fielen auf beiden Seiten. *Romain Rolland gegen Frankreich* lautete die Überschrift einer französischen Gegenschrift von Henri Massis. Der Historiker Alphonse Aulart als Vertreter der französischen nationalistischen Welle schrieb: „Ein deutsches Manöver erstreckt sich, von Romain Rolland ausgehend, über ganz Europa." Auf der deutschen Seite wies Gerhart Hauptmann als Befürworter eines „gerechten Krieges" alle Anschuldigungen Rollands energisch zurück, und Thomas Mann rügte Rolland noch in den *Betrachtungen eines Unpolitischen* (1918): „Sie mäßigen sich bewunderungswürdig, wo es sich um Ihre Landsleute handelt, und üben Strenge nur gegen die deutsche Kriegsbetrachtung". Als schließlich die Nachricht von der angeblichen Nominierung kolportiert wurde, verstieg sich die Pariser Zeitung *Le Matin* sogar zu der Äußerung, Rolland habe von Genf aus „die angestrengten Friedensbotschaften, die wir alle kennen", in die Welt hinausgesandt: „Diese haben ihm nun die Aufmerksamkeit – und das Geld – der schwedischen Boche-Freunde eingebracht".

Die auf Neutralität bedachte Akademie in Stockholm wartete die Beruhigung des Empörungssturmes ab. Erst am 9. November 1916 wurde der Preis an Romain Rolland offiziell verliehen und die Urkunde schließlich am 1. Juni 1917 unterzeichnet. Der Franzose erhielt den Preis, wie es in der Begründung heißt, „als Ehrung für den großen Idealismus seiner Werke sowie für die von Sympathie geprägte Wahrheit, mit der er die verschiedensten menschlichen Charaktere darzustellen wußte".

Es ist dieser Würdigung unschwer zu entnehmen, daß die literarische Ehrung vor allem für den 1912 abgeschlossenen Roman *Johann Christof* zuerkannt wurde. In diesem monumentalen humanistischen Bildungsroman in zehn Büchern hatte Rolland gerade während der Zeit internationaler Spannungen in der Gestalt des rheinländischen Musikers Johann Christof Krafft und der seines Pariser Freundes Olivier Jeannin eine deutsch-französische Freundschaft dargestellt und Kultur und Gesellschaft beider Nationen in einem differenzierten Epochenbild kritisch durchleuchtet. Mehr noch, er hatte mit dem Roman, dessen Schauplätze nach Deutschland, Frankreich, in die Schweiz und nach Italien verlegt sind, „eine Eroika der großen europäischen Gemeinsamkeit" (Stefan Zweig) geschrieben, in der Gestalt Johann Christofs einen Weltbürger gezeichnet, dessen humanistischer Idealismus das Zusammenspiel der geistigen Kräfte Europas symbolisieren sollte.

Die literarischen Werke Rollands vor diesem Roman – zwei Dramenzyklen und ein Buch über *Jean-François Millet* – waren von der französischen Öffentlichkeit kaum zur Kenntnis genommen worden. Rolland hatte zunächst als Musikhistoriker mit Untersuchungen über die europäische Oper vor Lully und Scarlatti reüssiert und mit einer Beethoven-Biographie den Franzosen ein neues Beethoven-Bild eröffnet. Auch die ersten Bücher des *Johann Christof*, die seit Februar 1904 in den von dem Freund Charles Péguy redigierten *Cahiers de la Quinzaine* fortsetzungsweise erschienen, wurden über den kleinen Kreis der Abonnenten hinaus zunächst kaum beachtet. Der Vergleich mit Marcel Prousts weltberühmten Romanzyklus *A la recherche du temps perdu* drängt sich auf, dessen Autor für das Buch *Du côté de chez Swann* (1913) nicht nur kein Honorar erhielt wie Rolland, sondern auch noch die Druckkosten selbst bezahlen mußte.

Der erste Erfolg des *Johann Christof* war, wie Otto Grautoff es darstellt, ein „Erfolg aus Widerspruch". Rolland erzeugte mit dem fünften und sechsten Buch des Romans, *Jahrmarkt* und *Antoinette* (1908), einen literarischen Skandal – ähnlich wie Zola dreißig Jahre vorher mit seiner *Nana*, in der sich viele Zeitgenossen porträtiert und karikiert sahen. Zola traf die Moral der Nation, Rolland die gesamte Kultur. War es bei Zola die gesellschaftliche Elite, vertreten durch den Adel und die Hochfinanz, die sich angegriffen fühlte, so waren es bei Rolland die Kritiker, die empört reagierten. Sie sahen sich im *Jahrmarkt* als Händler und Handlanger billiger Vergnügungen gezeichnet; das Pariser Kulturleben schien ihnen zu ausschließlich als demoralisierendes Netz von Intrigen dargestellt. Rollands Äußerungen wie „Paris war in der Literatur, was London in der Politik war: die Bremse des europäischen Geistes" (II, 105) wurden als Ungeheuerlichkeit empfunden. Die Reaktion: Man versuchte den Roman totzuschweigen.

Nach dem Erscheinen der Bücher *Das Haus* (1909) und *Die Freundinnen* (1910) begriff allerdings auch die Kritik Rollands Absicht, der Fin-de-siècle-Atmosphäre ein anderes, von neuen Idealen und Hoffnungen erfülltes Frankreich gegenüberzustellen und einen Ausweg aus der resignativen Haltung des intellektuellen Frankreich zu zeigen. Als die Schlußkapitel in den Oktoberheften der *Cahiers de la Quinzaine* 1912 ausgeliefert wurden, war aus dem literarischen Außenseiter, der zehn Jahre lang zurückgezogen in einer billigen Dachwohnung am Boulevard Montparnasse mit seinem Stoff gekämpft hatte, ein anerkannter Autor geworden. Rolland konnte die ungeliebte Professur aufgeben und sich als freier Schriftsteller niederlassen. 1913 schließlich erkannte ihm die Académie Française ihren begehrten großen Literaturpreis zu.

Der Roman begann rasch seine intendierte europäische Wirkung zu entfalten. Schon vor Abschluß der letzten Bücher erschienen englische, spanische, russische und polnische Übersetzungen. Unmittelbar vor Kriegsausbruch wurde *Johann Christofs Jugend* in der autorisierten deutschen Übersetzung von Erna und Otto Grautoff veröffentlicht; das Gesamtwerk lag, allen Anfeindungen zum Trotz, 1917 abgeschlossen auf deutsch vor. In den zwanziger Jahren wurde es in fast alle Kultursprachen der Welt übersetzt.

Als in Deutschland der Expressionismus mit seiner Utopie des Neuen Menschen und seiner Verbrüderungsdichtung nach 1918 in politische Lager zerfiel, die sich gegenseitig paralysierten, als das Ende des deutschen Idealismus in der Literatur sich Anfang der zwanziger Jahre abzeichnete, entfaltete die Rezeption des *Johann Christof* ihre Breitenwirkung. Rolland gehörte nach Rabindranath Tagore zu den meistgelesenen Ausländern, seine Werke wurden fast alle ins Deutsche übertragen. Das deutsche Bürgertum erhoffte aus der mystischen Selbstversenkung Tagores und aus dem heroischen Idealismus Rollands neue Ansätze zur Rettung des Abendlandes gegen Spenglers Kulturpessimismus.

Im Jahr 1933 verschwand der *Johann Christof* rasch aus den deutschen Buchhandlungen. Rolland, der schon früh die Schatten des Nationalsozialismus hatte heraufziehen sehen, war erneut zum Ärgernis geworden. Er hatte die Annahme der Goethe-Medaille für 1932 verweigert und unerschrocken das Hitler-Regime angeprangert. Nach 1945, als man sich nach den Jahren der nachbarlichen Verketzerung wieder auf das Epos eines weltbürgerlichen Humanismus und die Idee eines gemeinsamen Europäertums besann, erlebte der Roman seine Renaissance. In den fünfziger und sechziger Jahren wurde das Buch in beiden Teilen Deutschlands mehrfach aufgelegt.

Umstritten ist dieser von vielen Lesern mit Herzklopfen und Tränen in den Augen als aufwühlendes menschliches Erlebnis begeistert verschlungene Roman dennoch geblieben. Häufig wurde er aus ästhetischen Erwägungen heraus als in sich unstimmig, in der Anlage brüchig, verworren, ja hypertroph wuchernd abgelehnt. Die Literaturkritik tat sich schwer, den Roman literarhistorisch einzuordnen, seine symphonisch aufgebaute Form zu bestimmen, die in kein vorgegebenes Muster paßt und in der von Gide und Proust wesentlich geprägten Entwicklung des modernen französischen Romans eine Sonderstellung einnimmt. Ernst Robert Curtius, der den Roman in *Die Wegbereiter des neuen Frankreich* 1919 enthusiastisch begrüßt hatte, revidierte sein Urteil 1952 aus künstlerischen Erwägungen, hob nun aber um so mehr den moralisch-ideellen Wert hervor. Rollands eigenes Bekenntnis von 1908 zu *Johann Christof:* „Ich schreibe kein Literaturwerk. Ich schreibe ein Glaubenswerk", wies bereits auf diese beabsichtigte Zielsetzung hin. Rollands Erklärung im Vorwort zu *Das Haus*, er habe mit *Johann Christof in Paris* „niemals einen Roman schreiben wollen ... Ich habe einen Menschen geschaffen. Das Leben eines Menschen läßt sich nicht in den

Rahmen einer literarischen Form einschließen. Es trägt sein Gesetz in sich", führte die wissenschaftliche Literaturkritik fast zu einer Deutungsaporie. Man hat das Werk mit dem Etikett Zyklenroman zu fassen versucht, es als Bildungs- oder Entwicklungsroman bezeichnet, Parallelen zum *Wilhelm Meister* und zum *Grünen Heinrich* gezogen und sich schließlich – nach Rollands Definition „*Johann Christof* ist mir als ein Strom erschienen" – auf den Begriff des „roman fleuve" geeinigt.

Nicht nur die innere Struktur, auch der Stil des wie eine Symphonie mit vielfältigem Themenmaterial aufgebauten Romans ist mit literarischen Maßstäben allein schwer bestimmbar. Rollands an sich selbst gerichtetes Postulat, ohne Schminke und unter Vermeidung kunstvoller Stilistik zu schreiben, um von den Einfachsten verstanden zu werden, gibt weiten Teilen des Romans zweifellos den Touch des vordergründig Spannenden, das Sentimentale eines scheinbar ohne die Zensur des bewußten Kunstverstandes hingeschriebenen Gefühlserlebnisses. Diese scheinbare Nähe zum Trivialroman wird jedoch wiederum aufgehoben durch den außerordentlichen Wissenshintergrund, die vielfachen politisch-historischen, musikalischen und literarischen Anspielungen in Form brillant-blitzender Aphorismen, die beim Leser eine geradezu universelle Bildung voraussetzen. Der Roman gewinnt an Rang durch die zahlreichen kulturkritischen Einschübe, den sich schließlich doch als sehr planvoll erweisenden Gesamtaufbau und das hohe Ethos.

Das hohe Ethos des Romans war es vor allem, das ihn vielen Lesern als „Lebensbuch" (Eugen Lerch) erscheinen ließ – und dem die Literaturkritik, unbenommen aller Wertungsproblematik, einhelligen Respekt zollte. Stilistisch kann man weite Passagen des *Johann Christof* mit den Romanen von Francis Jammes oder Charles-Louis Philippe vergleichen. Die kulturkritischen Einschübe erinnern an die „satirische Konzision eines Montesquieu"

(Hermann Gmelin), die Charakterporträts rücken in ihrer psychologischen Schärfe in die Nähe André Gides. In der Zielsetzung begegnet der Roman dem späten Werk Leo Tolstois, aber auch dem Völkerverständigungsdenken von Jules Romains. Als Musikerbiographie mag man ihm Thomas Manns *Doktor Faustus* als deutsches Gegenstück zur Seite stellen. Als Apotheose des Beethovenschen Menschen, als dichterische Umsetzung einer Weltanschauung mittels musikalischer Kompositionsprinzipien innerhalb einer literarischen Form und als grandioses Bild einer Epoche ist der Roman singulär geblieben. Ebenso singulär wie seine Rezeptionsgeschichte, denn kaum jemals hat ein Werk so sehr aus dem Widerspruch heraus seine anhaltende Wirkung entfaltet.

Balzac hatte die *Menschliche Komödie* seiner Zeit in ein Kaleidoskop von Gesellschaftsromanen zerlegt, Zola versuchte die Bestandsaufnahme seiner Epoche in dem 20bändigen Zyklus der *Rougon Macquart*. Rolland verdichtet die Tragödie seiner Generation in dem Kulminationspunkt eines Einzelschicksals, das symbolische Züge trägt. Schon der Name des Komponisten Johann Christof Krafft ist ein Symbol. „Johann" – dem ersten Verkünder des Evangeliums, Johannes, nachgebildet – weist auf Rollands evangelistische Intention hin, einen neuen, heroischen Idealismus zur Überwindung des nationalen Dekadenzbewußtseins zu entwickeln. „Man muß einem Volk, das für trügerische Illusionen zu empfänglich ist, ernsthafte Worte sagen: Die heroische Lüge ist die Feigheit. Es gibt in der Welt nur einen Heroismus, der darin besteht, die Welt zu sehen, wie sie ist – und sie dennoch zu lieben."

„Christof" trägt als Christophorus die Last seiner Zeit auf den Schultern. Durch eigene „Krafft", eine heroische Lebensenergie, muß er sich gegen das Schicksal durchsetzen, einen von Rolland nicht akzeptierten Determinismus positivistischer Lehren überwinden, der ihn in ein elendes Milieu verwiesen hat. Dieser deutsche Musiker ist ein „Beethoven redivivus" mit nur leicht verschleierten Lebenszügen des historischen Komponisten, dessen Biographie *La vie de Beethoven* Rolland 1903 gerade abgeschlossen hatte, als er mit der Niederschrift des *Johann Christof* begann. Biographische Elemente aus dem Leben anderer Musiker wie Richard Wagner und Richard Strauß werden ebenso in die Handlung integriert wie Porträts tatsächlicher Personen aus dem Umkreis Rollands. Das von außerordentlicher geistiger Tapferkeit und Entsagung gekennzeichnete Leben des Dichters selbst dient vielen Episoden des Romans als stoffliche Vorlage; die bewußte Verwendung der eigenen Biographie erhellt zugleich Rollands Kunstbegriff. Ein überzeugendes Leben kann glaubhafter Stoff für ein „wahres" Kunstwerk werden, denn der Wert eines Kunstwerkes besteht in erster Linie in seiner Wahrheit, nicht in seinen ästhetischen Dimensionen: „Wenn die Kunst und die Wahrheit nicht zusammenleben können, dann mag die Kunst zugrunde gehn! Die Wahrheit ist das Leben".

Die Nachzeichnung von Beethovens Biographie – vor allem in *Johann Christofs Jugend* durch frappierende, sich dem Auge des unbefangenen Lesers gänzlich entziehende Verschlüsselungen – ist deshalb mehr als nur eine Verbeugung vor dem persönlich verehrten Genie. Beethoven, den Rolland in seinem Vorwort zu *La vie de Beethoven* „die Verkörperung des Heldentums in der ganzen modernen Kunst", den „größten und besten Freund der Leidenden, der Kämpfenden" genannt hatte, diente ihm als Prototyp des schöpferischen, in seinem Leben wahrhaftigen Menschen, als historische Inkarnation seines fiktiven Helden.

Darum wird Johann Christof wie Beethoven als Sohn eines haltlosen Vaters in einer kleinen Residenzstadt am Rhein geboren, in der sich unschwer Bonn erkennen läßt. Seine Familie ist ebenfalls flämischen Ursprungs, Großvater und Vater sind Musiker im Dienst des Hofes. Wie Beethovens Genie wird Johann Christofs musikalische Begabung durch brutalen Drill ausgenutzt, um ihn wie einen zweiten Mozart als Wunderkind am Hof einführen zu können. In Minna, seiner ersten kindlichen Liebe, begegnet Johann Christof – wie Beethoven in Leonore von Breuning – dem höheren Stand. Das Haus von Kerich ist dem Haus von Breuning nachgebildet, das auf den jungen Beethoven zwar eine erzieherische Wirkung ausübte, ihm aber zugleich seinen minderen Stand demütigend bewußt machte. Die Verschlüsselung geht bis ins Detail der Namensgebung: Helene von Breuning, Beethovens mütterliche Freundin, war eine geborene Kerich.

Die Mutter Johann Christofs ist Rollands eigener Mutter, Marie, nachgezeichnet. Sie trägt darüber hinaus Züge der Mutter Beethovens und Dürers und wird so zum Idealtypus stilisiert. Der alte Schulz im letzten Kapitel des Buches *Empörung* ist „zu einer Hälfte meinem Großvater mütterlicherseits, Edme Courot, nachgeschaffen ... und zur anderen Hälfte Malwida" von Meysenbug, der Gönnerin Rollands in Rom, die ihm den deutschen Idealismus Goethe- und Schillerscher Prägung nahegebracht hatte.

Das literarische Muster des Entwicklungsromans wird in den vier Büchern des ersten Teils noch weitgehend beibehalten. Johann Christofs Entwicklung ist in einzelnen Stufen psychologisch gezeichnet, eine der vielen Anleihen des Romans aus der Weltliteratur: Der Stufenrhythmus erinnert an Dantes *Divina Commedia;* die drei Abschnitte des Buches *Dämmerung* werden sogar mit Mottos aus dem *Purgatorio* eingeleitet. Der heroische Trotz, die Unbeirrbarkeit des Beethovenschen Charakters und der in immer neuen Variationen angedeutete kämpferische Impetus „aus Nacht zum Licht", „durch Leiden zur Freude" ist in Johann Christofs leidvoller Jugend wie in einer Sonatenhauptsatzexposition angelegt, in der alle Themen und Gegenthemen auftreten. Die Durchführung durch das Motivmaterial ist vorgegeben, doch noch nicht zur Synthese entwickelt.

So taucht bereits in den ersten Büchern das Zentralthema Freundschaft und Liebe auf, ist hier jedoch noch objektgebunden und weit entfernt von dem Gedanken der allumfassenden Menschenliebe Christofs im letzten Buch, der „fraternité" und „unité humaine" Rollands. Die emphatische Jugendfreundschaft in dem Kapitel *Otto* bleibt eine schwärmerische pubertäre Jugendbeziehung, deren utopischer Absolutheitsanspruch an der Wirklichkeit zerbricht, die aber die Durchführung und Synthese des Themas in der späteren männlichen Freundschaft zu Olivier Jeannin vorbereitet. Auch die dreimalige Variation der Jugendliebe in den Kapiteln *Minna*, *Sabine* und *Ada* zeigt nur Spielarten mißglückter Liebe, die ihre Erhöhung in der Form nachsommerlicher Liebe zu Grazia erfährt.

In dem Buch *Empörung* ist die Form des Entwicklungsromans bereits gefährdet, ehe sie in dem Teil *Johann Christof in Paris* vorübergehend gänzlich aufgegeben wird. In diesem gerade für den deutschen Leser so faszinierenden Buch porträtiert Rolland das deutsche Musikleben, wie er es auf seinen Reisen nach Bayreuth 1891 mit Malwida von Meysenburg und vor allem auf seiner Reise durch Deutschland 1896 und beim Mainzer Beethoven-Fest 1901 erlebt hat. Rolland konzipierte dieses Buch als erstes des Romans aus dem unmittelbaren Erlebnis und der ersten Enttäuschung heraus. Denn was der französische Musikhistoriker in Deutschland vorgefunden hatte, war eine sich auf das ganze Gesellschaftsleben der Nation erstreckende konservative Unkultur der Gründerzeit, die – wie Nietzsche es sah – der Sieg „verdummt" hatte. Rolland fand ein Musikleben, das sich in Männergesangvereinen und Musikerkulten wie den Wagnervereinen gefiel, er fand in der deutschen Musik „die undurchdringliche Dummheit ihrer lächerlichen Interpreten und des widerkäuenden Publikums", er „sah die deutsche Kunst in ihrer ganzen Nacktheit ... die Schleusen der gefürchteten deutschen Empfindsamkeit waren aufgezogen ... das deutsche Denken schlief auf dem Grunde". (I, 476 f.)

Diese harte Kritik erfährt zwar eine Milderung durch die Erzählperspektive. Sie wird formuliert als das kompromißlose Urteil des radikalen jungen Freigeistes Johann Christof, nicht die des Autors. Sie bleibt dennoch die karikierende, satirische Sicht eines Franzosen, der sich mit dem deutschen Geistesleben nach 1870 mit einer Ernsthaftigkeit auseinandergesetzt hat, wie sie in Frankreich bis dahin allenfalls in Madame de Staëls *De l'Allemagne* Vergleichbares hatte.

Der Idealismus der deutschen Klassik war in den Augen Rollands nach der Reichsgründung zur „mensonge allemand", zur hohlen Phrase geworden. „Christof war dahin gelangt, den Idealismus zu hassen. Er zog dieser Lüge die offene Brutalität vor." (I, 485) In seiner jugendlich-exaltierten Wahrheitssuche, in seiner künstlerischen Verletzbarkeit muß er sich blind gegen alles und jeden wehren, seine Situation selbst in die Ausweglosigkeit führen. Die von der Kritik oft als etwas gewaltsame Durchschlagung des Gordischen Knotens empfundene Flucht nach Paris hat Rolland entschieden verteidigt. Die Vorgeschichte der Schlägerei ginge auf ein persönliches Erlebnis zurück, sie sei keine bequeme Fiktion, sondern erhalte ihre Wahrheit aus dem wirklichen Leben.

Um Rollands bittere Kritik am Frankreich des Fin de siècle im zweiten Teil *Johann Christof in Paris* zu verstehen, muß man die Geistesgeschichte Frankreichs nach 1870 kennen. Johann Christof sei „der heldische Vertreter jener Generation, die von einem Krieg des Abendlandes zum andern geht: von 1870 nach 1914", hat der Autor in seinem Vorwort zur letzten Fassung des *Johann Christof* 1931 retrospektiv geschrieben. Der deutsche Musiker ist also der Vertreter von Rollands eigener Generation.

Diese Generation zwischen zwei Jahrhunderten wuchs auf in einer Strömung des Pessimismus, der sich nach der französischen Niederlage von 1871 lähmend ausbreitete. Die militärische Niederlage, der Sturz des Kaiserreichs, der blutige Bürgerkrieg der Kommune erhärteten die Überzeugung, daß das nationale Leben aus dem Innersten heraus erkrankt sei. Man glaubte an die Erschöpfung und den unvermeidlich folgenden Niedergang der romanischen Welt. Zola stellte in seinen naturalistischen Erfolgsromanen die Gesellschaft illusionslos dar als verfault, gemein und heuchlerisch. Die Oberschicht, wie Rolland sie noch im *Jahrmarkt* zeigt, gefiel sich in maßlosem Genuß. Die Lage der Armen war ausweglos. Kennzeichnend für ihre Situation ist der Selbstmord der Arbeiterfamilie in dem Buch *Der feurige Busch* (III, 216). Selbst die Politik, wie sie der Salonsozialist Achilles Roussin im *Jahrmarkt* vertritt, war nur ein rüdes Geschäft oder ein Gesellschaftsspiel. Der Mittelstand und das Kleinbürgertum verdämmerten in einem müden grauen Alltag. Die Not, wie sie Antoinette und Olivier in Paris kennenlernen, stieß bei den Reichen auf Gleichgültigkeit und Zurückweisung.

In der Literatur um 1885 wurde der Dekadentismus zum kennzeichnenden Stichwort. Das Inferno Baudelaires, die selbstvernichtende süße Bitternis eines ziellos schwelgenden Genusses in den *Fleurs du mal* wurde nun zum Lebensausdruck der geistigen Elite. Weltanschauliche Überzeugungen waren nur hinderlich, denn sie eröffneten keinen Ausweg. Moral war nur ein vordergründiges Scheingerüst gesellschaftlicher Spielregeln, das man selbstverständlich heimlich durchbrach. Der Kritiker Lévy-Cœur als alles zersetzendes „intellektuelles Nagetier", die Eltern von Oliviers Frau Jacqueline sind noch letzte Träger dieser Anschauungen.

Aufgerüttelt wurde das französische Geistesleben aus seiner Decadence durch die Dreyfus-Affäre. Nicht nur die Ehre der Armee, das Ansehen des ganzen Staates wurden durch diese politische Intrige in Frage gestellt, die Macht der Lüge und Fälschung war ein die ganze Nation erfassender Skandal, über den Olivier und Johann Christof erregt diskutieren und dessen Stellenwert für eine Erneuerung des geistigen Frankreich Olivier Johann Christof begreiflich zu machen versucht. Die leidenschaftliche Parteinahme der Jugend für Dreyfus – auch Rolland schloß sich dem früher abgelehnten Zola und seinem „J'accuse" an –, leitete nicht nur eine Wende in der staatlichen Führung ein, sondern zugleich eine Renaissancebewegung des französischen Idealismus. In den folgenden Jahren, unter Einfluß der Frankreich erregenden politischen Ereignisse wie der Auseinandersetzung mit dem Syndikalismus, dem Kirchenkampf und der ersten Marokkokrise – die im Buch *Das Haus* zum Konflikt zwischen „patrie" und „humanité" wird – formten sich geistige Erneuerungsbewegungen: so Maurice Barrès' neuer Nationalismus und die neue Religiosität Paul Claudels. Eine Suche nach verbindlichen sittlichen Werten, wie Rolland sie in seinem *Johann Christof* in Form des heroischen Idealismus gab, setzte ein.

Die Kultur- und Gesellschaftskritik im *Jahrmarkt* ist wiederum wie in der *Empörung* durch die Perspektive gemildert. Rolland sieht Frankreich mit den Augen des ahnungslosen, naiv und unkritisch aufnehmenden Deutschen, wobei dessen Lebensgeschichte mit der zunehmenden Bedeutung der Gesellschaftskritik zurückgedrängt wird. Das Buch *Antoinette* ist mit der Haupthandlung nur noch durch den „roman silencieux" zwischen Johann Christof und seiner „fernen Geliebten" verbunden; sein Schicksal wird ersetzt durch das Schicksal Oliviers und seiner Schwester; ein Kunstgriff, der es Rolland ermöglicht, die geistigen Anschauungen seiner eigenen Generation pro domo nachzuzeichnen. „Ich muß die Umstände klarstellen, unter denen ich das Ganze meines Werkes unternommen habe", schrieb er rechtfertigend im Vorwort zu *Das Haus*. „Ich war einsam. Ich erstickte, wie so viele andre in Frankreich, in einer seelisch feindlichen Welt. Ich wollte atmen, ich wollte gegen eine ungesunde Zivilisation antreten."

Oliviers Jugend ist die Jugend des 1866 geborenen Notarssohnes Rolland aus Clamecy. Oliviers Erlebnisse im Lyceum in Paris, den zweimaligen quälenden Anlauf zur

Aufnahme in die Ecole Normale Supérieure hat Rolland selbst durchlitten und in seinen Memoiren *Souvenirs de Jeunesse* erzählt. Der zarte, kränkliche Dichter Olivier, der sich im Treiben des Jahrmarktes nicht zurechtfindet und dessen Ehe in diesem Trubel zerbricht, ist der Lehrer für Morallehre an der Ecole J.-B. Say, dessen Dichtungen unverstanden blieben, dessen Ehe mit Clotilde Bréal an der Verschiedenheit der mondänen Frau zu dem in sich zurückgezogenen Intellektuellen 1901 scheiterte.

Olivier ist jedoch nur ein Teil von Rollands biographischer und geistiger Existenz. Er ist zwar der Vertreter des jungen Frankreich gegen das Fin de siècle, doch erst in der Reibung der französischen Geistesart mit der deutschen in der Freundschaft Olivier – Johann Christof erhält Rollands dichterische Aussage der fraternité ihre Totalität. „Wir sind die beiden Schwingen des Abendlandes", sagt Johann Christof über die Beziehungen zwischen Frankreich und Deutschland: „Wenn die eine zerbricht, ist auch der Flug der anderen zerstört." (III, 596)

Johann Christofs geistige Persönlichkeit, deren Bildung in *Das Haus* und *Die Freundinnen* fortgeführt wird, nimmt Elemente der geistigen Klarheit Frankreichs auf. Seine Musik verarbeitet Einflüsse des französischen Erbes, seine Einstellung zur deutschen Kunst wird aus der räumlichen Distanz heraus weiser, toleranter. Doch noch ist Johann Christof das polternde, derbe Kraftgenie, das sich durch alle Schicksalsschläge nicht zerbrechen läßt, ein Sinnbild des élan vital. Rolland glaubte an eine Urkraft des Lebens, an die schöpferischen Kräfte des Lebensstromes, wie ihn Henri Bergson in seiner Lehre des Vitalismus als zentrale These formuliert hat.

Entgegen den Vorstellungen Bergsons wird bei Rolland dieser Lebensstrom allerdings immer wieder unterbrochen. Das stetige Fließen wird aufgehalten durch jähe Krisen, in die Rolland seinen Helden fallen läßt. Die Krisen im Bildungsgang Johann Christofs sind zum einen Zäsur und

Peripetie in dem dialektischen Aufbau des Romans, sie führen zu einer Synthese auf höherer Stufe – zum anderen sind sie Wendepunkte in dem sehr bewußt von Goethe entlehnten Aufbau in Systole und Diastole als Lebensrhythmus, in dem sich das Geschehen abspielt.

Nach den Entbehrungsjahren und dem beginnenden Ruhm in Paris wird der Komponist in seine letzten Lebenskrisen gestürzt. Er begeht im Jähzorn einen Totschlag an einem Polizisten, der in schärfstem Kontrast zu seiner Menschenliebe steht. Die zweite Landesflucht, diesmal in die Schweiz, erweitert zugleich mit der Krisenüberwindung den Lebensraum, wie die letzte, existentielle Krise mit der folgenden Flucht nach Italien und der Auseinandersetzung mit dem klassischen Italien dem Roman sein europäisches Ausmaß gibt.

Das calvinistische Milieu der Schweizer Patrizierstadt (ein Abbild Basels) steht in scharfem Kontrast zu der Leidenschaft, die Christof zu Anna befällt. War es in der Jugend das Haus Euler, dessen Enge Christofs Auflehnung herausgefordert hatte, so ist es jetzt, in der symphonischen Verarbeitung der wiederkehrenden Motive, das Milieu im Haus des Jugendfreundes Braun. Der Moralist Christof, der die Pariser Moral verabscheut hat, macht sich des Ehebruchs schuldig und wird damit vollends unwahrhaftig.

Vergraben wie ein krankes Tier in der Wintereinsamkeit der Schweizer Berge ringt er mit seinem Gott, der ihm – wie Mose im brennenden Dornbusch – im Traum erscheint. Dieser Gott ist ein pantheistisches Bild des Lebens, mehr Allegorie als transzendentes Wesen. Auf die Frage: „Bist du nicht alles, was ist?" antwortet er dem wie Hiob um die Theodizee ringenden Johann Christof in einer alttestamentlichen Szene: „Ich bin das Leben, das das Nichts bekämpft ... Ich bin der freie Wille, der ewig kämpft." (III, 422), Christof versteht die Botschaft. Er nimmt den Kampf erneut auf. In Italien, dem Ausgangsland des europäischen Humanismus, findet er endlich und endgültig zur unité humaine.

Der Blick über das klassische Rom vom Janiculum aus war für Rolland im Jahr 1890, als der Romanplan entstand, der schöpferische Ausgangspunkt; er ist zugleich Endpunkt von Johann Christofs Lebenskampf: „Von diesen römischen Hügeln überblickt man am besten das Schauspiel unseres Okzidents, und von hier aus gesehen verschmelzen unsere getrennten Nationen alle in einer Harmonie gleich jener, die Rom am Abend vom Janiculum aus bietet."

Die Rückkehr nach Paris, die Alterswerke und der Ruhm, der den Komponisten nun umgibt, sind nur Nachspiel des Lebenskampfes, der leitmotivisch begleitet wird von dem Bild des Rheins, dessen Ufer Frankreich und Deutschland verbinden und der zugleich zum Symbol des Lebensflusses wird.

Christophorus hat den Strom überquert, er hat als symbolischer Träger sein Leben vollendet. Am Ufer ist der neue Tag, eine neue Generation.

Die anderen Werke Romain Rollands vor und nach dem *Johann Christof* haben zwar den literarischen Ruf des Dichters befestigt: Seine Dramenzyklen wie die *Tragédies de la foi* (1897–99) den Ruf als Dramatiker, *Colas Breugnon* (1919), *Clérambault* (1920) und *L'Ame enchantée* (1924) den Ruf als Romancier. Den Ruhm und den Erfolg des *Johann Christof* hat aber keines mehr erreicht. Die späteren Werke mögen zwar künstlerisch geschlossener sein, doch in keinem ist die weltanschauliche Aussage klarer und leidenschaftlicher formuliert als in dem Romanerstling, den der Vierzigjährige sich als zehnjährige Lebensaufgabe gewählt hatte.

Wenn Humanismus die Besinnung des Menschen auf sich selbst und die unermüdliche Bildung zur Menschlichkeit bedeutet, so liegt in *Johann Christof* ein humanistisches Epos par excellence vor. Der Gedanke von Rollands ubiquitärer Verbrüderung ist allerdings eine Utopie geblieben, der sich die Welt allenfalls approximativ nähern kann. Eine Utopie wie Schillers Weltbürgertum, das Beethoven als musikalischer Wegbereiter in die Welt trug, eine Utopie wie der Ruf nach liberté, egalité und fraternité in der Französischen Revolution, die Rolland in seinem *Théâtre de la révolution* (1898–1939) als unerledigtes historisches Ereignis nachgestaltet hat.

Es fällt schwer, Rollands Roman ganz gerecht zu werden. Seine Äußerung: „Jedes Werk, das sich von einer Definition umschließen läßt, ist ein totes Werk", erweist sich für den *Johann Christof* zweifellos als zutreffend. Vor allem die immer wieder versuchte rein literarische Wertung bleibt letztlich müßig. Rollands Werk ist nicht primär literarischer Natur, es ist im Grunde politisch. Politisch nicht im vordergründigen Sinn tages- oder staatspolitischer Zielsetzung. Es geht auf die elementaren Bedingungen im Zusammenleben des Menschen als animal sociale zurück und gibt diesen Grundbedingungen in dem Generalthema der Völkerverständigung kosmopolitische Ausmaße.

So erklärt sich auch die früh beginnende internationale Wertschätzung Rollands, wie sie – ein Beispiel unter vielen – das *Liber amicorum Romain Rolland* von 1926 dokumentiert. In diesem Buch sind Huldigungen von mehr als hundert führenden Persönlichkeiten aus aller Welt vereinigt, unter denen Namen so verschiedener politischer Couleur hervorragen wie Ernst Bloch, Albert Einstein, Sigmund Freud, Mahatma Gandhi, Maxim Gorki, Selma Lagerlöf, Fridtjof Nansen, Albert Schweitzer, Richard Strauß, Rabindranath Tagore und Ernst Toller. Aus der humanistischen Zielsetzung von Rollands literarischem Werk erklärt sich auch die Gründung der heute, über dreißig Jahre nach seinem Tod noch bestehenden Gesellschaften der Freunde Romain Rollands in Ost und West. Diese Gesellschaften haben sich die Verbreitung des geistigen Erbes eines Mannes zum Ziel gesetzt, den Albert Schweitzer „das beobachtende Gewissen der denkenden Menschheit" nannte.

Die neuere romanistische Forschung, zuletzt Maria Hülle-

Keeding in ihrer Dissertation über *Romain Rolland* (1973), hat versucht, Rollands Begriffe des menschlichen Schöpfertums und der brüderlichen Einigung der Menschheit unter den Thesen des französischen Strukturalismus und der neueren philosophischen Anthropologie gegen ein rein historisches Bild des *Johann Christof* zu aktualisieren. Das Gebot der Mitmenschlichkeit und der Menschenliebe Rollands wird hier als biologisch-menschliche Notwendigkeit verstanden, wenn die Gefahren einer Manipulation und Zerstörung des Lebens gebannt werden sollen.

So gesehen ist Rollands Werk einer der zahlreichen Versuche des menschlichen Geistes, eine wirksame Antithese zu finden gegen Thomas Hobbes' hartes Wort vom „Homo homini lupus est". Ein Versuch, der in seiner Historizität nicht überholt, nur unter veränderten Bedingungen wiederholbar ist: Rolland ist ein unbequemer Mahner, ein Ärgernis geblieben.

Wolfram Göbel

Anmerkungen

11 *Salus publica:* (latein.) Gemeinwohl.
13 *Nescio quid majus nascitur Iliade:* (latein.) Ich glaube, es gibt nichts Größeres als die Ilias.
17 *Opéra:* das 1862–75 von Charles Garnier in Paris erbaute größte Operngebäude der Welt.
19 *Père Duchesne:* Katholischer Kirchenhistoriker (1843–1922). Hatte kirchliche Schwierigkeiten wegen seiner Überordnung des wissenschaftlichen Urteils über kirchliche Traditionen und wegen der überlegenen Art, in der er die kirchliche Verurteilung des Modernismus hinnahm und ihr zugleich für sich persönlich auswich.
21 *Servum pecus:* (latein.) Sklavisches Gezücht.
Artaxerxes: Persischer König (465–424 v. Chr.). Schloß mit Athen 449 den sogenannten Kalliasfrieden, in dem er die griechischen Städte Ioniens preisgab. Dieser Friede kündigte den Verfall des persischen Reiches an.
29 *Alfred de Musset:* Französischer Dichter (1810–1857). Einer der geistreichsten französischen Romantiker. Verband den Voltaireschen Freigeist der Aufklärung mit dem modischen Weltschmerz seiner Epoche. In seinen Gedichten findet sich schmerzvolle Bekenntnislyrik (angeregt durch seine unglückliche Liebe zu George Sand) neben frivolen, witzigen Verserzählungen (‚Namouna').
Sully-Prudhomme: Eigentlich René-François-Armand Prudhomme, französischer Dichter (1839–1907). Einer der Hauptvertreter der Parnassiens. Nach zarter, leicht süßlicher Lyrik veröffentlichte er Gedankendichtungen in einer oft der Prosa nahekommenden, wissenschaftlich präzisen Sprache. Erster Nobelpreisträger der Literatur 1901.
30 *Samain:* Albert Samain, französischer Dichter (1858–1900). Als Elegiker ein Meister im Einfangen flüchtiger Stimmungen.
Debussy: Claude Debussy, französischer Komponist (1862–1918). Meister eines französischen, national betonten Impressionismus. Angeregt von der Malerei seiner Zeit strebte er zarte, schillernde Klangwirkungen an.
48 *Fuge in es-Moll von Johann Sebastian Bach:* Fuga VIII aus dem ‚Wohltemperierten Klavier' (1722). Rolland läßt auch das Notenbild im Text erscheinen, verwechselt die Tonart der Fuge aber unharmonisch (das Original steht in dis-moll).
60 *Louis XIV.:* Der „Sonnenkönig" von Frankreich (1638–1715). Machte Frankreich zur Vormacht in Europa. Er steigerte die Lehre vom königlichen Absolutismus zu einem fast religiösen Dogma („Der Staat bin ich").
Molière: Eigentlich Jean Baptiste Poquelin, französischer Komö-

diendichter (1622–1673). Genoß die besondere Gunst Ludwigs XIV., dem seine Adelssatiren aus politischen Gründen willkommen waren.

Le Brun: Charles Le Brun, französischer Maler (1619–1690). Hofmaler am Hofe Ludwigs XIV., Generalinspektor der königlichen Sammlungen und Direktor der Gobelin- und Möbelmanufaktur. Seine eigentliche Begabung erwies er als Organisator bei der Ausstattung der königlichen Schlösser und Prunkräume, indem es ihm gelang, jene Einheit aller künstlerischen Leistungen zu erzielen, die als „Stil Louis XIV." bekannt ist.

Lully: Jean-Baptiste, französischer Komponist (1632–1687). Leiter der Hofkapelle und des von ihm gegründeten königlichen Kammerorchesters, Hofkomponist und unumschränkter Beherrscher der Königlichen Musikakademie (Oper) und des französischen Musiklebens. Erster Großmeister der französischen Nationaloper.

der Komponist des „Sanges an Ägir': Kaiser Wilhelm II.

62 *Musikopolis:* freie Wortverbindung mit griech. „polis" (Stadt, Staat); also soviel wie „Reich der Musik".

70 *Madonna della Sedia:* Gemälde von Raffael (um 1514/15; Palazzo Pitti, Florenz).

71 *Horen:* bedeutendste Zeitschrift der deutschen Klassik (1795–97), herausgegeben von Friedrich Schiller; sie sollte unter Ausschaltung der trennenden politischen und religiösen Zeitfragen die bedeutendsten Dichter Deutschlands im Dienste der Wahrheit und Schönheit vereinigen.

Meine großen und kleinen Horen: Die Horen waren in der Antike die Göttinnen der Jahreszeiten, bei Hesiod auch mit ethischer Bedeutung als Töchter des Zeus: Eunomia (gesetzliche Ordnung), Dike (Gerechtigkeit) und Eirene (Friede).

80 *Heinrich III.:* (1551–1589). Bestieg 1574 als Nachfolger seines Bruders Karl IX. den französischen Thron. Erließ 1585 das hugenottenfeindliche Edikt von Nemours, das den „Krieg der drei Heinriche" verursachte. Heinrich III. ging später zu den Hugenotten über.

83 *Quivi trovammo Pluto il gran nemico:* (italien.) „Dort fanden Pluto wir, den großen Feind." Dante, ‚Göttliche Komödie', Hölle, VI, 115.

85 *Aurea mediocritas:* (latein.) Goldener Mittelweg.

95 *„Wer aber nichts zu sagen hat . . .":* Goethe zu Eckermann am 29. 1. 1827.

96 *Sardou:* Vgl. Anm. II/101.

Gabriele d'Annunzio: Italienischer Dichter und Politiker (1863 bis 1938). Empfand sich als letzten Vertreter des Renaissancemenschen und Fortsetzer der Klassik. Beeinflußt vom französischen Symbolismus, Nietzsche, Schopenhauer und Wagner. Überfeinertes Ästhetentum und rein rhetorisches Pathos stehen in seinen Werken oft unmittelbar nebeneinander.

Dumas der Jüngere: Alexandre Dumas, französischer Schriftsteller (1824–1895). Schrieb Romane im romantischen Geschmack, die er z. T. dramatisierte. Begründer des modernen Gesellschaftsdramas.

Jean Goujon: Französischer Bildhauer (gest. vor 1568). Beherrschte die Formensprache der Renaissance; seine Figuren sind jedoch von schlankem Wuchs und elegantem Umriß, also durchaus französisch.

109 *la lunga man d'ogni bellezza piena:* (italien.) die schmale, unendlich schöne Hand.
116 *Anthems:* (engl.) Chorhymnen, meist doppelchörige Psalmkompositionen für die Liturgie der anglikanischen Kirche.
117 *Sinfonia domestica:* (latein.) wörtl. „häusliche Sinfonie".
119 „*Ich bin Joseph*...": 1. Mose 45, 3–4.
120 *Nonplusultra:* (latein.) Das Unübertreffliche.
122 ‚*Rip*' oder ‚*Robert Macaire*': Erfolgsstücke des Unterhaltungstheaters. Mit Rip ist vermutlich die Hauptfigur in der von Jefferson und Boncicault 1865 dramatisierten Erzählung ‚Rip van Winkle' von Washington Irving (1783–1859) gemeint. Robert Macaire ist eine der Hauptfiguren in dem Melodram ‚L'Auberge de Adrets' (1823) von Antir, Amand und Paulyanthe.

Polyeukt: Titelfigur der Tragödie ‚Der Märtyrer Polyeucte' von Pierre Corneille (1606–1684).
123 *Duse:* Eleonora Duse, italienische Schauspielerin (1859–1924). Spielte mit großem Erfolg in Italien und seit 1892 auch im Ausland. Ihre Größe lag in der Kraft ihres Ausdrucks und der Tiefe ihrer Empfindung.
124 *What ever is, is right:* (engl.) Alles, was ist, ist gut.
133 „*Widerwille gegen das Danken*...": Goethe in ‚Dichtung und Wahrheit'.
136 *Corpora delicti:* (latein.) Beweisstücke.
143 *Buir:* kleiner Ort in der Nähe der deutschen Grenze.
146 *Folies-Bergères:* bekanntes Pariser Revuetheater.

Opéra: Vgl. III/17.

Montmartre: Stadtteil im Norden von Paris, auf einem Hügel. Im 19. Jh. war Montmartre das Künstlerwohnviertel.

Saint-Cloud: Wohnvorort von Paris, an der Seine, gegenüber dem Bois de Boulogne.
150 *Hostis habet muros:* (latein.) „Die Mauern sind in Feindes Hand." Vergil, ‚Aeneis', 290.

Priamus: Sagenhafter König von Troja. Bei der Eroberung Trojas wurde er von Neoptolemos, dem Sohn Achills, am Zeusaltar seines Palastes erschlagen.

155 *Rabelais:* François Rabelais, französischer Schriftsteller, Arzt und Humanist (1494–1553). Im 5. Band seines ‚Gargantua' tritt Rabelais für das Bildungsprogramm der Renaissance ein, was in dem utopischen Bau der Abtei Theleme gipfelt, die den Wahlspruch trägt: „Fais ce que voudras" (Tue, was du willst).
Die Schwächlinge von Thelem: Die Mönche in Rabelais' Abtei von Theleme.

167 *Dickens:* Charles Dickens, englischer Erzähler (1812–1870). Befaßte sich in seinen Romanen mit der Welt der kleinen Leute, den Stiefkindern der Gesellschaft und der Natur, die er mit groteskem Humor darstellte, um dadurch das Gewissen seiner Zeit wachzurufen.
Thackeray: William Makepeace Thackeray, englischer Erzähler (1811–1863). Neben Dickens bedeutendster Romanschriftsteller der viktorianischen Zeit. Gab ironisch-realistische Darstellungen des Lebens der gehobenen englischen Mittelklasse.

168 *Lady Castlewood:* Figur aus dem Roman ‚Die Geschichte des Henry Esmond' (1852) von William Makepeace Thackeray (1811–1863).
der kleine Dombey: Figur aus dem 1847/48 erschienenen Roman ‚Dombey und Sohn' von Charles Dickens.
Dora: Figur aus dem Roman ‚David Copperfield' (1849/50) von Charles Dickens (1812–1870).

172 *Dreyfus:* Alfred Dreyfus (1859–1935), französischer Offizier jüdischer Abstammung, war aufgrund gefälschter Dokumente wegen Landesverrats verurteilt worden. Nachdem Zola 1898 öffentlich für ihn eingetreten war, wurde er 1899 rehabilitiert; die Affäre gab den Anstoß zum linken Machtwechsel von 1899.

187 *Hiob:* Buch Hiob im Alten Testament, das in Form eines Gesprächs, zuerst mit vier Freunden, dann mit Gott, das innere Ringen Hiobs um die Frage des Leidens der Gerechten und der göttlichen Gerechtigkeit widerspiegelt.

194 *La Disputa del Sacramento:* (italien.) Der Abendmahlsstreit, Fresko von Raffael im Vatikan.

203 *E chi allora . . .:* (italien.) Und hätte man mich dann, gleichviel wonach, / Gefragt, so wäre meine Antwort, / Das Antlitz von Demut überschattet, / Nur gewesen: LIEBE.

205 *Socia rei humanae atque divinae:* (latein.) Gefährtin im Irdischen wie im Göttlichen.

211 *Le diamant dur . . .:* (französ.) „Der harte Diamant bin ich, Der durch den Hammer nicht zerbricht Noch durch den steten Meißel. Schlage, schlage, schlage mich, Deshalb sterb ich nicht. Wie der Phönix bin ich, Der neues Leben aus seinem Tode gewinnt, Der

aus seiner Asche wiedererstehen wird. Töte, töte, töte mich, Deshalb sterb ich nicht." Baïf, ‚Metrische Liedchen' vertont von Jacques Mauduit.

224 *Rose von Jericho:* Einjährige Pflanze des östlichen Mittelmeergebietes, die beim Vertrocknen ihre kurzen Äste kugelig einbiegt, vom Wind entwurzelt und davongerollt wird. In Wasser oder feuchter Luft breitet sie sich wieder aus; dieser Vorgang galt früher als Wunder.

225 *In der Nacht des vierten August:* Gemeint ist die Nacht vom 4. auf 5. August 1789, als in Frankreich die Feudalordnung unter dem Druck der Massenaufstände abgeschafft wurde.

226 *Weinlese der Revolution . . .:* Gemeint ist das Jahr 1789, der Beginn der Französischen Revolution.
Deo ignoto: (latein.) Dem unbekannten Gott.

229 *Royalisten der Action Française:* Seit der Revolution von 1789 die Anhänger der Bourbonen, die sich 1898 in der Action Française organisierten. Sie bekämpften die parlamentarische Demokratie und forderten die Wiederherstellung des Königtums; ihre Lehre berührte sich eng mit faschistischen Gedankengängen.
Syndikalisten der C. G. T: Auf Proudhon (vgl. Anm. III/234) zurückgehende revolutionäre sozialistische Bewegung, die Staat, Parlamentarismus und Militär grundsätzlich ablehnt und die Gesellschaftsordnung auf die Gewerkschaft als Inhaberin der Produktionsmittel gründet. Der Allgemeine Arbeiterverband in Frankreich (CGT) wurde 1895 gegründet.
Oriflammen: (mittellatein.) Goldflammen. Hier: die ehemalige Kriegsfahne der französischen Könige, heute in Frankreich ein zweizipfeliges Hängebanner.
Griechen von Aulis: Aulis war ein kleiner antiker Ort in Böotien am Sund von Euböa, Ausgangspunkt des Zuges gegen Troja und Schauplatz der Sage von Iphigenie. Diese sollte der Göttin Artemis geopfert werden, um den Zorn der Göttin zu besänftigen, der die Griechen an der Ausfahrt aus dem Hafen von Aulis hinderte.

230 *Voltaire und Joseph de Maistre:* Voltaire (1694–1778), Freund Friedrichs des Großen, war der Begründer der Aufklärung in Frankreich. Joseph de Maistre (1753–1821) war ein Hauptvertreter des gegenrevolutionären Royalismus und politischen Klerikalismus, ein Ideologe der Restauration.

234 *Henri Bergson:* Französischer Philosoph (1859–1941), Hauptvertreter des französischen Voluntarismus, einer intuitiven Erkenntnislehre, die Bergson jeder verstandesmäßigen Weltdeutung entgegensetzte.
Proudhon: Pierre Joseph Proudhon, französischer Sozialist (1809 bis 1865). Gehörte zu den Begründern des Anarchismus; er glaubte,

daß eine auf einem System gegenseitiger Dienstleistungen basierende Gesellschaft auf die Zwangsmittel staatlicher Organisation verzichten könne.
Joseph de Maistre: Vgl. Anm. III/230.
Georges Sorel: Französischer Soziologe (1847–1922). Seine von Proudhon, Marx, Nietzsche und Bergson beeinflußte Lehre vom revolutionären Syndikalismus sollte dem Proletariat als lebendigster Kraft der modernen Gesellschaft den Weg zu ihrer Regeneration weisen.
252 *Syndikalisten:* Vgl. Anm. III/229.
253 *theokratischer Imperialismus:* Machtstreben einer Herrschaftsform, in der religiöse und staatliche Ordnung eine Einheit sind. Die religiösen Zwecke besitzen Vorrang.
261 *Denn ihr, die der Herr gerufen hat, . . .:* 1. Kor. 25–29.
262 *Internationale:* Kampflied der internationalen sozialistischen Arbeiterbewegung, gedichtet von Eugène Pottier (1871), Melodie von dem Arbeiter Adolf de Geyter.
263 „*La Fayette*": Marie Joseph de Motier, Marquis de La Fayette, französischer Staatsmann (1757–1834). Reichte 1789 der Nationalversammlung den Entwurf zur Erklärung der Menschenrechte ein. Eine Zeitlang war La Fayette einer der führenden Politiker der Revolution, der Einfluß der Radikalen drängte ihn jedoch allmählich zurück.
Aufstand der Kommune: Der Aufstand der Pariser Arbeiterschaft und Nationalgarde am 18. 3. 1871 gegen die konservative Nationalversammlung in Versailles.
Badinguet, Gallifet und Foutriquet: Royalistische Militärs während des Aufstands der Pariser Kommune; Gallifet etwa war wegen seiner rigoros gehandhabten standrechtlichen Erschießungsbefehle berühmt.
267 *Zeitalter des Perikles:* Perikles war ein griechischer Staatsmann, ca. 500–429 v. Chr. Im Zusammenwirken mit großen Künstlern schuf er die Bauten der Akropolis. Sophokles stand ihm nahe, die Philosophen Anaxagoras und Protagoras gehörten zu seinem geistigen Kreis („Perikleisches Zeitalter").
Fallières: Clément Armand Fallières (1841–1931). War der 8. Präsident der französischen Republik (1906–13).
268 ,*Kindheitserinnerungen' Tolstois:* Tolstoi begann seine literarische Tätigkeit 1851/52 mit dem autobiographischen Roman ‚Kindheit'.
269 *Atavismus:* Plötzliches Wiederauftreten von Eigenschaften der Ahnen.
272 *Mene Tekel Upharsin:* (aramäisch) (Gott) hat (dein Königreich) gezählt (und vollendet); (man hat dich in einer Waage) gewogen (und zu leicht befunden); (dein Königreich ist) zerteilt. Dan. 5,25–28.

Das große Schauerstück von 1871: 1871 endete der Deutsch-Französische Krieg mit der Niederlage Frankreichs.

274 *in extremis:* (latein.) in den letzten Zügen.

Muttergottes von Lourdes und des hl. Antonius von Padua: 1858 hatte Bernadette Soubirous in der Grotte von Lourdes Marienerscheinungen; vier Tage später entsprang in der Grotte ein Quell, dessen Wasser bis heute als heilkräftig verehrt wird. Antonius von Padua, Kirchenlehrer (1195–1231); wegen zahlreicher Wunder hochverehrt, namentlich als Helfer bei verlorenen Sachen, Fieber und Seuchen.

275 *Daphne:* Nach der Sage flüchtete Daphne vor der Liebe Apollons und wurde auf ihr Flehen in einen Lorbeerbaum verwandelt oder auch von der Erde aufgenommen, die an ihrer Statt einen Lorbeerbaum aufsprießen ließ.

277 *Duldsamkeit im Sinne Kropotkins:* Peter Fürst Kropotkin (1842 bis 1921), russischer Schriftsteller und bedeutendster Vertreter des kommunistischen Anarchismus, der bei ihm auf tätige wechselseitige Hilfe freier Individuen abzielte.

284 *Volksbütte:* Faßähnliches Vortragspult, von dem aus die Karnevalsreden gehalten werden.

287 *Kreuzzug Philipp Augusts:* Philipp August (1165–1223) kehrte vom dritten Kreuzzug vorzeitig zurück, um den 1186 begonnenen Kampf gegen die englischen Könige fortzusetzen.

Heinrich II. (1519–1559). Erneuerte im Bund mit den deutschen Protestanten den Kampf seines Vaters Franz I. gegen Karl V., eroberte Toul, Verdun und Metz und entriß 1558 den Engländern Calais.

289 *Die Maulhelden der C. G. T.:* Vgl. III/229.

Feri ventrem: (latein.) schlag auf den Bauch.

Gascogner Kadetten: Die zweitgeborenen Söhne (franz. cadet) der französischen Adligen schlugen traditionsgemäß die militärische Laufbahn ein. Hier Bild der jungen unerfahrenen Helden in Verbindung mit dem aus der Gascogne stammenden verwegenen und kampflustigen d'Artagnan aus Alexander Dumas' (1802–1870) Roman ‚Die drei Musketiere' (1844).

290 *Großsprecher Cyrano:* Vgl. Anm. II/101.

Chantecler: Der Hahn im altfranzösischen Tierepos ‚Le Roman de Renart', der durch seine Eitelkeit beinahe Opfer des listigen Fuchses wird.

297 *Briareos:* (griech. Mythologie) Hundertarmiger Riese, der in der Titanenschlacht auf seiten der Götter kämpfte.

300 *die Ersten wurden die Letzten:* Matth. 19, 30.

304 *Laroche:* Kleiner Ort in der Nähe des Genfer Sees.

Pontarlier: Kleiner Ort an der französisch-schweizerischen Grenze.

313 *Die graue und rote Stadt:* Gemeint ist Straßburg.
335 *Kalvinismus:* Vom lutherischen Protestantismus ausgehende Reformbewegung, die ein enges Zusammenwirken von Staat und Kirche und eine strenge Kirchenzucht verlangt. Ihr Begründer war Johannes Calvin (1509–1564).
336 *Apriori:* (latein.) Von der Erfahrung oder Wahrnehmung unabhängig, aus Vernunftgründen. (Grundbegriff der Kantschen Erkenntnislehre.)
337 *Pegasus:* In der griechischen Mythologie das aus dem Blute der Medusa entsprungene Flügelroß, das später als Musen- oder Dichterroß in der Literatur auftaucht.
340 *Però non mi destar, deh! parlo basso!:* (italien.) „Drum weck mich nicht, sprich leise doch!" Michelangelo, ‚Die Nacht'.
351 *Dalai-Lama:* Weltliches Oberhaupt des Lamaismus in Tibet. Gilt als Reinkarnation eines Bodhisattwa, dem Schutzpatron Tibets.
352 *Poesie eines Franz von Assisi und einer heiligen Therese:* Franz von Assisi (1181/82–1226), Ordensstifter der Franziskaner, verfaßte nach dem 148. Psalm den Sonnengesang, außerdem Legenden und Lobgesänge. Die heilige Therese (1515–1582) gilt als die größte christliche Mystikerin und gehört zu den Klassikern der spanischen Sprache.
363 *Piston:* Ein besonderes Kornett (kleines Horn), eine Oktave höher als die Trompete.
405 *E però leva . . . :* (italien.) „Steh auf: die Atemnot läßt sich beheben, / Ist Sieger doch der Geist in jedem Strauß, / Sofern der schwere Leib nicht hemmt sein Streben! / Auf sprang ich dann und fühlte, daß ich weise / Mehr Atem jetzt, als ich zuvor empfand, / Und sprach: Geh! ich bin stark und kühn zur Reise!" Dante, ‚Göttliche Komödie', Hölle, XXIV, 52–54, 58–60.
417 *er kämpfte ... wie Jakob mit dem Engel:* 1. Mos. 32,22ff. Jakobs Kampf mit dem Engel ist ein Vorbild für den Kampf der Gläubigen in ihren schwersten Anfechtungen.
430 *flat ubi vult:* (latein.) weht, wo er will.
Vigila et ora: (latein.) Wache und bete.
431 *Hodler:* Ferdinand Hodler, schweizerischer Maler (1853–1918). Seine monumentale Wirkungen erstrebende Kunst vermochte sich vor allem in Wandgemälden zu entfalten. Hodler hat auch großgesehene Bilder der Schweizer Alpen und Seen und scharf charakterisierende Porträts gemalt.
437 *Du holde Kunst...:* Lied von Franz Schubert mit dem Titel ‚An die Musik'. Der Text stammt von Franz von Schober.
439 *der starken heiligen Cäcilia:* Gemälde von Raffael (1514, heute in der Pinacotea von Bologna). Die Darstellung der Legende der

heiligen Cäcilia behandelt das Hochzeitsmahl, bei dem die übliche weltliche Musik gespielt wurde; Cäcilia wandte sich von ihr ab und sang mit innerer Stimme ein Lied zu Gott, in dem sie um die Erhaltung ihrer Jungfräulichkeit bat. Der Legende nach Ursprung ihres Patronats über die Musik.

Apostel Paulus auf Raffaels Gemälde: Figur auf dem Bild der heiligen Cäcilia (siehe oben).

440 *Frescobaldi:* Girolamo Frescobaldi, italienischer Komponist und Organist (ca. 1583–1643). Als Virtuose und Lehrer im Orgel- und Cembalospiel seinerzeit hochberühmt.

Couperin: François Couperin, französischer Komponist (1668 bis 1733). Hofcembalist Ludwigs XIV. In ihm vollendete sich der aus der Lautenmusik entstandene, an Verzierungen reiche Klavierstil des 17. Jhs., der in der Suite seine typische Ausprägung gefunden hat.

442 *Table-d'hôte-Mahlzeiten:* (französ.) Gemeinsames Essen mit fester Speisenfolge in einer Gaststätte.

443 *Daphne:* Vgl. Anm. III/275.

Hodler: Vgl. Anm. III/431.

Böcklin: Arnold Böcklin, Schweizer Maler (1827–1901).

Spitteler: Carl Spitteler, Schweizer Dichter (1845–1924). In seinem Versepos ‚Der olympische Frühling' erleben antike Götter und Heroen in kühner moderner Umdeutung menschliche Urschicksale.

449 *Musik der Veristen:* In Italien zu Beginn des 20. Jhs. von der Giovane scuola italiana (Mascagni, Leoncavallo) ausgehende Stilrichtung der Oper, die ein wirklichkeitsgetreues Abbild des menschlichen Lebens geben will. Vgl. Anm. I/533.

Erde Virgils: Gemeint ist Italien. Der römische Dichter Vergil schuf mit seiner Äneis eine Deutung der weltgeschichtlichen Sendung Roms im Zeitalter des Augustus.

451 *Farandole:* Schneller provenzalischer Tanz.

453 *Cavalleria rusticana:* Oper von Pietro Mascagni (1890).

455 *Color verus, corpus solidum et succi plenum:* (latein.) „Eine natürliche Gesichtsfarbe, ein gesunder und kraftstrotzender Körper." Terenz, ‚Eununch', II, 3, 26.

457 *Terenz:* Römischer Lustspieldichter (ca. 195–159 v. Chr.). Schrieb Komödien voll derber Situationskomik nach griechischen Stoffen. Vom Mittelalter bis zum 18. Jh. war Terenz Vorbild vieler Lustspieldichter.

Scipio Ämilianus: Römischer Feldherr (ca. 185–129 v. Chr.). Zerstörte 146 Karthago. Bemühte sich um die Verbreitung der griechischen Kultur in Rom. (Scipionenkreis, dem auch Polybios und Panaitios angehörten.)

Homo sum: (latein.) Ich bin ein Mensch.
458 *Goldoni:* Carlo Goldoni, italienischer Lustspieldichter (1707–1793). Zeichnet in seinen Dramen ein lebendiges Bild aller Volksschichten in Italien.
Manzoni: Alessandro Manzoni, italienischer Dichter (1785–1873). Forderte, daß die nationale Geschichte an Stelle der Mythologie als Stoff für die Dichtung gesetzt werden müsse. Sein Roman ‚I promessi sposi' (1827) gilt als bedeutendster italienischer Roman überhaupt, er war von entscheidender Bedeutung für die Entwicklung der modernen europäischen Erzählkunst.
Primum vivere: (latein.) Zuerst leben.
Dapprima, quieto vivere: (italien.) Zuerst ruhig leben.
459 *Machiavelli:* Niccolo Machiavelli, italienischer Schriftsteller und Politiker im Dienste der Medici. Gilt mit seinem Hauptwerk ‚Il principe' als Begründer der Lehre der Staatsraison. Die politische Vernunft muß sich jedes Mittels bedienen, um den Staat zu erhalten. Von größtem Einfluß auf die Staatsphilosophie des 16.–18. Jahrhunderts.
460 *Campagna:* Die fast baumlose Steppe in der Umgebung Roms im weiteren Sinne die ganze hügelige Ebene im mittleren Latium.
Palatin: Einer der sieben Hügel Roms, auf dem die römischen Kaiser ihre Paläste bauten.
San Giovanni: Eigentliche Mutterkirche der katholischen Welt. 315 von Papst Melchiades nach einer Schenkung des Kaisers Konstantin im Lateranpalast gegründet. Im 17. und 18. Jh. wurde die berühmte Barockfassade von Borromini und Gallilei gestaltet.
462 *Giuseppe Prezzolini:* Italienischer Schriftsteller (geb. 1882) mit vorwiegend kulturkritischen und politischen Themen. (Kritische Essays und Studien über Machiavelli und Croce.)
464 *terza Roma:* (italien.) das dritte Rom.
Risorgimento: (italien.) Wiedererhebung; Periode der italienischen nationalen Einigung im 19. Jahrhundert.
Contadini: (italien.) Bauern.
465 *Via di mezzo:* (italien.) Mittelweg.
473 *Palatin:* Vgl. Anm. III/460.
474 *Primaticcio:* Francesco Primaticcio, italienischer Maler und Baumeister (1504/05–1570). Führer der Schule von Fontainebleau, die den italienischen Manierismus in Frankreich zu einem höfischen Stil von dekorativer Eleganz entwickelte.
Settecento: (italien.) das 18. Jahrhundert.
piemontesische Barbarei: 1849 fanden in Rom heftige Kämpfe zwischen den vom Papst zu Hilfe gerufenen französischen Truppen und den Truppen des Piemontesers Garibaldi statt, wobei zahlreiche Bauten zerstört wurden.

Villa Mattei: (heute: Villa Celimontana) 1582 erbaute Villa auf dem im Süden Roms gelegenen Coelius-Hügel.
Lecci: (italien.) Steineichen.
475 *Aurora:* Figur ‚Morgendämmerung' am Grabmal des Lorenzo de Medici von Michelangelo in der neuen Sakristei der Mediceerkapellen bei S. Lorenzo in Florenz.
Madonna mit den wilden Augen: Vermutlich die zwischen 1520 und 1532 entstandene Statue von Michelangelo (1457–1564) in S. Lorenzo, Florenz.
Lea: Figur von Michelangelo, steht in der einen Nische im Juliusgrab in der römischen Kirche San Pietro in Vincoli (die zweite Nischenfigur ist Rachel). Angeregt dazu wurde Michelangelo durch Dantes Lea und Rachel. (Läuterungsberg XXVII, 99ff.)
476 *Stanzen Raffaels:* Die von Raffael, seinen Schülern und Nachfolgern mit Wandmalereien geschmückten Gemächer des Vatikans.
Poussin: Nicolas Poussin, französischer Maler (1593–1665). Seine Werke galten in Frankreich als vollendeter Ausdruck klassischer Gesinnung.
Lorrain: Claude Lorrain, französischer Maler und Radierer (1600–1682). Entwickelte eine völlig neue und selbständige Auffassung der Landschaft als psychologischem Ausdrucksträger. Vorbild für die Maler der Romantik und des frühen Impressionismus.
Den Pelion auf den Ossa türmen: Redewendung, die für ein gewaltiges, gleichsam Himmel und Erde bewegendes Unternehmen gebraucht wird. (Vgl. Homer, ‚Odyssee', 11, 305–320.)
477 *Demeter:* Griechische Göttin der Fruchtbarkeit.
483 *Den Zarathustra zu spielen:* Zarathustra, altiranischer Religionsstifter und Prophet (ca. 630–553 v. Chr.). Die Persönlichkeit, nicht die Lehre übernahm Friedrich Nietzsche als symbolische Figur seiner philosophischen Dichtung ‚Also sprach Zarathustra'. Hier zieht sich der Prophet zehn Jahre zur Meditation ins Gebirge zurück.
484 *Syndikate:* Vgl. Anm. III/229.
485 *Suarès:* André Suarès (eigentlich Félix André Yves Scantrel), französischer Schriftsteller (1866–1948). Trat für einen ästhetischen Individualismus und ein leidenschaftliches Ergreifen des Lebens zur Bereicherung und Steigerung der Persönlichkeit ein. War ein Schulfreund Rollands.
Cinquecentisti: (italien.) Künstler des 16. Jahrhunderts.
488 *Ingannatore:* (italien.) Betrüger.
Sempre avanti, Savoia!: (italien.) Immer vorwärts, Savoyen!
489 *Villa Borghese:* Wurde im 17. Jh. von Scipione Borghese angelegt. Enthält eine berühmte Sammlung antiker Skulpturen und eine Gemäldegalerie.

Ponte Molle: d. i. Ponte Milvio, 110 v. Chr. errichtete nördliche Tiberbrücke der Via Flaminia in Rom.

Monte Mario: Aussichtsberg in Rom (139 m).

Villa Doria: Villa Doria-Pamphili, die größte Villa Roms, von Algardi im 17. Jh. entworfen.

490 *Caterina Sforza:* Gemeint ist möglicherweise Katharina von Medici (1519–1589), Königin von Frankreich, die für die Bartholomäusnacht verantwortlich war; vielleicht aber auch die mit Giovanni Medici (1467–1498) verheiratete Katharina Sforza, die jedoch nicht weiter in die Geschichtsschreibung eingegangen ist.

491 *Racing:* (engl.) Wettrennen.

Rowing: (engl.) Rudern.

Zeit des Pelleas: Anspielung auf die impressionistische Oper ‚Pelleas und Melisande' von Claude Debussy (oder auf das als Libretto zugrundeliegende Drama von Maurice Maeterlinck), die eine unschuldig-schwärmerische, rein seelisch-verklärte Beziehung zwischen Schwager und Schwägerin zum Gegenstand hat.

492 *Nargileh:* (pers.) Wasserpfeife.

494 *Mediceerkapelle:* Von Michelangelo erbaute Grabkapelle der Medici; wurde als Souvenir imitiert und verkauft.

500 *Pyrrhussieg:* Pyrrhus, König von Epirus (319–272 v. Chr.), siegte 280 bei Heraklea und 279 bei Asculum über die Römer, aber mit ungeheuren Verlusten. („Noch ein solcher Sieg, und wir sind verloren.")

502 *Les Batignolles:* Stadtviertel im Norden von Paris.

507 *César Franck:* Französischer Komponist (1822–1890). Erstrebte in seinen Werken die Verbindung Bachscher Gestaltungsweise mit der klassisch-romantischen Überlieferung.

512 *Nicolas Poussin:* Vgl. Anm. III/476.

Pascal, Racine: Blaise Pascal, französischer Religionsphilosoph, Mathematiker und Physiker (1623–1662). Jean Racine, französischer Bühnendichter (1639–1699). Vgl. II/402 und II/104.

516 *Parc Monceau:* Park im Nordwesten von Paris; 1778 im Stil eines englischen Gartens angelegt.

517 *Chevillard:* Camille Chevillard, französischer Dirigent und Komponist (1859–1923).

526 *Saint-Saëns:* Camille Saint-Saëns, französischer Komponist (1835–1921). Sein heroisch-pathetischer Stil ist klassizistisch geprägt. Tendenz zum Programmatischen in den sinfonischen Dichtungen, verdankt wesentliche Züge seines Stils der deutschen Musik.

537 *Burne-Jones:* Sir Edward Coley, eigentlich Jones, englischer Maler und Zeichner (1833–1898). Schuf in der Art der Präraffaeliten märchenhaft-verträumte Bilder in gedämpfter, verhaltener Farbgebung; gilt als Vorläufer des Jugendstils.

557 *Renan:* Ernest Renan, französischer Religionswissenschaftler, Orientalist und Schriftsteller (1823–1892). Versuchte positivistische Wissenschaft und Christentum zu vereinen und die Schicksale Jesu in dichterischer Einfühlung aus seiner Zeit, seinem Land und seinem Volk zu erklären.
Anatole France: Eigentlich Jacques Anatole Thibault, französischer Schriftsteller (1844–1924). Repräsentant der fin-de-siécle-Kultur, verband Ästhetizismus mit psychologischem Einfühlungsvermögen; kontemplativ abgeklärter Skeptiker; schrieb eine klare, vergeistigte Prosa von klassischer Vollendung. Erbitterter Gegner des Symbolismus und des philosophischen Irrationalismus.
562 *Action Française:* (französ.). Vgl. III/229.
567 *Expertus vacuum Daedalus aera:* (latein.) „Zur Einöde der Luft wagte sich Dädalus." Horaz, ‚Oden', I, 3, 34.
Perrupit Acheronta: (latein.) „Durch den Acheron brach[Herkules' Heldenkraft]." Horaz, ‚Oden', I, 3, 36.
568 *Conquistadores:* (span.) Eroberer.
569 *d'Aubigné:* Théodore Agrippa d'Aubigné (1552–1630). Waffengefährte Heinrichs IV., der ihn 1589 zum Statthalter von Maillezais erhob. Einer der bedeutendsten Schriftsteller seiner Zeit.
Opéra: Vgl. Anm. III/13.
570 *Oremus!:* (latein.) Lasset uns beten!
Sakristane: (kirchenlatein). Küster
De Profundis: (latein.) Aus der Tiefe [rufe ich, Herr, zu Dir]. Psalm 130. 1.
575 *Athene Nike:* Siegesgöttin des perikleischen Reiches (Niketempel auf der Akropolis).
Philipp August: König von Frankreich von 1180–1223. Vgl. Anm. III/287.
Villehardouin: Adelsgeschlecht aus der Champagne. Geoffroi de Villehardouin (1150–1213) nahm am vierten Kreuzzug leitend teil und schildert ihn in seiner ‚Conquête de Constantinople', dem ersten wichtigeren Geschichtswerk in französischer Sprache, mit dem zugleich die französische Memoirenliteratur beginnt.
579 *Sic vos non vobis* . . .: (latein.) So arbeitet ihr, aber die Frucht eurer Arbeit kommt anderen zugute.
Berg Nebo: Berg im Ostjordanland, von dem aus Moses das verheißene Land sah. (Vgl. 5. Mos. 32, 49; 34, 1.)
583 *Meeresstille* . . .: Anspielung auf die Ouvertüre zu ‚Meeresstille und glückliche Fahrt', Programmusik nach Goethes Gedichten von Felix Mendelssohn-Bartholdy (1828).
586 *Quis hic* . . .: (latein.) „Was? Was ist das", sage ich, „für ein gewaltiger und so süßer Klang, der meine Ohren erfüllt?" Cicero, ‚Über den Staat', VI, 18.

587 *Begegnung zwischen Magdalena und dem Gärtner:* Maria Magdalena erkannte am Ostermorgen den auferstandenen Jesus zunächst nicht und hielt ihn für einen Gärtner (Joh. 20,15).

588 *Or vedi* ...: (italien.) „Sprach er bestürzt ein wenig: ‚Sapperlot' / Von Beatrice trennt dich diese Wand." Dante, ‚Göttliche Komödie', Läuterungsberg, XXVII, 35–36.

Dominus Deus Sabaoth: (latein./hebr.) Herr, Gott der Heerscharen.

590 „*Mulier, quid ploras?*"...: (latein.) „Weib, was weinest du?" – „Sie haben meinen Herrn weggenommen, und ich weiß nicht, wo sie ihn hingelegt haben." Und als sie das sagte, wandte sie sich zurück und sieht Jesum stehen und weiß nicht, daß es Jesus ist. Joh. 20,13–14.

Cantares: (span.) Lieder.

592 *Proudhon:* Vgl. Anm. III/234.

594 *Terrasse des Janiculus:* Der Mons Janiculus war einer der sieben Hügel des alten Rom, rechts des Tiber, im heutigen Stadtviertel Trastevere, nach einem Heiligtum des Janus benannt und von Augustus in die Stadt einbezogen.

601 *Te Deum:* Altkirchlicher Lob- und Bittgesang, nach dem Anfang „Te Deum laudamus" (Gott, wir loben dich).

604 *Biricchina, ladroncella, furbetta:* (italien.) Schelmin, Spitzbübin, Schurkin.

605 *usque ad mortem:* (latein.) bis zum Tode.

607 *Bergson:* Vgl. III/234.

William James: Amerikanischer Philosoph und Psychologe (1842–1910). Nahm gegen den Materialismus und Idealismus gleichzeitig Stellung. Sein „radikaler Empirismus" ist von dem entschiedenen Individualismus eines Menschen her gedacht, der sich selbst seine Erfahrungen organisiert. Die Wirklichkeit ist „pluralistisch", so daß man nie wissen kann, wo der Prozeß der Erfahrung in ihr endet.

618/19 *Jardin du Luxembourg:* Schloßpark des Palais du Luxembourg, eine der schönsten Gartenanlagen von Paris.

626 *Monteverdi:* Claudio Monteverdi (1567–1643), bedeutendster italienischer Komponist des 17. Jhs. Der erste große Musikdramatiker der Neuzeit. Nach langer Vergessenheit von der Forschung im 19. Jh. wiederentdeckt. Rolland hat sich im Zusammenhang mit seiner Dissertation über die Anfänge der Oper mit Monteverdi auseinandergesetzt.

Lully: Jean-Baptiste Lully, französischer Komponist (1632–1687). Vgl. III/60.

628 *Bleib bei uns* ...: Kantate zum zweiten Ostertag von Johann Sebastian Bach (BWV 6). Beginn des Eingangschores, die ersten vier Takte aus dem Partiturentwurf. Der Text ist dem Emmaus-

bericht (Luk. 24,29) entnommen: „Bleib bei uns, denn es will Abend werden, und der Tag hat sich geneiget."

635 *Christofori faciem die quacumque tueris ...*: „Wann auch immer du des Christophorus Bildnis erblickst, An diesem Tage wirst du wahrlich keines schlimmen Todes sterben."– Diese Inschrift, die auf dem Sockel der Statuen des heiligen Christophorus am Eingang zum Schiff mittelalterlicher Kirchen (und namentlich in der Notre-Dame-Kathedrale zu Paris) eingemeißelt war, ist vom Autor in symbolischer Weise wiederaufgenommen worden und erscheint am Ende jedes Buches in der Erstausgabe in den ‚Cahiers de la Quinzaine'. Sankt Christophorus ist einer der 14 Nothelfer der katholischen Kirche. Im Volksglauben bewahrt ein Aufblicken zu ihm am Morgen vor plötzlichem Tod bis zum Abend.

637 *Angelus:* (latein./griech.) Bote, Engel. Beim Angelusläuten wird das Dankgebet für Christi Menschwerdung verrichtet.

ZEITTAFEL

1866	Am 29. Januar wird Romain-Edme-Paul-Emile Rolland als einziger Sohn des Notars Emile Rolland und Marie Rolland, geb. Courot, in Clamecy, Departement Nièvre, geboren.
1868	Geburt der Schwester Madeleine, die im Alter von drei Jahren stirbt.
1872	Geburt der zweiten Schwester Madeleine.
1873–80	Schulbesuch in Clamecy.
1880	Die Familie Rolland übersiedelt nach Paris, um dem Sohn eine gute Schulausbildung zu ermöglichen. Der Vater arbeitet als Angestellter von Crédit Foncier.
1880–86	Besuch des Lycée Saint-Louis. Ab 1882 Besuch des Lycée Louis-le-Grand. Mitschüler dort sind Paul Claudel und André Suarès.
1886–89	Besuch der Ecole Normale Supérieure. Überwiegend historische und philosophische Studien. Im August 1889 Agrégation in Geschichte.
1887	Erste Korrespondenz mit Leo N. Tolstoi.
1889–91	Aufenthalt in der Ecole française d'archéologie in Rom aufgrund eines Stipendiums. Beginn der Freundschaft mit Malwida von Meysenbug.
1890	Reise durch Süditalien. Studien über die Religionskriege. Niederschrift der ersten Dramen *Empédocle*, *Orsino*, *Les Baglioni*.
1891	Reise nach Bayreuth mit Malwida von Meysenbug zu den Festspielen.
1892	Nach einem Jahr Krankheitsurlaub im Oktober Heirat mit Clotilde Bréal, der Tochter des jüdischen Linguisten Michel Bréal. Im November Rückkehr nach Rom.
1895	Promotion mit einer Arbeit über die Anfänge der Oper vor Lully und Scarlatti. Ab Oktober Lehrer für Morallehre an der Ecole J.-B. Say, ab November Professor für Kunstgeschichte an der Ecole Normale Supérieure.
1896	Im Sommer Reise nach Deutschland und Österreich. Sammelt Eindrücke, die im *Johann Christof* aufgenommen sind.
1898	Mitarbeit an der *Revue de Paris* und der *Revue d'Art dramatique*. Er beginnt den Zyklus *Théâtre de la révolution* mit *Les Loups*. (dt. *Die Wölfe*, 1914).
1899	Die Dramen *Le Triomphe de la Raison* und *Danton* (dt. 1919) entstehen.
1901	Scheidung. Rolland zieht in eine Dachwohnung am Boulevard Montparnasse, wo er sich zurückgezogen ausschließlich

seiner Professur und seiner literarischen Arbeit widmet. Seit diesem Jahr Mitarbeit an der *Revue Musicale;* erste Publikation in den *Cahiers de la Quinzaine* ist das Drama *Danton.*

1902 Lehrauftrag für Musikgeschichte an der Ecole des Hautes Etudes Sociales bis 1911. Das Drama *Le 14 Juillet* (dt. *Der 14. Juli,* 1924) wird aufgeführt und in den *Cahiers de la Quinzaine* publiziert.

1903 Rolland eröffnet seine Reihe mit volkstümlichen Darstellungen der *Vies des Hommes illustres* mit *Vie de Beethoven* (dt. *Ludwig van Beethoven,* 1918). Beginnt mit der Niederschrift des *Jean-Christophe,* abgeschlossen im Juni 1912. Das Drama *Le Temps viendra* (dt. *Die Zeit wird kommen,* 1920) entsteht, ebenso *Le Théâtre du Peuple* (dt. *Das Theater des Volkes,* 1926).

1904–10 Vorlesungen an der Sorbonne über Musikgeschichte. Die ersten Vorlesungen dieser Art an der Pariser Universität.

1906 Die Biographie *Vie de Michel-Ange* (dt. *Das Leben Michelangelos,* 1920) erscheint.

1910 Rolland wird von einem Auto angefahren und schwer verletzt. Die Biographie *Haendel* (dt. *Das Leben Georg Friedrich Händels,* 1922) entsteht.

1911 Das Buch *Vie de Tolstoi* (dt. *Das Leben Tolstois,* 1949) erscheint.

1912 Aufgabe der Professur.

1913 Im Juni großer Literaturpreis der Académie Française. Er veröffentlicht den 1897–99 entstandenen Zyklus *Les Tragédies de la Foi.* Der Roman *Colas Breugnon* (dt. *Meister Breugnon,* 1920) entsteht.

1914 August. Die Kriegserklärung überrascht Rolland in der Schweiz. Er stellt sich dem Internationalen Roten Kreuz zur Verfügung. Am 2. November öffentlicher Brief an Gerhart Hauptmann im *Journal de Genève;* am 22./23. September erscheint dort der berühmte Aufruf *Au-dessus de la mêlée.*

1915 *Au-dessus de la mêlée* erscheint als Buch, die heftigen Angriffe in Frankreich und Deutschland veranlassen Rolland jedoch, sich aus seiner ehrenamtlichen Tätigkeit beim Roten Kreuz zurückzuziehen.

1916 Mitarbeit an der Zeitschrift *Demain* in Genf. Am 9. November beschließt die schwedische Akademie, Rolland den Nobelpreis für 1915 zu verleihen.

1917 Korrespondenz mit Maxim Gorki. Rolland arbeitet in diesem und dem nächsten Jahr an den Romanen *Clérambault* (dt. 1922) und *Pierre et Luce* (dt. *Peter und Lutz,* 1921).

1919 Mai. Rückkehr nach Paris, Tod der Mutter am 19. Mai. Nach dem Versailler Friedensvertrag erscheint am 26. Juni

	der Aufsatz *Déclaration d'Indépendance de l'Esprit*. Erste Kontakte zu dem indischen Dichter und Philosophen Rabindranath Tagore.
1921–22	Polemik gegen Henri Barbusse und die pazifistische Bewegung *Clarté*.
1922–37	Rolland läßt sich in Villeneuve nieder, wo er den großen Altersroman *L'Ame enchantée* (4 Bde., 1922–33, dt. *Verzauberte Seele*, 3 Bde., 1924–27), sein Buch über Indien und drei Revolutionsdramen schreibt.
1923	Gründung der Zeitschrift *Europe*. Rolland verfaßt eine Biographie *Mahatma Gandhi* (dt. 1924).
1924	Reise nach Prag auf Einladung des tschechoslowakischen Staatspräsidenten Masaryk.
1926	Zum 60. Geburtstag erscheint eine Sondernummer der Zeitschrift *Europe*, die deutschen Verleger Rollands geben einen *Romain Rolland Almanach* heraus. Es erscheint ein *Liber amicorum* mit internationalen Huldigungen.
1927	März. Zum 100. Todestag Beethovens Reise nach Wien. Er beginnt *Beethoven, Les grandes Epoques créatrices* (6 Bde., 1928–43, dt. Bd. 1: *Beethovens Meisterjahre*, 1930).
1931	Tod des Vaters. Besuch von Mahatma Gandhi in Villeneuve.
1932	Rolland organisiert mit Henri Barbusse den Weltkongreß gegen den Krieg in Amsterdam.
1933	Rolland weist die Goethe-Medaille für 1932 zurück als Protest gegen das Nazi-Regime. Wird Ehrenpräsident des Internationalen Komitees gegen den Krieg und den Faschismus.
1934	Zweite Verehelichung mit Maria Pawlowna Koudachev.
1935	25. Juni bis 21. Juli Reise in die Sowjetunion. Begegnung mit Maxim Gorki.
1938	Rolland läßt sich in Vézelay nieder, wo er ein Haus erworben hat. Beginnt seine unvollendet gebliebenen Memoiren (dt. *Aus meinem Leben*, 1949).
1939	Veröffentlichung des letzten Revolutionsstücks, *Robespierre* (dt. 1950).
1942	*Le Voyage intérieur* (dt. *Die Reise nach Innen*, 1949) erscheint, Rollands geistiges Vermächtnis.
1944	30. Dezember. Romain Rolland stirbt in Vézelay. An seinem Todestag erteilt er das Imprimatur für die Biographie *Charles Péguy* (dt. 1951).

LITERATURHINWEISE

Bibliographien

Starr, William Thomas: A Critical Bibliography of the Published Writings of Romain Rolland. Evanston/Ill. 1950.

Vaksmakher, M. N., A. V. Païevskaya und E. L. Galperina: Romain Rolland. Index biobibliographique. Moskau 1959.

Ausgaben

Jean-Christophe. In: Cahiers de la Quinzaine, Ser. 5–14, Paris 1904 bis 1912. [Erstausgabe].

Jean-Christophe. Ilustr. de bois dessinés et gravés par Frans Masereel. 5 Bde. Paris 1925–27.

Jean-Christophe. 5 Bde. Paris, Albin Michel 1931–34 [Ausgabe letzter Hand]; dasselbe in 1 Bd. Paris, Albin Michel 1950, dasselbe in 3 Bdn. 1961/62, dasselbe in 3 Bdn. Paris, Livre de poche 1976.

Übersetzungen

Johann Christof: Roman einer Generation. Deutsch von Erna und Otto Grautoff. 3 Bde. Frankfurt am Main 1914–1917.

Johann Christof. Die Geschichte einer Generation. dies. 3 Bde. München 1950, durchgesehene Aufl. 1965.

Johann Christof. dies. Mit Holzschnitten von Franz Masereel. 5 Bde. Berlin 1959.

Zu Leben und Werk

Grautoff, Otto: Romain Rolland. Frankfurt am Main 1914.

Curtius, Ernst Robert: Romain Rolland. In: E. R. C.: Die Wegbereiter des neuen Frankreich. Potsdam 1919. Zuletzt in: E. R. C.: Französischer Geist im 20. Jahrhundert. 3. Aufl. Bern und München 1965, S. 73–115.

Zweig, Stefan: Romain Rolland. Der Mann und das Werk. Frankfurt am Main 1921.

Lerch, Eugen: Romain Rolland und die Erneuerung der Gesinnung. München 1926.

Götzfried, Hans Leo: Romain Rolland und die Erneuerung des Deutschen Geistes. Erlangen 1945.

Barrère, Jean-Bertrand: Romain Rolland par lui-même. Paris 1955.

Ilberg, Werner: Der schwere Weg. Leben und Werk Romain Rollands. Schwerin 1955.

Pichler, Rudolf: Romain Rolland. Sein Leben in Bildern. Leipzig 1957.
Sipriot, Pierre: Romain Rolland. Paris 1968.
March, Harold: Romain Rolland. New York 1971.
Starr, William Thomas: Romain Rolland, One Against All. A Biography. Paris 1971.

ÜBER DEN ROMAN

Gmelin, Hermann: Der französische Zyklenroman der Gegenwart 1900–1945. Heidelberg 1950. [Über „Jean-Christophe" S. 33–60.]
Heyer, Georg Walther: Entstehung, Sinn und Wirkung von Romain Rollands „Jean Christophe". Phil. Diss. Tübingen 1953.
Krampf, Miriam: La conception de la vie héroique dans l'oeuvre de Romain Rolland. Paris 1956.
Kempf, Marcelle: Romain Rolland et l'Allemagne. Paris 1962.
Cheval, René: Romain Rolland. L'Allemagne et la guerre. Paris 1963.
Kobi, Emil E.: Die Erziehung zum Einzelnen. Eine Skizze zum Problem existentieller Erziehung ausgehend von Romain Rollands „Jean-Christophe". Frauenfeld 1966.
Sices, David: Music and the Musician in Jean-Christophe. The Harmony of Contrasts. New Haven and London 1968.
Gersbach-Bäschlin, Annette: Reflektorischer Stil und Erzählstruktur. Studie zu den Formen der Rede- und Gedankenwiedergabe in der erzählenden Prosa von Romain Rolland und André Gide. Bern 1970.
Bresky, Dushan: Cathedral or Symphony. Essays on „Jean-Christophe". Bern, Frankfurt 1973. (= Europäische Hochschulschriften XIII, 24).
Hülle-Keeding, Maria: Romain Rolland. Eine Analyse seines Romans „Jean-Christophe". Strukturfragen und geistig-künstlerische Probleme. Phil. Diss. Tübingen 1973.

Klassische Reisebeschreibungen
bei Rütten & Loening · Berlin

**Wunderliche und merkwürdige Reisen
des Fernão Mendez Pinto**
630 Seiten · Leinen 16,80 M

Johann Kaspar Riesbeck
Briefe eines reisenden Franzosen über Deutschland
660 Seiten · Leinen 15,-- M

Louis Antonie de Bougainville
Reise um die Welt
490 Seiten · Leinen 15,-- M

N. M. Karamsin
Briefe eines russischen Reisenden
730 Seiten · Leinen 13,50 M

Wilhelm Müller
Rom, Römer, Römerinnen
300 Seiten · Leinen 12,-- M

Theodor Fontane
Jenseits des Tweed
Bilder und Briefe aus Schottland
416 Seiten · Leinen 10,50 M

Henryk Sienkiewicz
Briefe aus Amerika
352 Seiten · Leinen 12,-- M

Den Bänden werden jeweils zeitgenössische
Illustrationen beigegeben.